www.tredition.de

AF287062

Andy Luxbender

Jenseits des Dunklen Horizonts

Pfade der Unsterblichen

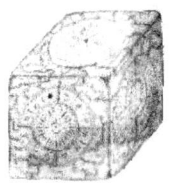

Buch 1:

Erbschaft von Himmel und Hölle

www.tredition.de

© 2018 Andy Luxbender

Verlag und Druck: tredition GmbH, Hamburg

ISBN
Paperback: 978-3-7469-4421-0
Hardcover: 978-3-7469-4422-7
e-Book: 978-3-7469-4423-4

Inhalt

Prolog: „Ankunft"

Kaum ein Lebender vermag in die Welt hinter dem Todesschleier zu blicken. Manch einer sucht nach Antworten im Glauben, ein Anderer in der Wissenschaft. Jedoch unabhängig von der Methode, bleibt die Ungewissheit jenseits der Beweisbarkeit.

Wenn sich einem aber die Möglichkeit zur Erkenntnis offenbart, würde man die Wahrheit wirklich wissen wollen? Selbst wenn diese für manch einen grausam erscheinen mag?

An einem regnerischen, kalten Oktoberabend sollte jedoch ein seltenes Ereignis stattfinden. Etwas von der „anderen Seite" würde erneut in die lebende Welt sickern. Erwartungsvoll standen bereits drei verhüllte Männer direkt im inneren Kreis des verfallenen Stonehenge-Monumentes. Sie trugen Regenschirme und waren von langen Mänteln verdeckt, sodass man nicht mal ihre Gesichter richtig erkennen könnte. Der Boden war nass und matschig. Die Felsen glänzten im starken Regen. Nur ein einzelnes, leeres Auto parkte noch an der Straße in der Nähe. Der donnernden Himmel schien mit seinem lauten Grollen ein dunkles Omen zu verkünden.

Einer der Anwesenden hielt ebenfalls einen dicken, ledernen Aktenkoffer in seiner Hand. Die emotionsarmen Gesichter blickten zum Innersten des Stonehenge. Plötzlich tauchten Schlieren in der Luft auf, die sich im Zentrum des alten Monuments zu einer Konvergenz sammelten. Über den Oberflächen der großen Felsen leuchteten alte, keltische Glyphen. Eine widerhallende Stimme flüsterte langsam in einer arkanen, auf der Erde unbekannten, Sprache direkt in die Köpfe der Anwesenden: „(Ark.) Eure Aufgaben sind fast erfüllt… ICH werde diese Welt nun betreten… Das Wetter könnte allerdings einen Funken besser sein."

Im nächsten Moment schlug ein Blitz direkt in die Mitte des Stonehenge-Phänomens ein und sein helles Ende öffnete ein kleines, im Regen dampfendes Portal. Eine durchsichtige Gestalt floss hindurch und nahm die Form eines in Roben vermummten Geistes an. Dessen körperlose, milchig durchsichtige Präsenz wurde nur durch die Lichtverzerrungen an seinen Rändern begrenzt. Der Unsichtbare hatte jedoch noch jemand im Schlepptau. Es war ein in grüne Tarnuniform vermummter Dämon mit kleinen Hörnern, dessen restliche Gestalt vollkommen menschlich erschien. Mit nur einer Hand schleuderte die Entität den sich wehrenden Gefangenen zu den wartenden Männern vor die Füße.

„(Altar.) Und Dämon? Wie fühlt es sich an, die Freiheit in einer essenzarmen Atmosphäre zu spüren?", fragte die durchsichtige Gestalt dann in Altaramäisch.

Der Dämon schien von der Umwelt stark geschwächt zu werden und ein seltsamer, schwefliger Dampf entwich ihm fortwährend. Schwer nach Luft schnappend, entgegnete der Dämon in unhöflichem Englisch: „(Eng.) Maaan, ist das etwa Altaramäisch? Aus welchem Grab bist du den emporgestiegen? Heute sprechen das nur noch die alten Mumien!"

„(Ark.) Ihr, Dämonen, seid auch nicht mehr das, was Ihr mal wart", setzte enttäuscht die Entität in Arkansprache fort und schaute dann auf einen der wartenden Männer, der sich sofort sich zum Gefangenen niederkniete.

„(Eng.) Der Meister gibt dir gleich eine Aufgabe, eine Botschaft, die du zu einem diplomatisch begabten Dämonenherrscher persönlich überbringen wirst!", sagte der Mann in Englisch, während die durchsichtige Entität etwas aus sich herausholte. Zuckende Blitze machten den Gegenstand sichtbar. Es war ein goldenes Schriftrollenbehältnis. Der Geist reichte dieses zum Dämon.

„(Eng.) Was steht darin?", fragte der Dämon von Misstrauen und Angst übermannt. „(Eng.) Ich werde meine Existenz nicht dafür riskieren, eine Hiobs-Botschaft zu überbringen."

Die durchsichtige Gestalt trat heran und presste gewaltsam einen Finger auf die Stirn des Dämons. Der Gefangene konnte sich plötzlich nicht mehr bewegen.

„(Eng.) Du wirst in dieser Angelegenheit zwar keine Wahl haben, aber sieh es als Überbringung eines fairen Angebots!", setzte ein weiterer der Männer fort. In diesem Moment formte sich ein kurzer Lichtbogen zwischen dem Dämon und dem Unsichtbaren. Es formte ein kleines Siegel auf seiner Stirn, das schnell unter die Oberfläche der Haut versank und seinen ganzen Astralkörper durchströmte.

„(Eng.) Fürchte dich nicht!", fügte der Dritte hinzu. „(Eng.) Erfülle deine Aufgabe und du bist wieder frei."

„(Eng.) Versage und du wirst vernichtet!", drohte der erste Mann.

Diese ganze Situation schien dem Dämon reichlich seltsam. Um ihn waren zwar 4 Individuen versammelt, aber die Präsenz war wie von einer einzigen Seele. Auch die gleichgültige Art wie die offensichtlichen Diener redeten, erinnerte mehr an Maschinen als an Menschen.

Die durchsichtige Entität drückte dem Dämon die Rolle in die Hände und richtete sich wieder auf. Dabei wurde der Gefangene von einer unsichtbaren Kraft gepackt und in die Luft gehoben.

„(Eng.) <u>Nur ein Erzdämon darf das Siegel öffnen. Ein Anderer wird verbrennen und du mit ihm</u>", warnte der erste Mann erneut. „(Eng.) <u>Du hast zwölf Erdentage Zeit, bevor der Fluch dich vernichtet.</u>"

„(Eng.) <u>Wirst du dein Wort halten? Werde ich weiterleben, wenn ich diese Rolle zustelle?</u>", fragte der Dämon von Terror erfüllt.

„(Altar.) <u>Ich halte mein Wort</u>", sagte die Gestalt in Altaramäisch und machte den Weg zum Portal für den Dämon frei. Dieser verstand die Worte zwar nicht genau, aber das leichte Kopfnicken des Geistes machte es deutlich genug. Kaum ließ die Kraft auf den Gefangenen nach, packte dieser die versiegelte Rolle und floh sprintend durch das Portal.

Als das dimensionale Tor sich danach nahezu augenblicklich schloss, öffneten die zwei Äußeren der anwesenden Männer ihre Arme und fielen auf die Knie, als ob sie den Besucher anbeten wollten.

Die Entität aber entgegnete wieder in arkaner Sprache: „(Ark.) <u>Noch nicht!</u>", und streckte ihren dursichtigen Zeigefinger zum Koffer.

Der mittlere Untergebene ließ sein Gepäckstück los, jedoch statt auf den Boden zu fallen, schwebte es langsam zum Geist. Dabei öffnete sich der Koffer und gab all seinen Inhalt preis. Gleichzeitig bildete sich eine Rauchblase, die das umgebende Regenwasser in Umkreis von 10 Metern verdrängte und so die herausschwebenden Dokumente vor Nässe schützte. Es waren eine Geburtsurkunde, ein britischer Kinderausweis mit Bild und fünf Personalakten dabei. Außerdem befanden sich eine mit Blut gefüllte Plastikphiole und vornehme Kleidung mit Schuhen für ein Kind im Koffer.

„(Ark.) <u>Ganz ausgezeichnet</u>", flüsterte das Wesen zufrieden. Dann griff es ins eigene Innere und holte erneut etwas zuerst Unsichtbares heraus. Plötzlich sammelte sich dort Licht zu einer Kugel. Daraus flogen viele kleine, gravierte, goldmetallisch glänzende Teile. Diese ordneten sich zuerst in kreisförmigen Bahnen um die Lichtquelle. Als das letzte Stück jedoch erschien, begannen die Teile um die Sphäre etwas herum zusammen zu bauen. Am Ende war ein verzierter goldener Würfel in der Hand des Wesens, das ihn in der offenen durchsichtigen Hand präsentierte. Der Würfel schien eine Art energetische Verbindung zum Wesen aufrecht zu erhalten. Dann sprach der Geist: „(Ark.) <u>Zwei dürfen nun heimkehren! Einer wird mich noch in meiner neuen, unausgereiften Hülle fahren.</u>"

Kaum hatte das Wesen das letzte Wort beendet, öffneten die beiden äußeren Männer voller Freude ihren Mund und ein schwach leuchtender Nebel strömte heraus. Der puzzleartige Würfel vergrößerte sich und das zwischen den Ritzen erstrahlende Licht sog diesen leuchtenden Dunst restlos ins Innere. Die beiden, leblosen Körper blieben kurz stehen und zersetzten sich dann in eine gelartige, milchig trübe Flüssigkeit. Dieses Liquid entwich schlängelnd aus allen Hohlräumen zwischen den noch intakten

Kleidungsstücken und sammelte sich zu einer schwebenden Kugel vor dem Unsichtbaren. Selbst Knochen und Zähne lösten sich spurlos auf. Die Plastikphiole öffnete sich und sämtliches Blut strömte durch die Luft in die wachsende, liquide Sphäre aus stetig klarer und wässriger werdender Flüssigkeit. Der Würfel in der Hand des Wesens schob einen einzelnen Stein zur Seite und ließ flutartig den hell leuchtenden, weißen Nebel direkt in Richtung des Bluttropfens im Inneren heraus. Der leuchtende Strahl versickerte restlos in der Probe.

„(Eng.) Hmm, das Waisenkind litt unter aggressiver Leukämie?!", stellte das Wesen plötzlich auf akzentfreiem Englisch fest. „(Eng.) Ich hoffe, es hat seine letzten Monate in einer familiären Atmosphäre verbracht."

„(Eng.) Ja, Quelle", entgegnete der Mann unterwürfig mit gebeugtem Haupt.

„(Eng.) Dem Identitätsspender wurde kein Wunsch abgeschlagen."

„(Eng.) Hm… Gut, dann werde ich mal die Erbinformation der Krebszellen modifizieren. Wäre äußerst bedauerlich solches Regenerationspotenzial zu verschwenden. Die restlichen Gene sind ja auch hervorragend", entgegnete das Wesen zufrieden.

Das Blut im Inneren begann zu pochen. Ein kleiner Embryo wurde sichtbar, der direkt beim schnellen Wachsen beobachtet werden konnte. Die Nabelschnur endete direkt in der umgebenden Lösung und sog diese so zügig ein, dass es Schlieren in der Flüssigkeit verursachte. Innerhalb von nicht mal einer Minute schwebte der fertige Körper eines etwa 10-jährigen Jungen anstelle der Sphäre. Die restliche Nährflüssigkeit sowie die eintrocknende, sterbende Nabelschnur lösten sich vom Körper und fielen herunter aufs Gras. Während der nackte Junge langsam auf den Boden hinabschwebte, öffnete er seine Augen und stellte sich mit eigenen nackten Füßen auf den kalten, schlammigen Boden. Das emotionslose Kind verlor kurzzeitig sein Gleichgewicht, schwankte und fiel auf die Knie. Dann richtete er sich wieder selbstbewusst auf und ging geradewegs zur unsichtbaren Entität zu, die ihre freie Hand zu dem Kind ausstreckte. Der Junge packte mit einer Hand den wieder geschlossenen Kubus und mit der Anderen berührte er den Unsichtbaren, der strudelartig an der Berührungszone in den neuen Körper gesogen wurde. Der Junge nahm den Würfel, streckte seine Hand zum Gras aus, wo er seinen ersten Schritt machte und ein Teil der Flüssigkeit stieg wieder aus dem Boden. Es formte sich zu einer Schachtel aus Pflanzenfasern und erstarrte dann zum gräulichen, festen Holz. Feinste Glyphen, geometrische Figuren und Gravuren brannten sich ins Material. So fertigte sich eine kunstvoll verzierte Box mit Deckel. Der Junge öffnete die Schachtel und platzierte den goldenen Würfel behutsam ins Innere. Er wusch im Regen den Schlamm ab, nahm die Kleidung aus dem, jetzt auf einem Stein liegenden, Koffer und zog sie ruhig an. Sein durchnässter Körper zitterte bereits im kalten Wetter. Währenddessen sammelte der verbliebene Mann die lose Kleidung seiner verschiedenen Kollegen ein, nahm die Würfelschachtel und lief Richtung Parkplatz zu dem unscheinbaren, alten Auto. Der Diener stellte die Schachtel auf den Beifahrersitz und die Kleidung der Anderen packte er in einen Sack für Kleiderspende, welches er aus seiner Tasche gezogen hatte. Als er sich wieder umdrehte, stand der Junge bereits reisefertig mit dem Aktenkoffer vor ihm. Der Regen hörte nicht auf, aber das Kind war jetzt trocken. Die Wassertropfen schienen von einem Feld abgestoßen zu werden. Der Mann reagierte etwas überrascht.

„(Eng.) Da hat wohl jemand die Socken vergessen", sagte der Junge etwas enttäuscht und hob seine Hosenbeine an. Die Füße waren erwartungsgemäß nackt in den Schuhen. „(Eng.) Die Schuhe in dieser Welt sind seit meinem letzten Besuch nur wenig bequemer geworden. Lass uns fahren und dreh bitte die Autoheizung auf! Ich habe kein Interesse weitere Essenz zu verschwenden."

Kaum hatte der Knabe fertig gesprochen, ging er ohne eine Antwort abzuwarten um das Fahrzeug herum und setzte sich auf den Beifahrersitz.

Während der Fahrt studierte er still die erste Akte. Darin befand sich auch bereits ein vorgefertigtes Dokument für eine Adoption eines Kindes mit dem Namen Antony Lerking. Außerdem lag direkt dahinter eine Detektivakte über die Industriemagnaten-Familie Quinn.

„(Eng.) Hmm... Du hast einen reichen Industriellen als meinen Deckvater ausgesucht", stellte der Junge neugierig fest, während er die Akte durchblätterte.

„(Eng.) Ja. Trotz des massiven Einbruches seiner Kapitalreserven erfüllt das Familienoberhaupt die notwendigen Eigenschaften, wie einen fürsorglichen Charakter, Beziehungen zur einflussreichen Schichten und viel Entwicklungspotenzial", entgegnete der Diener beim Lenken.

„(Eng.) Was kannst du mir über diese Welt noch erzählen? Die Gedanken und Erinnerungen der Anderen sind etwas... verworren", fragte der Junge. „(Eng.) Aber sie waren ja auch kürzer hier als du."

„(Eng.) Diese Zivilisation befindet sich in der Blüte des Informationszeitalters, etwa ein halbes Jahrhundert bis zur selbst beschleunigten Umweltkatastrophe und noch vor der Erschließung wichtiger Ressourcen im Weltraum. Die Genetik-Ära wird wegen moralischer und religiöser Bedenken ausgebremst. Politisch sind die Nationen in korrupte Demokratien und Diktaturen unterteilt, die sich vorwiegend den Interessen einer reichen Minderheit unterordnen. Der Großteil der Bevölkerung lebt in nur sehr langsam abbauender Armut, während der extrem reiche Anteil sich immer mehr abschottet. Mit aktiver Medienpropaganda werden diese Zustände aufrechterhalten. Unzufriedene, gewaltbereite Minderheiten werden mit heimlich fließendem Kapital radikalisiert, dann zu Terroristen erklärt und als Feinde in lukrativen Kriegen bekämpft", erörterte der Diener detailreich, aber sonst teilnahmslos. „(Eng.) So werden die ‚Störenfriede des Systems' dezimiert und gleichzeitig neue Rohstoffquellen legal erobert. Meine Prognose lautet, dass sie die nächste Zivilisationsbarriere nicht passieren werden."

Der Junge schmunzelte in den Rückspiegel und entgegnete: „(Eng.) Da hat sich ja jemand sehr ins Recherchieren reingesteigert, auch wenn es sicher nicht ganz so schwarz aussieht. Aber das ist nur eine weitere, primitive Welt... Gibt es noch gefährliche Gruppierungen von Relevanz?"

„(Eng.) Es existiert wohl ein geheimer Bund der Religionen, deren Sonderabteilung sich mit der ‚übernatürlichen' Verteidigung der Erde beschäftigt. Aber außer Gerüchten, Vermutungen und Verschwörungstheorien konnte ich nicht viel finden. Sie tarnen sich wirklich gut", erörterte der Fahrer ernst.

„(Eng.) Hm... Gut. Ich werde mich anpassen. Jedoch vielleicht kann ich das später auch zu meinem Vorteil nutzen", entgegnete der Junge grübelnd. „(Eng.) Ich hoffe nur J.W. ist unwissend über meinen Aufenthalt!?"

„(Eng.) Erstickt in Bürokratie und hat sogar den Seelenschmuggel nicht bemerkt. Die Gerüchte besagen sogar, dass sie ein Persönlichkeitsproblem entwickelt hat", sagte der Diener und das Kind vertiefte seinen Blick wieder in die Akten. Er blätterte die Seiten so zügig, als ob er über ein fotografisches Gedächtnis verfügen würde. Währenddessen betrachtete er auch kurz das Foto einer Frau, die an eine, auf illegale Weise beschaffene, Krankenakte geheftet war.

„(Eng.) Die Ehegattin des Industriemagnaten ist also an aggressivem Lymphdrüsenkrebs erkrankt. Der besorgte Ehegatte hat, auf seiner Suche nach einem Heilmittel für diese Zellspezialisierungsstörung, sein Unternehmen vernachlässigt und fast sein gesamtes Vermögen für experimentelle Behandlungsmethoden verschwendet. Jetzt stirbt seine Frau und er steht am Rande des Bankrotts", fasste der Junge zusammen. „(Eng.) Schon wieder Krebs? Haben die armen Äffchen etwa schon so sehr ihre Umwelt vergiftet?"

„(Eng.) Er hat von allen Anwärtern auf Ihr Profil am besten gepasst", fügte der Fahrer hinzu. „(Eng.) Die Umwelt ist noch intakt. Das ist nur Zufall."

„(Eng.) Dann hoffen wir mal, dass mein Angebot ihn nicht verschrecken wird. Menschen sind doch sehr primitiv in dieser Hinsicht", sagte der Junge schmunzelnd.

Nach knapp eineinhalb Stunden Fahrt endete die Reise in einer reicheren Vorstadt Londons. Das Auto fuhr auf das Gelände einer kleinen runtergekommenen Villa am Rand der Siedlung. Das einzeln stehende Privatgebäude mit großzügigem Grundstück stammt aus der Zeit kurz nach dem ersten Weltkrieg und wurde wohl teilweise restauriert. Für den restlichen Teil reichte offensichtlich das Geld nicht mehr. Als die beiden Insassen aus dem, gerade auf dem bewucherten Parkplatz abgestellten, Fahrzeug ausstiegen, öffnete ein Haushälter die Eingangstür. Der Regen hatte gerade für einen kurzen Moment aufgehört und ein Butler trat verwundert an die Treppe:

„(Eng.) Guten Abend. Das Gelände hier ist Privatbesitz. Bitte entfernen Sie Ihr Auto vom Grundstück. Oder kann ich Ihnen irgendwie behilflich sein?"

„(Eng.) Ich grüße Sie, Mister Harley. Wir müssen sofort zum Hausherren und seiner kranken Gemahlin", sagte der Junge ohne Zögern in höflichem, akzentfreiem Englisch. Er hielt die Schachtel unter seinem Arm. „(Eng.) Er erwartet uns bereits."

„(Eng.) Es tut mir Leid, junger Mann! Ich weiß leider nichts von einem Termin", entgegnete der Butler.

„(Eng.) Ich sagte ja auch nicht, dass wir einen Termin hätten... Er ERWARTET mich!", antwortete Junge mit einem ruhiger aber bestimmenden Ton. „(Eng.) ICH... bin in diesem Augenblick die einzige Überlebensmöglichkeit für seine Frau."

Unter normalen Umständen hätte der alte Mann keine Fremden ins Haus gelassen, besonders nicht nach solch einer irrsinnigen Behauptung. Der Junge hatte jedoch etwas in seinem Blick, Selbstbewusstsein und Manieren, dass weder an ein Kind erinnerte noch gar von dieser Welt zu sein schien. Der Butler lud die Besucher etwas von der Situation verwirrt ins Haus und bat sie im Gästezimmer zu warten. Der Junge lehnte es jedoch ab: „(Eng.) Zeit, Mister Harley, ist für Miss Quinn ein sehr teures Luxusgut. Der Tod hängt bereits über diesem Haus. Ich muss JETZT zu ihr."

Der Butler verstand nicht, woher der Knabe solches Selbstvertrauen hatte. Er schien jedoch genau zu wissen, wovon er redete. Deswegen führte Harley die ungewöhnlichen Gäste zu einem Vorraum und klopfte kurz an die antiken Schlafzimmertüren.

„(Eng.) Ja", entgegnete eine zitternde, männliche Stimme aus dem geschlossenen Zimmer.

Der Butler betrat den lichtgedimmten Raum. Auf dem Bett lag die schwerkranke Ehefrau und zwei elektrische Infusionsständer standen daneben. Die Maschine mit der großen Spritze beinhaltete Morphium, um der Kranken ihre letzten Stunden erträglicher zu gestalten. Die Vorhänge waren halb zugezogen, um nicht zu viel helles Licht reinzulassen, was durch die Dunkelheit kaum noch relevant war. Einige wenige Leselampen füllten neben den Maschinendisplays das Zimmer mit schwachem Licht. Harley wurde von tiefem Kummer übermannt und zweifelte selbst daran, was er sich eigentlich dabei gedacht hat. Doch dann sammelte er seine Gedanken und sprach: „(Eng.) Sir, ich weiß, dass es ein schlechter Zeitpunkt ist. Da ist ein seltsamer Besuch, der behauptet: Sie hätten nach seiner Hilfe gerufen und er könne Ihre Frau jetzt noch retten. Normalerweise hätte ich sie weggeschickt, aber dieser Eine hat etwas an sich... ich weiß nicht... vielleicht etwas, dass nicht von dieser Welt scheint.... er wusste auch exakt über den Zustand Ihrer Frau Bescheid."

„(Eng.) Hören Sie sich selbst reden?", antwortete der Hausherr mit langsamer, heiser Stimme. „(Eng.) Mein Frau stirbt und Sie ... füllen mich mit falschen Hoffnungen. Kein Mittel dieser Welt kann sie noch retten."

In diesem Moment ging die Tür auf und der mysteriöse Junge trat mit hinten verschränkten Armen herein. Er strahlte durch seine Haltung und Gesichtsausdruck die Seriosität eines erfahrenen, alten Arztes, aber der Hausherr wurde durch die Präsenz des fremden Kindes nur gereizt. Der Begleiter des Kindes folgte diesem unterwürfig mit dem Aktenkoffer und der Holzschachtel.

„(Eng.) Soll das etwa ein böser Scherz sein? Wie kannst du es wagen, hier unerlaubt einzutreten, Junge!", flüsterte der Ehemann drohend. „(Eng.) Werde ich jetzt von Euch, Scharlatanen, jetzt auch in meinem eigenen Haus belästigt. Habt Ihr gar keine Skrupel, nicht mal davor Kinder als Vorsprecher zu schicken?"

Der Junge ignorierte es und schaute kurz zum Butler, der auf eine Reaktion den ungebetenen Gastes wartete.

„(Eng.) Bitte verlassen Sie den Raum, Mr. Harley! Ich möchte persönlich mit Master Quinn und seiner Frau reden!", sprach der ernste Knabe ruhig und drehte sich dabei zur, leidend im Bett, liegenden Frau. Plötzlich erhöhte sich der Puls der Kranken, sie fing scheinbar einen Augenblick der Klarheit und blickte auf den Jungen. Sie war gerade dem Tod näher als dem Leben und sah ihm in die Augen. Ihr Blick war zwar verschwommen, aber in diesem Moment fühlte sie trotzdem diese Tiefe. Es war, als würde sie direkt in die Weiten des Weltalls blicken, unverschleiert durch Atmosphäre oder Sonnenlicht.

„(Eng.) Schaa....atz", hauchte sie all ihre letzte Kraft zusammen sammelnd. „(Eng.) B...bitte...lass... ihn... ver...suchen!"

Ihr Ehemann hob völlig verblüfft seinen Kopf. Er konnte seiner sterbenden Frau in diesem Moment keinen Wunsch mehr abschlagen. Schweren Herzens bat er mit einer Fingergeste den Butler heraus. Der Hausherr hatte selbst hingegen keine Hoffnung mehr.

Der Junge trat mit langsamen Schritten zur freien Seite des Bettes, streichelte kurz mit geschlossenen Augen über die Hand der Kranken und sprach dann zu Mister Quinn: „(Eng.) Sie ist bereits sehr nah zur Todesschwelle. Ihr bleibt maximal 1 Stunde, bevor sie hinübergeht. Also werde ich direkt zu Euch sein: Ich kenne einen Weg sie zu heilen, aber der Preis ist hoch!"

Der Mann schmunzelte zynisch und flüsterte heiser: „(Eng.) Ich habe bereits alles versucht, nahezu mein gesamtes Vermögen für alle möglichen Methoden, Esoterik, Wunderheiler ausgegeben, aber es war alles vergebens. Was sollte mir ein Kind bieten können, wenn selbst erfahrene Ärzte, Wissenschaftler und selbsternannte Wunderheiler versagt haben?", zweifelte der Hausherr.

„(Eng.) Ich kann im Gegensatz zu den Anderen etwas bieten, das mit Materiellem allein nicht zu kaufen ist", antwortete der Junge geheimnisvoll. „Die Rettung Ihrer Frau verbiegt förmlich die Gesetze dieser Schöpfer und benötigt ein äquivalentes Opfer, um die Balance auszugleichen. Der Preis wird für sie Beide hoch sein."

Der Ehegatte rollte erschöpft mit den Augen und entgegnete: „(Eng.) Von wie viel Pfund sprechen wir hier? Meine Ressourcen sind immer noch nahezu aufgebraucht."

„(Eng.) Oh, ich rede nicht von Geld... Mister Quinn. Meine Bezahlung sieht anders aus, als Sie denken", widersprach der Junge. „(Eng.) Für die Rettung Ihrer Frau müssen Sie zwei Instanzen bezahlen. Die Welt verlangt eine Bezahlung in Form von Leben, nicht Papier, Gold oder digitalen Zahlen. Mein Anteil ist hingegen ein Anderer. Eine Familie, die mit guten Kontakten und einer finanziellen Basis meine Vorhaben ermöglichen kann."

„(Eng.) Eine Familie?", wunderte sich der bereits dreifache Vater. „(Eng.) Ich soll dich also als Sohn adoptieren? Falls du es schaffst meine Frau zu retten, werden wir dir die gleiche Liebe schenken, die meine eigenen Kinder auch genießen."

Das gewiefte Kind schmunzelte kurz selbstbewusst. „(Eng.) Bitte belügen Sie mich nicht, Mister Quinn! Menschen, die meine Macht gesehen haben, fürchten mich entweder oder versuchen mich auszunutzen. Ich sage es Ihnen gleich: Ich strebe stets eine ausbalancierte Partnerschaft an. Hintergehen Sie mich also nicht! Die restlichen Details können wir auch später besprechen. Jetzt zum Preis für die Balance: Ich müsste normalerweise Ihr Leben nehmen, Mister Quinn, um das Ihrer Frau aufzuwiegen. Dies würde mich jedoch mit einem grausamen Dämon gleichsetzen. Also biete ich Euch eine andere, humanere Lösung an...", erklärte der Junge mit ausgestecktem Zeigefinger.

„(Eng.) Ich nehme Euch Beiden die Möglichkeit jemals wieder in diesem Leben Kinder zeugen und werde eine Grenze setzen, dass Euer Leben so lange hält.... wie ich noch in dieser Welt verweile. Stirbt mein Körper, so wird es auch Euer Todesurteil sein, Mister Quinn. Ihr werdet die gleichen Weg wie Eure Frau in wenigen Monaten durchmachen und sterben."

„(Eng.) Kalt und berechnend, selbst für einen Geschäftsmann wie mich! Du bist für Dein äußerliches Alter ganz schön skrupelfrei... aber so soll es sein", akzeptierte der Ehemann. „(Eng.) Ein gesunder Junge wie du wird wohl einen alten Mann wie mich überleben können."

„(Eng.) Ich bin eben ein Überlebenskünstler, Mister Quinn... Somit ist unser ‚geheimer' Packt besiegelt", antwortete der Knabe schmunzelnd, ohne zu zögern. In diesem Moment schlossen sich die Vorhänge. Der Begleiter des Knaben sperrte die Tür zu, trat an das Fußende des Bettes und legte dort den Aktenkoffer auf eine kleine Bank ab. Dann begann er sich auszuziehen.

„(Eng.) Was wird das?", fragte der Hausherr geschockt und gleichzeitig verwirrt.

„(Eng.) Ihre Frau ist fast tot. Ohne frische, nährfähige Biomasse kann ich sie nicht retten", erklärte der Junge kalt.

„(Eng.) Biomasse... also wie eine Gewebespende von diesem Mann? Ist er überhaupt kompatibel?", hackte der Ehemann geschockt und ungläubig nach. „(Eng.) Welchen Teil seines Körpers opfert dieser Mann für das Leben meiner Frau?"

„(Eng.) Alles", entgegnete der Junge gelassen. „(Eng.) Aber seien Sie beruhigt, Mister Quinn! Sein Geist gleicht eher einer Arbeitsbiene im Stock und kehrt nur zum eigenen Volk zurück. Seine fleischliche Hülle benötigt er dort nicht. Er ist kein Mensch wie Sie."

Noch während sich der Begleiter auszog, begann sich sein Körper zu verflüssigen. Er schien diese schmerzhafte Veränderung aber tatsächlich willkommen zu heißen. Sein Gesichtsausdruck erinnerte an einen Leidenden, der endlich die langersehnte Befreiung von seinen Schmerzen erlangt. Die sich verflüssigenden Körperregionen sammelten sich zu aufsteigenden Strömen aus zunehmend klarer werdender Flüssigkeit. Diese flossen zu einer wachsenden, schwebenden Kugel über dem Bett. In diesen zahlreichen Wasserfäden, wurden auch kleine Lichtpartikel mitgetragen, die sich zu einem Kern in der Sphäre häuften. Auch die Holzschachtel öffnete sich und das goldene Puzzleartefakt schwebte daraus empor. Der Ehegatte beobachtete gebannt das Ereignis, während die Lichter sich in seinen Augen wiederspiegelten. Alle seine Zweifel waren hinweggefegt, denn trotz der scheinbaren Grausamkeit dieses Spektakels, hatte er noch nie in seinem Leben ein schöneres Lichtphänomen aus nächster Nähe beobachten können. Während die, von einzelnen, lebendigen Lichtfäden durchzogene, Kugel sich langsam über das Bett bewegte, zog sich die Bettdecke der Frau von selbst runter und sie hob, wie von der Schwerelosigkeit erfasst, in die Höhe. Alle an die Kranke angeschlossenen Infusionsleitungen lösten sich samt Nadeln und Pflastern von ihren Körper. Die Geräte fielen in diesem Moment aus. Selbst der Katheder, der ihr an die herznahen Gefäße angeschlossen war, zog sich aus ihrem Körper heraus. Etwas Blut strömte heraus, aber dieses wurde sofort wieder in ihren Körper gezogen. Die kranke Frau hatte bereits einen dicken Bauch, der auf die Unfähigkeit des Körpers hinwies, noch Wasser zu haushalten. Viele Organe hatten bereits versagt. Mister Quinn fiel fassungslos in seinen Sessel zurück. Er fürchtete um seine Frau, die weitere Anstrengung vielleicht nicht überleben würde und blickte besorgt auf den mysteriösen Wunderheiler. Der Junge stand mit geschlossenen Augen auf und streckte seine geöffneten Hände in Richtung der Nährkugel sowie Miss Quinn. Als er sie wieder öffnete, leuchteten seine Irides einem blaugrünen Schimmer. Während er seine Hände langsam vor sich schloss, tauchte die Frau mit ihrem ganzen Körper in die Lösung. Sie war zu komatös, um die Situation richtig einzuschätzen oder sich gar zu wehren. Die Lichtfäden in der Kugel verschmolzen schließlich mit der Frau und ihr gesamter Körper erstrahlte selbst im schwachen Schimmer. Sie schien schreien zu wollen, aber dafür war sie zu schwach. Der schwebende Würfel öffnete sich und baute eine Art Lichtbrücke zur Patientin. Vom Begleiter des Jungen war zu diesem Moment nichts mehr außer der getragenen Kleidung übrig, die in einen kleiner Haufen auf dem Boden lag.

Vor den Augen ihres besorgten Ehegattens kehrte wieder Farbe in die bleiche Haut der Frau zurück. Ihre tiefen, dunklen Augenringe schwanden, ihr dürrer ausgelaugter Körper gewann wieder ein angenehmes Maß an Fülle, die ausgefallenen Haare wuchsen wieder schulterlang nach. Die Flüssigkeitseinlagerungen in ihrem Bauch bauten sich ab und das Hautgewebe erlangte wieder ihre jugendliche Spannkraft. Die Lösung schwand währenddessen zunehmend. Im Zimmer würde es schwülheiß, dass sich auf den Wänden und Fenstern ein Kondensat bildete. Schließlich war sämtliche Nährflüssigkeit um die Genesene verdunstet oder absorbiert und sie schwebte sanft auf ihr Bett hernieder. Der Schimmer verblieb jedoch weiter, als der junge Heiler wieder die Augen öffnete.

„(Eng.) Es ist fast vollbracht", sagte er von der Konzentration erleichtert und streckte langsam seine schweißnasse rechte Hand Mister Quinn entgegen. „(Eng.) Jetzt müssen SIE mir nur noch die Hand reichen, um Ihren Teil zu erfüllen."

Der verängstigte Ehemann stand langsam auf und streckte nur zögerlich seine Hand heraus. Er war äußerst misstrauisch, aber sein Wunsch nach Heilung seiner Frau war erfüllt worden. Die Frage war jetzt aber, ob sie auch das wirklich war und nicht irgendein außerirdischer Parasit oder ein Dämon. Selbst wenn der Junge vor ihm jetzt der Teufel selbst war, gab es kein Zurück.

Seine Frau befand sich immer noch unter dem Einfluss dieser seltsamen Macht. Ein falscher Schritt könnte das Ende für Beide sein. Als Mister Quinn dem Jungen die Hand schließlich reichte, konnte er sich plötzlich nicht mehr bewegen. Eine starke Hitze erfüllte seinen gesamten Körper, die kaum noch zu ertragen war. Es fühlte sich an, als ob diese Hitze in die Knochen reichen würde, um darin zu versickern. Dann löste der Jüngling schmunzelnd seinen Griff um die Hand des Hausherrn. Das Licht in der Frau strömte als feine geteilte Partikel direkt in den Knaben und den offenen schwebenden Würfel. Nach dem letzten Funken verschloss sich das Artefakt und sank langsam wieder in das Holzkästchen nieder, welches sich sofort verschloss.

„(Eng.) Ich bin jetzt fertig", erklärte der schweißnasse Junge selbstzufrieden, nahm die Schachtel und ging zur Tür. Zwei Schritte davor blieb er stehen, drehte sich um und schwang künstlerisch mit seiner rechten Hand. Die Lichter begannen wieder zu flackern, Vorhänge schoben sich auf und die Fenster öffneten sich. Ein starker, kalter Windstoß durchströmte das Zimmer. Sämtliche Feuchtigkeit, selbst das Kondensat an Wänden, Kleidung und Haaren verdunstete wieder. Die Windböe trug so all die aufgenommene Feuchtigkeit nach außen und die Fenster schlossen sich wieder. Der Junge klemmte die Holzkiste an sein Bein und wartete. Der Raum war erfrischt und die Ehegattin öffnete überrascht ihre Augen. Sie richtete sich auf, betrachtete ungläubig ihre Hände und die gesunde Hautfarbe. Mister Quinn nahm sie in die Arme und weinte erleichtert wie ein kleines Kind.

„(Eng.) Walter? Ich .... bin gesund?", stellte sie ungläubig fest, während sie mit einem fragenden Gesichtsausdruck ihren Mann schweratmend wieder von sich trennte. Dann schaute sie sich um und ihr Blick blieb auf dem unheimlich ruhig stehenden Knaben an der Tür haften. „(Eng.) Wie ist das möglich?", fragte sie weiter, aber dann erinnerte sie sich an die Vision, die sie im Zustand geistiger Benommenheit im Jungen sah. Ein Gefühl der Angst überkam sie, denn im Nachhinein fühlte es sich eher nach einem bodenlosen Abgrund, der sie jederzeit verschlingen könnte. Der Junge neigte leicht seinen Kopf zur Seite und schmunzelte wortlos. Auch Mister Quinn drehte sich zum seltsamen Wunderheiler, als er den verblüfften Blick seiner Frau bemerkte.

„(Eng.) Im Koffer findest du meine Adoptionspapiere und alle weiteren nötigen Dokumente, ‚Vater'. Ich werde ab morgen damit anfangen, deinem Unternehmen wieder auf die Beine zu helfen und wäre dankbar, wenn mir jemand jetzt mein Schlafzimmer zeigt", forderte der Knabe und entriegelte die Tür. „(Eng.) Ich bin jetzt müde und muss mich erholen."

Kaum war das Zimmer offen zugänglich, stürmte der Butler herein und fand die Gattin quicklebendig, in ihrem Bett sitzend, vor. Ihm kamen die

Freudentränen, doch allmählich verflog sein Lächeln als sein Blick von der Herrin auf das von Sturm verwehte Zimmer wechselte. Er hob verblüfft eine Augenbraue, als er all die teilweise kaputten, umgeworfenen Gegenstände betrachtete.

„(Eng.) Sir?", sprach Harley in einem sarkastisch verwunderten Ton. „(Eng.) Ich freue mich über die Genesung Ihrer Frau, aber war diese mutwillige Zerstörung wirklich notwendig?"

Das Ehepaar und der Junge lächelten.

„(Eng.) Gut zu wissen, was deine Prioritäten sind... Harley", entgegnete der angeheiterte Hausherr. „(Eng.) Es war... an der Zeit für eine Veränderung! Du kannst morgen im Lauf des Tages aufräumen. Wärst du so freundlich, meinen NEUEN Sohn in das freie Gästezimmer zu geleiten?! Schlag ihm bitte keinen Wunsch ab."

Mister Quinn zeigte dabei auf den Jungen, dessen Präsenz dem Butler völlig entgangen zu sein schien. Das Kind stand direkt neben Harley und wartete bereits darauf in sein neues Zimmer gebracht zu werden. Der Butler drehte sich um und zuckte kurz erschrocken zusammen. Dann entschuldigte er sich und geleitete das neue Familienmitglied heraus, als ihm plötzlich etwas einfiel.

„(Eng.) Wo ist eigentlich Ihr erwachsener Begleiter, junger Herr?", fragte Harley höflich an der Türschwelle.

Noch bevor Mister Quinn sein Mund für eine gerade, ausgedachte Lüge öffnen wollte, antwortete der Knabe: „(Eng.) Er sollte mich nur herbringen und ist jetzt... heimgekehrt!"

„(Eng.) Genau was er sagte!", stimmte Mister Quinn verdächtig zu. „(Eng.) Also bringen Sie meinen Sohn in sein neues Zimmer!"

„(Eng.) Tatsächlich? Durch das Fenster?", fragte Harley ein Augenbraue anhebend und sah dann die Kleidung. „(Eng.) Hat er sich nackt auf den Heimweg gemacht?"

Der kleine Junge schmunzelte und entgegnete: „(Eng.) So nackt, wie nur jemand sein kann. Nun kommen Sie bitte, Harley! Ich bin sehr müde."

Der Haushälter war von der Antwort völlig unbefriedigt. Ist er vielleicht zum Zeugen einer rituellen Opferung geworden und würde er der nächste sein?

„(Eng.) Nein, werden Sie nicht!", sagte der mysteriöse Knabe. „ führte den Jungen hinaus.

„(Eng.) Ich hoffe es war kein Fehler", murmelte Walter Quinn zweifelnd.

„(Eng.) Wieso sagst du das, Walter? Er hat UNS mehr gemeinsame Zeit geschenkt, oder?", sprach Emilie Quinn selbst noch ziemlich unsicher. „(Eng.) Dafür müssen wir dankbar sein. Wir sollten Ihn aber vorsichtshalber von unseren anderen Kindern fernhalten. Er mag uns geholfen haben, aber gefährlich ist der trotzdem."

„(Eng.) Du hast natürlich Recht. Nur leider wissen wir nicht, was er oder es überhaupt vorhat. Ich glaube fast den Teufel in mein Haus gelassen zu haben und fürchte um unsere Kinder", entgegnete der besorgte Ehemann. „(Eng.) Als er bei der Heilung kurz seine Augen öffnete, erfüllte mich eine tiefe Urangst. Vielleicht... leiten wir mit ihm sogar das Ende der Welt ein. Zu mindestens, wie wir sie kennen."

Kapitel 1: „Als noch alles normal war..."

„Normalität ist die Ausrede derer, die Veränderung fürchten."

Etwa 10 Jahre später...

Nur selten wurde Lilly in ihrem Leben etwas geschenkt. Als sie ihr Pharmazie-Studium in Berlin anfing, hatte sie gleichzeitig ihr altes Leben hinter sich gelassen. Es war ein Leben in einem unsichtbaren Käfig voller Erniedrigung, Demütigung, Gewalt und Unterdrückung. Lillys Familie war nämlich anders als der Rest. Ihr Vater, Karl, war ein Prediger, ein angesehenes Vorbild in der örtlichen Gemeinde. Die Predigten des charismatischen Redners bewegten vor allem die konservativen Zuhörer der Gemeinde. Sie handelten oft von der Bedeutung der Familie, die Rolle des Vaters als Hüter und Ernährer, als auch vom Schutz der Frauen vor der Verderbnis der Neuzeit. Kaum ein Gemeindemitglied wusste jedoch, wie er diesen „Schutz" zuhause interpretierte. So waren für ihn Frauen nämlich nichts weiter, als der Besitz des Mannes.

Lillys geliebte Mutter, Maria, litt am meisten unter der groben Hand ihres Ehegatten, der fast jegliche Widerworte mit Züchtigung bestrafte. Die arme Frau konnte ihn aber auch nicht verlassen, da sie sich verzweifelt an die Liebe zu ihm und ihren Söhnen klammerte. Vielleicht aber kannte sie es selbst nicht besser. Lillys Mutter floh in die Haushaltführung und die Pflege ihrer drei Kinder. Die Erziehung von Lillys Brüdern hingegen übernahm fast ausschließlich der Hausherr. Und so war es nicht verwunderlich, dass die Beiden arrogant wurden und die beiden Frauen des Hauses auf ähnliche Art behandelten. Lillys Kindheit bestand so aus Hausarbeit, Züchtigungen, Kirche und vor allem: Verzicht. Entsagung von allem, was für ihre Brüder frei zugänglich war. Allein in der Schule und in den Büchern, die Lilly stets heimlich aus der Schulbibliothek auslieh, fand sie Trost. Sie liebte Romane, Gedichte, aber auch Naturwissenschaften und Medizin. Sie träumte davon, Menschen zu helfen und vielleicht sogar etwas in der Gesellschaft zu bewegen. So wuchs ihr Interesse an der Welt, während ihre Brüder im familiären Rampenlicht degradierten. Kaum den untersten Schulabschluss haben die Brüder gerade noch so geschafft, um dann, nur dank Kontakte, in der Gemeinde ihre Ausbildungsplätze zu bekommen.

Als bei einem gemeinsamen Mittagsessen, Lilly für ihren Vater völlig überraschend über einen Studienplatz in Berlin berichtete, reagierte er gleichgültig. Dennoch unterbrach er kurz das Essen, um sein Wort dazu zu sagen.

„Aus meinem Haus wird kein Frauenzimmer gegen die gottgegebene Ordnung verstoßen!", sagte der Hausherr ruhig. „Ihr habt den Haushalt zu hüten und uns zu pflegen. Echte Arbeit wird stets die Pflicht und Recht des Mannes sein. So steht es in der Bibel geschrieben. Diese neumodische Gleichberechtigung ist eine Irreführung Satans, um die Gesellschaft zu entzweien und Familien zu zerstören. Lieber suche ich dir einen passenden Heiratskandidat, um dir dieses Flausen aus dem Kopf zu jagen. Gleich kommenden Sonntag!"

Lilly war zwar auf eine negative Reaktion bereits innerlich eingestellt, aber das hat sie selbst ihre schlimmsten Vorstellungen übertroffen. Sie hatte bereits ihre Koffer vorausschauend gepackt, aber dennoch zerbrach in Ihr etwas in diesem Moment. Sie begriff, dass ihr Vater unbelehrbar war.

Früher klammerte sie sich an die Hoffnung, er würde ihr doch noch endlich etwas Würde schenken, sie ihren Brüdern gleich respektieren, falls sie sich beweisen könnte. Aber nun wurde ihr klar, dass dieses Fass einfach nicht zu füllen sei. Sie stand ruhig auf, entschuldigte sich höfflich mit Tränen in den Augen und ging auf ihr Zimmer. Der arrogante Hausherr setzte sein Essen jedoch teilnahmslos fort. Selbst bei Lillys arroganten Brüdern konnte man die Zweifel im Gesicht sehen.

In ihrem Zimmer angekommen, zog sich Lilly leise an, nahm ihre beiden Koffer aus dem Versteck in der Besenkammer, schlich die Treppe herunter und verließ das Haus. Ihre Mutter hatte ihr einen Briefumschlag mit heimlich erspartem Geld und einer Busfahrkarte in den Koffer gesteckt.

Es war das letzte Mal, dass Lilly das Familienheim besuchen würde. Traurig und voller Enttäuschung rollte sie ihren Koffer hinter sich, während das Haus sich langsam weiter entfernte. Als der Bus schon in der Ferne zu sehen war, erblickte Lilly plötzlich ihren Bruder, Louis, der auf sie schnell zulief. Lilly wurde von der Panik ergriffen, weil er sie wahrscheinlich zurück zerren würde. Aber kurz vor ihr blieb Louis stehen und kratzte sich schüchtern am Kopf.

„Es tut mir Leid", sagte er dann mitfühlend. Es war das erste Mal, dass Louis jemals seine Schwester um Entschuldigung bat. „Ich hoffe, du kannst mir irgendwann verzeihen."

„Bist du gekommen, um mich aufzuhalten?", sagte Lilly noch misstrauisch, während der Bus schon an die Haltestelle vorfuhr.

Louis schüttelte den Kopf: „Eigentlich sollte ich das, aber was für ein Monster wäre ich, wenn ich die Zukunft meiner geliebten Schwester zerstören würde."

Lilly lächelte und umarmte weinend ihren Bruder.

„Danke", sagte sie voller Emotionen. Der Bus hatte bereits die Türen geöffnet.

„Jetzt beeil dich, Lilly!", sagte Louis freundlich. „Der Fahrer wartet nicht ewig."

Lilly stieg in den Bus und winkte durch das Fensterglas, während der Bus losfuhr.

In Berlin zog sie zunächst in ein Studentenheim und versuchte ihr Leben in eine gelenkte Bahn zu bringen. Sie nahm eine Stelle als Aushilfskraft am Wochenende an und beantragte einen Studienkredit. Denn obwohl auch das Leben schwer war, hatte sie dank der entbehrungsreichen Kindheit damit weniger Probleme. Der Kontakt zu ihren früheren Freundinnen in der Gemeinde brach Lilly vorsichtshalber ab, um für ihren Vater keine Spur zu legen.

Mit dem Beginn des Studiums kam sie anderen Kommilitoninnen näher und stellte fest, wie falsch ihr Leben doch bisher gelaufen ist. Auch wenn Lilly viele Unternehmungen ihrer Kommilitonen nicht mitmachen konnte, war es die Freiheit sich selbst dafür entscheiden zu können, dass Lilly motivierte. Eine gewisse Traurigkeit blieb dennoch, weil sie ihre Mutter und Brüder vermisste. Dann begann ein alter, fast vergessener Traum erneut Lillys Nächte heimzusuchen und ließ sie schweißgebadet aufwachen.

Während des ersten Semesters wechselte der seltsame Antony Black auf die Uni. Der Auslandsstudent aus England verhielt sich stets sehr arrogant und verbrachte seine Zeit meistens mit teilweise fachfremden Büchern, die er selbst mitten in den Vorlesungen las. Ein Paar Professoren waren von seinem Verhalten irritiert und stellten ihm öfter Fragen, um seine Aufmerksamkeit zu prüfen, aber er schien jedes Mal eine richtige Antwort parat zu haben. Manchmal war seine Antwort sogar ausführlicher, als in der Vorlesung gehalten.

Er schien Lilly seltsam nostalgisch zu faszinieren, obwohl ihr Verstand ihn einfach nicht einordnen konnte. Seine gelegentlichen, beobachtenden Blicke, die sich nur auf Lilly zu konzentrieren schienen, hatten etwas Unheimliches. Ein Gefühl der intellektuellen Überlegenheit umgab den Austauschstudenten. Es war so stark, dass sogar die Dozenten nach diversen, verlorenen Diskussionen schließlich aufgegeben haben, ihn zu fragen. Seine

Kommentare waren jedoch auch sehr kontrovers. Er verwickelte sich oft in moralisch, grenzwertige Diskussionen mit den Professoren, wie zum Beispiel die genetische Modifikation von Eizellen oder Hirndoping.

Während einer Mikroskopie-Übung riss bei Lilly jedoch endgültig der Faden. Antony Starren wurde unerträglich. Sie stand auf, ging zum Platz des Gaffers und sagte ihm unzufrieden: „Antony? Glaube nicht, ich hätte dein penetrantes Starren nicht bemerkt. Ich mag das nicht! Hör damit sofort auf!"

Antony aber schaute ihr tief in die Augen, lächelte und entgegnete zu ihrer Überraschung: „Dafür bitte ich dich um Entschuldigung, Lilly. Dafür weiß ich jetzt, dass ich mich bei dir nicht getäuscht habe. Es gab hier so einige, die mein Starren beobachtet haben, aber keiner hat was gemacht. Ich denke, wir könnten voneinander profitieren."

„Bitte? Soll das ein Witz sein?", fragte Lilly von seinem konzentrierten, aber freundlichem seltsam Blick eingeschüchtert wegschauend. „Wie kommst du überhaupt darauf, dass ich das will?"

„Ich kann dir ansehen, dass du dich nach der Anerkennung durch deine Familie und nach einer ‚existenziellen' Bedeutung sehnst!", entgegnete Antony mit sanften englischen Dialekt. Einige Kommilitonen aus der Umgebung beobachteten neugierig das Schauspiel.

„Das hast du durch das viele Starren über mich rausgefunden?", entgegnete Lilly unfreundlich. „Nicht nur, dass du jetzt in aller Öffentlichkeit versuchst mein Innerstes offen zu legen um dein Gaffen zu rechtfertigen... Du glaubst auch, du kannst mich mit solchen Spruch rumkriegen? Du... bist überhaupt nicht mein Typ. Ich mag keine arroganten Männer."

Antony blickte kurz durch die anderen Kommilitonen und sagte dann: „Das glaube ich dir aufs Wort. Du hast auch zweifelsfrei Recht über die Unpässlichkeit des Ortes, aber nicht beim Rest. Lass uns das lieber beim Mittagsessen in der Mensa besprechen. Ich glaube, das wird der Anfang einer interessanten Freundschaft sein. Ich lade dich auch selbstverständlich ein."

„F...Freundschaft?", wiederholte Lilly kurz ungläubig. Sie dachte für einen Moment, dass er eher flirten würde. „Ah.. ja natürlich. Sagst du das zu allen Mädchen?"

„Höre dir zuerst an, was ich zu sagen habe und dann kannst Du immer noch entscheiden", entgegnete Antony selbstbewusst.

Als sie sich zum Essen an einen Tisch setzten, schien sich sonst niemand an den Tisch zu trauen. Antony nahm sich das teuerste Menü in der Mensa und packte selbst mitgebrachte Gewürze aus, die unglaublich frisch und intensiv rochen.

„Warum eigentlich ich?", fragte Lilly sehr neugierig, aber überrascht von der kleinen Gewürzschachtel aus offensichtlich edlem Holz. „Du scheinst ja ein selbstverlie… von sich überzeugter Typ zu sein, aber für dein Temperament gibt es sicher besser passende Kommilitoninnen in unserem Semester."

„Ich entscheide lieber selbst, mit wem ich mich anfreunden möchte", entgegnete Antony ohne Pause und schnitt ein Stück des panierten Fischfiles ab. „Es gibt sicher genug interessante Menschen in unserem Umfeld, aber nur du bist von Interesse für mich. Du kannst dich entspannen, Lillien. Ich will dich weder verführen oder irgendwelche fragwürdige Beziehung mit dir führen. Ich möchte nur ein Freund sein. Schlechte Erfahrungen, auch mit nahen Menschen, haben mich gelehrt gewisse Charakterzüge zu erkennen. Aber damit solltest DU dich ja auch auskennen."

Dann legte er sich das Stück in den Mund und kaute, während er dabei intensiv auf Lilly starrte.

Lilly dachte kurz nach und entgegnete den Blick erwidernd: „Was hat mich verraten?"

„Du siehst männlichen Kommilitonen fast niemals länger in die Augen und du hältst, trotz netter Unterhaltungen sowie sozialer Interaktionen, Mitmenschen gern auf einem gewissen Abstand", erörterte Antony analysierend. „Deine Bemerkungen in Vorlesungen deuten auf eine religiöse Erziehung hin und deine spartanische, konservative Kleidung auf stark begrenzte Ressourcen. Ich vermute mal, dass du aus einer religiösen Familie mit streng patriarchischen Vorstellungen stammst. Dein Vater ist wahrscheinlich auch gewalttätig, aber deinem Ordnungssinn und Kleidungsstil nach zu urteilen ein Amtswürdenträger, was seiner Position in der Familie Macht verleiht."

„Das ist sehr… detailliert", kommentierte Lilly völlig verblüfft. „Und was genau macht mich daran jetzt deiner ‚Freundschaft' würdig?"

„Dein Lebenswille natürlich!", entgegnete Antony und schnitt sich erneut ein Stück ab. „Du hast einen starken Geist! Trotz aller gesellschaftlichen Hürden schreitest du nach vorne und gehst Deinen Weg."

„Hört sich fast wie ein Heiratsinterview an", schmunzelte Lilly von dem forschen Kompliment seltsam berührt.

„Ich bin geschmeichelt, aber bereits vergeben", entgegnete Antony schmunzelnd. „Aber wenn wir befreundet sind, verspreche ich dir eins: Wir werden deinen Seelengefährten schon finden."

„Bitte?", hackte Lilly nach. „Wie kommst du darauf, dass ich das überhaupt möchte?"

„Weil eine Existenz in der Einsamkeit grausam sein kann. Deine Mutter wird bestimmt auch zustimmen", gab Antony seltsam melancholisch zu. „Aber glaube mir… So einen wie deinen Vater würde ich gar nicht an dich ran lassen!"

„Auch wenn dich das gar nichts angeht! Danke, aber ich verzichte momentan lieber", sagte Lilly von zwiespältigen Gefühlen verwirrt. Ihr gesunder Menschenverstand riet ihr zur Vorsicht bei Antony. Irgendwas stimmte mit ihm nicht. „Aber was ist mit dir? Du scheinst mich gut zu verstehen, aber ich kenne dich überhaupt nicht. Wieso bist du überhaupt nach Deutschland gekommen, um Pharmazie zu studieren? Gibt es in England nicht genug gute Universitäten?"

„Um mich kennenzulernen und vor allem zu verstehen benötigt Zeit... viel Zeit. Sagen wir mal, ich wollte auch gewissen Abstand zu jemandem haben", entgegnete Antony selbstbewusst. „Meine Familie hat ‚einflussreiche' Kontakte, deren Beobachtung ich mich gern entziehen möchte. Manches erscheint dir auf den ersten Blick unbegreiflich oder unheimlich, ist es dann aber nicht. Eins kann ich dir versprechen: Wenn du in unserer kleinen Runde gehörst, wirst du in DIR vieles entdecken, was du vorher nicht für möglich gehalten hast."

„Moment, was wollen die ‚einflussreichen' Kontakte von dir?", fragte Lilly.

„Ich vereinige vier Charakteristika, die mich für einige Menschen gefährlich macht: Reichtum, gefährlich hohes Intellekt, Zielstrebigkeit und wie du sicher bei den Diskussionen bemerkt hast auch alternative Moralvorstellungen", erklärte Antony. „Wenn ich es drauf anlegen würde, könnte ich in den letzten zehn Jahren bereits die wirtschaftliche Kontrolle über die Finanzwelt übernehmen."

„Das ist eine völlig unglaubwürdige Behauptung", antwortete Lilly.

„Ach ja?", entgegnete Antony. „Und wenn ich dir sage, dass vor dir der Mann mit den höchsten Patentanzahl Europas sitzt und das alle davon meine Ideen waren?"

„Und in welchen Bereiche?", fragte Lilly überrascht.

„Maschinenbau, Physik, Produktionstechnik und Recycling", erzählte Antony.

„Aber warum studierst du dann Pharmazie?", entgegnete Lilly verblüfft.

„Ein genialer Verstand lässt sich nicht gern in Nischen einsperren. Ich arbeite mich von einfachen Maschinen, hoch zur komplexen Biomaschinen und bringe dabei meine Ideen ein."

„WOW", sagte Lilly. „Kannst du das beweisen?"

„Klar", sagte Antony. „Die Patente sind frei in einer Datenbank einsehbar."

Dann holte er einen Zettel, schrieb darauf eine Internetadresse für eine Patentdatenbank auf sowie diverse Patentnummern und schob sie zu Lilly.

„Das sind meine bekanntesten Erfindungen im Recycling und gehören zu einer meiner Aktiengesellschaften. Überprüfe es, wenn du es wünschst. Überlege dir also mein Freundschaftsangebot, aber bitte erzähle es nicht weiter! Ich vertraue dir!"

Nach den Vorlesungen setzte sich Lilly in der Bibliothek an einen Rechner und stöberte die Links durch. Tatsächlich fand Lilly Antonys Namen als Erfinder oder Patentinhaber in den Dokumenten. Es waren teilweise richtig unglaubliche Erfindungen dabei, wie eine kostengünstige Legierungstrennungsverfahren oder supraleitende Halbkeramiken knapp unter 0°C, sogar eine Anleitung für eine Thorium-Nuklearbatterie von der Größe eines Auto-Akkus zum Betrieb von Kleinfahrzeugen. Als Lilly die Suche vertiefte, fand sie über 250 weitere Patenttreffer mit Antonys Erwähnung. Wie reich wäre Antony dann erst?

Über die nächsten Tage lernte Lilly auch Antonys Mitbewohner Mark aus der Physik kennen. Er war ein heller, aufgeschlossener Typ. Sie fand aber auch schnell heraus, dass Mark ein seltsames, unterwürfiges Verhalten an Antonies Seite zeigte.

Lilly begriff schnell, dass Mark seinen Mitbewohner nicht wie einen gewöhnlichen Freund ansah. Bei einer Gelegenheit fragte sie ihn schließlich: „Mark? Hegst du für Antony etwa leidenschaftliche Gefühle?"

„So könnte man es nennen", entgegnete Mark schmunzelnd. „Liebe ist manchmal ein seltsames Gefühl. Nicht selten schwer von anderen Emotionen zu unterscheiden, aber ER ist … anders und schwer zugänglich, obwohl er offen scheint. Du wirst bald Vieles von dem überdenken, was du zu wissen glaubst."

„Schade", antwortete Lilly. Mark verzog etwas beleidigt das Gesicht. „Nein, es ist nicht das, was du denkst. Antony sagte mir einst, dass ich durch ihn meinen Seelengefährten finden würde… Ich dachte ehrlich gesagt zuerst, du wärst es. Du scheinst sehr einfühlsam zu sein, im Gegensatz zu anderen Männern."

„Oh glaub mir, Lilly…", entgegnete Mark verständnisvoll schmunzelnd. „Wenn du dem Einen begegnest, merkst du diesen doch bergeversetzenden Unterschied. Du hegst also keine Vorurteile?"

„Oh doch", entgegnete Lilly. „Ich bin schließlich bibeltreu erzogen worden, aber dein Privatleben ist deine Angelegenheit und wer weiß schon, was Gott wirklich will."

Mark schmunzelte und entgegnete: „Ja, wer weiß."

Eines Nachmittags lud Antony Lilly in ein bekanntes, teures Café ein. Es war für die unglaublich köstlichen Desserts, kreative Kuchen und seinen ausgezeichneten Kaffee bekannt. Es ging so weit, dass man sogar eine Woche vorher reservieren musste.

Als die Drei sich an einen etwas abgelegenen Tisch setzten, fiel Lilly ein weiterer reservierter Platz auf.

„Kommt etwa sonst noch jemand?", fragte Lilly überrascht.

„Ja", sagte Mark seltsam schmunzelnd. „Ich habe meinen Kumpel, Kevin, auch eingeladen."

„Das wird doch nicht etwa so ein Kuppeldate?", fragte Lilly misstrauisch.

„Neeein", antwortete Antony. „Ich stelle dir lediglich die ganze Clique vor. Alles darüber hinaus entzieht sich meinem Einfluss."

Lilly schmunzelte und beließ es zunächst dabei. Fast eine halbe Stunde verbrachten die Drei mit interessanten Gesprächsthemen. Plötzlich spürte Lilly etwas, dass ihren ganzen Körper bis zu den Nackenhärchen elektrisierte. Sie schaute zum Eingang und sah ihren Traummann ins Café hereinkommen. Er war groß, hatte kurzes braunes Haar, das für sie perfekte Gesicht und eine gut gebaute Statur mit breiten Schultern.

Als er Mark erblickte, winkte er und lief zum reservierten Tisch. Als Kevin jedoch Lilly erblickte, stolperte er über seinen eigenen Fuß und blieb dann rotwerdend wie erstarrt stehen. Die Blicke der Beiden trafen sich und Lilly, die sonst eher schüchtern war, konnte ihren Blick zuerst auch nicht von ihm wenden.

„Kevin, wärst du so nett und würdest deinen Mund schließen!", bemängelte Mark neckend. „Dein Gaffen ist schon fast obszön offensichtlich!"

„Oh… Ja… Scheiße… Tut mir Leid", stotterte Kevin von der Schönheit hypnotisiert, kam dann zu sich und wurde erneut rot. „Hallo, du musst Lillien sein. Ich entschuldige mich für meine Verspätung. Mir ist was dazwischen gekommen."

Mark rollte mit den Augen und sagte: „Jaja… Jetzt setz dich endlich dazu. Du machst sogar mich nervös."

Es war seltsam. Obwohl Kevin und Lilly sich vorher noch nie vorher getroffen haben, fühlte sich ihre erste Begegnung anders an. Ein ungewöhnlich starkes Gefühl der Vertrautheit, einer alten Sehnsucht ähnlich entbrannte in den Beiden. Lilly und Kevin reagierten zuerst sichtbar verwirrt, doch sie versuchten sich zusammen zu reißen. Antony schmunzelte kurz beide genau beobachtend.

„Wo sind wir stehen geblieben?", fragte Lilly sich ablenkend.

„Ich sagte, dass die Menschheit den nächsten Schritt der Zivilisation wahrscheinlich nicht schaffen wird. Nahezu uneingeschränkte Religions- und Meinungsfreiheit sind Euch dabei sogar mehr im Weg als hilfreich", wiederholte Antony sich erinnernd. „Beide bremsen in ihrer momentanen Form die politische Weiterentwicklung, den Fortschritt, höhlen Bildung aus, untergraben zwischenmenschlichen Respekt und schützen veraltete Hassvorstellungen."

„Da werden dir viele Menschen widersprechen", antwortete Lilly gekränkt.

„Besonders der Glaube, die Verbindung zu Gott ist etwas Tiefes. Es als etwas weniger zu Betrachten als ein Menschenrecht in der heutigen Form wäre schlichtweg ein Sakrileg. Außerdem bietet dieses Menschenrecht Schutz vor Verfolgung oder Diskriminierung wie im zweiten Weltkrieg. Die Meinungsfreiheit ist natürlich ebenso wichtig."

„Die Meinungsfreiheit ist einer der Grundpfeiler der Demokratie", kommentierte Kevin abwertend. „Wir würden sonst im Totalitarismus enden."

Antony schmunzelte und entgegnete: „Ich glaube, Ihr missversteht mich. Gehen wir erstmal auf die Meinungsfreiheit ein. Ich unterscheide zwischen objektiver Aufklärung, subjektiver Meinungsbildung und strategischem Journalismus. Ein Beispiel: Bei einem einflussreichen Politiker wird durch Recherche ein persönlicher Skandal aufgedeckt. Nehmen wir an, dass diese Person sonst ein Vorbild ist. Bei objektiver Aufklärung würde man den Skandal in eine detaillierte Personenanalyse mit Pros und Contras einbauen, damit der Leser selbst eine Vorstellung von ihm bilden kann. Subjektive Meinungsbildung bringt den Skandal als Schlagzeile heraus und zerstört einfach den Ruf des Politikers, selbst wenn seine restlichen Bemühungen grundsätzlich gut waren. Der strategische Journalismus, der in europäischen Ländern jedoch am häufigsten praktiziert wird, ist jedoch das Hauptproblem. Dabei wird der Skandal zurückgehalten und als Druckmittel gegen den Politiker verwendet. Sobald der Politiker etwas sagt, dass jemandem aus der wahren Führungsriege des Landes nicht passt."

„Hört sich für mich nach einer Verschwörungstheorie an", kritisierte Kevin augenrollend. „Wer soll diese Führungsriege sein? Eine Geheimgesellschaft, die die Weltherrschaft anstrebt."

Antony schmunzelte und entgegnete: „Soweit würde ich gar nicht gehen. Fast jede Zeitung, Fernsehkanal und Radio befinden sich heute ganz oder teilweise in privater Hand. Also vertreten Sie auch letztendlich auch Ihre Interessen. Diese sehr menschlichen Ziele sind vor allem steigender Einfluss und Erhöhung des eigenen Reichtums. Das ist auch nicht weiter verwerflich, weil es den äffischen Urinstinkten entspricht. Es ist eher das Resultat dieses Verhaltens, dass letztendlich jede aufstrebende Zivilisation in der Menschheitsgeschichte vernichtet hat: Die arbeitende Bevölkerung wird versklavt, lehnt sich schließlich auf und tötet letztendlich jeden, der das alte System unterstützt hat. Die Wirtschaft kollabiert und im Chaos entstehen neue Gruppierungen, aus denen die Grausamste am Ende gewinnt."

„Was für ein Blödsinn redest du da?", widersprach Lilly. „Wir sind doch keine Sklaven."

„Ihr werdet es, sobald Ihr in die Arbeitswelt eintretet", erklärte Antony. „Lass es mich dir mit einfacher Mathematik erklären: Seit der letzten Wirtschaftskrise befindet sich über 85 % des Gesamtweltgeldvermögens im

Besitz der reichsten 8% der Menschen. Nehmen pessimistisch an, dass diese Menschen nur etwa 90% ihres Geldes in Aktien anlegen, die mit 5% jährlich verzinst sind. Das bedeutet, dass die restlichen 92% der Bevölkerung dieses Zinsen erarbeiten müssen. Davon sind 20% zu alt zum Erwirtschaften, 33% zu jung und ca. 10% sind arbeitslos. Daraus folgt, dass 42 % der Bevölkerung diese 5% des Gesamtweltvermögens erwirtschaften müssen."

„Hört sich nicht nach viel an", kommentierte Lilly.

„Ja, nur sind diese 5% auf 76,5% des Weltvermögens bezogen. Die arbeitende Schicht hat aber nur ca. 15% des Vermögens zur reellen, eigenen Verfügung. Alles andere sind Schulden bei Investoren. Das bedeuten, dass der statistische Angestellte eigentlich 25,5% seiner Leistungen an Investoren verliert. Dieser Anteil steigt mit abfallendem Bildungsgrad. Bedenkt man, dass zu diesen Betrag noch Bearbeitungsgebühren, aufgebaute Mehrfachverleihungen durch Banker dazukommen resultiert daraus ein Endanteil von mindestens 35%."

„Wie soll denn das gehen?", fragte Kevin nach. „Das würden die Menschen doch merken."

„Nicht, wenn es in kleine Häppchen verteilt wird", erklärte Antony. „Ein Teil fließt über aufgenommene Schulden ab, ein weiterer über Mietabgaben, noch einer über Steuern also Schuldlast des Staates, also durch die erzwungenen Einsparungen in der Infrastruktur, Kürzung der Renten und Privatisierung von öffentlichem Eigentum, dass eigentlich früher allen gehörte und von allen mitbenutzt werden konnte. Die Privatisierung wird nicht mit den Straßen, der Strom- und der Wasserversorgung aufhören. Bei der momentanen Entwicklung wird die Öffentlichkeit innerhalb der nächsten 3 Jahrzehnte zusammenbrechen. Altersarmut ist nur der Anfang."

„Und warum denkst du, dass Religionsfreiheit eingeschränkt werden muss?", fragte Lilly. „Gerade in solchen Zeiten ist Glaube wichtig."

„Glaube?", fragte Antony zynisch. „Religion hat das dunkle Mittelalter mitverursacht. In Zeiten großer Verzweiflung haben sich die Menschen um religiöse Anführer geschart, die mit utopischen Idealen und einer schuldigen Minderheit die Konflikte befeuerten. Es führte zu Aufständen, Chaos und Vernichtung. Jeglicher Fortschritt wurde dabei zusammen mit den alten Eliten dämonisiert oder ganz vernichtet."

„Was würdest du denn vorschlagen?", fragte Kevin.

„Kapitalismus spricht die natürlichen Bedürfnisse des Menschen nach Anerkennung und Belohnung für Geleistetes an. Aber wenn man Geld und Vermögen als Anerkennung des Eigenerfolgs durch die Gesellschaft betrachtet, muss man sich von der Idee loslösen, dieses sei uneingeschränkt vermehrbar und vererbbar. Die Besteuerung des Vermögens, sowie die Vererbbarkeit könnte man an regionale oder nationale Faktoren knüpfen, wie zum Beispiel Leitzins oder Mindestlohn. Das Vermögen muss sich im ständigen Kreislauf zwischen öffentlich und privat befinden, damit es nicht zur Ungerechtigkeitsverschiebung kommt. Neue Ideen und Unternehmungen würden in diesem verbesserten System am meisten gefördert und davon würden letztendlich alle profitieren. Und für die Zweifler unter Euch. Es geht beim Vermögenrückgabe nicht um das mühevoll ersparte Eigenheim oder die mühevoll aufgebaute Firma, aber Aktienanlagen, vermietete Immobilien, Zweitfirmen und sonstige Passiveinkommensquellen müssen nach dem Tod an die Gesellschaft zurückgegeben werden, da man zu Lebzeiten davon profitiert hat. Die eigenen Kindern kann man gern das Eigenheim und die Firma überlassen."

„Aber warum dann Religionsfreiheit einschränken?", fragte Lilly. „Die Bibel zum Beispiel verurteilt Ungleichheit doch ebenso."

„Ja aber sie setzt falsche Zeichen", entgegnete Antony. „Religionen haben einen dogmatischen Charakter und führen in schwierigen Zeiten stets zu einem Rückfall zu den alten Werten, also letztlich zur Barbarei. Da der Wahrheitsgehalt dieser Schriften und der damit verbundenen Regelwerke für einen Lebenden nicht überprüfbar ist, sind sie mit einer Meinung oder Vorstellung gleichzusetzen und einem wissenschaftlichen Beweis sowieso unterzuordnen... besonders aus der Perspektive von jemandem, der die Natur und das Universum besser versteht."

„Wie meinst du das?", hackte Kevin zynisch nach. „Hast du etwa Beweise dafür, dass die weisen Autoren der Religionsbücher gelogen haben oder Gott gar nicht existiert?"

Antony aber entgegnete: „So sagte ich das nicht! Gehen wir mal anders an die Sache heran, gibt es gewisse Argumente gegen die Bibel vorbringen. Die Bibel zum Beispiel verurteilt Homosexualität als Todsünde, aber befürwortet gleichzeitig Sklaverei, sogar das der eigenen Tochter (2. Mose 21,7). Wer die Bibel, Koran oder irgendein anderes religiöses Buch also ernst nehmen will, müsste man zum Beispiel: auf alle Medikamente verzichten, da Krankheiten als Strafe Gottes oder schlechtes Karma zu betrachten sind; Technologie ablehnen, weil sie Gott in Frage stellt; Alle psychische Erkrankungen mit Exorzismus behandeln; In der Ernährung auf Krebstiere, Schweinefleisch und diverse andere Lebensmittel verzichten; Außerdem wären Frauen nach fast allen großen Religionen weniger wert als Männer."

„Sich beschneiden lassen als Bindung zu Gott sollte man auch nicht vergessen", fügte Mark böse schmunzelnd hinzu.

„Zum Glück glaube ich nicht an Gott", verkündete Kevin stolz. Lilly irritierte diese Anmerkung nur.

„Und an was glaubst du, Antony?", fragte Lilly, ohne auf eine universelle einleuchtende Antwort zu erwarten. „Als hochintelligenter Wissenschaftler müsstest du ja mittlerweile auch eine ‚Meinung' haben."

Antony schmunzelte und antwortete: „Ich kenne die Wahrheit oder kenne sie nicht, dazwischen gibt es für mich nichts. Was ich nicht kenne, versuche ich zu ergründen. Aber ich bin nicht bereit mein ganzes Leben für die Anbetung von etwas Ungreifbarem zu verschwenden. Damit du mich besser verstehst, ein Beispiel: Der Vatikan hält seit Jahrhunderten einen Großteil seiner historischen Untersuchungen zur Bibelgeschichte unter strengem Verschluss. Nur ausgewählte Personen dürfen unter absoluter Geheimhaltung an diese brisanten Archive heran. Da stellt sich die einfache Frage: Warum? Wenn die Bibel so stimmt, wie sie uns heute vorliegt, könnte der Inhalt der Archive sicher den Positivbeweis liefern und der ganzen Welt den Wahrheitsgehalt bestätigen."

„Also haben Sie vielleicht vor etwas Angst?", bestätigte Kevin das Offensichtliche.

„Der geschichtliche Jesus war kein Freund von ritualisiertem Kommerz. Das bewies er durch seinen Wutausbruch im Tempel, der in mehreren Evangelien auftaucht. Er stellte schnell fest, wie korrupt die jüdischen Hohepriester waren und predigte öfter im Freien. Jetzt die Frage an Euch: Wieso würde ein korruptionsverabscheuender Messias eine Glaubensgemeinschaft gründen wollen, die auf denselben hierarchischen Prinzipien wie die heutige katholische Kirche basiert?", ergründete Antony. „Es gibt eigentlich nur zwei Möglichkeiten, warum die Kirche diese Information zurückhält: Entweder würde sie ihre Autorität aufheben oder einen Teil der Bibel sehr unvorteilhaft widerlegen."

„Aber was hat es mit Meinungsfreiheit zu tun? Du verbindest beides ausirgendeinem Grund", fragte Lilly etwas verwirrt.

„Du kannst an einen fliegenden Affengott glauben und Legenden darüber verfassen. Man kann daraus sogar eine Religion mit einem riesigen Regelwerk aufblasen, aber ohne lebende Beweise bleibt es eben nur eine Behauptung", erörterte Antony abwertend. „Und eine falsche, gesellschaftsschädliche Religion kann man einfach an fünf Zeichen erkennen: Scheinheiligkeit (Liebe predigen, aber Diskriminierung fördern), Widersprüche in Texten, Überlegenheitsanspruch (gegenüber Heiden), Dogmatisierung von Hierarchien und indirekte Ablehnung von moralischem oder wissenschaftlichem Fortschritt. Besitzt irgendeine Religion auch nur eins dieser Zeichen, ist sie nur ein weiteres bedeutungsloses Machtapparat einer herrschenden Klasse… Ob Männer, Priester, Großgrundbesitzer oder Könige."

„Wenn es bloß so einfach wäre", seufzte Lilly an ihren Vater denkend. „Ich habe an meinem Glauben an Gott auch schon so oft gezweifelt... aber manchmal passiert etwas und ich denke, vielleicht hat er mich doch nicht vergessen."

Mark nahm kurz ihre Hand und tröstete sie.

„Ich weiß genau, was du meinst", entgegnete er. „Aber die Realität ist zu oft anders, als das euphorisch Wahrgenommene."

Die Freunde unterhielten uns noch eine dreiviertel Stunde, bis Mark schließlich auf sein Smartphone schaute. Er zeigte es seinem Mitbewohner und stand dann zusammen mit Antony auf.

„Es wird langsam spät und wir haben noch... ein Projekt", sagte Mark anspielend. „Ihr könnt ja noch bleiben und Euch weiter unterhalten."

„Oh... Ihr müsst schon gehen... wie schade", antwortete Kevin in leichten Unterton. Lilly schmunzelte. „Dann sehen wir uns morgen!"

Als Mark und Antony sich verabschiedeten, wackelte Mark schmunzelnd mit den Augenbrauen. Kevin verstand sofort, was das zu bedeuten hatte. Lilly wurde etwas rot.

In der Zweisamkeit des Tisches sagte sie schließlich: „Also war das jetzt doch ein Verkuppelungsaktion. Aber ich muss zugeben, dass du sehr charmant bist... für einen Atheisten." Bei den letzten Worten lächelte Lilly ironisch.

„Als Mark mich einlud, hatte ich auch zuerst auch keine großen Erwartungen", entgegnete Kevin mitflirtend. „Aber ich muss zugeben, dass deine Schönheit und Charakter mir ziemlich gut gefallen... für eine etwas naive Theistin."

Die Beiden lachten. Im Laufe der Unterhaltung kamen sich die Beiden näher. Sie redeten bis zum Abend und schließlich begleitete Kevin seine neue Bekanntschaft zu ihrem Studentenheim. Ihre intelligente, gebildete und sehr einfühlsame Art faszinierten ihn, aber während der teilweise heißen Diskussionen über all die falsch laufenden Dinge auf der Welt sind Kevin auch ihre anderen Seiten aufgefallen. Die temperamentvollen, reservierten Charakterzüge als auch die fast schon konservative Einstellung gegenüber Beziehungen rieten ihm zur Geduld und Vorsicht, bevor er weitere Näherung versuchen würde. Das dachte er sich zu mindestens damals.

Lilly hingegen ist Kevins Aufgeschlossenheit aufgefallen. Selbst wenn sie von ihrem Glauben sprach, wurde Kevin nicht zu zynisch oder abwertend wie manch ein Anderer. Er war charmant, willensstark und seltsam verträumt. Auch wenn er ihr ab und zu auf den Busen starrte.

Die Mitglieder der Clique lernten sich stetig besser kennen. So wurden auch einige Hintergründe von Mark und Antony bekannt.

Mark wurde mit 15 wegen seiner Homosexualität aus der Familie verstoßen. Antony hatte ihn aus seiner Familie gerettet und seitdem sind wohl beide unzertrennlich. Marks Motto „Wenn ich mich selbst nicht liebe, dann macht es auch niemand sonst!" beschreibt seine Art zu denken. Er verhält sich oftmals arrogant und selbstsüchtig, aber mit ihm könne man fast alles unternehmen. Manchmal setzte er allerdings plötzlich diesen Gesichtsausdruck auf, als ob sein Gewissen an ihm nagte. In Gegenwart von Antony wurde er außerdem seltsam unterwürfig oder unsicher, selbst wenn sein Mitbewohner einfach nur still ein Buch neben ihm las. Er studierte zwar mit Kevin Physik, hatte aber aus irgendeinem nicht nachvollziehbaren Grund Biologie als Nebenfach gewählt.

Kevin stammte aus einer Lehrerfamilie mit Science-Fiction und Fantasy vernarrten Eltern. Er schien sich für das extreme Interesse seiner Eltern sogar etwas zu schämen, aber das machte ihn gleichzeitig umso offener für Unkonventionelles. Schließlich sollte man das in einen Haus voller Vitrinen mit Drachen- und Kriegerfiguren, Postern und ganzen Fantasy-Bibliotheken auch sein.

Antony hingegen stellte sich schnell als der ruhige, kalkulierende Typ heraus. Er offenbarte öfters seinen scharfen Verstand, aber war gleichzeitig meistens ein Mensch weniger Worte. Er war tatsächlich in der Lage selbst komplexe Formeln im Kopf zu berechnen. Aber dieser scharfe Intellekt wurde von ebenso extremen, moralischen Vorstellungen überschattet. Während des Sommers hat sich die Gruppe am Abend zu einem Kinobesuch verabredet und Mark hat sich ein ‚Sommeroutfit' mit viel zu kurzen Shorts angezogen. Es schrie ‚Homóoò' aus jedem Betrachtungswinkel. Kevin und Lilly fanden es zwar lustig, aber für Antony hat diese Peinlichkeit wohl definitiv eine persönliche Grenze überschritten.

„Individualität muss man ja nicht so bis auf die Spitze treiben!", sagte er unzufrieden, als er Mark damit aus dem Haus rausgehen sah.

„Was ist so schlecht daran?", fragte Mark zickend, während Kevin verzweifelt versuchte sein Lachen zu unterdrücken. „Ab und zu will auch was Passendes zum heißen Wetter tragen!"

„Das nennst du passend? Gehen wir ins Kino oder auf den Strich?", entgegnete Antony, mit dem Finger auf seinen Freund zeigend. Kevin und Lilly lachten los, als ob es kein Morgen gäbe.

„Na wenigstens sind die Beiden amüsiert. Soll ich mich etwa umziehen gehen?", fragte Mark störrisch.

„NEEEIN! Du wirst dieses Outfit bis zum Ende des Abends tragen und alle Konsequenzen ertragen", entgegnete Antony bedrohlich schmunzelnd, drehte sich demonstrativ um und ging in Richtung der Haltestelle.

Nicht nur, dass Mark von einem Teil der anderen Kinobesucher die ganze Zeit begafft wurde und hinterrücks ausgelacht wurde, Antony hat ihn auch ignoriert. Lilly und Kevin war das Gaffen gleichgültig, aber die Atmosphäre zwischen ihren Freunden wurde unangenehm. Nach dem Kino hatte Mark es schließlich eingesehen und lief kurz nach Hause, um sich umzuziehen. Die Freunde warteten währenddessen in einem Café 5 Blöcke entfernt. Auf dem Heimweg wurde er jedoch von 5 älteren Jugendlichen angehalten und verspottet. Sie hatten definitiv schlechte Absichten.

Im Café hingegen wurde Antony seltsam unruhig und stand plötzlich auf.

„Mark ist etwas passiert. Wartet hier!", sagte er unruhig werdend und ging wortlos los.

„Warte!", schrie Kevin, entschuldigte sich bei Lilly und lief kurz Antony nach. „Reagierst du nicht etwas über? Er ist doch gerade mal 10 Minuten weg!"

„Vertraue mir", antwortete Antony. „Meine ‚Intuition' irrt sich niemals! Du kannst aber gern wieder zurückgehen... Ich komme schon zurecht."

„Ich werde meinen Kumpel doch nicht im Stich lassen", entgegnete Kevin sofort.

Als dann die Beiden plötzlich Mark in einer dunklen Gasse hörten, bestätigte sich zu Kevins Überraschung diese Vorahnung. Mark wurde aggressiv bedrängt. Er hatte schon ein paar blaue Flecken im Gesicht und wurde von zwei Jugendlichen festgehalten.

Antonys Gesichtsausdruck strahlte in diesem Moment mehr Kälte aus, als Kevin je vorher auf einem Menschen gesehen hatte. Er wollte die Polizei rufen, aber Antony hielt ihn kopfschüttelnd davon ab.

Er gab Kevin wortlos ein Zeichen an der Ecke zu warten, während er sich ruhig und lautlos an die Bande näherte. Mark sah ihn zuerst und war sofort von tiefen Terror erfüllt. Kevin sah zwar nur Antonys Rücken, aber seine Körperhaltung und seine Fingerbewegungen verrieten, dass er auf einen Kampf aus war. Dann bemerkten ihn auch die Männer und hielten ihre Schikane an. Zwei von der Bande drückten Mark an die Wand, während sich die anderen Drei Antony in den Weg stellten.

„Gibt es hier etwas zu sehen, Alter? Verzieh dich!", sagte der offensichtlich Anführer.

Antony richtete sein Blick zum vorlauten Jugendlichen und antwortete frech lächelnd in seinem englischem Dialekt: „Ich danke Ihnen vielmals... für Ihren Rat und für die erteilte Lektion zu dem unpassenden Outfit meines Freundes! Seid jedoch jetzt so freundlich und lasst ihn gehen, bevor jemand ERNSTHAFT verletzt wird!"

Die Bande lachte kurz. Der Anführer begutachtete sein Gegenüber und antwortete dann: „Unser Glückstag, Leute! Nicht nur eine mit Geld gefüllte

Schwuchtel, sondern auch gleich sein reicher, ausländischer Stecher... sind uns heute ins Netz gegangen."

Dann holte er ein Messer aus der Tasche, hielt es gegen Marks Kehle und redete weiter: „Und jetzt hol alle deine Wertsachen raus und leg sie auf den Boden, wenn du deine Schlampe lebend wiederhaben willst!"

„Wie berechenbar", entgegnete Antony arrogant. „Ich bin jedoch gänzlich abgeneigt diesem Wunsch nachzukommen."

„Oh er ist abgeneigt... Das interessiert uns aber nicht, Arschloch!", rief der Anführer. Der Mann mit dem Messer schnitt drohend Mark in den Hals.

Antony blickte vorwurfsvoll auf Mark und sprach weiter: „Außerdem bin ich über das Versagen eures Gefangenen mehr enttäuscht... Nach dem mehrjährigen Kampftraining sollte er eigentlich mit einer ganzen Spezialeinheit spielend fertig werden."

„Was laberst du da für eine Scheiße?", entgegnete der Anführer. Kevin spähte gebannt von einer Hausecke, wo man mich kaum bemerken sollte. „Bist du auf Drogen, du verwöhnte, englische Schwuchtel?"

Mark schloss die Augen und begann sich auf etwas zu konzentrieren, aber wurde dann von Antony mit einem lauten ‚Nicht SO, Markus' unterbrochen.

„Mir scheint, Gewalt sei unausweichlich!", sagte Antony mit kaltem Blick eines nach Blut lüsternen Wahnsinnigen. „Lasst uns ... spielen!"

„Pff... Bee. Hol dir diesen Dummschwätzer!", rief der Anführer verspottend und sein rechter Kumpane griff mit einem Butterfly-Messer an.

Mit geschwungener Leichtigkeit griff Antony nach der Hand des Widersachers. Er lenkte den Messerangriff um, packte den Angreifer mit der anderen Hand an der Schulter und überwältigte ihn schließlich mit einen Knietritt in die Rippen. Als der überraschte Widersacher zu Boden fiel, kugelte ihm Antony die restliche Bande anlächelnd das Schultergelenk aus. Dann trat er den am Boden Liegenden noch mal kräftig in die Rippen, sodass man beim Betroffenen Knackgeräusche hörte. Antony fing das aus der Hand fallende Messer auf und sprach genießend zu den überraschten Männern: „Oh du köstlicher Adrenalinrausch... Hat jemand der hier Anwesenden schon mal eine Messerklinge in sein Anus geschoben bekommen? Es heißt die monströsen Schmerzen dabei werden nur noch von der Scharm übertroffen, die ein Mann während des inneren Verblutens empfindet!"

Kevin wollte eigentlich schon die Polizei rufen, aber als ich jedoch Antonys letzte Bemerkung hörte, fiel mir das Telefon aus der Hand. Der Anführer bemerkte ihn sofort.

„Warte!", rief der Anführer unterwürfig, selbst von solch kaltblütiger Grausamkeit und Schnelligkeit überrascht. Er hatte zwar eine Geisel, aber seine Kumpel an einen im Kampf geübten Wahnsinnigen zu verlieren wäre extrem dumm. „Wir haben verstanden! Wir wollen kein Ärger mehr."

„Bitte?!", fragte Antony mit einer wütenden, hohen Stimme nach und wurde plötzlich wieder ruhiger. „Gerade habe ich angefangen, mich ein wenig zu amüsieren! Aber trotzdem gut, dass wir das NOCH wie zivilisierte Gentlemen regeln konnten", dann ließ er etwas enttäuscht die Hand seines Opfers los, holte ein Tuch aus seiner Tasche und wischte den Messergriff damit ab. „Aber mit diesem Butterfly-Messer möchte ich eurem Anführer ein Souvenir schenken, um zukünftige dumme Aktionen zu verhindern."

Mit einem plötzlichen Schwung warf er das Messer direkt über die Kniescheibe des Anführers. Dieser schrie wie aufgespießt, weil es wohl direkt in einen Nerv traf.

„Nehmt Euren Verletzten und betet, dass Ihr mich nie wieder seht!", drohte Antony. „Das nächste Mal werde ich weniger großzügig sein."

Die restlichen Männer nahmen ihre schreienden Verletzten und flohen schnellstmöglich vom Tatort. Mark rutschte verängstigt die Wand herunter auf den Boden.

Antony kniete vor seinem Freund und schlug ihm noch mal symbolisch mit der Hand auf die Wange. In der Ferne hörte man bereits Polizeisirenen.

„Ich hoffe, du hast deine Dummheit jetzt begriffen!", sagte Antony nach einer kurzen Pause. Dieser Reaktion überraschte Kevin, als er sich den Beiden rennend näherte.

„Ist alles okay?", fragte Kevin, während Antony sich aufrichtete. Dann hörte ich die Sirenen näher kommen. „Jemand hat schon die Polizei gerufen! Auch wenn das gerade unglaublich war... Warum hast du Mark geschlagen?"

„Selbstverständlich, weil er diese Situation mitverursacht hat", antwortete Antony ohne Zögern, drehte sich von Mark weg und ging Richtung Zuhause. Kevin war einen kurzen Moment sprachlos und half dem verletzten Kumpel beim Aufstehen. Danach rief er Lilly an und erzählte ihr kurz vom Vorfall, damit sie sich keine Sorgen machte. Lilly jedoch huschte schnell zu Marks und Antonys WG. Sie holte die Drei gerade ein, als die Männer die Haustür zum Haus erreichten. Antony öffnete die Tür und ließ Mark herein, aber das Pärchen hielt er an.

„Ich glaube hierbei sollten wir unseren Abend belassen", sagte Antony, während Mark sich Treppe hoch schleppte.

„Machst du Witze?", fragte Kevin aufgeregt. „Er ist verletzt und du willst ihm nicht mal die Treppe hoch helfen? Was für ein Freund bist du eigentlich?"

„Ein Besorgter", sagte Antony. „Ich kümmere mich um ihn... Besser als Ihr denkt. Aber diese Lektion MUSSTE er lernen. Ich lade Euch gern ein anderes Mal wieder zum Essen ein. Jetzt wäre ich jedoch dankbar, wenn Ihr nach Hause fahrt."

„Ist das dein Ernst?", fragte Lilly völlig überrascht. „Du lässt uns vor deiner Tür stehen? Ich dachte, wir sind deine Freunde."

„Ja, das seid Ihr", antwortete Antony ruhig. „Aber Euch einladen werde ich erst, wenn es so weit ist", holte dann zwei 100 Euro-Scheine aus der Tasche, drückte sie Kevin in die Hand und sagte: „Hier nehmt Euch ein Taxi nach Hause und ruht Euch aus. Wir sehen uns die nächsten Tage. Ich gehe jetzt mal meinen naiven Freund versorgen."

„Ich kann das doch nicht annehmen, Mann!", rief Kevin aufgeregt.

„Betrachtet es als Dankeschön für deine Unterstützung. AUF WIEDERSEHEN!", entgegnete Antony entschieden.

Den ganzen nachfolgenden Tag ignorierte Antony die Nachrichten seines unachtsamen Freundes. Er flog wohl zurück nach London, um einige Dinge zu erledigen.

Als Lilly, Kevin und Mark sich am Mittag in der Mensa trafen, seufzte der von blauen Flecken überzogene Kumpel die ganze Zeit. Als Lilly genauer vom Geschehen erfuhr, sagte sie nur: „Das wundert mich nicht. Er ist auch in der Uni sehr kalt... sogar Dozenten und Assistenten gegenüber. Ich bin die Einzige, zu der er jemals selbstständig Interesse gezeigt hat."

In diesem Moment könnte Kevin eifersüchtig werden, aber da kannte er Antony schon etwas. Er flirtete mit Lilly ja auch niemals.

„Dennoch finde ich sein Verhalten untragbar", sagte Kevin.

„Oh, ich kenne es zu gut", entgegnete Mark. „Meine Eltern haben sich auch ähnlich verhalten. Er bemuttert mich eindeutig."

Am nächsten Wochenende traf sich die Clique zum Bowlen wieder, obwohl zuerst Lilly eigentlich nicht mit wollte. Marks Gesicht war zu ihrem Erstaunen wieder vollständig verheilt und Antony war wieder dabei. Nur Lilly traute sich zu fragen: „Wie hast du es so schnell geschafft, die Prellungen und den Schnitt in deinem Gesicht auszuheilen?"

Mark schaute kurz zum lesenden Antony und entgegnete: „Mein Freund hat eine besonders effektive Wundheilungssalbe."

„So eine Salbe gibt es nicht!", verneinte Lilly leicht aufgebracht.

„Nicht mit deinem sterblichen Einkommen", bemerkte Antony sarkastisch schmunzelnd ohne sein Blick von den Seiten zu trennen.

„Tatsächlich?", fragte Lilly böse werdend. „Musst du uns jetzt wirklich deinen Reichtum unter die Nase reiben?"

„Ich habe lediglich auf deine Frage geantwortet", entgegnete Antony ruhig. „Geld gestattet in den richtigen Händen nun mal gewisse Möglichkeiten, aber auch ich gebe zu... dass der Reichtum dieser Welt extrem ungerecht verteilt ist."

„Aber dich zählst du natürlich nicht zu diesen Menschen", sagte Kevin zynisch.

Antony unterbrach sein Lesen, schaute auf ihn mit konzentriertem Blick und entgegnete: „Selbstverständlich nicht! Ich investiere mein Reichtum in die Zukunft dieser momentan selbstsüchtig, eingestellten Zivilisation in der Hoffnung, dass sie irgendwann ihre Augen für das Wichtige aufmacht."

„Tatsächlich und was wäre diese Investitionen?", fragte Kevin weiter.

„Genetik, Neurologie, Maschinentechnik und Recycling", entgegnete Antony. „Medizin und Ressourcenverschwendung sind die größten Probleme Eurer Gesellschaft. Lilly kennt ja bereits meine Patente."

„Unserer Gesellschaft?", fragte Lilly schmunzelnd nach und Mark zuckte zusammen. „Zählst du dich selbst nicht dazu? Hältst du dich etwa für etwas Übermenschliches?"

„Sagen wir mal, ich empfinde mein Leben hier mehr als ein Besuch für die kurze Zeit eines Menschenlebens und möchte dieser Welt etwas hinterlassen, das sie weiter bringt", antwortete Antony friedlich lächelnd.

„Also glaubst du an Reinkarnation?", hackte Kevin ihn belächelnd nach. „Doch kein Mann der Wissenschaft! Hast du etwa Angst, dass dein schlechtes Karma dich irgendwann einholt?"

„Was das schlechte ‚Karma' angeht, hast du gewissermaßen Recht…", entgegnete Antony etwas melancholisch. „Es ist jedoch etwas ganz anderes als du dir vorstellst. Ich will wirklich helfen, denn wenn diese Verschwendung nicht aufhört, wird der Dritte Weltkrieg innerhalb der nächsten 50 Jahre ausbrechen. Das CO_2-Märchen ist ja auch nichts anderes, als der verzweifelte Versuch das Ende des Erdöls hinauszuzögern. Außerdem steht bald ein Supervulkanausbruch an."

Eine unbequeme Stille erfüllte die Gruppe. Kevin warf anschließend eine Bowlingkugel und erwischte dabei alle Pins.

„Jaa! Strike!", schrie er euphorisch und drehte zu Lilly, die seine Freude jedoch nur halb teilte.

„Wie kommst du auf die Idee, dass der Treibhauseffekt erfunden ist?", fragte Lilly nach.

„Der Effekt ist nicht erfunden", entgegnete Antony. „Nur ist die Ursache zu einseitig. Es sind in der Natur stets mehrere Faktoren an einem Effekt beteiligt und CO_2 ist nun mal nur ein Teil des natürlichen Kreislaufs!"

„Wie kommst du auf die kühne Behauptung, der CO_2-Effekt sei erfunden?", fragte Kevin, der sich auch für das Thema interessierte.

„Wenn ich es Euch jetzt erzähle, wäre Mark der Einzige, der mir glauben würde", antwortete Antony, stand auf und entfernte sich kurz zur Toilette. Währenddessen nutzte der Rest ihre Zeit um Mark mit weiteren Fragen bezüglich Antonys seltsamen Verhalten der letzten Tage zu löchern.

Er antwortete leicht niedergeschlagen: „Da gibt es nicht viel zu erzählen... Es ist einfach seine Art mir mitzuteilen, wie meine falschen Aktionen zu gewissen Reaktionen führen."

„Warum hast du dich eigentlich nicht gewehrt, bist weggerannt oder hast nach Hilfe gerufen?", fragte Lilly verwirrt.

„Weil ich dachte, dass es das war, was Antony mit Ertragen der Konsequenzen gemeint hat", antwortete Mark sich am Kopf kratzend.

Diese Antwort war äußerst schockierend, dass Lilly sogar ein Schauer den Rücken runter lief. Es bedeutete nämlich, dass Mark seinen Freund mehr respektierte oder gar fürchtete, als zum Krüppel oder zum Tode geschlagen zu werden. Der erwähnte Vorfall war das letzte Mal, dass Mark sich jemals wieder ‚obszön' kleiden würde. Kevin und Lilly fragte sich oft, ob das Marks pervertierte Version von Liebe zu Antony war oder ob sein Freund ihn irgendwie in der Hand hat.

An Liebe schien der dekadent sadistische Bücherwurm scheinbar keinerlei Interesse zu zeigen. Er wohnte zwar mit Mark zusammen, aber beide hatten wohl getrennte Schlafzimmer. Als die Freunde an einem sonnigen Nachmittag im Eiscafé saßen, fragte Kevin Antony nach seinem ‚Geschmack'.

Er antwortete ohne sein Blick aus seinem aktuellen Text im Tablet zu reißen: „Für mich zählen nur die inneren Werte und seelische Kompatibilität. Ich verbringe mit dieser Person schließlich eine seeeehr lange Zeit."

„Aus dem Mund eines Sadisten verlieren solche Worte jegliche Glaubwürdigkeit", kommentierte Kevin scherzend.

„Zum letzten und einzigen Mal, Kevin...", entgegnete Antony die Augen rollend. „Unter Wölfen gibt man sich nicht als Schaf aus! Es war in der Situation die schnellste Lösung. Ich habe außerdem gleichzeitig dafür gesorgt, dass der Anführer nun gezwungen ist, sein Lebensstil zu ändern."

„Dafür ... war deine Performance doch sehr ... realistisch", bemängelte Kevin stark betonend. „Du hast einem Mann kaltblütig einen Arm ausgekugelt und einem Anderen einen Dolch ins Knie geworfen."

„Das ist ja auch der Punkt! Einschüchterung ist die beste Waffe gegen Überheblichkeit! Vor dir muss ich mich nicht rechtfertigen", entgegnete Antony abwehrend. „Du verstecktest dich bis zum Ende hinter einer Hausecke."

Mark wusste mit Sicherheit Bescheid, aber schwieg ebenfalls wie ein Grab.

Antony stand etwas verärgert auf und ging zur Bar, um noch einige Getränke zu bestellen.

„Er hat wirklich ein schwierigen Charakter, dein Retter und Schwarm!", sagte Kevin böse anspielend zu Mark. „Ist er in der Liebe genauso störrisch?"

Mark schmunzelte kurz und antwortete dann: „Er... ist wie ein Herr und Meister!"

„Iiigitt!", schrie Kevin lachend. „So genau wollte ich gar nicht wissen!"

Bis Lilly und Kevin die wahre Bedeutung dieser Worte verstehen würden, hielten sie seine Aussage tatsächlich für eine Anspielung auf das Liebesleben ihrer Freunde. Antony erhielt unter seinen Kommilitonen wegen seiner Gleichgültigkeit schnell den Beinamen ‚Mr. tote Hose'. Auf den ersten Blick bestand seine Welt hauptsächlich aus Büchern, Internet und seine Geschäften. Aber selten sickerte innerhalb der Clique sein Interesse für Okkultes durch und das obwohl er Pharmazie studierte.

So war Mark für alle Unternehmungen zu haben und Antony hat trotz seines grimmigen, verschlossenen Charakters nicht an Geld für seine Freunde gespart.

Kapitel 2: „Tauchgang in die Dunkelheit"

„Beim Überscheiten einer großen Grenze ins Unbekannte, erkennt man das Ausmaß der eigenen Bedeutungslosigkeit."

Um die letzten warmen Tage des Sommers richtig zu nutzen, veranstalten die vier Freunde eine kleine Grillparty. Es würde die Letzte für eine sehr lange Zeit sein. Während Mark den Kohlegrill im Hof vorbereitete, klingelte plötzlich Lillys Mobiltelefon. Sie erkannte die Nummer ihrer Mutter und entfernte sich kurz aus der Gruppe.

Als sie den Anruf jedoch annahm, erlebte sie eine böse Überraschung. Es war ihr wütender Vater. Lillys bleich werdendes Gesicht verriet bereits, dass es keine guten Nachrichten gab. Obwohl sie den Kontakt zu ihm abgebrochen hat, gab Lilly innerlich niemals auf. Vielleicht hoffte sie irgendwo tief drin, dass ihr Vater Kurt sie doch irgendwann anerkennen würde. Mit jedem Anruf ihrer Mutter klammerte Lilly sich an diese immer weiter schrumpfende Hoffnung.

Als sie jedoch mit roten, tränenunterlaufenen Augen zurückkam, war die Enttäuschung offensichtlich. Kevin nahm sie wortlos in den Arm, um zu mindestens etwas Trost zu spenden.

Mark zeigte sich auch mitfühlend und verließ den Grill, während Antony weiter teilnahmslos in einem Notizbuch kritzelte. Es war, als ob ihn die Geschehnisse langweilen würden.

„Kannst du nicht mal etwas mehr Mitgefühl zeigen, Nerd?", flüsterte Kevin zu ihm während er Lilly sich auf seiner Schulter ausweinte.

Antony rollte mit den Augen, legte sein Lesematerial hin und entgegnete etwas gereizt: „Sie mag nicht für ihre Familienzugehörigkeit können, aber für ihr Selbstmitleid schon. Langsam sollte Lilly nach vorne schauen... Aber was weiß ich, gefühlsloses Monster, schon darüber."

„Wie kannst du in dieser Situation nur so etwas sagen", widersprach Kevin gereizt. „Dir wurde doch schon alles in die Wiege gelegt inklusive reicher Eltern, die dich nicht konstant bedrücken."

„Du kennst mich nicht gut genug, um mit solchen Behauptungen zu werfen", entgegnete Antony ruhig. „Meine Familie ist voller schlimmerer Monster als du es dir vorstellen kannst. Außerdem bin ich nicht derjenige, der sich selbst quälen lässt."

„Streitet Euch nicht wegen mir", sagte Lilly ihr Weinen unterdrückend, drückte sich sanft von Kevin weg und wischte die Tränen aus dem Gesicht. „Antony hat zwar Recht, aber diesmal ist es schlimmer als sonst."

„Wie meinst du das, Lilly?", fragte Mark mitfühlend, aber neugierig.

„Meine Mutter liegt nach einem Herzinfarkt im Krankenhaus und mein Vater hat einen ‚passenden' Gemahl für mich in der Gemeinde gefunden. Ich soll wieder auf den richtigen Pfad gebracht werden", erzählte Lillien voller Zorn, Enttäuschung und Trauer. Kevin lief ein kalter Schauer den Rücken runter, denn es war sowohl eine Chance sie zu erobern, als auch zu verlieren. Emotional zerrissen, erzählte Lilly weiter: „Früher hat ihn meine Mutter etwas zurückgehalten und mich geschützt, aber ihre Erkrankung sei jetzt ein Zeichen für ihn gewesen. Es sei Zeit für mich zurückzukommen. Ist Gott wirklich so unfair, wie er in der Bibel dargestellt wird?"

Kevin versuchte Lillien zu trösten, nahm sie von hinten an den Schultern und entgegnete: „Bevor dein Vater dich immer wieder so fertigmachen darf, soll er erstmal beweisen, dass dieser Gott überhaupt existiert..."

„Süße, dein Vater mag deine Brüder dir vorziehen, aber wenigstens beachtet dich deine Mutter noch...", murmelte Mark tröstend. „Schau, ich bin männlich und passe auch nicht in ihr winzig gerahmtes Weltbild... Eigentlich Keiner von uns!", fügte er noch hinzu und führte präsentierend mit seiner offenen Hand durch die Runde.

„Ihr versteht nicht! Ich möchte Mama im Krankenhaus besuchen, aber ich kann das nicht, ohne nach Hause zurück zu kehren", erklärte sie weinend. „Außerdem werde ich ohne die Unterstützung meiner Mutter mein Studium nicht weiter fortsetzen können. Dafür verdient mein Vater zu viel Geld. Ich habe schon einen Kredit und ein Job, aber für Berlin reicht das immer noch nicht. Mehr zu bekommen ist für mich unmöglich."

Kevin versuchte hilfreich zu sein: „Wir finden schon einen Weg. Im Notfall kann ich deinen Teil der Wohnungsmiete übernehmen", dann dachte er kurz nach und sagte dann zu Mark: „Moment! Warum passe ich eigentlich nicht ins Weltbild ihres Vaters, Homo? Ich bin von uns drei hier doch noch der mit den wenigsten Makeln!"

Mark entgegnete lachend: „Ja klar… Playboy! Wann hast du nochmal deine Jungfräulichkeit verloren? Und hast du dieses Mädchen gleich danach geheiratet?"

Kevin wurde noch während des Gesprächs rot und versuchte mit kleinen Gesten, Mark zum Aufhören zu bewegen. Kevins Versuch sich für Lilly besser darzustellen ging so völlig nach hinten los.

Lilly schmunzelte und trocknete ihre Augen. Dann wendete sie ihren Blick direkt in Kevins Augen und sagte etwas bemitleidend: „Kevin, ich weiß doch seit unserer ersten Begegnung von deiner Zuneigung, aber ich habe eigentlich gehofft, es aus deinem Mund zu hören und nicht aus seinem."

„Ähm… Ich wollte … ich meine … empfand mich als noch nicht gut genug für dich!", entgegnete Kevin nervös, seine Feigheit mit einer schnell eingefallenen Lüge rechtfertigend. Antony versuchte sein Lachen zurückzuhalten.

„Was gibt es da zu lachen?", fragte Kevin, rot bis an die Ohrenspitzen.

„Ihr hättet schon längst zusammen sein können, wenn du nur mehr Mut bewiesen hättest", kommentierte Antony unverfroren. „Und das, obwohl du dich vor Mark selbst als Casanova bezeichnest, wenn ihr unterwegs seid."

„Wo…her weißt du das jetzt schon wieder? Und warum erzählst du das gerade JETZT?", entgegnete Kevin wütend auf Mark schauend. Er fühlte sich gerade extrem hintergangen.

„Aha… Wie viele Frauen hattest du denn schon?", fragte Lilly misstrauisch werdend. Für kurze Zeit konnte sie durch diesen Themenwechsel ihre Sorgen vergessen.

„Ich betreibe zumindest keine Unzucht mit einem Mann!", rief Kevin schmollend, um von sich abzulenken.

„Worauf ich eigentlich hinaus will… ist, dass es für dich früher nicht schwer war, eine Frau zu erobern", argumentierte Antony. „…und das ist nicht etwas, wofür du dich vor Lilly schämen müsstest… Viel mehr ist die Tatsache wichtig und schmeichelnd, dass du keinen anderen Frauen mehr nachschaust, seitdem du Lillien kennst. Das macht deine Gefühle für Sie zwar sehr durchschaubar, aber auch ehrlich und tief."

Lilly begriff sofort, worauf Antony hinaus wollte und wurde ebenfalls rot.

„Oh…", entgegnete Kevin sich am Kopf kratzend. Er war schon fest davon überzeugt, dass seine Kumpels nun seine Beziehung zu Lilly sabotieren wollten. „Tut mir Leid! Ich dachte…"

„Rede lieber nicht weiter. Du wirst es bloß ruinieren", unterbrach ihn Antony und drehte sich zu Lilly. „Also Lillien … Aus Verständnis über deine Lage wäre ich bereit dir als ein guter Freund finanziell auszuhelfen. Aber auch ich habe gewisse Bedingungen."

„Welche?", fragte Lilly neugierig werdend.

„Ich habe eine zweite leerstehende 3-Zimmer-Wohnung in Berlin", entgegnete Antony. „Ich werde sie Euch Beiden überschreiben und einen Teil deines Einkommens übernehmen. Dafür müsst Ihr Beide bei einem Projekt mitmachen, den ich und Mark seit längerem verfolgen."

„Was für ein Projekt?", fragte Lilly nach.

„Was habe ich plötzlich damit am Hut?", wunderte sich Kevin.

„Ich dachte, du liebst sie und möchtest Lilly helfen?", fragte Antony schmunzelnd. „Es handelt sich um ein grenzwissenschaftliches Projekt."

„Hallo, ignoriert man mich jetzt?", warf Kevin ein.

„Niemand ignoriert dich", entgegnete Mark. „Auch dein Einverständnis wird benötigt."

„Wichtig ist, dass ich Euch Beide dafür brauche", kommentierte Antony. „Einzeln gibt es kein Deal."

Lilly erinnerte sich und entgegnete: „Stimmt. Du beschäftigst dich doch in deiner Freizeit mit Religionen und mit dem Okkulten, oder? Ich habe dich beim Lesen diverser Bücher zur Theologie beobachtet. Hast du etwa was Interessantes über das Jenseits und Gott erkannt?"

Antony hob sein Haupt mit einem ernsten Blick im Gesicht, der das leichte Grinsen nur schwer zu unterdrücken konnte und sprach mit einem leicht nach links geneigten Kopf und einer leicht hochgezogenen Augenbraue: „Süße, Ihr habt bereits oft genug betont, dass meine Vorstellungen etwas ‚unpassend' seien. In so einem Fall wäre ich der falsche Ansprechpartner. Ich bin beschäftige mich mit dem ‚SEIN', nicht mit dem ‚KÖNNTE SEIN'."

„Schade", sagte Lilly enttäuscht.

„Sei nicht vorschnell. Die moderne Wissenschaft und Geschichtsforschung liefert nur Indizien, die nur jemand erkennen würde, der die raue Wahrheit bereits kennt", setzte Antony fort.

„Kennst du vielleicht so jemand?", fragte die junge Frau weiter Hoffnung schöpfend. „Dich und Mark etwa? Was ist diese raue Wahrheit?"

„Ich bin nun mal kein Ouija-Brett, Lilly", entgegnete Antony. „Du musst die Wahrheit erleben, um sie zu akzeptieren. Ein Erzähler kann schließlich lügen, das eigene Erlebnis ist nur schwer zu täuschen."

„Das heißt, du kennst einen Weg zu gehen und unversehrt zurück zu kehren?", hackte Lilly sehr neugierig nach. Mark zuckte nervös zusammen. Auch Kevin wurde durch diese Reaktion neugieriger.

Antony schaute verdächtig streng zu Mark rüber, als er diese Reaktion bemerkt hatte und entgegnete dann: „Jaaa unversehrt würde ich nicht sagen… Wissen verändert einen schließlich und der Preis für solch profane Erkenntnis ist immer hoch!"

„Genau Lilly, bitte mache keine Dummheiten! Der will bestimmt irgendein okkulten Scheintodexperiment wie in all diesen Horror-Filmen machen und sucht jetzt Freiwillige", sagte Kevin misstrauisch zu Lilly, die ihn daraufhin aber von sich wegdrückte.

„Nicht wirklich", kommentierte Antony listig schmunzelnd. „Ich bin doch kein blöder Amateur! Ich gehe sogar soweit die Unversehrtheit Eures Körpers zu garantieren."

„Wie hoch ist dieser Preis?", fragte Lilly Kevin völlig ignorierend.

Antony antwortete: „Ist wie in der Politik! Bist du erstmal mit der Macht und der Korruption in Berührung gekommen, gehörst du automatisch dazu, ob du willst oder nicht. Natürlich sind alle Privilegien, Möglichkeiten und Gefahren inklusive. Und erwartet bitte nicht unschuldig davon zu kommen."

„Von welchem Ausmaß reden wir hier?", hackte Kevin nach.

„Sagen wir mal, wenn du Außerirdische siehst und bekommst ein Stück ihrer Technologie in deine Finger...", erläuterte Antony ruhig. „Zur Zielscheibe wie vieler machthungriger Vereinigungen wirst du dann? Hier wirst du gejagt, falls du dein Mund aufmachst. In der Welt hinter dem Todesschleier regiert aber auch das Recht der Klügeren und der Stärkeren. Im schlimmsten Fall landet man in der Hölle oder dein Geist wird ganz ausgelöscht."

„Willst du uns nun überzeugen oder abschrecken?", fragte Lilly verwirrt und erinnerte sich plötzlich. „Ich sehe nämlich nicht, wie eine Wohnung und Taschengeld das Risiko des eigenen Todes aufwiegt. Hatte diese geheime Schrift in deinen Notizbüchern was damit zu tun?"

„Diese Notizen sind quasi Lehrbücher für potenzielle Schüler dieses... besonderen Fachs", antwortete Antony leicht arrogant. „Sie sind in einer nicht weit verbreiteten Sprache verfasst, damit nicht jeder Narr darin lesen kann. Mächtiges Wissen kann in falschen Händen zu einer Katastrophe führen."

„Wie führst du dann eigentlich überhaupt ein normales Leben?", hackte Kevin misstrauisch nach. „Ich meine, wenn du da tatsächlich involviert bist."

Antony blickte schmunzelnd zurück und entgegnete: „ICH bin eben ein professioneller ‚Politiker'! Ich versuche Euch keinesfalls abzuschrecken, sondern warne vor Halbherzigkeit. Die höherdimensionale Welt ist nun mal kein Urlaubsparadies, sondern ein immerwährender Machtkampf."

„Also was schlägst du uns dann vor, großer Voodoo-Meister?", fragte Kevin mit ungeschöntem, zynischem Unterton.

„Meine Empfehlung lautet... Vergesst es lieber und lebt Euer Leben, solange es andauert!", entgegnete Antony gleichermaßen zurück. „Das Glück des Unwissenden ist sein Mangel an Information."

„Und falls wir es trotzdem darauf ankommen lassen?", fragte Lilly weiter.

„Nun... dann wird es kein Zurück geben", warnte Antony noch ein Mal. „Das Jenseits verändert Euren Blick auf die materielle Welt und seine vergänglichen Werte endgültig." Dann sah er die Entschlossenheit in Lillys Augen und setzte schmunzelnd fort: „In diversen spirituell starken Kulturen gibt es Überlieferungen zu einer Menge Verfahren für Seelentrennung. Hypnose, Seelenreisen, Zustände geistiger Leere oder Scheintod sind nur einige Anwendungen. Alle Methoden sind letztendlich darauf ausgerichtet, die Grenze zur jenseitigen Welt zu überwinden und später in den unversehrten, lebendigen Körper zurück zu kehren. Einzeln betrachtet sind diese trotz unglaublicher Körperbeherrschung oft unausgereift und haben hohe Fehlschlagquoten. Kombiniert man die Techniken jedoch mit Kenntnissen moderner Medizin, Pharmazie, Mikrobiologie und einem Hauch nennen wir es mal ‚M...Magie', ist eine 100% Erfolgsquote garantiert."

„Pff... hast du gerade Magie gesagt?", fragte Kevin höhnisch langsam nach. Trotz seiner okkulten Interessen weigerte sich Antony stets das Übernatürliche als solches zu bezeichnen.

„Ha...", seufzte Antony. „Ja ja... Ich mag dieses Wort als Grenzwissenschaftler zwar nicht, aber versuch du doch mal einem Schimpansen Quantenphysik zu erklären."

„Unabhängig von der Beleidigung gegen uns... Welche Garantie gibst du uns, dass unser Erlebnis im Nachhinein nicht als Folge einer Hypnose wahrgenommen wird. Und was ist mit dem Todesrisiko?", bemängelte Kevin misstrauisch und gekränkt.

Antony rollte mit den Augen und entgegnete in einem ruhigen, aber überheblichen Ton: „Es besteht ein Risiko, dass du trotz vorsichtiger Fahrweise durch einen anderen Verkehrsteilnehmer in einen Unfall verwickelt wirst und dabei stirbst. Hindert es dich daran ein Auto zu fahren oder nahe Menschen in deinem Auto mit zu nehmen? Nein und zwar, weil du ein Führerschein dafür hast und die Regeln kennst! Zu dem Erlebten gibt es auch eine einfache Antwort: Macht einfach alle mit! Wenn eure Erlebnisse übereinstimmen, dann kann es ja kein Traum oder Hypnose gewesen sein."

Lillien wurde neugieriger und hackte nach: „Wie oft hast du das denn schon gemacht?"

Antony lachte: „Öfter als man zählen könnte. Das Gute an dieser Technik der ‚Traumwanderung' ist, dass man sie mit Schlaf und Lernen hervorragend kombinieren kann. Habt ihr Euch nie gewundert, warum Mark so gute Noten in seinem Studium hat, obwohl er scheinbar selten Zeit fürs Pauken aufwendet. Dieses Verfahren steigert außerdem auf Dauer die Intelligenz. Man muss jede Nacht nutzen."

Lilly und Kevin erstarrten kurz vor Überraschung.

„Wie meinst du denn das?", fragte Lilly.

„Im Gegensatz zum Durchschnittsmenschen kann ein Traumwanderer den Schlaf effektiv zum Lernen verwenden. Man könnte fast sagen, eine Nacht ist etwa 100 Mal effektiver als 2 Wochen intensives Lernen", erklärte Antony mit offensichtlicher Mimik eines erfahrenen Verkäufers.

„Jede Nacht, im Ernst?", hackte Kevin ungläubig lachend nach, weil er es zunächst für einen Scherz hielt. „Und was meinst du mit Lernen? Habt Ihr etwa einen Weg gefunden Gegenstände in die nächste Welt mitzunehmen?"

„Kevin, von wie vielen Geistergeschichten hast du schon mal gehört?", fragte Antony, wohl wissend aus welcher Familie Kevin stamme. „Geister sind körperlose Seelen, können aber mit etwas Übung auf die echte Welt Einfluss nehmen... Wie erklärst du sowas?"

„Ich habe sie bisher für spannende Märchen aus X-Faktor gehalten. Willst du mir etwa sagen, dass sie wahr sein sollen?", fragte ich weiter.

„Stell dir einfach folgendes vor: Direkt neben unserer Welt existiert eine Unterdimension, die so nah ist, dass sich Beide die gleiche Materie teilen", antwortete Mark diesmal. „Geister aus dieser Schattenwelt können mit einigem Geschick auf die Materie unserer Welt Einfluss nehmen, sich sogar manchmal sichtbar machen. Im Vergleich zur echten Welt gibt es da allerdings zwei Unterschiede. Sie ist vergleichsweise dunkel, deswegen der Name, und die Zeit dort läuft etwa 100 Mal schneller als in der Welt der Lebenden. Das heißt mit 8 Stunden Schlaf kannst du in der Schattenwelt theoretisch etwa 1 Monat ungestört lernen."

Kevin wunderte sich in der Vergangenheit, warum für Mark das Verstehen des Stoffes so leicht fiel.

„Nicht zu fassen, dass ich auch nur für einen Moment neidisch auf dein Scharfsinn in der angewandten Physik sein konnte", kommentierte Kevin schmollend.

Antony versuchte erst sich zurück zu halten und lachte dann aber los, als ob er den Witz des Jahrhunderts gehört hatte. Auch Mark und Lilly ließen sich mitreißen.

„Habe ich was witzig gesagt oder bin ich nicht der Einzige, der den Scherz nicht verstanden hat", grummelte Kevin beleidigt und begriff dann, dass er sich gerade blamierte.

„Es ist eher die Tatsache, worauf du achtest...", antwortete Antony erklärend. „... die deine Aussage so lustig macht. Ein normaler Mensch hätte meinen Behauptungen erstmal keinen Glauben geschenkt, aber du setzt diese bereits als gegeben voraus, weil sie deinem Ego eine Befriedigung verschafft."

Während Antony für Kevin den Witz erklärte, näherte sich Lilly zum Grillmeister.

„Mark? Warum hast du vorhin so seltsam reagiert?", fragte Lilly etwas besorgt. „Ist dir das Thema etwa unangenehm oder hast du vor etwas Angst, von dem uns Antony nichts erzählt hat?"

Mit einem kurzen vorwurfsvollen Blick schaute Mark auf Antony, der ihn ignorierte. Mark sammelte sich und gestand schließlich mit zitternder Stimme das Fleisch drehend: „Vor etlichen Jahren, vor meinem Verstoß aus der Familie habe ich Selbstmord versucht und war etwa eine Stunde auf der anderen Seite! Antony hat mich zwar dank seiner Fähigkeiten zurückgebracht und beigebracht diese Bürde zu tragen, aber dennoch verfolgt mich meine Sünde solange ich in dieser Welt verweile. Ich spüre diesen einen verführerischen Sog der Hölle... jedes Mal, wenn ich übertrete."

„Moment... Willst du damit sagen, dass du bereits in der Hölle warst?", fragte Kevin sofort, während er mit Antony redete. „Und es war ganz sicher kein Alptraum?"

„Nein, zum Glück nicht", entgegnete Mark verneinend. „Ich stand zwar vor dem dunklen Abgrund, aber Antony hat mich vor dem Stoß in die Tiefe bewahrt. Wie... weiß ich auch nicht!"

„Du brauchst einfach mehr Selbstbeherrschung, die deine Seele wieder ausbalancieren kann", kommentierte Antony und drehte sich zu Lilly. „Jedenfalls habe ich sogar ihm beigebracht, die andere Seite gefahrlos zu betreten und ER ist immer noch gebrandmarkt. Für Euch hingegen ist nur Eines notwendig: Eure Entscheidung."

„Tse... Ich glaube es immer noch nicht!", sagte Kevin skeptisch. „Beweist es lieber, bevor ich und Lilly uns auf irgendwas einlassen."

Antony schmunzelte, holte einen Plastikbecher aus dem nebenstehenden Korb und stellte diesen auf den Grillbeistelltisch so hin, so dass niemand anderes der Nachbarn es sehen würde. Dann positionierte er seine Hand so daneben, dass die beiden Zweifler sie gut sehen konnten. Antony begann Daumen und Zeigefinger zueinander zu schwingen. Der obere Rand und der Boden des Bechers machten diese Bewegung mit, obwohl Antony nichts davon berührte. Nach ein paar solchen Schwingungen drückte er die beiden Finger schließlich zusammen und der Becher faltete ein, als ob jemand draufgetreten wäre.

„Wa... was war das für ein Trick... oder etwa Magie?", flüsterte Kevin völlig verblüfft. Auch Lilly war auch sehr überrascht.

Antony schüttelte aber den Kopf und entgegnete: „Neeeein, nur etwas schwache Telekinese. Wie Ihr aber nun seht, verhält es sich mit neuen Horizonten wie mit wissenschaftlichen Entdeckungen. Man kann dafür offen sein oder konservativ bleiben. Die Entscheidung... liegt letztendlich bei Euch!"

Kevin wurde zynisch und kommentierte schmunzelnd: „Werden wir dann auch Becher zerdrücken können? Ich meine, man könnte natürlich auch einfach Lillys Altem eine Lektion erteilen, aber uns wird ja eine spirituelle Reise der Selbsterkenntnis vorgeschlagen."

Antony schüttelte lachend den Kopf und antwortete mit stechend schwarzem Humor: „Oh jaa... Aus fehlender Bildung, Propaganda oder Armut entstandenen religiösen Fundamentalismus sollte man wirklich stets mit Gewalt bekämpfen. Deswegen stolpert Eure Gesellschaft ja aus einem Krieg zum Nächsten. Du kannst auch gern immer wieder vor deinen Problemen weglaufen, aber das löst sie nicht."

„Aber was hat Lilly davon? Ihr Vater müsste die Reise doch mitmachen", bemängelte Kevin nachdenklich. Lilly schmunzelte.

„Die Veränderung muss immer bei einem Selbst beginnen", sagte Antony gelassen. „Diese Erfahrung wird zwar weniger die Vorstellungen von Lillys kleingeistigem Vater ändern, aber sehr wohl eine gute Ecke Eures Selbstverständnisses und Selbstbewusstseins erweitern. Lilly kann so vielleicht ihre eigenen Schwächen erkennen und überwinden."

„Ich hoffe nur, dass es nicht in einem Höllentrip endet", murmelte Mark leise. Antony näherte sich an seinen Freund und flüsterte ihm für die Anderen hörbar ins Ohr: „Das... hängt auch von dir ab", dann schmunzelte er, während Mark schmollend die Arme verschränkte.

Lilly überlegte kurz und sagte dann: „Antony, du hast mich überzeugt. Ich will es versuchen."

„Ich will eine definitive Antwort hören!", forderte Antony. „Halbe Entscheidungen enden stets schlecht!"

„JA, ich will es machen", wiederholte Lilly noch ein Mal.

Antony und Mark drehten in Kevin Richtung, in Erwartung seiner Zustimmung. Er entgegnete aber zögerlich: „Ich halte es nicht für eine gute Idee, besonders wenn es ein Risiko zu sterben gibt. Wäre es so einfach wie du behauptest, hätten schon Andere vor uns diesen Weg entdeckt."

„Du bist ja ein echter Kavalier", kommentierte Antony sarkastisch. „Ich kann deine Sorge zwar nachvollziehen, aber etwas zu meiden, dass man nicht versteht ist nicht sehr... wissenschaftlich. ICH und Mark würden uns viel Zeit nehmen, um Euch vorzubereiten. Außerdem könnte dein Studium von der vielen gewonnenen Zeit profitieren."

Zu leicht schluckte Kevin den Köder und antwortete sein Blick wegdrehend: „Naja, solange wir für die Trance nicht in einem Bett schlafen müssen, tue ich es, für Lilly."

Lilly lachte bei der Anspielung.

„Es ist jetzt nicht der richtige Zeitpunkt, um geheime erotische Fantasien zu bekunden, Kevin!", sagte Mark leicht angespannt schmunzelnd, woraufhin auch Antony lachte.

„Ja, dann mache ich auch mit", sagte Kevin.

Als der gewiefte Verführer sich wieder beruhigte, sagte er abschließend: „Exzellent... Dann treffen wir uns in exakt zwei Wochen in meiner Wohnung. Ich habe noch einige Sachen vorzubereiten. Ihr hingegen kündigt Eure alten Zimmer und organisiert einen Umzug. Übrigens ist die Wohnung bereits voll möbliert. Ihr braucht also nicht schweres mitzunehmen."

„Zu sehr fühlt sich das so an, als ob du alles bereits vorausgeplant hast", kommentierte Lilly.

„Eine hervorragende Planung unterscheidet den guten Anführer vom Schlechten", entgegnete Antony. „Ich bin gern auf den Notfall vorbereitet."

„Wieso sollen wir eigentlich unseren Wohnort wechseln?", fragte Kevin. „Ich fühle mich in meiner aktuellen WG ganz wohl."

„Erstens brauche ich Euch beide an einem Ort, wo ich Euch schnell versammeln kann", erklärte Antony. „Zweitens sollst du auf Lilly aufpassen und drittens besitz es eine gewisse Wichtigkeit für unser Projekt."

Genauere Informationen wollte der Geheimniskrämer jedoch nicht verraten. Wie versprochen ließ Antony innerhalb der nächsten Tage die Überschreibung abwickeln. Als die Beiden ihre neue Wohnung betraten, waren sie von der Ausstattung überrascht. Die Möblierung war einfach, aber hochwertig und die Wohnung war von Küche bis zur Waschmaschine voll ausgerüstet. Es dauerte nur ein paar Tage, bis die Beiden sich im neuen Heim eingerichtet haben. Einige Male versuchte Kevin bei Mark Informationen über diese höheren Dimensionen zu entlocken, aber vergeblich. Mit Antony war es noch aussichtsloser, da er als Reaktion nur schmunzelte.

Am Tag vor dem geplanten Event war Kevin ganz mulmig zumute. Er konnte vor Aufregung kaum schlafen. Die einerseits große Neugier wurde von einer ebenso starken Unsicherheit im Angesicht des Unbekannten überschattet. Aber von welchem Preis hat Antony gesprochen? Marks Bekenntnis vom vorherigen Tag erschien ganz besonders seltsam, da er nach seiner eigenen Angabe mehrere Stunden tot gewesen sei. Selbst mit Kevins beschränkten Kenntnissen der Biologie aus dem Fernsehen weiß er, dass schon nach 3 Minuten Atemstillstand irreparable Schäden im Gehirn auftreten und im restlichen Körper auch. Wie also hätte Antony so etwas schaffen können? Würde er die beiden Neulinge auch zurückholen können? Was würde man beim Übertritt spüren?

Kevin saß gerade grübelnd und übermüdet in der neuen Küche, als auch Lilly im Pyjama reinkam. Sie wankte wortlos zur Kaffeemaschine und drückte auf den Knopf. Vor dem ersten Augenkontakt sah Kevin bereits, dass auch sie nicht gut geschlafen hat. Das müde Lächeln beim Morgengruß und die Augenringe verrieten, wie schlaflos ihre Nacht war.

„Morgen, Lilly! Wie ich sehe, haben dich deine Sorgen auch nicht richtig schlafen lassen", sagte Kevin feststellend.

„Ja es war grausam. Die kreisenden Gedanken haben mich wach gehalten", entgegnete Lilly und setzte sich auch zum Esstisch. „Auch die Gedanken an meine Mutter und meinen Vater."

Während sie zu zweit am Tisch saßen, versuchte Kevin nochmals auf sie einzureden: „Bist du WIRKLICH sicher, dass du das machen willst... Lillien? Mir ist das Ganze nicht... wirklich geheuer... Die Wohnung... die Geheimniskrämerei. Es fühlt sich an, als ob wir eine verbotene Grenze überschreiten."

Lilly versenkte einen Zuckerwürfel in ihrem Kaffee, kippte etwas Milch hinzu und rührte ihn langsam um, während sie etwas niedergeschlagen, auf die Tasse blickend, entgegnete: „Ich weiß, dass du mich nur beschützen möchtest", hob dann ihren Kopf und blickte mit ihren schönen, aber müden Augen direkt auf Kevin. „Das, allerdings, kannst du mir nicht ausreden. Jetzt erst recht nicht mehr. Wir kennen uns zwar nicht so lang, aber das musst du verstehen."

„Aber warum Lilly?", fragte Kevin weiter. „Wäre ein Besuch bei der psychologischen Beratung oder Selbstbewusstseinskurs nicht ungefährlicher."

Lilly lächelte und antwortete nach einer kurzen Pause: „Da sind Fragen, die ich beantworten muss. Da du mich offensichtlich magst und begleiten willst, möchte ich fair zu dir sein."

„Was meinst du damit?", fragte Kevin kurz geschockt. In diesem Moment dachte er schon, dass sie ihn doch noch abservieren möchte.

„Es gibt einen Grund, warum ich trotz meiner tiefgläubigen Eltern, einer geschlossenen Gemeinde und all der religiösen Einflüsse nie wirklich dazu gehörte oder mich zu mindestens nicht so fühlte", erzählte Lilly weiter. „Warum ich nach einem Verstehen dieses Dilemmas strebe und was mich motiviert Antonys Angebot umso mehr zu folgen..."

„Ah ja... Natürlich", flüsterte Kevin entspannt ausatmend.

Lilly schaute ihn kurz verwirrt an und setzte dann nach einem kurzen Schmunzeln fort: „Jedenfalls seit meiner Kindheit habe ich regelmäßig denselben Alptraum, der mich an dem Glauben meiner Familie zweifeln ließ. DU... bist der Erste, dem ich davon erzähle."

Kevin atmete erneut entspannt auf, als er davon hörte. Auch wenn ihre Erzählung sich beunruhigend anhörte, war es besser als die im Delirium des Schlafentzugs gefürchtete ‚Kumpel'-Zone. Dann entgegnete er beruhigend:

„Wir haben alle öfter sich wiederholende Träume, die uns verfolgen, Lilly. Mach dir keinen Kopf."

„Nein, du verstehst nicht!", widersprach sie emotional. „Es war von etwas, dass ich unmöglich irgendwo gesehen haben konnte. Mein Vater hatte mir und meinen Brüdern verboten, profane Fernsehsendungen zu schauen oder fantastische Bücher zu lesen. Die Internetnutzung war auch stark eingeschränkt. Meine Literatur war stets wissenschaftlicher Natur oder religiös angehauchte Romane. In diesem Traum war ich jedenfalls Zeugin und gleichzeitig Opfer einer Katastrophe in einer anderen, hochentwickelten Welt. Ich sah einen fremdartigen, grünen Mond am Himmel und wie er durch ein riesiges dunkles Etwas gerammt und in Stücke gespalten wurde."

„Vielleicht war es eine stark durch Erinnerungen verzerrter Traum?", spekulierte Kevin.

„Ich weiß es nicht, aber es fühlte sich dafür viel zu echt an... vielleicht wie aus einem vergangenen Leben", widersprach sie ernst. „Aber etwas erscheint mir merkwürdig, denn ich sehe dort solchen Horror. Ich brenne sogar einige Sekunden. Dann werde ich von einem geldhäutigen Alien mit tiefblauen Augen gelöscht, gerettet und versorgt. Aber meine sonstigen Sinne sind wie betäubt."

In diesem Moment erkannte Kevin etwas und hackte nach: „Sagtest du brennen?"

„J...ja...?", fragte Lilly nach.

„Ich habe auch einen Traum gehabt, in dem ich in der völligen Dunkelheit umherwanderte", erzählte Kevin mit einem sich steigernden Unbehagen. „Ich hörte Schreie und Explosionen, Gebäude stürzten in der Ferne ein, seltsame Sirenen ertönten und ich hatte das Gefühl zu brennen, bevor eine fremdartige Stimme, wie von einem Alien, mir etwas auf einer unbekannten Sprache sagte und mein Schmerz langsam nachließ. Ich hielt es bisher nur für Hirngespinste, weil ich zu viele Science-Fiction-Filme gesehen hatte. Aber dieser eine Traum hat sich mir eingeprägt, weil ich davon sehr oft wachgemacht wurde."

„Vielleicht kann diese Reise uns dabei helfen, es zu verstehen", stellte Lilly fest. „Besonders, weil Antony erwähnt hat, dass er einen Seelenverwandten für mich finden würde... Vielleicht ist da doch etwas mehr dran, als wir uns vorstellen können."

„Ooh... Er hat dir sowas gesagt?", fragte Kevin, leicht enttäuscht die Augen verrollend. Auch wenn er wirklich in Lilly verliebt war, fühlte er sich in diesem Moment etwas in seinem Stolz hintergangen. Vor allem wusste Kevin immer noch nicht wirklich, ob Lillien überhaupt eine Beziehung wünschen würde. Obwohl die Antwort darauf ihn brennend interessierte, zögerte er zu fragen.

Währenddessen schaute Lilly auf ihre Uhr und sagte: „Es wird langsam Zeit. Ich denke es ist nicht schlimm, wenn wir etwas früher erscheinen."

Kevin sammelte sich schließlich, packte Lilly sanft beim Aufstehen an ihrer Hand und fragte: „Warte Lilly. Ich schäme mich dafür, meine Gefühle für dich nicht selbst gestanden zu haben... Außerdem wurden wir Beide durch diesen Zusammenzug überrumpelt."

„Das ist okay", entgegnete sie etwas verlegen.

„Nein, bitte... lass mich ausreden!", bat Kevin mit zitternder Stimme. Lilly setzte sich kurz wieder und schaute ihm konzentriert in die Augen. „...Auch wenn ich... mich vor deiner Abweisung fürchte, muss ich es trotzdem aus deinen eigenen... schönen Lippen hören. Du hast scheinbar auch seit Anfang von meiner Zuneigung gewusst, aber ist Deine für mich stark genug für einen gemeinsamen Anfang einer echten Beziehung?"

Lilly lächelte mit leichtem Unbehagen und entgegnete: „Kevin, ich mag dich... Wir wohnen sogar dank Antony bereits zusammen. Bitte versteh aber, dass ich mich, in dieser schweren Zeit, noch nicht als bereit für eine feste Beziehung empfinde. Mein Vater hat mich in dem Glauben aufgezogen, dass Frauen nur in der Hand eines Mannes überlebensfähig sind. Würde ich mich in dieser Phase auf dich verlassen, würde ich dadurch mein Innerstes verraten. Ich würde ihm förmlich Recht geben."

Kevin dachte etwas nach und antwortete dann: „Ich verstehe dich, Lilly. Nur isoliere dich durch solche Prinzipien nicht selbst. Ein Mensch kann nicht alles allein machen, auch nicht dein Vater. Er hat sicher Rückhalt in seiner Gemeinde und der Familie, auf die er zählt... auch wenn er es nicht zugibt... Und du... du hast jetzt uns und vor allem mich!"

Lilly wurde kurz nachdenklich und entgegnete dann: „Ich danke dir für diese neue Perspektive. So habe ich das noch nicht betrachtet. Ich weiß deine Geste zu schätzen, aber noch bin ich nicht soweit."

Während sie aufstand und sich fertig machen ging, grübelte Kevin über seine weiteren Schritte nach, um Lilly für sich zu gewinnen.

Kevin fuhr in die Stadt und kaufte sich noch einige Körperpflegeartikel. Lilly versuchte zu lernen, aber nickte dabei direkt auf dem Tisch ein. Als Kevin kurz nach Mittag zurückkehrte, fand er seine persönliche Prinzessin am Schreibtisch leise schnarchend vor. Vorsichtig lehnte er sich vor und schoss, sich schmunzelnd auf die Unterlippe beißend, ein Foto von Lillys süßem Gesicht mit seinem Smartphone. Dann holte er eine Decke und deckte die Schlafende zu.

Gegen drei Uhr Mittag wachte Lilly auf und bemerkte, dass Kevin auch in der Nähe auf einem Sessel eingenickt war. Auch wenn sie es nicht zugeben wollte, musste Lilly sich innerlich genau in diesem Moment von Kevins

Wehrlosigkeit in ihrer Gegenwart die Liebe für ihn eingestehen. Mit großem Bedauern musste sie ihn aufwecken. Die Zeit war gekommen, um sich auf den Weg zu machen.

Die Fahrt zu Antonys Wohnung gestaltete sich ,aufregend', denn die U-Bahn war wegen eines Festivals brechend voll. Lilly wurde in der Menge an Kevin gedrückt. Diese Enge war zwar einerseits mit viel Unbequemlichkeit verbunden, aber andererseits spürten dadurch beide jede weiche und harte Kurve vom Körper des Anderen. Zusätzlich war es in der U-Bahn warm und somit war ihre Kleidung aufgeknöpft. Für Kevin eröffnete sich der uneingeschränkte Blick in Lillys Bluse, was das Unterdrücken gewisser körperlicher Reflexe völlig unmöglich machte. Kevin versuchte seine Hüfte etwas nach hinten zu halten, um sich nicht zu ,verraten', aber die angeheiterte Lilly schien es trotzdem bemerkt zu haben.

Lilly war die sonstige Enge der Bahn sichtbar unangenehm. Also versuchte Kevin die Situation mit etwas Smalltalk zu entspannen: „Und fühlst du dich nicht auch wie eine Okkultouristin?"

Lilly entgegnete lächelnd: „Die volle U-Bahn passt jedenfalls zum Thema", dann schmunzelnd sie und rollte ihre Augen kurz nach unten. „Glaube aber nicht, dass ich nicht bemerkt habe wie du von der vollen Bahn profitierst."

„Nuuun", entgegnete Kevin flüsternd. „Ich bin auch nur ein Mann und kann gewisse Reaktionen in der Gegenwart meiner Traumfrau auch nicht unterdrücken. Man stellt vor einem Kind ja auch keine Schale mit seinen Lieblingssüßigkeiten und sagt, er darf sie nicht mal angucken."

„Also das Flirten beherrschst du wirklich gut", entgegnete Lilly sich erotisch auf die Lippe beißend. „Vielleicht ist an der Behauptung doch was dran, Herr Casanova."

„Wie von den Anderen bereits bestätigt wurde", antwortete Kevin selbstsicher. „Seit ich dich kenne, bist du die Einzige für mich!"

Die Beiden verbrachten den restlichen Weg mit flirten und humorvollen, aber völlig nebensächlichen Gesprächen.

Als sie endlich an die Tür klingelten, öffnete Mark und blieb erstmal kurz beim Anblick der müden Gäste sprachlos stehen. Kevin war nach der 30-Minuten Fahrt in Erregung ziemlich ausgelaugt. Lilly verstand es wohl, ihn heiß zu halten, ohne wirklich ihre Barriere fallen zu lassen.

Mark hob inzwischen seine rechte Augenbraue und sagte: „Was ist denn mit Euch passiert? Ihr seht ja echt scheiße aus, alle Beide."

„Dir auch einen guten Abend, Schwuki!", entgegnete Kevin unfreundlich konternd.

„Habt Ihr so schlecht geschlafen oder... ist was anderes passiert?", hackte Mark anspielend nach.

„Ich will jetzt nicht drüber reden. Jetzt lass uns rein!", sagte Kevin gereizt schnaufend. „Ich muss mich hinsetzen."

„Die Öffis waren sehr voll und wir wurden aneinander gedrückt", sagte Lilly unterschwellig grinsend, dass sogar Mark schmunzelte.

Verständnisvoll bat er das müde Pärchen herein und führte sie ins Wohnzimmer. Das war das erste richtige Mal, dass die Beiden diese Wohnung betraten. Das großzügige Wohnzimmer war für eine studentische ‚Gemeinschaft' außergewöhnlich groß und gut ausgestattet, was Kevin in diesem Moment nur noch mehr frustrierte. Es stand ein teurer, leistungsfähiger Computer an einem Designertisch mit einem ergonomischem Sessel, eine mit Naturleder und hochwertigem Stoff bezogene Sofaecke mit einem Beistelltischchen aus naturgeschliffenen Holzgeäst mit einer dicken Glasplatte darauf. Außerdem diverse Bücherschränke mit einigen Kunstfiguren und Unmengen alt aussehender Bücher. Ein Möbelkenner würde allein das Interieur des Wohnzimmers auf mehr als hundertfünfzigtausend Euro einschätzen. Man hatte das Gefühl ins Zimmer eines alten, sehr reichen Professors einzutreten.

„Ist das wirklich Eure Wohnung?", fragte Lilly neidisch. „Das ist aber sehr geschmacksvoll eingerichtet."

„Ehm… Das ist Antonys Vorstellung von Gemütlichkeit", antwortete Mark zögerlich, als ob er deswegen schlechtes Gewissen haben würde. Im nebenliegenden Zimmer war Antony, den man mit einem oder zwei Markern etwas an die Wände kritzeln hörte. Er machte sich nicht mal die Mühe die beiden Gäste auch nur kurz zu begrüßen.

„Warum muss er eigentlich zusätzliche Vorbereitungen treffen? Ich dachte Ihr macht das jeden Abend?", fragte Kevin misstrauisch.

„Vier lebende, leere Hüllen sind wie ein Leuchtturm für Geister und Dämonen", erklärte Mark ruhig. „Deswegen benötigen wir zusätzlichen Schutz. Aber ihr werdet es noch früh genug verstehen."

Während das Trio weiter auf Antony wartete, fragte Lilly: „Kannst du uns schon mal etwas von der anderen Welt erzählen? Jetzt sind wir ja schon da."

Mark zeigte sich jedoch nicht besonders kooperativ und entgegnete nur: „Wartet ab, ob Ihr nach seiner Einführung noch bleiben wollt."

Kevin rollte mit den Augen und fragte, sich im Wohnzimmer umschauend: „Sind Antonys Eltern wirklich so schwierig, wie man sich erzählt? Warum spricht er niemals von ihnen, obwohl sie so unverschämt reich sein sollen?"

„Reichtum ist für ihn nur ein Mittel zum Zweck. Er wird es für gute Absichten spenden, sobald er es nicht mehr benötigt", entgegnete Mark. „Jemand wie er prallt nicht mit seinem Vermögen. Falls Ihr mehr wüstet, wärt Ihr überrascht, wie wenig er tatsächlich für sich selbst ausgibt."

„Oh das sehe ich… aber sich an etwas mangeln lassen tut er auch nicht…“, kommentierte Kevin mit zynischem Unterton. „Warum hat er nicht Management oder sowas studiert?“

„Wenn du reich wärst, würdest du mit dem Prallen gar nicht aufhören können“, konterte Mark. „Außerdem hat er bereits ein Fernstudium im Unternehmensmanagement abgeschlossen. Dank seines IQ wurde es ihm wohl ausnahmsweise erlaubt. Aber Ihr solltet schon mal etwas Diskretion üben! Was Ihr mit uns jenseits des Schleiers erleben werdet, darf niemals jemand erfahren.“

Erstaunlicherweise wusste das Trio, außer Antonys reicher, englischer Herkunft, fast nichts über ihren dekadenten Freund. Warum er ausgerechnet Pharmazie studierte, war auch ein Mysterium. Ob es wirklich nur wegen Antonys zugegebener Investitionen in die Medizinforschung war oder noch mehr dahinter steckte? Mark schien jedenfalls etwas zu verbergen, während er über die Verschwörungstheorien von Lilly und Kevin lachte. Er musste allerdings auch selbst zugeben, dass selbst er nicht viel über Antonys Familie wusste. Es gab nie Besuche oder Anrufe. Die Annahme, dass er vielleicht ja auch aus schwierigen Familienverhältnissen kam, schien auch nicht weit hergeholt zu sein. Das würde zu mindestens seinen Hang zum Okkulten etwas erklären. Vielleicht haben sie aber auch Angst vor seinen telekinetischen Fähigkeiten bekommen und ihn, wie in diesen Filmen, verstoßen. Nach einer halben Stunde reger Diskussion, kam Antony schließlich heraus.

„Wenn Ihr damit fertig seid, eure Mäuler über mich zu zerreißen, könnt Ihr jetzt das Zimmer betreten“, sagte er in einem gleichgültigem Ton. „Vielleicht solltet Ihr mich erstmal richtig kennenlernen und die Dinge meines Blickfelds sehen, bevor Ihr Euch eine Meinung bildet.“

„Für dich scheinen wir jedenfalls ein offenes Buch zu sein“, sagte Lilly. „Aber du hast uns bisher noch nicht wirklich etwas über dich selbst verraten…“

Antony schmunzelte und bat seine Freunde ins Zimmer. Zunächst waren wir überrascht, weil alles fast normal erschien. Der Raum wurde von den zwei Fenstern noch hell genug erleuchtet und man konnte einen guten Überblick über die wenigen Möbelstücke erhaschen. Von dem stundenlangen Gekritzel gab es keine sichtbaren Spuren, außer dem penetranten Geruch nach Markerlösemittel, der das Zimmer trotz gekippter Fenster immer noch erfüllte. Auf dem einen niedrigen, orientalischen Rundtisch mit 4 großen Sitzsäcken in der Mitte des Raumes befanden sich: ein dünner Pinsel, eine leeren Keramikplatte, eine große Tube Hennafarbe als auch vier Schalen. Diese waren mit je mehr als 20 verschiedenen Tabletten gefüllt und je ein abgedecktes Glas Milch stand daneben. In den Ecken waren niedrige Kommoden verteilt.

In einem metallischen Abfallkorb in einer der Ecken lagen mindestens 12 aufgebrauchte Marker in fluoreszierender Farbe. Antony ging an die gekippten Fenster und öffnete beide kurz vollständig. Er wedelte kurz mit seiner Hand und ein unnatürlicher Wind wehte fast augenblicklich durch das Zimmer. Die Luft war in wenigen Sekunden vollständig erfrischt.

„Das war ein cooler Trick", sagte Kevin begeistert.

Antony schmunzelte überlegen, während er wortlos die Fenster schloss und Mark die Schalter für die elektrischen Fensterrollladen betätigte.

„So, dann wollen wir mal", sagte Antony dann, als ob nichts gewesen wäre.

Mark aktivierte währenddessen die ambiente Beleuchtung der Wände, die sich entlang der Deckenränder zog. Das Licht war blau und während das Zimmer langsam dunkler wurde, offenbarte sich der Inhalt auf den Wänden. Unmengen fluoreszierende Glyphen und perfekt gezeichnete, geometrische Formen auf den Wänden ordneten sich um Dekagramme in der Mitte jeder Wandfläche. Viele der Zeichnungen erinnerten an außerirdische Karten von Sternensystemen.

„Also jetzt wird es unheimlich", kommentierte Kevin leise, sich mit offenen Mund umschauend. „Antony? Ich dachte, du bist Grenzwissenschaftler, aber das sieht eher nach Hokus-Pokus aus!"

Das war nicht untertrieben, denn die ganze Wand, die Decke und sogar die Fenstergläser waren vollgeschrieben. Im Boden offenbarte sich ebenfalls ein großes, magisches Siegel, aber dieses schien sich unterhalb einer Lackschicht zu befinden. Die Rollladen waren so weit verschlossen, dass Licht weder eindringen noch herausstrahlen konnte.

„Willkommen in der fabelhaften Welt von Antony!", sagte Mark anspielend, während das Pärchen sich umschaute. Lilly lachte, weil es sie an ihren Lieblingsfilm erinnerte.

Bei genauerer Betrachtung entdeckten die Beiden, dass die Türrahmen und die Fensterrahmen besonders beschrieben waren. Diese Glyphentexte sahen zwar irgendwie harmonisch angeordnet aus, aber ergaben sonst keinen Sinn. Oberhalb der Tür und unterhalb der beiden Fenster befanden sich jedoch 4 geklammerte Lücken. In 2 von Ihnen waren Zeichen eingetragen, die sich durch die Komplexität völlig von anderen völlig unterschieden.

„Ich muss schon sagen, Antony. Hierdurch sehe ich dich in einem ganz neuen Licht", bemerkte Lilly humorvoll.

„Du hast mein Licht noch nicht mal ansatzweise gesehen. Ihr seid jetzt nicht mehr als kleine, kurzsichtige Äffchen vor einer Brille", antwortete Antony ruhig, aber schroff. „Ich hoffe, Ihr habt die Lücken in den Texten bemerkt. Dort werdet Ihr bald Eure eigenen Namenglyphen eintragen. Diese werden wir gleich in einem kleinen Ritual der Selbsterkenntnis herausfinden. Ich brauche dazu allerdings euer Einverständnis, da das Henna etwa eine Woche benötigt, bis es von der Haut wieder verschwindet."

Mark schaltete währenddessen noch etwas unterstützendes Licht an, damit man einander besser sehen könnte.

„Unheimlich. Kannst du uns dann Befehle geben, wenn du unsere ‚Namensglyphen' kennst?", spekulierte Kevin leicht zynisch.

„Wer sie kennt, kann diese für personifizierte Magie verwenden. Sowohl im guten, als auch im schlechten Sinne", erklärte Mark. „Dieser Glyphe trägt Euer Seelenkern und sie ist im gesamten Universum einzigartig. Sie ist wie Euer ganz persönlicher Klanggeber."

Lilly fragte: „Und wozu die Tabletten, Antony? Willst du uns jetzt doch noch in einen Rausch versetzen?"

„Auf keinem Fall!", antwortete er lachend. „Ich habe bereits erwartet, dass Ihr vor Aufregung schlecht schlafen würdet, also habe ich für Euch Multivitaminpräparate und einige natürliche Nootropika bereitgestellt. Diese senken die Last auf Euer Gehirn nach der Rückkehr und erhöht dessen Verarbeitungsgeschwindigkeit. Leider war es mir nicht möglich die einzelnen Stoffe in einem Nahrungsergänzungsmittel zu finden, deswegen musste ich mit mehreren improvisieren. Habt keine Angst, Mark schluckt diese auch schon seit Jahren."

„Nootropika?", fragte Lilly nach und begann zu zweifeln. „Die sind doch verschreibungspflichtig. Außerdem haben die Nebenwirkungen, wenn man sie zusammennimmt."

„WOW, Alter! Wie tief bist du in dieses Thema denn überhaupt eingestiegen? Bunte Pillchen, Okkultismus und antike Bücher im Schrank... Wissen deine Eltern von deinen besonderen Hobbies?", fragte Kevin neckend.

„Pff... Alles was ich kaufe, kommt aus meinen eigenen Mitteln", entgegnete Antony selbstbewusst. „Im Gegensatz zu dir und meiner noch sehr naiven Hälfte, hole ich nämlich das Meiste aus meinem Potenzial heraus. Was die Nebenwirkungen angeht, Lilly... Willst du die Reise nun machen oder nicht?" Dann zeigte er mit dem Finger auf eine der Kommoden, die sich wie von selbst öffnete. Darin lagen diverse Dosen und Tüten mit Pillen. Lilly begann die Tabletten aus der Schale mit dem Inhalt der Kiste vergleichen und es war genauso, wie Antony uns sagte. Es waren aber auch einige seltsame Tüten dabei, deren Wirkstoffbezeichnungen selbst ihr völlig unbekannt waren. Diese Medikamente waren offensichtlich Sonderbestellungen und kamen aus Südamerika, Afrika, Indien oder sogar Südostasien. Jede der Tüten trug jedoch dasselbe Logo: Evolution-Pharma GmbH. Und tatsächlich war ein Teil der Dosen schon fast leer.

„Wieso ist die Einnahme dieser Vitamine überhaupt notwendig?" fragte Lilly überrascht beim Durchstöbern.

„Das Essen durch die Massenproduktion zwar reich an Fetten, Eiweißen und Kohlehydraten, aber die enthaltene Menge an anderen Nährstoffen ist nicht ausreichend genug, um die Zufuhr von Begleitgiften auszugleichen. Die fehlenden Elemente sorgen auf Dauer für Ungleichgewicht im Körper mit Folgen für die Gesundheit, Alterung und Verlust der Gehirnleistung. Letztes ist für mich besonders wichtig."

„Diese Präparate sind eher nicht zugelassen, oder?", fragte Lilly misstrauisch auf die Pillentüten zeigend.

„Viele davon gehören zu den geheimen ‚High Society'-Drogen", erklärte Antony. „Was glaubst du?"

„Alles klar…", sagte Lilly, die von solcher Ehrlichkeit selbst überrascht wurde. „Aber die Wirkung der Vitamine braucht doch lange Zeit, um sich zu entfalten. Wie willst du die Nebenwirkungen unserer ersten Rückkehr und den Drogen reduzieren?"

„Ich werde Euch beim ersten Mal nicht überanstrengen", erklärte Antony. „Wir werden zunächst nur in die benachbarte Schattenwelt gehen… Ich erkläre es Euch gleich. Die Drogen sind alle sehr niedrig dosiert, also ungefährlich. Es ist die Kombination, die ihre Wirkung amplifiziert. Ich lasse die Qualität in eigenen Labors prüfen. Aber jetzt erstmal das Anfangsritual."

Antony bat die Beiden sich auf die Liegesäcke am Tisch zu setzen und ließ sie gleich die Tabletten mit der Milch einnehmen.

„WOW! Ich wusste gar nicht, dass Sitzsäcke so bequem sind…", bemerkte Kevin nebenbei, als er sich auf die Sitzgelegenheit fallen ließ.

„Pass auf, wie du dich fühlen wirst, wenn erstmal eine Nacht darauf geschlafen hast", entgegnete Mark anspielend. „Wohl leider doch keine Orgie für dich… heute Nacht, Schnuki."

„Alter", entgegnete Kevin schmunzelnd. „Das war ein einmaliger Scherz. Nimm nicht alles immer so persönlich!"

Zunächst verbanden die beiden, erfahrenen Okkultisten nacheinander ihren Gästen die Augen und Antony flüsterte ihnen etwas in einer fremdartigen Sprache ins Ohr. Danach wurde das geblendete Pärchen gebeten, das erscheinende Bildnis in der Dunkelheit auf ein Blatt Papier zu zeichnen. Kevin hielt es zunächst für ziemlich dämlich, bis er selbst an der Reihe war. Plötzlich sah er jedoch eine leuchtende, goldene Glyphe auf einer schwarzen Sphäre aufleuchten, die an eine Sonnenfinsternis mit Korona erinnerte. Im Anblick dieses Gebildes sammelten sich verschiedenste Emotionen in Kevins Innerem. Von Angst bis Faszination über Scham waren so Einige anzutreffen. Kevin fühlte sich entblößt, als ob jemand sein dunkelstes Geheimnis offenbart hätte. Er konnte eigentlich nicht besonders gut zeichnen, aber bei seiner Glyphe bewegte sich die Hand wie von selbst und produzierte dabei eine perfekte Abbildung. Beim Skizzieren der Glyphen fiel Lilly ebenfalls auf, dass Kevins und ihre perfekt in einander zu passen schienen.

„Das ist eine echt abgefahrene Scheiße", rief Kevin ungläubig. „Ich habe den Künstler in mir entdeckt."

„Ist es das, was du mit verwandten Seelen gemeint hast, Antony?", fragte Lilly auf ihre beiden Glyphen zeigend.

„Hm… Die Glyphen passen ja tatsächlich ineinander", sagte Antony sein Gesicht selbst überrascht zur Seite kippend. „Ich kenne dies eher von der praktischen Seite. Zwillingsseelen sind wie zwei Hälfte eines Wesens und ergänzen sich in meisten ihrer Eigenschaften, was für eine Beziehung äußerst förderlich ist. Außerdem besitzen sie einige einzigartige Fähigkeiten."

„Bin ich den der Einzige, für den sich das falsch anhört?", fragte Kevin. „Ich meine ‚Seelenzwillinge'! Ich fühle mich jetzt, als ob ich Inzucht begehen würde, sobald ich Lillien nur anschaue."

„Glaubt mir, dieses Gefühl täuscht!", betonte Antony, stand auf und ging zum Fenster. „Genetik findet bei Seelen nun mal keinerlei Anwendung und Verwandtschaft hat ganz eine andere Bedeutung. Manchmal haben aber eineiige Zwillinge einige dieser besonderen Gaben. Gedanken, Gefühle und Sinne mit dem anderen Geschwister zu teilen."

„Jetzt sprichst du ja doch wieder von biologischen Geschwistern… Das ist nicht hilfreich!", unterbrach Kevin.

„Aber lustig!", entgegnete Antony schmunzelnd.

Währenddessen befüllte Mark schon die Lücken an Wänden, Tür und Fenstern mit Kevins und Lillys Namensglyphen. Antony rückte näher zu Lilly und bat sie ihre Handrücken auszustrecken. Als sie dem Wunsch nachkam, nahm Antony einem erfahrenen Künstler gleich den Pinsel, tupfte etwas Henna darauf und zeichnete mit akribischer Präzision diverse Zeichen mit Lillys Glyphe an ihre Hände, Füße und später Halsseiten.

„Warum genau machst du das jetzt?", fragte Lilly währenddessen. „Sollen damit Geister ferngehalten werden?"

Antony erklärte während er weiter arbeitete: „In vielen Völkern, in denen spirituelle Reisen von Schamanen oft praktiziert wurden, versah man die Körper der Meditierenden mit heiligen Tätowierungen. Diese bewahrten die Hülle davor von fremden Geistern besessen zu werden. Die leeren Körper verweilen solange in einen komaähnlichen Schlaf. Daraus wacht man erst auf, wenn die Seele wieder zurückkehrt. Damit keine Körper verwechselt werden oder andere sich dieser bemächtigen können, markiere ich sie mit dem wahren Namen Eurer Seele. Es dient als eine Art Schloss."

„Das heißt… wir könnten sonst Körper tauschen?", unterbrach Kevin grinsend.

„Sonst wäre das tatsächlich möglich! Einigen Mönchen im antiken Indien soll es sogar gelungen sein. Als weitere Zusatzmaßnahme habe ich diesen Raum ebenfalls vom Rest der anderen Welt abgeschottet und nur wir vier können hier eintreten, ohne Ausnahme. Den Raum habe ich in vorsorglich bereinigt", erklärte Antony, während er die letzten Zeichnungen finalisierte. „Sooo… jetzt bist du dran, Kevin!"

„Ähm kann ich es selber machen? Ich fühle mich nicht wohl dabei, wenn mich ein bisexueller Mann so intim berührt… Vielleicht kann ich es selbst zeichnen? Außerdem ist Mark auch noch da…", widersprach Kevin sich schüchtern am Kopf kratzend.

Antony grinste, drehte sich zu Mark und sagte: „Zeig es ihm!"

Mark stand auf und begann sich auszuziehen. Zuerst Oberkörper und dann die Hose, dass man seine nackte Haut sehen konnte.

„Was soll das?", rief Kevin panisch. Lilly hingegen konnte ihre Freude nicht mehr zurückhalten, da Mark doch erstaunlich athletisch gebaut war. Doch dann konzentrierte er sich und auf seinem gesamten Körper begannen Texte, Glyphen und magische Symbole zu erscheinen. Sie leuchteten erst goldfarben auf und wurden dann schwarz. Lilly und Kevin sprangen erschrocken auf. Etwa zwei Drittel von Marks Haut war von diesem zusammenhängenden Tattoo bedeckt. Auf seiner rechten Halsseite war sogar seine Glyphe in kreisförmigen Sprüchen eingerahmt und auf seiner Stirnmitte war etwas, dass einem Auge ähnelte.

„Verdammte Scheiße. Was ist das?", rief Kevin aufgeregt.

„Du brauchst nicht so auszurasten", sagte Mark in beleidigtem Ton. „Es ist nur mein Seelensiegel."

„Was zum Teufel ist ein Seelensiegel?", fragte Kevin wütend. Er fühlte sich gerade in ein Satanskult reingezogen. Lilly beruhigte sich bereits.

„Der ‚Point-of-No-Return' würde ich sagen", entgegnete Antony. „Es ist eine Form des permanenten Schutzes für ein Aurel. Wie ein… Zauberstab. Es hilft beim Fokussieren, Verteidigen und Weiterentwickeln von dem was Ihr als ‚Magie' bezeichnet", erklärte er weiter in ruhigem Ton, während Lilly und Kevin mit offenen Münden auf ihn starrten. „Es ist die permanente Alternative zu Henna, aber ich warne im Voraus: Jeder Millimeter fühlt sich an, als ob es jemand mit rotglühenden Nadeln durch das Muskelfleisch hindurch direkt auf Euren Knochen einbrennt."

„Ich nehme das Henna", sagte Kevin in einer hohen Stimme ohne zu zögern und zog seine mechanische Armbanduhr aus. Mark lachte beim Anziehen seiner Hose, während sein Tattoo vor Lillys Augen fleckenweiße verblasste.

„Tut es weh, wenn die Tattoos erscheinen und verschwinden?", fragte Lilly neugierig.

„Nee", antwortete Mark, sich die Lachtränen aus seinen Augen wischend. „Es kribbelt nur etwas. Es ist wie ein unsichtbarer Talisman und erscheint offenbar nicht mal beim Wirken. Es wird schließlich zum Teil der eigenen Seele."

Noch während sich Antony auf Kevins Haut verkünstelte, holte Mark das kunstvoll verziertes Holzkästchen von einer der Eckkommode. Seltsamerweise fiel es den Gästen trotz seines makabren Aussehens erst dann auf, als er es in die Hand nahm.

„Was zum? Stand die Box schon die ganze Zeit da?", fragte Kevin verwundert. „Ich könnte schwören, dass ich es nicht gesehen habe. Sowas müsste mir doch auffallen."

„Ich sehe sie auch zum ersten Mal", bestätigte auch Lilly sich wundernd.

„Das hättet Ihr auch nicht können", kommentierte Mark selbstbewusst. „Antony hat darauf eine Illusionsformel eingraviert, der dem Betrachter Leere suggeriert. Solange man vom Zauber nichts weiß oder ein Anderer die Aufmerksamkeit darauf lenkt, bemerkt man es nicht. Ein Unwissender kann nicht mal darüber stolpern, weil das Unterbewusstsein instinktiv ausweicht", erklärte er fasziniert weiter.

Mark stellte das Kästchen auf den kleinen Tisch und beim Öffnen erblickten die Freunde überrascht den silbrig-goldenen Würfel. Diese Box war für den Gegenstand genau anpasst.

Der Würfel selbst war mit winzigen Zeichen verziert, die zu langen Textsträngen auf der Oberfläche eingeprägt waren. Außerdem bestand er aus unregelmäßigen Elementen, ähnlich Puzzle-Steinen, deren Ränder ebenfalls mit winzigen Glyphen-Streifen verziert waren als eine Art Kontur. Die obere Seite offenbarte eine Art lotusförmiges Türchen und an den Seiten waren mittig kreisscheibenförmige Elemente eingebaut. Man hatte das Gefühl ein außerirdisches 3D-Puzzle oder eine ausgeklügelte Fantasy Uhr zu betrachten. Kevin schmunzelte leicht und lies einen weiteren sarkastischen Spruch heraus: „Und jetzt holt er ein esoterisches, vergoldetes Kästchen voller Wunder heraus, das uns mit süßem Weihrauch auf eine ferne, erotische Reise schickt."

Mark lachte laut los. Lilly schmunzelte auch in Erwartung, ob sich die Annahme bewahrheitet.

Antony aber entgegnete beleidigt: „Dieses ‚Kästchen' ist mein Arkum und kein Drogenbehältnis. Das kommt für mich wie eine persönliche Beleidigung, wenn ich bedenk, wie viel Zeit ich für die Herstellung aufgewendet habe. Dieser Würfel hat neben seiner Funktion als mein Seelengedächtnisspeicher noch viele andere wichtige Funktionen. Außerdem ist er nicht ‚vergoldet'."

„Willst du mir ernsthaft, dass das hier pures Gold ist?", fragte Kevin verwundert.

„Nein…", entgegnete Antony. „Es ist eine Gold-Iridium-Platin-Legierung innerhalb einer Kohlenstoffnanoröhrchen Matrix und die Innenseite besteht aus einem halbkeramischen, stabilisierten Supraleiter. Im Prinzip ist das ein ausgereifter Quantencomputer mit einem Seelenkern."

„DAS ist unmöglich!", rief Kevin aufgeregt. „Niemand verfügt bis jetzt über die Technologie, um so etwas herzustellen."

„Jedenfalls nicht auf der Erde", kommentierte Mark anspielend. „Jedes Mal, wenn ich diesen Würfel sehe, passiert etwas Schmerzhaftes."

„Was meinst du damit?", hackte Lilly misstrauisch nach, aber Mark schüttelte nur den Kopf.

„Jetzt seid bitte ruhig, ich muss mich konzentrieren", forderte Antony und nahm seine meditative Sitzposition auf dem Sesselsack ein. Er streckte seine Hand in Richtung des Würfels und schloss seine Augen.

„Toll! Ignoriert mich einfach!", beschwerte sich Kevin.

Mark begann aufgeregt zu zittern und machte ein besorgtes Gesicht, während er seine Augen erwartend halb zuschloss und sich halb wegdrehte. Dann begannen die Zeichenscheiben an den Seiten des Würfels sich wie von selbst tickend zu drehen. In jede der 4 Seiten stellten sich simultan jeweils Zeichen ein, ähnlich einem alten Safe, der sich selbst aufschließt. Mit jedem weiteren Einrasten schoben sich Teile des Arkums weiter auseinander und offenbarten in den Spalten das lebendige Licht. Ein leichtes Beben erschütterte das Zimmer und die Neulinge wurden nervöser. Während das Licht aus dem Inneren immer aktiver wurde, öffnete sich schließlich der ganze Würfel. Aus den größer werdenden Ritzen des Arkums strömte neben den weißen Plasmabögen auch ein weißer, schwach leuchtender Nebel heraus.

„Haaa… also doch ein goldener Weihrauchfass", sagte Kevin neckend, aber doch sehr beeindruckt.

Das wundersame Arkum zerlegte sich schließlich völlig. Die losgelösten Teile ordneten sich in schwebende, kreis- und ellipsenförmige Bahnen um den offengelegten Kern des Würfels. Es war eine weiße, leicht vielfarbig schimmernde, kleine Sphäre von der Größe eines Golfballs. Diese flutete das gesamte Zimmer mit dem dichten weißen Nebelschleier, der ebenfalls um sie rotierte. Es erinnerte etwas an Weltraumnebel, der um einen jungen Stern kreiste.

„Ich habe nicht viel erwartet, aber das hier ist jenseits von unglaublich. Als ob ich auf eine antike Alien-Technologie blicken würde", kommentierte Kevin verblüfft.

„Ob ein 16-dimensionaler Dosenöffner oder die Büchse der Pandora … hängt alles vom Blick des Betrachters", kommentierte Mark leise.

Lilly schaute Kevin an und griff nach meiner Hand. Sie war noch mehr davon erschüttert, denn sie hatte sich bereits in diesem Moment von ihrem Glauben abgewandt.

Antony reagierte nicht, da er sich wohl auf den Vorgang konzentrieren musste. Der Nebel reichte nun bis an die Brust aller Sitzenden. Lilly versuchte neugierig mit dem Zeigefinger ihrer anderen Hand eins der vorbeifliegenden Würfelteile zu berühren und wurde von einer statischen Entladung überrascht. Der Schmerz schreckte sie schlagartig zurück.

„Ist das einer Art elektromagnetisches Feld?", fragte sie dann interessiert. Der sich schon langsam wieder beruhigende Mark nickte zustimmend und streckte seine Hand mit gespreizten Fingern quer zur Rotationsrichtung an der Oberfläche des Nebels. Die milchige Wolke umspülte die Finger und gab kleine zuckende Blitze ab, die nicht mal die Hautoberfläche erreichten.

Lilly und Kevin bemerkten, dass die Entladungen auch an ihren Körpern stattfanden. Ein seltsames Gefühl der Leichtigkeit erfüllte sie, als ob der Raum auf den Mond oder sogar auf einen noch kleineren Asteroiden versetzt wurde. Plötzlich begann die leuchtende Kugel den gesamten Dunst mit steigender Geschwindigkeit in einem Strudel einzusaugen, wurde immer heller bis sie schließlich in einer kleinen Nova gleich explodierte. Die Druckwelle schleuderte das Trio aus ihren Sitzsäcken gegen die Wand.

Sie spürten beim Aufprall aber nur einen dumpfen Schmerz. Beim Aufrichten bemerkten Lilly und Kevin sofort etwas Seltsames. Die Möbel hatten sich kein Stück bewegt und der Raum erschien viel dunkler. Kevin schaute sich langsam um und ihm wurde unheimlich. Er sah alle Körper noch in gleichen Sitzsäcken und wie diese in Zeitlupe bewusstlos in die Sitzsäcke versanken. Antony stand bereits einem dunklen Schatten gleich, stumm beobachtend hinter seinem Körper und wartete schmunzelnd auf die Anderen. Kevin sah auf seine Armbanduhr am Tisch und stellte fest, dass sich der Sekundenzeiger fast gar nicht bewegte. Als ob die Welt in Zeitlupe ablaufen würde. Die Lichter der LEDs flackerten langsam. Die gesamte Umgebung erschien insgesamt in Schatten getaucht, aber dennoch hat es die Sicht nicht behindert. Beim Versuch einige Gegenstände zu berühren, ging Kevins Hand direkt durch und er spürte diese nur noch als eine kalte Brise. Antonys Arkum baute sich währenddessen wieder zusammen und stellte sich auf sanft auf den Tisch ab. Es war der einzige Gegenstand im Raum, der nicht verdunkelt erschien. Als ob er in die andere Welt mitgewechselt wäre. Lilly näherte sich zögerlich an ihren Körper und streckte die Hand danach aus, aber Mark hielt sie davon ab.

„Wenn du das versuchst, wirst du wieder in deinen Körper gezogen!", klärte er auf.

„Tatsächlich!", bestätigte Lilly nach einer kurzen Pause. „Ich spüre eine leichte Schwerkraft in Richtung meines Körpers."

„Willkommen in der Schattenwelt … meine Freunde!", sagte Antony mit dem leichtem Unterton eines sehr vornehmen, englischen Hotelmanagers. „Lasst euch ruhig Zeit. Davon haben wir hier genug. Gewöhnt Euch erstmal an das Gefühl Eurer astralen Gestalt."

Kevin und Lilly versuchten zu springen, aber die Leichtigkeit von vorher war nichts mehr zu spüren. Im Gegenteil, diese Welt fühlte sich schwer an und selbst das Atmen war anstrengend.

„Das Luft holen fällt mir irgendwie so schwer. Als ob ich mich in großer Höhe befinden würde", sagte Kevin. „Ist das normal?"

„Das ist normal in dieser Schattenwelt. Aber genau das ist auch einer der Punkte", kommentierte Antony. „Eine Seele atmet ja auch keine Luft. Deshalb muss ich Euch vor dem Gang in die Außenwelt erst eine grobe Einführung in die Naturgesetze dieser Dimensionen geben. Merkt alles, da die Reise durch einen falschen Schritt oder Kontakt mit falschen Individuen schnell beendet werden kann."

„Wir hören dir zu", sprach Lilly mit unerwartetem Selbstbewusstsein. „Ich habe nicht so lange studiert, um am Ende in einem fragwürdigen Geistreise zu sterben. Also unterwiese uns so gut wie möglich. "

„Selbstverständlich!", stimmte Antony zu, schmunzelte und zeigte auf die Tür. „Es ist aber wichtig zu wissen: Jenseits dieser Tür herrscht nur das Recht des Stärkeren. Also sollte man entweder mächtig oder unauffällig sein."

„Und was ist jenseits dieser Tür?", fragte ich neugierig, als ich ein schwaches Leuchten hinter den Ritzen bemerkte.

„Die Horizontwelt! Es ist ein Knotenpunkt vieler jenseitiger Geschehnisse, eine Art Flurdimension zwischen Himmel, Hölle und vielen weiteren Welten anderer ‚Schöpfer'.", erzählte Antony weiter. „Gleich vorweg, ich wiederhole keine Informationen, nur weil jemand nicht in der Lage ist mir bei der ersten Erklärung gleich zu glauben oder richtig zuzuhören!"

Antony streckte während seiner kurzen Rede seine Hand zum Arkum und dieser reagierte prompt mit Absonderung eines rotierenden weißen Nebelstrudels. Der Rauch verdichtete sich zu einer farbigen, dreidimensionalen Form der geschnittenen Erde. Sie war zwiebelartig von farbigen Schalen umschlossen. Die einzige, rote Schicht befand sich unterhalb der Erdoberfläche und war seltsam nach innen gekrümmt. Auf der Erdoberfläche befanden direkt übereinander eine gelbe, graue und grüne Schicht, die ineinander grenzfrei überzugehen schienen. Darüber befanden sich in einigen Abstand sieben blaue Schalen und schließlich eine weiße, die aber nach oben offen zu sein schien. Durch alle Schalen zog sich ein gelbes, wurzelartiges Netzwerk, das schließlich in der Innersten endete.

„Das was Ihr hier seht, ist eine vereinfachte Übersicht der zu eurer Welt benachbarten Dimensionen innerhalb des Schöpferreiches", erzählte Antony konzentriert. „Wie bereits erwähnt, unterscheidet sich das Zeitverhältnis zwischen der Schattenwelt und der lebenden Welt. Das heißt 1 Sekunde in der Welt der Lebenden entspricht 100 Sekunden im Schattenreich und in der Horizontwelt sind es sogar 116 Tage. Was zunächst wie eine Chance erscheint, kann andererseits eine Gefahr darstellen."

„Was ist mit Himmel und Hölle?", bemerkte Lilly unterbrechend, als sie die anderen Schichten betrachtete. „Wie läuft die Zeit dort?"

„Das Zeitverhältnis nimmt kontinuierlich ab, je höher man im Himmel oder je tiefer man in die Hölle absteigt. Deswegen darf man an beiden Orten nicht zu lange aufhalten. Sobald wir jenseits der Schattenwelt sind, dürfen wir uns von unseren Körpern maximal 2 Stunden nach Echtzeit entfernen... Ansonsten bricht die Verbindung zum biologischen Körper ab. Andererseits dürfen man aber, ohne externes Seelenbehältnis, auch nur maximal 30 Tage in der Horizontwelt verbringen, da auch das sonst gefährlich für das biologische Hirn wird."

„Inwiefern?", fragte Kevin verwirrt. „In dieser Horizontwelt haben wir doch Zeit ohne Ende?"

„Logisches Denken, mein Freund", entgegnete Antony forsch. „Die Aufnahmefähigkeit von Informationen ist vielleicht bei einer Seele grenzenlos, aber für die biologische Seite gilt DAS nicht. Die Erinnerung muss langsam im Schlaf einfließen. Wenn du deinen Körper damit überlädst, kommt es zum epileptischen Schock. Auf Euren beiden Armen ist jeweils ein identisches Symbol aufgemalt, dass nur Ihr sehen könnt..."

Die Zuhörer schauten auf die eigenen Arme und sahen auf dem jeweils rechten Arm eine Uhr, die ablief und auf dem Linken etwas, das wie ein Balken aussah und sich langsam mit gelbem Inhalt zu füllen schien. Diese sind aber erstaunlicher Weise erst aufgefallen, als Antony darauf aufmerksam gemacht hat.

„...Die eine Seite zeigt euch die Differenz zwischen eurer Erinnerung und der eures Körpers, die Andere misst die vergangene Zeit in der lebenden Welt", setzte Antony fort. „Diese sehen bei jedem unterschiedlich aus, aber so dass man es sofort versteht. Wichtig ist, dass keiner der beiden Zeiger das Ende überschreiten darf. In beiden Fällen bedeutet es den Tod euren Körpers. Bevor wir in die andere Welt aufbrechen, will ich Euch noch einige Techniken zur Trennung von Körper und Seele, Selbstverteidigung und Überleben beibringen. Euch alle immer wieder mit meiner Macht zu trennen ist auf Dauer zu gefährlich und ermüdend."

„Warum reisen nicht gleich in die Horizontwelt?", fragte Kevin neugierig schmunzelnd auf die Tür schauend. „Das ist doch sehr enttäuschend."

„Wenn du von der nächsten astralen Bestie gefressen werden möchtest, kannst du gern durch diese Tür schreiten!", entgegnete Antony zynisch. Das war das letzte Mal, dass Kevin gefragt hatte. Besonders Marks Gesichtsausdruck verriet den Wahrheitsgehalt dieser Warnung.

Nach stundenlangen Erläuterungen des Meditationsverfahrens zur Seelenabtrennung, beendete Antony schließlich das Experiment und alle kehrten in die eigenen Körper zurück. Als die Freunde am nächsten Morgen mit vollen Erinnerungen aufwachten, spürten sie gleichzeitig unvergleichliche Energie. Der Verstand war klar und wach. Auch die darauffolgenden Abende verbrachten sie mit Üben der Technik zum Wechsel.

Sie lernten schnell, wie man diese Trance sinnvoll mit ihrem Studium kombinieren konnte. Antony zeigte außerdem, wie man als Geist der Schattenwelt die lebende Sphäre beeinflussen konnte. So war das Blättern von Büchern und Skripten kein Problem mehr. Die Regel war nur, dass die Körpertrennung ausschließlich in seinem abgeschotteten Zimmer stattfindet. Der Spruch „Lernen wie im Schlaf" erlangte so ganz neue Dimensionen. Dank umfangreichem Wissen konnten Lilly und Kevin sogar die normalerweise eher stolzen Professoren beeindrucken.

Lilly las sich immer mehr in die Materie ein und schickte ihrer Mutter diverse Nahrungsergänzungsmittel und diätische Tipps, um die Erholung zu beschleunigen. Sie konnte zwar nicht zu Besuch kommen, aber durch die Unterstützung konnte ihre Mutter schon nach ein paar Wochen aus dem Krankenhaus entlassen werden.

Auf die gelegentlichen Fragen der Kommilitonen zu den Geheimnissen des plötzlichen Lernerfolgs, antworteten die Beiden humorvoll mit ‚Lernmeditationen'. Die Reaktionen waren zwar gespalten, aber im Allgemeinfall glaubte das natürlich keiner.

Einmal interessierte sich Kevin, warum in der Schattenwelt nur dieses eine Zimmer existierte und man beim Austreten gleich in die Horizontwelt wechseln würde.

„Weil das auf der Tür steht!", antwortete Antony. „Die Schattenwelt ist eine Taschendimension innerhalb eines materiearmen Raumes wie einem Hauses oder einem Gebäudekomplexes. Wärt Ihr echte, vom eigenen Bedauern versklavte Geister, würdet ihr diese kleine Zwischenwelt nicht mehr verlassen können. Sie wäre Euer Gefängnis. So in etwa entstehen Spukhäuser."

„Also gibt es tatsächlich Geisterschlösser? Wie funktioniert sowas?", fragte Lilly neugierig.

„Wenn das Bedauern groß genug und der Trennungsschmerz zu stark werden, erschafft sich eine Seele unterbewusst eine solche Taschendimension, deren Größe proportional zum Schmerz ist", erklärte der Okkultismus-Experte weiter. „Zum Glück können Todesengel heutzutage sowas größtenteils verhindern, aber früher waren Geister ein echtes Problem. Die werden auf Dauer ja auch noch warnsinnig und gefährlich."

Das Studium lief nun parallel zu Antonys Training, dass immer mehr zu einem Kurs für Selbstverteidigung ausartete. Es war für den Notfall, wie er immer wieder betonte. Natürlich begann das Pärchen dadurch auch langsam Marks Befürchtungen zu teilen, da Antony während der Sessions immer stärker dazu neigte, die Übungen zu ernst zu nehmen. Besonders Kevin und Mark ‚verletzte' er oft. Die Schmerzen von einer Schnittwunde auf dem astralen Körper fühlten sich jedoch ganz anders an. Es wurde der Verstand direkt angegriffen, indem teilweise schöne Erinnerungen plötzlich angeregt wurden und zu Benommenheit, stechender Ohnmacht oder Betäubung führten. Konzentrationsschwierigkeiten verursachten sie natürlich auch. Das Heilen dieser Wunden war zwar einfacher, aber man musste sich ganz darauf konzentrieren. In so einem Moment könnte man am Kampfgeschehen nicht mehr teilnehmen.

Kapitel 3: „Zweifel"

„Wahres Vertrauen ist ein Gut wertvoller als alle anderen Reichtümer.
Einmal verloren ist ein König ärmer als ein Bettler."

Nach etwa einem halben Semester, kurz vor der Weihnachtspause wurde Lilly von einem der wichtigsten forschenden Pharmazie-Professoren der Universität zu sich ins Büro gerufen. Lilly hatte sich für eine Stelle als Assistentin beworben und machte sich für ein Bewerbungsgespräch so fein wie möglich. Als sie das Büro betrat, erlebte sie sie jedoch eine Überraschung.

„Guten Tag Frau Decker. Wissen Sie, weswegen ich Sie heute hierher geladen habe?", fragte Professor Dr. Reiter.

„Ich dachte es geht um meine Bewerbung, Professor?!", entgegnete Lilly etwas verwirrt.

„Oh ja… das natürlich auch…", entgegnete der Dozent freundlich, aber irgendwie etwas überrumpelt. „Sie wissen schon, in welchem Bereich ich eigentlich forsche, oder?"

„Wie könnte ich das nicht! Sie beschäftigen sich mit psychoaktiven Wirkstoffen gegen Alzheimer", bestätigte Lilly.

„Genau, Frau Decker. Und genauer gesagt, forsche ich derzeit an zwei Wirkstoffen, die als überaus starke Nootropika zur Demenz- und Alzheimertherapie eingesetzt werden könnten, möglicherweise sogar in einem Kombipräparat. Sie haben sich als Assistentin für mein Labor beworben, dennoch wären Sie vom Semester her noch nicht soweit."

„Ja so ist es, Dr. Reiter", stimmte Lilly freundlich, aber enttäuscht zu. „Aber worum geht es dann?"

„Wie Sie sich erinnern, habe ich am Anfang dieses Semesters eine kostenlose Blutuntersuchung für Studenten unserer Fakultät angeboten. Ein Vitaminpräparate-Hersteller hat es im Rahmen einer großen Werbekampagne mitfinanziert, um zukünftige Apotheker für das Thema wieder zu begeistern", erzählte der Professor. „Es wurde mit einem unserer neuen Resonanzgeräte untersucht, das mithilfe von Ultraschall-Peaks die Werte einzelner Inhaltsstoffe bestimmen kann."

„Meine Werte waren doch gut", erinnerte sich Lilly.

„Das stimmt, sogar hervorragend", bestätigte Dr. Reiter ernsthafter. „Viele Vitamine waren sogar ungewöhnlich erhöht. Eigentlich nicht erreichbar mit einem gewöhnlichen Studenteneinkommen. Allerdings habe ich in Ihrem Blut völlig zufällig noch etwas anderes gefunden, Frau Decker."

„Wie meinen Sie damit?", fragte Lilly verunsichert und nervös.

„Unser Gerät hat routinemäßig auch diverse nootropische Stoffe im Blut untersucht, da es schließlich in unserem Labor steht. In einigen Studenten fanden wir zwar Drogen, aber bei Ihnen gab es Spuren eines mir bekannten, hirnleistungssteigernden, aber geheimen Wirkstoffs", erklärte Dr. Reiter. „Dessen Formel steht sogar unter Militärverschluss. Aus Sicherheitsgründen haben wir weitere Tests durchführen müssen und haben 35 weitere wahrscheinlich nootropische Substanzen in Ihrem Blut gefunden. Wir konnten gerade mal 16 davon genau identifizieren. Manche davon stammen aus Pilzen, die nur in den Tropen zu finden sind und so selten, dass nur ein befreundeter Experte aus Indien wusste, was das überhaupt ist. Verstehen Sie mich nicht falsch, ich bin kein Gegner einiger Praktiken zur Steigerung des Denkvermögens oder der Konzentration, aber DAS übersteigt selbst meine Vorstellungen. Und dann sind die Klausurergebnisse der Zwischenprüfungen dieses Semester. Volle Punktzahl in allen Fächern. Vorher haben Sie kaum 70% erreicht. Da ich Sie nicht für dumm genug halte, sich unter so vielen Drogen Blut untersuchen zu lassen, gebe ich Ihnen eine Chance zur Aufklärung. Erzählen Sie mir bitte, wie diese Wirkstoffe in Ihre Blutbahn kommen. Haben Sie an einer illegalen Studie teilgenommen?"

Dr. Reiter war besorgt, aber auch sehr neugierig und wartete ungeduldig, mit seinem Kugelschreiber spielend, auf die Antwort.

„Nein, Professor", entgegnete Lilly überrascht. "Auch wenn die erweiterte Untersuchung gegen meine persönlichen Rechte verstößt, bin ich in gewisser Weise froh, das zu erfahren. Sie liegen jedoch richtig, bezüglich meiner Unwissenheit, aber die Wirkstoffe habe ich vermutlich mit Vitaminen geschluckt, die mir ein Freund im Rahmen eines privaten Projektes gegeben hat", erläuterte sie weiter in Erwartung, ob ihr Gegenüber die Erklärung akzeptiert. „Weswegen genau, kann ich Ihnen aber leider nicht sagen. Die guten Noten sind jedoch nicht das Ziel des Projektes, sondern nur ein positiver Nebeneffekt. Darf ich fragen, ob die identifizierten Substanzen gesundheitsschädlich sind?"

Dr. Reiter wurde bizarr bleich und machte eine Denkpause, als er vor Nervosität seinen Kugelschreiber aus der Hand verlor. Dann holte er eine kleine Akte aus seiner Tischschublade und schob sie auf dem Tisch zu Lilly mit dem Satz: „Wir wissen es noch nicht so genau, da viele davon erst vor einiger Zeit entdeckt wurden. Die Synthesepatente liegen aber Großteils bei der Evolution-Pharma GmbH."

„Darf ich fragen, warum Sie so verunsichert sind?", fragte Lilly ebenso verwirrt und verängstigt.

„Wie bereits kurz angesprochen: Bei dreien dieser Wirkstoffe handelt sich um eine leicht geänderte Form von Substanzen, die zum Ende des kalten Krieges in der U.S.A. entdeckt wurden und in der Strategieentwicklungsabteilung für gesteigerte Gehirnleistungsfähigkeit verwendet wurden. Die Wirkstoffe und Ihre Verwandtschaft in Ihrem Blut sind in jedem Fall sehr teuer in der Herstellung und sollten eigentlich nur in elitärsten Kreisen bekannt sein. Die genannte Firma hat die Formeln vor drei Jahren als verbesserte Versionen zur Forschung freigegeben. Aber wenn ich die Konzentration auf Ihre Körpermaße hochrechne, müsste ihr ‚Freund' mindestens Multimillionär sein, um sich regelmäßig diese Substanzen zu besorgen. Da diese Information zu brisant ist, habe ich Sie nicht mal an das Kollegium der Uni gemeldet", erzählte der Professor weiter, während er immer nervöser wurde. „Darf ich fragen, ob Ihr Freund zufällig der englische Auslandsstudent, Antony Black, ist?"

„Wie kommen Sie ausgerechnet auf ihn?", fragte Lilly überrascht.

Dann schlug der Professor plötzlich die Akte zu und antwortete: „Ich verstehe. Ich werde Ihre Ergebnisse vernichten, wenn Sie es wünschen. Ich bitte Sie nur vorsichtiger zu sein. Ihr genialer Freund ist nicht die Person, für die er sich ausgibt. Im schlimmsten Fall seid Ihr Teil eines geheimen Projektes, der illegal an der Öffentlichkeit getestet wird", erklärte Dr. Reiter, während er erwartungsvoll auf Lilly schaute. „Ich will keine Verschwörungstheorien in die Welt setzen, aber meine Freunde vom Geheimdienst haben die Identität von Antony Black geprüft und diese scheint mehrfach geändert worden zu sein. Allerdings Ihrem überraschten Gesicht nach zu urteilen, wissen Sie auch nicht Bescheid, oder? Sie sollten jedenfalls wissen, dass er der einzige Aktionär von Evolution-Pharma ist."

Lilly war beunruhigt, sammelte sich dann aber und entgegnete: „Ich bedauere Professor. Wir haben genauso wenige Informationen wie Sie. Für uns waren das nur Vitamine und einige aufputschende Pflanzenextrakte. Haben Sie das auch wirklich nicht weitergemeldet?"

„Wir? Also gibt es noch andere?! Nein, das kann leider erst machen, wenn jemand beweisbar in Gefahr ist", entgegnete der Professor. „Ich sehe momentan jedoch, dass sie davon bisher nur profitieren. Solange sind mir die Hände gebunden. Ich weiß aber mittlerweile auch, dass Mister Blacks Fond meine Forschungen zu einem erheblichen Anteil mitfinanziert, sowie diverse andere Partnerprojekte weltweit. Wenn ich eins in meiner langen Zeit auf diesem Posten gelernt habe, dann dass Menschen ohne Moral zu allem fähig sind und Sie sind möglicherweise an so jemand geraten. Passen jedenfalls auf sich auf. Falls Ihrerseits keine weiteren Fragen gibt, dürfen Sie jetzt gehen."

„Aber was ist mit meiner Bewerbung?", fragte Lilly enttäuscht und geschockt nach.

„Falls Sie noch wirklich wollen, können gern ab den kommenden Semesterferien anfangen", entgegnete der Professor. „Aber versuchen Sie von den Pillen wegzukommen. Die langfristigen Gehirnschäden sind nicht absehbar."

„Vielen Dank, Professor", entgegnete die Studentin. „Ich bitte Sie aber höflich meine Blutwerts-Untersuchung zu vernichten."

„Sind Sie sicher?", fragte Dr. Reiter. „Sie könnten diese in einer Klage gut gebrauchen."

„Da haben Sie recht. Ich nehme sie lieber mit", entgegnete Lilly. Der Professor schob sie zu ihr und Lilly nahm die Akte an sich. Dann verabschiedete sie sich und ging.

Auf dem Weg nach Hause zitterte sie und weinte sogar. Sie wusste zwar, dass einige Wirkstoffe niedrigdosiert in den Tabletten waren, aber eine solche Anzahl nootropischer Substanzen hat selbst sie nicht erwartet. Selbst die fortschrittlichsten Kombipräparate enthalten niemals mehr als 4 Wirkstoffe und selbst dann gelten diese wegen ihrer möglichen Wechselwirkungen nicht mehr als unproblematisch. Als sie in der WG ankam, erzählte sie Kevin von allen erfahrenen Details und zeigte ihm die Akte. Wütend beschlossen Beide den Verursacher am nächsten Tag zur Rede zu stellen. Allerdings haben sich ihnen auch weitere Fragen beschäftigt. Wissenschaft und Okkultismus waren plötzlich in einem verrückten Intermezzo verbunden worden. Vielleicht war Antony ja selbst nur ein Teil einer immensen Verschwörung. Dieser außerirdische Würfel, die außerkörperliche Erfahrung und immensen Geldmittel. Dann wären die Beiden nichts weiter, als Versuchskaninchen. Aber was sollte aus ihnen überhaupt werden, wenn Antony neben der Medizin auch all diese anderen Fähigkeiten beibrachte. Dazu gehörten auch einige antike Bücher über Selbstverteidigung und Waffenführung. Auch diverse, völlig unbekannte Kampfstile, die weder Lilly noch Kevin im Internet finden konnten, zeigte Antony ebenfalls. Bisher hätten sie von ihm nur profitiert, aber bekanntlich gibt es nichts ohne einen Preis. Irgendwie passte alles nicht so richtig zusammen. Warum würde er für eine Gefälligkeit für Lilly soweit gehen.

Als sie Antony am anschließenden Wochenende zur Rede stellten, kam seine Antwort ebenso ruhig wie kalkuliert: „Der Professor wird schon nicht plaudern und als Doping kann man das auch noch nicht wirklich bezeichnen, da ihr kein Sport treibt, sondern eine Denkleistung erbringt. Außerdem sind alle Substanzen so niedrig dosiert, dass Langzeitschäden ausgeschlossen werden können."

„Hast du denn keine Angst vor den Konsequenzen?", fragte Lilly zweifelnd. Ihr erschien Antony plötzlich völlig entfremdet und unmenschlich.

„Ich bin ein zielstrebiger Mensch, Lillien. Gefahren abzuschätzen und zu minimieren bei gleichzeitig maximalem Erfolg ist mein Lebensinhalt", entgegnete Antony enttäuscht. „Ich tue alles, um Euch zu schützen und eure Studien zu unterstützen, aber diese Blutuntersuchung war äußerst unvorsichtig. Ich dachte eigentlich, das hättet Ihr mittlerweile begriffen. Probleme… werden erst entstehen, wenn Ihr am falschen Moment des Weges zögert oder aussteigt. Es wird noch viele solcher Augenblicke des ‚Point-Of-No-Return' geben."

Sein Blick war sehr einschüchternd und gleichzeitig Scham erweckend, aber Lilly ließ nicht locker: „Ich kann und werde so eine Antwort nicht einfach akzeptieren. Was hast du dir dabei gedacht? Du hättest uns wenigstens ausreichend aufklären sollen!"

„Lillien, das habe ich doch! Es ist kein Spiel für mich. Ich kenne mich mit der Natur dieser Stoffe gut aus", antwortete Antony ernüchternd. „Außerdem wolltest gerade DU die Wahrheit kennen, beschwere dich jetzt nicht über den Weg dahin."

„Wa..was?", reagierte Kevin überrascht, Lilly fror ein.

„Das Leben eines einzelnen Menschen, einer Nation oder gar einer ganzen Gesellschaften zu verbessern ist unmöglich, wenn man jeden einzelnen Schritt erfragen muss… Eins habe ich über den Menschen als Spezies gelernt: Sie wissen meistens selbst nicht wirklich, was sie wollen oder was gut für Sie ist", führte Antony selbstbewusst fort. „Sie wollen die Welt verbessern, sind aber nicht bereit eigene Opfer dafür zu bringen. Sie wollen

Gleichberechtigung und Frieden, aber wollen ihr eigenes Reichtum nicht mit anderen teilen. Es sollen immer nur die Anderen etwas abgeben. Und deswegen... habe ich vor langer Zeit aufgehört, Leute danach zu fragen, wie sie etwas erreichen wollen. Ich habe Euch einen Pfad der Entwicklung angeboten und IHR habt zugestimmt. Das Geschenk der Erkenntnis wurde Euch vor die Füße gelegt. Entweder nehmt es oder GEHT!"

Mark schaute auf seine beiden zweifelnden Freunde, die gerade völlig verblüfft auf Antony starrten.

„Gibt es unerwünschte Nebenwirkungen bei diesen Drogen?", fragte Lilly schließlich.

„Sie machen das Gehirn davon abhängig mit den normalen Entzugserscheinungen und führen beim Absetzen zu einem temporalen Gehirnleistungsverlust von etwa 30% unter Normalzustand für etwa 3 Monate", erklärte Antony erwartungsvoll. „Danach normalisiert sich der IQ wieder."

„Das zwingt uns also dazu diese Pillen weiter zu nehmen?", fragte Lilly mit Wutränen in ihren Augen. Auch Kevin setzte sich vor Schock auf das Sofa.

„Ihr und Mark, genauer gesagt", entgegnete Antony. „Das Leben ist kein Spielplatz. Nehmen und Geben, Freunde! Geben und Nehmen!"

„Hast du keinerlei Moral oder Gewissen?", fragte Lilly wütend.

„Doch natürlich. Meine ist nur der Eurigen um Jahrhunderte voraus", entgegnete Antony selbstbewusst und ging zum Bücherregal. Dort holte er ein Buch und legte es den beiden abwechselnd in die Augen schauend auf den Tisch. Es war ‚Erfolg für Dummies'. „Der Anführer einer Gruppe muss manchmal moralisch zweifelhafte Entscheidungen treffen, wenn es dem Wohl der Gruppe dient. Beharrlichkeit ist nun mal Überlegenheit."

Lilly und Kevin hatten in diesem Moment begriffen, dass keines ihrer Argumente etwas an Antonys Meinung rütteln könnte. Sie kannten ihn in dieser Hinsicht bereits gut genug.

„Wir müssen einige Tage darüber nachdenken, ob wir mit dir weitermachen wollen oder nicht", sagte Lilly sich sammelnd.

„Ich habe Zeit", sagte Antony. „Aber mein Angebot ist zeitbegrenzt. Ich habe Euch jetzt nur die Spitze des Eisbergs gezeigt. Ich müsst aber jetzt verstehen, dass Eure momentane Existenz und alles, was Ihr selbst erreichen könnt... armselig ist... im Vergleich zu dem, was ich Euch anbiete. ‚Die Freiheit eines ganzen Universums' könnte Euer sein."

Selbst Mark war verblüfft über diese ungeschönte Direktheit. Antony verabschiedete sich, drehte sich um und ging selbstbewusst in das Meditationszimmer. Mark bat das Pärchen mit Kopfwanken in die Küche.

Dort angekommen schloss er hinter ihnen die Tür und sagte: „Nehmt ihm das nicht übel, was er sagt. Antony ist eben… anders."

„Alter, er hat sich gerade zu unserem Anführer erhoben, nachdem er uns mit Drogen vollgepumpt hat", sprach Kevin wütend.

„Er ist so viel mehr als das. Aber wenn Ihr das begreifen wollt, wird es wirklich kein Zurück mehr geben", entgegnete Mark.

„Jetzt spuk es schon aus!", forderte Kevin ungeduldig.

„Ich und Antony waren vorletzten Sommer für ein Monat im Meditations-Urlaub in Afrika", erzählte Mark, auf etwas hin arbeitend.

„Ja und?", fragte Lilly.

„Wir waren mitten in der Wüste von Sahara", entgegnete Mark. „Er hat vor meinen Augen innerhalb von Minuten aus einer Pflanzensamentüte eine Oase mitten im Nirgendwo entstehen lassen. Danach musste ich mein Körperbeherrschungstraining bei hohen Temperaturen und hoher Luftfeuchtigkeit machen."

„Worauf willst du hinaus, Mark?", fragte Kevin verblüfft. „Das er eine Art lebender Gott ist und ihn nichts aufhalten kann?"

„Nein, das ist es nicht…", sagte Mark. „Wenn ich drüber nachdenke, dass ich unter seiner Anleitung selbst später auch zu solchen Wundern im Stande sein werde… bin ich bereit jede dieser blöden Pillen zu schlucken. Ich würde meinen attraktiven Körper wegschmeißen, um seine Fähigkeiten nutzen zu können. Antony hat nichts getan, dass solche Respektlosigkeit und Misstrauen verdienen würde. Die selektive Geheimhaltung war nun mal angebracht, um Euch langsam an das Thema heranzuführen. Und es ist beleidigend, dass irgendein Fremder mit stark begrenztem Wissen Euch mit einigen schwammigen, unvollständigen Fakten zum Misstrauen gebracht hat. Lilly, du wolltest doch die Wahrheit sehen! Jetzt geht nach Hause und denkt drüber nach."

„Die Fakten waren keineswegs schwammig", entgegnete Lilly. „Ich kann nicht einfach mein Selbsterhaltungstrieb einer Freundschaft unterordnen, Mark. Antony scheint die Welt besser zu verstehen als wir, aber es gilt offensichtlich nicht für die menschliche Persönlichkeit. Lass uns gehen, Kevin."

Mit diesen letzten Worten begleitete Mark das zweifelnde und verunsicherte Pärchen zur Wohnungstür. Als er die Tür abschloss und die Beiden das Gebäude verließen, ging er zu Antony ins Meditationszimmer. Dieser saß mit geschlossenen Augen und schien sich auf etwas zu konzentrieren.

„Warum hast du dich so aggressiv verhalten, Ainex? Ich möchte es nur verstehen", fragte Mark enttäuscht.

„Wenn man einen Weg mit jemandem beschreitet, setzt man in diese Person oft übermäßiges Vertrauen", erklärte Antony. „In unserem Fall ist dieses Verhalten falsch. UNSER Weg ist, einer der Logik, der Vernunft und des

Drangs sich weiter zu entwickeln. Auf diesem Pfad wird man immer wieder von Zweifeln erschüttert, aber das Ziel muss weiter verfolgt werden. Das ist, was uns von anderen Menschen unterscheidet. Um zu überleben, müssen wir Emotionen von Logik trennen."

„Das hört sich sehr einsam an", kommentierte Mark. „Gibt es keinen anderen Weg?"

Antony schüttelten mit bedauerndem Gesichtsausdruck seinen Kopf und entgegnete: „Nein, nur diesen und er wird schmerzhaft, auch für dich, mein Freund."

Als Resultat des Streits brachen Lilly und Kevin für fast eine Woche den Kontakt mit Antony ab. Sie versuchten sich wieder alltäglichen Dingen zuzuwenden. Die nächtlichen Alpträume kehrten für die Beiden wieder zurück und wurden intensiver, sogar häufiger. Antony beobachtete, dass Lilly oft unausgeschlafen zu den Vorlesungen erschien, aber behielt stets einen Abstand.

Kevin war bei weitem nicht so nachtragend und behielt den nahen Kontakt zu Mark aufrecht. Die Beiden gingen auch zwischendrin miteinander trinken, aber das Thema wurde nicht angesprochen. Antony war auch nie dabei. Es war mehr als deutlich, dass die Initiative von Kevin und Lilly erwartet wurde. Nach 8 Tagen kamen die ersten ernsthaften Entzugssymptome, die sich durch Konzentrationsschwierigkeiten, migräneartige Kopfschmerzen, Schüttelfrost und nächtliches Schwitzen offenbarten.

Am zweiten Tag nach Beginn dieser Tortur saß Kevin mit Lilly morgens wieder in der Küche. Kevin sammelte sich und sagte mit zitternder Stimme: „Lilly... Ich weiß, dass du deine Prinzipien hast... aber brauchst du wirklich solange um dich zu entscheiden?"

Lilly seufzte und entgegnete resignierend: „Siehe uns an, Kevin. Wir sind auf sein Angebot eingegangen. Als wir dann kurz ausgestiegen sind, sitzen wir hier wie Junkies und ertragen bereits heftige Entzugserscheinungen... Meine Intuition schreit förmlich, dass das nicht mal das Schlimmste ist, was noch passieren wird. Ich habe Angst davor, es herauszufinden."

Kevin konnte dem Argument nicht mal widersprechen, aber beim genaueren Nachdenken begriff er etwas.

„Aber das war es wohl, was er uns die ganze Zeit mit ‚Ganz oder gar nicht' sagen wollte", stellte er flüsternd, nach unten schauend, fest und blickte dann wieder konzentriert direkt in Lillys Augen. „Du wolltest die Wahrheit herausfinden, oder? Wir haben unser Ziel noch nicht erreicht. Ein Firmengründer legt auch sein ganzes Hab und Gut in seine Idee. Er spielt auf den Erfolg. Der Gewinn ist schließlich proportional zum Risiko. Findest du nicht auch, Lilly?"

Lilly wendete Ihren Blick beschämt zum Fenster und entgegnete seufzend: „Hast du das in diesem Buch von Antony gelesen? Du hast zwar schon Recht, aber hier spielen wir mit unseren Leben... Und es tut mir Leid, dass ich dich darein gezogen habe."

Kevin lächelte, als er das hörte: „Oh, mach dir keine Vorwürfe! Auch ich war neugierig. Ich habe mich in dich verliebt und werde für dich da sein, egal wie du dich entscheidest." Dabei rückte Kevin mit seinem Stuhl zu Lilly und legte seine zitternde Hand auf ihre. Lilly blickte ihm tief in die Augen und umarmten ihn dann.

Etwas später schrieb Kevin eine Nachricht an Mark und bat um ein Treffen für die ganze Clique. Marks Antwort ließ nicht lange auf sich warten und das kranke Pärchen wurde in Antonys Wohnung gerufen. Die Fahrt zu den Beiden war auf mehr als eine Art Tortur. Die Beiden wurden die ganze Fahrt über von neugierigen und teilweise angewiderten Menschen begafft, für die das Pärchen als Junkies auf Entzug erschien.

Als Mark die Tür öffnete, verhielt er sich ungewöhnlich freundlich. Er führte sie ins Wohnzimmer zum Sofa. Dort warteten bereits durchsichtige, aber geschlossene Pillenboxen mit doppelter Dosis und Milchgläsern an der Seite darauf eingenommen zu werden. Antony kam mit einem selbstgeschriebenen, dicken Notizbuch aus dem Meditationszimmer. Er trug einen Drei-Tage-Bart und hatte eine seltsame Brille mit viel zu dicken Gläsern auf. Als er auf die beiden Besucher schaute, war in den Gläsern nur noch das vergrößerte Schwarze in seinem Auge zu sehen. Erstaunlicherweise glaubte Kevin für einen kurzen Augenblick eine Weltraumwolke darin gesehen zu haben, kurz bevor Antony die Brille auszog.

„Wie kann ich helfen?", fragte Antony zynisch, die Antwort bereits kennend.

„Ich möchte mich für mein Misstrauen, dir gegenüber, um Entschuldigung bitten, Antony", antwortete Lilly zittrig, aber ehrlich. „Es war falsch dich für die Risiken verantwortlich zu machen, obwohl du uns davor gewarnt hast."

Antony näherte sich zufrieden schmunzelnd zum Beistelltisch des Sofas, kniete nieder und schob, ernst auf das Pärchen schauend, die Pillenboxen näher an die Beiden heran.

„Ist schon ok. Euer Mistrauen mag durchaus berechtigt gewesen sein", sagte er selbstsicher, den Blickkontakt zwischen den beiden hin und her wechselnd. „Versteht mich nur nicht falsch. Es ging mir nie um meinen Stolz oder Euer beider Vertrauen. Ich wollte einfach, dass Ihr endlich lernt die getroffenen Entscheidungen durchzuziehen. Ich habe es nicht solange geschafft meine Existenz in der Horizontwelt zu erhalten, ohne diese eine wichtige Lektion schnell begriffen zu haben. Ihr könnt ausweichen, ihr könnt Euch verstecken, aber Euer Ziel solltet ihr niemals aus den Augen verlieren."

„Und welches Ziel wäre das?", fragte Kevin willensschwach in Antonys Augen blickend.

Antony erwiderte den tiefen Augenkontakt und entgegnete ernst: „Es geht immer nur um das Entwickeln und Überleben natürlich! So ist es von der Natur vorgesehen!"

„Warum wäre das Leben dann besser, wenn wir dir folgen? Wir können genauso einfach unser Studium abschließen und ein normales, ruhiges Leben führen", argumentierte Kevin. „Du hast uns diese Welt nicht umsonst gezeigt, oder? Was also bietest du uns wirklich an? Selbst ein frischer Unternehmer kennt sein Ziel, bevor er das Risiko eingeht."

Antony lächelte und entgegnete euphorisch: „Endlich! Das wollte ich hören. Was ich Euch anbiete, fragst du? Eine Freiheit, von der selbst die mächtigsten Diktatoren dieses Planeten nur träumen können! Eine Macht jenseits von Politikern, Königen oder Päpsten! Die Realität selbst zu formen! Die Freiheit sich keinen Schöpfern, eingebildeten selbsternannten Göttern unterordnen zu müssen!"

Selbst Mark schien von solcher Direktheit überrascht zu sein. Kevin und Lilly nahmen zitternd die Pillen zu sich und tranken die Milch.

„Was ist der Preis dieser Freiheit?", fragte Lilly. „Diese Pillen sind zwar Hindernisse, aber nicht Preis. Was willst du von uns?"

„Einen unersättlichen Tyrannen vom Thron zu stürzen ist mein eigenes Ziel und dafür zu sorgen, dass kein ähnliches Übel seinen Platz einnimmt", entgegnete Antony. „Dafür brauche ich aber die Hilfe von Euch Dreien."

„Wer und wo ist dieser Tyrann? Ist er hier auf der Erde?", fragte Kevin weiter.

„Diese Information werdet Ihr selbst herausfinden, sobald Ihr die nötige Stärke erlangt", antwortete Antony. „Es jetzt zu erzählen, würde Euch nur überfordern. Glaubt mir, ich spreche da aus zahlreichen Erfahrungen."

Antony stand dann auf und ging in die Küche, um was zu essen zu holen. Das kranke Pärchen war verblüfft, wie er nach solch phänomenalen Behauptungen einfach davongegangen ist. Kevin versuchte dann die etwas unangenehme Stille zu durchbrechen.

„Wie läuft eigentlich deine Beziehung mit Antony? Gibt es Fortschritte?", fragte er und merkte sofort, dass es beim Gastgeber eine Landmine war. Mark schmunzelte traurig, als das fehlende Gruppenmitglied plötzlich mit einem Teller voller kleiner Häppchen wieder auftauchte.

„Unsere Beziehung ist bereits so weit besiegelt, dass uns nicht mal der TOD scheiden könnte, nicht wahr... SCHATZ!", antwortete Antony schmunzelnd und umarmte einhändig den enttäuscht, lächelnden Mark.

„Das sieht aber nicht sehr überzeugend aus!", sagte Lilly misstrauisch und zittrig.

Antony entgegnete: „Mark schmollt bloß, weil ich in letzter Zeit zu beschäftigt war, um seine fleischlichen Bedürfnisse zu befriedigen."

Mark wurde naiv rot bis an die Ohrspitzen und Kevin rief: „Oh nein… Zu viele Informationen… LALALA" und Lilly lachte entspannt.

„Übrigens planen wir demnächst eine echte Reise in die Horizontwelt und besuchen eine alte Bekannte von mir, im Himmel. Mark wäre nämlich definitiv soweit", setzte Antony fort. „Falls Ihr Interesse habt, könnt Ihr gern zu uns stoßen."

Als Lilly davon hörte, wurden Ihre Augen entsprechend der allgemeinen Erwartungen sehr groß. Sie schrie kurz aufgeregt auf, dass alle anderen erschreckten.

Die Chance den Himmel noch zu Lebzeiten zu sehen, war stets etwas, was sonst nur wenigen Propheten und einigen epischen, biblischen Gestalten möglich war, falls man den religiösen Schriften glaubt.

Mark brachte den Gästen gleich danach Kaffee und selbst gemachte Kekse, während sie auf das Vergehen der Entzugserscheinungen warteten. Als es nach 20 Minuten endlich leichter wurde, setzten sich alle im Wohnzimmer zusammen, um das weitere Vorgehen zu besprechen.

„Wann machen wir diese Reise?", fragte Lilly.

„Wenn alles funktioniert, dann noch vor Ende der Weihnachtsferien, vielleicht in der Silvesternacht", legte Antony fest. „Aber vorher möchte ich, dass ihr zumindest Telekinese lernt. Sie ist der erste Schritt zur Befreiung Eurer anderen geistigen Fähigkeiten."

„Echte Telekinese kann man erlernen?", fragte Kevin, mit der Freude eines kleinen Jungen in den Augen.

„Geht das nicht zu weit für eine einfache, spirituelle Reise zum Himmel?", fragte Lilly.

„Du weißt doch…", warf Mark ein. „Unter Schafen mähen, unter Hunden bellen."

„Also sollen wir uns diese Fähigkeiten aneignen, um nicht aufzufallen?", fragte Lilly nachdenklich. „Aber wird das uns nicht weiter von normalen Menschen distanzieren, oder?"

„Normal?", fragte Antony lachend nach. „Süße… Normalität ist nur eine Illusion in einem Universum voller Unterschiede. Ihr werdet es verstehen, sobald ihr aufhört in kleinen Kästchen und Rähmchen zu denken. Schau mich an! Hätte ich mich nicht vor Euch zu erkennen gegeben, würdet ihr mich immer noch im Dunkeln tappen. Oder würdest du dich von einem Affen im Zoo unterrichten lassen, was Normalität bedeutet?"

„Was ich allerdings nicht verstehe ist, warum du Schöpfer und Götter voneinander trennst…", fragte Lilly. „Und diese Behauptung, wir würden uns Ihnen nicht mehr unterordnen müssen…"

„Wissen kann Berge versetzen… Dieser Spruch ist jedoch eine starke Untertreibung, Lilly!", antwortete Antony. „So etwas wie Götter gibt es nicht wirklich. Die Menschen ernennen sie bloß dazu, weil sie das Universum nicht gut genug verstehen und diese Individuen aus Unwissenheit nicht begreifen können. Aber fast jeder Unsterbliche hat an irgendeinem Punkt als normaler Sterblicher angefangen."

„Wozu bist du dann fähig?", fragte Kevin neugierig.

„Alles zu seiner Zeit", entgegnete Antony ausweichend. „Beschreitet weiter den Weg der Erkenntnis, meinen goldenen Pfad, und Ihr lernt auch mich besser kennenlernen."

„Gut … Zeig uns diesen goldenen Pfad!", sagte Kevin nach einer kurzen Pause.

„Ich werde da auch wohl kaum nein sagen", fügte Lilly zustimmend ein.

„Ausgezeichnet…", kommentierte Antony euphorisch. „Dann fangen wir sofort an…"

Er lief zum Bücherregal und öffnete eine der Schubladen mit seinem Schlüssel. Daraus holte er ein sehr alt aussehendes Buch. Es hatte einen schwarzen Lederumschlag.

„Was ist das?", fragte Kevin.

„Das ist eine 100 Jahre alte Abschrift einer geheimen, tibetischen Schriftrolle. Hat mich ein Vermögen gekostet, es zu erlangen", erklärte Antony. „Es wurde so gut es ging ins Englische übersetzt, aber manche Bedeutungen sind untergegangen. Bevor ich es Euch jedoch aber aushändige, möchte ich Euch ein paar Fragen stellen. Was stellt ihr Euch unter Telekinese im biologischen Sinn vor?"

„Ich wusste früher nicht mal, dass Telekinese überhaupt möglich ist…", entgegnete Lilly.

„Mich musst du nicht fragen… Ich bin Physiker und kein Biologe", sagte Kevin. „Ich denke nur, dass es etwas mit Elektrostatik oder Elektromagnetismus zu tun hat, die durch Nervenzellen produziert werden."

„Wie bereits jeder von Euch aus der Schule weiß, leiten Nerven Impulse über Sprünge in Membranpotenzialen an Ihrer Oberfläche", erklärte Antony. „Was die meisten Menschen jedoch nicht wissen: Andere Körperzellen verfügen ebenfalls über solche Fähigkeiten. Der Unterschied liegt nur in der Flächendichte dieser Ionentunnel-Proteine. Beispiele dafür sind Muskeln, bestimmte Drüsenorgane und Stammzellen. All diese Zellen erschaffen so elektromagnetische Felder und können so miteinander kommunizieren."

„Worauf willst du hinaus?", fragte Kevin unruhig werdend. „Dass man es schaffen kann, jede einzelne Körperzelle zu steuern?"

„Ein erfahrener Aurel kann die Feldintensität steuern, Zellen umsortieren, ja sogar ihre Spezialisierung wechseln", setzte Antony fort. „In Form von elektromagnetischen Impulsen könnt ihr allem Befehle erteilen."

„Wie soll so etwas funktionieren?", fragte Lilly verblüfft. „Jede Zelle braucht doch Zeit von der Genauslesung über Proteinsynthese, um so eine massive Änderung auszuführen... Das ist biologisch unmöglich."

„Wie leitet dein Körper Impulse von Nervende zu Nervende? Durch Ausschüttung von Botenstoffen aus winzigen Membrankapseln innerhalb der Zelle. Eine spezialisierte Zelle kann so auch funktionale Enzyme in solchen Kapseln einlagern. Das ist das Geheimnis", antwortete Antony lächelnd.

„...und das Ergebnis...", setze er fort, während alle losen, kleinen Gegenstände in seiner nahen Umgebung plötzlich in die Luft hoben. „...ist absolute Kontrolle von allem im und um den eigenen Körper."

Dann setzte er alles wieder ab, legte das Buch vor das Pärchen und ging in sein Zimmer.

„Die Wirkstoffe in Euren Tabletten erhöhen nicht nur Eure Intelligenz, sondern regen auch die Bildung weiterer solcher Proteine an", erklärte Mark weiter. „So erlangt Ihr immer mehr Körperkontrolle", dann streckte er seine Hand nach Pillenbox von Lilly und legte sie sich auf die Hand. „So könnt Ihr zum Beispiel mit der Konzentration solcher Impulse in Handfläche und Fingerspitzen ein Gegenstand zum Schweben bringen."

Währen Mark das erklärte, hob die Pillenbox über seiner inneren offenen Handfläche in die Luft.

„Wow", kommentierte Kevin. „Wie viel Übung brauchen wir, um so etwas hinzubekommen?"

„Es dauert erfahrungsgemäß etwa eine Woche um das Schweben von kleinen Objekten zu meistern und zwei Weitere um das Bewegen schwererer Gegenstände zu begreifen", entgegnete Mark sich zurück erinnernd. „Bei mir zu mindestens."

„Dann können wir bald fliegen und so ein Zeug?", fragte Kevin ganz euphorisch.

„Davon träumst du wohl nachts?", entgegnete Mark. „Telekinese kann zwar Gegenstände bewegen, aber nicht die Naturgesetze verbiegen. Du kannst dich ja auch nicht durchs Ziehen an den eigenen Haaren aus dem Wasser rausziehen, oder? Nein... aber nach Abschluss könnt Ihr durchaus einen feindseligen Gegner gegen die Wand schleudern."

„Und wie erschafft man, sagen wir mal, eine Oase aus dem Nichts in mitten der Wüste?", fragte Kevin listig, als der Meister wieder aus dem Zimmer kam.

„Er hat es Euch also erzählt...", sagte Antony mit einer gehobenen Augenbraue kurz zu Mark rüber schauend. Sein Freund drehte aber unschuldig seinen Blick weg. „Das erfordert Beherrschung der Naturgesetze selbst. Aber da begebt ihr Euch noch zu tief auf den goldenen Pfad. Leben ist nämlich ein sehr komplexes Thema."

„Und was genau ist der Unterschied zwischen Telekinese und Magie?", fragte Lilly.

„Die Ressource und der Ansatz", entgegnete Mark diesmal.

„Genau", setzte Antony fort. „Telekinese nutzt die physikalischen Gesetze und den biologischen Körper aus, ist also den Grenzen von Beidem untergeordnet. So kann ein Mensch, der kein Auto heben kann auch mit Telekinese keine Wunder vollbringen. Die Essenz der Seele hingegen vermag die physikalischen Gesetze selbst innerhalb eines bestimmten Radius temporär zu verändern. Sie ist den Naturgesetzen übergeordnet. Deswegen nennt man sie in vielen Welten auch ‚die Macht der Götter'."

„Das ist unglaublich", kommentierte Kevin sich vor Aufregung auf der Unterlippe kauend.

Die nachfolgenden Tage verbrachten Lilly und Kevin ihre gesamte Zeit nach den Vorlesungen in Antonys Wohnung. Zum Erstaunen von selbst Antony lernten die Beiden sehr schnell. Nach bereits vier Tagen Übung konnte Lilly die ersten Gegenstände schweben lassen, dicht gefolgt von Kevin. Mark trainierte sie anschließend weiter.

Innerhalb von nur einer Woche konnten die Beiden diese Fähigkeit sogar in die Selbstverteidigung einsetzen, indem sie eine telekinetische Druckwelle in ihren Händen produzieren konnten. Die Anstrengung auf den Körper war jedoch immens. Das Nasenbluten war nur die kleinste Hürde. Das wesentlich schlimmere waren Kopfschmerzen bei Überanstrengung, die an heiße Rasierklingen im Kopf erinnerten. Kevin und Lilly kamen sich dabei näher, als sie ihren Erfolg feierten. Sie konnten mittlerweile einem Dartpfeil mit Telekinese wiederholbar in die Mitte einer Zielscheibe treffen. Kleine Kugeln ließen sich sogar auf vielfache Schallgeschwindigkeit beschleunigen. In einem Augenblick der Euphorie warf sich Lilly in Kevins Arme und küsste ihn auf den Mund. Dann blickten sie einander an und Lilly küsste Ihren Partner zuerst sanft erneut, dann ganz intensiv mit Zunge. Als die Lippen sich voneinander lösten, schaute das Pärchen lächelnd einander gegenseitig tief in die Augen.

„Toll…", ertönte plötzlich Marks aufgeregte Stimme im Hintergrund, die den romantischen Moment kurzzeitig unterbrach. Als die Beiden vorwurfsvoll auf ihn blickten, entgegnete Mark: „Ihr wisst schon, dass ich das sehen kann? Bei Kevin rollen sich die Ohren bereits zu, jedes Mal, wenn ich etwas über mein Liebesleben nur erzähle, aber ich soll Euch verschwitzten Turteltäubchen beim Kopulieren zugucken und nicht sagen… oder was?"

Lilly lachte und wurde gleichzeitig rot. Kevin entgegnete: „Hast du schon mal was von dem speziellen Moment gehört, du ‚Wingman'?"

Lilly löste sich noch aufgeheitert von Kevin und schaute schüchtern auf ihre Smartphone-Uhr. Kevin war gerade ziemlich pampig auf seinen Kumpel.

„Auch wenn es demnächst Weihnachten ist… Apropos, was habt Ihr da eigentlich vor?", fragte Mark unerwartet.

„Also ich feiere mit meinen Eltern", entgegnete Kevin. „Ihr, als meine engsten Freunde wärt natürlich auch eingeladen. Ich will Euch alle unbedingt meiner Familie vorstellen."

„Gern", stimmte Mark zu. „Antony wird da sicher auch nicht widersprechen, solange du nicht etwas Unmoralisches verlangst. Aber das wirst du, oder?"

Kevin machte eine kurze Pause und antwortete dann: „N…Nein?"

Mark seufzte und antwortete: „Ich will es lieber gar nicht wissen. Trag es mit Antony aus!"

Damit ging das Training erstmal zu Ende. Lilly und Kevin wurde eine Pause zugestanden, um vor allem das Gehirn nach der vielen Anstrengung zu regenerieren. Lilly entdeckte schnell, dass sie einige Funktionen im Körper plötzlich steuern konnte. Schmerzen ausschalten, Muskelzellwachstum verbessern und andere neue Fähigkeit ermöglichten eine Vielzahl von Anwendungen.

Zwei Tage vor der Reise stand Lilly jedoch gerade im Bad vor dem Spiegel und schaute etwas deprimiert auf ihren Körper. Sie wollte Kevins Eltern unbedingt gefallen und in diesem Moment kamen wieder all diese Komplexe wieder hoch, die sie dank der letzten Monate schon fast vergessen hatte. Sie hatte sich schon geschminkt, aber konnte sich trotzdem sich nicht vom Spiegel reißen. Zu groß war die Versuchung, die neu gewonnenen Fähigkeiten zu testen.

Die Hüften war zu groß, die Brüste zu klein, Haare glänzten nicht genug, die Wimpern waren nicht lang genug und so viele weitere Makel, die sie an sich zu bemängeln hatte. Plötzlich klopfte Kevin an der Badezimmertür und erschreckte sie.

„Brauchst du noch lang, Lillien?", fragte Kevin freundlich.

„Ja, ich bin bald soweit", sagte Lilly, atmete tief ein und begann sich auf ihren Körper zu konzentrieren.

„Tue das bitte nicht!", rief Kevin durch die Tür. „Ich weiß, dass du Angst hast… Aber du siehst schon so perfekt für mich aus und meine Eltern werden das genauso sehen. Du musst nichts an dir ändern!"

„Wie bitte?", fragte Lilly überrumpelt.

„Ich konnte es fühlen", entgegnete Kevin durch die verschlossene Tür. „Ich weiß nicht weshalb, aber mache bitte keinen Fehler."

Lilly hörte auf und öffnete ihm die Tür. Dann legte sie ihre Hand zart auf seine Wange und küsste Kevin auf den Mund. Es war der Punkt, als ihre unsichtbare Barriere endlich fiel.

Als die Gruppe sich am Mittag kurz vor der Reise zu Kevins Eltern sammelte, beschloss Lilly ihre Meinung über letzten Monate mit dem Rest zu teilen.

„Ich muss im Nachhinein sagen, dass ich mir Telekinese irgendwie anders vorgestellt habe", sagte sie nachdenklich.

„Wie genau stelltest du dir das vor?", fragte Antony schmunzelnd.

„Jedes Mal wenn ich sie einsetze, fühlt es sich an, als ob ich Gegenstände auf drei Stäbchen balancieren würde", entgegnete Lilly lächelnd.

„Naja im Zirkus oder Talentshows könnten wir jetzt jedenfalls damit auftreten", fügte Kevin witzelnd hinzu. „Das wäre doch eine super Idee, um schnell Geld zu verdienen!"

„Habt Ihr mir eigentlich zugehört?", fragte Antony in einem bestimmenden Ton. „Die Welt ist voller Feinde und für sie seid Ihr bereits jetzt ein potenzielles Risiko, selbst als Anfänger."

„Auch wenn das als Scherz gemeint war... reagierst du doch sehr empfindlich auf das Thema Öffentlichkeit", bemängelte Kevin. „Hast du so wenig Vertrauen in die Menschen."

„Vertrauen ist etwas, was man sich verdienen muss. Wenn du damit umherwirfst, wirst du früher oder später betrogen oder sogar zum Mörder", entgegnete Antony mit etwas traurigem Blick und wendete sich ab.

„Hast du nicht genug Science-Fiction Filme gesehen, um das zu wissen?", hackte Mark nach.

„Schon, aber Filme sind doch etwas anderes als die Realität", antwortete Kevin. „Menschen sind vernünftiger als in den Filmen."

„Die Realität ist so viel zynischer und skrupelloser, mein Freund", kommentierte Antony. „Solche Organisationen werden dich foltern, misshandeln, deine Familie ermorden oder dich damit erpressen und dir dann erzählen, dass es im Dienste des Allgemeinwohls geschieht."

„Na gut", stimmte Kevin zu. „Aber könnte ich für bestimme Menschen eine Ausnahme machen?"

Antony überlegte nicht lange, atmete gereizt aus und antwortete: „Du meinst sicher deine Eltern..."

Kapitel 4: „Die etwas andere Weihnachtsfest"
„Ein Geheimnis zu bewahren kann manchmal Leben retten."

Es war gerade der erste Weihnachtsfeiertag. Lillys Vater erfuhr zwischenzeitlich auch von ihren nun festen Freund und schrieb einen recht grausamen Brief zurück, den Lilly auf der Fahrt las. Dort enterbte er sie und teilte ihr die Exkommunizierung aus der Gemeinde bis Lilly selbst zurückkehrt. Auch wenn Lilly einen Schmerz verspürte, war er nicht mehr so tief sitzend und sie war nun umso entschlossener das Jenseits mit ihren eigenen Augen zu sehen. Diesmal fühlte sie sich aber auch etwas erleichtert. Sie hatte jetzt gute Freunde, die sie unterstützten und somit vielleicht eine neue Familie.

Kevin hatte mit der Feier neben der Vorstellung von Lilly als seine feste Freundin natürlich noch seine ganz andere Agenda. Er nervte Antony die ganze Fahrt über, um seine Eltern einweihen zu dürfen. Letztendlich gab Antony mit schon vor Wut zuckendem Augenlid genervt nach. Er legte aber einige Bedingungen fest. Darunter absolute sonstige Geheimhaltung und außerdem würde er selbst entscheiden, wie viel er preisgibt.

Als die vier Studenten mit Antonys Auto am Haus ankamen, war es schon dunkel. Es war ein kleiner Ort 40 km von Berlin entfernt. Die Häuser waren großzügig verteilt und hatten große Gartengrundstücke. Als das Navigationsgerät ‚Ziel erreicht' verkündete, schaute Antony auf das weihnachtlich beleuchtete Haus.

„Hm… deine Eltern haben sich gar nicht so schlecht eingerichtet in den letzten 5 Jahren", sagte er vor dem Haus anhaltend.

„Woher weißt du, wann sie das Haus gekauft haben?", fragte Kevin überrascht.

„Duh… Ich habe einen IQ, der mit euren Methoden gar nicht messbar ist. Denkst du ich erkenne nicht, dass jemand in den letzten Jahren ein Haus samt Grundstück umgestaltet hat?", entgegnete Antony ohne jegliches Zögern.

„Dann erkläre es mir?", hackte Kevin misstrauisch nach. Mark wurde verdächtig nervös.

Antony seufzte und antwortete sich nichts anmerken lassend: „Das Haus sieht aus wie aus den 80ern, wurde dem Still des Metallgeländer, den Fenstern und fast fehlenden Verfärbungen der Außenwände nach zu urteilen in den letzten 3 Jahren vollständig saniert. Die Zaunbüsche sind jung, haben den Garten noch nicht vollständig geschlossen und sind nicht beschnitten, was auch maximal 2 Jahren hindeutet… Um nur einige Beispiele aufzuführen."

„Alles klar, Sherlock. Hab verstanden", entgegnete Kevin zufriedengestellt. „Aber seit wann kennst du dich mit Architektur aus?"

„Ich ließ meine Familie in der Nähe von London etwas bauen und musste mich über die architektonischen Möglichkeiten informieren", entgegnete Antony ruhig.

Als sie dann am Eingang klingelten, machte Kevins Mutter, Maria, begeistert die Tür auf.

„Heey…", sagte sie mit warmer, freundlicher Stimme. „Da ist ja unser Sohnemann." Dann schaute sie auf Lilly und wurde noch freundlicher. „Guten Abend… Und du bist doch sicher seine Freundin? Du bist ja auch seine Mitbewohnerin. Wenn das keine Überraschung ist."

Man hörte einen leichten zynischen Unterton darin, da alle anwesenden Kevins mangelnden Ordnungssinn kannten. Antony schmunzelte leicht und kommentierte euphorisch: „Ich mag deine Mutter jetzt schon!", dann verbeugte er sich nach aller englischer Manier und begrüßte sie mit einem ‚Guten Abend, Madam' in britischem Dialekt.

Maria drehte Ihren Blick zu Antony und Mark, die zwar sehr vornehm angezogen waren, aber Rucksäcke trugen.

„Ihr müsst Mark und Antony sein. Also entweder das oder Zeugen Jehovas", bemerkte sie lächelnd.

„Madam, sie liegen bei Ihrer Schätzung gar nicht so daneben", witzelte Antony schmunzelnd.

„Ooh… und dieser englischer Akzent. Was für eine charmanter, junger Mann", flirtete Maria.

„Muuuuum, also wirklich!", rief Kevin beschämt dazwischen.

„Vielen Dank, Madam", entgegnete Antony und machte eine kurze Kopfverbeugung. „Sie sind zweifellos auch nicht zu verachten. Ihr Ehegatte und Sohn können glücklich sein."

Inzwischen kam auch Kevins Vater Kurt und begrüßte alle ebenso herzlich. Er war genauso, wie man sich einen Physiklehrer vorstellte: Mit gräulichem, etwas zerzaustem Haar, einem Schnurbart, einem kariertem Hemd und einer etwas altmodischer Fliege. Die Freunde wurden ins Haus gebeten. Der Anblick im Inneren war tatsächlich sehr individuell. Überall hingen Bilder von mythischen Kreaturen, Drachen, Rittern und ‚Star Wars'-Motiven. Während Mark und Lilly sich bei Kevin Vater vorstellten, schaute sich Antony neugierig im Haus um.

„Jetzt verstehe ich erst, warum du deine Eltern so gern einweihen möchtest", stellte er beim Betrachten der Bilder und zahlreicher Figuren in Vitrinen fest, während Lilly sich mit Maria in die Küche verzog.

Kevin hing gerade die Jacken daneben auf.

„Ja, meine Eltern sind hoffnungslose Träumer in dieser Hinsicht, muss ich zugeben", entgegnete er leise. „Aber ich liebe sie und wenn ich ihnen die Chance geben kann, zu mindestens etwas davon zu beweisen…"

„…dann sind deine Eltern keine verrückten Nerds?", vollendete Antony schroff den Satz, mit hinten verschränkten Armen. „Du solltest aufhören über Menschen nach den Rahmen einer Gesellschaft zu urteilen, Kevin."

„Nein so meinte ich das nicht", verneinte er nervös. „Sie sind nur anders als andere."

„Jeder Mensch hat seine Eigenheiten. Persönlichkeiten wie die deiner Eltern nennt in einigen Welten ‚Horzontii' oder ‚Grenzseher'...", erzählte Antony weiter sich die Kreaturen aus Plastik betrachtend. „Ihre ausgeprägte Fantasie und Offenheit erlaubt es Ihnen die Vorstellbarkeit des Universums zu erweitern. Solche Ideen können dann von Wissenschaftler aufgegriffen und weiter erforscht werden. Also solltest du auch für solche Menschen tiefen Respekt hegen. Es sind schließlich die Querdenker, die eine Zivilisation voranbringen."

Kevin war irgendwie gerührt und beeindruckt. Es war ein Blickwinkel, an den er vorher nicht gedacht hatte. Dann sagte er: „Danke, Mann. Ich weiß es wirklich zu schätzen."

„Keine Ursache! Außerdem sind die meisten Kreaturen hier gar keine Fantasie", antwortete Antony freundlich und ging ins Wohnzimmer, wo bereits Mark und Kurt den Tisch fertig deckten.

Kevin blieb kurz verblüfft stehen. Antony hatte seinen Rucksack dabei, in der eindeutig das Holzkästchen gewesen zu sein schien.

„Welche genau?", fragte er, aber Antony schmunzelte nur und antwortete nichts.

Das feierliche Abendessen verlief sehr familiär, warm und gemeinschaftlich. Es wurde eine gefüllte ‚Bier-Ente' mit Petersilienkartoffeln und zahlreichen Salaten serviert. Die Warmherzigkeit war so groß, dass sogar Antony eine einzelne Träne die Wange runter lief. Nur Mark schien es bemerkt zu haben und sprach ihn darauf besorgt an: „Ist alles okay?"

Antony wischte sie weg und entgegnete flüsternd: „Es ist nur lange her, dass ich diese Emotionen verspürt habe."

Dieser Kommentar war für Mark sowohl verstörend, als auch enttäuschend. Mark wusste nämlich genau, dass für Antony ‚lange her' einen ganz anderen Zeitrahmen bedeutete.

Als nach 1 Stunde abgeräumt wurde, fragte Maria schließlich: „So, möchte jemand noch irgendein Gesellschaftsspiel spielen?"

Kurt stand auf und lief schon automatisch zu einer Abstellkammer neben der Küche, um dort nach ein paar Brettspielen zu schauen. Kevin jedoch rief: „Wartet bitte! Mama, Papa ich möchte ein Paar Ereignisse mit Euch teilen."

„Ereignisse? Das ist ein starkes und sehr abstraktes Wort, Sohnemann", entgegnete Kurt. Er erwartete schon, dass Kevin seine Verlobung verkündet. „Was möchtest uns mitteilen?"

Kevin begann aufgeregt zu zittern, während Antony in seine Tasche griff und daraus die schwarze Holzkiste herausholte. Er stellte diese auf den Tisch, legte seine Hände und leicht gekippt seinen Kopf darauf ab, um den richtigen Moment zu warten.

„Was wäre, wenn Ihr Jemandem begegnen würdet, der über echte Superkräfte verfügt und Dinge jenseits dieser Welt gesehen hat", erzählte Kevin begeistert.

„Oh, das ist mal was neues aus deinem Mund", sagte Maria euphorisch lächelnd. „Sonst hast du an unseren Diskussionen doch nicht besonders gern teilgenommen."

„Von welchem Fantasy-Universum und welchen Superkräften reden wir denn?", hackte Kurt nach.

Kevin streckte seine Hand zu seinem Wasserglas, konzentrierte sich und hob dieses mit Telekinese samt Inhalt in die Luft. Seine Eltern schreckten auf, weichten zurück und vor Schock ließ Kevin auch das Glas wieder fallen. Antony schmunzelte.

Kurt starrte abwechselnd aufs umgekippte Glas, mal auf seinen Sohn, dann zu den Fenstern.

„Ja, sie sollten die Rollläden besser runterdrehen", sagte Antony am Rande.

„War das echte Telekinese?", fragte Kurt ungläubig. „Wie hast du das gelernt?"

Kevin zeigte mit der offenen Handfläche auf Antony, der immer noch mit seinem Kinn auf die Kiste lehnend am Tisch saß und freundlich entgegen lächelte. Maria drehte währenddessen alle Jalousien runter und Lilly half ihr dabei.

„Verstehen sie mich nicht falsch, Herr Quant", erklärte Antony. „Ich hätte mich nicht offenbart, wenn Euer Sohn nicht so hartnäckig mit seiner Bitte gewesen wäre. Ich habe allerdings drei logische Bedingungen: absolute Geheimhaltung, Begrenzung der Fragen und keine weitere Belästigung nach dem heutigen Abend. Es ist so einfach sicherer für uns alle."

„Ist es dein Ernst, Kevin? Ist dein Kumpel etwa ein Außerirdischer?", fragte Kurt sehr neugierig.

„Ähm, keine Ahnung? Was bist du eigentlich?", gab Kevin direkt an Antony weiter. „Ein Aurel erklärt es eigentlich wenig…"

„Aur…el?", hacke der Physiklehrer nach. „Ist das etwa Sprachenverschmelzung? Wie ‚Goldenes Licht'?"

„Kitschiger Begriff, nicht wahr?", kommentierte Mark, der sich auch am Gespräch beteiligen wollte. „Hört sich zwar übertrieben ausgefallen an, aber er trägt gleich mehrere wichtige Bedeutungen und Aufgaben: Erleuchtung, der rechte goldene Pfad und streben nach Perfektion sind die Leitphilosophien dieser Lehre. Nebenbei tarnt er uns als esoterische Sekte. Allerdings hat das auch eine andere Seite."

„Aha… sehr interessant und was ist die Definition von Perfektion für einen Aurel?", fragte Kurt etwas skeptisch. Es erinnerte ihn noch zu sehr an eine Sekte.

„Freiheit des Geistes", entgegnete Mark wie auswendig gelernt. „Diese Philosophie wird dabei nur von einem Meister zu einem oder zwei Schülern weitergereicht über mehrere Welten und Leben hinweg. Eine solche Lehre dauert außerdem mehrere hundert Jahre. Der Umfang geht über alle Wissenschaftszweige hinweg."

Antony schien vom ganzen Gespräch und den Reaktionen amüsiert aber auch seltsam melancholisch zu werden, aber blieb weiterhin still, solange ihn niemand direkt angesprochen hat.

„Leben und Welten?", fragte Maria interessiert. Seit dem Geständnis hielt sie die ganze Zeit Blickkontakt zu Antony, selbst als sie die Rollladen runter drehte. „Wie behältst du dann die ganzen Erinnerungen von vergangenen Leben? Das Hirn müsste doch förmlich explodieren oder vergisst man einen Teil?"

„Wie speichern Sie Ihre Dateien, wenn Ihre Computerfestplatte voll ist?", fragte Antony entgegen.

„Sie haben also sowas wie einen externen Gedächtnisspeicher? Ist es in dieser schwarzen Holzkiste?", spekulierte Kurt plötzlich sehr höflich werdend und der schmunzelnde Befragte nickte. Der erfahrene Lehrer sah sofort die vielen Glyphen und Formen auf dem Behältnis, was die Neugier noch mehr entbrannte. „Darf ich es näher begutachten?"

„Leider nein", entgegnete Antony ruhig. „Aber ich kann Ihnen gern den Inhalt zeigen. Sind alle Fenster lichtundurchlässig geschlossen?"

Maria und Lilly nickten. Daraufhin zögerte Antony nicht weiter und öffnete das Kästchen. Er holte das Arkum heraus, stellte es auf den Tisch ab und schob es in die Mitte. Kurt holte eine Lesebrille aus seiner Hemdtasche, stand auf, ging an den Würfel heran und versuchte die Inschriften auf dem Würfel näher zu betrachten. Kevins Mutter näherte sich ebenfalls.

„Diese Symbole habe ich nie gesehen. Es sieht sowohl wie magische Formeln als auch wie eine Alien-Sprache aus", stellte der Vater fest. „Ist dieser Gegenstand magisch oder technologisch?"

„Das hängt von der Betrachtungsweise ab", entgegnete Antony. „Für mich ist alles Technologie… Aber wenn ich nach Ihren Maßen beschreiben würde, wäre mein Arkum wohl eine Kombination aus Beidem, da man damit direkt auf die Naturgesetze Einfluss nehmen kann."

„Also sind Sie ein Außerirdischer. Wie viel Terrabyte Informationen passen in so ein Arkum?", fragte Kurt weiter. Lilly, Mark und Kevin waren an der Frage ebenfalls interessiert. „Und aus was für einem Material besteht es?"

„Theoretisch unbegrenzt", entgegnete Antony und in diesem Moment begann sich die kreisförmigen Teile des goldenen Würfels zu drehen, ohne das Antony etwas getan hatte.

„Wie meinen Sie das?", fragte Kurt verblüfft und von der plötzlichen Aktivität überrascht. „Jeder materielle Speicher besitzt doch ein Limit."

„Nehmen wir eine Fläche von 25 Quadratzentimeter an, also eine zweidimensionale Größe", erklärte Antony. In dieser Augenblick hob der Würfel ab und begann sich mitten in der Luft langsam zu drehen. „Erweitern Sie nun die Fläche um eine weitere Dimension von 5 cm und sie haben einen Würfel. Dieser Würfel besitzt bereits 6 Oberflächen, die eine Aufnahme 2-Dimensionaler Information ermöglichen, ganz zu schweigen von dem Platz im Inneren eines solchen Würfels. Doch Sie liegen falsch, falls Sie von der Annahme ausgehen, sie würden jetzt auf meinen Wissensspeicher blicken. Das hier ist nur das Türchen davon."

Gleichzeitig wurden während der Rotation des Arkum immer mehr Teile herausgelöst. Als die freiwerdende leuchtende Sphäre im Inneren sich offenbarte, sagte Antony: „Das ist mein Wissensspeicher. Ein singulärer Eingang von der Größe eines Golfballs, aber mit 18 Raumdimensionen im Innersten. Es ermöglicht Speicherung von Informationen und einigen Formen von Materie."

Es strömte auch der bekannte leuchtende Nebel heraus, aber diesmal blieb er als Ring von etwa 10 cm um die Sphäre kreisen. Bei Kevin Eltern standen vor Überwältigung die Münder offen und die Gesichter erinnerten an kleine Kinder, die zum ersten Mal die Sterne am Himmel sahen.

„Darin verstaue ich meine Erinnerungen, einige ätherische Gegenstände und den gewissen Teil meiner Seele", setzte Antony fort. „Das fasst es soweit zusammen."

Alle restlichen Personen im Zimmer starrten verblüfft auf den Würfel, der sich nun wieder von selbst zusammenbaute, den Nebel einsog und sich wieder sanft auf den in vollständigen Zustand wieder auf dem Tisch abstellte.

„Und Material des Würfels?", fragte Kurt.

„Eine Iridium-Gold-Platin Legierung in eine Kohlenstoff-Nanoröhrchen Matrix. Die Innenbeschichtung besteht aus einem lichtinduziertem Hochtemperatur-Supraleiter", ergänzte Antony. „Der Würfel entstammt einem Nanodrucker und wird auch von einigen Naniten bewohnt."

„Erzählt uns, wie das Universum aufgebaut ist! Wie funktioniert Magie und solche geistigen Fähigkeiten wie Telekinese?", fragte Kurt erwartungsvoll. „Folgt sie irgendwelchen Gesetzmäßigkeiten?"

„Nun universell gesehen würde ich es am liebsten hierarchisch beschreiben. Das was höher steht, besitzt die stärkere Wichtigkeit und wirkt auf die benachbarten Stufen am stärksten", erläuterte Antony weiter. „Ich liste einfach von unten nach oben auf: Körper, Moleküle, Atome, Energie, Felder, Naturgesetze oder Informationsstrukturen, gasförmiges Mana, das flüssige Aria, das festen Ätherion und schließlich der Willensfluss oder der Flow. Eine Seele besteht aus flüssigen und Informationstragenden festen Phasen des Manas, die durch einen Willen gebunden sind. Das ermächtigt eine Seele somit auch zur ,Magie'."

„Moment! Bedeutet es, dass man mit dieser Essenz die Naturgesetze selbst verändern oder zerstören kann?", entdeckte Kurt.

„Innerhalb eines begrenzten Raumes kann man diese vorübergehend ausschalten, schwächen oder stärken, umkehren oder umlenken. Normalerweise kann man jedes Gesetz beeinflussen, solange man versteht, wie es funktioniert. Man muss dafür die Programmiersprache der Realität verstehen", erklärte Antony weiter. „Je nach Welt und Vorgaben durch die Autorität des zuständigen Schöpfers kann die Magie auch anhand vorprogrammierter Weltgesetze beherrscht werden, wie zum Beispiel das 4-, 5- oder 6- Element-Systeme… Jeder von Euch hat bestimmt schon mal von Luft, Wasser, Feuer, Erde, Holz und Metall gehört… Diese Vorstellung stammt aus der Welt des Schöpfers ,Sono Hitotsu'."

„Ihr meint das Pentagramm und die fernöstlichen Elementvorstellungen, nicht wahr?", hackte Kurt gebannt nach.

„Soweit ich geschichtlich rekonstruieren konnte, war Magie bis zum späten Ende des Mittelalters, um 1650, auch hier noch gegenwärtig. Wahrscheinlich hat J.W. beschlossen, dass es Zeit für eine Veränderung wäre", erinnerte sich Antony.

„Wer ist J.W.?", fragte Maria.

„Ihr wisst wer", entgegnete Antony. Kevins Eltern schauten ihn an, als ob sie die Antwort noch gerne bestätigt hören wollten. Also setzte er augenrollend fort: „Naja Allah, Gott, Jahwe, Brahma und wie sie auch sonst genannt wird… Schöpfer eben."

„Du hast von jeweiligen Schöpfer gesprochen. Wie viele dieser Entitäten gibt es überhaupt?", fragte Kurt neugierig.

„Naja HIER gibt es nur Jehwi, aber sonst gibt es allein in dieser Galaxis noch 13 weitere Schöpfer und das gesamte Universum umfasst etwa 22,7 Millionen, deren Verantwortungsbereich von einem Sonnensystem bis hin zu mehreren, nebeneinander liegenden Galaxien reicht", zählte Antony aus der Erinnerung auf. „Das bestimmt jeder Schöpfer selbst bis zu einem gewissen Punkt."

„Aber wenn das der Tatsache entspricht, wen sollten wir dann anbeten und welcher Religion folgen?", fragte Maria erwartungsgemäß. Die Anderen im Zimmer interessierte die Antwort auf diese Frage ebenfalls brennend.

Antony schaute etwas enttäuscht. „Warum beten Menschen überhaupt? Es kostet Zeit, bessert den jeweiligen Menschen jedoch kein bisschen…", stellte er zynisch fest. „Die Wahl der Religion spielt auch keine wirklich große Rolle. Wenn man alle religiösen Leitfäden durchliest, steht die Botschaft darin ganz klar: Sei kein Arschloch! Die Passagen, die etwas anderes behaupten sind heuchlerische Fälschungen, um die eigene Macht zu stärken oder zu radikalisieren. Letztendlich wird jeder nach seinen Taten geurteilt, nicht nach seiner Zugehörigkeit."

„Menschen beten für Hoffnung. Meistens wenn sie mit ihrem Leben unterbewusst unzufrieden sind, aber nichts daran ändern können", spekulierte Kurt. „Vielleicht erhört sie Gott ja und gewährt ein kleines Zeichen seiner Zuneigung."

„Ja, aber diese Überzeugung setzt zwei Dinge voraus und widerspricht einigen Regeln", erklärte Antony. „Die Voraussetzung ist, dass der Schöpfer jedem Gebet zuhört und einzelne herauspicken kann, was bei über 6 Milliarden Seelen recht schwierig ist. Anderseits widerspricht der Eingriff jedoch auch zwei wichtigen Regeln des Lebens: Dem freien Willen und der Gleichberechtigung der Seelen."

„Inwiefern dem freien Willen?", fragte Maria interessiert nach.

„Jede Action hat eine Reaktion zur Folge", erklärte Antony. „Ein Mensch, der heute durch einen Schöpfer geheilt wurde, könnte es morgen bereits als Gegebenheit abtun oder im Überlegenheitswahn eine Ungerechtigkeit an anderen Menschen begehen… Das würde die Entität mitverantwortlich machen, da der Geheilte ja für eine überlegene Intelligenz durchschaubar ist. Außerdem sobald sie einen heilt, sollte sie alle heilen… sowohl die Guten als auch die Schlechten wegen der Gleichbehandlung. Das Wiederum würde ihre Existenz beweisen und den freien Willen einschränken."

„Also darf Gott, ich meine der Schöpfer, gar nicht eingreifen, selbst wenn wir uns gegenseitig vernichten?", fragte Lilly enttäuscht.

„Das Leben jedes einzelnen Menschen wird von drei Vektoren gelenkt: Zufall, Reaktion und eigener Handlungen", entgegnete Antony sich entspannt dehnend. „Aktion führt zur Reaktion… ist eine der ersten großen Lektionen, die ich meinen Schülern beibringe."

Kurt und Maria nickten zustimmend. Als Kevins Eltern jedoch noch weitere Fragen stellen wollten, hielt Antony seine Handfläche und entgegnete: „Ich denke, Sie sollten keine weiteren Fragen stellen. Ich gebe zwar zu, dass es mir Spaß gemacht hat mal wieder aus dem Nähkästchen zu plaudern, aber wenn sie weiter machen… werden Sie bloß enttäuscht werden."

„Also gut", stimmte Kurt ungern zu. „Zwingen können wir Sie nicht… Aber könnten wir noch etwas von diesen Superkräften oder Magie sehen?"

Antony überlegte kurz und fragte: „Ich habe einen Kamin bei Ihnen gesehen. Haben Sie ein handgroßes Stück Braunkohle?"

„Ja natürlich", entgegnete der Vater neugierig und lief zum Holzkamin im Hobbyzimmer zwei Räume weiter.

„Und außerdem brauche ich irgendeine dicke, keramische Unterlage und ein Messer", fügte Antony hinzu. Kevin lief in den Keller und holte einen alten Ziegel mit einer Fließe, während Maria ein kleines Sägemesser aus der Küche holte.

Kurt brachte ein Stück Kohle und wurde von Antony gebeten dieses auf die Fliese auf dem Ziegel zu platzieren, dass nun auf der Tischdecke stand. Dann nahm Antony das Messer, hielt seine Hand über dem Kohlestück und schnitt sich in die Hand. Die Zuschauer schreckten auf und bekamen Panik, während Antonies Blut auf die Kohle tropfte.

„Was machst du, Junge? Du brauchst dich doch nicht für unsere Neugier zu verstümmeln", schrie Kurt.

„Beruhigen Sie sich. Die Wunde schließt sich bereits", entgegnete der Ritualtreibende. Tatsächlich schloss sich die tiefe Wund auf der Hand bereits von den Augen der Beobachter. „Magie ist in dieser Welt gebannt, aber es gibt Ausnahmen, falls man etwas Gleichwertiges opfern kann. Ich habe etwas in meinem Blut als Träger geopfert."

Das Stück Kohle war mittlerweile voller Blut, was bei Kevin und seinen Vater ein wenig Übelkeit verursachte. Antony wischte sich mit einem Taschentuch das restliche Blut von der Hand. Das nebenstehende Arkum begann zwischen den Ritzen schwach zu leuchten. Der Magier hielt seine Hände mit Unterflächen zu Kohle gerichtet und das Stück schwebte samt Blut hoch. In der Umgebung des Tisches wurde es kühler. Das blutige schwebende Objekt absorbierte zunehmend die Wärme aus der Umgebung. Der rote Lebenssaft auf dem Kohlestück begann zu dampfen und zu kochen. Eine Luftbarriere bildete sich um den schwebenden Gegenstand und verdrängte alles Gasförmige aus der Nähe. Die Kohle begann rot zu glühen, während Antony seine Augen schloss und sich stärker konzentrierte. Einige Blitze zuckten von der Hand durch die Luftblase direkt auf das Stück über und der rotglühende Stein zerfiel plötzlich in Pulver, das zu sich zu einer perfekten Kugel zusammenklumpte. An der der untersten Punkt dieses Graphitballs bildete sich ein schwarzer Kristall, der rasch wuchs. Glühende Partikel rieselten auf die Fliese herunter. Es waren Verunreinigungen in der Kohle. Ein penetranter Geruch nach faulen Eiern durchdrang den Raum. Schließlich war alles Pulvergrafit für den Kristall aufbraucht. Der Stein hat die Form eines tränenförmigen Edelsteins angenommen. Langsam wurde das edle Objekt immer kleiner und durchsichtiger. Es begann Wärme in alle Richtungen abzustrahlen. Antony schien durch die Prozedur körperlich sehr gefordert zu werden, da auf dem ganzen Körper plötzlich die Gefäße blau anliefen. Dann ließ er auf einmal los und die Blase implodierte mit einem lauten Knall. Der orange, durchsichtige Edelstein fiel auf die Fliese und Antony hechelnd in seinen Stuhl zurück. Das Arkum schloss sich wieder.

Kurt reichte an den Edelstein heran und prüfte ob dieser noch heiß war. Er nahm das rasch abgekühlten tränenförmigen Kristall von etwa 8 mal 4 Centimeter Größe in die Hand und atmete erstmal tief ein und aus.

„Ist das… etwa ein orangener Diamant?", fragte Kurt seinen Augen kaum trauend.

 Antony schnappte noch etwas nach Luft, hustete und entgegnete schließlich: „Natürlich ist er das. Allerdings hat es mir mehr Kraft gekostet als ich dachte."

Mark versuchte ihn aufzurichten, während Lilly ein Glas Wasser brachte.

„Was ist passiert?", fragte Mark besorgt.

„Es ist ein Rückstoß… Der Preis für den Einsatz von Magie in einer Welt, in der sie durch den Schöpfer reglementiert ist", entgegnete Antony hechelnd.

„Aber…", wollte Mark gerade widersprechen, als er den warnenden Blick seines Meisters sah und abbrach. Er drehte sich zu Kevins besorgten Eltern und sagte, während Lilly das Glas mit Wasser reichte: „Mein Freund braucht Ruhe. Wir werden jetzt besser nach Hause aufbrechen."

„Sollten Sie ihn nicht besser ins Krankenhaus fahren?", fragte Maria besorgt.

„Ich komme schon klar", entgegnete Antony angestrengt. „Meine inneren Organe, vor allem die Leber, Lunge und Herz haben kurzzeitig versagt. Es wäre jetzt gefährlicher ins Krankenhaus zu fahren. Ich muss nach Hause."

„Kommt Ihr mit oder bleibt Ihr noch hier?", fragte Mark.

„Was für eine Frage", entgegnete Lilly und schaute Kevin vorwurfsvoll an. „Natürlich fahren wir mit."

„Tut mir Leid… Papa, Mama. Wir müssen wohl jetzt doch fahren", sagte Kevin betrübt. „Und bitte erzählt wirklich niemandem, was Ihr gesehen habt."

„Natürlich Schatz", sagte Frau Quant. „Gerade wir verstehen das."

„Und wir danken Euch, ich meine dir, für diese Ehre, Antony", sagte Kurt höflich. „Du hast unseren Blick für eine größere Welt geöffnet!"

„Er war bereits offen", entgegnete Antony und nickte müde. Mark schnappte den Diamanten und legte sich diesen in seine Westentasche. Dann packte er Antonys Arm um seine Schulter und half seinem Freund beim Aufstehen. Auch Kevin half mit. Lilly nahm das Arkum, packte es in die Holzschachtel und holte es mit dem dazugehörigen Rucksack mit.

Die vier verabschiedeten sich höflich und liefen zum Auto. Antony wurde auf den Beifahrersitz gesetzt, Mark platzierte sich ans Steuer, während Lilly und Kevin nach Hinten stiegen.

Kevins Eltern schauten besorgt und wünschten Antony eine erfolgreiche Genesung. Doch kam Kurt ans Auto heran und fragte: „Antony, Ich weiß das Geschenk des Wissens zu schätzen und werde nicht danach weiter bohren, aber Eines will ich als Kevins Vater wissen: Wirst du unseren Sohn und seine Freundin beschützen, wenn sie durch all das in Gefahr geraten?"

Antony schaute dem Vater konzentriert in die Augen und flüsterte: „Wie eine wahre Familie nur schützen kann. Mit meinem ganzen Sein!"

„Darauf vertraue ich!", entgegnete Kurt, als auch Maria herantrat und ihn umarmte. Dann fuhr das Auto los.

Kaum bog das Auto um die Ecke, begann sich Antonys Zustand rapide zu verbessern. Das Hecheln verschwand und er richtete sich auf.

„Was zum… Warum geht's dir plötzlich so schnell wieder besser?", bemängelte Kevin empört. „Du hast gerade unser Fest ruiniert."

„Sei still, Ignorant!", wandte Mark ein. „Streng deinen Schädel doch mal an."

Lilly legte Ihre Hand auf Kevins Schulter und fragte: „Es war für uns, aber wieso?"

„Manchmal ist Ignoranz ein Segen, Lilly", sagte Antony ruhig und ließ seinen Kopf wieder auf die Rücksitzlehne fallen. „Kevins Eltern mögen nett sein, aber sie sind normale Menschen und von Natur aus neugierig. Solange sie denken würden, dass diese Wissbegier keine schwerwiegenden Konsequenzen hat, können sie nicht aufhören zu fragen. Ohne richtige Anleitung würden Sie in einer Katastrophe enden. Es geschieht nur zu ihrem Schutz."

„Die Wahrheit kann einen zerstören!", fügte Mark traurig hinzu. „Ihr seid uns nahe. Deswegen bekommt Ihr diese Möglichkeit…. Dennoch werdet Ihr früher oder später auch eine schwerwiegende Entscheidung treffen müssen."

„Eigentlich habt Ihr sie schon getroffen", warf Antony ein. „Ihr müsst nur noch das Ausmaß begreifen."

„Ich hoffe nur, wir bereuen unser Vertrauen in dich dadurch nicht", sagte Kevin enttäuscht.

„Und ich hoffe, du verrätst es deinen Eltern nicht", fügte Antony hinzu. „In der Gesellschaft gibt es nun mal Menschen, die nicht daran interessiert sind, dass unbequeme Tatsachen ans Licht kommen. Du würdest dich und all Deine Verwandtschaft in Lebensgefahr bringen!"

„Im Gegensatz zu dir vertraue ich meinen Eltern", entgegnete Kevin.

„Du wirst Antonys Entscheidung erst begreifen, wenn wir die Reise gemacht haben", kommentierte Mark. „Aber jetzt solltest du schweigen und für die Ausnahme dankbar sein."

Dem hatte selbst Kevin nicht entgegen zu sagen. Die Fahrt nach Hause verlief entspannt. Auch wenn Kevin noch etwas schmollte, wurde er von Lillys sanften Streicheleinheiten schnell besänftigt. Fast schon wie selbstverständlich legte er seinen Kopf auf ihren Schoß. Das junge Paar wurde zu ihrer WG gefahren, bevor Mark und Antony nach Hause zurückkehrten.

Am nächsten Tag schrieb Lilly eine Nachricht in die Chatgruppe und fragte darin, ob die ‚Reise‘ noch zum Silvester angesetzt ist. Die Gruppe sollte schließlich nichts mehr belasten. Mark bestätigte jedoch den Termin.

Antony machte zwischendrin für ein paar Tage eine Tour nach England, wohl um einige private und geschäftliche Angelegenheiten zu regeln.

Kapitel 5: „Die Horizontwelt"

„Wenn wir beten, hoffen wir auf ein Zeichen. Erschaure und hoffe lieber,
dass niemand antwortet, denn nur solange bist du frei."

Am Abend des 31. Januar versammelte sich die Studentengruppe vor dem bekannten Tisch in Antonys Meditationszimmer. Er war gerade wieder aus England zurückgekommen und brachte einen dicken Din-A4-Umschlag mit. Diesen drückte er Mark in die Hand und flüsterte zu ihm: „Diesen machst du erst auf, wenn du zurückkommst."

Mark schaute etwas niedergeschlagen auf den Umschlag, nickte dann aber wortlos und legte diesen hinter sich hin. Dann drehte Antony sich zum Tisch und begann seine Sondereinweisung:

„Freunde, dies ist meine letzte Warnung an Euch. Eigentlich seid Ihr noch nicht ganz bereit dem wahren Jenseits zu begegnen, da es Euren Geist auf eine harte Probe stellen wird. Versprecht mir, immer in meiner Nähe zu bleiben und jede meiner Anweisungen haargenau zu befolgen! Nur dann wird alles glatt laufen", erklärte Antony sehr ernst.

„Wie meinst du das genau?", fragte Kevin neugierig. „Ich dachte, wir reisen zum Himmel?"

„Viele Menschen, die während einer Phase des Todes die Hölle sahen, erzählten von der zermürbenden Qualen für den Verstand. Aber was viele nicht wissen: Die Natur des Himmels ist nach einem entgegengesetzten Konzept aufgebaut. Die Seele wird dort mit Glück, Sorgenfreiheit und Überfluss an den Ort gebunden, statt mit Schmerz und Qualen. Achtet stets darauf, nichts aus dieser Welt als Euer Eigenes zu anzuerkennen, zu essen oder Geschenke zu akzeptieren. Sonst seid Ihr für die Welt der Lebenden genauso verloren und werdet einander nicht mal mehr wiedererkennen!", erläuterte der erfahrene Weltenbummler. „Versteht Ihr, was ich damit sagen will?"

Die Zuhörer nickten nervös werdend. Es war endlich soweit, kurz vor Mitternacht versanken die vier Freunde in die Trance und als das Feuerwerk losging, standen sie bereits hinter ihren Körpern in der Schattenwelt. Lilly, dicht gefolgt Kevin, ging zum Fenster und betrachtete die im nahezu dunklen Himmel langsam aufflackernden Feuerwerkslichter. Alles spielte sich in extremer Zeitlupe ab. Und auch wenn sich das Licht des Feuerwerks viel dunkler erschien, waren länger andauernden Explosionen besonders am Anfang umso prächtiger.

Währenddessen hielt Antony seine Hand über dem Würfel und dieses öffnete oben sein Lotustürchen. Im herausstrahlenden Licht schwebten diverse astrale Gegenstände heraus. Darunter befanden sich diverse zeigefingerlange verschiedenfarbige Kristalle von denen 6 länger sowie graviert waren und 7 Kleinere, nicht gezeichnete. Außerdem waren ein seltsamer Siegelring, mit einem kleinen, roten, kissenförmigen Edelstein innerhalb an der Wurzelgrenze von 2 gespiegelten Bäumen, sowie 5 kirschgroße Kugelpillen und 5 verzierte kristalline Phiolen mit schimmernder Flüssigkeit dabei. In 4 davon, war sie tiefblau während die Letzte ein sehr dunkles Grün beinhaltete.

Lilly bemerkte das Licht, drehte sich um und fragte im Anblick des ganzen Krams: „Was ist das alles?"

„Gegenstände, die wir für unsere Reise benötigen werden", entgegnete Antony, nahm eine der Phiolen aus der Lichtsäule, trank sie aus und sein Körper begann fast sofort zu leuchten. Auf einmal verwandelte sich seine Kleidung von oben nach unten in Nebel, welcher ihn aber nicht entblößte, sondern gleich in ganz andere Kleidung verwandelte. Der Nebel webte ein völlig neues Outfit und man konnte sehen wie die einzelnen entstehenden Fäden sich zum Gewebe zusammenfügten. Eine vollständige Ausstattung mit Kapuzenrobe entstand auf diese Weise. Mark erinnerte sich daran, denn es war genau die Kleidung, in der er Antony das erste Mal bei seinem eigenen Tod sah.

„Zum Beispiel diese astrale Kleidung. Ihr wollt doch nicht in Eurer eigenen Kleidung auftauchen, wie frisch Verstorbene... Es würde nur unnötige Aufmerksamkeit auf Euch lenken", setzte Antony schmunzelnd fort und steckte, abgesehen von den Phiolen, alle restlichen Gegenstände in seine frisch entstandene Weste unter dem Robenumhang.

„Müssen wir das trinken?", fragte Kevin etwas misstrauisch. „Ich hoffe das schmeckt nicht zu sehr nach Textilkleidung. Könnten wir uns das nicht einfach auf den Kopf schütteln?"

„Kevin, glaubst du wirklich, dass du diese Kleidung wirklich trägst?", fragte Antony langsam mit einer künstlich, tieferen Stimme und wurde dann ungeduldig. „Ach das dauert mir zu lange... Kennst du diesen alten Film ,Matrix'?"

„Ja, natürlich", entgegnete Kevin mit neuer Begeisterung entbrannt.

„Guuut", entgegnete Antony langgezogen. „Stell dir vor, darin sei eine Art Programm und wenn du es trinkst, wird die Kleidung auf dein Aussehen geladen... Jetzt trink deine verdammte Phiole!"

So leicht wie Kevin unter Antonys durchsetzender Ton einknickte, hat dies Lilly ein Schmunzeln entlockt. Mark hatte währenddessen seine Phiole bereits geleert, ohne ein einziges Widerwort zu verlieren und befand sich bereits im Verwandlungsprozess. Der Inhalt schmeckte wie ein übersüßes Brausegetränk, wobei das kribbelnde Gefühl über den gesamten astralen Körper ausgebreitet hat. Informationen flossen mit unlesbaren Geschwindigkeit vor dem geistigen Auge vorbei. Alle Drei erhielten auf gleiche Weise braune Roben. Darunter erschienen eine gleichfarbigen Hose, eine langärmlige Weste und ein helles, beigefarbenes Hemd. Auf Antonys Bitten platzierten die Freunde ihre leeren Fläschchen wieder in die Lichtsäule und diese versanken wieder in der Sphäre.

„Warum können wir uns die Kleidung nicht einfach vorstellen und uns so umziehen?", fragte Lilly etwas enttäuscht nach. „Ich sehe aus wie ein Mann."

„Nun, diese Kleidung besitzt verschiedene Schutzeigenschaften und diverse versteckte Funktionen, mit denen eine einfache optische Veränderung nicht mithalten könnte", erklärte Antony. „Ihr habt sicher den Informationsfluss durch euren Geist gemerkt, aber konntet diesen weder lesen, noch begreifen. Euch fehlt momentan noch das nötige Grundwissen und die blitzschnelle Auffassungsgabe eines alten Geistes, deswegen braucht Ihr diese geliehene Macht."

„Und was hat es mit den anderen Dingen auf sich, die jetzt in deiner Weste sind?", hackte Kevin interessiert nach.

„Das erfahrt ihr, falls etwas eintritt... was die Nutzung dieser Gegenstände notwendig macht", entgegnete Antony unwillig.

Gleichzeitig bemerkte Lilly ein seltsames Wappen, dass jedes Kleidungsstück zierte. Darauf war eine Galaxie in der Linse eines großen Auges mit vielfarbiger Iris abgebildet. Das Auge verdeckte wiederrum die untere Hälfte eines erdähnlichen Planeten, aber mit völlig anderen Kontinenten. Darüber angebracht eine blaue Sonne und zwei etwa halbvolle Monde zu den beiden Seiten. Die sichelförmigen Trabanten waren jeweils grünlich und violett. Das Ganze war auf einen schwarzen Hintergrund und von einem 6-flügelähnlichen Gebilde umrahmt.

„Was für ein interessantes Wappen", sagte Lilly fasziniert, während sie es auf Kevins Robe genauer betrachtete, weil es dort groß genug war. „Welche Welt stellt es dar?"

Die beiden Männer schauten Antony an und sahen hochsteigenden Kummer, als er kurz nostalgisch auf das Emblem schaute. Mark rüttelte an Lillys

Schulter, um ihren Blick auf seinen Partner zu lenken. Erneut floss eine einzelne Träne Antony Gesicht herunter, die sich beim Lösen von seinem Kinn direkt ins nichts verdampfte. Dann schaute er auf Lilly und entgegnete als wäre es eine Nebensächlichkeit: „Es ist das Wappen meiner frühesten Heimatwelt…", wurde dann ernster und setze weiter fort. „Viel wichtiger ist die Bedeutung. Es erinnert mich an mein Ziel und für Euch bedeutet es, dass Ihr jetzt meine Familie seid und ich alles tun werde, um Euch zu beschützen… Außerdem können wir einander damit überall erkennen. Dieses Wappen ist besonders und kann nur von denen gesehen werden, die es kennen oder selbst tragen."

„Es ist also vor fremden getarnt?", versicherte sich Kevin. „Cool."

„Natürlich…", bestätigte Antony. „Aber merkt Euch, dass Ihr niemals jemandem davon erzählen dürft, sonst geht diese Tarnung verloren. Haltet jetzt Eure Hand vors Gesicht und stellt Euch eine Maske vor!"

Während einer kurzen Vorführung löste sich etwas Dunst aus dem Gewebe seiner Kapuze und formte sich zu einer für Mark bekannten, weißen Halbmaske mit goldenen Glyphen. Diese verdeckten nur den oberen Teil von Antonys Gesicht. Die 3 aufmerksamen Freunde machten es ihm nach und bekamen ihre Eigenen mit jeweils einem eigenen Muster.

„Diese Masken haben neben der Verdeckung Eurer Identität auch noch einen anderen wichtigen Zweck. Nämlich als Schutz vor Illusionen, dem Auslesen Eurer Gedanken und diverser weiterer Einflüsse auf den Geist", erklärte Antony ernst. „Und nochmals: Nehmt sie niemals ab, es sei denn ich stimme zu! Vertraut niemandem! Weder Engeln noch Dämonen und nehmt niemals angebotene Tränke oder Speisen an, selbst wenn Ihr scheinbar Sehnsucht danach verspürt."

Dann zog er die Maske wieder ab, klappte nochmals an den Würfel herantretend die Kapuze zurück und streckte die Hand darauf aus. Das Arkum leuchtete erneut auf und eine dunstbildende, strahlend helle Flüssigkeit flutete in einem armdicken Strahl direkt in Antonys Hand. Sein ganzer Körper wurde von einem Licht erfasst, dass in Wellenstößen seinen Arm entlang in Richtung seines restlichen Astralkörpers ausbreitete. Zwischen den Wellentälern wurden Antonys frühere Erscheinungsbilder kurz sichtbar. Mal als alter Greis, mal als Jugendlicher von dunkler Hautfarbe, sogar als Elf mit spitzen Ohren oder als ein grünhäutiger Humanoid mit gelben Augen. Es schienen Erinnerungen und Wissen aus vergangenen Leben zu sein, die durch seinen astralen Körper flossen und das waren viele Dutzende. Selbst als die Flut aufhörte und das Arkum sich schloss, gingen die Wellenstöße weiter, aber jetzt verschmolzen sie miteinander und wurden immer feiner. Antony schloss die Augen, scheinbar um die Flut an

Information zu ordnen. Schließlich verblasste das Licht und die Gestaltteile der Vergangenheit verschwanden in ihm.

„Was war das, Mann?", fragte Kevin aufgeregt.

„Ich habe einen Größeren Teil meines Selbst aus dem Würfel geladen, um im Notfall mehr von meinen Essenzreserven zur Verfügung zu haben", erklärte Antony die Augen langsam öffnend. „Beachtet nicht, was Ihr gerade gesehen habt."

Dann ging er zur Tür, öffnete es und ein helles vielfarbiges Licht erstrahlte im ganzen Zimmer.

„Wie viele Leben hast bereits hinter dir?", fragte Kevin seinem Kumpel befremdet anschauend.

„Egal wie oft du diese Frage stellst oder umformulierst…", antwortete Antony gelassen. „…die Antwort wird stets die Gleiche sein: Zu seiner Zeit werdet Ihr Alles über mich erfahren und begreifen."

„WOW! Du könntest ein alter Weiser aus einem dieser Filme sein, die immer in Rätseln reden und nie wirklich die gestellten Fragen beantworten", kommentierte Kevin. Lilly und Mark schmunzelten.

„Die Möglichkeit an die Wahrheit selbst zu gelangen macht das Leben spannender. Außerdem sehe ich sowas als Kompliment", entgegnete Antony enthusiastisch pfeifend und durchschritt das Portal.

Nacheinander folgten ihm die Anderen. Nur zögerlich trat Mark als Letzter hindurch und erblickte eine helle, grüne Welt. Ein weitreichender alter Wald war an Stelle von Gebäuden, mit Bäumen so groß wie Hochhäusern und fast so dick wie alte Eichen. Nur das Haus, in der Antonys Wohnung sich befand, schien noch teilweise da zu sein. Die Ränder des Gebäudes wurden zu den Rändern hin jedoch immer durchsichtiger und verschmolzen an diversen Stellen direkt mit der dichten Vegetation.

„Willkommen in der Horizontwelt", rief Antony, während er auf einem benachbarten baumstammdicken Ast seine Hand in die Ferne streckte und allen die naturerfüllte Weite präsentierte. Soweit der Blick reichte, erstreckte sich ein dichter Wald. Der Himmel war mit dem eines vollbewölkten Sommers vergleichbar, nur dass er von etwas anderem als der Sonne erhellt zu sein schien. Die langsam tanzenden Farben ließen sehr helle Nordlichter oberhalb der Wolkendecke vermuten. An einigen Stellen in der Ferne schienen einzelne Wiesen zu sein. Auf einer davon stand scheinbar ein weißer Leuchtturm, der mit Lichtblitzen Signale in die Ferne aussendete.

Die schwarze Wand, der die vier Freunde gerade entstiegen waren, verblasste und verschwand schließlich samt des begrenzenden Türrahmens. Das restliche Haus, auf dessen Flur die drei restlichen Entdecker gerade standen, begann sich ebenfalls aufzulösen. Sie sprangen gerade noch auf den nächstgelegenen Ast. Während die Gruppe herunter auf den Boden kletterte, verblasste auch der letzte Stein des Gebäudes ins nichts. Übrig blieb nur der grüne Wald. Lilly und Kevin schauten nach oben, aber konnten nicht mehr richtig einordnen, woher sie eigentlich gekommen waren.

„Und wie finden wir diesen Ort wieder?", fragte Kevin völlig ratlos.

„Solange wir noch über Körper haben, können wir diese auch wiederfinden. Stellt euch jetzt vor, ihr hättet einen Faden der euch mit der eigenen Hülle verbindet und visualisiert diesen, wie er wohl aussehen würde. Nur Ihr selbst seid dann in der Lage, diesen zu sehen und werdet den Strang nur wahrnehmen, solange Ihr euch darauf konzentriert...", erklärte Antony.

Das Paar folgte dem Rat und erblickte jeweils einen durchsichtigen seildicken Schlauch aus wasserähnlicher Substanz mit einer Art Energielichtsignal, der direkt aus ihrer Körpermitte entsprang. Er verlief direkt nach oben, wo er ins Unsichtbare verschwand.

„Ganz wichtig! Erzählt hier auch davon niemand, sonst werdet Ihr gejagt. Wir sind einfache Weltenreisende, die auf der Suche nach einer neuen Heimat sind", setzte Antony fort. „In dieser Dimension hat J.W. am wenigsten Einfluss, deswegen wuchert hier nur so von gefallenen Engeln, Dämonen, wahnsinnigen Seelen und Yggdrasils Erntern."

„J.W.? Du meinst doch Gott?", fragte Lilly aufgeregt. „Warum hat sie hier wenig Einfluss? Ich dachte dieses Sonnensystem ist unter ihrer Kontrolle."

Mark und Kevin wurde plötzlich ganz bleich. Antony grinste breit hinter seiner Maske, während er sein Blick kurz zu den beiden Männern wandte. Dann sagte er: „Die Horizontwelt ist der Anker von Yggdrasil zu jeder Welt. Hier haben nur seine Kreaturen das Sagen. Und was J.W. angeht, ich glaube es ist besser, wenn Ihr Euch selbst ein Bild von ihr macht. Wir werden sie sowieso besuchen gehen, da ich etwas zu besprechen habe..."

„Sie? Gott ist eine Frau?", fragte Kevin plötzlich nervöser werdend.

„Hm... Schaut in Eure Hose und stellt weniger blöde Fragen", entgegnete Antony die Augen rollend. „Unsterbliche, körperlose Geister haben eigentlich keine Geschlechtsmerkmale, weil sie sich mit Sex schlichtweg nicht vermehren können. Biologie der materiellen Welt spiegelt sich hier nur bedingt durch das Selbstbild wieder."

Kevin und Mark schauten sich selbst in die Hose. Plötzlich änderte sich ihr Gesichtsausdruck überraschend zu einem zweier mitleidserregender Welpen, denen man gerade ihr Lieblingsfutter weggenommen wurde. Lilly und Antony amüsierten sich köstlich.

„Und was hat es mit Jahwe auf sich? Wenn sie oder er tatsächlich das Schöpfer...wesen dieser Welt ist, warum gibt dann so viele Religionen?", fragte Lilly immer noch schmunzelnd.

Antony war von den beiden Jungs besonders angenehm aufgeheitert, da die Männer auch nach über 50 Seelentrancen auf die Tatsache ihrer seelischen Geschlechtslosigkeit nicht aufmerksam geworden sind. Er entgegnete: „So weit ich weiß, waren es drei Gründe: Freier Wille, keine Restriktionen für das Einfließen von Kulturen aus benachbarten Welten und weil sie überfordert war."

Lilly unterdrückte Ihren Schock und fragte dann: „Und wenn sie eine Frau ist, warum werden Frauen in den heiligen Schriften oft so schlecht dargestellt und von den Männern entsprechend behandelt?"

Antony entgegnete: „Schlecht behandelt wurden Frauen nicht immer. Aber die Erdgesellschaft hat sich größtenteils patriarchisch entwickelt und das stärkere Geschlecht hat seine Position stets allzu gern missbraucht. Alle irdischen Bücher sind unter anderem von solchen Männern geschrieben oder verändert worden. Da hatte selbst Jehwi nicht viel mitzureden. Allerdings gilt es nicht für alle Passagen. In der Bibel, Thora und Koran werden in diversen Stellen unter besonderen Schutz gestellt. Das wird von radikalen Stimmen jedoch zu gern überlesen."

„Hätte Gott diese Männer nicht einfach bestrafen können?", fragte Lilly empört. Kevin wandte ihr sein verständnisvollen Blick zu und nahm sie an der Hand.

„Problem des freien Willens. Außerdem hat sie es nach diversen Versuchen sicher aufgegeben." erörterte Antony, während er die Freunde durch den schwülwarmen Wald führte. „Es gab große Personen in der irdischen Geschichte wie Buddha, Jesus oder Mohammed, die die Stellung der Frau in der Familie und im sozialen Umfeld zu mindestens etwas stärken wollten, aber ihre Botschaft ist in den Schriften durch Veränderungen, Übersetzungsfehler oder Kürzungen einfach untergegangen. Sie war lange Zeit deswegen frustriert. Ihr Sohn hatte auch mit dieser typisch menschlichen Eigenschaft lange zu kämpfen."

Während des Gehens schaute Lilly sich um, sah diverse exotische Pflanzen, Blumen und sogar Orchideen wachsen. Dann fragte sie: „Wieso ist das hier eigentlich nicht Teil des Himmels? Hier ist es doch paradiesisch schön."

„Hier ist es wie in einem echten tropischen Wald mit extra vielen Giftfallen… Schön während des Tages, aber auch heiß, gefährlich und tödlich in der Nacht. Im Allgemeinen ist das Leben hier vom Schwierigkeitsgrad etwa mit dem der Menschen in der frühen Antike vergleichbar und das obwohl man nicht wirklich zu essen braucht. Chimären, Waldschrate, riesige astrale Monster mit Größe eines Berges leben hier. Diese Dimension wird eigentlich von Yggdrasil als Verbildlichung eines menschenfreien Paradieses betrachtet und von seinen erbarmungslosen Wächtern entsprechend kontrolliert. Nachts werden Unvorsichtige schnell zur Mahlzeit eines ätherischen Jägers."

„Yggdrassil, wieso kommt mir der Name so bekannt vor", fragte Lilly weiter. „Ist das nicht, der Weltenbaum aus der nordischen Mythologie? Ist der jetzt plötzlich eine Pers...?"

„Warte!", unterbrach Antony besorgt als er seinen Kopf zu Lilly drehte. „Bitte frage nicht danach, Lillien. Glaube mir, wenn du die Wahrheit erfährst, wirst du nachts nicht mehr ruhig schlafen können. Ich will nur, dass ihr folgendes wisst, sobald ihr von jemandem hört, er sei mit Yggdrassil verbündet: Lauft weg!"

„Aber wenn diese Person so gefährlich ist, warum ist sein Name mit einem Baum verzweigt?", fragte Kevin.

„Weil der Name zuerst da war und das beschreibende Aussehen später folgte. Stell dir einfach das Universum als ein riesiges Netzwerk aus für Menschen unsichtbaren Wurzeln vor, die sich wie riesige Röhren von Planet zu Planet, von Sonnensystem zu Sonnensystem und von Galaxie zu Galaxie ziehen. Das ist auch Yggdrasil", antwortete Antony nachdenklich in den Himmel schauend.

„Jetzt spuck es schon aus, Alter", rief Kevin ungeduldig. „Deine Geheimniskrämerei finde ich momentan viel unheimlicher."

„Jede Erkenntnis hat Konsequenzen, Kev", antwortete Antony auf seinen sturen Kumpel ernst blickend und legte seine Hand an seinen Hals. Kevin wollte sich loslösen, aber sein Körper war wie gelähmt und bewegte sich keinen Millimeter. Lilly wurde nervös und packte Antony am Arm, aber es half nichts. „Bist du bereit diese Bürde auf deine Schultern zu laden, wenn sich diese wie eine Schlinge um dich legt, lähmt und dein alltägliches bodenständiges Leben bedeutungslos erscheinen lässt?"

Lilly wurde unruhig: „Wieso wird unser Leben bedeutungslos, wenn wir es erfahren? Sprich es endlich aus!"

Der maskierte Anführer ließ Kevin los, betrachtete kurz Marks bedauernden Gesichtsausdruck und drehte sich wieder Kevin mit Lilly: „Ich habe Euch gewarnt."

„Wir sind bereit", sagten Lilly und Kevin simultan einander an der Hand nehmend.

Antony setzte sich auf eine große aus dem Boden herausragende Wurzel eines Riesenbaumes und bat die Gruppe sich auch kurz für eine Pause hinzusetzen: „Stellt Euch jede Seele wie ein filigranes Gerüst aus Erinnerungen und Wissen, das wie ein Schwamm Mana-Partikel aus der Atmosphäre in flüssiger Form in sich kondensiert, speichert und verarbeitet. Yggdrasil benötigt diese Substanz in flüssiger und fester Form, um zu wachsen und das Universum in seinem Griff zu halten. Was die einzige

Möglichkeit angeht diese Speicher zu produzieren... habt Ihr sicher schon eine Idee."

Das Pärchen reagierte verstört, dann vervollständigte Lilly bleich werdend die logische Kette: „Durch Zucht! Willst du damit sagen... wir sind... Masttiere für die Götter?"

Antony nickte bedauernd. Der Schock lief durch Lillys ganzen Körper. Kevin nahm seine Freundin an der Schulter und drückte sie umarmend an sich. Ihm ging es aber ebenfalls nicht besser. Mark lehnte sich mitfühlend zu ihr und sprach in mitfühlenden Ton: „Es tut mir Leid, Lilly! Deswegen wollte ich nicht, dass Ihr diese Welt kennenlernt. Ihr würdet diese Wahrheit sowieso schnell erfahren."

Lilly begann zuerst zu weinen, wischte sich dann aber die Tränen von den Augen, schaute auf Antony und fragte: „Und welche Rolle spielt Gott in diesem Schmierentheater?"

„Beruhige dich, Lilly", entgegnete Antony mit entsprechender Handgestik. „Jahwe mag von Yggdrasil zur Züchterin genötigt zu werden, aber sie versucht ihr Bestes, um die Auslöschung der Seelen zu verhindern. Sie hat einen Weg gefunden, Aria zu ernten ohne Seelen direkt an ihn verfüttern zu müssen."

„Welchen?", fragte Kevin zweifelnd. „Himmel und Hölle?"

„Das werdet ihr noch früh genug erfahren, aber ja. Die Weltprobleme lassen sich nun mal nicht immer mit naiven, guten Taten lösen. Im Angesicht einer Übermacht ist ein Kompromiss oder ein langfristiger Plan manchmal unausweichlich", entgegnete Antony ernst und richtete sich auf, um den Weg fortzusetzen.

„Warte kurz!", hackte Kevin nach. „Ist das Mana hier wirklich so wie bei Zauberern in Computerspielen und Büchern?"

„Entgegen der verbreiteten Vorstellung, die diese mit Zaubersprüchen oder wildem Händewedeln zu personifizieren, ist ‚Magie' eine, mit dem Programmieren vergleichbare, eigene Wissenschaft. Sie und die zu beeinflussenden Naturgesetze müssen erst verstanden worden sein, um sie benutzen zu können. Deswegen sind z.B. physikalische Kenntnisse aus der lebenden Welt essentiell, um die einfachste Magie wie z.B. ein Feuerball zu vollbringen. Handwerkliches Geschick ist zum Bespiel wichtig, um die einfachsten Ätherion-Gegenstände zu fertigen", erzählte Antony.

„Und diese ‚Magie' funktioniert dann überall?", fragte Lilly.

Antony antwortete: „Magie gibt es überall dort möglich, wo die atmosphärische Dichte von Mana einen ausreichend hohen Wert erreicht. Man kann auch die inneren Reserven einer Seele anzapfen, aber desto stärker und komplexer die Anwendung, umso gefährlicher ist es für das

Selbst. In der Horizontwelt verdunstet das Aria des Lebensbaumes durch die lebende Vegetation. Sie erhält diese invasive Dimension innerhalb der Schöpferwelt. Falls man hier das Mana jedoch anzapft, beginnt die Welt an dieser Stelle sofort zu kollabieren und alarmiert sofort die Wächter. Davor fürchtet sich jeder. Dämonen, Engel und Magier versuchen nur mit gesonderten Speichern, wie der eigenen Seele oder Aria-Elixieren etwas zu vollbringen. Deswegen werden Schwächere oft zu Melkopfern der Starken."

„Das soll das Leben nach dem Tod sein?", sagte Lilly enttäuscht. „Aber wer würde sich für so ein Schicksal überhaupt entscheiden wollen?"

„Nach Gottes Dekret sind es die Verweigerer", erklärte Antony weiter. „Gerechte Menschen, die durch Ihr gutes Leben auf der Erde den Himmel verdient, aber seine Gnade abgelehnt haben. Von diesen überleben nur wenige die erste Woche in der Horizontwelt, einige werden wahnsinnig und mordlustig, andere verfeinern ein Handwerk, lassen sich an den Grenzposten nieder und treiben Handel bis sie sich bereit fühlen. Nur ein winziger Teil wird zu echten Weltenwanderern."

„Weltenwanderer?", fragte Kevin ernsthaft. „Willst du uns sagen, du bist ein Nomade? Also ein heimatloser Penner?"

„Soll das etwa eine Beleidigung sein? Aber ja, so könnte man mich nennen", entgegnete Antony ohne viel nachzudenken.

„Nicht zu fassen!", regte sich Kevin künstlich auf. „Von allen Außerirdischen treffen wir ausgerechnet auf den Weltraumhippie."

„Wie bist du in all dieser Zeit nicht wahnsinnig geworden?", fragte Lilly bemitleidend.

„Ich schätze dein Mitgefühl, Lilly, aber brauche es nicht. Mein Leben ist wesentlich interessanter als ich es Euch vorstellen könnt", entgegnete Antony höflich. Dann stand er auf und führte die Gruppe weiter durch den Wald. „Mit der Zeit wächst man und Ihr habt keine Vorstellung, wozu man fähig wird."

„Du hast erzählt, dass Gott eine andere Methode gefunden hat, dieses Aria zu ernten. Wie genau geht das vonstatten?", bemerkte Kevin.

„Nun du kannst eine Kuh ausschlachten oder melken. So etwa entwickelten sich die Konzepte von Hölle und Himmel. Jehwi hat einen stark ausgeprägten Gerechtigkeitssinn, aber auch sie ist gezwungen ihren Anteil beizutragen. Der Himmel wurde als Belohnung und Zuflucht für die Gerechten geschaffen, aber auch das hat einen Preis. Dort ist eine Seele nahezu unveränderlich. Es können keine neuen Langzeit-Erinnerungen entstehen und so erinnern sich die Bewohner des Himmels nur etwa ein Woche zurück... Manche vergessen ganz, wer sie einmal gewesen sind", erzählte Antony bemitleidend, bevor die Gruppe ein Licht am Ende des Waldes erblickte. „Andererseits... wird es so nicht langweilig. So, erstmal genug davon!"

Kurz vor dem Verlassen des Forstes, erblickten die Freunde eine sehr große, freie Wiesenfläche. In der Mitte befand sich der bereits bekannte, schneeweiße Turm. Das mindestens 60 Meter hohe Bauwerk war vertikal mit prunkvollen goldenen Mustern übersät und hatte einer Art befestigter Siedlung rings um sich. Es war aber kein Leuchtturm, wie die Begleiter zuerst angenommen hatten. An seiner Spitze konnte man in unregelmäßigen Abständen auf- oder absteigende durchsichtige Kugeln mit Personen erkennen. Das Ausspeien der Kugeln schien im Turm durch eine Art leuchtenden, haubitzenartigen Energiestoß zu geschehen, was aus der Entfernung zur Verwechselung geführt hat. Es war offensichtlicher ein magischer Aufzug. Um das Städtchen herum verliefen diverse Pfade mit einigen Wanderern, die aus dem umliegenden Land zur Siedlung pilgerten. Die Meisten waren stark vermummt oder verdeckten ihre Gesichter mit Masken.

„Jetzt weiß ich, warum wir uns in der Menge erkennen müssen", sagte Kevin, umarmte Lilly an der Hüfte und drückte sie an sich. „Warum ist deine Kleidung eigentlich etwas anders als unsere?"

„Ich habe mich als Anführer zu markieren, damit die Angreifer im Fall eines Überfalls direkt auf mich losgehen", antwortete Antony leise, während die Gruppe sich zu den zahlreichen Pilgern auf dem Pfad dazu gesellte. „Übrigens… verliert einander nicht in der Masse und bleibt nah bei mir!"

Die Vier bemerkten allerdings nicht, dass sie bereits aus den Schatten des Waldes von diversen Gestalten beobachtet wurden. Die Freunde setzten ihren Weg fort und erreichten schließlich das Tor, über dem in mehreren Sprachen ‚Himmelstor Sektor E15-1' geschrieben stand. Beim Durchqueren offenbarte sich die kleine, mittelalterähnliche Stadt, die in 4 Straßenringen um den Turm aufgebaut war und bereits vor dem Durchschreiten der Tore sah man, wie voll es dort war. Zahlreiche Verkaufsstände und Läden befanden sich an den Straßenrändern. Die Kunden betrachteten und testeten diverse Waren von merkwürdigen schwebenden Kugeln über Waffen oder seltsame Phiolen. Die Gruppe blieb eng bei einander, um im Gemenge nicht getrennt zu werden.

„Das ist aber ein lieblos gewählter Name für eine Himmelspforte", bemängelte Lilly enttäuscht. „Hätten Sie nicht wenigstens den Namen der nächstgelegenen Stadt der Lebenden übernehmen können?"

„Pff und das findest du kreativer?", hinterfragte Antony kritisch. „Dafür gibt es zu viele Ströme migrierender Seelen. Außerdem werden solche Festungen nicht selten angegriffen und zerstört. Da sind Zonencodes besser. So das Bürokratiesystem zu mindestens etwas entlastet. Der Papieraufwand hat sich seit der Entstehung des neuen Verwaltungssystems um etwa 600 n.C. zu einem wahren Monster entwickelt, allein schon wegen der explodierten Erdbevölkerung."

Währenddessen schien Antony in der Menge nach etwas zu suchen. Direkt hinter der Stadtmauer, die von ein paar geflügelten Soldaten patrouilliert wurde, folgte ein innerer Ring mit Geschäften.

„Die Wirtschaft floriert ja ziemlich gut hier. Was verkaufen die ganzen Läden überhaupt?", fragte Lilly leise. „Und mit welcher Währung zahlt man hier?"

„Moment! Das werde ich in einem ruhigeren Bereich beantworten", entgegnete Antony sich schnell umschauend und führte seine Begleiter zu einem Brunnen, wo in diesem Moment nichts los war. Dann griff er in seine Tasche in der inneren Weste und zog einen leicht gräulichen Kristall heraus. Diesen reichte er Lilly in die Hand. Bei genauerem Hinsehen sah man, dass der Kristall leicht magisch schimmerte und sah seltsam appetiterregend aus. Dann erzählte er leise weiter: „Unbeschriebenes Ätherion ist die universelle Währung der Horizontwelten. Diese Kristalle gibt es in unterschiedlichen Farbintensitäten, Größen und Tönen. Desto stärker die individuelle Farbintensität, umso wertvoller der Kristall. Manchmal wird auch eine bestimmte der 10 Farben verlangt."

„Und was hat es mit der Farbe auf sich?", fragte Kevin weiter.

„Die wahrgenommene Farbe zeigt an, welche der 10 Affinitäten die kristallisierte Essenz besitzt. Sie sind sowohl Quelle der Macht, als auch zur Herstellung verwendbar. Manche Farben davon sind so selten und wertvoll, dass selbst für die Minderwertigsten getötet wird", setzte Antony fort. „Die Geschäfte vor Euch werden vor allem von Handwerkern betrieben, die aus verschiedenen Affinitäten magische Gegenstände herstellen. Natürlich kostet das Endprodukt ein Vielfaches an Materialkosten. Hebt Euch jetzt die anderen Fragen lieber bis zu unserer Rückkehr auf! Hier ist es zu gefährlich. Lasst uns weitergehen!"

Weiter im Zentrum eröffnete sich ein großer Platz mit diversen Büros und einem mittelgroßen, weißen Kasernengebäude im Stil des Himmelturms. Vor dem schweren Metalltor saßen 2 geflügelte Wachen an einem Holztisch und spielten, mit mäßiger Begeisterung, Karten. Auf der gegenüberliegen Seite des Platzes erhob sich ein besonders großes Bürogebäude mit einem, an den Turm angeschlossenen, Brückengang. Davor stand jedoch eine riesige Warteschlange verschiedenster vermummter Individuen.

Mark, Kevin und Lillien wurden bleich beim Anblick der riesigen Warteschlange, die in Ihrem entfalteten Zustand bestimmt mehrere Kilometer betragen könnte.

Antony überlegte nicht lange und drehte sich kurzerhand zur Kaserne. Er ging geradewegs auf die, vor ihrem Tor sitzenden, geflügelten Soldaten zu. Diese bemerkten ihn, griffen vorsichthalber nach ihren Lanzen und warteten, was passieren würde. Antonys Begleiter blieben, auf sein Zeichen hin, in 15 Meter vor den Wachen stehen, um die Engelswachen nicht unnötig nervös zu machen. Der erfahrene Diplomat zog seine Maske ab, nahm die Kapuze runter und trat selbstbewusst vor die Männer. Dann sprach er höflich, aber etwas zynisch: „Ich begrüße die offensichtlich sehr beschäftigte Wache! Ich habe eine Sonderzutrittsberechtigung für mich und meine drei Begleiter hinter mir. Wären Sie so freundlich Ihren Vorgesetzten zu holen, damit ich ihm diese zeigen kann."

„Sie wissen schon, dass wir hier nur für militärische Angelegenheiten oder solche der öffentlichen Sicherheit zuständig sind? Für alles andere müssen Sie sich wohl oder übel in die Warteschlange auf der anderen Seite stellen", antwortete einer der Soldaten mit gleichgültiger Ruhe und Selbstsicherheit eines alten Beamten. Sein Interesse hielt sich sichtlich ebenfalls in Grenzen.

„Schauen wir mal, dass ich das richtig verstehe... Ich habe einen Durchgangspass der höchsten Stufe und sie verweigern mir die Möglichkeit diese dem zuständigen Kommandanten zu vorzulegen?", sagte Antony mit forderden Ton, während er den bereits bekannten Siegelring mit goldener Baumgravur aus seiner Westentasche zog. Die Militärmänner wurden kreidebleich, sprangen hektisch auf und einer von ihnen rannte ins Gebäude, um seinen Vorgesetzten zu rufen. Antony signalisierte mit einer Handbewegung, dass seine Begleiter sich nun nähern konnten.

„Ich habe selbst in meinen 300 Jahren Dienst noch nie ein Siegel dieses Grades gesehen", sagte der andere Soldat mit offen stehendem Mund. „Ist unsere Welt in Gefahr?"

„Das hängt vom mir entgegengebrachten Respekt ab", entgegnete Antony kalt und leicht gereizt.

Nach ca. 1 Minute kam ein stark und charismatisch aussehender Offizier mit etwas größeren Flügeln aus dem Gebäude. Man konnte erkennen, dass er sich ein besonders ernstes Gesicht aufgesetzt hatte, um sich besser zu präsentieren. Jedoch fiel die Fassade schnell auseinander, als er auf dem halben Weg vor Nervosität an einem Pflasterstein stolperte. Außer Antony konnte keiner der anderen anwesenden Männer das Kichern zurückhalten. Nur der Siegelringträger hielt sich zurück und hob kritisch seine rechte Augenbraue. Lilly war zwar aufgeregt, sehnsüchtig nach dem Himmel, aber selbst sie konnte sich nicht vom Schmunzeln bremsen.

„Es ist mir eine Ehre, Sie in unserem Quadranten willkommen heißen zu dürfen", begrüßte der Offizier verlegen. „Mein Name ist Marius. Mir wurde von einem Pass des höchsten Grades berichtet. Darf ich es evaluieren?"

Antony zeigte das Ringsiegel und Marius hielt seine Hand darauf. Ein schwaches, blaues Licht strahlte aus der unteren Handfläche des Offiziers heraus. Das Siegel reagierte mit einem 3 dimensionalen holographischen Symbol direkt über der Plombe.

„E...Es ist authentisch", kommentierte Marius stotternd von purem Terror erfüllt. „Wohin darf ich Sie geleiten?"

Lilly, Mark und Kevin waren von dieser verängstigten Reaktion sichtlich überrascht.

„Zur Chefin natürlich", sagte Antony mit teilnahmsloser Selbstsicherheit. „Leider ändert sich ihr Sitz alle paar hundert Jahre. Ich habe keine Zeit sie zu suchen."

„Darf ich Ihren genauen Namen für sie ankündigen?", hackte der Militärbeamte vorsichtig nach.

Antony näherte sich zu Marius, klopfte dem Offizier mit seinem Siegelring auf die Brust und flüsterte gleichzeitig: „Ich möchte sie lieber überraschen."

„Zu welcher von ihren Ichs wünscht Ihr eskortiert zu werden?", fragte Marius unterwürfig und lächelte kurz, scheinbar von der Situation überfordert.

„Ach ja... das ewige Dilemma", kommentierte Antony augenrollend. „Wie viele hat sie mittlerweile und welche wäre am schnellsten zu erreichen?"

„Naja, einer macht gerade Urlaub im siebten Himmel, die anderen beiden arbeiten gerade im ersten Himmel. Eine von ihnen kümmert sich um die frisch verstorbenen ‚VIPs' und die Letzte arbeitet im Büro für Innovation und Organisation, das B.I.O.", nuschelte Marius grübelnd.

Antony drehte seinen Blick kurz zu seinen Begleitern und entgegnete dann bestimmend: „Bringen Sie uns zum B.I.O!"

Der Offizier nickte mit dem Kopf und bat die Gruppe in das Kasernengebäude. Beim Eintreten offenbarte sich eine prächtige Halle in römischen Still mit vielen durch großzügigen Türen, abgetrennten luxuriösen Räumen. Am Ende des Flurs führte eine breite marmorne Treppe nach unten. Beim Absteigen in den Untergrund entdeckten die Ankömmlinge, dass die Basis des Himmelsturms nicht auf dem großen Platz befand. Die lange Treppe führte entlang der Wand einer großen halbkugelförmigen unterirdischen Halle. In deren Mitte befand sich ein weiterer, rein militärisch genutzter Himmelszugang. Ringsum stützte eine zeltartige Architektur aus drei schräg in Richtung Turm stehenden Säulen. Der Aufzug selbst war in einer weiteren inneren Säule, dessen Inneres nur durch die ungefähr 20 Meter hohen, mit Goldglyphen und Edelsteinen verzierten Torbögen zugängig war. Eine 10-stufige Treppe, die kreisförmig um den ganzen inneren Turm gebaut war, bildete die Basis des Himmelsaufzugs. Dem ganzen Gebäude verliehen die Formen das Aussehen eines riesen tropischen Baumes, in dessen ausgehöhlter Mitte ein mit Licht erfüllter Nebel langsam um die Turmmittelachse rotierte. Etwa 50 Engelsrekruten befanden sich ebenfalls in der Halle und machten dort Kampftraining. Dazu waren sowohl am Boden als auch in der Luft Parkurgegenstände installiert. Die Gruppe sah gelegentlich jemand den Nebel betreten. Dann flackerte dieser für einige Sekunden und die Person verschwand in einem Licht, dass ins Turminnere abgefeuert wurde. Danach kehrte alles zum Anfangszustand.

„Das sind aber viele Soldaten", flüsterte Lilly zu Antony. „Bereiten sie sich auf einen Krieg vor?"

Marius hörte sie und erklärte: „Das gehört zum militärischen Überlebenstraining, Miss. Neben Soldaten trainieren wir hier Todesengel, Botschafter, Beamte und Eskorten."

„Was genau ist die Aufgabe der Todesengel?", fragte Mark neugierig.

„Sie suchen nach frisch Verstorbenen und bringen sie zum Richten zu den Himmelstoren. Bei schweren Sündern vollstrecken sie das Urteil gleich vor Ort. Dafür verfügen erhalten sie ein mobiles Höllensiegel", entgegnete Marius. Mark zuckte dabei kurz zusammen.

„Und wie erkennt Ihr, ob jemand ein schwerer Sünder ist?", fragte Lilly nach.

„Die Todesengel bekommen, nach Abschluss ihrer Ausbildung, die Augen des Richters verliehen", erzählte der Offizier weiter. „Damit blickt man direkt in die Seele und kann anhand von Farben erkennen, ob eine Todsünde begangen wurde."

Um sich als Lebende nicht zu verraten, stellten die 3 keine weiteren Fragen mehr. Beim Durchgehen durch die Halle wurde die Gruppe von neugierigen Engeln beobachtet, die ihr Training zum Gaffen unterbrachen. Antony schien die vielen Augen überhaupt nicht zu beachten, als ob er daran gewöhnt wäre.

Auf Kevins Nachfrage, warum die Gruppe so begafft werden, antwortete unser Fremdenführer: „Wir lernen die Siegelstufen bereits am Anfang der theoretischen Grundausbildung kennen und von einer Berechtigung des höchsten Grades gibt es angeblich im ganzen Universum nur 8. Uns wurde beigebracht jede Person mit diesem Rang zu respektieren und mehr als den Teufel zu fürchten."

„Das sollte auch so sein!", entgegnete Antony. „Einige dieser Rangträger sind äußerst impulsiv."

Marius bat die Gruppe höflich kurz vor der Turmtreppe zu warten und ging zu einer älteren Frau in weißer Uniform, die ebenso große Flügel trug.

„Wie bist du an diesen Ring gekommen, Anny?", fragte Lilly überrascht, als niemand zuhörte.

„Anny? Nenn mich nie wieder so in der Horizontwelt! Diesen Ring ist ein letztes Andenken von meinem Bruder. Die Drecksarbeit, die ich damit früher erledigen musste macht den Respekt kein bisschen wett", erklärte Antony mit zorniger Mimik auf den Ring schauend. „Es war meine persönliche

Sklavenkette…. vor langer Zeit. Jetzt dient er nur noch als ein bequemer VIP-Zugang."

Antonys Begleiter verstanden zuerst nicht, wovon er redete. Allein Mark schien vertieft nachdenklich etwas zu ahnen. Auch wenn jedem mindestens zehn Fragen einfallen könnten, kam aus keinem ihrer Münder kein Wort heraus. Inzwischen kam auch die ältere Dame zu ihnen, die selbst sichtlich neugierig war.

„Einen guten Tag wünsche ich Ihnen, ehrenwerter Besucher. Mein Name ist Dorothee und ich werde ab jetzt Ihre Begleitung sein. Würden Sie mir zum Aufzug folgen?!", bat die Dame freundlich und zeigte sich tief verbeugend mit ihren Handflächen zum Aufzug.

„Angenehm, Miss", entgegnete Antony mit freundlicher Mimik, näherte sich der Dame, lehnte sich zu ihr und flüsterte ihr dann ins Ohr: „…aber wäre es jemand anderes meines Rangs, wäre er nicht so nachsichtig mit Ihnen wie ich. Angesichts eines guten Tons, bitte ich Sie das Aussehen einer ehrfurchteinflößenden alten Dame abzulegen. Ich bin in jedem Fall um mehrere Millionen Jahre älter als Sie und verstehe so etwas als tiefe Respektlosigkeit."

Die Dame erschrak und nahm vor den Augen aller das Aussehen einer jungen, schönen Frau an. Antonys Begleiter konnten ihre Überraschung nur schlecht verstecken. „Ich bitte Euch unterwürfig um Entschuldigung, Lord!", sagte sie nervös und fiel sogar auf die Knie.

„Steht auf!", befahl Antony gebieterisch. „Ich will nur keine weiteren Fehler mehr sehen."

„Was machst du da, Antony?", flüsterte Lilly ihm direkt von hinten ins Ohr, während Dorothee im großen Abstand, Platz freimachend vorlief.

„Glaube mir, es ist zu Ihrem Besten!", entgegnete Antony leise. „Ein anderer Träger eines solchen Rings hätte sie bei kleinstem Fehler ausgelöscht!"

Die beiden Männer hinter ihnen kriegten die leise Konversation mit und besonders Mark erinnerte sich nun an die hierarchische Pyramide zurück, die ihm Antony einst zeigte. In diesem Moment verstand er endlich, was es mit dem Ring auf sich hatte. Wäre nicht seine Maske, würde ihn das tiefsitzende Entsetzen im Gesicht sofort verraten.

Dorothee geleitete die Gruppe direkt durch den Nebel am Aufzug, der den Gefährten genau bis zu den Knien reichte. Sie stellte sich ins Zentrum des Turms und erklärte unterwürfig: „Bitte… stellen Sie sich hierher im Umkreis von etwa 2 Meter um mich herum auf!"

Antony schritt voran und alle stellten sich in die von der Begleiterin angewiesene Zone. Dorothee führte, mit ihrer Hand nach unten zeigend, eine wischende Bewegung aus. Fast sofort begann sich der Nebel schneller zu drehen. Diese Bewegung erzeugte eine starke, elektrische Aufladung. Blitze zuckten um die Gruppe herum, aber statt diese zu treffen, bauten Entladungen eine Blase aus Energie um sie herum auf. Nach nur fünf Sekunden war diese Sphäre vollendet und der Nebel begann sich zu einem zuckenden Gewitter unterhalb der Transportblase zu konzentrieren. Mit einem Ruck schoss die Kugel samt Insassen in das hohle Innere des Turmes. Dessen Wände wurden von blauen, zu einer Vierfachhelix angeordneten Glyphen beleuchtet. Als das ungewöhnliche Transportmittel den Turm feuerwerksähnlich verließ und gegen den Himmel stieg, wurde es scheinbar langsamer. Die Freunde erlangten Überblick über einen großen Bereich der Horizontwelt, dass von einem scheinbar endlosen Wald und diversen Flüssen überzogen war. Weiter hinten sahen einen großen, seltsam geschnittenen Berg mit vielen Höhlen, der irgendwie gar nicht in die Landschaft passte und von riesigen Bäumen bewachsen war. Das Gebilde erinnerte von Form fast an einen Dinosaurier aus der Urzeit. Beim näheren Betrachten erkannten Antonys Begleiter plötzlich, dass dies gar kein Berg war, sondern ein riesiges Geschöpf von der Größe mehrerer hundert Meter. Vogelähnliche Kreaturen umkreisten in riesigen Schwärmen das mit Bäumen auf dem Rücken überzogene braune Monster aus gehöhltem Fels. Antony wurde auch auf das Biest aufmerksam. Seine Mimik erfüllte sich auf einmal mit tiefer Unzufriedenheit.

„Wie bereitet Ihr Euch eigentlich auf das Zug des Zonen-Wächters?", fragte er in gezügelten Ton.

„Unsere Späher sagen, dass er vor ein paar Horizont-Tage in unsere Reichweite gelangt. Deswegen auch die große Schlange vor dem Bürogebäude. Ich empfehle Ihnen die Rückreise entweder über ein anderes Himmelstor zu planen oder die Zeit auszuharren bis wir Ihnen grünes Licht geben. Für jeden Reiseführer wäre es sonst Selbstmord", antwortete die Begleiterin ausweichend. „Aber ich vermute, jemand wie Sie muss diese Kreaturen nicht fürchten."

Mark, Kevin und Lilly verstanden sofort, dass das Monster schlechte Nachrichten bedeutete, aber wegen der Begleiterin zögerten sie zu fragen. Stattdessen fragte Kevin: „Dorothee? Wie lange sind Sie schon ein Engel?"

In diesen Moment versank die Blase in der dichten Wolkendecke. Dorothee schaute kurz auf Antony. Als dieser sie ignorierte, wendete sie sich wieder zur restlichen Gruppe und begann zu erzählen:

„Ich habe mich vor einigen hundert Erdenjahren für den Dienst verpflichtet. Ich war einst Nonne in einem Frauenkloster um 1630 im Jahr unseres Herrn. Nach meinem Tod kam ich zwar in den Himmel, aber lebte nur kurz im diesem utopischen Überfluss. Nach einiger Zeit fühlte ich, dass mir ein Sinn fehlte. Ich suchte nach einer Beschäftigung und fand so zum Dienst. Ich trug meinen wahren Namen in das Buch der Engel ein, erhielt meine Flügel und begann mein Leben als Helferin im Dienst."

„Kann man im Himmel wirklich so viel arbeiten?", unterbrach Kevin überrascht. „Hier gibt es doch weder Krankheit noch Tod, die Seelen müssen weder essen, noch sich wirklich kleiden."

„Aber es gibt Organisatorisches, Ingenieure, Ordnungshüter, Beamte, freiwillige Servicemitarbeiter, Handwerker…", entgegnete die Gruppenführerin begeistert. „Es gibt mehr als genug Stellen für alle möglichen Aufgaben. Essen gibt es hier übrigens auch, aber dieses ist mehr für den Genuss als zur Sättigung."

Allmählich wurde die Wolkendecke immer heller und die seltsamen farbigen Lichter erstrahlten in der Ferne. Es konnte nur noch Momente dauern, bis die Sphäre die obere Wolkengrenze durchbrechen würde.

Kapitel 6: „Trügerisches Utopia"

„Was nutzt einem die schöne Natur, wenn man dort nicht überleben kann."

Als die Sphäre durch die Wolkendecke passierte, erblickte die Gruppe das auf der Horizontwelt für Helligkeit sorgende farbenprächtige Nordlicht. Es schien soweit das Auge reichte und überzog den gesamten Planeten. Die Sonne wurde von der Erde verdeckt, aber diese Aurora entstand nicht durch die Sonnenwinde wie Kevin im ersten Augenblick angenommen hatte. Von oben sah die Wolkendecke wie dunkler milchiger Spiegel aus. Betrachtete man stattdessen das Weltall, erleuchte die Milchstraße, Sterne und sogar einige kleine Galaxien den dunklen, weiten Weltraum. Etwas war jedoch ganz anders als man es aus Filmen kannte. Ein lichtverzerrendes, glasartiges Wurzelnetzwerk zog sich ebenfalls durch das weite Nichts. Die gläsernen Gebilde bewegten sich fast wie lebendig und bohrten sich sogar in den Planeten. Durch das Innere dieser seltsamen Wurzeln strömten, in pulsierenden Lichtadern, ätherische Wesen in verschiedene Richtungen. An den Stellen, wo diese durchsichtigen Wurzeln in die Atmosphäre eintauchten, breitete sich ringsum die Aurora aus.

Kevin, Mark und Lilly gingen vor Staunen fast synchron die Münder auf. Kevin fragte flüsternd, ohne auf Dorothees Anwesenheit zu achten: „Wie bewegt der Planet sich überhaupt, wenn er vor derart massiven Wurzelwerk festgehalten wird? So ein Gebilde müsste doch die Rotation der Erde beeinflussen?"

„In dieser Zeitebene bewegt sich der Planet so langsam, dass es quasi nicht spürbar ist und da die Wurzeln eher masselosen, dimensionalen Feldern gleichen, beeinflussen sie die Bewegung des Planeten fast überhaupt nicht.

Im Gegenteil orientieren sie sich sogar am Magnetfeld der Erde und dem Gegenwart von Leben auf dem Planeten", erwiderte Antony mit gleichgültigen Ton. „Einige Physiker haben die Auswirkung dieses Wurzelnetzwerks bereits entdeckt, aber da dieses sonst unsichtbar ist, wird der Effekt größtenteils der dunklen Materie zugeschrieben."

„Welch Ironie der Schöpfung, dass die frevelnden, verleugnenden Nomaden auf der Suche nach mehr Macht von einer scheinbar primitiven Pflanze und seinen Monstern gefressen werden", sagte die uniformierte Frau verächtlich.

„Das ist meine zweite Verwarnung, naive Frau", entgegnete Antony in einem grimmigen Gesichtsausdruck und einem strengen Ton. „Ein Teil dieser Frevler wird selbst mal in den Rang eines Schöpfers aufsteigen."

„Ich bitte um Entschuldigung!", entgegnete die plötzlich mit Schrecken erfüllte Dorothee. Sie hatte diese Reaktion nicht erwartet, da von den Siegelträgern sonst nur Grausamkeit erwartet wird.

Antony hob leicht seine linke Augenbraue und drehte sich dann wortlos zum Panorama, der Frau eine kalte Schulter zeigend.

„Sie sind wesentlich weniger kalt für jemand, vor dem uns selbst Gott ermahnt", stellte die Frau aufatmend fest und streckte Ihre Hände aus, worauf die Sphäre eine Art magische Steuerung erscheinen ließ.

„Das liegt daran, dass ich der mildeste unter den… ‚Kali' bin", entgegnete Antony gleichgültig. „Die Dunkelste hätte Sie hingegen schon 2 Mal vernichtet."

Die Frau betätigte zitternd die magischen Steuerfelder und vor der Kugel öffnete durch ausgehenden Blitze ein Portal in die Himmelsebene. Nach dem Durchschreiten öffnete sich der Gruppe eine riesige Ebene mit zahlreichen Städten, Dörfern, weiten Feldern und einem Wolkenkratzer, der selbst die höchsten irdischen Gebäude dieser Art verblassen ließ. Er hatte die Form einer immensen Glasscherbe.

„Die Größenwahn und historischer Jähzorn wurde nie passender architektonisch interpretiert", bemerkte Antony zynisch. „Lass mich raten… nein… das muss ich gar nicht. Sie befindet sich im höchsten Geschoss."

„Möchten Sie Ihren Besuch vielleicht doch noch ankündigen?", fragte Dorothee vorsichtig schmunzelnd.

„WIR… kündigen uns nie vorher an", entgegnete Antony überheblich, während er auf die Spitze des Wolkenkratzers starrte, wo das Hauptbüro sich befand. „ Aber Sie hat mich sicher schon bemerkt. Ich spüre es!"

Plötzlich erschallte eine laute Stimme in den Ohren aller, dass sogar die Energiesphäre selbst bebte.

„DU hast vielleicht Nerven, hier aufzukreuzen!", sagte die himmelsposaunenlaute Frauenstimme mit dem rauen Klang einer unzufriedenen Diva.

Alle außer Antony hielten ihre Ohren zu und fielen schmerzverzerrt auf die Knien. Aber er verschränkte demonstrativ die Arme und entgegnete leicht grinsend: „Wie ich höre, hast du von deinem Jähzorn, trotz der langen Zeit, nichts eingebüßt. Wären hier Lebende dabei, hättest du sie spätestens jetzt umgebracht."

„Hm…. Und du hast deine besserwisserische Art auch nicht abgelegt", antwortete die Stimme ruhiger werdend, während die Sphäre auf einen riesigen Balkon auf der höchsten Ebene zusteuerte. „Komm in mein Büro und bring dein Anhängsel mit! Dorothee, warte im Foyer bis ich dich rufe!"

„Ja, Allmächtige", antwortete die Begleiterin ehrfürchtig und landete die Kugel sanft auf einem Hexagramm mitten auf dem vorstehenden Balkon des Wolkenkratzers. Als das Transportmittel den Boden berührte platze es wie eine Seifenblase und hinterließ glitzernden Staub mit feinen elektrischen Entladungen. Dieser legte sich auf alle Insassen. Antony wischte leicht angewidert den verdunstenden Staub von seinen Schultern. Dorothee verbeugte sich vor dem riesigen, leicht verdunkelten Glasfenster und entfernte sich durch eine seitliche Nebentür des Balkons. Plötzlich öffneten sich die großen Flügeltüren, die fast unsichtbar in das leicht geschwungene riesige Panoramafenster eingebaut waren auf und ein dichter, mystischer Nebelteppich strömte heraus. Antony schüttelte augenrollend den Kopf und ging sogleich Richtung Eingang. Als er seinen ersten Schritt in den entgegen kommenden Nebel setzte, verflüchtigte sich dieser Explosionsartig von ihm ausgehend.

„(Ark.) Du bist immer noch ein Spielverderber", sagte die widerhallende Stimme enttäuscht in arkaner Sprache. „(Ark.) Lass mir doch bitte etwas ‚Würde' wahren!"

„(Ark.) Deine ‚Autorität' kannst du gern deinen Schäfchen demonstrieren, aber meinen Schülern möchte ich lieber die ‚Wahrheit' zeigen", entgegnete Antony mit ruhiger Stimme.

„(Ark.) Wahrheit? Dann solltest du bei dir selbst anfangen", antwortete die Stimme ironisch.

„Welche Sprache ist das?", flüsterte Lilly zu Mark.

„Das ist die alte Sprache der Götter", entgegnete Mark. „Sie ist ebenfalls als Programmiersprache der Naturgesetze verwendet. Ihr werdet sie auch lernen müssen."

Die 4 Besucher betraten das riesige Büro mit einer hohen, kuppelartigen Glasdecke. Ein roter mit Goldstreifen und hebräischen Zeichen verzierter Laufteppich lag mitten im Raum. Dieser führte vom Balkon aus bis hin zu einem großen, weißen Tisch mit Pianolackoptik und einem beeindruckenden, nach hinten gedrehten, weißem Chefsessel, dessen übergroße Rückenlehne die Person darin fast völlig verdeckte. Nur eine Hand mit einem verlängerten Zigarettenstiel schaute raus. Obwohl der Stiel aufsteigende Rauchschwade produzierte befand sich dennoch keine Zigarette darin. Es roch auch nicht nach Tabak, sondern nach süßen, wilden Kräutern und frisch gemähtem Gras. An den Seiten des Büros standen einzelne schmale Buchregale. Parallel zum Teppich waren säulenartig angeordnete, mit zahlreichen Artefakten von verschiedenen großen Religionen befüllten Glasvitrinen. Die einzige Steinwand befand sich hinter dem Chefsessel und war mit verschiedenen, religiösen Motiven aus Bibel, Koran, Thora, Hinduismus und anderen großen Glaubensrichtungen bedeckt, die im modernen Stil chronologisch in einem künstlerischen Relief verewigt waren. Alles andere bestand aus dem riesigen Panoramafenster, das in mehreren Teilen ellipsenförmig den restlichen Raum vom großen Balkon abtrennte. Vier große Stahlsäulen stabilisierten die komplexe, wabenartige Fensterstruktur und das große Deckenpanorama.

„Warum bist du hier?", sagte die Stimme und der Sessel drehte sich zu den Besuchern. Darin saß eine dünne Frau von etwa 45 Jahren. Sie nahm einen tiefen Zug aus Ihrer Pfeife und atmete dann demonstrativ den Rauch heraus. Sie selbst trug einen schwarzen Businessanzug mit einer weißen Bluse. Der Raum wurde plötzlich erfüllt von einem leichten Geruch von Weihrauch. Beim Einatmen verflogen bei Lilly, Mark und Kevin die Aufregung und die Angst, die sie seit Betreten des Himmels gespürt hatten. „(Ark.) Allein Dein Erscheinen in meinem Einflussgebiet wirft ein ziemlich schlechtes Licht auf mich, Ainex! Ich respektiere dich zwar für deine Bemühungen die allgemeine Lage zu verbessern, aber du bedeutest stets Ärger und das weißt du selbst am besten."

Antony stand schützend vor seinen Freunden, schaute kurz nach hinten und richtete dann wieder seinen leicht amüsierten Blick wieder zu der Frau im Sessel.

„Ich freue mich auch, dich wiederzusehen, Jiwi", sagte er im freundlichen Ton und fügte sogleich hinzu: „Möchtest du deinen Besuchern nicht die Höflichkeit einer Sitzgelegenheit anbieten? Schließlich stehen wir hier nicht vor deinem Tribunal."

„Du hast dich wirklich kein Bisschen verändert", entgegnete die Frau enttäuscht und atmete weiteren Rauch aus, der sich in drei Ströme teilte und in ca. 12 Metern Entfernung 3 bequeme Relax-Sessel aus dem Nichts formte.

„(Ark.) Mich wundert allerdings, dass du zweien deiner neuen Schüler noch nicht beigebracht hast, wie man die Aria-Zirkulation kontrolliert. DU enttäuschst mich etwas", fügte sie zynisch hinzu.

Die drei stillen Gefährten setzten sich auf die Stühle, fasziniert auf die Frau starrend. Sie ignorierten fast schon die Tatsache, dass Antony auf Augenhöhe mit ihr zu sprechen schien und natürlich die ihnen noch unbekannte Fremdsprache. Mark hingegen folgte jedem Wort, da er wohl alles verstand. Ein Buch würde kaum ausreichen, um die Emotionen und Fragen aufzulisten, die den Dreien gerade durch die Köpfe schossen.

„Ich bin hier als ein alter Freund und nicht als Kontrolleur oder Kritiker. Wie du siehst, habe ich wieder einige Schüler aufgenommen und mindestens eine von ihnen möchte gern Antworten von dir hören... Sozusagen als nächsten Schritt in ihrer Entwicklung... Ihre Familie gehört zu dem verblendeten Teil deiner Anhänger mit einem guten Schuss Patriarchismus. Sie hat lange Zeit darunter gelitten!", erzählte Antony, von ein wenig Empathie erfüllt.

Jahwe schaute auf die verlegene Lilly und dann wieder zurück auf Antony.

„(Ark.) Du bringst, trotz meiner Gesetze, Lebende in mein Himmelsreich, bringst meine Kinder in Gefahr und jetzt willst du von mir noch, dass ich für ein einzelnes Mädchen meine Berge von Arbeit fallen lasse?", fragte sie unzufrieden.

In diesem Moment änderte sich Marks Gesichtsausdruck von fasziniert zu enttäuscht. Jahwe bemerkte das, schaute schmunzelnd auf Mark und kommentierte: „(Ark.) Einem scheinst du ja schon was beigebracht zu haben. Immerhin!"

„(Ark.) Dein drittes ‚ICH' macht angeblich gerade Urlaub im 7ten Himmel. Also lautet meine Antwort... JA!", antwortete Antony höflich fordernd.

„(Ark.) Na gut, immerhin lebt sie immer noch in meinem Einzugsgebiet, also kann es nicht schaden, ihr was Gutes zu tun", sagte die selbstbewusste Frau und nahm einen Zug aus Ihrer Handpfeife. „(Ark.) Allerdings möchte ich auf unserer ‚freundschaftlicher' Basis ein Paar Informationen von dir und noch einen anderen Gefallen, den meiner Meinung nach nur du tun kannst. Als Gegenleistung, dass ich dich nicht sofort weiter melde."

„(Ark.) Hört sich noch nach einem fairen Handel an. Ich werde mein Möglichstes versuchen, solange es mich nicht von meinem Ziel ablenkt", stimmte Antony etwas unwillig zu. Dann drehte er sich zur staunenden Lilly und sagte: „Stellt eure Fragen!"

Antony schien kein Interesse am Gespräch zu haben und ging selbstzufrieden leicht tänzelnd auf den Balkon, während die Gottheit sein Verlassen schon fast sehnsüchtig beobachtete.

Lilly begann sich sammelnd mit der Konversation: „Wow, ich weiß nicht mal, wie ich anfangen soll. Ich hätte mir nicht erträumen lassen können, dass Gott wirklich eine Frau ist... Bitte... Sagt mir, warum ist die Welt so in Chaos und Ihr greift immer noch nicht ein? Es gibt so viel Kriege, Elend und Ungerechtigkeiten."

Die Göttin stand auf, ging um den Tisch auf dem direkten Wege zu Lilly. Diese drückte sich vom Stuhl und fiel unterwürfig auf die Knie. Auch die beiden Jungs zog sie an den Sachen mit sich. Lillys Erziehung nahm in diesem Moment überhand und sie fühlte sich nicht einmal würdig genug, Jahwe anzuschauen. Mark und Kevin schauten gebannt, was die sich nähernde Dame wohl als nächstes tun würde. Die Gottheit bückte sich zu Lilly, fasst sie sanft an der Gesichtsseite und richtete sie auf. Die junge Frau erblickte Gottes himmelsblaue Augen, in deren Linse sich die ganze Erde zu reflektieren schien. Dann streichelte die Göttin ebenso fürsorglich ihre Finger über die Wangen der beiden Männer.

„Es tut mir Leid um dein Schicksal, mein Kind", sagte Jahwe mit sanfter Stimme. „Ich bin nicht so mächtig und einflussreich, wie Ihr denkt. Der Himmel ist voll mit Arbeit durch all die reisenden Seelen, die frisch verstorbenen und selbst die Engel. Außerdem ist all dieses Elend teil euren Erwachsenwerdens als Zivilisation, als Gemeinschaft. IHR müsst lernen, was wirklich zählt und was im Leben unwichtig ist. Würde ich immer wieder in die Geschicke der Menschheit eingreifen, wären die Technologie und die menschliche Moral nicht über den Stand der Antike hinausgewachsen. Die Menschen würden einfach aufhören, sich weiter zu entwickeln. Es gibt manche Lebenden mit der Meinung, dass weniger Weltbevölkerung oder mehr Wohlstand den Krieg beenden würde, aber das ist einfach nicht wahr. Nur durch Wissen, Erkenntnis und mehr Gerechtigkeit kann jemals Frieden existieren. Wenn ich eingreife, wird alles nur zunichte gemacht und der Fanatismus würde langfristig wieder überhand nehmen."

„Woher willst du das wissen?", fragte Kevin mutig. „Vielleicht wird es diesmal anders sein. Wir haben moderne Medien und das Internet. Wenn du den richtigen Propheten wählst, könntest du uns alle retten."

„Siddhartha, Moses, Jesus, Mohammed. Diese und viele andere große Menschen haben versucht, etwas mehr Vernunft in die Welt zu bringen. Ihre Nachrichten wurden aber verdreht und für Kriege, Mord, sogar zur Zementierung der Ungerechtigkeit missbraucht. Manche Propheten sind sogar selbst der Korruption verfallen. Das Elend stellt oftmals sogar den Nutzen in den Schatten. Falls Euch aber jemals eine bessere Methode einfällt, lasst es mich wissen."

Während sie sprach, standen ihr Trauer und Schmerz in den Augen. In diesem Moment verstand Lilly, dass ihre Probleme mit ihrem Vater im globalen Sinn völlig unwichtig waren. Es lag wirklich an ihr, selbst etwas daran zu ändern. Tränen begannen zu fliesen und Lilly drückte sich an Kevin. Auch Mark streichelte ihr den Kopf.

„Schmerz zeigt uns unsere Schwächen, aber er bringt auch diejenigen näher, die zusammen gehören", sagte J.W. tröstend. „Halte dich an deine ‚Freunde'."

„Ich danke Euch", sagte Lilly weinend und umarmte ihren Freund noch fester.

„Es tut mir Leid, dass ich nicht mehr tun kann. Der freie Wille bindet mir in gewisser Weise auch die Hände", entgegnete Jahwe und drehte sich zu Mark. Sie sah Ihn an und sagte dann: „Du trägst die Bürde des Selbstmordes in dir. Überwinde deine Schuldgefühle und du wirst frei sein. Was deine gleichgeschlechtliche Verbindung angeht, die du mit... Antony eigegangen bist...?", plötzlich wurde die Frau für einen Moment lang still. Sie schaute auf den Balkon, wo Antony stand und auf die vier aus Ferne grinsend schaute. Dann blickte sie zurück und redete dann plötzlich einer Tratsch-Tante gleich: „Ich fass es nicht... dass ausgerechnet ER sich überhaupt an jemand binden kann... nach so langer Zeit? Darauf kannst du wirklich stolz sein!"

„Ich danke Euch, Schöpferin", entgegnete Mark mit gespaltenen Gefühlen. „Aber er ist oft auch ganz schön seltsam und ziemlich streng."

Sie lächelte und entgegnete leicht warnend: „Das bin ich auch, wie du sicher bereits mitbekommen hast. Besonders bei Verschwendung, unabhängig ob es das eigene oder ein fremdes Leben ist. Also mache keine Dummheiten mehr." Dann lehnte sie sich näher zu den Drei und flüsterte: „Passt aber auf Euch auf. Hier könnt Ihr niemand vertrauen, auch IHM nicht. Euer Meister hegt einen tiefen Gräuel gegen seinen grausamen Bruder und das ganze Universum erzittert unter ihrem Konflikt. Wenn ihr lange genug bei ihm seid, erfasst es auch Euch. Macht mir also auch keinen Ärger!"

„Wer ist sein Bruder?", fragte Lilly aufgeweckt.

„Wenn Ihr es noch nicht wisst, ist es besser so...", entgegnete sie noch, stand auf und rief Antony mit einem Handzeichen zu sich an den Schreibtisch. „Geht jetzt! Ich muss mit Euren ‚Schützer' noch etwas Privates besprechen." Fast Schulkindern gleich standen die 3 Studenten auf und gingen brav heraus. Auf dem Weg kreuzten sich ihre Blicke mit Antony, der die Reaktionen auf ihren Gesichtern scharf beobachtete.

„(Ark.) Ich sehe, du hast ihre Meinung von mir doch etwas negativ beeinflusst mit deiner Spitzzüngigkeit", bemängelte Antony. „(Ark.) Auf dem Weg sah ich den Blick erschrockener Welpen in den Augen meiner Schüler."

„(Ark.) Nicht mehr als sie wissen dürfen", sagte die Göttin. „(Ark.) Ich kenne deinen Codex, falls sie noch aussteigen möchten. Sie werden doch noch aussteigen können?"

„(Ark.) Mark hat seinen Pfad bereits gewählt", erörterte Antony. „(Ark.) Bei den Seelenzwillingen bedarf es noch Überzeugungskraft."

„(Ark.) Das sind also tatsächlich die Zwillinge?", reagierte Jahwe überrascht. „(Ark.) Haben sie Erinnerungen ihres ‚Seelenvaters' geerbt?"

„(Ark.) Gott, nein! Für wie unprofessionell hältst du mich eigentlich?", entgegnete Antony beleidigt. „(Ark.) Ich habe nur winzigen Bruchteil durchsickern lassen. Woher weißt du überhaupt von dem Plan?"

„(Ark.) Einer deiner Schüler hat mich aufgesucht", entgegnete die Göttin leise. „(Ark.) Greulf war sein Name."

„(Ark.) Dieser Playboy und Dummschwätzer ruiniert noch meinen Plan", stellte der Planschmied erbost fest. „(Ark.) Wann war das und hat er gesagt, wo er hingeht?"

„(Ark.) Er sagte, er will in seiner Heimatwelt auf dich warten", antwortete J.W. etwas verwirrt. „(Ark.) Wenn du nicht kommst, verrät er dich... zumindest nach seiner Aussage. Was genau ist dein neuer Masterplan überhaupt?"

„(Ark.) Umso weniger du weißt, umso sicherer für dich!", sagte Antony und zeigte mit dem Finger auf den Tisch. „(Ark.) Zurück zu unserer Abmachung! Ich halte mein Wort!"

In diesem Moment leuchteten Bilder und Texte auf der Tischfläche. Draußen betrachteten die Drei währenddessen die wunderschönen Weiten der ersten Himmelsebene mit all seinen kleinen Städten, Felder und Wäldern. Es war aber noch mehr als das, denn von dem Turm konnte man mit einer magischen Linse an jeden Ort im Himmel heranzoomen. Es war eine Art Steuertafel am Balkongeländer, das jeden erdenklichen Winkel des Himmels wie mit einer Lupe finden konnte. Auf Wunsch konnte man sogar Paradiesebenen wechseln oder auf die Erde schauen. Allerdings bewegte sich in der Welt der Lebenden alles zu langsam, um Spannung darin zu finden. Gleichzeitig im Inneren zeigte Jahwe auf einige Texte auf ihrem magischen Computer.

„(Ark.) Ich habe momentan zwei große Sorgen", sagte die Gottheit unruhig.

„(Ark.) Erstens ist eine der 7 Höllenherrscher mit dem Namen Belial aus innersten Kreis der Hölle geflohen und versteckt sich jetzt in der Horizontwelt, macht krumme Geschäfte und meinen Engeln das Leben schwer. Leider macht ihre besonderen Fähigkeiten es schwer sie zu fangen."

„(Ark.) Belial, die Herrscher der Lügen?", fragte Antony sich an Legenden der Erde erinnernd. „(Ark.) Sind etwa Illusionen ihre Spezialisierung?"

„(Ark.) Ja unter anderem! Und ich weiß, dass es war ein Fehler jemandem aus der Hölle genau diese Macht zu gewähren", gab die Gottheit bereitwillig zu. „(Ark.) Aber mit deinen überlegenen, archaische Sinnen sollte du sie doch finden können, oder?"

„(Ark.) Eine passende Herausforderung für mich", entgegnete Antony interessiert. „(Ark.) Was mache ich, sobald ich Sie finde?"

Jahwe streckte ihre Hand zur Seite aus und ein altes, schwarzes Buch im größten der Regale schoss nach kurzem Zittern direkt in ihren Griff. Sie schlug das Buch auf den Tisch. Das in einem schwarzen, von blutige Venen durchzogenen Lederumschlag, gebundene Werk öffnete sich. Im Inneren waren jede Menge Verträge mit gezeichneten wahren Namenglyphen und den neu angenommenen Namen. Das Buch blieb auf der Seite mit Vertrag von Belial stehen.

„(Ark.) Das Buch der Gefallenen?", fragte Antony interessiert und las sich etwas in den Vertrag ein. „(Ark.) Ich habe mich immer gewundert, wie du deinen Nachschub an Gefallenen sicherst. Dass sie keine gefallenen Engel, sondern verdammte Anführer sind... Für solch undankbare Arbeit, die sonst keiner machen will. Sehr gerissen, Süße!"

„(Ark.) Spar dir deine zynische Bemerkungen. Ich stelle deine Handlungsmethoden ja auch nicht mehr in Frage", bemängelte die Göttin zornig. „(Ark.) Ich möchte dich nur bitten, dieses Miststück zu finden und den Vertrag vor ihren Augen zu vernichten. Dann kehrt sie wieder in die Hölle zurück und ich suche mir eine neue Belial mit ... angepassten Kräften."

„Du hängst ja wirklich an deinem Konzept. Ich werde sehen, was sich machen lässt. Aber das mache ich lieber, wenn ich das nächste Mal ohne meine Anhängsel komme. Die sind noch nicht bereit für sowas", sagte Antony, löste den Vertrag aus dem Gebinde des Buches. Das Trennen der Seite verursachte ein rotes Blitzknistern am Riss. Dann faltete er die Seite und schob sich diese in eine Innentasche seiner Weste. „Und was ist deine andere ‚Bitte'?"

„(Ark.) Wie du weißt, kann ich diese Welt nicht verlassen. Mir sind jedoch Gerüchte zu Ohren herangetragen worden: Eine der ältesten und größten Zellenwelten von Yggdrasil zu einer Anomalie wurde. Der verwaltende Schöpfer sei auf mysteriöse Weise gefallen, doch statt zu kollabieren, breitet sich diese Welt nun immer schneller aus. Sie verschlingt ganze Welten und niemand sei von dort je zurückgekehrt. Es heißt, dass die Götter der Auslöschung die angrenzenden Welten bereisen und deren Schöpfer töten, nur um der Unregelmäßigkeit keine weitere Nahrung zum Wachstum zu bieten", erzählte Jahwe beunruhigt. „(Ark.) Haben vielleicht die Zwillinge oder du was damit zu tun? Du nimmst doch sonst nie mehr als einen Schüler gleichzeitig auf."

„(Ark.) Ich kann dir da nicht helfen!", sagte Antony gleichgültig, drehte sich dann um und ging zurück zu den Anderen.

„(Ark.) Ich merke, dass du etwas weißt. Wenigstens weiß ich jetzt, dass du darin deine Finger im Spiel hast. Sag mir nur noch eins, wird meine Welt auch untergehen?", fragte Jahwe besorgt. Antony blieb kurz stehen, dreht seinen Kopf seitlich zu ihr und sagte lautlos etwas mit seinen Lippen. Anschließend winkte mit zwei Fingern und lief dann gemächlichen Schrittes weiter. Jahwe schien zu wissen, was er gesagt hat und wurde melancholisch. Als Antony die Balkonplattform betrat, schlossen sich die Glastüren hinter ihm. Dorothee kam bereits durch den Hintereingang im Betonteil des Gebäudes, wo wohl das Foyer gewesen ist. Jahwes Stimme flüsterte ihr direkt in den Verstand: „Leite die Begleiter in Versuchung zu Bleiben!"

Dorothee nickte wortlos, stellte sich auf die Stelle, wo die Gruppe vorher gelandet ist und das magische Siegel erschien wieder auf dem Boden um die Führerin herum. Antony schmunzelte leicht und legte seine Maske mit Kapuze auf. Dorothee bat die Gruppe in das Siegel und baute dann erneut die fliegende Sphäre auf, um sie wieder nach unten zu bringen.

„Zu welchem Tor möchtet Ihr gebracht werden? Das vorherigen oder einem anderen?", fragte die geflügelte Begleiterin mit leicht zittriger Stimme.

„Ist die Gefahr durch den Ernter etwa schon vorüber?", hackte Antony vorsichtig nach.

„Nein, gemäß meiner Informationen hat der Wächter die Reichweite des Turms bereits erreicht, aber hat noch keine Jäger ausgesandt", antwortete Dorothee. „Das Tor wird bereits vorsichtshalber abgeriegelt. Vielleicht zieht er einfach vorüber. Aber warum muss jemand wie Ihr Euch überhaupt Sorgen um sowas machen?"

„Ich nicht… Aber leider gilt das nicht für meine Begleiter. Außerdem dürfen wir uns von unserem vorherigen Weg nicht trennen. Fliegt uns zurück zum selben Tor, Dorothee!", entschied Antony schmunzelnd, während er in die Ferne des Himmels blickte.

Mark näherte sich seinem Partner und fragte flüsternd: „Wird es jetzt nicht zu gefährlich? Wäre es nicht besser aus einem anderen Tor herauszukommen?"

„Bedauerlicherweise sind die Tore im Bereich teilweise von mehreren hundert Kilometer voneinander entfernt und wir müssten zu Fuß laufen, um keine gefährliche Aufmerksamkeit zu erregen. Desto länger wir dort unterwegs sind, umso gefährlicher kann es werden. Dieser Ernter nur einer von sehr vielen", entgegnete sein Freund so, dass die Lilly und Kevin auch gut hören konnten.

Während die Gruppe die Weiten der Himmelsebene überflog, wurde die Blase plötzlich langsamer und flog tiefer, sodass die Insassen die Bewohner aus direkter Nähe beobachten könnten. Antony schwieg trotz der Verzögerung und trotz Marks zweifelnden Blicken. Beim Überfliegen der Bauernhöfe sah die Gruppe eine große Feier unter freiem sommerlichem Himmel. Eine Großfamilie saß an einem reich gedeckten langen Tisch und unterhielt sich von Wein angeheitert. Plötzlich erkannte Lilly jemanden. Darunter war ihre 5 Jahre ältere Cousine, die vor etwa 4 Jahren bei einem

Autounfall zusammen mit ihren Eltern verstorben ist. Als die Feiernden die Sphäre sahen, winkten alle Anwesenden und riefen die Reisenden zu sich.

„Bitte wartet, ich kenne da jemanden!", schrie Lilly. „Sie…", doch dann drehte sich Antony mit der Geschicklichkeit eines Auftragskillers und drückte ihren Mund zu. Alle Anwesenden wurden davon überrascht, besonders Kevin der versuchte seinen Kumpel gleich zu packen, aber den Anführer hielt es nicht zurück.

„Du darfst NICHTS und NIEMANDEN hier als dein Eigen anerkennen oder sich mental daran binden", flüsterte Antony zu Lilly drohend. „Hier ist niemand mehr dein Verwandter, selbst wenn es einst so war. Der Himmel ist viel zu groß. Auch Illusionen deiner Erinnerung, können dich hier festzuhalten."

Die Reiseführerin schien selbst überrascht: „Wie meinen sie das? Halten Sie Gott für ein Lügner?"

„Nein!", entgegnete Antony seinen strengen Blick auf Dorothee wendend. „Dieser Ort ist eine friedliche, zeitlose Zuflucht gegen die Schrecken des Horizonts, aber alles hat nun mal einen Preis. Die Besichtigung ist beendet! Flieg uns zurück! SOFORT!"

Die Sphärenpilotin verbeugte sich fürchtend und lenkte die Kugel in die Höhe für den Dimensionssprung. Lilly weinte, da sie von ihren verstorbenen Verwandten stets gut behandelt wurde. Kevin nahm sie an der Hand, streichelte sie tröstend auf dem Kopf. Antony reichte Lilly direkt in Kevins Umarmung weiter. Dorothee wurde plötzlich alles klar. Diese Weinende war definitiv noch eine Lebende. Ein plötzlicher Anfall von Neid erreichte die Pilotin, eine Sehnsucht nach dem Leben, wie sie es schon seit Ewigkeiten nicht mehr kannte. Dieser Durst war übermannend, doch es war noch nicht soweit. Dorothee musste sich einen Plan überlegen, wie sie an den Körper des Mädchens gelangen könnte.

Die Spannung begann zu wachsen, als die Sphäre wieder in die dichte, atmosphärische Wolkendecke der Horizontwelt eintauchte. Blitze und Entladungen zuckten um die Energiekugel. Draußen wütete ein heftiger Gewittersturm. Antony war jedoch gelassen, als ob es noch innerhalb seiner Erwartungen lag. Nichtsdestotrotz blieb er aufmerksam und bat seine Begleiter sowohl die Kapuzen, als auch die Masken wieder aufzusetzen. Als das Transportmittel die untere Wolkengrenze durchdrang, erblickten sie plötzlich den Wächter, aus der Nähe. Eigentlich war er, mit etwa einen Kilometer Entfernung von der Gruppe, nicht wirklich nah. Dennoch konnte man nun das Aussehen des Wesens viel besser erkennen. Es besaß 2 lange muskulöse Vorderarme und 2 starke aber kurze Hinterbein-Paare, die zusammen etwa an die Anatomie eines Gorillas erinnerten. Sein Kopf ging ohne Hals direkt in den Körper über und schien sich nicht verdrehen zu können, aber das war nicht nötig. Seine zwanzig riesigen Augenpaare beobachteten alles, was sich im Umkreis bewegte. Die Augäpfel hatten verschieden Größen und waren seitlich angeordnet. Der Durchmesser seines größten Augenpaares, um den alle anderen angeordnet waren, entsprach etwa der Länge eines LKWs samt großem Anhänger.

Dorothee blickte die berggroße Monstrosität terrorerfüllt an, während es mit einigen Augen auf die Sphäre zurückschaute, da diese das letzte noch fliegende Fremdobjekt der Region darstellte. Als Lilly, Mark und Kevin den Blick des Wächters auf sich spürten, erfüllte sie eine lähmende Angst.

„Wendet Euren Blick ab. Der Augenkontakt kann negativen Emotionen an die Oberfläche treiben", warnte Antony rufend auf die Bestie schauend, doch es war bereits zu spät. Bei Lilly und Kevin änderte sich dieses Angstgefühl schlagartig in einen Anflug von herzberstendem Zorn, der sich durch ihre Seelenverbindung kaskadisch zu verstärken schien. Selbst Dorothee und Mark drehten sich um, weil sie von der erdrückenden Wut hinter sich überrascht wurden. Antony sah das Pärchen von eine rotglühenden Flammen umschlossen, die selbst die Sphäre korrosiv angriff. Er griff nach beiden und rüttelte sie schreiend: „Wendet Euch ab, SOFORT! Der Wächter…"

In diesem Moment legte sich aber ein Schatten über die Sphäre und ein riesiger, steinerner Fels von der Größe eines Mehrfamilienhauses schlug auf Flugkugel seitlich ein. Das riesige Monstrum hatte es mit einem der starken Arme nach der Sphäre geworfen. Der magische Flugapparat stürzte Richtung Wald und explodierte noch in der Luft. Alle Insassen wurden förmlich voneinander gerissen und in verschiedene Richtungen im Umkreis von 150 Metern verstreut. Der Aufprall war so heftig, dass die Gruppenmitglieder für ein paar Minuten in einen Zustand von geistiger Verwirrtheit verfielen und sich kaum noch bewegen konnten. Das Biest holte tief Luft und brüllte einem gigantischen Löwen gleich. Das laute, orgelartige Grollen des Wächters war trotz des starken Schwindels und Benommenheit nicht zu überhören. Der Ton ließ nicht nur die Erde erbeben, sondern löste nebenbei auch eine starke Windböe aus, die über die Bäume streifte und Staub aufwirbelte. Vögel und andere fliegende Kleinkreaturen wurden aufgescheucht. Sie flohen in chaotischen Schwärmen aus der Richtung des Wächters.

Doch das Monstrum war nicht das einzige Problem. Jemand hat die Szene wohl beobachtet und nun zugegriffen. Die Schreie von Lilly ertönten durch den Wald, die sich gegen etwas zu wehren versuchte. Antony konzentrierte sich, ordnete seine Gedanken und wirkte einen Zauber auf seine Sinne. Sein Blick verwandelte sich in ein Radar, das alles innerhalb von 300 Metern erfassen konnte. Hinter drei dicken Bäumen sah er, wie eine vermummte Gestalt mit einer feuerroten Aura seine Schülerin gepackt hatte und nun wegzerrte. Antony richtete sich noch leicht wacklig, an einen Baumstamm lehnend, auf. Auch Dorothee tauchte verletzt hinter dem nächsten Baum auf. „Was zum Teufel war das?", schrie sie ohne jegliche Zurückhaltung. „Ihr seid gar kein Gott der anderen Seite! Jetzt habt Ihr diese Bestie gegen uns aufgehetzt und uns alle verdammt."

Antony richtete sein Blick auf sie und als Dorothee in seine Augen zurückblickte, erfüllte es sie mit purem Terror.

„Das… war das letzte Mal!", flüsterte Antony mit bösartig, widerhallender Stimme direkt in den Verstand der Frau. Auch wenn er durch Lillys Entführung leicht abgelenkt war, zögert er nicht sein von der Maske verdecktes Gesicht zu Dorothee zu drehen. Seine kaltblickenden Pupillen schienen eisblau gefärbt durch die Maske. „Deine gierigen Gedanken haben dich auch bereits verraten. Jetzt hoffe ich für dich, dass du noch rechtzeitig das Himmeltor erreichen kannst… bedauernswerter Engel! Die scharfen Krallen und Zähne wird die edle Fassade der weißen Federn nicht abhalten."

Die Frau begriff die Botschaft. Kein lebender Körper war es wert, sich mit diesem kaltblütigen Monster anzulegen. Sie entfaltete verängstigt ihre Flügel und schoss mit einem kräftigen Schwung in die Höhe, um zurück zur Festung zu fliehen.

Als Antony sich wieder zurückdrehte, war es bereits zu spät. Lilly wurde entführt.

Kapitel 7: „Der Fall der Lilienblüten"

„Auch der Pfad zur Hölle ist mit guten Absichten gepflastert."

Als Kevin auf einen starken Ast zu sich fand, fühlte er einen dumpfen, schwer zu beschreibbaren Schmerz. Als ob ihm eine lebenslange Sehnsucht erfüllt und sogleich wieder grausam entrissen wurde. Melancholie beschwerte seinen Geist, aber er konnte sich nicht erklären, was es gewesen ist. Kevin kletterte den Baum runter und sah Antony bereits unten auf ihn wartend. Mark saß auch auf dem Boden nicht weit entfernt und lehnte sich gegen einen Stamm. Er hatte eine schwere Wunde auf der linken Seite des Torsos, aus der verschiedenfarbiger Nebel dampfte. Er meditierte und konzentrierte sich wohl auf die Heilung, während das klaffende Loch von der Größe einer Faust sich langsam schloss. Die Kleidung regenerierte sich ebenfalls.

„Und jetzt erkläre mir bitte, was da eben vorgefallen ist!", sagte Kevin völlig verwirrt. „So eine tiefendurchdringende Wut spürte ich noch nie zuvor in meinem Leben und warum konnte ich Lilly so spüren, als ob wir eine Person waren?", dann sah er sich um und bekam die Panik: „Lilly? Wo ist sie?"

In seinem Inneren wusste er die Antwort darauf bereits. Dann wurde Kevin plötzlich ruhig, schloss die Augen und bemerkte, dass er seine Partnerin noch irgendwie spürte, aber die Verbindung wurde langsam schwächer. Das Gefühl der Zerrissenheit schien durch die Abwesenheit seiner Seelenverwandten verursacht zu werden.

Antony beobachtete das Verhalten seines Freundes und hackte nach: „Du kannst sie jetzt spüren, nicht wahr?"

„Etwas hat sich tatsächlich verändert", entgegnete Kevin zustimmend und immer noch verwirrt. „Aber wie ist das möglich? Wieso teilten wir beide überhaupt diesen erstickenden Zorn, als wir in die Augen dieses Monsters sahen?"

„Auf diese Frage wirst du die Antwort nur mit ihr zusammen finden können", entgegnete Antony. „Wir müssen jetzt aber los! Mark, steh auf!"

„Wo ist eigentlich der weibliche Engel?", stellte Kevin plötzlich fragend fest, als er endlich die Wunde verschlossen hatte.

„Dorothee ist zum Refugium geflohen... Ich meinte geflogen", erklärte Antony herablassend. Mark verstand sofort die unterschwellige Botschaft und richtete sich von der Heilung noch etwas erschöpft auf.

„Was ist jetzt mit Lilly?", schrie Kevin aufgeregt und in diesem Moment ertönte erneut das bebende Grollen der Bestie, dass die Anwesenden sich die Ohren zudrücken mussten.

„Unser Stichwort zu gehen!", warnte Antony auch nervös werdend. „SIE kommen!"

Er führte die Männer schnellen Schrittes zur Stelle, wo er Lilly das letzte Mal gesehen hat. Er betrachtete noch mal die Gegend, als die Freunde neben ihm bemerkten, dass seine Augen leicht bläulich schimmerten. Plötzlich hörten sie Schreie von Dorothee aus der Ferne. Während Mark und Kevin sich in die Richtung drehten, starrte Antony teilnahmslos auf dem Boden. Er konzentrierte sich auf die leicht rötlich brennenden Spuren, die für andere unsichtbar waren. Er kniete sich kurz nieder und spürte mit seiner Hand über den Fußabdruck.

„Antony? Was ist da gerade passiert? Wurde Dorothee etwa umgebracht?", fragte Kevin völlig verstört.

„Grausame Welt eben", antwortete Antony ohne jegliche Emotion. „Sie wollte uns verraten, aber Lilly ist jetzt das größere Problem. Ein Dämon hat sie entführt!", erklärte er weiter ernst.

Kevin wurde wütend, packte Antony am Kragen, drehte ihn Angesicht zu Angesicht und schrie ihn wütend an: „Du hast uns versprochen, dass wir sicher sind und jetzt ist Lilly weg, du verdammtes Arschloch! Sie war der verdammte Grund dieser ganzen Aktion!"

Die Wut war so groß, dass Antony sogar durchs Anheben den Bodenkontakt verlor, doch er schaute Kevin tief in die Augen und entgegnete mit beruhigender Stimme: „Falsch gerichtete Gewalt bringt deine Geliebte auch nicht zurück. Außerdem schützt sie die Kleidung, die ich Euch gegeben habe. Besonders vor der korrosiver Wirkung der Hölle."

„Was schlägst du also vor?", fragte Mark wütend. Antonys Maske wurde wie Staub von seinem Gesicht geweht.

„Wir werden sie zurückholen... natürlich", entgegnete der Spurenleser mit versöhnenden Blick und hielt zwei Finger auf Kevins Stirnseite hinter der Maske. Plötzlich sah Kevin über eine telepathische Verbindung die Dämonenspuren. Diese führten ein Dutzend Kilometer in Richtung einer Festung, die um eine große Grube gebaut war.

„Ist das eine Gefallenensiedlung?", fragte Kevin besorgt, als er in dieser Vision die unheimlichen, blutroten Mauern sah.

„Ja!", sagte Antony mit wenig erfreuter Mimik. Kevin ließ Antony los und dieser ließ wieder die Maske auf seinem Gesicht erscheinen. „Lasst uns sputen, solange die Schlimmeren nicht..."

In diesem Moment hörten sie schrille Heulgeräusche aus der Richtung der Monstrosität, die an Wolfsgeheul und Hyänenrufe erinnerten. Die Männer rannten sofort der Dämonenspur hinterher. Hinter sich hörten sie nur raschelnde Geräusche und weitere Laute, wie von einem riesigen Rudel hungriger Bestien. Die Gruppe bewegte schneller als ein lebendes Tier es jemals könnte. Mark und Kevin spürten keinerlei Grenzen in ihrer Ausdauer. Es gab aber auch keine Zeit, die eigenen Superkräfte zu bewundern. Dennoch rauschten die Bäume im Sprint nur noch so vorbei. Selbst nach etwa 9 Kilometer konnten die beiden Begleiter noch mit voller Geschwindigkeit laufen. Als der Wald weniger dicht wurde, hörten die drei Männer nun auch flatternde Geräusche und sahen menschengroße, fledermausähnliche Kreaturen mit riesigen Klauen über den vom Gewitter erhellten Hohlräumen zwischen den Baumkronen vorbeifliegen. Dann erblickte Antony die Lichtung mit einem teilweise brennenden und teils verkohlten Feld. In dessen Mitte befand sich die befestigte Siedlung aus dunklem Lavastein, großen Feuern und davon erleuchteten Rauchschwaden aus vielen Schloten. Die Tore waren bereits zur Hälfte geschlossen und es war noch fast 400 Meter bis dahin. Auf dem offenen Feld wären die 3 Männer bei diesem Tempo immer noch leichte Beute für die fliegenden Kreaturen.

In diesem Moment wurde Antonys gesamte Kleidung, wie mit ausdehnenden Spritzern blutrot-violett gefärbt. Er wurde kurz langsamer, um wieder auf das Niveau seiner Gefährten zu kommen und hielt sie vor der Lichtung auf. Die roten Augen der Bestien wurden im Wald hinter ihnen bereits sichtbar.

„Was machst d… Alter…?", wollte Kevin eigentlich schreien, aber Antony wartete nicht mal auf das Ende der Frage. Er packte Mark und Kevin am Rücken an ihrer Kleidung hinter den Roben und schubste sich wie kleine Kinder vor sich. Er kontrollierte kurz, ob irgendwelche geflügelten Jäger sich in seiner Bahn zu Tor befanden und lief zu nächstgelegenen Stamm. Das schwere Tor schob während dessen weiter zu und war bereits zu dreiviertel zu.

„Wir schaffen das nicht", rief Mark panisch.

Antony ignorierte ihn und stellte sich fast in halbhorizontaler Position gegen den dicken Baumstamm, sich an den beiden Männern abstützend, als ob Richtung Tor springen wollte. Dann kniete er sich hin und die Luft um die Drei begann zu knistern. Violett aufleuchtende Schlieren bildeten sich in der Luft und wanderten schnell in Antonys Körper, vor allem die Beine. Die Bestien wurden auf den Magieeinsatz sofort aufmerksam und eilten halbkreisförmig von hinten herbei, um anzugreifen. Dann stieß Antony sich mit derartiger Gewalt vom Baum, dass die drei Männer mit der Geschwindigkeit eines Überschalljets in Richtung Siedlungstor schossen. Mark und Kevin, die durch den Schubenergie nach hinten blickend geschleudert wurden, sahen zwischen ihren in Windturbulenzen umhergewehten Beinen den sich schnell weiter entfernenden Baum. Dieser explodierte vom Trittpunkt aus durch die Stärke des Absprungs einfach in Millionen kleine Teile und wurde sogar samt Wurzel aus dem Boden gerissen. Das Tor war fast schon zu, als Antony, samt Gepäck, sich in der Luft drehend hindurch flog und das schwere Zweiflügeltor wieder durch die ihn begleitende Druckwelle weit aufdrückte. Die wenigen Dämonen am Rand der Straße, sowie die Muskulösen am Tor wurden durch den Wind förmlich gegen die Wände der umstehenden Gebäude geschleudert und dann wieder angesaugt. Der violett schimmernde Antony drehte sich mit einer Luftsalto samt ‚Gepäck' und rammte mit den Füßen in einem 20 Grad Winkel in den Boden entgegen der Flugrichtung. Die Energie war aber so groß, dass seine Beine sich in den Boden bohrten und das Geröll wie von einem Meteoriteneinschlag in alle Richtungen wegflog. Die Pflaster erwischten einige überraschte Individuen vor ihnen. Dann ließ Antony wie in Zeitlupe die beiden Gefährten los und drehte sich zum offen stehenden Tor, das sich nun etwa 25 Meter hinter ihnen befand. Die hungrigen Bestien waren schon fast vor der Siedlungsgrenze. Antony umgab sich durch Konzentration mit einem violett schimmernden Feld, das weitere starke Hitzespiegelungen der Luft verursachte und in seine Fäuste geleitet wurde. Er richtete seine Hände zuerst nach hinten und drückte mit ihnen dann eine starke Welle aus Luft, die mit großer Geschwindigkeit gegen eindringenden Bestien prasselte. Die riesigen, wolfsmenschähnlichen Raubtiere mit vier

Augen und zwei aus dem Rücken wachsenden stachligen Tentakeln wurden sofort vom Reinstürmen in die Siedlung gestoppt. Die Wucht der Druckwelle schleudert die Angreifer zurück ins Feld, während die Tore sich durch den entstandenen Unterdruck fast sofort mit starkem Quietschen und einem großen Knall zuschlug. In diesem Moment wurde das Kraftfeld um die Siedlung vollständig aktiviert und ein roter, durchsichtiger, halbkugelförmiger Schutzschild baute um die gesamte Siedlung auf. Die Schutzmauern bildeten dabei die Grenze.

Mark und Kevin richteten sich gerade leicht benebelt auf, als sie ein lautes Klatschen aus der Umgebung hörten und sich umsahen. In ihrem Blickfeld befand sich eine Meute aus vermummte Personen, Dämonen und andere zwielichtige Gestalten. Aus ihrer Mitte kam ein athletisch gebauter Mann im schwarz-weiß-gestreiftem Geschäftsanzug, der mit seiner Art an einen kaltblütigen, italienischen Mafiaunterboss mit gewissen Stil erinnerte. Die anderen Fremden und Festungsbewohner traten ihm respektvoll aus dem Weg. An jedem seiner Finger befand sich jeweils ein einzigartiger Ring, der mit feinen Runen und Edelsteinen besetzt war. Um seinen Hals trug er einen riesigen roten Edelsteinanhänger und einem dünnes Halsband aus dunkelrotem Leder. Ihm wuchsen zwei kleine Hörner auf den Stirnseiten.

„Wie schön ist es, einen echten Meister der Kampf- und Magiekünste in Aktion zu erleben. Selbst die flinken Jäger des Yggdrasil scheinen Euch keine Angst zu machen", sagte der Dämon schlangenzüngig. „Ich heiße Balthasar und bin der stellvertretende ‚Geschäftsführer' dieses ‚Komplexes'. Darf ich fragen, was uns diese ungewöhnliche Ehre gewährt?"

Antony drehte seelenruhig zu seinem Gesprächspartner. Sein Gesicht war inzwischen von einer roten Vollmaske bedeckt. Die Maske war von schwarzen Ranken umschlossen und bei genauem Betrachten sah man rot schimmernde Augen in den dunklen Maskenlöchern. Mark und Kevin waren von dem Anblick ziemlich überrascht, aber versuchten sich nichts anmerken zu lassen. Balthasar bemerkte mit seinen erfahrenen Blick dennoch die Reaktion seiner Begleiter und grinste kurz im Anblick der neuen Gestalt.

„Ich verfolge jemand, der mir eine meiner Schüler entführt hat", sagte der rote Maskierte mit drohender Stimme. „Dessen Spur führte bis hierher. Ich nehme an, dass Ihr als Stellvertreter dieser Torfestung über jeglichen Seelen-Verkehr hier Bescheid wisst. Also wo ist die weibliche Seele, die kurz zuvor durch dieses Tor gebracht wurde? Sie trug die gleiche Kleidung wie meine anderen Schüler."

„Es tut mir Leid, werter Meister", entgegnete der Geschäftsmann schmunzelnd, während hinter ihm ein hochmuskulöser dämonischer Bodyguard aus der dunklen Gasse auftauchte. „Ich weiß leider nicht, wovon Sie reden."

Antony zögerte nicht und teleportierte sich mit der Geschwindigkeit eines roten Lichtblitzes vor den Dämonenunterboss, packte ihn am Kragen, zog einen schwarzen Dolch aus seiner Hose und entließ eine mörderische rote Aura, die sich wie ein rotes Gas auf den Boden legte. Miniaturtornados tanzten in diesem Dunst um die Beiden herum und bei allen Anwesenden verursachte diese Aura ein erstickendes Gefühl der Angst. Der Bodyguard versuchte einzugreifen, in dem er den Maskierten zu packen versuchte, aber der zornige Antony zögerte nicht und schleuderte den großen Dämon mit nur einer Armbewegung gegen die Felsenwand, dass er das Bewusstsein verlor. Das rote Gas begann den Anzug des Unterbosses zu zerfressen, dass er selbst panisch wurde.

„Wisst, dass ich nicht zögern werde, diese Festung und jeden, der sich mir in den stellt, auszulöschen", drohte Antony mit rauer, tieferer Stimme. „Also? Was soll es nun sein?"

„Ich weiß es wirklich nicht!", sprach Balthasar eingeschüchtert. „Aber ich kann Euch zu jemandem führen, der vielleicht Bescheid weiß."

„Dann FÜHRE uns sofort zu dieser Person!", forderte Antony und schleudert den Dämon auf den Boden. Der rote Nebel verbreite sich noch weiter und wurde noch turbulenter. „Und wage es nicht, mich zu hintergehen oder Geiseln zu nehmen, Dämon. DAS wird mich nicht aufhalten können."

„Die Herrin würde mich vernichten, wenn ich einen potenziellen Feind zu ihr bringe. ", entgegnete der Anzugträger. „Es spielt also keine Rolle, ob Ihr es tut oder sie. Ihr müsst etwas anbieten! So sind die Regeln!"

Antony entgegnete ohne viel nachdenken: „Ihr Dämonen seid gwiefte Geschäftemacher, aber Treue gehört nicht zu Euren Stärken… Trotz allem bin ich mir sicher, dass deine Herrin an einem Geschäft mit mir interessiert wäre."

„Das kommt ganz darauf an, was Ihr anbietet", antwortete Balthasar und gab seinen weiteren Bodyguards hinter den Gebäude hervorschauend ein kurzes Handzeichen zum Rückzug.

„Ihr, Dämonen genießt einen Schutz gegen die Höllenwinde, der Euch durch die Macht eines Vertrages gegeben wurde, aber z.B. dieser magische Dolch besitzt die Fähigkeit solche Schilde zu zerstören und die Seele mit Wahnsinn zu vergiften", erklärte Antony mit dem kristallinen Dolch in seiner Hand wedelnd. „Dieser ist noch um ein vielfaches stärker als die Macht der Hölle und brennt die Seele innerhalb von weniger als 30 Sekunden vollständig aus… unter Quallen, die Alles in den Schatten stellen. Ich habe ein ganzes Arsenal solcher Schönheiten!"

„Wirklich?", entgegnete der gepackte Dämon wieder leicht nervös. „Aus welcher Schmiede stammt den diese Waffe?"

„Aus der einzig wahren natürlich!", entgegnete Antony, löste den roten Nebel auf und zeigte die Verzierungen auf der Schneide des Dolches, die an Adern in einem Körper erinnerte. Diese führten direkt in ein kleines Dekagramm kurz vor dem Handgriff.

„Wie fand eine Waffe des legendären, rebellischen Götterschmieds in Euren Besitz?", fragte der Dämon neugierig zweifelnd. „Sie sind so selten, dass im gesamten Universum nicht mal 100 dieser Waffen existieren, sind verschollen samt ihrem Erschaffer."

„Haltet mich nicht für dumm genug, meine Quellen zu verraten!", entgegnete Antony unfreundlich entgegen. „Ich kann ihre Authentizität aber gern an einem Dämon demonstrieren!"

„Nein, nicht nötig! Wir leiden zurzeit schon genug unter Personalmangel", entgegnete Balthasar freundlich, stand auf, wischte den Staub von sich und wendete sich zur Gasse in Richtung des Festungszentrums. Dann drehte er seinen Kopf leicht zur Seite und sagte: „Folgen Sie mir, bitte!"

Antony schloss sich dem Dämon an, dicht gefolgt von Mark und Kevin, die sich in der Situation völlig verloren fühlten. Besonders Kevin verfolgte fassungslos das Geschehende. Antony, den er früher als stillen Bücherwurm betrachtete, demonstrierte allein in den letzten paar Stunden mehr Kaltblütigkeit, Präzision und Mitgefühlslosigkeit. Alles Vorherige schien jetzt nur noch eine Maske gewesen zu sein. Er verspürte die tiefsitzende Angst, dass er vielleicht nie wieder in die lebende Welt zurückkehren könnte und Lilly endgültig verlieren würde.

Währenddessen lief Antony seinem Opfer nach, dessen zerfranster Anzug sich nur langsam regenerierte. Balthasar machte keine Umwege und lief mit gelegentlichen Handzeichen vorwarnend vor der Gruppe durch die nur schlecht vom schimmernden Schutzschild beleuchtete Gasse. Damit warnte er, sich versteckende Dämonen davor, die Gruppe zu überfallen. Nun war der Himmel durch den Sturm vollständig verdunkelt und es war an der Zeit für die Straßenbeleuchtung. Balthasar klatschte 2 Mal mit seinen Händen und die Gasse wurde von selbstentzündenden Fackeln illuminiert, die an den Wänden der Erdhäuser steckten. Die Gasse verlief leicht gebogen bergab, ins Innere der Erdfestung. Der enge Pfad mündete schließlich auf dem zentralen Platz, in dessen Mitte ein schweres Tor in einem Rahmen aus schwarzen Marmor stand. Verziert war es mit gequälten Körpern, sowie lateinischen und hebräischen Schriftsätzen. In sämtlichen, felsigen Wänden der Grube befanden sich vollwertige zu Wohnungen umgebaute Höhlen mit Fenstern und Türen. Die größte Felsenwand beherbergte eine besonders prächtige und verzierte Villa im Stil eines ägyptischen Tempels. Die reich mit Edelsteinen verzierte große Tür öffnete sich und eine sehr attraktive, vollbusige Frau in einem eng sitzenden roten Abendkleid mit einem sexy

Schnitt auf der Seite des rechten Beins trat aus der Felsenvilla. Balthasar verbeugte sich unterwürfig vor ihr. Kevin konnte seinen Blick nicht von dem schön tiefen V-Schnitt der Frau wegwenden, der gerade noch ihre Nippel verdeckte und fast bis zum Bauchnabel reichte. Plötzlich wachte er auf und erinnerte sich an Lilly. Mark starrte hingegen gebannt auf die Schrift des riesigen Tores.

„Lasst alle Hoffnung fahren", las Mark laut vor, sich an das Latein aus der Schule erinnernd. „Das sieht genau so aus, wie man sich das Tor zur Hölle vorstellt…"

„Ihr seid also schon mal in der Welt der Lebenden gewesen, wenn Ihr das Latein beherrscht", sagte die schöne Frau, die plötzlich neben Mark stand und seinen Blick in Richtung des Tores teilte. Kevin war völlig überrascht von dem sofortigen Ortwechsel. Mark bemerkte sie erst in Augenblick ihres Kommentars, da ihn die Faszination zum Tor so stark ablenkte. „Es gibt gerade mal 7 dieser Tore in der Horizontwelt, im Gegensatz zu den vielen Himmelsaufzügen, aber jedes davon ist umso verführerischer!", erzählte die Schönheit im Kleid mit einer erotischen Stimme. „Sie stehen stets an Orten mit der höchsten Verdorbenheit und es heißt die Sünder, die es einmal geschafft haben dem Griff der Hölle zu entfliehen, werden von ihnen magisch angezogen. Menschen, die ganze Völker zu Krieg verdammen, ihre eigenen Landsleute für Generationen in Sklaverei verkauften, haben diese Tore bereits passiert."

Die Dame streichelte mit Ihren mit rot lackierten langen Nägeln ausgestatteten Händen zärtlich über Marks Maske und fragte dann mit einer verführerischen Stimme: „Fühlst du auch dieses Verlangen in dir zu sehen, was sich auf der anderen Seite befindet?"

In diesem Moment ließ Antony seinem Zorn freien Lauf in Form eines obsidianfarben schimmernden Windstoßes in alle Richtungen. Von der Druckwelle kam Mark wieder zu sich und die schöne Frau wurde wie ein Nebel weggeblasen. Ihre Stimme jedoch lachte und sprach: „Ich warte auf die werten Gäste in meinen Gemächern. Balthasar, bring sie zu mir!"

Balthasar verbeugte sich vor der Villa und zeigte der Gruppe den Weg. Während sie durch die stilvoll mit melancholischen Kunstwerken ausgestatteten Gang schritten, betrachteten die beiden hinteren Gäste ihre Umgebung. Statuen, Bilder oder andere Ausstellungsgegenstände stellten stets Trauer, Leiden oder schmerzhaftes Verlangen dar. Die Motive gingen von Folter bis zu familiären Tragödien. Sie liefen auch an diversen, offenen Eingängen in große Räume vorbei. In einigen Zimmern stand Foltermaterial, in anderen extravagantes Mobiliar, Billardtische und Bars.

„Ihr scheint hier für jede Art von Spaß ausgestattet zu sein", bemerkte Mark zynisch.

„Die Pein ist nur für die Gefangenen", entgegnete Antony höhnisch. „Die Dämonen selbst haben natürlich keine masochistische Veranlagung."

Balthasar und die dämonischen Bodyguards lachten hinterhältig. Kevin verkleinerte seinen Laufabstand zu Antony und versuchte ihm ins Ohr zu flüstern: „Wir müssen uns beeilen! Der Entführer gewinnt immer mehr Abstand zu uns. Die schinden nur Zeit!"

„Ja, aber blind in die Hölle zu gehen, ist wie sich selbst den Höllenhunden zum Fraß vorzuwerfen. Es gibt eine andere, bessere Möglichkeit", flüsterte Antony zurück ohne den Kopf vollständig zu Kevin zu drehen und damit den Schlipsträger aus den Augen zu lassen.

Am Ende des langen Flurs befand sich eine große, in weißen Marmor eingefasste Tür, die sich beim Nähern der Gruppe öffnete und in ein Zimmer mit einem übergroßen Kamin an der Gegenwand, einem Steintisch und 4 bequemen Sesseln führte. Im Kamin brannte ein Feuer, welches das ganze Zimmer erhellte und den auf den restlichen Wänden hängenden ‚Kunstwerken' eine unheimliche Note verlieh. Die Sitzmöbel waren so angeordnet, dass der eine große Sessel auf der linken Seite stand und 3 weitere auf der anderen. Im Einzelstück saß die Frau, deren Gestalt vorher in der Grube vor dem Höllentor auftauchte. In der Hand hielt sie ein Glas mit etwas, das wie roter Wein aussah. Bei näherer Betrachtung schimmerte es jedoch ungewöhnlich wie Aria. Die Schönheit streckte ihre zierliche Hand mit dem Glas aus und verwies damit die Gäste sich auf die anderen Sessel zu platzieren.

„Bitte setzt Euch!", sagte die Schönheit. „Lasst uns das Geschäftliche besprechen."

Antony schaute auf das Mobiliar und entgegnete: „Entfernt zuerst die darin befindenden Flüche. Ich habe momentan sehr schlechte Laune und könnte bei weiteren, solchen Versuchen jemandem ein sehr qualvolles Ende bereiten."

Die Frau im Roten Kleid lächelte und entgegnete euphorisch: „Ihr seid ein Mann mit Kaliber und Scharfsinn. Ich entschuldige mich für diesen ‚Test'. Ich möchte einen Geschäftspartner haben, der meiner natürlich auch würdig ist."

Anschließend wedelte sie leicht mit ihrer Hand und auf den Sesseln erschienen leuchtende Pentagramme mit Runen, die sofort in Flammen aufgingen und ohne Flecken zu hinterlassen verschwanden.

Antony setzte sich auf den Mittleren. Balthasar stellte sich an die Seite des Sessels der Schönheit und die Bodyguards schlossen die prächtige Zimmertür, als sie den Raum verließen.

„Da Sie es sich jetzt bequem gemacht haben, stell ich mich erstmal vor!",
setzte die Frau im Sessel fort. „Ich bin die umwerfende Belle! Und mit
welchem Namen darf ich Euch ansprechen?"

„Zweifellos ein passender Name für eine schöne Frau mit Charakter, lässt die
Schönheit jeder schwarzen Mamba neben Euch verblassen", entgegnete
Antony höflich, aber zynisch. „Nennt mich Antonius. Aber jetzt zurück zum
eigentlichen Grund unseres Besuches: Wo ist der vor uns eingetroffene
Dämonenscout mit der jungen Frau im Gepäck? Sie gehört zu meiner
Gruppe."

Die Frau schaute kurz auf Kevin und dann auf Mark. Nach einer kurzen Pause
antwortete sie: „Information und Dienstleistungen kosten hier einiges,
Mister Antonius… besonders von mir! Und auch wenn ich Ihren Verlust
nachvollziehen kann, bin ich nicht dafür verantwortlich, wen oder was die
Scouts hierher vorbeischleppen. Es sei denn, es ist interessant genug für
mich. Ich vermute, dass er in die Hölle ging, um Ihre Schülerin an den
Höchstbietenden zu verkaufen."

„Also die Hölle?", unterbrach Antony wenig überrascht.

„Bedauerlicherweise ja!", entgegnete Belle in einem etwas kühlen Unterton.
„Aber sie werden sicher schnell Ersatz für sie finden. Die meisten Seelen sind
es nicht wert, dafür draufzugehen. Ich gehe davon aus, dass sie nie
vorhatten, diese wunderschöne Klinge in Ihrer Hand für eine Seele
einzutauschen. Dafür ist sie viel zu wertvoll."

„Belle, ich bin nicht hierhergekommen, um mit Ihnen um den Wert meiner
Schülerin zu diskutieren", entgegnete Antony ruhig. „Was können SIE mir
anbieten, um die vermisste Person zurückzubringen und für welchen
Ausgleich, ist was ich herausfinden will!"

Die Frau lächelte und antwortete: „Macht, seltenes Aria oder Ätherion und
seltene magische Gegenstände sind die einzigen Werte, die hier Bestand
haben. Allerdings ist die Hölle zu groß. Ohne eine Möglichkeit diese
bestimmte Seele aufzuspüren, ist es wie die berühmte Nadel im
Wüstenstaub zu suchen."

„Können Sie uns denn zur Hölle und wieder zurück bringen, wenn ich einen
Weg zur Aufspürung organisieren kann?", entgegnete Antony ruhig.

Balthasar flüsterte Belle etwas ins Ohr und sie antwortete dann: „Mein
direkter Diener könnte Sie für bläuliches Aria ab der Stufe 3 in der Hölle
führen, mit je einer Phiole pro Kreis im Voraus."

„Und wie viel würde mir Ihre persönliche Anwesenheit kosten?", fragte der
gewiefte Antony.

„Also dafür…", antwortete die Geschäftemacherin mit erotischer Stimme. „…müssen Sie mir schon ein wirklich UNMORALISCH hohes Angebot machen!"

Antony griff in seine Weste. Alle schienen gespannt zu sein, was er wohl daraus holt. Es war eine mit Gold verzierte durchsichtige Phiole mit einer schwarzen, schimmernden Flüssigkeit. Er stellte es auf den Tisch und lehnte sich wieder zurück in den Sessel. Belle nahm das Gefäß in die Hand und versuchte es zu öffnen, aber es war versiegelt.

„Sobald Sie mich zum Ziel bringen, breche ich das Siegel auf dieser Phiole. Vorher können Sie es an sich nehmen!", handelte Antony mit sicherer Stimme.

„Ich kann zwar spüren, dass davon eine starke Macht ausgeht, aber einfaches Aria scheint es nicht zu sein", entgegnete Belle in einem unfreundlichen Ton. „Es ist außerdem bereits mit einem Zauber belegt. Damit würde ich wahrscheinlich nichts anfangen können."

„Das bezweifle ich. Es wundert mich allerdings nicht, dass selbst Sie es nicht kennen. Es ist einfach zu schwer zu beschaffen", erklärte Antony. „Das hier ist die veränderte Herzessenz eines Weltenwächters."

„IHR LÜGT!", schrie Belle aufgebracht. „Es ist eine Sache zu behaupten, einen der großen Ernter zu töten, aber ein Weltwächter ist etwas völlig anderes! Selbst Jahwe legt sich nicht mit diesem Monstrum an. Außerdem fühle ich kaum Energie daraus."

„Es gibt eine Phase, in der selbst ein Weltenwächter sehr schwach ist und zwar bei seiner Geburt. Dieses flüssige Herz wurde aus einem sich entwickelnden Fötus in einer neuen Welt extrahiert. Die Phiole schirmt die Essenz vom Zufluss aus dem Weltenbaum ab, aber einmal getrunken, versorgt es Sie den neuen Träger mit der unerschöpflichen Macht von Yggdrasil", entgegnete Antony. „Das ist eine wahre Freiheit für jemanden wie Euch und zwar ohne den Nachteil der Alarmierung."

„Wie viele dieser Phiolen habt Ihr?", fragte Balthasar neugierig. „Habt Ihr selbst schon mal eine davon getrunken?"

„Einige und nein!", antwortete der Maskierte. „Ich verwende sie lieber als kostbares Tauschmittel."

„Na gut, jetzt habt IHR mein Interesse geweckt", gab Belle sich auf die Unterlippe beißend zu. „Ein Mann, der sogar auf diese unbegrenzte Macht verzichtet, ist entweder dumm oder hat so etwas nicht mehr nötig. Ich bin leider nie in anderen Welten gewesen, aber selbst ich weiß um die grausige Natur dieses ganzen Systems."

Antony schaute sich seine Gesprächspartner kurz etwas verwundert an, nickte leicht mit dem Kopf und entgegnete: „Das umschließt die Tatsachen relativ."

„Habt Ihr das Monstrum selbst jemals gesehen?", fragte die Dämonin neugierig. „Yggdrasil meine ich."

„Ja, aber empfehlen würde ich es nicht. Falls Euch Charybdis ein Begriff ist, stellt Euch einen ganzen Stern vor, der mit solchen Schlünden übersäht ist", entgegnete Antony warnend.

„Dann führe ICH Euch persönlich in die Hölle, mein Lord!", sagte Belle plötzlich unterwürfig. „Und Eure entführte Begleiterin werden wir schon finden, wenn sie für Euch derart wertvoll ist. Allerdings hätte ich noch zwei Bedingungen!"

„Diese wären?", entgegnete der Maskierte.

„Ich möchte Euer Gesicht sehen, mein Lord", verlangte die Frau sehnsüchtig verführerisch, stand auf und reichte ihre Hand danach aus.

„Der Blick in meinen Geist würde Euch nur zerstören, Milady", entgegnete Antony, nahm ihre Hand und küsste diese mit der aufgesetzten Maske.

Belle errötete vor Erregung und entgegnete erotisch: „Das Mysterium steht Euch, Meister."

Antony nickte leicht und die Dämonin gab ihrem Schatten ein Zeichen. Balthasar verabschiedete sich höflich verbeugend und ging aus dem Raum hinaus, wohl um Vorbereitungen zu treffen. Belle stand auf und bat die Besucher mit koketter Handgeste, ihr zu folgen. Sie führte die Gruppe wieder aus dem Gebäude und genau als sie die Türgrenze passierte, verwandelte sich ihr rotes Kleid vor Augen aller in einen lila Offiziers-Anzug in SS-Stil. Sie hielt nun eine unterarmlange Hexa-Peitsche in der Hand, wie sie von Reitern oder Dominas verwendet wird. Ihre hatte allerdings Goldverzierungen am Griff. Zu ihrem Offiziersanzug gehörte eine mit Abzeichen besetzte, französische Baskenmütze im militärischen Stil. Das Outfit schien generell eher einem Designeratelier zu stammen, als dem Militär. Goldene Pfeilspitzen hingen an einer Goldkette um Ihre linke Schulter und klimperten an einander. Draußen in der Grube waren bereits mehrere hunderte Dämonen versammelt und kniete beim Anblick von Belle ehrfürchtig nieder. Antonys Begleiter schauten zuerst verwundert, aber dann flüsterte Mark zu ihm: „Ich glaube nicht, dass sie nur eine dämonische Stadthalterin ist."

„Sie macht es mir schon viel zu einfach, aber dieses Wissen werden wir vorerst für uns behalten. Sonst verfehlen wir unser Ziel!", flüsterte Antony zurück zu Mark und Kevin, der auch neugierig zuhörte. „Nehmt niemals eure Kapuzen oder Masken ab, sonst wird sie eure Gedanken sofort lesen."

Als die Gruppe am Tor ankam, stellte sich Belle an das geschlossene Tor, steckte ihre Hand darauf und sagte: „Jetzt meine zweite Bedingung: Ich möchte, dass Ihr dieses Tor aufmacht, mein Lord. Ich muss schließlich auch meinen Ruf wahren."

Die Dämonen im Hintergrund lachten hämisch und warteten was passiert. „Soll das jetzt eine zur Schaustellung meiner Macht werden?", fragte Antony mit wenig Begeisterung. „Ich bekomme immer mehr das Gefühl, Ihr versucht mir Zeit zu stehlen. Ich hoffe, Ihr bereut diese Entscheidung nicht."

„Aber mein Lord", widersprach Bel. „Ich bin eine Anführerin und jemand, der meiner Begleitung würdig sein soll, muss zumindest ein Tor öffnen können." Antony wurde zuerst kurz wütend, aber dann beruhigte er sich wieder sofort und setzte ein bösartiges sadistisches Grinsen auf, an das sich Mark und Kevin gut aus der Welt der Lebenden erinnern konnten. Seine rote Aura in Form des Nebels erschien erneut, aber dieses Mal bildeten sich aus den Wirbel lange rote Tentakeln, die blitzschnell nach den drei nahesten gut gebauten Dämonen griffen und diese durchbohrten. Aus ihnen rissen die flexiblen Glieder je eine weiße Energiekugel und zersetzten diese mit einem festen Griff. Die Dämonen fingen an zu dampfen und verwandelten sich in normale Seelen. Dann öffnete das Tor selbstständig. Es war zwar nicht möglich zu erkennen, was sich dahinter befand, denn die Grenze schien, einem flüssigen dunklen Öl gleich, welches das sämtliche Licht von der anderen Seite stark verzerrte.

Antonys Aura löste sich auf und er fragte zynisch: „Beweis GENUG?"

Aus dem Tor strömte gleichzeitig ein heißer Windstoß heraus. Die verletzten Ex-Dämonen versuchten kriechend zu fliehen, aber es war nicht mehr möglich. Der Luftstrom kehrte sich um und begann die Verdammten selektiv einzusaugen. Belle war von der Grausamkeit und schneller Entscheidung ihres Geschäftspartners sichtbar beeindruckt. Die Schönheit führte die drei Männer zum Eingang und schritt selbstbewusst hindurch, während an den Seiten die Seelen der Verdammten an ihr vorbeiflogen. Antony und seine beiden Begleiter gingen auch durch das Portal, während sie von allen Dämonen furchterfüllt beobachtet wurden.

„Willkommen in der Staubwüste der Lügner", verkündete die verkleidete Verführerin feierlich auf der anderen Seite. „Wo die Verdammten den Preis ihrer Lügen mit Hoffnungslosigkeit, Leere und Wahnsinn bezahlen."

„Welch Gemütlichkeit!", bemerkte Mark leise mit zittriger Stimme als die Männer die erste Ebene der Hölle erblickten. Vor der Gruppe lag eine scheinbar unendliche Staubwüste, die sich unter einem dunkelrot leuchtenden, gewittrigen Himmel erstreckte. Ein stickiger, heißer Wind wehte über dem Boden und der aufgewirbelte Staub, der nicht höher als 20 cm in die Luft aufstieg, verdeckte den Wüstenboden fast vollständig. Der Staub schien rote, scharfe Kristalle zu beherbergen, die wohl zur Folter beitrugen. Die frisch, eingetroffenen Verdammten flogen wie vom Wind getragen weiter, als ob sie leicht wie Federn wären.

Viele gepeinigte Seelen wanderten orientierungslos durch die Wüste. Der heiße Wind nagte an ihrer Haut und Wunden. Aus den klaffenden Verletzungen schien eine blutähnliche, schimmernde Flüssigkeit zu strömen, die von der Luftströmung aufgenommen und fortgetragen wurde. Die Seelen beachteten weder einander, noch die Gruppe. Ihre nur noch mit einigen Fetzen bedeckten Leiber waren völlig ausgehungert. Ihre langen, aber vereinzelten Haare und Bärte wehten im Wind. Selten blieb einer stehen, ein anderer fiel um. Sobald sie jedoch auf dem Boden lagen, öffnete der Staubfluss am Boden neue Wunden. Ob die Verdammten Frauen oder Männer waren, spielte keine Rolle mehr. An den dürren Gestalten waren auch keinerlei Merkmale mehr erkennbar. Das Tor selbst stand auf einem Felsvorsprung und war von einem in Fels gravierten, silbrigen Ring umgeben, der das Feld um das Tor begrenzte. Antony schaute sich die Struktur und die eingravierten Zeichen an, die sich ab einer bestimmten Folge wiederholten.

„Kein Weg den Wahnsinnigen, keine Hoffnung den Wahnsinnigen, keine Sicht den Wahnsinnigen...", übersetzte Antony. „Wer dem Wahn der Hölle verfällt, kann dieses Tor weder sehen, noch sich ihm nähern. Sehr interessant, gilt das für wahnsinnige Dämonen auch?"

„Ja. Die Hölle ist voll von solchen und wir können sie doch nicht frei laufen lassen, oder?", entgegnete Belle flirtend.

„Und Ihr haltet Euch also für geistig gesund?", fragte Kevin halbernst.

Die Dämonin schmunzelte und entgegnete mit erotischer Stimme: „Ich bin nur eine... machtbewusste Frau und an die Gewalt, die damit einhergeht... gewöhnt."

Die beiden Männer neben Antony schauten sich weiter um und konnten das aufsteigende Mitleid für die verdammten Seelen nicht völlig unterdrücken. Antony drehte sich um und flüsterte in strengem Ton: „Nehmt Euch zusammen. Diese Seelen sind aus einem bestimmten Grund verdammt und es ist ja nicht so, dass sie hier ewig bleiben müssen."

„Woher wisst Ihr das?", entgegnete Belle überrascht. „Selbst in der Welt der Sterblichen nimmt man ewige Qualen an."

„Liegt erstens am zweiten Teil des Textes auf dem Grenzring: Hoffnung den Leeren, Wegweiser den Leeren!", antwortete Antony. „Und zweitens werden die Seelen hier offensichtlich langsam durch Korrosion zerfressen. Schließlich brennt jedes noch so dicke Holz nur endlich."

Mark schaute währenddessen zur Rechten neben dem Tor. Dort saß in etwa siebzig Metern Entfernung eine immens große geflügelte und gehörnte Bestie mit einem riesigen Tragesattel auf dem Rücken. Allein der Sattel war so groß, dass man mehrere Kleinbusse ohne Probleme darauf abstellen könnte. Die Bestie war nicht angebunden und lag friedlich auf einem großen flachen Felsen, bis eine umherirrende Seele zu nah vorbeilief. Dann hob das riesige drachenähnliche Wesen sein Haupt und fraß diese seelenruhig auf.

„Ooooh hey, da ist ja meine kleine Kia! Meine Süße! Habe ich dich vermisst. Hast ja auch ganz brav auf mich gewartet!", schrie Belle plötzlich und lief herzerwärmt zum Drachenwesen. Diese schnüffelte an ihr kurz und begann einer riesigen Katze gleich zu schnurren, dass die Erde leicht bebte. Die Verdammten in der nahen Umgebung liefen panisch von der Quelle des Bebens weg. Belle trat furchtlos heran und streichelte das Biest, wobei man jetzt den wahren Größenunterschied erkennen konnte. Allein dessen Eckzähne hatten die halbe Länge seiner Besitzerin.

„Eine kreischende Dämonin trifft ihre ‚kleine, schurrende' Kia. Jetzt habe ich wahrlich Alles gesehen…", kommentierte Kevin ironisch und die riesige Kreatur richtete sich leicht auf. Sie fauchte den Zyniker an, dass sogar in 25m Entfernung noch seine Kapuze kurz runter geblasen worden wäre, hätte er sie nicht festgehalten.

„Passt auf! Niemand darf sie so nennen außer mir!", warnte Belle schmunzelnd und Kevin erwiderte das Lächeln ironisch.

„Nein, sagt nichts. Wir werden auf diesem Ding… eh… Ich meine mit diesem unglaublich respekteinflößenden Geschöpf fliegen, oder?", fragte Mark leicht panisch. „Gibt es keinen anderen Weg?"

„Wenn du lieber tausend Kilometer durch die Hölle wandern möchtest, bist du frei zu gehen", entgegnete Belle flirtend lächelnd. „Soweit ist nämlich bis allein bis zum nächsten Kreis."

„Mir ist jetzt egal wie wir hinkommen. Lasst uns nur losfliegen!", forderte Kevin ungeduldig. „Ich spüre sie immer schlechter."

„DU hast also eine Verbindung zu ihr", bemerkte Belle schmunzelnd. „Nein, das ist nicht alles, du liebst sie irrsinnig", dann wurde sie verlegen und setzte fort: „Ich hatte auch mal so jemanden in meinem Leben."

„Dann wirst du mich sicher verstehen, Dämon!", entgegnete Kevin sich selbstbewusst Belle nähernd. „Hilf uns, sie schnell zu finden."

„Der Dämonenscout muss wirklich etwas besonders bei deiner Geliebten entdeckt haben, um in die Hölle mitzuschleppen. Er wird Eure Freundin wahrscheinlich zu den Dämonenherrschern bringen, um die größtmögliche Belohnung für sich rauszuschlagen", entgegnete Belle spekulierend.

„Was genau meint Ihr?", fragte Kevin besorgt.

„Es gibt eine Prophezeiung in der Hölle… Vielleicht ist deine Freundin ja der Schlüssel", entgegnete Belle, entfaltete ihre mit roten Federn besetzten Flügel und sprang auf Ihr Reittier. „Die Quelle dieser Prophezeiung gilt als sehr verlässlich."

„Und falls sie das nicht ist?", fügte Mark hinzu und schaute böse auf Antony.

„Dann erwartet sie ein bedauernswertes Ende als Asmodans Spielzeug, so fürchte ich", entgegnete Belle schmunzelnd. „Er hat diese gewisse Schwäche für die Folter junger Frauen"

„Das alles interessiert mich nicht. Das Wichtigste ist erstmal die Vermisste zu finden", sagte Antony gleichgültig. Dann holte er eine Pille aus seiner Weste und drehte sich zu Kevin, der enttäuscht auf die reitende Schönheit starrte, während sie seinen beobachtenden Blick sehr genoss.

„Hör auf zu hypnotisieren und schluck das!", sagte Antony zu Kevin und schob ihm die Pille direkt in den offen stehenden Mund.

Kevin kam durch den Fremdgegenstand in seinem Mund plötzlich wieder zu sich und beschwerte sich sogleich: „Was hast du mir da gerade eben in den Mund gelegt?"

Er wollte die Tablette rausholen, aber das kleine Ding löste sich zu schnell auf. Nach einem kurzen Moment verschärften sich plötzlich Kevins Sinne um ein Vielfaches. Obwohl er zuerst von der Menge an Reizen geschockt wurde, passte sich Kevin diesem Zustand schnell an. Wahrnehmungen, von deren Existenz er nicht mal wusste, waren plötzlich verfügbar. Er spürte magnetische Felder, Himmelrichtungen, sogar winzige dimensionale Unebenheiten und natürlich auch Lilly. Kevin fühlte sie mit all seinen Sinnen und nahm ihre Seele als hell leuchtenden weißen Punkt am Horizont wahr.

„Hast du mir eine Art Sinnesverstärker gegeben?", fragte Kevin, überlegte kurz und hackte noch gleich nach: „Welche Nebenwirkungen hat es?"

Antony lächelte: „Ja natürlich ist es das und Nebenwirkung hat es nicht, solange du es nicht zu oft nimmst. Die Wirkung wird nicht lange anhalten, aber deine Verbindung mit Lilly wird auch danach verstärkt aufrecht erhalten bleiben. Halte daran fest, wenn du sie finden willst! Und jetzt... weise uns den Weg!"

Kevin streckte seine Hand aus und zeigte in die Windrichtung. Antony schaute auf Bel, die ihre ‚Kia' bereits für den Flug drehte. Antony sprang hoch bis auf den Rücken der Kreatur und die beiden jungen Männer folgten ihm. Die übermenschliche Agilität und Stärke spielte auch hier ihre Vorteile aus. Sprünge in zehn bis zwanzig Meter Höhe waren jetzt kein Problem mehr.

Kaum hatten sich alle auf dem riesigen Tragesattel platziert, schrie Belle ‚Hya' und der Dämon erhob sich mit seinen Flügeln in die Luft. In einer Höhe von paar hundert Metern, öffnete die Kreatur noch 2 weitere Schwingen an den Hinterbeinen und das riesige Monstrum gewann noch zusätzlich an Geschwindigkeit und Flugstabilität. Das Fluggefühl erinnerte jetzt stark an ein normales Flugzeug. Der Luftstrom ist den Insassen aber nicht ins Gesicht gedrückt worden, sondern wurde durch eine Art Feld um den Sattel herum umgelenkt. Der heiße Wind fühlte sich jetzt nur noch wie eine warme Brise an. So war auch das Sprechen ohne Probleme möglich.

„Wie seid Ihr überhaupt zu so einem extravaganten Haustier gekommen?" fragte Mark die Reiterin neugierig.

„Sie war ein Geschenk von Satan. Ich habe sie aufgezogen, seit sie aus dem Ei geschlüpft ist. Diese Drachendämonenrasse ist fast ausgestorben. Es gibt nur noch 6 lebende Exemplare in der gesamten Hölle", verkündete Belle stolz.

„Ihr müsst ja sehr wichtig sein, wenn Euch der Höllenherrscher PERSÖNLICH so ein Geschenk macht", sagte Mark unterschwellig.

„Ich habe in mehreren großen Kriegen gegen den Himmel mit ihm gekämpft, bis man die 7 Lords im Kern der Hölle einsperrte. Diese Schlampe hat uns in ein Gefängnis aus Leid und Wahnsinn gesperrt, nur weil wir dieses moralische Theater nicht mitmachen wollten", erzählte die Dämonin in wütendem Ton.

„Ihr habt also mal dem Schöpfer gedient?", fragte Kevin.

„Jeder höhere Dämon hat es an einem Punkt getan, als er noch zu den Lebenden gehörte. Da unsere Methoden ihr aber zu grausam erschienen, wurden wir vor die Wahl gestellt. Als Dämon weiter zu dienen oder als Verdammte zu brennen. Wir haben uns in ihrem Namen die Hände schmutzig gemacht und das ist unser Lohn", entgegnete Belle wütend.

„Hattet Ihr zu Euren Lebzeiten wirklich keine andere Wahl als Grausamkeit?", fragte Mark. Er spürte in diesem Moment, wie die Wut in ihr hochstieg.

„Ein Schaf im Elend oder ein Wolf im Wohlstand. Die Welt ist grausam!", antwortete die Frau sich rechtfertigend.

„Die Entfernung zu Lilly verringert sich langsam wieder", bemerkte Kevin mit seinen Sinnen in die Ferne schauend hinzu. „Der Entführer scheint auch zu fliegen... mit einem schuppigen, hässlichen Geier?"

„Das ist eine Wyrmschlange, ein niederer Verwandter eines Drachendämons. Die Reißzahncanyons sind voll von diesen Kreaturen. Nur zähmbar, wenn es noch als Ei entrissen wird, aber keins von ihnen ist so schnell wie mein BABY!", verkündete Belle stolz und der Dämon grunzte geschmeichelt, dass die Ohren dröhnten.

In diesem Moment verging der Effekt der Pille und Kevins Sinne kehrten auf den Anfangszustand zurück. Allein das Fühlen von Lilly blieb davon übrig und schien wirklich nicht mehr abzuklingen, sogar sich noch zu verstärken. Nun konnte er nicht nur ihre Entfernung spüren, sondern auch ihre Emotionen. Angst dominierte Lilly in diesem Moment am stärksten, darüber hinaus fühlte er über sie auch Schmerzen durch eine magische Seilfessel und einer Art metallisches Halsband. Kevin gab Zeichen an Mark und flüsterte ihm von seiner ungewöhnlichen Verbindung zu seiner Freundin.

„Das ist gut", lobte ihn Mark.

„Lass es zu, dann können wir Lilly schneller finden. Du musst deine Sinne weiter auf sie richten und dann könnt Ihr bald auch Gedanken austauschen, da ihre Fähigkeiten parallel zu den Deinen wachsen werden. Sie sendet ihre Emotionen momentan nur als unterbewussten Hilferuf, aber sobald Ihr beide diese Fähigkeit trainiert habt, könnt Ihr sogar telepathische Unterhaltungen führen, selbst auf entgegengesetzten Seiten eines Planeten", fügte Antony in telepathisch hinzu.

„Könnt du und Mark etwas derartiges auch?", fragte Kevin neugierig.

„Ist eher ein natürlicher Vorteil von Seelenverwandten und -zwillingen", übermittelte Antony telpatisch. „Aber es gibt Methoden, die so etwas Ähnliches erlauben."

Mark schaute sich währenddessen die Höllenlandschaft an und bemerkte, dass es dort auch eine größere Tierwelt und Vegetation gab. Diverse Kleinvogelschwärme flogen durch die Luft, darunter viele krähenartige Kreaturen. Als der Drache durch so einen Schwarm flog, erkannte Mark ein drittes rotes Auge auf der Stirn dieser Krähen. Ihre Schnäbel hatten kleine unregelmäßig verteilte spitze Zähnchen, die wohl zum Zerkleinern und abtrennen von Fleisch verwendet werden konnten.

„Wovon ernähren sich die Tiere eigentlich hier? Seelen können doch nicht verdaut werden, oder?", fragte Mark die Fliegerin.

„Kennst Ihr die griechische Legende von Titan Prometheus, seiner Leber und dem Adler. So kann man sich das auch hier vorstellen", antwortete Belle. „Die gesamte ätherische Flora und Fauna der Hölle für das Quälen der Verdammten geschaffen. Das Mana, dass die Seelen beim Leid freisetzen dient hier als Dünger für das gesamte Ökosystem."

„Und wenn eine Seele, zum Beispiel von deinem Haustier gefressen wurde. Wird diese verdaut und hört auf zu existieren?", bemängelte Mark. „Wo ist da der Sinn der Bestrafung?"

„Der schwarzen Kern wird ausgeschieden und damit die Seele wiedergeboren, allerdings nur noch mit Grundpersönlichkeit und keinerlei Erinnerungen", entgegnete die Dämonin. „Diese Dinge findet man aber auch nur hier in der Hölle heraus."

„Immer noch besser als das, was einen in Yggdrasils Magen erwartet", entgegnete Antony laut.

Nach fast einer Stunde Flug sah die Gruppe etwas Großes am Horizont. Es war eine bis in die Wolkendecke ragende Felsenwand voller Höhlenspalte und dunkler Löcher. Unter ihnen war auch ein riesiger kreisförmiger Höhleneingang von mehreren hundert Metern Durchmesser.

„Da ist sie schon... die Grenze zur Höllenkreis der Wolllüste", schrie Belle. „Diesen Ort mag ich in der Hölle am wenigsten. Vor allem der Gestank und die Dunkelheit sind grässlich."

Als der Drachendämon in die Aushöhlung flog wurde es für einen Moment sehr dunkel, als ob Sie durch einen dunklen dichten Nebelschleier flogen. Fast sofort durchdrang der Gestank nach verwesendem Fleisch, Ammoniak und Exkrementen die Gruppenmitglieder. Der Geruch könnte von Unterwäsche stammen, die ein ganzes Leben getragen und kein einziges Mal gewaschen worden sei. Mark und Kevin versuchten sich die astrale Nase zu verschließen, um den Gestank nicht riechen zu müssen. Aber der Geruch war so penetrant, dass man es sogar beim Einatmen durch den Mund schmecken konnte und es die freiliegende Haut reizte. Der Drache wurde langsamer und dadurch hörte man die entsetzenden Schreie der Verdammten, Knurren, Kreischen und Fressen.

„Wieso werden wir langsamer?", fragte Antony angewidert.

„Kia kann sich in der Dunkelheit schlechter orientieren. Der Scout ist uns in dieser Hinsicht überlegen. Seine Flugschlange kann sich in der Dunkelheit hervorragend orientieren", antwortete Belle in einem merkwürdig gleichgültigen Unterton. Um ihr Gesicht erschienen eine Vermummung und eine Schutzbrille, um den Gestank weg zu halten.

Antony begann etwas vor sich hin zu murmeln, packte Kevin am Kopf mit der einen Hand und streckte seine andere aus. Plötzlich erleuchtete ein weißgelber Blitz den gesamten Tunnel, dass der Boden und die Wände sichtbar wurden. Auch der Drachendämon erschrak kurz durch die helle Überraschung und kam kurzzeitig von seiner Flugbahn ab. Mark sah auf die Wände und erschrak vor dem schaurigen Anblick. Die Wand bestand nicht aus Fels, sondern ähnelte eher dem inneren eines Darms. Viele teilweise mit Schleim überzogene zottenartige Strukturen und Höhlen im Gewebe fielen auf. Halbverdaute astrale Leiber zuckten und windeten sich, im Schleim klebend. An anderer Stelle krochen gepanzerte, insektenartige Kreaturen die Wände entlang, aßen an der Verdammten oder kämpften miteinander ums Territorium. Diese Wesen hatten vier mit Krallen besetzte Beine, um sich an der schleimigen Wandung festzuhalten und zwei dicke Arme mit menschenähnlichen Händen, nur mit Greifvogelkrallen um ihre Beute besser zu packen. Ihre Köpfe hatten die Form einer vorne abgestumpften Pfeilspitze, aber keine Augen oder Nasen. Die Zähne in ihrem Maul erinnerten an Piranhas und der gesamte Körper war von einem teilweise weichen Chitin-Panzer geschützt, der in großen und kleinen Schuppen organisiert war. Hinten hatten diese Kreaturen einen langen frei beweglichen Schwanz mit einem Stachel. Manche der Kreaturen besaßen sogar Insektenflügel.

„Jetzt weiß der Scout sicher, dass wir ihn verfolgen", bemängelte Belle.

„Der Blitz reicht nur 700 Meter", entgegnete Antony, während der Blitzstrahl weiter aus seiner rechten Hand schoss. Diese zuckende Dauerentladung wich allem auf seinem Weg aus, als ob sie an einer unsichtbaren Blase um alles kriechen würde. Dazu gehörte auch Belle, die von dem ausweichenden Blitz sichtlich fasziniert war. Der Reitdämon manövrierte sich währenddessen schneller durch die dunklen Tunnel.

„Ihr seid also auch ein Nutzer des weißen Arias. Ich frage mich nur, wie lange Ihr dieses harte Leuchtspektakel in der Hölle aufrechterhalten könnt?", bemerkte Belle in einem erotischen Tonfall.

„Wenn Ihr nicht von einem ähnlichen aber roten Blitz gern gebraten werden möchtet, solltet Ihr lieber schneller aus dem Tunnel fliegen", entgegnete Antony ebenfalls in einer erotischen Stimme.

„Das ist kein Tunnel, sondern ein Labyrinth", erklärte Belle ruhig. „Wisst Ihr eigentlich, wie viele Sünder es hier gibt? Die Bestrafung der Wollüstigen, die ihren sexuellen Appetit auf Kosten anderer befriedigten oder sich an fremden Körpern bereicherten. Schänder, Pädophile, Menschenhändler, intrigierende Huren und grausame Zuhälter. Gefangen in einem erotischen Alptraum, dauerverdaut, erstickend in säurigen Schleim und angefressen von hungrigen Skorpios", erzählte Belle, während sie Kia in Dämonensprache den Befehl zum Beschleunigen gab. „Ohne mich, würdet Ihr Euch spätestens hier verirren."

„Ich sehe lauter Kreaturen, aber keine Wärter… Wo sind die ganzen Dämonen?", fragte Kevin, während ihn Antony von hinten weiter am Kopf festhielt.

„Wärter? An diesem Ort machen die Dämonen schon lange nichts mehr. Als wir gemerkt haben, dass der Schöpfer uns keine Chance zur Erlösung für unsere Mühe gibt, ließen wir diese Arbeit fallen und haben uns in die zahlreichen Höllenfestungen zurückgezogen. Außerdem verwaltet sich die Hölle ja größtenteils selbst, wie Ihr seht", antwortete die Dämonin emotionskalt.

Dann wurde ein violettes Licht am Horizont sichtbar. Dieses wurde immer größer, bis ein vertikales, rundes Tor mit einer schwach lichtdurchlässigen, ölähnlichen Membran zu sehen war. Der Lichtblitz endete in der Membran, also ließ Antony den Zauber fallen. Als das Reittier reinflog, wurden alle kurz in dieses widerliche Öl getaucht. Dieser Moment des Unbehagens dauerte aber nur kurz, denn beim Auftauchen auf der anderen Seite, verflog die Schmiere ohne jegliche Spuren zu hinterlassen. In diesem Moment lies Antony Kevins Kopf los. Der widerliche Geruch wich einem säuerlich-süßen Duft nach leicht gärendem Fruchtfleisch.

Ein ganz neuer Anblick eröffnete sich vor den Besuchern. Der orange gefärbten Himmel schien auf ein dichtes Feld von dornigen Büschen mit großen roten Früchten und ein großer, blutroter Fluss durchzog, in vielen bachähnlichen Nebenzweigen, die Ebene. Die Flüssigkeit floss in Strömen aus der Felsenwand um das ölige Tor herum und erzeugte den Eindruck eines blutenden Felsens. Diverse völlig überfettete Verdammte saßen in den Felder und stopften sich mit den Früchten voll, während die Büsche ihnen tiefe blutende Wunden ins Fleisch rissen. Manche von ihnen krabbelten durch das dichte Buschwerk zur nächsten Früchtequelle, während die sie umschlingende Vegetation teilweise ganz Haut und Fleischstücke ausriss. Diese verschmolzen mit den Pflanzen und bildeten manchmal neue Früchte.

„Willkommen im dritten Kreis der Hölle", sagte Belle begeistert.

„Diese Früchte machen den Esser süchtig, oder?", fragte Kevin angewidert. „Was hat es mit dem blutroten Fluss auf sich?"

„Es liegt an der Windstille", antwortete die Dämonin. „Das rote Mana aus dem heißen Wind des ersten Höllenkreises kondensiert zusammen mit der Feuchtigkeit in der zweiten Hölle zu Nebel, wird vom lebenden Fels absorbiert und gefiltert. Dann tritt es als an Wasser gebunden als blutrote Flüssigkeit aus dem Fels im dritten Höllenkreis und fließt Richtung Höllenkern. Wir nennen diesen Strom ‚Styx', Fluss des Vergessens. Das unermessliche Leiden, das dieses Wasser nährt, vermag es die Erinnerungen der Verdammten zu zerfressen."

„Das heißt jemand, der alle seine Erinnerung ablegt, kann die Hölle wirklich verlassen?", fragte Kevin erstaunt.

„Niemand trennt sich freiwillig von seinem Selbst", erklärte Bel. „Wir ernähren uns auch von diesem Leiden, aber nur dank unserer Immunität werden wir nicht vom Wahnsinn verzehrt."

„Ihr seid nicht immun. Überschreitet dieses Gift einen bestimmten Anteil eures Selbst, verändert es auch Euer Wesen", fügte Antony herablassend hinzu. „Deswegen können Dämonen eine bestimmte Machtgrenze niemals überschreiten. Ihr versucht die Balance mithilfe von Essenz unschuldiger Seelen auszugleichen!"

„Ihr seid wirklich so weise, wie Ihr mächtig seid", entgegnete Belial.

Eine kleine Festung auf der Spitze eines gigantischen stehenden Obelisken von mindestens 500 Metern Durchmesser erschien am Horizont. Belle drehte Kia etwas nach rechts ab, um darauf Kurs zu nehmen.

„Warum drehen wir ab?", fragte Kevin empört und zeigte in die frühere Richtung. „Unser Ziel ist dort!"

„Kia ist über 2000 Kilometer geflogen und hat euch mitgetragen. Auch wenn sie schnell ist, braucht auch sie wegen ihrer Größe manchmal eine Pause", widersprach Belle stur. „Selbst wenn sie ein ätherischer Drache ist, sind wir hier schließlich in der Hölle."

Der Kreatur landete auf einer großen Plattform direkt am Vorsprung der Festung und lehnte ihren Kopf hechelnd zum Rand. Dann kotzte es kurz vor dem Abgrund den Astralkörper des Verdammten wieder aus. Der Leib der armen Seele war vollständig von schweren Säurebrandwunden überzogen, noch stärker abgemagert und voll mit stinkenden, schleimigen Speichel. Sofort stürzten sich dämonische Krähen aus der Umgebung auf die Mahlzeit. Belle schaute in die Richtung mit einem enttäuschten Eindruck. Sie ging zum Leib, der sich noch etwas entkräftet bewegte und leise winselte, während die Vögel an seinem astralen Fleische zerrten. Die Reiterin stellte ihren Stiefel vor den Gequälten und schob ihn mit ihrem Fuß über die begrenzungslose Kante. Die Schreie der fallenden Seele ließen sie völlig kalt. Der Krähen schrien aufgebracht und flogen zügig dem Leib hinterher, der hunderte Meter in die Tiefe stürzte. Sie drehte sich zu ihrem Reittier und schlug dem Tier kräftig mit der Hexa-Peitsche auf das Maul.

„Habe ich dir nicht gesagt, du sollst auf Landeplätzen keine Schweinereien veranstalten!", rief sie empört. „Jetzt sind meine Schuhe voll von deinem Sabber. Mach deine Pause und ich … gehe jetzt was trinken."

Belle schaute dann zur vom Drachen herabsteigenden Gruppe und sprach weiter zu Antony: „Meister Antonius, möchtet Ihr mir gern bei einem Glas hochwertigen Arias Gesellschaft leisten oder lieber hier die süß, duftende Gegend genießen?"

„Ich und meine Schüler werden hier warten", antwortete Antony ohne Reaktionen der Anderen abzuwarten. Die Dämonin drehte sich um und lief seelenruhig in die Festung hinein.

„Hast du keine Angst, dass sie uns hier stehen lässt?", fragte Kevin. „Ich habe ständig das Gefühl, dass sie uns jeden Moment verraten könnte."

„Wäre auch töricht von etwas anderem auszugehen. Wir dürfen sie allerdings nicht glauben lassen, dass wir ihr mehr vertrauen", flüsterte Antony, während er die Umgebung genau beobachtete. Er wurde nachdenklich und schaute in die Ferne. „Sie will etwas von uns haben, aber sie ist gierig, wie jeder Dämon. Solange wir ihren wachsenden Hunger zügeln können, wird sie uns führen."

Kevin versuchte gerade eine tiefere Verbindung zu Lilly aufzubauen, aber sie war wohl noch zu weit weg. Mark näherte sich Antony und legte Ihm besorgt seine Hand auf die Schulter.

„Glaubst du, wir schaffen es bis die Zeit abläuft?", fragte Mark, krempelte seinen Ärmel zurück, um auf die ‚Uhr' auf der Unterseite seines rechten Armes zu schauen. Sofort begann die Hautoberfläche in der Hitze zu schmerzen. Dort sah er, dass die Hälfte der Zeit bereits verstrichen war. Seiner Sorge teilte er sofort mit Antony.

„Es ist noch Zeit", entgegnete der Anführer mit ruhiger Stimme und ging Richtung Eingang zur Festung. Daraus kamen bereits diverse Dämonen, die wie muskulöse, fette Mafiosi aussahen. An ihrer Spitze war seltsamer Weise aber ein echt dürrer Dämon mit rötlicher Haut ohne Hörner. Stattdessen hatte er eine Igelfrisur. Ansonsten trug er einen gelben Smoking.

„Ich begrüße unsere Gäste. Die Herrin Belle hat mich gebeten, Euch zum gegenwärtigen Verwalter dieser Festung zu geleiten. Er wünscht den mutigen Meister persönlich kennen zu lernen!", sagte der dünne Mann mit einer freundlichen Stimme.

„Und das Personal hinter Ihnen ist zu welchem Zweck da?", hackte Antony herablassend nach. „Ihr wisst hoffentlich, dass im Falle eines Konfliktes, diese Begleiter Euch nichts nützen würden."

„Hehe… Sicherlich nicht… aber betrachtet die Herren einfach als eine Art Anerkennung Eurer Stärke", entgegnete der Dürre. „Nennt mich Amadial. Es freut mich, jemand mit solcher Überzeugungskraft und Mut kennen zu lernen."

„Mut?", hackte Kevin nach.

„Hehe… nicht viele trauen sich in die Tiefen der Hölle, um eine einzelne Seele zu retten und nur einer ist je erfolgreich wieder entkommen", entgegnete Amadiel kichernd und die hinteren Dämonen lachten hämisch mit.

Antony grinste, aber wegen der Maske konnte man nicht sehen, welchen Gesichtsausdruck er dabei machte. Er ließ den Dämonen den Vortritt, signalisierte seinen Begleitern direkt hinter ihm zu bleiben und flüsterte: „Bleibt auf keinem Fall zum Gaffen stehen, egal was Ihr beide seht."

Die betrat die Festung und erblickten gleich in der Eingangshalle einen großen, reichlich gedeckten Tisch. Es waren ganze am Spieß gegrillte Tiere mit allerlei seltsamen Früchten und Gemüse serviert. Alles schien aus der Hölle zu stammen und darunter war auch als Krönung ein gegrillter, roter Skorpio, der wohl einem Hummer gleich im ganzen Stück gekocht wurde. Der Außenpanzer wurde kunstvoll aufgebrochen und mit Kräutern auf einer riesigen Platte serviert. Die Tische des bizarren, aber köstlich riechenden, festlichen Mahls waren in U-Form aufgestellt und mit Leder als Tischdecke überdeckt. Ganz hinten in der symmetrischen Mitte des Festessens saß auf einem überdimensionalen Thron ein völlig überfütterter Dämon mit 2 großen gewundenen Hörnern. An seinen Seiten befanden sich seine 3 schönen, wie arabische Tänzerinnen gekleideten Konkubinen, die ihn ständig fütterten. Er selbst war nicht mehr in der Lage sich von der Stelle zu bewegen. Nur seine Arme waren noch beweglich. An seiner Rechten saß in einer nicht zu kleinen Entfernung Belle in einem großen mit Schrecken verzierten thronähnlichen

Stuhl mit ihren Beinen auf dem Tisch. Sie trank gemütlich Aria aus ihrem Weinglas und begutachtete fasziniert ihre Phiole. Als der fette Dämon Amadial und sein Gefolge hineinkommen sah, unterbrach er sein Festmahl. Eine Konkubine versuchte ihn weiter zu füttern, aber er stieß sie mit seinen linken Arm von sich. Er machte es mit solcher Gewalt, dass sie gegen eine der tragenden Säulen des Raumes in 10 Metern Entfernung flog und bewusstlos zu Boden fiel. Die Anderen bekamen Angst, kletterten von ihrem Meister herunter und warfen sich unterwürfig zum Boden. Der Fette kaute sein Essen zu Ende, schluckte und sprach dann schreiend mit einer unglaublich hohen, piepsiger Stimme: „Ghum hat doch gesagt, dass er nicht gefüttert werden will, wenn Gäste eintreffen. Bestraft die Schlampe als Abschreckung."

Kevin und Mark konnten trotz der grauenhaften Situation das Kichern über die hohe Stimme nicht zurückhalten.

Zwei Dämonen standen währenddessen vom Tisch auf, packten die noch am Boden liegende Konkubine an den Haaren und Beinen, wovon sie aufwachte und sich, angsterfüllt schreiend, zu wehren begann. Es nutzte im Angesicht von zwei großen Muskelprotzen natürlich nichts und so wurde sie kreischend aus dem Raum in einen nach unten führenden Treppengang gezerrt. Sobald die leicht quietschende Tür aufging, hörte man wiederhallende Frauenschreie und Metallklimpern aus einem Folterkerker.

„Ich würde sagen, du solltest gleich alle in den Kerker werfen", sagte Belle zynisch und nahm einen kräftigen Schluck aus Ihrem Weinglas. „Dir würde eine Diät ganz gut tun. Dein Gestank verdirbt mir nicht nur den Appetit"

„Was Ghum gut tut und was nicht, entscheidet er selbst!", rief der Fette zu ihr piepsig und drehte sich dann zu Amadial, der bei Augenkontakt samt Gefolge unterwürfig zur Seite trat, um den Blick auf Antony frei zu machen.

„Ich begrüße den Fremden im Reich unseres… Spezialitätenüberflusses", sprach der hochstimmige Fette grunzend lachend wie ein Schwein. Die anderen Dämonen lachten mit, außer Belle, die unzufrieden einen weiteren Schluck nahm. Erneut konnten Mark und Kevin sich das Lachen nicht verkneifen, wo sie doch gerade aufhören konnten. Die restlichen Dämonen zuckten verängstigt zusammen, als sie das mitbekamen. Antony machte einen Schritt zurück und stieß mit seinen beiden Ellenbogen in die Männer, dass sie schmerzverzerrt zu Boden fielen.

„Ich bitte den Herrn der Festung um Entschuldigung. Meinen jungen Schülern fehlt es trotz schon einiger Erfahrung an Disziplin", sagte Antony ernst. „Ich bin wohl bisher etwas zu lasch mit Ihnen umgegangen."

„Hm… Ghum gefällt Ihr. Ghum hat von Euch beeindruckende Dinge gehört und möchte noch mehr erfahren", entgegnete der Fette hochtönig. „Setzt Euch zu Ghums Linken und erzählt von Euch."

„Ich bedauere... ‚großer' Ghum, aber wir sind leider in Eile und nicht hungrig. Belle hat wohl vergessen, dass unser Geschäft zeitkritisch ist!", entgegnete Antony Akzent setzend und schaute vorwurfsvoll auf Aria schlürfende Dämonin.

„Ghum hat Eure entführte Schülerin gesehen", erzählte der Fette. „Der Scout hat behauptet, sie sei die Trägerin des arkanen Zorns sei und eine Begleitung bis zur tiefsten Hölle verlangt. Ghum hat es bewilligt, um seinen Herrn Belzebub nicht zu enttäuschen."

„Ich habe auch erst jetzt davon erfahren. Das verkompliziert und verteuert das ganze Unternehmen natürlich", fügte Belle hinterhältig hinzu. „Ich würde gegen den Willen eines der Sieben gehen, wenn ich Euch weiter helfen würde."

In diesem Moment zogen einige Dämonen ihre Schwerter und umringten die Drei. Antony wurde wütend und sprach: „Es war kein Fehler von mir, von vorne rein anzunehmen... Dämonen seien ihren Abmachungen gegenüber nicht treu. Euer Fehler, Belial, ist es jedoch zu glauben, dass ich mich für eine solche Situation nicht absichern könnte!"

Er zog blitzschnell wieder den schwarzen Dolch aus seiner Hosentasche und warf es dem fetten Dämon direkt in den Kopf. Der Dolch rammte den ihn direkt in der Mitte der Stirn und warf seinen Kopf zurück. Ghum schrie wie ein gerade geschlachtetes Schwein. Die gesamte Menge im Saal erschrak. Auch Belial, die sowohl von ihrer Enttarnung als auch vom Schrei überrascht wurde, ließ vor Aufregung das Glas fallen. Die Konkubinen rannten weg und versteckten sich hinter den Säulen.

Ghum richtete seinen Kopf wieder und schaute Richtung seiner Stirn, in der er den Dolch erblickte.

„Wolltet Ihr Ghum umbringen. Ghum ist unsterblich und kann nicht so einfach getötet werden", schrie der Fettwanst wie am Spies und versuchte den Dolch selbst aus seiner Stirn zu ziehen. Er griff nach dem Waffe in seinem Kopf und in diesem Moment zog Antony seine Maske aus. Man erblickte sein breit und sadistisch grinsendes Gesicht.

„So etwas wie vollkommene Unsterblichkeit existiert nicht, großer Ghum", sagte er noch.

Belial vernahm es und drehte sich schnell zu Ghum, der plötzlich schmerzverzerrt hochstimmig aufschrie. Aus der Klinge wucherten schwarze Wurzeln in das Dämonenfleisch und zündete dabei den Dämon an. Die hellroten Flammen umhüllten das gesammte Monstrum und erhellten den ganzen Raum. Statt sich jedoch wie normale Flammen zu verhalten, wurde diese in den Dolch gezogen, der davon heiß glühte. Das metallähnliche, schwarze Wurzelwerk wuchs immer schneller und durchzog schließlich den ganzen Körper, stach durch die Haut sogar von innen nach außen wieder heraus. Der Dämon verlor kurzzeitig das Bewusstsein, schrie dann wieder und dies wiederholte sich zwei Mal bis eine Wurzel schließlich aus seinem Mund wuchs. Die Haut brannte ab und das ganze geschmolzene Fett quoll aus seinem Leib heraus bevor es von den Wurzeln aufgesogen wurde. Fleisch, Eingeweide, Hörner und selbst Knochen brannten. Selbst der Rauch wurde als Gas in der Klinge gezogen. Am Ende blieben nur noch ein filigranes Gerüst aus den leicht glänzenden Wurzeln in Form des Dämons und der Dolch, dessen Glühen schnell schwächer wurde. Als die Waffe optisch erkaltete, lockerte es sich und fiel direkt durch Das Wurzelwerk, das durch den Fall in feinen, schwarzen Staub zerfiel und tornadoartig in die Dolchklinge gezogen wurde. Nun stand nur noch der leere, abgesessene Thron mit dem darauf liegenden, schwarzen Dolch. Antony wedelte mit der Hand und die Waffe flog wieder in seine Hand, wo es zu einem dunkelmetallischen Schwert mit einem degenartigen Griff heranwuchs. Antony nahm eine verteidigende Körperhaltung an.

Belial fiel in ihren Stuhl zurück und schrie zornig: „Glaubt nicht, dass Ihr nach dieser Aktion noch in einem Stück von hier entkommt."

Die Dämonen standen alle auf und zogen Ihre Waffen, aber warteten noch auf den Angriffsbefehl.

„Glaubt nicht, dass ich meine Trumpfkarte gegen Euch gezogen habe", entgegnete Antony grinsend und zog die Seite aus dem Buch der Gefallenen aus seiner Weste, die er damals im Himmel erhielt. Er rollte sie auf und präsentierte demonstrativ sie vor Belial. Sie erkannte sofort, was es war.

„Nein, das ist doch nicht möglich. Das muss eine Fälschung sein", verneinte sie hysterisch. Ihr Körper, Kleidung und Haare wurde dunkler. Sie begann vor Zorn fahl-blau zu brennen. Das Feuer ließ die Umgebung aber gefrieren, statt sie zu erhitzen. Die Kälte breitete sich schnell über bis zur Hälfte der Halle und ließ sogar das heiße Essen in Sekunden zu Eis erstarren. Die übrigen Dämonen flohen durch die Seiteneingänge, da sie wohl um die drohende Gefahr wussten.

„Wenn du glaubst es sei eine Fälschung, Belial, macht es dir wohl auch nicht aus, wenn ich die Seite zerstöre", entgegnete Antony unbeeindruckt, während er mit dem Blatt leicht wedelte.

„Wartet!", schrie Belial zögerlich und nahm wieder menschliche Farbe an. „Ihr habt gewonnen!"

Antony zog zufrieden wieder seine Maske wieder an.

„Erfülle deinen Abmachung mit uns und bringt uns zur Entführten", entgegnete Kevin selbstbewusst und riss das Blatt aus Antonys Hand. „Wir haben schon zu viel Zeit für deine Spielchen vergeudet."

Antony schaute beeindruckt nach hinten zu seinem vorlauten Begleiter.

„Ich werde tun, was Ihr befiehlt. Allerding kann ich Euch nicht vor den anderen Sechs beschützen. Dafür sind meine Illusionen nicht stark genug. Solange Euch das klar ist, begleite ich Euch bis ins Herz der Hölle", entgegnete Belial unwillig. Man sah genau, dass sie wegen ihres fehlgeschlagenen Plans wütend war, aber sie konnte in Ihrer Position nichts daran ändern.

Belial verließ den Tisch und lief wortlos Richtung Ausgang zur Landeplattform. Die restlichen Dämonen blieben zurück. Antony nahm das Papier wieder aus Kevins zittriger Hand und rollte es ein. Er erschuf ein rotes Bändchen mit Runen durch Reiben seiner Finger und lehnte es gegen die Papierrolle. Das Bändchen wurde lebendig und band eine Schleife um die Rolle. Die Enden bildeten Wachsiegel, die sind mit dem Papier verbanden.

„Das ist meine Versicherung, Belial. Diese Schleife ist mit meiner Essenz getränkt und solltest du auch nur versuchen mir oder meinen Schülern in den Rücken zu fallen, wird sie sich anzünden und die verschnürte Rolle vernichten", drohte Antony.

Belial stoppte kurz, nickte wortlos mit dem Kopf und lief dann weiter zum ausgeruhten Monster. Kurz vor dem besteigen von Kia, blieb Belial kurz stehen und sagte ohne sich umzudrehen: „Amadial, jetzt gehört die Festung und Ghums Reichtümer dir."

„Vielen Dank, Eure Exzellenz", entgegnete der Diener, der kurz hinter der Gruppe aus Festungseingang erschien. „Aber leider habt Ihr nicht die Autorität, um darüber zu entscheiden. Dies ist immer noch der Einflussbereich von Beelzebub und ich werde das Melden Eures Verrats leider nicht verhindern können. Aus Respekt vor Euch werde ich zumindest etwas warten."

„Ich weiß es zu schätzen", entgegnete Belial und kletterte auf das Drachenwesen.

Als die Gruppe wieder an Höhe gewann, fragte Kevin neugierig was es sich mit dieser blutigen Papierseite auf sich hat.

„Es ist eine Vereinbarung zwischen der Schöpferin und der verdammten Seele, die sich nun Belial nennt", erklärte Antony, eine bemitleidenden Blick auf Belial richtend. „Um ein mächtiger Erzdämon zu werden, bedarf es besonderer Fähigkeit neben der schweren Versündigung. Belial darf zwar nun mit den anderen Herrschern die Hölle regieren, aber ist für die Ewigkeit dazu verdammt die damit verbundenen Aufgaben zu erledigen und die Böse zu spielen. Selbst die verdammten Seelen sind irgendwann erlöst, wenn sie ausgebrannt sind, aber die Dämonen sind an die Hölle gebunden. Die Horde hat dieses Schicksal schnell begriffen und hat mehrere erfolglose Widerstände gegen die Schöpferin angezettelt. Im letzten großen Krieg haben es die Dämonenherrscher zu weit getrieben und wurden in der Hölle angekettet. Belial entkam wohl dank ihrer Macht der Täuschung. Wenn dieser Vertrag zerstört wird, erlischt die Aussetzung der Bestrafung. Belial wünscht sich zwar die Freiheit, wie jeder andere Dämon, aber fürchtet die Konsequenzen. So ist es doch, Belial?"

„Ihr habt Recht… Meister", antwortete die Dämonin zähneknirschend, während sie den Drachen wieder in Richtung des Ziels lenkte.

„Und warum kann Sie die Macht nicht Ihr zu eigen machen? Ich dachte, eine Seele kann mit der Zeit wachsen und sich entwickeln?", fragte Mark.

„Da liegt der nächste Hacken. Die Gaben in der Vereinbarung erlauben das Wachstum nur noch in eine bestimmte Richtung. Stellt es euch diese wie eine programmierte Prothese mit speziellen Funktionen. Sie erfüllt die an sie gestellte Aufgaben, aber man weiß trotzdem nicht, wie diese im Inneren tatsächlich funktioniert und die Prothese verhindert außerdem, dass das Gewebe im Betroffenen Bereich nachwachsen kann", setzte Antony fort. „Zerstöre ich den Vertrag, so wird in der ‚Prothese' ein Selbstzerstörungsmechanismus aktiviert, der die betroffene Seele verkrüppelt und verdammt."

„Das ist ja wirklich grausam, selbst wenn sie zu Lebzeiten Verbrecher waren", kommentierte Kevin bemitleidend.

„Wenn du sehen würdest, was diese Individuen alles im Namen ihrer ‚Gerechtigkeit' angestellt haben, um den Titel eines Höllenfürsten zu verdienen, hättest du selbst nach einem meiner Dolche gegriffen und versucht sie zu erstechen", entgegnete Antony schmunzelnd. „Wobei jemand wie ich wohl kaum urteilen kann. Habe ja auch genug Fehler gemacht."

„Was ist denn mit Euch, weiser Meister?", fragte Belial laut. „Wie viele Leichen pflastern den Euren Pfad? Ihr habt allein seit unserem ersten Treffen schon einige Seelen vernichtet. Es gab sicher eine andere Möglichkeit als Ghum aus der Existenz zu radieren. Nicht, dass ich seinen Gestank wirklich vermissen würde."

„Ich tue was notwendig ist, um mein Ziel zu erreichen", entgegnete Antony kaltschnäuzig. „Außerdem war er der Einzige. Die Dämonen vor dem Höllentor habe ich NICHT ausgelöscht. Die Ewigkeit ist nun mal genau so grausam wie die Wirklichkeit. Apropos, wieso bist du überhaupt in unserer Nähe gewesen, als es zur Entführung kam? Wage es nicht, mich anzulügen, Belial!", fragte Antony. Die Dämonin drehte ihren Kopf zu Antony und schaute ihm tief in die hinter der Maske liegenden Augen.

„Die Prophezeiung! Ein arkanen Seher hat in der Hölle um Asyl gebeten. Im Austausch für Informationen genießt er unseren Schutz", entgegnete Belial.

„Ich VERLANGE ihn zu sehen!", sagte Antony plötzlich aufgeregt.

„Was ist ein arkaner Seher?", fragte Mark.

„Sie sind die ersten Unsterblichen und existierten sogar vor Yggdrasil", erzählte Antony. „Aber heute gibt es gerade Mal 14. Sie sehen das Universum aus einer völlig anderen Perspektive, können Verborgenes erkennen, die Vergangenheit sehen und sogar die Zukunft präzise vorkalkulieren. Aber wegen ihrer überlegenen Sinne leiden, trotz immenser Intelligenz, ihre anderen Fähigkeiten. Ihre Tragödie ist, dass sie zwar das gesamte Universum beobachten, aber nicht selbst aktiv beeinflussen können", erzählte Antony.

„Ich bin beeindruckt. Dass der Seher aus einer Zeit vor dem Weltenbaum kommt, ist aber selbst mir neu. Wie viele Äonen ist er wohl dann schon alt?", fragte Belial völlig überrascht.

„Äonen…", entgegnete Antony melancholisch. „Die Greise haben so gut wie kein eigenes Gedächtnis mehr und ihr Selbst verschwimmt in der Menge ihrer Eindrücke. Das ist nun mal der Preis, den man für derart überlegene Sinne zahlt."

Der Flugdämon beschleunigte noch etwas und am Horizont, hinter einem knapp fünfzig Meter hohen Abgrund mit spitzen Felsen, öffnete sich eine Ebene tiefer ein unglaublicher Anblick. Eine Wüste aus teilweise goldenen Sanddünen. Die vielen Bäche des Styx sammelten sich vor dem Abgrund zu großen Flüssen und fielen als beeindruckende Wasserfälle am Rand der Wüste. Dort sammelte sich die rote Flüssigkeit zu einem am Felsen verlaufenden Wasserspeicher und floss dann in einzelnen großen Flussläufen mitten durch die Wüste. An seinen Ufern wuchs eine an den kargen Goldstaub angepasste Vegetation aus vielen fleischfressenden Pflanzen, die sich als Edelsteinstatuen, Schatztruhen, Tragetaschen und andere Wertgegenstände tarnten. Jedem vernünftigen Beobachter wäre es natürlich klar, dass es Pflanzen waren, jedoch nicht den im Wahn umherirrenden Verdammten. Einige wanderten mit goldgefüllten Rucksäcken oder löchrigen Körben umher, scheinbar auf der Suche nach einem Pfad in die nächste Stadt. Andere gruben im Sand und versuchten löchrige Körbe zu füllen. Einige kämpften sogar miteinander um den Reichtum. Vereinzelte Seelen liefen euphorisch zu den karnivoren Pflanzen, um die entdeckten Schätze zu genießen und wurden von einem klebrigen Tentakel in eine „Truhe" gezogen, die sie gerade noch euphorisch aufgemacht hatten.

„Das sieht doch eindeutig nach dem Reich der Gier aus", bemerkte Mark.

„Menschen sind in dieser Hinsicht interessante Kreaturen", kommentierte Antony. „Selbst wenn Sie bereits mehr Materie angehäuft haben, als sie in Ihrem ganzen Leben benötigen werden, hören Sie nicht damit auf und sind teilweise sogar bereit über Menschenleben zu trampeln, um noch reicher zu werden."

„Hast du solche Phasen, in deinen vorherigen Leben, etwa nicht gehabt?", fragte Mark misstrauisch.

„Ich bleibe in den meisten Welten nie länger als 30 Jahre. Selten entdecke ich noch etwas Wissenswertes, das einen längeren Aufenthalt rechtfertigt. Bindung an Materielles ist da nur Ballast", entgegnete Antony.

„Ist die irdische Gesellschaft für dich spannend?", fragte Kevin.

„Diese Welt ist noch vergleichsweise jung. Die Menschheit hat die planetare Umwelt, Ressourcenkreislauf und eigene Genetik noch nicht im Griff. Die Menschen degenerieren sogar langsam zu Sklaven von selbst geschaffenen politischen, wirtschaftlichen und religiösen Systemen in allen Einkommensschichten. Diese bremsen sogar bewusst den Fortschritt. So wie es jetzt ist, wird diese Welt den nächsten Schritt seiner Evolution nicht rechtzeitig erreichen", bemängelte Antony.

„Wie viele Welten gibt es überhaupt neben Jahwes?", fragte Belial, die auch neugierig war. „Unsere Informationen sind recht karg."

„Dies würde Euch nur noch unbedeutender erscheinen lassen, als Ihr eh schon seid, Belial", entgegnete Antony wenig interessiert, während er in weite Wüste schaute, deren blendender Glanz in der roten Sonne ihn nicht zu stören schien. „Außerdem solltet Ihr lieber fragen, wie viele Welten Jahwe bereits vor dieser administriert hat!"

Mark wurde plötzlich wieder das Ausmaß seiner Abmachung mit Antony bewusst. Denn selbst wenn Sie zurückkehren würden, müsste er seine Leben immer wieder vollständig aufgeben. Das um immer wieder zu anderen Welten mit unbekannten Gefahren zu reisen, um dort alles immer wieder von neuem aufzubauen. Er stellte sich als intergalaktischen Einzelgänger vor, der stets ohne eine Heimat umherirren würde.

Kevin wurde hingegen von anderen hektischen Gedanken geplagt und sein Misstrauen wuchs wieder: Würde Antony sie wirklich in Ruhe leben lassen, wenn sie mit Lilly wieder in die lebende Welt zurückkehren?

„Werden wir noch Pausen machen müssen?", fragte Antony ernst nachdem er kurz auf seinen Arm schaute.

„Nein, aber etwas anderes", antwortete Belial vorsichtig, um ihren Geiselnehmer nicht noch mehr zu reizen. „Im Sumpf der Meuchler gibt es eine Hafenfestung. Von dort müssen wir aber mit einem Schiff durch den stürmischen Ozean der Verzweiflung weiterreisen. Der Wind und der schwere Regen machen das Fliegen unmöglich."

Antony drehte sich zu seinen Begleitern und ermahnte: „Die Zeit ist reif! Ich habe Euch bereits einige Kampfstile gezeigt, aber jetzt geht es für uns ums nackte Überleben."

Er griff in seine Weste und holte zwei zeigefingergroße, schwarze Kristalle heraus. Antony legte sie auf seine beiden Handflächen und reichte sie seinen

Freunden. Die beiden Schüler nahmen diese in die eigene Hand und schauten sie ahnungslos an.

„Was ist das?", fragte Mark und Kevin nahezu simultan.

„Eine polymorphe Waffe, dass man sich als eine Art mehrfunktionales Taschenmesser vorstellen kann", erklärte Antony. „Beide Kristalle verfügen über mehrere Erscheinungsformen mit unterschiedlichen Einsatzgebieten. Legt sie kurz zwischen eure beiden Handflächen und reibt am Kristall."

Die beiden Schüler folgten der Anleitung. In selben Moment schmolzen die Kristallstäbe zu einer kriechenden Flüssigkeit. Der flüssige Kristall formte sich zu gepanzerten Handschuhen im Schimmer eines Siliciumkristalls, verhärtete sich teilweise zu Gewebe und teilweise zu haischuppenartigen Schutzplatten direkt unter der Robe.

Kevin schaute sich seine neuen Handschuhe an und bildete fast instinktiv Fäuste, um die sowieso schon spürbare Bequemlichkeit zu prüfen. Genau dann verlängerten sich die Kristallpanzer auf der Handaußenflächen jeweils zu einer 30 cm langen schwarzen Klinge.

„W.T.F. Ist das ein Scheiß-Wolverine Handschuh oder was?", schrie Kevin begeistert. „Solch geiles Equipment hast du uns bisher vorenhalten?!"

Auch Mark sagte euphorisch: „Also das ist sogar besser als der Dolch!"

Belial hörte die Konversation und drehte sich um. „Ihr habt eure Schüler ja wirklich in dieser Welt gefunden und nehmt sie schon gleich mit in die Hölle? Ihr habt ja sehr intensive Schulungsmethoden", sendete sie telepathisch zum Rotgekleideten.

Antony grinste leicht und antwortete telepathisch mit einer widerhallenden Stimme: „Das beste Training ist immer noch auf dem Schlachtfeld. Flieg etwas ruhiger und langsamer, damit ich den Beiden den nächsten Schritt zeigen kann. Achte darauf, dass sie es nicht bemerken. Wenn du ein braves Mädchen bist, gebe ich dir vielleicht sogar diese straffreie Freiheit wieder, nach der du dich so sehnst."

„Jaaaa… mein Lord", flüsterte Belial zufrieden.

„So Freunde! Ich setze voraus, dass Ihr die beigebrachten Kampfstile nicht verlernt habt. Wir werden jetzt üben, damit Ihr im Notfall zu mindestens etwas selbst auf Euch aufpassen könnt", erklärte Antony. „Streckt mir mal kurz eure inneren offenen Handflächen aus."

Mark und Kevin taten es erwartungsvoll. Beim Öffnen der Fäuste fuhren die Klingen wieder ein. Antony trat an die Beiden heran und führte ein Alpha über ihre offenen Handflächen. Sofort verfärbten sich die Handschuhe in eine gelbgoldene Farbe.

„Was hast du gemacht?", fragte Mark neugierig.

„Das ist der zweite Waffenmodus. Er verursacht bei Treffern schreckliche Schmerzen und betäubt das Opfer, statt es auszulöschen. Leider habe ich keine Übungswaffen dabei. Deswegen werdet Ihr damit üben. Kämpft jetzt gegen einander. Ich werde Euch beobachten und eventuelle Fehler korrigieren. Wichtig ist, kämpft mit dem Willen zu töten. Wenn einer von euch verletzt wird, heile ich ihn", erklärte Antony und trat etwas zurück.

Der offene Tragsattel des Drachendämons hatte zum Glück gerade genug Fläche, um die Männer nicht zu behindern. Da jedoch das Monstrum beim Fliegen etwas schaukelte, verursachte dies gelegentlichen Gleichgewichtsverlust. Die Beiden zögerten zunächst einander anzugreifen, aber dann dachte Kevin an Lilly und vergaß sein Zögern. Die heiße Höllenstrahlung und die blendende Reflektion des goldenen Wüstensandes erschwerten die Übungen zusätzlich.

„Merk Euch dieses Gefühl des Kampfes", redete Antony während er langsam seine Kreise um die Trainierenden zog. Seine Stimme flüsterte wie ein Echo in den Köpfen von Mark und Kevin. „Je nachdem in welcher Dimension ihr Euch befindet, hat Eure Ausdauer entweder Grenzen oder sie hat fast keine. An Orten wie diesem muss jedoch jeder Tropfen Eurer Essenz gespart werden. Er laugt einen aus, aber den Feind genauso! Nutz dies stets zu Euerm Vorteil! Der Kampf zwischen Seelen ist nicht wie zwischen Lebenden. Wenn der Gegner stärker ist, müsst Ihr erfinderisch sein. Nutzt alle Euch zur Verfügung stehenden Ressourcen, die Umgebung, legt Fallen, seid hinterhältig. An Ehre können sich die Lebenden klammern, aber hier gilt nur das Gesetz des Überlebenden... nicht die Weise des Gewinnens... Hier müsst Ihr kein Ganzes sein. Ein erfahrener Geist kann ohne Mühe Teile seiner Seele bestimmten Aufgaben zuteilen. Ein Arm kann ein Muskel, ein Gehirn und ein heilendes Apparat sein, wenn Ihr es wünscht..."

„Das verstehe das nicht ganz", rief Kevin weiter mit Mark streitend. „Wie kann ich meinen Arm zu eigenen Denken anregen?"

„Hier gelten nur die Grenzen deiner Vorstellungskraft und deines Aria-Pools... Jahwe kann sich an drei Orten gleichzeitig aufhalten und drei völlig unterschiedliche Persönlichkeiten gleichzeitig annehmen... Die Seele ist nicht mit einem festen Körper vergleichbar... Viel eher ein formlose, intelligente Masse aus Wissen und Erinnerungen... Man kann sich teilen, umformen oder jene Gestalten annehmen, die Euer Wille vorgibt... Wie ein erfahrener Kämpfer, dessen Körper auf jede Bewegung selbstständig reagiert... Verteilt Eure Kenntnisse der Kampfkunst in Arme und Beine... Lasst sie für Euch reagieren, damit Ihr andere Aufgaben machen könnt."

Im nachfolgenden zeigte der erfahrene Meister seinen Schülern auch, wie man die Waffen noch nutzen kann. So würde man zum Beispiel durch verdrehen der inneren Handschuhflächen gegeneinander, diese wieder zurück in die Form des Kristalls zurückverwandelt und durch das Führen des

Daumens entlang des Kristalls löste man eine Umwandlung zu einem Schwert aus. Das Schwert selbst bestand dann aus zwei kunstvoll in einander verkeilten Klingen unterschiedlicher Länge. Laut Antony war es eine seiner Lieblingswaffen, denn man könnte damit gleich mehrere völlig unterschiedliche Stile miteinander vereinen.

Egal ob schwere Angriffe mit der vereinten Klinge für zweihändiger Führung, Zwei-Schwerter-Stil mit schnellen kontinuierlichen Angriffen oder die leichteren Faustklingen im normalen und extremen Nahkampf. Alles war mit diesen polymorphen Waffen möglich. Zur Verteidigung brachte Antony die Umlenkung mit den gepanzerten Fäustlingen oder mit Zwei-Schwert-Verteidigung. Die letzte Technik wurde dadurch unterstützt, dass die Schwerter dank besonderer Einkerbungen mit einander über Kreuz verhakt werden konnten. Diese Kerben befanden sich gleich an drei Stellen der Klingen und erhöhten so das Verteidigungspotenzial.

Während die Bestie hunderte Kilometer durch die Wüste flog, ging das Kampftraining weiter. Antony stellte sich zwischendurch selbst vor seine Schüler und trainierte zusammen mit ihnen. Auch bewegungsarme Ausweichmethoden zeigte er ihnen. Belial erschuf zwischendrin heimlich eine Kopie von sich, die Ihre Bestie weiter ritt. Sie selbst setzte sich in den vorderen Teil des Sattels, auf die dort verteilten Kissen und beobachtete neugierig die drei Männer beim Üben. Jedes Mal, wenn Antony den Beiden eine neue akrobatische Technik zeigte, wurden die Schüler erneut in Erstaunen versetzt.

„Wann zeigst du uns eigentlich die mächtigen Techniken, wie zum Beispiel diese Druckwelle, die du aus deinen Händen schießen kannst?", fragte Kevin zwischendrin ungeduldig.

„Wenn du Physik, Quantenphysik, Mana- und Aria- und Ätherion-Formlehre beherrschst, kannst du das selbst entwickeln", erklärte Antony. „Im Moment ist das keine geeignete Technik für Anfänger in der auslaugenden Atmosphäre der Hölle. Ich kann euch allerdings zeigen, wie man die weniger anstrengende und effektivere Waffenmagie richtig beherrscht. Damit könnt Ihr die Zeit in Euch selbst beschleunigen, wenn Ihr Mana in die Schwerter injiziert. Die Fähigkeiten Eurer Anzüge verstärken auf gleiche Weise eure physischen Fähigkeiten unter sehr geringem Verbrauch. Ich werde euch nun beibringen, wie das alles funktioniert."

Dann sah Mark etwas am Horizont. Einer der wenigen großen, roten Flussläufe spaltete sich auf und umschloss eine größere Insel, auf der prächtige Gärten und Terrassen angelegt waren. Diese umschlossen wiederum eine große Mauer aus weißem Stein. Diese Wand war trotz üppiger Vegetation vorher nicht bewachsen, als ob diese aus Salz wäre. Im Inneren Gelände stand ein prächtiger Palast im Stil des „Taj Mahal", aber mit goldenen Kuppeln und mit Edelsteinen verzierten weißen Wänden. Die Reiterin wich der Festung aus und flog weiter.

„Was war das? Stück Paradies in der Hölle?", fragte Kevin.

„Das ist Mammons Festung, wird aber seit seiner Gefangennahme von seinem Diener ‚Invidial' verwaltet", antwortete Belial. „Ich habe mich mit ihm nie gut verstanden. Er hintergeht selbst Erzdämonen ohne zu zögern und dabei bin ich die Herrin der Lügen."

Trotz der blutroten Brunnenanlage, raubte der Anblick der königlichen Gärten mit seinen exotischen Blumen und Pflanzen jedem Betrachter den Atem.

„So Kevin, was hast du während unserer Reise über Mana gelernt?", fragte Antony seinen Schützling prüfend.

„Die Aggregatszustände des Manas, die Hierarchie in der Natur und die Affinitäten sind noch präsent...", antwortete Kevin grübelnd. „Aber sonst weiß ich noch nichts."

Antony reagierte etwas enttäuscht auf die mangelhafte Beobachtungsgabe und entgegnete: „Ausnahmsweise lasse ich es dir durchgehen, da dein Geist momentan mit Lillys Entführung beschäftigt ist... Aber von Euch erwarte ich in Zukunft mehr Beobachtung der Welt um Euch... Eure Existenz könnte schließlich davon abhängen. Ich hoffe, wir verstehen uns?"

„Aber wie sollten wir...?", fragte Kevin sich rechtfertigend, aber wurde unterbrochen.

„Keine Ausreden, Kevin! Ihr müsst schnell lernen, Eure Beobachtungsgabe zu schärfen! Nur so werdet Ihr das zu verstehen lernen, was vor Euch liegt", warf Antony ein und setzte sich auf den Boden. Mark und Kevin wies er an, sich dazu zu gesellen. Er drückte seinen Handschuh auf den Boden und sofort brannte sich in einem Radius von 20 Centimetern ein Kreis in die Oberfläche. Darin entstand der bereits bekannte, zehnstrahlige Stern. Nacheinander begannen Symbole in den Spitzen zu erscheinen. „Da Mana eine masselose und eigentlich auch dimensionslose Substanz ist, kann man sie weder mit Energie noch mit Materie vergleichen. Sie formt und interagiert mit den Naturgesetzen dadurch, dass sie innerhalb eines begrenzten Raums natürlich schwingt. Stellt sie Euch einfach wie einen Gasplaneten vor, in dessen turbulenter Atmosphäre andere Regeln herrschen, als im Vakuum drum herum... Aria und Ätherion sind zwei ihrer exotische Aggregatszustände, die nur an zwei Orten existieren können: Entweder mit bestimmter Materie interagierend und darin gespeichert oder in Dimensionen mit überhöhter Konzentration an atmosphärischen Mana."

„Wozu dann die Welt der Lebenden?", fragte Kevin grübelnd. „Warum kann man diese Kristalle nicht einfach in der Horizontwelt züchten?"

„Wonach der Weltenbaum hungert ist nicht einfach Aria, er ernährt sich auch von Informationen und Erinnerungen darin. Aria ist eine inaktivierte Form von Mana und behält ihre Affinität nur bei, wenn Sie an Informationen gebunden ist. Diese Information ist wiederrum im Ätherion gespeichert, dem schwingenden, intelligenten Kristall mit Selbstbewusstsein. Deshalb braucht man nun mal ein denkendes Behältnis."

„Das ist doch krank", unterbrach Kevin. „Dann könnte Lilly genauso ‚verfüttert' werden."

„Das glaube ich weniger… wenn sie Element einer Prophezeiung ist, werden die Dämonen erstmal rausfinden wollen, ob ihre Identität authentisch ist", spekulierte Antony. „So! Mana wird oft in ‚Farben' eingeteilt. Der Grund dafür ist die Verfärbung des Arias, je nachdem welche Affinität darin dominiert. Es sind bisher neun Aktive und ein Passives bekannt."

„Erkläre es bitte genauer", forderte Kevin die Arme verschränkend. Antony begann auf die Zacken mit den dazu gehörigen Symbolen zeigend im Uhrzeigersinn die Affinitäten zu erklären:

„Also von Anfang an:

1. ‚Gold' ist die Affinität der Speicherung. Sie ist Informationsträger und -begrenzer. In der Seele bildet es in Form von metallisch-kristallinen Fäden eine Matrix für Erinnerungen. Je nach dimensionaler Form ist es in der Lage bestimmte ‚Farben' zu kondensieren und um sich zu speichern. So bildet die Seele mit ihren zahlreichen Fäden eine Art Schwamm für Aria. In flüssiger Form grenzt sie die Informationsfragmente voneinander ab, wie ein Punkt am Ende eines Satzes.

2. ‚Weiß' wirkt partikelbildend und man kann damit jedes Element erschaffen, solange die zugeführte Energie in der näheren Umgebung ausreicht.

3. ‚Blau' ist Affinität der Verformung, kann sogar Flüssigkeiten beherrschen und selbst Metalle dem Willen unterwerfen.

4. ‚Grau' ist die Macht über Zeit und Raum, kann diese also fast beliebig dehnen oder stauchen. Gravitation kann man damit auch beherrschen, da sie durch Verzerrung des Raums entsteht.

5. ‚Violett' steuert polare Felder und Kräfte. Magnetfelder sind ein gutes Beispiel.

6. ‚Schwarz' ist die Affinität des Anfangs und existiert fast nur in der kristallinen Form. Sie ist der Klanggeber des Willens jeder Seele und ist der Keim für Wachstum der goldenen Fäden.

7. ‚Rot' ist die Affinität des Zerfalls und kann selbst komplexe Körper wieder in Energie verwandeln.

8. ,Braun' ist die Affinität des Zusammenhalts. Sie steuert das Verhalten von Materie zu einander. Man kann damit zum Beispiel Legierungen wieder in einzelne Elemente auftrennen oder fügen.
9. ,Gelb' herrscht über Wärme, Energie und Strahlung. Damit kann man Energie sammeln, ändern oder verteilen.
10. ,Grün' steuert Dimensionen und Wachstum.

Der Wille ist wie der Klang der Seele, der die anderen Affinitäten beisammen hält, sie aktiviert und sie zu Codes formen kann, was die eigentliche Magie darstellt."

„Das ist ja alles schön und gut, aber wie kann man auf diese Ressource zugreifen und vor allem die verschiedenen Farben auseinanderhalten?", fragte Kevin nachhackend. „Und du sagtest vorhin, dass Mana keine Energie erschaffen kann, oder?"

Antony streckte sein Hand aus und zeigte sie nach oben. Dann begann durch seinen Handschuh gelbes Aria mit der Konsistenz und Klarheit von Motoröl zu diffundieren. Es formte sich zu einer etwa golfballgroßen Kugel und bei genaueren Hinsehen, konnten einige winzige goldene Fäden von der halben Dicke eines Haars darin erkennen. Diese wuchsen durch den Handschuh und waren an jeder Stelle von dem gelben Aria umgeben. Sie bewegten sich auch als ob sie lebendig wären. Dann sagte Antony: „Mana zu beherrschen ist als Seele nicht schwer, aber solange man die Programmiersprache für diese wunderschöne Essenz nicht beherrscht…", dann floss die gelbe Flüssigkeit wieder in den Handschuh und die umschlossenen Goldfäden zogen sich ein. „… ist sie für einen nutzlos."

„Was bringt uns dieses Wissen dann für den Moment?", fragte Kevin ungeduldig werdend.

„Ihr könnt zu mindestens magische Gegenstände verwenden, wie die Schwerter zum Beispiel", erklärte Antony und holte seinen schwarzen Dolch aus der Seitentasche. Er hielt den Dolch so dass die untere Seite des Griffes frei und sichtbar war. Anschließend formte er demonstrativ einen Tropfen roten, öligen Aria-Tropfen auf seinem Finger und berührte damit den Griff. Fast sofort sog die Waffe den Tropfen auf und begann an der Klinge zu brennen. „Das ist die korrosive Flamme der Zersetzung. Alles was die Schwertschneide berührt wird durch diese Flamme zersetzt. Diese Macht ist wesentlich aggressiver als das Feuer in der materiellen Welt, also seid gewarnt sie nicht selbst anfassen zu wollen. Wenn Ihr Euren Feind auslöschen wollt, müsst Ihr damit den Seelenkern treffen."

„War das nicht diese schwarze Sphäre von der Größe einer Kirsche, die der Dämon Ghum hinterlassen hat?", fragte Mark verwundert. „Selbst wenn wir in der Lage sind diese zu sehen…wie soll man sowas kleines überhaupt treffen können?"

„Was ist dieser Kern überhaupt?", fragte Kevin nochmal nach. „Es einfach nur als ‚den Willen' umschreibt für mich das Ganze nur unzureichend."

„Das Herz jeder Seele bestehend aus schwarzem Ätherion, der nur in einem lebenden Körper entstehen und bis zu einem bestimmten Maß wachsen kann. Die Schwingung jedes Kerns ist einzigartig", gab der Rotverkleidete zu verstehen. „Um das Gebilde wächst das filigrane Gebilde aus goldenen Ätherionfäden. Zerstört man den Kern, führt dies zu einer Kettenreaktion aus Resonanzschwingungen, welche die Fäden drum herum zersetzt. Die Seele brennt von innen heraus ab. Viel mehr gibt es da auch nicht!"

„So viel zur unsterblichen Seele!", entgegnete Kevin zynisch. „Ich habe allein schon auf dieser Reise mehr Arten für eine Seele zu vernichten kennengelernt, als ich zu Lebzeiten über deren Unsterblichkeit gehört habe."

„Jetzt weißt du, warum so Viele das Himmelsparadies vorziehen", entgegnete Mark. „Für mich wäre dieser Ort nach all meinen Erlebnissen trotzdem nichts mehr."

„Endlich höre mal echten Lebenswillen aus deinem Mund, Mark", lobte Antony. „Willensstärke und Selbstbewusstsein sind die absolute Voraussetzung für ‚echte' Beherrschung unserer Künste", gerade als die Flamme des Dolches ausging, steckte Antony seine Waffe wieder in die eigene Hosenschenkelseite. „Also zurück zu meiner Erklärung: Der goldene Fäden wachsen durch Anlagerung neuer Informationen. Je mehr und dichter der Schwamm, im Unterschied zur materiellen Welt, umso konzentrierter das Aria. Dieses wird darin festgehalten, bis es genutzt wird. Mit größeren Wissenspool wächst und verdichtet sich das goldene Gerüst, was mehr Speicherfähigkeit verleiht."

„Aber wie weiß man, welche Affinität wo gespeichert ist und wie kann diese anzapfen?", hackte Kevin verwirrt nach.

„Durch bestimmte Einflüsse, Erinnerungen oder Wissensarten werden nur bestimmte Farben von Mana angezogen. Destruktive Gedanken ziehen zum Beispiel rotes Mana an, während konstruktive, inspirierende Erinnerungen weißes Mana beherbergen. Jede Handlung, Emotion und Erinnerung führt zur Einlagerung anderer Aria-Sorten und macht jede Seele einzigartig. Je ausgeglichener eine Seele, umso flexibler ihre Magie."

„Wenn das so ist, sind alle Seelen in der Hölle voll von roten Mana?", fragte Mark verwirrt.

„Nein. Die Farben können unter gewissen Einflüssen ineinander umgewandelt werden. Blaues, Grünes, Graues und Weißes Aria destabilisieren unter Gewalteinwirkung wie Wahnsinn oder Leiden und wandeln sich in rote Affinität um. Der Vorgang ist aber derart korrosiv, dass goldenes Aetherion mitangegriffen wird und an den Umwandlungsherden abreißt. Erinnerungen und Wissen gehen teilweise so über Zeit verloren oder werden verdreht. Bis letztendlich nur noch der schwarze Kern mit den neutralen, goldenen Fäden übrig bleibt. Solche Seelen nennt man hier ‚die Leeren' und sie haben die höchste Priorität für die Wiedergeburt. Um das Mana zu steuern, müsst ihr nur Eure Gedanken darauf konzentrieren. Euer Astralkörper macht den Rest", erklärte Antony noch. „Jetzt habt Ihr die Information. Versucht das erlernte Wissen umzusetzen."

Kevin schaute zuerst etwas irritiert, setzte sich dann aber mit Mark zusammen, um es zu zweit zu versuchen. Kevin stellte schnell fest, dass die Kontrolle seiner Reserven wirklich nicht schwer war. Durch Konzentration spürte er jede einzelne Faser seines Astralkörpers. Diese waren jedoch vor allem Erinnerungen. Nach etwa 10 Minuten Übung konnte Kevin sogar einzelne Fäden aus dem Körper schauen lassen, aber an diesem Punkt bemerkte er auch, wie schnell das Aria in die Umgebung zu verdunsten schien. Es fühlte sich auch an, als ob man einen Finger in die Nähe einer Kerzenflamme halten würde.

Mark fielen die Übungen der Aria-Beherrschung dank seiner Vorbildung nicht mehr schwer. Als er bemerkte, dass sein Trainingspartner bereits zurechtkam, stand er auf und begann mit seinem Schwert zu üben. Dabei testete er auch, wie kontinuierliche Essenzzufuhr in die Waffe seine Reaktion schwächt. Kevin konzentrierte sich darauf differenzierte Affinitäten an die Oberfläche seines Astralkörpers zu lenken. Die Handschuhe schienen für solche Zwecke geschaffen zu sein, da sie permeabel für Aria waren. Richtete Kevin seine Finger zu einem Punkt etwas über seiner Handinnenfläche, formte sich das durch den Handschuh diffundierende Aria zu eine kleinen Sphäre. Kevin konnte durch seine wiederholten Übungen grünes, violettes, gelbes, weißes und rotes Aria kontrollieren.

Antony trat vor seinen anderen Schüler und holte den Dolch aus seiner Tasche. Dieses verwandelte sich in wieder in ein Schwert und wurde in Angriffsstellung gebracht. Für Mark war es das Zeichen für ein Duell.

Als der Schüler seinen Meister angriff, wurde selbst der noch meditierende Kevin darauf aufmerksam.

Geschickt griff Mark aus verschiedenen Seiten unter Beachtung seiner Beinarbeit. Zum ersten Mal in seinem Leben sah Kevin seinen Kumpel so intensiv fechten, aber trotz der hervorragenden Technik, parierte Antony jedes Mal ohne auch nur eine Bewegung zu verschwenden. Außerdem gab es zwischen Mark und Antony einen großen Erfahrungsunterschied. Antony kämpfte nur mit einer Hand, während der Schüler mit beiden Händen an der Waffe zuschlug. Auch Stichangriffe gingen am Ziel vorbei, weil Antonys einhändig gehaltenes Schwert immer wieder im letzten Moment zu Stelle war, um die gegnerische Waffe zu parieren. Der Kampf ging über 5 Minuten, dann wurde Mark ungeduldig und aktivierte sein Mana. Ein leicht gräuliches Feld umgab sein Körper.

„Ich sehe, du hast in der Zeitmanipulation endlich Fortschritte gemacht", lobte Antony und veränderte seine Defensivstellung. Nun benutzte er auch seine andere Hand zur Übung. „Pass aber auf, dieser Ort laugt deine Reserven vierfach so schnell aus. Dein Zeitlimit setze ich auf 30 Sekunden! Los!"

Antonys und Mark Klingen kreuzten sich erneut, aber nun bewegte sich der magisch, umhüllte Schüler sehr viel schneller. Es ging so schnell, dass Marks Astralkörper begann zu verschwimmen und eine nachbildartige Spur zu hinterlassen. Antony reagierte mit ähnlicher Geschwindigkeit, nur mit dem Unterschied, dass ihn kein Zauber zu umgeben schien.

Belial hatte sich inzwischen einen Überblick verschafft und wusste nun, dass im Falle einer Geiselnahme, der weniger kampferfahrene Kevin ein gutes Ziel abgeben würde. In diesem Moment konterte Antony Marks Angriff so, dass sein Schüler zu Boden fiel.

„Davon rate ich dir ab, Belle", flüsterte Antonys mit lauter, widerhallender Stimme im Kopf der Dämonin, dass sie sich aufschreiend die Ohren zuhielt.

„Wie könnt Ihr meine geistigen Barrieren umgehen?", entgegnete Belial.

„Das muss ich gar nicht", flüsterte die Stimme telepathisch. „Ich kann jede Bewegung, Blicke und noch so winzige Körpergeste in der Umgebung wahrnehmen."

Die Dämonin hob beeindruckt ihre beiden Augenbrauen, stand auf und übernahm wieder das Steuern, da ihre Illusion im Augenblick der Verwirrung erlosch.

„Warum haben wir angehalten?", fragte Mark merkend, dass sein Duellpartner aufhörte zu kämpfen.

„Ich möchte, dass du mit Kevin noch mal die Grundbewegungen widerholst und ihm den wahren Schwertkampf beibringst!", befahl Antony.

„Hab verstanden", entgegnete Mark entschieden und schaute zu Kevin, der sich bereits aufrichtete.

Mark erklärte seinem Trainingspartner, wie man den astralen Körper stärker machen konnte. Das Prinzip an sich ist einfach: Durch umordnen der Fasern der Seele würde man die Anatomie eines menschlichen Körper näher nachahmen. Ähnlichere Struktur können zu knochenartigen Verdichtungen oder muskelartigen Bereichen angeordnet werden. Und so konzentrierten sich die beiden Männer auf ihr Innerstes und begannen dann eine Art Impuls durch ihren Körper zu drücken. Richtung Arme und Hände, Beine und Füße. Kevin merkte sofort, dass die bereits überlegene Stärke durch neue Ordnung noch weiter zunahm. Sein Astralkörper gehorchte ihm auf einmal viel besser. Es gab ja nichtsdestotrotz keine biologischen Barrieren.

Als Kevin, nach einer Erklärung, die Zeitmagie im Schwert zum ersten Mal anwendete, bemerkte er wie die Welt um ihn grauer und langsamer wurde. Je mehr Aria man investierte, umso mehr verstärkte sich dieser Effekt. Im Kampf mit Mark lernte Kevin sich parallel dazu auf die Magie zu konzentrieren. Doch schnell spürten die Beiden ihre Unterschiede, denn Kevin verfügte nicht über das Tattoo wie bei Mark und Antony, das den Essenzfluss offensichtlich optimierte. Kevin war aber wegen der Rettung besonders motiviert und holte Mark in der Kunst des Kampfes durch seinen Einfallsreichtum ein.

Der Flug dauerte bereits mehr als 2 Stunden und die Männer übten dennoch ununterbrochen. Schließlich kämpften beide so schnell, dass sie für Außenstehende nur noch völlig verschwommen erschienen. Und dabei nutzten sie nicht mal mehr die Zeitmagie. Ihre Schwerter verursachten beim Aufeinandertreffen Funken, Blitze und kleine Druckwellen. Wie ein Blitz griff Antony schließlich ein und hielt die zwei Schwerter mit seinen Fingergriffen auf. Die Schüler dampften förmlich vor Anstrengung und atmeten bereits schwer.

„Deine Schüler machen erstaunlich schnell Fortschritte", sagte Belial, die beide Schüler nun in völlig anderer Körperhaltung sah. Als ob die Nachbilder die beiden Kämpfer erst einholen mussten.

„Das war gut, allerdings habt Ihr zu viel Mana eingesetzt und seid schnell müde geworden oder?", fragte Antony die Frau ignorierend.

„Ja, die Welt hat für kurze Zeit fast völlig stillgestanden", gab Kevin gut gelaunt, aber ausgelaugt zu. „Aber wieso fühle ich mich so müde? Als ob ich eine Woche lang jeden ganzen Tag trainiert hätte."

„Mir geht's auch nicht besser", fügte Mark hinzu ebenfalls schwer atmend.

„Ihr müsst lernen den Ariafluss besser zu kontrollieren und zu spüren, dann könnt Ihr auch bestimmen, wie stark eure Reaktionsvermögen beschleunigt wird", erörterte der erfahrene Meister. „Kevin ist besonders im Nachteil, weil er noch keine Prägung trägt."

„So sehe ich das aber nicht!", widersprach Mark hechelnd. „Er ist zu gut für jemanden mit so wenig Erfahrung!"

„Warum machst Du mir dann keins?", entgegnete Kevin leicht arrogant schmunzelnd.

Antony nähert sich ihm mit Ernst in den Augen und sagte ihm direkt ins Ohr: „Weil es nicht allein deine Entscheidung ist!"

„Wie viele dieser Waffen befinden sich noch in Eurem Besitz, Ainex Kronos?", fragte Belial telepathisch.

„Du hast es also rausgefunden", übersandte Antony unbeeindruckt telepathisch zurück. „Glaube aber nicht, du hättest mich dadurch in der Hand. Ich würde dir jetzt auch nicht mehr vertrauen, Belial."

„Aber das erklärt einiges. Hätte ich von Anfang an gewusst, wer Ihr seid, hätte ich Euch nicht herausgefordert. Anderseits verstehe ich, warum Ihr Eure Identität geheim haltet. Es ist nicht verwerflich das Meiste aus einem Geschäft rauszuschlagen", rechtfertigte sich die Dämonin in einem unterwürfigen und mitleiderregenden Ton. „Hier gilt nun mal das Recht des Höchstbietenden. Und was könnte mir jemand anderes jetzt noch anbieten, wenn Ihr mein Leben und meine Freiheit in Händen haltet. Was kann ich also tun, um Euch milde zu stimmen, mein gefallener Lord."

„Wir werden sehen", antwortete Antony emotionslos.

Die scheinbar endlose Wüste begann sich währenddessen langsam zu verändern. Die großen, vom heißen Wind umspülten Golddünen wurden langsam immer kleiner und das Glitzern im Sand wurde auch immer schwächer. Irgendwann wich das Gold ganz dem normalen Quarzsand, der wiederrum immer dunkler wurde. Die Dünen verschwanden letztendlich und die 2 sichtbaren breiten Flussläufe endeten in einem weiten rotbraunen Sumpfgebiet. Der Gestank von Verwesung, Schwefel und sumpfigem Wasser drang in die Nase, nachdem sie nicht einmal hundert Meter über dem Moor flogen. Der orangene Himmel wurde von dunklen Wolken vollständig bedeckt, die in der Ferne gewitterten. Diese Wolkendecke trat aber nicht über die Grenze des Sumpfes hinaus. Für die Betrachter auf dem Drachen sah es so aus, als ob sie in einen nahenden Wirbelsturm fliegen würden.

Man sah schlammüberzogene Gestalten im Sumpf, die ziellos durch den braunen Schlamm und seine Vegetation stampften oder krochen. Die Pflanzen schienen zuerst harmlos, aber beim genaueren Hinsehen erkannte Kevin, dass diese hart und spröde aussahen. Sobald ein Verdammter herantrat, zersplitterte das Sumpfkraut schlagartig und verletzte die Seele durch messerscharfen Splittern. Insgesamt schien der Sumpf mit diesen übersät zu sein. Die fliegende Kreatur musste wegen des stärker werdenden, kalten Windes tiefer fliegen. Dann erkannte Mark, dass da einige Seelen im Schlamm lagen, mit diversen dieser brüchigen Pflanzen, die aus ihren Wunden herauswuchsen. Dann fragte er: „Was ist das nochmal für ein Ort?"

„Der Blutsumpf der Meuchler!", antwortete Belial. „Das Reich von Astaroth, dem Wahnsinnigen. Er gehört neben Satan zu den Grausamsten der 7 Dämonenherrscher. Er ist während der letzten großen Himmelkrieges auf die Idee gekommen, gefangene Engel langsam die Glieder längst zu halbieren, dann diese aufzuspießen und die Enden der Verstümmelten an einem Kranz aus Dornenbüschen festzubinden. Die Leidenden wurden auf einen großen

Kreuzmast befestigt und von großen Dämonen als höllische Standarten getragen. Selbst große Engel seien beim Anblick terrorerfüllt davongeflüchtet. Sie wurden jedoch trotzdem angeschossen und dann niedergemetzelt."

Während Mark und Kevin danach ihr Training fortsetzten, fragte Antony Belial weiter über die Erddämonen aus. Astaroth, sei der Herr der Schlangen und kann Seelengifte in jeder Form in seinem Körper produzieren. Er sei auf Nahkampf und Dolchkampf spezialisiert. Mammon kann Edelmetalle manipulieren und Habsüchtige beherrschen. Satan ist der physisch Stärkste unter den Dämonen, kann aber mit seinem Zorn Stürme und Erdbeben auslösen. Beelzebub kann niedere Tiere wie Insekten kontrollieren und ist der Herr der Pestilenz. Asmodan kann den Geist und das Verlangen beeinflussen. Er hat im letzten Krieg hunderte Engelssoldaten dazu gebracht eine riesige Orgie zu veranstalten, bis sie sich in der intensiven Ekstase gegenseitig zerfleischten. Lucifer hat angeblich die gleiche Macht wie Gott, aber ist zu sanft und weigert sich gegen sie zu kämpfen. Seither schmachtet er allein in der innersten Kammer des Höllenkerns. Allein Satan und das Orakel reden noch mit ihm.

„Seit wann befindet sich Lucifer bereits in der Hölle?", fragte Antony.

„Etwas über 1300 Erdenjahre", erzählte Belial selbst misstrauisch. „Auch wenn wir Dämonen nicht viel aus der lebenden Welt mitbekommen, außer dem Gesabber der Verdammten im Wahn natürlich, sind wir nicht blöd genug dem gefallenen Morgenstern zu vertrauen. Er ist verdächtig sanft für die Hölle."

Währenddessen erschien ein Ozean am Horizont. Bereits aus Weitem waren die riesigen Wellen erkennbar. An der Grenze zwischen Marschland und diesem nur noch leicht rötlichen Meer stand eine Hafenfestung mitten ins Brackwasser verankert. Ein bizarrer Anblick, da bei genauerer Betrachtung alles aus Holz bestand und auf vielen, riesigen, scheinbar toten Mangrovenbäumen aufgebaut war. Das dichte Wurzelwerk umschlang eine Bucht, in der ein einziges, aus Knochen und dunklem Metall gebautes Schiff ankerte. Dieses hatte die Größe eines modernen Flugzeugträgers, aber von der Form hat es eher an ein U-Boot erinnert. 7 Reihen riesiger Rippenpaare ragten an vorderen Teil des Schiffes und erinnerten an Auspuffspoiler eines aufgemotzten Renntraktors. Ein immenser, stromlinienförmiger Schädel eines Seemonsters schmückte den Bug des Schiffes und diverse kleine, spitze Rippen waren auf dem Schiff verteilt, um zusätzliche Stromlinienform zu erreichen.

„Ihr achtet ja wirklich sehr auf das richtige Flair, sowohl bei eurer Architektur, als auch im Schiffsbau, wie ich sehe", kommentierte Mark nachdem er beim

Anblick des riesigen Kahns seine rechte Augenbraue hochhob. Antony und Kevin schmunzelten.

„Charons Boot hat vor der technischen Revolution viel unheimlicher ausgesehen, bis einer von Mammons Dienern Hand angelegt und das Schiff ganz neu gestaltet hat. Wir werden damit weiter fahren", erklärte Belial.

„Wie viele dieser Schiffe habt Ihr?", fragte Mark neugierig.

„66 natürlich", entgegnete Belial mit ihrer erotischen Stimme. „Es gibt viele Seelen und Dämonen zu transportieren."

Mark schaute erneut auf seinen Arm und wurde kreidebleich. Auf seiner Uhr war bereits über dreifünftel der Zeit abgelaufen. Er flüsterte es zu Antony und dieser fragte Belial, wie lange sie bis zum Kern noch brauchen.

„Etwa 5 Tage", sagte Belial misstrauisch, da sie jetzt auch bemerkte, dass Mark ab und zu auf seinen Arm starrte. „Drängt bei Euch etwa die Zeit wegen irgendwas? Ist ja nicht so, als ob Ihr sterben würdet."

Kevin zuckte leicht zusammen und für Belial war es wie eine Bestätigung. Sie schmunzelte bösartig.

„Es sieht wohl so aus, als hätte ich doch noch ein Paar Asse in meiner Hand", flüsterte sie erotisch zu Antony, der neben ihr stand.

Antony schaute vorwurfsvoll auf Kevin.

„Was machen wir jetzt?", fragte er. Der Drache kreiste währenddessen um die Festung ohne landen zu wollen.

„Belial, bist du wirklich der Meinung, dass du mich erpressen kannst?", fragte Antony. „Ich glaube meine Position ist immer noch stärker als Deine. Ich kann auch Tote wiederbeleben."

„Das mag ja sein, Ainex. Vielleicht schafft Ihr es auch hier heraus zu kommen, nachdem Ihr mich ausgeschaltet habt. Aber eure Schülerin könnt Ihr dann vergessen", flüsterte Belial. „Wenn ein Dämonenlord stirbt, erbebt die ganze Hölle. Jeder... wird wissen, dass Ihr mich vernichtet habt. Hilfe oder einen Handel braucht Ihr dann von niemand mehr erwarten. Und sollten Eure Körper in der echten Welt sterben, werdet Ihr für einen Moment stark genug geschwächt sein. Dann wird die Hölle wirklich zu Eurer NEUEN Heimat", stellte Belle boshaft klar.

„Du willst also noch mehr aushandeln?", fragte Antony.

„Der Grund, dass Ihr meinen Vertrag habt bedeutet, dass Ihr Jahwe nahe steht. Ich will die uneingeschränkte Freisprechung von meinen vergangenen Sünden, meine Freiheit und Macht, um in der rauen Welt des Weltenbaums zu überleben. Die versprochene Phiole ist da nicht mehr ausreichend", forderte Belial.

Mark und Kevin erstarrten. Sie schauten auf Antony, der schmunzelnd auf der Stelle stand und nichts sagte. Dann näherte er sein Mund langsam zu Belial. Sie wusste nicht, wie sie darauf zu reagieren habe und wurde leicht nervös. Er beugte sich leicht zu der reitenden Dämonin vor und flüsterte ihr etwas ins Ohr. Mark und Kevin wollten lauschen, aber Antony hielt sie mit einer Handgeste ab. Dann begann der Drachendämon plötzlich auf Landeanflug zu gehen. Antony richtete sich auf, drehte sich um und lief zurück zu seinen Freunden. Belial hielt die Phiole mit der dunkelgrünen Flüssigkeit in der Hand und hatte gerade das Gesicht einer jungen Witwe, die gerade ein Milliardenerbe von ihrem ungeliebten Mann erhalten hat.

„Ich hoffe, Ihr haltet Euer Wort!", sagte sie unsicher, während sie die erhaltenen Phiolen in ihren Militäranzug wegpackte.

„Wenn es etwas in diesem Sicheres im Universum gibt, dann ist es mein Wort", entgegnete Antony arrogant. „Aber das ist mein letztes Angebot."

„Was hast du ihr versprochen?", flüsterte Kevin, während Mark auch herantrat um zuzuhören.

„Das ist ein Geheimnis zwischen Geschäftspartnern", entgegnete Antony und hielt sich den Zeigefinger vor den Mund.

Der Drache landete auf einer großen Steinplattform, die auf einem der riesigen Luftwurzeln des vertrockneten Hafenfestungsbaumes befestigt war. Diverse große Hängebrücken führten von der Plattform in verschiedenen Gebäude der Festung, die aus der Nähe an eine heruntergekommene Piratenstadt erinnerte. Diverse Dämonen standen draußen, lachten und redeten miteinander. Beim Anblick von Belial und ihrem riesigen Drachendämonen unterbrachen sie jedoch ihre Konversation und verbeugten sich respektvoll vor der Dämonin.

„Egal wo Ihr hingeht, Ihr bekommt immer noch Respekt und Unterwürfigkeit. Auch wenn es die Hölle ist… habt Ihr doch fast alles erreicht, was sich eine Frau wünschen kann", bemerkte Mark am Rande, während sie alle den Drachen heruntersprangen.

„Das ist selbstverständlich, aber auch langweilig auf Dauer", entgegnete Belial etwas frustriert. „Das Schöne am meist grauen, harten Leben ist ja, dass man Ziele, Wünsche und Träume verfolgen kann. Männer verführen, Sex, Intrigen schüren, sie um dich gegeneinander kämpfen lassen. Hier ist das Geschlecht letztendlich bedeutungslos. Deswegen solltet Ihr hier auch nicht mehr so oft auf euren Arm starren. Auch niederere Dämonen sind klug genug."

In Augenblick ihres Eintreffens vor der Hängebrücke erschien ein sehr schmächtiger, aber sehr hinterhältig aussehender Dämon mit langen, spitzen Ohren. Seine Haut war bleich und die Augen vollkommen schwarz. Er trug ein Lederharnisch mit vielen Gurten und einen Schwerthalter mit zwei arabischen Krummsäbeln auf seinem Rücken. Überhaupt war seine Kleidung für einen Assassinen angepasst, in dunklen Tönen getarnt und voll bewaffnet. Vier Dolche steckten in den Beinschenkelseiten.

„Ich verneige mich respektvoll vor der großen Belial. Was verschafft uns die Ehre", sprach der Assassin respektvoll. „Soweit ich weiß, wolltet Ihr nach dem Vorfall nicht mehr in die Tiefen zurückkehren."

„Die Sache der Königin ist nicht gleich die Sache eines Ministers, Sicarial!", entgegnete Belial zornig und schritt sich ihm nähernd voran. Antony hielt seine Schüler zurück, um die weitere Entwicklung abzuwarten. „Hast du deinen Platz in der Hierarchie vergessen?!"

Der Dämon lachte hinterhältig, aber andere Dämonen zögerten aus Furcht und warteten ebenfalls ab. „Ich mag ja in der Machtpyramide niedriger stehen, aber mein Vorgesetzter ist immer noch Astaroth und nicht Ihr", entgegnete Sicarial frech. „Da er Euch eh nicht ausstehen kann, würde er über euren Kopf auf einem Tablett sogar freuen, Verräterin!"

Die Erzdämonin wurde zorniger und kälter. Sie begann wieder mit den fahlblauen Flammen zu brennen, worauf Antony prompt reagierte. Er sprang nach hinten zu seinen Begleitern und ließ mit einem Schwung seiner Hand und einem Strahl desselben Flammen auf den Boden brennen und eine durchsichtige Eiswand wuchs schützend daraus. In diesem Moment kroch ein unheimlich kalter Wind über die Plattform und die Festung. Der Sumpf, die Gebäude der Festung und selbst schwächere Dämonen begannen Raureif anzusetzen und zu gefrieren. Sicarial schaute sich unzufrieden um und bekam kurz Angst. Statt jedoch nachzugeben, holte er seine Säbel heraus, aktivierte seine optische Tarnung und verschmolz mit der Umgebung. Belial zeigte sich unbeeindruckt, aber löschte ihre Flammen. Der Getarnte suchte bei der Dämonin nach einer Schwachstelle für ein Angriff, nahm nahezu lautlos kräftig Anlauf und sprang mit einem kräftigen Abstoß vom Festungsboden in Richtung der Dämonin. Der Sprung war das einzige was Belial hörte. Mark und Kevin wollten instinktiv eingreifen, aber Antony hielt sie mit seinen beiden Armen auf. Der Springer holte währenddessen seine beiden Schwerter noch im Flug zum Angriff aus. Belial holte ihre Peitsche raus, als wolle sie die von oben einschlagenden Schwerter wie mit einem Degen abblocken. Doch die Wucht war natürlich zu stark und er schnitt durch Peitsche und Torso der Frau gleichermaßen. Doch statt zu bluten, strömte Rauch an den offenen Wunden das vermeintliche Opfers. In diesem Moment spürte Sicarial einen stechenden Schmerz in seiner hinteren Brustkorbseite. Er schaute schmerzerfüllt zu seiner Rechten. Dort erschien Belial langsam aus der Unsichtbarkeit und ein eiskalter Nebel entwich ihr wie eine Aura. Sie hatte einen Kurzdegen, den sie aus dem Griff ihrer Peitsche herausgeholt hat, in den Dämon gestochen. Den Peitschenteil, der als Schutz- und Tarnschafft dient, hielt sie immer noch in der anderen Hand. Sie drehte sich nicht mal zu

Sicarial, als wäre seine Schwäche nicht mal ihres Blickes würdig. Die Klinge lähmte ihn vollständig und eine unerträgliche Kälte drang dadurch schnell in seinen astralen Körper. Er machte gerade noch für einen wütenden Schrei den Mund auf, aber es kam nur noch ein schwacher Ton heraus. Belials Klinge hatte tiefe Kälte in ihn geleitet und den Dämon innerhalb von wenigen Sekunden vollständig vereist. Dann holte sie drehend ihre Klinge heraus und wendete sich mit einem selbstzufriedenen Gesichtsausdruck zu ihren Begleitern, die nun aus dem Schutz der Eiswand herauskamen. Belial gab der Eisstatue einen leichten Fingerstoß und diese rutschte über den Rand der Plattform in den mittlerweile auch vereisten Sumpf 25 Meter tiefer. Dort zerrschelte der Dämon auf dem völlig starren Schlamm. Die Gruppe blickte nun auf eine völlig vereiste Umgebung. Alles außer Antony und seinen Begleitern war innerhalb von 500 Metern um Belial vereist. Selbst der Dämonendrache wurde noch in Bewegung, um vor der Kälte zu fliehen in eine imposante Eisstatue umgewandelt.

„Ich sehe eure Anzüge sind wirklich sehr kältefest", sagte sie euphorisch.

„Ich verstehe ja, dass ihr die ganzen Dämonen vereist habt, aber warum auch Euren Drachen", fragte Mark leicht verstört.

„Wenn ich wütend werde,...", entgegnete Belial flirtend und erotisch auf ihren Zeigefinger beißend. „...fällt es mir schwer meine Gefühle zu kontrollieren. Ein eisfester Drache ist da natürlich von Vorteil. Keine Angst! Er wird wieder lebendig, sobald er auftaut. Das kann ich vom armen Sicarial jedoch nicht mehr behaupten."

„Wie geschickt Ihr gelernt habt, Euer Sexappeal immer wieder mit solcher Grausamkeit zu kombinieren", kommentierte Kevin ironisch schmeichelnd.

„Oh... Du süßer, naiver... Mann", flirtete die Dämonin. „Das ist eine der wenigen Freuden, die einem in der Hölle noch bleibt. Beeilen wir uns, eure Zeit drängt doch", dann dachte sie noch etwas nach und erklärte: „Was für ein böses Mädchen ich doch bin... Habe mich doch glatt zum Töten eines Festungsverwalters verführen lassen."

„Ein eiskalter Engel...", fügte Kevin schmunzelnd hinzu.

„Für dich, Süßer, kann ich Alles sein!", flirtete Belial in einem erotischen Ton und sandte Kevin einen eisigen Luftkuss. Er zuckte leicht und setzte ein falsches Lächeln auf.

Da die fast 30 Meter lange Hängebrücke, welche die Festung mit der großen Landeplattform verband vereist war, wurde es zu unsicher darüber zu laufen. Belial erschuf eine stabile Brücke aus Eis und lief seelenruhig rüber. Antony, Mark und Kevin folgten.

„Ich fass es nicht, dass dich sowas nicht anmachen kann, Mark", flüsterte Kevin zu seinem Kumpel, auf die weiblichen Kurven Belials zeigend. Sie betrat gerade hüftenwackelnd einen kleinen Eingang in der Festungswand.

„JETZT ist ganz bestimmt nicht die Zeit für solche Gespräche", entgegnete Mark leise mit unzufriedenem Ton. „Mal abgesehen von der Tatsache, dass sie sicher eine Massenmörderin ist."

„Wie viele dein Freund wohl schon in seinem langen Leben getötet hat?", fragte Kevin voller Ironie. Mark rollte mit den Augen. „Außerdem macht seine Beziehung mit dir auch technisch zu so etwas wie einem Pädophilen." Mark drehte sich um und schlug Kevin ins Gesicht, als er das hörte.

„Hört mit dem Kindergarten sofort auf!", rief Antony.

„Aber er hat dich gerade...", rechtfertigte sich Mark.

„Er hat Recht", gab Antony leichtfertig zu. „Aber bestrafe ihn nicht, weil seine Welt sich um sein kleinen Penis dreht."

„Er ist nicht klein!", rief Kevin sofort entgegen. Belial lachte.

„So wie du darauf reagierst, ist er es wohl doch... zumindest gemäß deinem Selbstkomplex", parierte Antony. Mark und Belial kicherten höhnisch, während Kevin die Konversation nun Leid tat, die er angezettelt hat.

Die Männer betraten eine dunkle Gasse, die direkt zum Hafen führte. Die Kälte wurde durch die großen, dicht bei einander stehenden Gebäude und Außenmauern abgeschottet, denn niemand im Inneren schien etwas vom Kampf mitbekommen zu haben. Dennoch hatte die Straße auch so genügend eigene gruselige Kuriositäten zu bieten. Der kalte Wind des stürmischen Ozeans wehte durch die Straßen der größtenteils aus Holz gebauten Häuser. Die zahlreichen Durchzüge verursachten ein ständiges, chorartiges Pfeifen in der Luft. Einige Türen und Fenster klapperten regelmäßig. Zahlreiche entstellte Dämonen saßen, lagen oder prügelten sich am Straßenrand. Manche davon hatte eine wie ein Tier angekettete Seele dabei, die sie meistens gelangweilt misshandelten.

Der Betrieb in der Bucht lief währenddessen ohne Unterbrechungen. Im Hafen befand sich eine große Schlange Verdammter, die in Ketten gefesselt auf ihre Weiterfahrt warteten. Riesige, muskulöse Dämonen fertigten die verfluchten Seelen wie Sklaven zum Weiterhandel ab und trieben sie mit starken Peitschenhieben in das riesige Schiff. Belial vermummte sich und änderte ihr äußeres Erscheinungsbild, um nicht aufzufallen. Sie sah jetzt selbst aus wie ein dämonischer Scout. Antony machte es ihr nach und zeigte seinen Begleitern, wie der Farbwechsel der Kleidung funktioniert.

„Ich dachte die Verdammten werden seit dem Krieg von Dämonen gar nicht mehr beachtet und jetzt transportiert Ihr sie doch in die tiefere Hölle", bemerkte Mark interessiert. „Oder habt Ihr mit diese Verdammten etwas anderes vor?"

Belial schmunzelte und entgegnete: „Das Nichtstun kann auch langweilig werden. Außerdem braucht auch dieses Schiff Treibstoff."

Mark und Kevin lief ein kalter Schauer den Rücken runter.

„Besteht der Ozean nicht aus rotem Aria? Wieso nutzen die Dämonen diese Ressource eigentlich nicht?", fragte Mark dann etwas unsicher.

„Mach deine Augen auf, Kleiner", antwortete Belial. „Der Ozean ist nicht mehr essenzreich genug. Es ist so, als ob du ein Schiff mit Schiffdiesel befüllen würdest, das zu 95% mit Wasser verdünnt wurde."

„Die höllische Grausamkeit kennt keine Grenzen", sagte Mark zynisch.

„Der menschliche Zorn auch oft nicht", entgegnete Belial teilnahmslos. „Diese Seelen haben in ihrem Leben der Wut nachgegeben. Ihre Familien und Freunde schamlos ausgenutzt oder ihnen sogar ganz das Leben zerstört. Schläger, Hooligan, gewalttätige Ehemänner und Väter, auch manch ein Mörder ist dabei. Jetzt werden die Verdammten selbst als Brennstoff genutzt und dann in den stürmischen Ozean geworfen, aus dem man sie gefischt hat. Dort wo Ihre Wunden brennen und Ihre Leiber den Gewalten des ewigen, zornigen Sturms trotzen werden."

Die Gruppe wanderte runter zum Pier. Dort sahen Sie das Ausmaß, die in das große Schiff geladen wurden. Es waren mehrere Hundert. Die Verdammten sahen teilweise wie Schwerverbrecher aus. Belial erklärte, dass ihnen die Illusion in den Geist implantiert wurde, sie würden noch leben und das Schiff sei nur ein Gefängnistransport mit besonders grausamen Wärtern. Alle Dämonen und die Umgebung sehen für sie wie in der lebenden Welt aus. Das mache die Arbeit der dämonischen ‚Befeuerer' und Verlader um vielfaches einfacher.

Man hörte schon in der Ferne, dass jemand die Eisklötze entdeckt hatte, aber das Schiff war zu Glück schon fast voll ‚betankt'. Belial und ihre Begleiter betraten die Fähre über einen separaten Aufgang, der direkt aufs Deck führte. An der Stellen des Kontrollturms befand sich leicht nach hinten gekippt positioniert ein riesiger offener Sarkophag, dessen oberer Deckel fehlte. Dieser erinnerte leicht an eine futuristische Schlafkapsel, wobei diese ein Fenster ohne Glas hatte. Das Gebilde hatte eine Höhe von über 30 Metern und darin befand sich der dazu der vom Größenverhältnis passende Kapitän. Er selbst war ein dünner Riese in einem schwarzen Umhang. Sein Unterleib war mit dem u-bootartigen Schiff vollständig verschmolzen. Er wartete fast regungslos, bis alle dämonischen Passagiere eingestiegen waren. Man könnte ihn fast mit einer riesigen aber sehr dürren Statue verwechseln, wenn seine Augen nicht beobachtend herumrollen würden. Er richtete sich auf, schaute kurz auf die verschleierte Dämonenfürstin, die er in der Menge von anderen Passagieren trotzdem wiedererkannte und nickte langsam respektvoll die Augen schließend. Die anderen Dämonen schienen es jedoch nicht zu beachten. Mark und Kevin wurden nervös. Vielleicht müssten sie sich ja gleich mit einer ganzen Dämonenarmee anlegen. Antony klopfte den Beiden jedoch beruhigend auf die Schulter und flüsterte: „Beruhigt Euch!"

Dann streckte der Schiffskapitän, Charon, seine Arme quer zur Schiffslänge in leicht gesenkter Haltung und hob in einer gemächlichen Art, mit seine Finger nach oben zeigend, seine Hände. Der Schiffsmotor startete in einem kurzen lauten Anlauf und der Steuersarkophag des Fährmanns hob sich um auf einem schiefen Bahnmechanismus mit knatternden Zahnrädern um weitere 10 Meter nach oben. Dann lehnte sich der Kapitän zurück in seinen Sarg und legte seine Hände wieder zusammen. Das Steuersystem schien über Gedankenkontrolle innerhalb seiner Kapsel zu funktionieren. Die Leinen des Schiffes lösten sich von selbst aus den Verankerungen und schlängelten sich zurück in das Schiff. Die Rampen fuhren in ausgeklügelten Mechanismen in das Schiff und die 4 an schwere Ketten gehängten Anker vorne, sowie hinten wurden hochgezogen. Das Schiff begann rückwärts aus dem Hafen zu fahren.

„Es sieht so aus, als wurdet Ihr vom Fährmann erkannt", sagte Mark zu Belial flüsternd.

„Das ist nicht von Bedeutung!", antwortete Belial zurück. „Der Fährmann kann zwar anders als andere Wesen Verborgenes entdecken, aber er ist schon immer neutral gewesen. Er würde selbst eine Armee von Engeln in die Hölle fahren, wenn diese sein Schiff besteigen würden."

Als das Schiff endlich die Bucht verlies, wurde es erstmal von den hohen Wellen erfasst und so bemerkten die neuen Passagiere bereits, warum der Flug mit dem Drachendämon unmöglich wäre. Es wehte ein derart starker, eiskalter Wind über das unruhige Meer, dass wenigen Fahnenmasten mit hochgezogenen Stofffetzen in den Böen fast bis zum Abknicken gebogen wurden.

Auch wenn die Schiffspassagiere durch ein magisches blaue-violettes Kraftfeld vor Wind und Wetter geschützt wurden, schimmerte diese Barriere ganz schön auf durch den seitlich einprasselnden Sturm. Desto weiter das Schiff sich vom Ufer entfernte, umso höher wurden auch die Wellen. Mark und Kevin drängelten sich durch die Masse zum Schiffsrand, um die Wellenhöhe abzuschätzen und sahen wieder etwas Neues. Das Meer war voller Leiber und immenser, leuchtender Quallen, die trotz der unruhigen See immer noch sichtbar waren. Die Tiere trieben vorbei mit diversen vor Schmerz zuckenden Verdammten in ihren Tentakeln. Diese Opfer befanden sich im ständigen Kreislauf aus Ertrinken, brennenden Schmerzen, Lähmung und waren ihren hirnlosen Jägern völlig ausgeliefert. Langsam begann sich das Schiff immer mehr in den Wellen zu schaukeln. Mark, Kevin und selbst

Antony wurde es schlecht. Belial bemerkte das und kicherte heimlich, doch dann erwischte es auch sie. Vielen anderen Dämonen und Reisenden ging es nicht anders, wodurch die Gruppe sich nicht wirklich von Rest abhob.

Plötzlich sprach der Kapitän des Schiffes mit der Stimme eines verdursteten Untoten: „An alle Passagiere der Charon 6… aaah… Bereitmachen zum Tauchen… aaah… Entfernt Euch innerhalb von 10 Sekunden… aah… von Rand des Schiffs… aaah… Abgeschnittene Glieder werden nicht zurückerstattet…"

Die vier Kranken traten zurück vom Geländer und weitere stärkere blauer Kraftfeldschichten begannen sich aufzubauen. Einer der anderen kranken Passagiere überhörte wohl die Botschaft und seine Hände wurde vom blauen Feld erfasst. Diese verflüssigten sich im blauen Feld, wurden nach außen verdrängt und vom Wellengang als ölige Pampe hinweggespült. Der Schild war selbst etwa nun etwa 60 cm dick und hatte von außen nach innen eine immer stärkere Blaufärbung, was man aber nur während seines Aufbaus sah. Als die Schutzhülle sich geschlossen hat, wobei die Rippen diesen Kokon umschlossen, begann das riesige Schiff seinen Tauchgang. Es sah jetzt aus, wie ein immenser in einem Skeletttorso eingefasster blau schimmernder Edelstein. Es wurde auch schnell deutlich, warum die Tauchfahrt notwendig war. In wenigen Kilometern Entfernung wütete ein unerbittlicher Sturm mit Wellen, die schätzungsweise 10 Mal so hoch waren, wie das sowieso schon gigantische Schiff. Das Boot tauchte relativ gleichmäßig und ein Neigungswinkel war kaum spürbar. Das nur noch stellenweise rötliche Wasser war voller treibender Seelen und Quallen, die einem in Fahrtrichtung gegen das Kraftfeld prallten. Mit steigender Tiefe wurden es aber auch immer weniger. Das durchsichtige Kraftfeld machte aber auch alles zum Panorama. Das Schiff hinterließ eine Spur aus verkohlten Verdammten. Diese windeten sich ertrinkend und wurden dann vom Wasser in die Dunkelheit davongetrieben.

„Wie verhindert man eigentlich, dass die Verdammten ans Ufer getrieben werden?", fragte Kevin.

„Das braucht man gar nicht. Der Sumpf und der Ozean bilden meistens eine zusammenhängende Bestrafung", entgegnete Belial. „Der Ozean bildet mit 2 anderen Ebenen zusammen das Zentrum der Hölle. In seiner Mitte befindet sich das Wurzelende des Weltenbaums und das saugt übriggebliebene Essenz aus den 3 letzten Höllen. Der Prozess ist so gewaltig, dass es eine Strudelströmung um die Wurzel erzeugt. Entsprechend traut sich auch niemand mehr dorthin."

Um das Schiff wurde alles dunkel, und nichts außer einigen leuchtenden Riesenquallen schimmerten in der ewigen Finsternis. Das Schiff tauchte jedoch immer tiefer.

Langsam wurde es in der Ferne etwas heller, aber auch die Meeresströmung wurde immer stärker und turbulenter. Das Schiff drehte im 50° Winkel quer zur Fahrtrichtung, um den Kurs auf die noch schwache Lichtquelle überhaupt noch halten zu können. Das blaue Licht in der Tiefe wurde immer heller. Die Farbe des Wassers hatte sich auch geändert. Langsam wurden Strukturen sichtbar. Das Schiff erreichte schließlich den Meeresgrund, nachdem es fast eineinhalb Kilometer in die Tiefe getaucht ist. Der Umgebungsdruck war nun so stark, dass er das Wasser fast an den inneren Rand des Schildes drang. Das Schiff schwebte nun kurz über dem Meeresgrund und die Umgebung war durch einzelne, gigantische Kristalle erleuchtet, aus deren Innerem das gelblich leuchtende Ätherion schien. Gemäß Antonys Erklärung stabilisierte die hohe Strömung unter dem Wasserdruck das rote Aria in der Materie und veränderte dieses in gelbes, sowie blaues. Durch die Reibung mit der Strömung und Wärme aus dem Inneren wurde die permanente Fluoreszenz begünstigt.

Das Schiff näherte sich einer hell leuchtenden Kristallkuppel, deren Ende man nicht sehen konnte. An einer Stelle dieser riesigen Ätherion-Formation befand ein schiffsgroßes Loch mit einer spiegelnden Oberfläche. Dieses Spiegeltor war halbvertikal in der Kuppel positioniert und um die Öffnung herum waren Kristallformationen so angeordnet, dass sie die starke Strömung umlenkten und weitgehend turbulent auslöschten. Die Strömungswirbel erzeugten jedoch starke Vibrationen an der Hülle und Geräusche, wie ein Ritzen auf Metall.

Als das Schiff das Tor durchdrang, eröffnete sich den Passagieren eine stürmische Eiswüste in einer riesigen, leuchtenden Höhle mit gigantischen Säulen. Die Siedlung um den Hafen reichte in einem Umkreis von 2 Kilometern und das Gelände schien in der Ferne immer tiefer zu werden, bevor der Boden in dem tobenden Schneesturm verschwand. Plötzlich kam das Schiff bei etwa der Hälfte seiner Länge schlagartig zum Stehen, als es auf Grund stieß. Es war eine große Sandbank auf einem Berg, in den die Fähre rammte. Charon fuhr seine Anker aus und begann die Rampen auszufahren. Die Motoren liefen jedoch weiter, um nicht zurückgetrieben zu werden.

Als Belial das Schiff verlies, verwandelte sich ihre Tarnung in Schnee und wurde Stückweise weggeweht. An dessen Stelle erschien eine dicke Winterkleidung mit einem Fellkragen und eine militärischer Ohrenmütze. Antony und sein Begleiter folgten ebenfalls. Die meisten Dämonen erkannten die Fürstin wieder, aber keiner schien dumm genug zu sein, sie hier anzugreifen. Stattdessen schauten sie weg und machten ihre Aufgaben weiter.

„Soso... Wärme aus dem Inneren also?", bemerkte Mark im Angesicht der Weite.

„Fast wie in einem echten Ozean. Zuerst wird es kühler, bevor die Hitze wieder steigt", entgegnete Antony schmunzelnd. „Aber unsere Kleidung ist wetterfest genug für diese Verhältnisse. Außerdem passt das besser zu der wahren Jahreszeit auf der Erde."

„Ja, besonders dieser romantische Blizzard hinter der Stadtgrenze verleiht dem Ganzem ein Flair von Winterleidenschaft", fügte Kevin zynisch hinzu. „Ich fass es nicht, wie lange wir schon unterwegs sind und vor uns liegen noch 2 Höllenebenen."

Trotzdem war diese Hölle von allen seltsamen Orten der Faszinierendste. Von der Decke strömten entlang der Säulen schimmernd blaue Aria-Bäche. Die Abstand zwischen Kuppeldecke und Boden vergrößerte sich, desto weiter ins Zentrum man blickte. Es war jedoch eine trügerische Schönheit. Desto weiter die Gruppe vom Berg herabstieg, umso mehr rückte wieder die Grausamkeit ins Blickfeld. Die abgeladenen Seelen wurden auf Liegen festgebunden und in Eiswasser getaucht, bis sie eingefroren waren. Dann wurden die flachen Körper wie Holzklötzen auf Wägen gestapelt und angebunden. Die Hauptallee der Siedlung war besonders zynisch eingerichtet. An den Seiten standen Eisskulpturen aus Verdammten, die in besonders peinlichen Positionen eingefroren wurden. Die Straßenlaternen waren besonders grausam. Die Seelen wurden wohl zum Spaß ihre Folterer nackt dazu gebracht nach der Wärme der Laterne zu greifen, aber froren kurz vor dem Ziel ein oder blieben am Mast kleben. So waren bis zu 7 Verdammte pro Laterne vereist, die teilweise über einander kletternd erstarrten und so im Moment ihrer eigenen Grausamkeit verewigt wurden. Einige Dämonen blieben stehen und betrachteten nachdenklich die Statuen, als ob sie Kunstkritiker wären. Ansonsten war die Stadt sehr trostlos. Die Gebäude waren ja auch aus Eis gebaut und die Dämonen, die in dieser Gegend länger lebten, hatten sich dem Wetter angepasst. Sie waren 2 Meter groß, hatten blaue Haut und dichtes weißes Fell wie bei einem Yeti. Das wohlig-kuschelige Aussehen machte die Herren jedoch keine Prise weniger bösartig. Im Gegenteil, sie haben das Foltern in dieser Eiswelt perfektioniert. Sie dachten sich ganze Berufe um die vereisten Verdammten aus. Tische, Stühle, Lampen und etliche weitere Gegenstände des häuslichen Gebrauchs wurden mit den Gequälten gefertigt. Eine Gefahr, dass die Verdammten wieder auftauen würden gab es nicht. Denn feine Partikel im schwachen Wind klebten sich an Gegenständen ab und bildeten einen bläulichen Raureif. Am Stadtrand befand sich eine breite Mauer mit unzähligen Katapulten nebeneinander, aber diese wurden nicht zur Verteidigung verwendet, sondern für ‚Schießsport'. Die Gequälten wurden in Eiswasser getunkt und mit diesen Kriegsmaschinen auf die Säulen in der Ferne abgeschossen. Der

Gewinnkriterien schienen die Entfernung zur Zielsäule und die Hafthöhe auf der Kristallsäule zu sein.

„Diese Möbel sind weitaus die weitaus ärmeren Schweine, denn ihre Qual verlängert sich auf unbestimmte Zeit", erklärte Belial halbherzig.

„Warum?", fragte Mark.

„Solange eine Seele bei der Qual nicht verletzt ist, entzieht die Umgebung ihr kaum Mana", fügte die Dämonin hinzu.

Die übrigen verdammten Seelen, die für diese Ebene bestimmt waren, wurden von den arbeitenden Dämonen ausgeladen, ausgezogen und in die kalte Kristallwüste getragen. Während die Gruppe, Belial zu einer Art Ranch außerhalb der Siedlungsgrenze folgten, beobachteten sie die Prozesse der Folter.

Außerhalb der Stadt flogen im wesentlich stärkeren Wind rasiermesserscharfe Partikel durch die Luft. Sie schnitten beim Vorbeiflug in die Haut oder rammten sich direkt in die Körper als Raureif. An den Schnittwunden bildeten sich feine bläulich-gelbe Tröpfchen und liefen an der glatten Oberfläche herunter. Diese wurden teilweise aufgefangen und teilweise versickerten sie im Schnee.

Belial aktivierte einen großen Schild, der die Eiskristalle zurückdrängte und die Gruppe schützte.

„Ich dachte, Folter produziert nur rotes Mana?", fragte Kevin.

„Das ist die Eigenschaft des Ortes oder der Kälte", antwortete Belial. „Aber das wissen wir selbst nicht, was genau hier anders ist."

„Es ist der Einfluss einer Absorptionsspitze des Weltenbaums", kommentierte Antony. „Sie wandelt das Aria im Umfeld in eine leichter aufzunehmende Art um, da das Wurzelwerk selbst recht empfindlich gegen die Affinität ist. Da der Vorgang aber auch viel Wärme benötigt, ist es hier so kalt. Außerdem produziert er dabei starke Stürme."

Dann blieb Antony kurz stehen, nahm sein Messer und fing an im kalten Schnee zu graben. In etwa 20 cm tiefe legte er eine goldene Aetherion-Wurzeln frei, auf deren Oberfläche Hieroglyphen eingeritzt waren.

„Da sind auch die magischen Katalysatoren", erklärte er dazu, schöpfte etwas blaues Aria aus einem nahen Bach und goss es auf die freigelegte Wurzel. Die Flüssigkeit wurde wie magnetisch von der Wurzel angezogen, benetzte sie und floss dann entlang dieser in Richtung Zentrum der Kuppel ab. Dann bildete Antony noch einen Tropfen von rotem Aria auf seinem Finger und tropfte es auf die Wurzel. Das Aria wurde ebenfalls angezogen, wechselte beim Benetzten aber die Farbe auf Blau. Dennoch schädigte es die goldene Oberfläche etwas. Es schien, als ob der Umwandlungsprozess direkt am Ätherion es beschädigen würde. Direkt darunter hatte die Wurzel eine braune Farbe von altem Holz und ein gelbes flüssiges Mark.

„Was machst du?", fragte Kevin. „Wir müssen uns doch beeilen."

„Wir brauchen einen Notfallplan, falls die Rettung nicht planmäßig verläuft", sagte Antony und griff mit dem Finger auf die Wurzel. Ein mit diversen Formeln ummantelter, magischer Blitz sprang auf die Wurzel über und sandte eine kaum sichtbare Resonanzwelle durch das Geflecht. Der Meister schmunzelte, als ob er etwas Interessantes entdeckt hätte.

„Warum lächelst du so verwegen?", fragte Mark auch hinkniend.

„Diese Wurzeln sind nicht nur zur Umwandlung der Affinitäten da", flüsterte Antony listig grinsend. „Dieses Katalysatornetzwerk ist auch gleichzeitig eine schlafende Massenvernichtungswaffe."

„Wie meinst du das?", fragte Kevin, der daneben stand und eigentlich auf die zur Ranch laufende Belle aufpasste.

„Gold als Programmierung, braun zur Trennung und Gelb für Energietransfer", erklärte Antony stichwortartig. „Aber in dem Code ist auch eine Notsprengung eingebunden. Also gelb zur Energiekonzentration und Braun zur schlagartigen Explosion."

„Wieso sollte Gott so etwas wollen?", fragte Kevin unverständlich. „Ich dachte die Hölle sei seine Schöpfung."

„Nein, diese Wurzeln gehören Yggdrasil und wurde von seinen Dienern angelegt... wohl zur Erschließung der Ressource", antwortete Antony. „Sie nennen sich Konstrukteure und ihre einzige Aufgabe besteht im Aufbau neue Wurzeln oder in der Erschließung alternativer Ressourcenquellen. Dieses Netzwerk ist so ein Werk. Offensichtlich wurde diese Methode der Ernte offiziell genehmigt."

„Aber was sagt uns das?", fragte Mark ungeduldig.

„Es bedeutet, dass diese alternative Methode zur Seelengewinnung nur geduldet wird, nicht akzeptiert", argumentierte Antony. „Es wird Jawhe sicher interessieren, dass sie sich mit der Hölle auf ein Bombenfass gesetzt hat."

„Würde im Falle einer Explosion jemand in einer anderen Welt etwas merken?", fragte Mark.

„Wenn man die Dimensionsebenen als Zwiebelschichten betrachtet und Hölle als eine Mine unter der Stadt, dann ja. Vorausgesetzt die Hölle kollabiert dadurch!", folgerte Antony. „Massive Erdbeben in anderen Welten, Dimensionsrisse wären die sicheren Folgen. Dieses Verfahren wird meistens angewendet, wenn eine Welt schnell ‚aufgeräumt' werden muss."

„Bitte tue nichts, was unsere Welt in Gefahr bringen würde!", sagte Mark. „Du hast es mir versprochen."

Antony schaute auf seinen Freund und entgegnete: „Ich bin vielleicht unmoralisch, aber kein hirnloser Massenmörder. Auch mir ist meine Familie schließlich wichtig."

Als er den Satz beendete, fasst er auf seinen ersten Schüler entschieden blickend mit seiner ganzen Hand an die Wurzel und ein schwaches Licht blitzte kurz auf.

„Was hast du da jetzt noch gemacht, Ainex?", flüsterte Mark wütend werdend.

„Eine weitere Lebensversicherung für uns 4 abgeschlossen...", entgegnete Antony ruhig und stand auf. „Trage du lieber mit Vorsicht Sorge dafür, dass ich sie niemals einlösen muss."

Mark holte aus, schlug Antony auf die Wange und sagte: „Ich ordne das Leben von 7 Milliarden Menschen nicht dem Meinen unter."

Kevin sah nur den Schlag und schritt ein.

„Was ist denn bei Euch los? Kühl ab, Alter!", forderte Kevin von Mark. „Wir müssen meine Freundin retten."

Antony drehte sich langsam wieder zu seinem Freund, schmunzelte und stand wortlos auf. Mark beruhigte sich nur widerwillig. Ein Streit könnte an diesem Ort zu leicht zum Verhängnis werden.

Als die 3 sich zur Ranch drehten, stand Belial in etwa 20 Metern Entfernung und beobachtete sie genüsslich.

Wortlos schritt der sich maskierende Antony an der Dämonin vorbei und als er das Brusthohe Tor zum Innengelände aufmachte, hoben sich zuerst sechs spitze Ohren und gleich danach die dazu gehörenden Köpfe aus einer nahen, verschneiten Erdhöhle in einem Hügel nahe des Hauptgebäudes des Hofs. Als die Biester, laut miauend, das Loch verließen, erkannte man sofort die flauschig behaarten, weiß-blau gestreiften Riesenraubkatzen mit Pinseln auf ihren Ohrspitzen. Das Aussehen erinnerte stark an übergroße, dickfellige Luchse.

„Cara! Nymphe! Almond! Mami ist wieder daaaa...", rief Belial sanft.

Während die Riesenkatze heranrannten und schnurrend mit ihren Köpfen an die Dämonenfürstin rieben, öffnete sich die Tür der Ranch.

Eine unglaublich schöne Frau mit einem Gesicht eines Modells kam in dicker Kleidung heraus. Die Schönheit lief gemächlichen Schrittes zur schmusenden Belial und verbeugte sich respektvoll.

„Ich grüße meine Herrin", sagte die Verwalterin der Ranch.

„Darf ich Euch meine Tochter, Glorial, vorstellen?", sagte Belial. „Sie gehört zu meinem treusten Gefolge. Sie wurde von mir persönlich erwählt."

„Angenehm", nickte Antony höflich mit seinem Kopf und die beiden Vermummten hinter ihm folgten dem Beispiel.

„Herrin, ich habe Gerüchte von Euren angeblichen Verrat gehört", erzählte Glorial beunruhigt. „Ich will nur sagen, dass Ihr meiner Treue gewiss sein könnt!"

„Das weiß ich, auch wenn ich bisher kein Verrat in meinem Handeln erkenne…", entgegnete Belial kommentierend. „Wir brauchen das Gespann."

„Natürlich Herrin", antwortete Glorial verwegen. „Ich werde den Miezen gleich nach der Fütterung ihr Zaumzeug anlegen."

Kevin und Mark kicherten im Hintergrund. Das Lachen verging wieder, als die ‚Kätzchen' ihre Mahlzeit bekamen. Es war eine gefrorene Seele, welche die schöne Glorial aus dem hinteren Lager bringen ließ. Das nackte Opfer schien noch trotz der Kälte noch die Augen bewegen zu können, aber sonst nichts. Die Schneekatzen kratzten an dem bei Bewusstsein in Lähmung liegenden Mann, aus dessen offenem Mund nur schmerzhafte Laute rauskamen. Aus den Kratzwunden tropfte bläuliches Aria, das von den schnurrenden Tieren genüsslich abgeleckt wurde.

„Diese Miezen würde ich jetzt eher weniger reiten wollen… sonst vernaschen sie mich auch so", sagte Kevin mit großen Augen auf die Schneetiger starrend. Die Katzen unterbrachen ihr mal kurz und fauchten ihn an, um sich dann wieder der Mahlzeit zuzuwenden. „Jep, das war eine deutliche Absage."

„Nichtsdestotrotz sind es schöne Tiere", sagte Antony nebendran stehend. „Wie schnell erreichen wir das höllische Sanktuarium mit ihnen?"

„Mit dem Schlitten vielleicht in einem Tag", sagte Belial.

„Schlitten?", wiederholte Mark aufatmend, der sich sogar schon jede Menge doppeldeutiger Sprüche ausgedacht hatte. „Puh… Ich dachte schon wir müssen diese Schneeluchse wirklich reiten…"

„Sie sind zwar weitgehend zahm, aber wenn jemand versucht sie selbst zu reiten, endet er schnell als Häppchen für Zwischendurch. Nicht wahr, meinen Süßen?", entgegnete Belial, während die Riesenkatzen fast im Chor mit einem ‚Miau' antworteten. Die Schneekatze Cara näherte sich an Belial reibend, um ihre Streicheleinheiten abzuholen und die anderen beiden legten sich nebendran.

„Können wir überhaupt an sie ran?", fragte Kevin interessiert.

„Solange Ihr nicht nach Verdammten oder Engeln riecht, werden sie Euch nichts antun. Pirscht nur nicht an sie ran. Das werden die Schneepanther als Angriff werten", entgegnete die Hobby-Biestherrin zwinkernd.

Mark und Kevin traten an die beiden liegenden Tiere zögerlich heran. Diese drehten sofort ihre Köpfe zu den Herannahenden. Mark reichte zuerst seine Hand heraus und warteten, bis die vor ihm liegende Wildkatze seinen Geruch geprüft hatte. Dann legte das Tier seinen überdimensionalen Kopf hin und Mark konnte es streicheln, während der weißblaue Panther genießend schnurrte. Kevin tat es seinem Freund gleich, wobei der andere Panther sich etwas weniger fürs Schmusen durch einen Fremden zu interessieren schien. Inzwischen kam auch die Verwalterin mit dem Zaumzeug zurück. Es war für Torso angepasst. Währenddessen holten einige niedere, blauhäutige Dämonendiener einen Schlitten, der eigentlich einer verlängerten überdachten Zugkutsche mit breiten gespornten Rädern entsprach. Diese hatte ebenfalls verdunkelte Spiegelgläser, die einen Blick ins Innere verhinderten. Ansonsten sah die Kutsche sehr aerodynamisch aus und erinnerte an einen kleinen Bus.

„Wäre es nicht besser etwas Motorisiertes zu nehmen?", fragte Kevin überraschend.

„Eigentlich finde ich auch, dass wir mit Maschinen schneller vorankommen könnten", meinte auch Mark. „Schließlich haben wir nur immer weniger Zeit."

„Bedauerlicherweise funktioniert das Alles hier unten nicht", sagte Antony.

„Er hat Recht", gab Belial zu, während die Diener die Tiere mitnahmen und an den Schlitten heranführten. „Der Einfluss der Wurzel, der Druck der Tiefe und die Kälte verhindern jegliche Umsetzungsprozesse von Verbrennungsmaschinen. Nur komplexe Magie wäre zu so etwas in der Lage, aber die gibt es hier so gut wie gar nicht. Deshalb wurde eben dieser Ort gewählt, um die Dämonenherrscher festzuhalten. Selbst unsere zerstörerische Macht wird hier gestört."

Diese Worte beruhigten Mark und Kevin innerlich etwas, aber andererseits wussten sie nicht, was ein geschwächter Dämonen-Lord trotzdem noch ausrichten konnte. Schließlich hatte Belial noch genug bestimmt genug Fähigkeiten zur Verfügung, um zu fliehen.

Der Schlitten wurde inzwischen in einer Pfeilspitzenformation mit dem männlichen Panther in der Führung gespannt. Beim Einstieg in die Kutsche eröffnete sich den Freunden eine luxuriöse Ausstattung, die einer modernen Limousine glich.

Lederbezogene, ergonomische Sitze mit vergoldeten Gewebe, eine kleine Bar und viel Beinfreiheit. Außerdem erlaubten die vielen Fenster fast einen Rundumblick. Sogar ein großes Dachpanorama war eingebaut. Die einzige versperrte Seite war der vordere Teil, wo nur ein kleines kippbares Fenster eingepasst war. Außer auf den Platz des Kutschers war somit alles sichtbar. Währenddessen kletterte ein gut eingepackter Yeti-kutscher mit skurril großen Skierbrille in die Lenkkammer und setzte sich grummelnd auf den bequemen Sitz. Das Führungshäuschen war eine durch eine Wand vom Passagierraum abgetrennte Räumlichkeit mit Türen und Frontscheibe. Darin befanden sich nur Ritzen für die Zügel, ein Sprachrohr und einige Hebel, um den Tieren im Sturm Befehle geben zu können. Den Schneetigern wurden besondere Ohrschützer mit Lautsprecherfunktion aufgesetzt und befestigt.

Als Alle eingestiegen und die Türen verschlossen hatten, klopfte Belial kurz an die Vorderwand der Kutsche. Der Yeti zog seine große Augenschutzbrille an, zog seine Fellkapuze fest und schlug wahnsinnig ‚Heya' schreiend mit den Zügeln. Schlagartig fuhr das Gespann los. Die unerwartet, starke Beschleunigung drückte die hinteren Insassen kurz in Ihre weichen Sessel und der Wagen kippte trotz seiner beachtlichen Länge leicht nach hinten. Belial hat sich heimlich auf ihrem Sitz angeschnallt, aber versteckte alle Gurte bis zum Losfahren hinter Illusionen, um sich über ihre umfallenden Begleiter lustig machen zu können. Und sie hat ihren Spaß bekommen, denn selbst Antony wurde von der starken Beschleunigung überrascht.

Die Kutsche bewegte sich etwa mit 120 Kilometern pro Stunde über die größtenteils vereiste Landschaft. Leuchtend blaue Bäche flossen über die eisige Erde in unregelmäßigen Läufen und die monumental großen Kristallsäulen mit Durchmessern einiger 100 Meter verteilten sich in regelmäßigen Abständen unter der weiten Kuppel. Dann bemerkte Kevin etwas an Fensteraußenfläche. Ein leichter, blauer Regen fiel auf die Glasflächen und nach wenigen Sekunden begannen die Tropfen sich in filigrane Schneeflocken zu verwandeln, die sich wieder vom Glas lösten und weiterflogen.

„Was war das?", fragte Kevin.

„Wir haben die Niederschlagsgrenze passiert", entgegnete Belial. „Eine Art warme Wand um die Siedlung, um den Sturm fernzuhalten. Ab jetzt wird es sehr ungemütlich draußen."

Der Sturm wurde plötzlich so stark, dass die vielen blauen Bäche in Richtung des Hölleninneren einfach in die Luft abhoben und feiner Sprühregen weggetragen wurden. Diese horizontale Nebelgrenze erhöhte sich stetig mit zurückgelegter Strecke. Bis sie schließlich die Höhe der Fenster erreichte. Die von Wind herangetragenen Partikel verursachten ein lautes Geräusch, das an grobkörnigen Hagel erinnerte, der mit feinen Eisscherben zusammen gegen die Seite der Kutsche prasselte. Als der Wind immer stärker und die Sicht immer schlechter wurden, drehte die Kutsche in Richtung des Windes ab und fuhr mit dem Sturm als Rückenwind weiter.

„Tatsächlich ein beeindruckendes Stürmchen", bemerkte Mark. „Wie finden die ‚Leeren' denn wieder aus diesem Unwetter heraus?"

„Gar nicht", erzählte Belial mit etwas ernstem Gesichtsausdruck. „Der zornige Ozean und die tieferen Höllen sind den unverzeihlichen Sündern vorgesehen. Die Seelen haben hier derart Schreckliches getan, dass Sie hier ihrer Auslöschung entgegensehen. Der Baum verschlingt selbst ihre Überreste. Hochmut, Intrige, Verrat und Zorn betrachtet Gott als die schlimmsten Sünden, da sie ganze Kriege auslösen und Leben zerstören können. Ich war auch für diese Hölle vorgesehen. Solche Hypokrisie... Dabei ist die gesamte, moderne Gesellschaft auf Blut und Knochen vergangener Opfer aufgebaut."

„Das Richtige und das Falsche waren schon immer eine Sache der Betrachtungsweise", sagte Antony meditierend.

Es folgte eine unangenehme Stille. Kevin versuchte im Fenster in der stürmischen Dunkelheit nach seiner Geliebten Ausschau zu halten. Mark meditierte, um sich von seiner Urangst vor der Hölle und Kratzgeräuschen des Windes abzulenken.

Es wurde spürbar, dass die Fahrt immer weiter bergab führte und draußen wurde es immer dunkler. Ansonsten gestaltete sich die Reise furchtbar langweilig. Nicht mal der Luxus half darüber hinweg. Kevin versuchte sich immer wieder auf Lilly zu konzentrieren, aber er spürte nichts. Der Sturm schien seine Verbindung zu ihr zu stören. Schließlich entschied sich Antony noch eine besondere Meditationstechnik speziell für Kevin zu zeigen.

„Was genau meinst du mit besonders?", fragte Kevin.

„Damit erreicht ihr Beide einen Zustand, den man Synergie nennt", erklärte Antony. „Ein Vorteil Eurer besonderen seelischen Konstitution. Der Meditationsprozess ist eine Art Schaltknopf für die Fähigkeit, die danach dauerhaft aktiv ist, bis einer abbricht."

„Können ich dann Lillys Gedanken lesen?", fragte Kevin etwas lüstern.

„Oh ja und sie deine auch! Besonders solche", entgegnete Antony schmunzelnd.

„Dann lieber nicht", antwortete Kevin ohne lange nachzudenken und drehte sich zum Fenster.

„Warte mal! Es wird besser!", argumentierte Antony. „Ihr könnt damit nicht nur telepathisch Wissen austauschen, sondern Magie verstärken, komplexe Zauber einfacher wirken und überweltlichen Sex haben."

„Wie war das mit dem Sex?", drehte er sich zurück. „Und vor allem, inwiefern überweltlich?"

„Naja, du fühlst... was sie fühlt und sie lernt deine Perspektive kennen", erklärte Antony gewissenhaft. „Das heißt, ihr könnt Euch so sehr aneinander einstimmen, dass Ihr auf einer Skala von 1 bis 10 für eine tolle Nacht auf einer glatten 20 landen könnt."

„Mpf... Okay, vielleicht ist doch einen Versuch wert", antwortete Kevin mit kurzem Zögern. „Ich möchte nur wissen, wie man es wieder abstellen kann."

Für Belial und Mark heiterte es die sonst langweilige Fahrt wirklich auf. Nach 18 Stunden Fahrt durch die finstere Ebene, wurde das erste schwache Licht sichtbar. Es wurde zunehmend heller und die Farbe wechselte von bläulich rot. Selbst Antony, der sonst nicht so schnell zum Langweilen zu bringen ist, gähnte die letzten drei Stunden regelmäßig. Also schauten die Männer erwartungsvoll ins Fenster zur linken Seite der Kutsche. Der Sturm wurde etwas stiller und in der Dunkelheit funkelten immer weniger fliegende Partikel. Die wurden schließlich wieder durch Regen abgelöst. Plötzlich drosselte der Kutsche die Geschwindigkeit und drehte weiter nach rechts ab. Die Straße wurde steiler und durchstieß schließlich von einem Moment zum anderen die Sturmgrenze.

Die Männer erblickten das Zentrum der Hölle. Eine riesige, den Weltall verzerrend wiederspiegelnde Wurzel von etwa hundert Metern Durchmesser rammte vor ihnen in die Mitte eines aktiven, riesigen Vulkankraters. Über ihnen rotierte der Sturm, dessen Kristallpartikel einer glitzernden Rauchdecke glichen, strudelartig um die Wurzel. Die Spiralbahnen näherten sich mit jeder Runde weiter an Yggdrasils Ende an und wurden schließlich davon aufgesogen, wie von einem schwarzen Loch.

Unten in der Kratermitte, wo die Wurzel endete, strömte und brodelte heiße Lava. Die Triebe der Wurzel umschlossen eine kleine Insel aus festem Gestein mitten im Magmasee und diese war über einer hohen, sehr stabilen Steinbrücke mit einem großen Felsvorsprung am Kraterrand verbunden. Der felsige Pfad der Kutsche führte genau dorthin. Die Insel war fast vollständig mit einem halbverfallenen Palast bebaut, der dennoch prunkvoll mit riesigen Edelsteinen geschmückt war. Der Komplex hatte an keiner einzigen Stelle eine Überdachung. Aus der Anhöhe wurde der offenstehende kreisförmige große Thronsaal sichtbar.

„Gar nicht so schlecht eingerichtet", kommentierte Mark im Anblick. „Der oben-ohne Blick hat bestimmt etwas an sich."

„Hm…Nun Regen müssen wir hier auch nicht gerade fürchten", fügte Belial hinzu. „Aber ein Gefängnis ist es dennoch. Da hilft auch kein Ausblick drüber hinweg."

Die Kutsche hielt kurz vor der Brücke an und Belial öffnete die Tür nach draußen. Sofort fühlten die Insassen die heiße Luft und den intensiven Gestank nach Schwefel in das Innere strömen.

„Boh, ich nehme alles zurück", revidierte Mark sofort. „Der Palast müsste hermetisch abgeschottet sein."

„Ab hier müssen wir zu Fuß weiter", sagte Belial und atmete einmal tief ein. „Aah… Der lang entbehrte Geruch der gehassten Heimat."

Der Boden dampfte bereits vor dem See und gelegentliche kleine Beben erschütterten das Gelände. Die offensichtlich magisch erschaffene, steinerne Brücke, aus gruselig zu spitzen Formen erstarrter Lava, führte fast ein 200

Meter weit über den See und hatte nur wenige Meter Breite. Die Schneetiger weigerten sich vehement auch nur in die Nähe des Abgrunds zu treten. Sie legten sich stattdessen auf den Boden und drückten sich mit ihren Pfoten die Schnauzen zu, um den Gestank zurückzuhalten. Belial trat vor die Schneekatzen und streichelte alle nacheinander.

„So meine Kleinen", sagte sie. „Wartet nur solange ihr könnt."

Antony und Kevin blickten Richtung Ziel. Doch Mark drehte sich vorsichtshalber um zum Kutscher, um sich zu vergewissern, dass er auch wirklich warten würde. Zu seiner Überraschung war dieser jedoch nicht mehr ansprechbar. Der Sturm hatte ihn in dickes Eis eingeschlossen und völlig steif gefroren. Die Hitze schien das blaue Eis nur sehr langsam schmelzen zu können. Stattdessen waren bereits die beiden Pantherdamen damit beschäftigt, den Steifgefrorenen aus dem Häuschen zu ziehen und schnurrend die Eisstatue abzulecken.

„Der wird schon bis zu unserer Rückkehr wieder auftauen", sagte Belial lächelnd. „Diese Dämonen können sich vor dem Einfluss des Eises schützen. Er wird sein wie vorher, wenn meine Miezen ihn erstmal freigeleckt haben."

„Lasst uns losgehen, die Zeit läuft gegen uns", sagte Antony drängend, drehte sich Richtung Brücke und lief los. Belial, Kevin und Mark folgten. Mark schaute auf dem halben Weg nochmal auf seinen Arm und sah, dass fast die gesamte Zeit schon verstrichen war.

„Wie ist das möglich?", schrie Mark. „Wir hatten doch noch fast 30 Tage Zeit und es sind vielleicht mal ein paar Tage vergangen."

„Die Zeit läuft in der Hölle anders, je nachdem wie nahe man sich am Zentrum befindet", erklärte Belial. „Hier in der tiefsten Hölle läuft sie etwa nur noch fünf Mal schneller als in der lebenden Welt. Der Sog des Baums verzerrt die Zeitverschiebung."

Antony fragte: „Gibt es hier Wachen?"

„Es gibt nichts zu bewachen. Nur Bedienstete, welche die angeketteten Dämonenherrscher bedienen", antwortete Belial. „Sie sind keine Gefahr für uns."

Was die Zeitverzerrung anging, het Belial nicht untertrieben. Einige graue, wie Seifenblasen aussehende, Gebilde schwebten an diversen Stellen des Lavasees. Sobald mal das Magma als brodelnde Spritzer in eins dieser Felder flog, wurde sie wie in Zeitlupe verlangsamt. Die Verlangsamung war im Zentrum jeder Anomalie am stärksten.

Die Männer nutzten die Fähigkeiten ihrer Kleidung, um ihre physischen Fähigkeiten kurzzeitig zu steigern und so schneller vorbei zu laufen. Belial wurde von Kevin kurzerhand gepackt und über die Schulter geworfen mitgenommen. Sie genoss die Aufmerksamkeit. So dauerte der Brückensprint nur etwa 1 Minute. Das immense Tor von 15 Meter Höhe aus schwarzem Metall stand weit offen und eröffnete einen Blick ins Innere des Palastes. Dieses hatte die Architektur einer großen Kathedrale, aber mit nur noch einem Fünftel des Daches. Stattdessen eröffnete es einen Blick auf die Wurzelspitze von unten. Die Beleuchtung erinnerte an eine brennende Stadt unter einen wolkenlosen Sternenhimmel. Es bildeten sich auch Abzweigungen, die in Bereiche des Palastes rammten. Am Ende der Eingangshalle war eine etwa 20 stufige Treppe, die in den offenen, kreisförmigen Thronsaal führte. Einige Dämonendienerinnen sahen Belial und flohen in die seitlichen Räume oder sogar gänzlich aus der Festung. Niemand von ihnen wollte in einem Kampf zwischen Erzdämonen geraten. Beim zügigen Gang zum Zentralraum, wurde die Gruppe durch Ritzen und Türspalte scharf beobachtet.

Belial schritt nur zögerlich in das Sanktuarium. Das spürten auch die anderen Begleiter. Schon während sie die Treppe hochstiegen, erblickten sie Lilly, die von einem durchsichtigen, blau-roten Nebel gefesselt, in der Mitte des runden Saals schwebte. Der Dämonenscout kniete respektvoll auf dem mit Stein gepflasterten Boden. Er erschrak, als er die unangemeldete Gruppe hinter ihm auftauchen sah und aktivierte seine Tarnfähigkeit, um sich zu verstecken. Er verschmolz förmlich mit der Luft, während Kevin und die anderen den offensichtlichen Entführer böse beobachteten. Antony aber zog blitzschnell seinen Dolch und warf ihn auf den Dämon.

„Da denkt doch glatt jemand mir entkommen zu können, wenn er mich durch die ganze Hölle lockt", sagte Antony, als er den Scout mitten in die Brust traf. Es neutralisierte seine Tarnfähigkeit und für den Dämon begann das gleiche Schicksal wie Ghum.

Im hinteren Teil des mit dutzenden, gotischen Säulen umringten Thronhofes standen 7 mit lateinischen Namen versehene Throne. Der Mittige von Lucifer war der höchste und prunkvollste. Dieser und Belials zur seiner Rechten waren jedoch leer. Auf den Anderen saßen die 5 an Armen und Beinen angeketteten Höllenherrscher. Zur linken Seite saßen Satan, Astaroth und Mammon. Zur rechten Seite nach dem leeren Platz saß Beelzebub und Asmodan. Jeder von ihnen war an den eigenen Thron gefesselt. Hinter dem mittleren, leeren Thron gab es außerdem noch einen dunklen Korridor.

„Die verlorene Schwester ist zurückgekehrt", sagten die 5 Erzdämonen simultan.

Die drei Begleiter Belials, waren nun nahe genug an herangetreten, um die grimmigen Höllenherrscher betrachten zu können und jeder hatte ein wirklich clichéhaftes Aussehen.

Asmodan war wie ein etwas fülliger, englischer Gentleman in seinen Vierzigern mit schwarzen, aber auch teilweise grauen Haaren. Er war stillvoll in Smoking gekleidet und hatte einen leichten Bartwuchs, der seinem lüsternen Blicken auf das Opfer in der Mitte noch mehr Charakter verlieh. An seiner Thronlehne stand über seinem Kopf, Wollust auf Lateinisch geschrieben. Seine mit großen, schwarzen Daunen gefiederten Flügel strahlten ein täuschendes Gefühl von Geborgenheit aus.

Beelzebub war erstaunlich dürr, obwohl er der Herr der Völlerei war. Er war nur in leichten weißen Stoff gehüllt und man konnte seine ausgemagerten Arme, Gesicht, Brust und Bauch gut sehen. Allein beim Anblick wurde man selbst hungrig. Er trug Heuschreckenflügel an seinem Rücken. Statt Hörner hatte er Insektenantennen, die aus den Seiten seiner Stirn ragten. Weiße lange Haare hingen über die Schultern heraus und lagen vorne an seiner Kleidung. Er hatte außer seinem offenen Seidenhemd und langer Seidenhose nichts an.

Mammon war vom Aussehen her ein junger Mann, etwa in seinen Zwanzigern. Er trug prunkvollen Schmuck, wie 8 unterschiedliche Siegelringe, zwei goldenen Ketten mit Anhängern um den Hals und an jeder Hand ein goldenes Armband. Sein Schmuck und Kleidungstil schienen aztekischen Ursprungs zu sein. Sein bis auf ein Lendenrock größtenteils nackter athletischer Körper war mit Mustern dieser Kultur tätowiert. Seine Flügel hatten gelbe Farbe und schimmerten stellenweise wie Gold.

Bei Astaroth wäre es an der Gesichtsform allein schwer festzustellen, ob es ein Mann oder eine Frau war. Er war jung, noch unter 20 und hatte ein mediterranes Hautbild, das im Gesamtblick an einen eifersüchtigen Liebhaber erinnerte. Er trug ein offenes Wildseidenhemd und eine rote Hose. Seine Flügel waren weiß-rot gefärbt, als ob jede einzelne Feder an den Rändern in frisches Blut getunkt wurde. Er hatte zwar keine Hörner, aber sein Blick strahlte puren Wahnsinn aus. Besonders dieser Gesichtsausdruck verriet, dass er in seinen Gedanken schon die Leichen zählte. An seiner Schulter ruhte sich eine schwarze Schlange aus.

Und Satan hatte als einziger eine rote Haut und war über den ganzen Körper mit spitzen Schuppen übersäht. Er hatte große wie eine Krone geformten Hörner und ledrige Flügel ohne Federn. Hass stand ihm im Gesicht geschrieben, als er Belial sah.

„Verräterin", sagte Satan. „Wie lange hast du dich hier nicht mehr blicken lassen!"

„Nichtssss hast du unternommen, um uns zu befreien", zischte Astaroth zweistimmig. Eine davon klang männlich, die andere weiblich.

„Jetzt beruhigt euch doch Mal", unterbrach Asmodan freundlich. „Unser kleiner Schmetterling hat vielleicht ja nach einer Rettungsmöglichkeit gesucht. Schließlich kommt sie in diesem Moment nicht mit leeren Händen."

„Ich will sehr hoffen, dass es besser ist als das Geschenk des toten Dieners!",
fügte Beelzebub hinzu mit einer fast flüsternden leicht piepsigen Stimme.

„Meine geliebten Brüder", sagte Belial herzerwärmend. „ICH würde euch
doch niemals verraten! Aber wie könnte ich zurückkehren, ohne eine
wirkliche Möglichkeit Euch befreien zu können."

„Wie hat sie das gerade gemeint?", flüsterte Mark zu Antony ins Ohr.

„Deine Worte, selbst deine schauspielerischen Emotionen sind
bedeutungslos, Belial", sagte Satan und stand von seinen Thron auf. Er lief zu
Lilly, während sich die Ketten seiner Fesseln magisch verlängerten. Er
streichelte vorsichtig die Wange der schwebenden Bewusstlosen mit seiner
mit Krallen besetzten haarigen Hand. „Ich will Ergebnisse!"

„Dein Begleiter hat meinen treuen Diener Ghum getötet!", rief Beelzebub
empört. „Das sollte es besser wert sein! Ich hing an dem kleinen Schwabbel."

„Und du hast meinen besten Mörder vernichtet!", fügte Astaroth hinzu.

„Das zeigt nur, wie wichtig mein Kommen hierher war. Außerdem hat sich
Sicarial mir in den Weg zu gestellt", entgegnete Belial. „und es kann dafür nur
eine einzige Strafe geben. Die Hölle regiert sich nicht mit Respektlosigkeit."

„Was bietest du uns also an?", fragte Mammon selbstverliebt mit seinen
Ringen rumspielend.

„Die Prophezeiung", entgegnete die Dämonenherrscherin.

Die anderen Dämonenfürsten wurden plötzlich viel ernster und
aufgeschlossener. Und ein starker Wind drang aus dem dunklen Raum hinter
dem größten Thron.

„Das hast du gut gemacht, Belial", sagte eine weiche, beruhigende Stimme
im Wind.

„Dann war Lilly nur der Köder", flüsterte Mark nervös zu Antony. „Wir sind in
eine Falle geraten. Antony, wir müssen hier weg."

Sein Freund drehte sich jedoch zu ihm und entgegnete: „Ihr seid mir alle zu
wichtig. Ich gehe nicht, wenn auch nur ein Einzelner hier bleiben muss", dann
drehte Antony sich zu Belial und fragte laut: „Um was für eine Prophezeiung
handelt es sich?"

„Seelenzwillinge und zwei arkane Seelen. Eine verloren, die Andere
verlassen, werden in der vergessenen Welt vereint, um eine neue Ära
einzuläuten und die alte Ordnung zu zerstören", sprachen die 6 anwesenden
Lords im Chor.

Antony zog seine Maske aus und seine Kapuze ab: „Ich will die Quelle dieser
Prophezeiung jetzt sehen."

„Ainex, auch wenn dein Gesicht sich ändert und deine Aura nur noch ein
Bruchteil deiner früheren Gestalt ist... Ich erkenne dich überall!", sprach die

sanfte, männliche Stimme im Wind des dunklen Korridors erneut. „Komm bitte zu mir. Ich möchte allein mit dir sprechen."

„Nur unter der Bedingung, dass meinen Begleitern nichts geschieht und dass die Gefangene freigelassen wird", entgegnete Antony selbstbewusst. „Ich verhandle grundsätzlich nicht mit Erpressern."

„So sei es!", entgegnete die Stimme und sofort löste sich der fesselnde Nebel um Lilly. Sie fiel zu Boden und erwachte sogleich. Lilly bekam kurz Panik und schrie auf, als sie die Umgebung samt der Gestalten erblickte. Besonders Satan ergötzte sich, direkt neben ihr stehend, an der verängstigten, jungen Frau und erschreckte sie zusätzlich mit seinem grimmigen Gesicht. Lilly krabbelte von Schrecken erfüllt rückwärts, sah dann Kevin sich ihr schnell nähernd und warf sich weinend in die Arme. Die anderen Dämonen lachten höhnisch und Satan ging wieder zurück zu seinem Platz. Er setzte sich hin und beobachtete die Fremdlinge konzentriert. Gleichzeitig betrat Antony den dunklen Korridor hinter dem Thronsaal. Dieser führte zu einem kleinen Raum direkt unter einer Wurzelverzweigung. Die Wände waren quasi nicht vorhanden, da Alles vom kristallartigen Wurzelwerk durchdrungen war. Nur einige Säulen standen noch und warfen lange Schatten durch die seltsame Beleuchtung. In einem dieser dunklen Ecken des Raumes saß teilweise verdunkelt ein Mann mit mediterraner Haut, aber grün-blauen Augen, die trotz des Säulenschattens aus der Finsternis schimmerten. Er hatte eine weise Stoffhose und eine leichte Weste an. An seinen Armenden und Füßen waren große Narben, als ob ihm spitze stabförmige Gegenstände hindurch gejagt wurden und an seiner Brust war auch eine große Narbe, wie von einer Speerspitze.

„Ich sehe, du hast die Narben behalten. Selbst hier in der Hölle…", kommentierte Ainex.

„Es erinnert immer wieder an die menschliche Grausamkeit", entgegnete der Mann deprimiert aus dem Schatten. „Selbst im Angesicht ihrer Erlösung können sie nicht von ihrer Gier ablassen."

Neben dem Mann lag an der letzten noch intakten Wand die Leiche einer Kreatur mit 4 Augen, 4 Armen und seltsamen Tentakeln, die wohl aus seinem Rücken wuchsen. In seiner Brust steckte ein schwarzer Dolch. Die Leiche setze langsam einen Nebel frei, der sogleich in die umliegenden Wurzeln gesaugt wurde.

„Ist das euer Orakel?", fragte Antony.

„Ja", sagte der Mann. „Er sagte, seine Aufgabe sei erfüllt und er habe schon lange genug existiert. Er wollte lieber selbst sein Dasein beenden, bevor der Konflikt um die Herrschaft erneut entbrennt."

„Ist dieser Dolch in der Lage seine Seele vollständig zu vernichten?", hackte Antony nach.

„So hat er es mir gesagt", entgegnete der Gezeichnete.

„Wieso hast du dich von Rest deines Selbst abgewandt? Oder sind es die Menschen, die du im tiefsten Inneren bestrafen möchtest?", fragte Antony.

„Ist es jetzt überhaupt noch wichtig? Meine Erben haben mich verraten und meine Lehren für Macht geschändet", entgegnete der Gefallene. „Dafür habe ich mich nicht kreuzigen lassen."

„Du warst doch immer vergebend eingestellt, selbst als du dich damals den Priestern nach deiner Auferstehung heimlich gezeigt hast und sie dich noch mal selbst umbringen wollten", erinnerte sich Antony.

„Wer hat dir davon erzählt? Es gibt keine Schriften mehr darüber", sagte der Unbekannte leicht erzürnt.

„Wenn man weiß, wo man graben muss, findet man einiges", entgegnete Antony. „Die Geheimniskrämer aus dem Vatikan sind nicht die Einzigen, die alte Texte aus dieser Epoche verwahren. Es gibt einige, private Sammler, welche die Überlieferungen der Erleuchteten bei sich aufbewahren. Gut behütet, selbstverständlich. Was mich allerdings wundert: Hat deine Frau tatsächlich schreiben können?"

„Ihre Schüler haben zusammen mit ihr 3 Urschriften erstellt. Eines davon ist immer jedoch noch verloren", erzählte der Mann. „Aber nun möchte lieber über deine Angelegenheiten reden. Wieso hast du jetzt plötzlich 3 Schüler und nimmst diese unerfahren in die Hölle? Es könnte ihren Verstand brechen."

„Wenn eine Raupe sich verpuppt und zum Schmetterling wird, bekommt sie es mit neuen Gefahren und Feinden zu tun, die im Schutz der Blätter unbekannt waren", sagte Antony schmunzelnd.

„Dann willst du sie damit auf etwas noch Schlimmeres vorbereiten? Warte, ich will das lieber gar nicht wissen! Was ich wissen will ist, ob diese Welt zum Opfer deiner ‚Bestrebungen' wird…", sprach der alte Bekannte mit ungezügelter Stimme. „Du führst einen Krieg, den du nicht gewinnen kannst und wer weiß, wie viel mehr Existenzen du noch zerstören wirst."

„Veränderungen fordern immer Opfer und sind letztendlich unausweichlich… Uns aufzuhalten, wird die kommende Katastrophe auch nicht mehr aufhalten. Aber wenn die Quelle allen Übels nicht zerstört wird, werden alle Opfer umsonst sein. Dieses Ding, das einst mein Bruder war, vernichtet jede Sekunde Millionen Seelen in unzähligen Welten. Ist dir das wirklich gleichgültig?", fragte Antony warnend.

„Jedenfalls besser, als alles ganz zu opfern. Ich muss nun mal zuerst meine Welt beschützen und das werde ich auch", sagte der Mann ruhig, holte das Schwert hinter ihm und zog es aus der Scheide. Es begann mit goldener, plasmaartiger Flamme zu brennen. Dann schrie er laut: „Dämonen! Rüstet Euch zum Kampf. Die Eindringlinge müssen aufgehalten werden!"

„Bedauerlich. Das andere Drittel ist vernünftiger und du früher ja auch", sagte Antony enttäuscht. „Ein letztes Wort der Warnung: Wenn du das tuest, wirst du vielleicht wirklich den Untergang dieser Welt einläuten."

„Darüber werde ich selbst entscheiden", entgegnete Lucifer flüsternd. „Spiel du deine Rolle! Ich werde die Meine erfüllen."

In diesem Moment standen die Dämonenherrscher auf und schrien, dass die Erde erbebte. Antony aktivierte seine Zeitmagie und rannte wie ein roter Blitz zurück zur Halle. Dort zogen bereits alle Waffen inklusive Kevin und Mark. Lilly versteckte sich immer noch verängstigt hinter ihrem Freund.

Enttäuscht zog Belial ihren Dolch aus der Hexa-Peitsche und einen Weiteren aus einer versteckten Schenkel-Schwertscheide. Jedoch statt die drei Schüler hinter Ihr zu schützen, drehte sie sich um. Sie holte schon aus, um Kevin die höllischen Dolch in den Bauch zu rammen. Die Männer wurden von der Verräterin völlig überrascht und konnten sich nicht schnell genug konzentrieren, um mit ihren Waffen die eigene Zeit zu beschleunigen.

Doch gerade in diesem Moment war Antony direkt hinter ihr. Er stieß Belial derart kräftig zur Seite, dass durch die Wucht gegen eine seitlich Säule des Platzes geschleudert wurde und diese völlig zerstörte. Sie fiel zu Boden und die anderen Lords waren schon bereit ihn anzugreifen, aber dann hörten Sie die laute Stimme Lucifers.

„Wartet! Ihr seid ihm nicht gewachsen. Ich werde es selbst tun", sagte der Mann, als er aus dem Schatten seines Throns trat.

Lilly fasste sich fassungslos an den Mund, während sie laut schrie. Die Narben erkannte sie sofort und vom wahrscheinlichen Gesicht dieses Mannes hatte sie auch schon oft genug gehört. Mark und Kevin waren von dem Geschrei zuerst völlig überrascht, weil sie Lucifers alte Identität zuerst nicht erkannt haben, aber dann verstanden sie es auch. Vom Schock senkten sie ihre Schwerter.

Der flügellose Dämonenkönig hob sein flammendes Schwert und richtete es gegen Antony und die Gruppe hinter ihm.

„Mache keine dummen Fehler, Jeshua Morgenstern! Lass uns vernünftig drüber reden", warnte Antony nochmals.

„Es gibt nicht mehr zu bereden. Euer Zeitalter sollte eigentlich schon lange vorüber sein... für dich, deinen Bruder und seine wahnsinnigen Abkömmlinge!", entgegnete der Mann und feuerte ein starken Plasmastrahl aus seinem Schwert.

Antony streckte seine offene Handfläche mit gespreizten Fingern stoppend entgegen und formte fast gleichzeitig ein immens starkes, magnetisches Feld, welches als blauvioletter Energieschild den Strahl zerstreute. Die

Spritzer fielen seitlich auf den Boden und ihre bloße Hitze wandelte den Stein in Lavapfützen um. Dann umhüllte sich Lucifer mit einer Aura aus gelb-grauen Mana und leitete diese in das Schwert. Der Strahl intensivierte sich und begann den voranschreitenden Schutzschild zurückzudrücken. Die anderen Dämonen schauten grinsend zu und warteten ungeduldig auf den Befehl eingreifen zu können.

Antony ließ sich jedoch nicht einschüchtern und rief: „Zwinge mich nicht, meine ganze Kraft einzusetzen. Du würdest nur noch mehr Leid in deine Welt einladen."

„Falls du diese Kraft überhaupt noch hast", rief Lucifer entgegen und intensivierte den Plasmafluss noch weiter. Nun zuckten gewaltige Blitze aus dem Kollisionsbereich zwischen dem Strahlende und dem Schild. Diese zerstörten explosionsartig alles was sie trafen. Darunter war auch Mammons Thron, der mit etwas Gold verziert war. Auch die Wurzel wurde von viele der Blitze getroffen, aber absorbierte diese problemlos. Das Einzige, was die Entladungen an dessen Oberfläche verursachten, waren kleine kreisförmig ausbreitende Wellen aus Licht.

Antony sah keinen anderen Ausweg aus der Situation, da er seine Schüler schützen musste und die Zeit drängte. In diesem Moment leuchtete ein intensives Licht an gleich zwei Punkten. Aus Belials Tasche flog die Phiole mit der versiegelten Wächteressenz. Die Dämonin versuchte noch danach zu greifen, aber scheiterte kläglich. Antony ließ die Phiole mitten in den Strahl fliegen und plötzlich explodierte sie darin. Die Energie war so intensiv und stark, dass der gesamte Krater in gleisendes Licht getaucht wurde. Vor und über Antonys Schild wurde eine Energiewelle mit zuckenden Blitzen freigesetzt und schleuderte alle geblendeten Dämonen gegen die Wand. Lediglich Lucifer blieb stehen, aber sein Schwert wurde von der Druckwelle gelöscht und dampfte nur noch mit weißem Rauch. Die Phiole war zerstört und die darin befindliche Essenz lag nun frei. Sie schwebte immer noch an derselben Stelle, wo sie getroffen wurde. Die dunkelgrüne, zähe Flüssigkeit pulsierte wie ein Herz und grüne Blitze zuckten von ihr zur Weltenbaumwurzel. Kevin, Mark und Lilly öffneten nun auch ihre Augen.

„Was ist das?", fragte Lucifer geschockt.

„Ein verflüssigtes Weltwächterherz", erklärte Antony. „Es wurde beschädigt und ist jetzt instabil. Ein Energieeinwirkung von mir und es wird eine gigantische Kettenreaktion auslösen."

In diesem Moment tauchte auch Antony in gleißendes Licht. Sein gesamter Anzug brannte vom intensiven Energiestoß von innen einfach ab und nur eine gold-weiße Hose hatte er an. Seine leicht gebräunte Haut trug schwarz-goldenen Tattoos mit Mustern und Texten vom Fuß bis zur Stirn. Aus seinem

Rücken entsprangen 12 große, flügelähnliche Tentakeln aus lebendig schweifendem Licht. Durch die feinen Tentakeln strömten leichte Impulswellen, jedoch von außen in seinem Körper. Das Gesamtbild erinnerte auch etwas an Korallenfühler, die Nährstoffe aus dem Meer fischten. Antony drehte seinen Kopf kurz zu Mark, der mit Kevin und Lilly staunend zurücktraten. Unter Antonys Augen war auch jeweils ein Tattoo eines kleineren Auges erschienen. Darin konzentrierte sich aber ein etwas stärkeres Licht, dass an eine Pupille erinnerte und immer in die gleiche Richtung blickte wie seine echten Augen.

„Wie viel Zeit habt Ihr noch?", fragte Antony ruhig, als ob es nichts mehr hier geben würde, was ihm noch gefährlich werden könnte.

Mark sah auf seinen Arm und entgegnete traurig: „Wir haben vielleicht noch paar Minuten Zeit. Wir schaffen es nicht mehr."

Dann aber sah er über Antonys Kopf und bemerkte eine Veränderung an der Wurzel des Baumes. Darin breiteten sich große, schimmernde Risse und sie begann, wie Glas, langsam zu bersten.

Auch die Dämonen öffneten jetzt Ihre Augen. Sie waren vom entlarvten Aussehen ihres Gegners selbst ziemlich überrascht.

„Haha! Unser Besucher hat sich jetzt in eine leuchtende Fee verwandelt", sagte Astaroth zynisch und bereit ihn selbst anzugreifen. „Soll uns deine neue Gestalt etwa Angst einflößen? Die hübschen Feenflügel reißen wir dir ganz schnell wieder raus."

Lucifer aber streckte sein noch rauchendes Schwert entgegen und sagte: „Warte! Dein Einschreiten wäre sowohl gefährlich als auch gar nicht mehr notwendig. Sieh lieber auf deine Ketten."

Astaroth und auch die anderen Lords betrachteten ihre Fesseln und diese schienen von der Lichtenergie getroffen auch starke Risse bekommen zu haben.

„Du hast um deine Begleiter zu retten, den Grundstein für weiteren Krieg zwischen Himmel und Hölle gelegt", stellte Lucifer fest. „Wie gedenkst du das vor deinen Schülern zu rechtfertigen, die ja offensichtlich alle HIER beheimatet sind."

Kevin, Lilly und ganz besonders Mark schauten missbilligend auf Antony.

„Du hast es mir doch versprochen!", flüsterte Mark erneut vorwerfend, aber Antony blickte nur kurz nach hinten.

„Nur ein Narr würde immer wieder den gleichen Fehler begehen und ein anderes Ergebnis erwarten", entgegnete Antony ruhig. „Ihr habt wie viel, zwei Kriege bisher verloren? Was würde ein weiterer für Euch lösen?"

„Oh... ein konstruktiver Kritiker?", fragte Asmodan neugierig. „Es hört sich fast so an, als würdet Ihr uns etwas Interessanteres vorschlagen."

„Wenn man ein Bauer in einem Schachspiel ist, ist es erstmal vernünftiger die eigene Rolle zu verstehen, bevor man sich dagegen stellt", fügte er noch hinzu und zeigte mit seinem Finger nach oben. „Gott hat dieses System geschaffen, um einem anderen zu entgehen. Ihr seid nur diejenigen, die auf der Strecke geblieben sind. Ihr tyrannischen Könige, Mörder und Lügner... Wenn der Himmel für Euch tabu ist, müsst Ihr Euch anderswo umsehen."

Plötzlich hörte man überall ein lautes Bersten, als ob Glas oder Eis Risse bekommen würde. Die Dämonen richteten ihren Blick nach oben und sahen die nun berstende Wurzel, die zusammen mit dem beschädigten Herzen harmonierte. Dann streckte Antony demonstrativ einen Finger in Richtung der schwebenden Essenz aus und feuerte einen einzelnen roten Blitz darauf ab. Das schwarze Objekt explodierte nur leicht, aber der daraus entstehende mit blitzen zuckende Nebel wurde fast sofort in den Weltenbaum gesogen. Die Wurzel barst wie bei einer Kettenreaktion immer schneller und lauter. Diverse große Splitter begannen sich zu lösen und abzufallen. Diese explodierten noch in der Luft, verwandelten sich in ein winziges, instabiles, schwarzes Loch, das alles in einem kleinen Umkreis in sich aufsaugte und fast sofort wieder restlos verschwand. Die so entstehenden Ex- und Implosionen destabilisierten die restliche Wurzel immer weiter.

Die unteren leuchtenden Tentakel von Antony umschlangen währenddessen jeden einzelnen seiner Begleiter. Als Lucifer als erster wieder auf seinen alten Bekannten sah, waren Mark, Lilly und Kevin schon fest gepackt. Antony breitete seine restlichen Schwingen aus und sagte schmunzelnd: "Und für dich, Jeshua, hoffe ich sehr, dass du bei unserem nächsten Treffen die richtige Entscheidung triffst. ICH bin NICHT dein Feind, aber mich zu reizen hat Konsequenzen!"

Dann schwang er kraftvoll mit seinen seltsamen Flügeln und hob samt seiner Freunde vom Boden ab. Mark und Kevin konnten ihre Schwerter gerade noch schnell einstecken. Die restlichen Dämonenherrscher bemerkten den Fluchtversuch und wollten den Flüchtigen aufhalten noch aufhalten, aber Lucifer hielt sie auf.

„Lasst ihn", kommentierte er schmunzelnd. „Er wird seine Kraft noch in der Horizontwelt brauchen." Die Lords verstanden jetzt den Plan und grinsten selbstzufrieden.

„Hehe. Ich hatte am Anfang noch Zweifel, aber solche List macht Euch wirklich eines Höllenkönigs würdig", fügte Satan grinsend hinzu, während er seiner kaputten Armfesseln löste. „Aber starten wir jetzt den Angriff auf den Himmel oder nicht?"

„Hmm…", entgegnete Lucifer, während er kurz nach oben blickte. „Die Hölle wird wohl bald überflüssig werden. Es wird Zeit nach einer neuen Heimat zu suchen… Eine, in der Ihr ohne größere Schwierigkeiten Fuß fassen könnt."

Die Wurzel begann einen Blitzsturm zu produzieren, der den großen Schneewirbel um sich herum destabilisierte. Der kalte Wirbelsturm wurde auch nicht mehr eingesaugt, weswegen die Partikel nun als Regen in den Krater herunter rieselten. Für den fliegenden Antony war es nur Recht, da er im Flug nicht mehr dem starken Wind trotzen musste.

Die Dämonenherrscher breiteten auch ihre Flügel aus, um loszufliegen. Lucifer jedoch schnitt mit dem Schwert ein Portal und trat schmunzelnd hindurch.

Das alles bekamen aber die 4 Freunde nicht mehr mit, denn sie waren schon kurz davor, in den schwindenden, kristallinen Sturm hinein zu fliegen, der aber noch von einigen starken Turbulenzen erschüttert wurde.

Kapitel 8: „Wiedersehen und Abschied"

„Versagen ist der beste Lehrer."

Antony streckte sein Hände nach vorne, konzentrierte sich und erschuf von seinen Händen ausgehend ein starkes, blaues Kraftfeld um die gesamte Gruppe. Die Stimmung der, im Huckepack, fliegenden Begleiter war jedoch auf einem neuen Tiefpunkt. Lilly war zwar gerettet, aber zu welchem Preis. Kevin hielt die Weinende in seinen Armen, aber es half nicht. Selbst Mark zog seine Maske deprimiert ab und sah, wie sie im Wind zu Staub zerbröselte. Kurz nach dem Reinfliegen in den dunklen Sturm packte Kevin mit seiner anderen Hand Marks Arm und drückte seinen Kumpel zu sich für eine Umarmung.

Von Lucifers Identität bis hin Antonys merkwürdigen Entscheidungen, welche zur Befreiung der Erddämonen führten, schien die gesamte Welt vor ihren Augen zu zerfallen. Die explodierenden Stücke der Weltenbaumwurzel verursachten im Sturm währenddessen immer wieder starke Druckwellen, welche die feinen Eissplitter gegen das Kraftfeld schossen. Dieses flackerte beunruhigend und manchmal bildeten sich Risse, die sich aber schnell wieder schlossen. Antony war trotz seiner Gestalt sichtbar gefordert.

Kevin sah es als Einziger, aber fragte sich trotz Sorge nicht nach. Lilly klammerte sich fest an Kevin. Plötzlich begann ihre Kleidung langsam zu zersetzen, genauso wie die von Mark und Kevin, die sich darüber wunderten. „Antony!", rief Kevin letztendlich doch. „Unser Schutz beginnt sich aufzulösen. Was bedeutet das?"

Dieser drehte sich kurz um, um nachzuschauen und gab dann noch mehr Gas, als sie plötzlich aus dem Sturm emporstiegen und direkt auf die kristalline Kuppeldecke in ca. 200 Meter vor ihnen zuflogen. Antony bildete mit seinen Händen ein Konus verdrehte seine beiden Hände, während er sich konzentrierte. Der Schild nahm die Form eines Geschosses an.

„Das wird gleich etwas wehtun", sprach Antony telepathisch zu seinen Freunden. „Ich habe noch nie einen D-Sprung mit mehreren Leuten bei solchen Turbulenzen gemacht",

„Was...?", waren die letzten Worte von Kevin hervorbrachte, bevor ein heller grau-grüner Lichtblitz vor Antony alle vier in eine Art Energietunnel einsog. Dieser Dimensionssprung war nur kurz, aber es fühlte sich an, als ob einem die Eingeweide durch den Fleischwolf gedreht wurden, während die Freunde durch die Mitte eines grünvioletten Energiestrudels flogen. Als die Gruppe wieder auf der anderen Seite der leuchtenden Kuppel auftauchte, verlor Antony vor Schmerz kurz die Konzentration und der Schild brach zusammen. Die Wassermassen drückten sich auf die Gruppe und verursachten zusätzliche Schock. Doch in diesem einen Fall war das Flüssige sogar vorteilhaft, denn die erste Aktion der restlichen drei Freunde war sich erstmal in das umgebende Wasser zu übergeben. Es war natürlich kein Mageninhalt, da Seelen ja keinen haben. Stattdessen kam buntes Aria in fast allen Affinitätsfarben heraus, das sogleich als Spur von der Strömung weggetragen wurde. Antony kam wieder richtig zu sich und aktivierte erneut das Kraftfeld, dass das Wasser um die Gruppe erneut verdrängt. Der Schild von Antony nahm von die Form der aufzuggroßen Kugel an und hielt den Druck des Wassers zurück. Durch den Dichteunterschied im Inneren wurde die Blase relativ schnell nach oben gedrückt. Antonys restlichen tentakelartigen Schwingen drückten sich zusätzlich gegen das Feld, wohl um es mit zusätzlichem Mana zu versorgen. Er stand seinen Freunden zum ersten Mal seit dem Abflug auf der gleichen Höhe gegenüber. Er beschwor mit einer Handbewegung eine Plattform, auf die er seine Freunde abstellte und selbst landete. Die Plattform schwebte wie eine Art Magnet über dem Schildrand und berührte trotz weiteren Gewichtes nicht den Innenrand der Sphäre.

„Schaut auf eure Uhren! Ich muss wissen, wie viel Zeit uns noch bleibt", forderte Antony ernsthaft, die übellaunigen Gesichter ignorierend. Die Übelkeit und das kurze Ertrinken hatten zwar die deprimierten Gedanken für kurze Zeit vertrieben, aber jetzt gab andere Dinge, um man sich Sorgen musste.

„Ich will wissen, was... du eigentlich bist!", forderte Lillien wütend nach Luft schnappend. „Ich habe Dinge gehört, die mein Blut zum Kochen gebracht haben. Zum Beispiel sei Ich nur ein Köder, um einen alten, gefallenen Gott in die Hölle zu locken. Klingelt da was? Jetzt hast du die Erzdämonen befreit und vielleicht den Untergang unserer Welt ausgelöst. Das Ausmaß können wir noch gar nicht einschätzen."

„Untergang? Ernsthaft? Du, Mädchen, hast keine Ahnung wie ein Weltuntergang aussieht", entgegnete Antony beleidigt. „Statt etwas Dankbarkeit zu zeigen, dass wir dich aus dem innersten Kern der Hölle gerettet haben… beschwerst DU dich jetzt, dass ich es nicht richtig gemacht habe? Ich bin sehr enttäuscht."

„Aber die Erzdämonen…", rief Mark wütend.

„Was? Ja, sie werden auf die Welt losgelassen… ja, sie werden wahrscheinlich Chaos ausrichten und unschuldige Menschen töten, aber ob das langfristig schlimmer ist, als die momentanen Anführer eurer scheinheiligen, rosaroten Welt, werden wir erst noch sehen", entgegnete Antony. „Ihr habt keine Ahnung wie viel Krieg hinter Eurem Rücken getrieben wird, um diese auf Dauer selbstvernichtende Gesellschaftsform und den eigenen Reichtum aufrecht zu erhalten. Für mich sind unsterbliche Herrscher, die das Elend bereits kennengelernt und mit der Zukunft der Gesellschaft leben müssen die weitaus bessere Alternative. Sie mögen Verbrecher sein, aber auch große Anführer zu Ihrer Zeit. Jetzt schaut auf Eure Arme!"

Die Schüler schauten auf Ihre beiden Arme und merkten, dass diese sich verändert hatten. Sie zeigte die Zeit nun in Form einer Digitalanzeige, die in blau leuchtete.

„2 Minuten, aber wie ist das möglich? Sie war vor einiger Zeit noch kürzer?", wunderte sich Kevin.

„Bei mir ist es 30 Sekunden", sagte Lilly erschrocken.

„Ich habe 45 Sekunden, aber die Zeit scheint sich zu verlängern", fügte Mark hinzu.

„Die Wurzel, die das verzerrte Zeitgefälle verursachte, kollabiert. Also passt sich die Zeit einer neuen Konstante an. Eure Anzeigen ändern sich kurz vor Schluss und zeigen eure Realzeit in der Ebene unseres Aufenthalts an. Eure sich auflösende Kleidung ist ebenfalls ein Zeichen", erläuterte Antony, als die Gruppe die schnell nahende Oberflächenwellen des Ozeans bemerkte. „Wir haben also nur noch knapp 50 Minuten."

Antony legte seine Hand auf den Plattformboden und drückte gleichzeitig, mit einer Lichtentladung durch seine Flügel, die Energieblase noch weiter auseinander. Währenddessen begann die Standplattform zu wachsen und sich in andere Materialien umzuwandeln. Kevin beobachtete, dass das Wasser aus der Umgebung nebelförmig angezogen wurde und sich an die wachenden Plattformränder angelagert habe. Der Dampf bildete zuerst Kristalle, knisterte mit winzigen Funken und wandelte sich dabei dann in ganz verschiedene Materialien um. Der Diskus nahm so nach und nach die Gestalt eines Raumschiffs mit der aerodynamisch gewellter Frontscheibe, jetähnlichen ergonomischen Sitzen, Flügeltüren und einem offensichtlich außerirdischen Antrieb. Im hinteren Teil entstand auch eine Art Generator in Form einer Acht, der aber schnell wieder unter einem komplexen Kühlungssystem verschwand.

„Was war das für eine Energiequelle?", fragte Kevin neugierig auf den Generator zeigend, weil das für ihn eindeutig nach einer überlegenen Alien-Technologie aussah. Antony war jedoch zu sehr auf die Konstruktion fixiert, um zu antworten.

Als das Wachstum die pfeilspitzenförmige Flugmaschine abschloss, befanden sich die Freunde in einem busgroßen Innenraum. Für jeden Insassen stand ein eigener, seltsam geformter, ergonomischer Sitz bereit. Diese erinnerten an außerirdische Bäume oder Pilze mit dünnen Stängeln. Sobald man sich darauf setzte passten sich die Sitze automatisch an die Körperform. Man fühlte sich, als ob man schweben und nicht sitzen würde.

Die Pilotsteuerung hatte einen ungewöhnlichen Standsitz mit einer sensorischen Kopfeinheit, sowie zwei durchsichtigen Steuerpultschirmen und einem 3D-Rotationsdämpfer. Kaum sprang der hintere Energiegenerator an, ertönte ein technisches Surren und die Fortbewegungssysteme fuhren hoch. Die vielen Gimmicks, die Geräusche und das Ambiente würden das Herz jedes Technikliebhabers höher schlagen lassen. Bei Mark und Kevin begannen die Augen vor Neugier zu leuchten. Der sich nun unter einer dursichtigen Platte befindende Generator verursachte eine leichte Luftverzerrung im Nahbereich und sonderte ein schwaches, blaues Licht ab. Das pfeilspitzenähnliche Raumschiff besaß insgemat 3 Türen, 2 davon mittig an den Seiten. Über dem im hinteren Bodenbereich sitzenden Generator befand sich die hintere Tür auf einer Anhöhe von etwa 2 Treppenstufen. Antony fuhr seine Lichtglieder ein, die sich tentakelartig in seinen Körper schlängelten und dabei die Türen schlossen. An seiner restlichen Form änderte er sich jedoch nichts.

Als die Steuereinheit anging, schnallte Antony sich dort an. Eine seltsame Stimme begann auf einer für Lilly und Kevin unbekannten Sprache zu reden: „(Ark.) Administrator erkannt… scanne nach Hirnwellen…bitte warten… empfange keine Signale… stelle auf manuelle Steuerung um… Selbstdiagnose erfolgreich… Alle Systeme stabil. Achtung, wegen der fehlenden Verbindung wird die maximale Geschwindigkeit im manuellen Steuermodus stark gedrosselt."

„Was hat diese Computerstimme gerade gesagt?", fragte Lilly.

„Das sind nur Startprotokolle", entgegnete Antony, der gerade durch die beleuchteten Steuerplatten navigierte. Auf der Frontscheibe erschienen verschiedene Tachoanzeigen mit außerirdischer Schrift. Dann sprach er in der Alien-Sprache: „(Ark.) Aktiviere Unterwasser-Kraftfeld."

„(Ark.) Bestätigt", antwortete die Computerstimme und ein Energiefeld baute sich dicht an der Außenhülle auf. „(Ark.) Aufbau abgeschlossen."

In diesem Moment ließ Antony sein magisches Kraftfeld fallen und die Wassermassen prallten auf den neuen Energieschild. Mark befand sich auf dem Sitz direkt hinter dem Piloten und konnte alles genau beobachten. Antony legte seine Hände auf die Tablets und schob mit seinen Fingern einige visualisierte Skalen hoch. Die Maschine wurde spürbar lauter und beschleunigte stark. Das Schiff schoss, einem Torpedo gleich, auf seinem Weg durch die immer dichter werdenden Verdammten, durchbohrte Riesenquallen und durchbrach schließlich die Ozeanoberfläche. Da bemerkten die Gefährten, dass die Küste nur noch etwa 2 Kilometer entfernt war. Die Wellen der See waren viel ruhiger und das Wetter besserte sich insgesamt. Bei einem Blick auf die beiden Bildschirme mit dem Rückwärtsblick sahen Kevin und Mark, dass sich am Horizont ein Blitzsturm ereignete.

Antony richtete das Schiff aus, beschleunigte etwas und sagte dann: „(Ark.) Langstreckenscans aktivieren… Vorderer Konus von 1000 Planetar-Einheiten."

„(Ark.) Scan läuft", entgegnete die Steuerung und begann eine 3-D Bild der Landschaft auf der Frontscheibe zu visualisieren. Antony begann per Steuerung bis zum Ende der Scanreichweite zu zoomen. Es war erstaunlich, wie präzise das Bild war. Alle Orte, Paläste und Festungen, an denen die Drei einst vorbeigeflogen sind, wurden dargestellt und wahrscheinlich als Hindernisse markiert. Der Scan reichte über 4000 km weit, bis hin zur großen Höhleneingang zum Reich von Asmodan. Antony markierte das große Loch.

„(Ark.) Ziel markiert", sprach wieder die Raumschiff-Stimme. „(Ark.) Maximale atmosphärische Geschwindigkeit eingestellt… Beschleunige."

In diesem Moment breitete das Flugschiff mit sein Kraftfeld eiförmig aus und beschleunigte auf eine unglaubliche Geschwindigkeit. Im Inneren fühlten die Passagiere jedoch kaum etwas. Allein die Aussicht verriet, wie schnell sie sich nun fortbewegten.

„Warum sind wir nicht schon vorher mit dem coolen Ding geflogen?", fragte Kevin begeistert vom Rücksitz aus.

„Weil die Umwandlung der Materie und die Konstruktion des Raumschiffes eine Menge Mana benötigt und solange die Wurzel noch intakt war, wäre es nicht machbar gewesen… Ich nutze es nur ungern, weil es stark an meinen Reserven zehrt und höchst verschwenderisch ist", entgegnete Antony sichtbar angestrengt.

„Ich bin nicht wirklich Expertin für Technologie, aber dieses Raumschiff ist unserer Zivilisation doch mindestens 200 Jahre voraus oder?", fragte Lilly sehr skeptisch. „Und du konntest es einfach so aus der Erinnerung wiederaufbauen?"

„Ich habe es schon mal in der Vergangenheit gesagt, aber nicht alle Welten sind so rückständig wie auf der Erde", entgegnete Antony. „Und es sind weit über 300 Jahre."

„Wie schnell werden wir noch?", schrie Mark.

„Das Prunkstück kann in der Atmosphäre ohne Probleme mit Mach 20 erreichen", entgegnete Antony stolz.

„Sprachanalyse abgeschlossen... Standartsprache auf Paket 251 angepasst", sagte die Maschinenstimme plötzlich im Hintergrund.

„Sie spricht ja schon unsere Sprache", wunderte sich Lilly. „Wie ist das möglich?"

„Alle im Universum gesprochenen Sprachen sind Abwandlungen von gerade mal 260 Fundamenten", erklärte Antony. „Der Bordcomputer trägt diese im Speicher und kann mit einem Sprachencompiler Abwandlungen schnell rekonstruieren. Ein sehr schneller Quantencomputer eben."

Nach knapp 3 Minuten Flug war der Sumpf bereits zu Ende und die Wüste folgte. Die Beschleunigung hörte auf, als das Fluggerät die volle Geschwindigkeit erreicht hatte. Die Dünen rauschten so schnell vorbei, dass nur der Blick in die Ferne einige Details verraten konnte. Beim Blick auf Rückmonitore sahen Kevin und Lilly, dass ihr Transportmittel eine Spur der Verwüstung hinterließ. Ein turbulenter Trichter aus Sand, Schlamm und Körpern folgte ihrer Spur in weniger als einem Kilometer Entfernung. Bei einer Flughöhe von nicht mal 50 Metern über dem Boden war es kaum verwunderlich. Warum Antony trotzdem so weiter so tief flog?

„Wie wird diese Maschine befeuert? Mit Magie oder Technologie?", fragte Kevin neugierig.

„Selbstverständlich technologisch", entgegnete Antony lachend. „Mein LBPT stammt aus meinem Leben vor dem Schleier. Ich habe ihn selbst wieder zusammengebaut und oft modifiziert. Dadurch kenne ich es so gut wie mein Innerstes. Mit Magie allein, könnte man niemals solche Strukturen erschaffen. Dafür braucht man fundiertes Wissen."

„LBPT? Was bedeutet das?", fragte Mark.

„Lebensbegleitender-Planetar-Transporter", erzählte Antony nostalgisch. „Ich bin in einem System aufgewachsen, dass trotz des unendlichen Ressourcenreichtums des Universums, auf Minimalismus setzte. Es entlastete die sowieso schon überforderte transgalaktische Logistik. Wir haben unsere Waren von Anfang so konstruiert, dass diese nicht entsorgt, sondern ständig modifiziert und verbessert werden konnten. Von Alltagsgeräten bis hin zum eigenen Raumschiff. So gut wie Alles wurde modular aufgebaut und so wiederverwertbar wie möglich produziert. Das erlaubte der Wirtschaft, die Versorgung einer größeren Bevölkerung mit gleicher Menge Ressourcen und Dienstleistungen. Es war nicht ungewöhnlich, dass jeder Bürger sein ganzes Leben nur ein einziges Fahrzeug besaß und dieses an seine Nachkommen weitervererbte."

„Was ist passiert? Offensichtlich hat es am Ende nicht funktioniert!", sagte Kevin etwas zynisch.

In diesem Moment stieg das Fluggerät in etwas in Höhe und passierte die felsige Grenze zum Kreis der Völlerei.

„Nein!", entgegnete Antony wütend werdend. „Alles ist Yggdrasils aggressiver Expansion zum Opfer gefallen, die letztendlich meine gesamte Zivilisation vernichtete... Fast hunderttausend bewohnte Welten einfach ausradiert... Jetzt aber genug davon!"

Schnell näherte sich LBPT zum angepeilten Ziel, dem Tor zur Hölle der Wollust. Sein schwarzer, vom öligen Film überzogener Eingang war bereits aus der Ferne sichtbar. Die Flugmaschine bremste rasant ab. Es wurde turbulent. Der ganze Strom hinter dem LBPT folgte nun nach. Der Pilot drehte schnell ab, um noch abseits des Tores zu landen und in diesem Moment prasselte der durch das Fluggerät produzierte Sandsturm samt mitgetragenen Körpern und Gegenständen gegen den Film des Felseneingangs.

„Warum landeten wir hier?", fragte Lilly verstört.

„Dieses Tor ist eine Einbahnstraße und wir sind auf der falschen Seite", erklärte Antony. „Man kann hier nur in die tiefere Hölle vordringen, aber zurück ist problematisch. Es gibt nur zwei Möglichkeiten: Entweder man ist ein Dämon, eine leere Seele oder man öffnet das Tor mit Gewalt. Uns steht momentan nur die letzte Option zur Verfügung. Allerdings solltet ihr euch auf einen Kampf vorbereiten. Die Rieseninsekten in den Höhlen werden uns nicht freundlich gesinnt sein."

„Rieseninsekten?", fragte Lilly verstört. Sie hatte seit ihrer Kindheit Angst vor allem, mit mehr als 4 Beinen.

Es dauerte einige Zeit, bis der Sturm sich gelegt hatte und dann sahen die vier Freunde das sich veränderte Tor. Goldener Sand, Höllen-Flora und diverse Körper hatten die ganze geleeartige Oberfläche schichtartig überzogen. Die Geleemasse unter der Schicht vibrierte immer noch in unregelmäßigen großen Wellen. Antony flog das Fluggerät zur Mitte des Felsenlochs, streckte seine Hand aus und schrie: „Zieht eure Schwerter, Freunde!"

Kevin und Mark holten wie aufs Stichwort ihre Kristalle raus. Sie beschworen ihre Klingen im zwei-Schwerter-Stil, während der Pilot schimmerndes blau-gelb-rotes Aria in seine Hände leitete. Die Schmutzschicht begann schon langsam mit schwarzen Flüssigkeit zu triefen und abzugleiten, als Antony die in den Händen konzentrierte blau-gelb-rote Lichtkugel direkt ins Tor von sich stieß. Erstaunlicherweise flog die Sphäre durch die feste Frontscheibe, ohne irgendwelche Schäden zu hinterlassen. Er baute gleich einen zusätzlichen riesigen Schild um die ganze Flugmaschine.

Die Detonation der Sphäre war gewaltig. Das Licht blendete nur kurz und danach erblickte man, wie die vertikalen Ölmasse gleich zu den Rändern der Höhle in allen Richtungen geweht wurden. Einige Ballgroße Tropfen flogen durch die Luft, aber wurden immer langsamer. Es sah so episch aus, dass man das Spektakel wohl nur mit der biblischen Teilung des Meeres vergleichen könnte. Antony reagierte schnell und schob die Energieanzeige, um gleich Gas zu geben. Die Ölflüssigkeit wartete nämlich nicht und rollte einem Tsunami gleich wieder Richtung Torzentrum. Nur knapp schaffte die Maschine durch das sich schließendes Loch durchzuschlüpfen und aktivierte automatisch die Beleuchtung. Das Öl am Punkt des Zusammenpralls explodierte einem Geysir gleich und erwischte beinahe das Schiff. Schreie gequälter Seelen und das Kreischen der insektenartigen Dämonen hallten durch den Tunnel. Durch die Explosion wurde die lebende Wand der Höhle verletzt und blutete Aria in Strömen. Dieses Blut regnete auch von den Decken herab und die Monster strömten heran, um die Schäden zu Reparieren. Lilly war bewusstlos, als sie das erste Mal hier durchflog, deswegen erbleichte sie beim Anblick all dieses Schreckens. Antony zögerte nicht und flog lenkend durch den 100 Meter breiten, gewundenen Tunnel.

Einige der insektenartigen Biester mit verstärkten Sprungbeinen und sogar fledermausähnlichen Flügeln schwärmten heran. Sie sprangen aggressiv in Richtung LBPT. Eine Beschleunigung auf mehr als 250 Kilometer pro Stunde war selbst im überlegenen Fluggerät wegen des verwinkelten Aufbaus der Tunnel und der Dunkelheit nicht möglich. Antonys Verbindung zum Arkum war das Einzige, was ihm die ungefähre Richtung verriet. Die ersten Monster landeten auf dem Schiff, dessen Schild keinerlei Schutz dagegen bot und dann zusammenbrach. Die Biester schlugen mit aller Gewalt auf die Glasflächen ein und beschädigten diese stark.

„Angriff durch aggressive Lebensformen entdeckt... Defensivsysteme nicht vorhanden... manuelles Eingreifen zwingend erforderlich", warnte die Computerstimme.

„Warum ein derart fortschrittliches Schiff keine Defensivsysteme?", schrie Lilly verängstigt und gleichzeitig wütend.

„Das war ein Zivilfahrzeug! In meiner Welt gab es keine Kriege mehr", entgegnete Antony und entriegelte die beiden Seitentüren, die sich mechanisch nach außen drückten und nach vorne schoben. Der heftige Gestank drang ins Schiff ein und die Monster auf der Außenhülle versuchten sofort ins Innere zu stürmen. Kevin und Mark attackierten die ungeladenen Gäste mit den Schwertern. Trotz der sichtbar harten Panzer schnitten die Waffen hindurch wie heiße Messer durch Butter. Rücken an Rücken kämpften die beiden Männer, als ob sie es schon ihr ganzes Leben geübt hätten. Lilly war vollkommen starr vor Schock.

„Es scheint, dass dein und mein Mann doch ganz gut mit der Situation fertig werden", rief Antony beruhigend zu Lilly ohne sich umzudrehen.

Ein riesiger, dunkler Schwarm folgte dicht hinter dem Flugapparat und die heftigen Flattergeräusche hallten durch die Höhle. Die Biester waren nicht schnell genug, um das Schiff einzuholen, aber durch die viele Kurven und immer mehr von den Wänden springende Kreaturen gab es keine Pause.

Die schlichte Masse wurde für das Schiff langsam zu Verhängnis. Eine größere dieser Bestien landete mit solchem Schwung auf dem LBPT, dass es kurz von der Flugbahn abkam und an einem Felsvorsprung kratzte. Die Bestie war so stark, dass sie ihre Krallen in den Metallrumpf bohrte.

„Antony, wir haben ein Problem!", schrie Mark erschrocken. Er und Kevin wehrten weitere Bestien an den Türen ab und konnten nicht eingreifen.

„Dach sofort abwerfen!", befahl Antony der Maschine und augenblicklich wurde das Dach samt Wänden, Türen und dem daran heftenden Biest abgesprengt. Das knallte dann gegen das Höhlendach kurz vor dem Schwarm. Der große Skorpios war zwar weg, aber viele menschengroßen kletterten jetzt direkt ins Cockpit.

„Das hat unsere Situation nicht wirklich verbessert", schrie Kevin halb scherzhaft.

„Wovon redest du?", schrie Antony zynisch. „Ihr habt jetzt mehr Platz zum Kämpfen. Aber passt darauf auf, dass ich nichts vom Blut abbekomme. Es enthält ein Gift, das schon in geringen Dosen starke Halluzinationen auslöst."

Die beiden Schüler schwangen immer verzweifelter mit ihren Waffen, denn trotz ihrer überlegenen, physischen Stärke und Ausdauer konnten sie die schieren Massen der Bestien nicht mehr zurückhalten. Auf einmal spuckte aus dem Schwarm ein weiteres ganz besonders großes und schreckliches Exemplar hervor. Es rammte 2 lange dorngeformte Klauen direkt in die metallische Hülle des Hecks und zog sich durch den Luftschild hindurch Richtung Insassen. Zum Glück hatte es den Generator knapp verfehlt, aber die Kühlung wurde beschädigt und der Generator begann langsam heißer zu werden.

Das Biest hatte noch ein weiteres kürzeres Paar Arme mit menschenähnlichen Händen, welche auch spitz zulaufende panzerartige Schuppen und Krallen trugen. Lilly schrie bei diesem schrecklichen Anblick wie aufgespießt, fasste sich am Kopf und rollte sich embryoartig auf dem Sitz zusammen. Als das Biest sie angriff, konnte Kevin mit einem Schwerthieb seine Freundin gerade noch so im letzten Moment retten und der Kreatur ein Stück seiner größten Kralle abschneiden. Das Maul der Kreatur war doppelt so groß, wie der Kopf eines Menschen und hatte einen in der Mitte geteilten Unterkiefer mit dolchgroßen Giftzähnen. Als der Angreifer brüllte, erblickten die Freunde einen mit widerhackenartig angeordneten Zähnen besetzten Saugrüssel im Mund des Ungeheuers. Diesen schoss das Monstrum direkt auf Kevins Gesicht, aber dieser konnte den Angriff mit einem knappen verteidigenden Schwerthieb abwehren.

„Scan des Höhlensystems abgeschlossen... Wärmeentwicklung kritisch... Generator wird auf 70 % heruntergefahren", sprach die Computerstimme leicht verzerrt.

Antony analysierte schnell das auf der Frontscheibe nun dargestellte Höhlensystem und sah dass der Flug noch mindestens 3,5 Stunden dauern würde und die Gruppe hatte nur noch etwa 25 Minuten bis zum Versagen ihrer Körper.

Kevin und Mark aktivierten notleidig ihre Zeitverzerrungszauber, um die Verteidigung der fliegenden Plattform aufrechterhalten zu können. Diesmal war es aber einfacher, da kein Sog mehr ein Teil ihres Arias wegwehte. Lilly traute sich kurz einen Blick zu riskieren und sah wie Mark mit Kevin sich so schnell bewegten, dass ihre Gestalt im Licht des LBPT verschwommen erschien. Die Bestien griffen weiter aus der Dunkelheit, aber jetzt hatten es die Männer wieder unter Kontrolle. Das große Biest versuchte diesmal Mark zu attackieren, aber er stieß eins seiner beiden Leichtschwerter direkt in den Kopf der Bestie und halbierte ihn mit einem Schwung.

„Schwingungsstabilisator instabil... Gravitationsstabilisator fährt runter", sagte die Computerstimme laut und im selben Moment wurde es für Mark und Kevin schwer ihr Gleichgewicht zu halten.

„Antony! Halte das Fahrzeug etwas ruhiger, sonst können wir die Biester nicht mehr abwehren", schrie Mark.

„Leitet Euer Mana in die Schuhsohlen, um die Haftfunktion zu aktivieren. Aber passt darauf auf, dass Ihr den Versorgungfluss nicht unterbrecht", schrie er entgegen, während sich weitere furchterregenden Flugkreaturen zischend und sabbernd näherten.

So stürmte Kevin auf die Bestien und nutzte dabei das gelernte Wissen im Schwertkampf. Er und Mark waren selbst überrascht, wie gut sie die zahlreichen Skorpios trotz der erschwerten Situation bekämpfen konnten. Lilly nahm ihren Mut zusammen und richtete sich in ihrem Sitz. In diesem Moment schaute Sie nach rechts und erblickte wie eine katzengroße Insektenartige Kreatur direkt in ihre Richtung kletterte. Im Schrecken schlug sie mit ihrer Hand auf den kleinen Schrecken, der dann kreischend vom Flugapparat direkt ins offene Maul eines schreienden Artgenossen flog und dieser erstickend abstürzte. Das nach Luft schnappende Wesen verschwand keuchend in die Dunkelheit.

„Lilly! Sammle deine Gedanken!", schrie Antony fordernd. „Du darfst deiner Angst nicht nachgeben! Ich bringe Euch hier raus!"

Lilien beruhigte sich etwas, als sie die aufmunternden Worte hörte und entgegnete sich zusammennehmend: „Was kann ICH tun?"

„Höhlenbewohner fürchten meistens helles Sonnenlicht, da sie nicht dafür angepasst sind. Ich bitte dich deswegen eine starke, künstliche Lichtquelle zu erschaffen! ", forderte Antony, als ob es selbstverständlich wäre. „Erinnere dich an den Chemieunterricht im Studium! Wie entsteht Licht und was ist es?"

„Wie soll ich das machen? Ich weiß nicht mal, wie Magie funktioniert!", schrie Lilly entgegen.

„Komm zu mir nach vorne", schrie Antony. Lilly schnallte sich ab, stand auf und verlor gleich das Gleichgewicht. Ihr Freund eilte jedoch sofort zur Hilfe und griff nach ihr mit einem Arm, während er mit dem Anderen weiter Skorpios zurückhielt. Sie schritten kurz vor Antony und kaum war Lilly in seiner Reichweite, streckte er einen einzelnen Lichttentakel zu ihr und berührte damit ihre Handfläche. Eine Unmenge von Information in Form eines magischen 7-Ring-Siegels floss plötzlich durch ihren Verstand und ein Traum mit einem jungen, gerade entzündenden Stern lief vor Lillys innerem Auge ab.

„Was ist das?", fragte Lilly nichts von den Glyphen begreifend, die sie gerade gesehen hat. Dann dachte sie kurz nach und fragte erneut verblüfft. „Ist das etwa eine Anleitung zur Erschaffung eines neuen Sterns?"

„Miniaturstern", korrigierte Antony. „Es reicht nur für eine Anwendung und benötigt Gas in der Umgebung. Jetzt leere deine Gedanken! Strecke deine Hände vor dir aus und konzentriere dich auf das Siegel! Lasse es sich zwischen deinen Handinnenflächen formen!"

Kaum hatte Lilly sich auf den geliehenen Zauber konzentriert, begannen golden leuchtende Glyphen durch die Handschuhe zu fließen und eine wachsende Blase zu formen. Darin wuchsen auch die 7 leuchtenden Ringe verschiedener Größen, die mitten in der Luft entstanden und eine Art magisches Sonnensystem bildeten mit einem winzigen Leuchtpunkt im Zentrum.

„Sammle Luft aus der Umgebung", erklärte Antony weiter und der erste äußere Ring begann blau zu schimmern. Luft begann sich ins Zentrum gesaugt zu werden. Lilly spürte wie Mana aus ihren Händen direkt ins Siegel floss. Es war wie selbstverständlich für sie, obwohl sie noch nie im Leben Magie angewandt hatte. „...Baue Druck im Inneren auf...", und der zweite violette Ring aktivierte sich und die Luft darin wurde flüssig. „...Erhitze nun die Sphäre...", der dritte Ring leuchtete gelb auf. Die innere Kugel begann zu glühen. Lilly spürte langsam, wie die Belastung auf ihren Geist stieg. „...Zünde nun Kernfusion und halte die Größe stabil, lenke die Energie auf die Monster...", sagte Antony noch und Lilly konzentrierte sich. Die vier letzten inneren Ringe aktivierten sich in gelb, grün, nochmals gelb und weiß. Die Ringe begannen in verschiedenen Richtungen um den heißen Kern zu rotieren. Instinktiv streckte Lilly ihre beiden Hände, zwischen denen die Kugel schwebte, nach oben. Die Kugel zündete und tauchte alles Sichtbare in gleisendes Licht. Das Gefühl der Erschaffung war für Lilly überwältigend. Es war, als ob man gerade von tiefer Inspiration erfüllt wurde oder mit einer handwerklichen Tätigkeit fertig war und sein Werk nun bewundern konnte. Lilly fühlte sich einen Moment lang wie eine Göttin. Die Biester schrien aufgebracht und sprangen erschrocken vom LBPT. Mark und Kevin hielten an und betrachteten auch das unglaubliche Phänomen. Lilly hielt eine kleine Sonne über ihrem Haupt.

Aber das Gefühl der Überforderung verstärkte sich mit jeder Sekunde, in der das Mana durch Lilly hindurch floss. Die verfolgenden, fliegenden Skorpios wurden vom hellen Licht angebrannt, wie Ameisen unter einem Vergrößerungsglas und schrien zurückfallend. Der Sphäre ähnelte jetzt immer mehr einer kleinen Sonne, die winzige Eruptionen und dunkle Flecken nahmen zu. Der Sonnenwinzling wurde immer instabiler und begann gegen Lillys Willen langsam zu wachsen.

„Ich kann die Kugel nicht mehr lange aufrecht erhalten!", schrie sie mit geschlossenen Augen. „Sie wird instabil."

Mark steckte sein Schwert weg und legte seine Hand auf Lillys Schulter. Auch Kevin folgte dem Beispiel. Lilly spürte wie Kraft ihrer Freunde wie zwei Bäche durch ihren Astralkörper zum Siegel floss. Die Kontrolle wurde zurückerlangt. Die beiden Männer beobachteten mit offenen Mund Lillys erste gewirkte Magie. Auf ihren Masken erschienen Sonnenbrillen, die das gleißende Licht gut filterten.

„Lilly!", rief Antony laut. „Lerne den Fluss zu kontrollieren. Lasse das Mana nicht einfach in die Sphäre fließen, sondern im Kreislauf. So minimierst du deinen Verbrauch und erlangst bessere Kontrolle."

Lilly begriff und strukturierte ihre Konzentration um. Das Aria floss nun als großer Strahl aus der rechten Hand, passierte die Sonne und wurde dann in der linken Hand als dünnerer Strahl eingesaugt. Jetzt war es, als ob der Stern selbst zu einem Teil von Lillys Astralkörper wurde.

In diesem Moment warnte das System vor eine Sackgasse im Tunnel. Antony schaute kurz ernst zu seinen Schülern und machte dann notdürftig einen weiteren Dimensionssprung mit dem gesamten LBPT. Auf der anderen Seite war es laut LBPT noch knapp zwei Kilometer vor dem Ausgang aus der Höhle. Das zweite Mal verlief besser, aber schwindlich wurde es den Schülern trotzdem. Mark, Kevin und vor allem Lilly verloren kurz die Konzentration, als sie die starken Nebenwirkungen des Sprungs spürten. Die Miniatursonne begann unkontrolliert zu wachsen und noch mehr Luft aus der Umgebung einzusaugen.

„Ich verliere die Kontrolle!", schrie Lilly verzweifelt. „Der Stern wird immer größer."

„Was ruht Ihr Euch da aus, wie Idioten!", rief Antony wütend zu den beiden Männern, die sich nach Sprung erstmal beugten, um sich nicht wieder zu übergeben. „Helft Lilly dabei, die Sphäre zu stabilisieren!"

Die Beiden legten erneut ihre Hände auf Lilly und leiteten Aria in sie, doch leider war es nicht mehr aufzuhalten. Das Licht zum Ausgang des Tunnels wurde sichtbar. In größerer Entfernung sprangen erneut große Exemplare der Skorpios von den Wänden und flogen der Gruppe nach. Schnell bildete sich ein neuer Schwarm. Kevin dachte nicht lange nach und sah auf das Licht am Ende des Tunnels. Dann schrie er zu Lilly: „Wirf die Sphäre in den Schwarm!"

Die Sonne hatte sich inzwischen in der Größe bereits verdreifacht und wuchs weiter.

Antony schrie jedoch: „Neeein! Auf keinem Fall!", aber es war schon zu spät. In Panik warf Lilly die wachsende Sonne auch ohne lange nachzudenken. Sie schleuderte es direkt in die bösartigen Tiere, die sofort vor Schmerzen schreiend auswichen. Antony gab sofort Gas, um so schnell wie möglich zu entkommen. Denn als der umgebende magisch aufrechterhaltende Druck aufhörte zu wirken, wurde die Sonne sehr schnell größer und explodierte wie eine Wasserstoffbombe. Allein das Licht der Explosion brannte so heiß, dass die weiche feuchte Wandschicht der Höhle verdampfte. Die nach hinten blickenden Drei hielten sich mit dem Armen das Gesicht zu, aber es war so stark, dass es glatt durch alles hindurchstrahlte. Das LBPT wurde auf den von Helligkeit bestrahlten Seite glühend heiß. Wären die Freunde jetzt in ihren Körpern, wären sie allein durch das Licht und Strahlung gekocht worden. Das Kraftfeld des Schiffes erbebte mit Energieentladungen unter der ganzen Strahlungsbelastung. Antony beschleunigte auf Überschallgeschwindigkeit, um der sich jetzt schnell nähernden Feuerwalze zu entkommen. Beim Verlassen des Tunnels erblickten Lilly, Kevin und Mark, was sie angerichtet haben. Die ganze ausgehöhlte Bergwand explodierte einem Supervulkan gleich in tausende riesige Brocken und eine pyroklastische Welle aus Staub, Dampf und glühenden Gestein raste der Gruppe hinterher.

„Was zum Henker ist da gerade passiert?", schrie Mark. „Es kann doch nicht sein, dass eine so kleine Sonne so viel Zerstörungskraft entfalten kann."

„Ihr habt eine Kettenreaktion in Gang gesetzt", brummelte Antony unzufrieden. „Ihr habt eine Fusionsbombe in einem Lager voller Wasserstoff gezündet… Das kondensierende rote Aria benetzt doch das gesamte Höhlensystem. Sie wurde durch den Fusionsprozess zur Zersetzung von Materie angeregt. Wenn Materie zerfällt setzt sie Unmengen Energie frei. Jetzt wird innerhalb eines Tages die gesamte Hölle wie die Oberfläche der Sonne aussehen."

Lilly starrte kreidebleich auf die verursachte Katastrophe.

„Was wird aus den Verdammten?", fragte Kevin, mit schlechtem Gewissen. Sie konnten wegen der hohen Geschwindigkeit zwar nicht jede einzelne Gestalt erkennen, aber die zehntausende, wie Wunderkerzen aufflackernden Astralkörper beantworteten diese Frage. Lilly weinte sich ans Gesicht fassend, fiel auf die Knie und Kevin umarmte sie festhaltend.

„Schwingungsstabilisator und Gravitationsfeld instandgesetzt", sagte plötzlich die Computerstimme und die Passagiere fühlten sofort eine Erleichterung der Belastung.

Die Feuerwelle wurde von Antonys LBPT mit Mach 12 abgehängt bis es noch am Horizont sichtbar war.

„Es war meine Schuld, Lilly. Du wusstest nicht, was geschehen würde", sagte Kevin beruhigend und dachte kurz nach. Dann drehte er sich zu Antony und fragte ihn beschuldigend: „Warum hast du sie das überhaupt machen lassen, wenn du wusstest, was passieren könnte?"

„Kevin, als wir diese Welten betraten, habe ich Euch WAS gesagt? Ihr sollt Euch an jede meiner Anweisungen genau halten", warf ihm Antony sauer vor.

„Wenn ihr getan hättet, was ich Euch aufgetragen hatte, könnte Lilly das Aria wieder in Ihren Körper transferieren und die Sonne auflösen können. Für einen echten Anwender der Schöpfungsmagie ist Ariaflusskontrolle absolut notwendig! Jetzt ist deine Freundin so müde, dass sie kaum laufen kann. Nicht genau durchdachte Taten können nun mal schlimme Konsequenzen haben."

„Schadensprüfung abgeschlossen", sagte plötzlich die Maschine. „Starte Nanitenreparatur der Kühlsysteme… Landung wird dringend empfohlen."

„Reparatur auf Energieversorgung, Schilde und Antrieb im Flug beschränken", entgegnete Antony befehlend. „Scanne 500 PE."

Plötzlich merkten die restlichen Passagiere, wie etwas anfing sich zu bewegen. Es hörte sich an, wie Gewusel kleiner Ameisen aus Metall. Das Leck in der Kühlung, aus der schon seit einiger Zeit kalter Dampf austrat, schloss sich und Mark traute sich ins Loch zu schauen. Darin befand sich ein metallischer Haufen, der vom Aussehen an sich bewegenden feinen Metallspan erinnerte. Es waren winzige metallische Insekten, die sich auf den beschädigten Maschinen bewegten. Kleine Blitze zuckten im Gewusel, wohl als eine Art schwarminterne Energieversorgung.

„Aber warum hast es nicht gleich gesagt?", fragte Lilly in Kevins Armen. In der Tat fühlte sie sich extrem ausgelaugt, aber sie war selbst von ihren eigenen Fähigkeiten überrascht. Sie konnte gleich mehrere Gedankenvorgänge parallel steuern, was in einem lebenden Körper unmöglich wäre.

„Werden die Verdammten das überleben?", hackte Mark noch mal nach. „Vielleicht können die Dämonenherrscher ja was ausrichten."

„Nicht bei dem Ausmaß. Auf der anderen Seite sind die Konsequenzen noch schlimmer. Die Hölle wird bis zum Ozean abbrennen", spekulierte Antony. „Wenigstens verkürzt sich das Leid dieser Seelen um einige hundert Jahre. Außerdem ist mir das trotzdem lieber, als sie Ygg zu überlassen."

Während die felsige Wüste im Flug vorbeirauschte, bekamen Lilly, Mark und Kevin Kopfschmerzen, die immer stärker zu werden schienen. „Freunde, habt Ihr auch so tierische Kopfschmerzen wie ich?", fragte Mark.

„Wir kommen dem Höllentor langsam näher", erklärte Antony. „Was ihr spürt sind Eure Körper, die langsam an die Grenze des Erträglichen stoßen. Ihr werdet morgen früh mit einem starken Kater aufwachen. Das verspreche ich Euch!"

Plötzlich wurde er unruhig und auch seine Begleiter spürten kurz darauf auch etwas in der Atmosphäre, dass wie ein kalter Schauer den Rücken runter lief. Das Gefühl erinnerte an eine tief verankerte Angst, die man bei der Begegnung mit einem großen Raubtier im Wald verspürt, wenn man bemerkt wie es sich anpirscht. Das Tor war bereits in Sichtweite und Antony bremste den beschädigten LBPT bis er es letztendlich kurz davor landete. Vor der Höllenpforte waren sämtliche Einwohner der Höllenstadt versammelt und waren gerade dabei das Tor zu versiegeln.

Die Ankunft der Freunde blieb natürlich nicht unbemerkt und Balthasar trat vor wieder vor mit einem sehr beunruhigten Blick.

„Selbstzerstörung mit Technologievernichtung in 20 US aktivieren", befahl Antony der Maschine und schnallte sich vom Sitz ab.

„Befehl akzeptiert...Countdown läuft", entgegnete die Computerstimme. Zügig verließen die Vier das LBPT. Kevin und Mark stützten Lilly beim Heruntersteigen.

Die Dämonen starrten verblüfft auf das außerirdisch aussehende, aber stark von Kratzern und Stichen ramponierte Fluggerät. Plötzlich kann ein metallischer Schwarm aus dem Boden des Schiffs und begann das Fahrzeug mit unglaublicher Geschwindigkeit zu zersetzen. Der Schwarm wuchs auch dabei. Balthasar kam aus der Dämonenhorde heraus, blickte kurz auf die Gruppe und dann wieder auf ihren Anführer.

„Wie ich sehe, habt Ihr Eure Begleiterin gefunden", sagte er leicht enttäuscht. „Darf ich fragen, wo meine Herrin ist? Soweit ich weiß, wollte sie mit Euch zurückkehren."

„Ich habe die Dämonenherrscher befreit, Balthasar. Mein und Belials Vertrag ist erfüllt. Lass uns durch!", entgegnete Antony mit einem strengen Ton.

„Ich werde Euch natürlich nicht aufhalten, aber Ihr habt sicher gespürt, was auf der anderen Seite ist, oder? Der Wächter und seine Jäger sind nun das wesentlich geringere Problem. Wir mussten den Außenposten in der Unterwelt aufgeben und versiegeln jetzt den Hölleneingang", erzählte der Dämon.

„Was ist auf der anderen Seite?", fragte Lilly, während sie von den beiden Männern gestützt sich von hinten näherte. „War es das, was wir haben vorhin gespürt haben?"

„Der Weltwächter", sagte Antony mit schwermütiger Stimme. Sein Blick war von tiefer Kälte erfüllt, während er auf das Tor blickte. „Mark, ich habe dir in unserem Versteck ein kodierten Notizblock hinterlassen. Du wirst die Aufgaben üben und die Anweisungen befolgen!"

Mark, Kevin und Lilly schauten sehr aufgeregt auf ihren Freund, dessen ernstes Gesicht, jede Zweifel über die Ernsthaftigkeit seiner Aussage hinwegfegte.

„Balthasar, macht mir die Bahn zur Pforte frei und löst das Siegel!", forderte Antony. „Übrigens empfehle ich Ihnen ebenfalls die Hölle zu verlassen."

Balthasar wollte die Gruppe nur ungern gehen lassen, aber er könnte den Fremden nicht aufhalten. Er wies die Dämonen an und trat selbst beiseite. In diesem Augenblick entfaltete Antony erneut seine flügelähnlichen Extremitäten und packte auf die gleiche Weise seine Freunde wie beim letzten Mal. Er setzte sich wie ein Sprinter auf den Boden und wartete, bis die Flügeltüren der Pforte weit genug offen standen. Die Erde begann zu beben, als Antony lossprintete und einen konischen Krater von etwa 5 Meter Länge hinter seinem Startpunkt verursachte.

Lilly, Kevin und Mark wurden mitgerissen. Der Windzug, den die 4 hinter sich ließen war so stark, dass die schweren Tore auf der Höllenseite zu schlugen. Balthasar bemerkte währenddessen das Inferno am Horizont, das sich schnell näherte. Er befal hektisch die Tore wieder aufzumachen.

In der Horizontwelt nutzte Antony die Geschwindigkeit und änderte die Flugrichtung nach schräg oben. Fünfzig Meter vor dem Tor stand auf einem zerstörten Dach der Festung eine etwa 3 Meter hohe Gestalt und wartete bereits auf Antony. Es war der Weltwächter, dessen kalter einschüchternder Blick selbst aus großer Entfernung Lilly, Mark und Kevin durchbohrte. Die Bestie bemerkte die Gruppe sofort und nahm die Verfolgung auf. Von einem bloßen Sprung explodierte die Festung unter ihm. Antony sah den sich schnell nähernden Verfolger, drehte sich in der Luft und ließ dabei seine Freunde so los, dass sie mit dem Gesicht zu ihm blickten. Die Zeit wurde für einen kurzen Moment langsamer.

„Wir sehen uns!", waren seine letzten Worte, bevor er seinen drei Freunden fast nur in Zeitlupe erkennbar ein leuchtendes Siegel mit den Daumen auf die jeweilige Stirn drückte. In diesem Moment spürten Mark, Lilly und Kevin einen Stromschlag durch ihre Astralkörper strömen, der sich in einen starken Sog nach hinten änderte. Einer Schwerkraft gleich entfernte diese Kraft sie von Antony immer weiter, während der Riese auf ihn zuflog.

„Neeein!", schrie Mark verzweifelt, während Antony sein schwarzes Schwert aus seiner Hose rauszog. Kurz danach prallte er mit dem Riesen zusammen, dessen 2 gezogene Schwerter der Meister nur um eine Haaresbreite noch von seinem Körper ablenken konnte. Der Zusammenprall allein verursachte eine ohrenbetäubende Druckwelle. Gemeinsam stürzten beide Gegner in der Luft kämpfend zu Boden, wo sie von den drei Fliehenden wegen der Entfernung nur noch als Punkte wahrgenommen wurden. Das Grollen der Schwerter war dennoch hörbar und es folgten immer größere Explosionen. Ganze Waldstriche wurden in diesem epischen Kampf zweier Titanen in die Luft geschleudert. Das war das Letzte, was Lilly, Mark und Kevin von ihrem Begleiter für eine längere Zeit sahen.

Die magische Schwerkraft lenkte den Flug der Drei direkt zu der erscheinenden Zimmertür, aus der sie die Horizontwelt das erste Mal betraten. Diese öffnete sich von selbst und saugte die Gruppenmitglieder nacheinander ein, bevor sie sich von selbst wieder schloss. In der Schattenwelt von Antonys Zimmer angekommen, sahen die Studenten, wie der gerade offen stehende Würfelkern wild fluktuierte. Die losen Teile des Würfels bewegten sich in instabilen Bahnen um die Lichtkugel in der Mitte. Sie verloren immer wieder gleichzeitig die Bahn, als ob sie gleich einfach auf den Boden fallen würden, aber nahmen diese dann wieder auf. Die Sphäre selbst verformte sich unruhig, leuchtete mal heller, mal dunkler.

Die Drei wurden von selbst in ihre Körper gezogen und während ihr Geist langsam mit den Körpern verschmolz, setzte der Würfel sich wieder zusammen. Im anschwärzenden Blick sah es fast so aus, als ob das Licht des Würfels die goldene Farbe des Würfels verflüssigte. Das Gold schien sich schnell durch die sich schließenden Ritzen nach innen zurück zu ziehen und eine silbern-schwarze Oberfläche zu hinterlassen. Dann wurde für Lilly, Mark und Kevin alles dunkel.

Kapitel 9: „Worin die Freiheit ruht"
„Macht ist stets mit Vorsicht zu genießen."

Das Aufwachen am nachfolgenden Morgen war wie versprochen von starken migräneartigen Kopfschmerzen begleitet. Lilly öffnete ihre Augen als Erste und richtete sich augenreibende von ihrem Sesselsack auf. Sie fasste sich mit schmerzverzerrt an den Kopf und versuchte nach den Anderen in ihren Sesseln zu schauen. Die Kopfschmerzen waren aber so unerträglich, dass sogar das Öffnen der Augen zu einer Qual wurde und das wenige einströmende Tageslicht blendete sie nur noch mehr. Kevin und Mark wurden durch Lillys Rascheln auch wach. Nach vielem Augenreiben und an den Kopf fassen, richteten auch sie sich auf. Plötzlich schrie Lilly kurz und verstummte wieder. Kevin schaute zuerst zu ihr und dann zu Antonys Sitzplatz, wohin der Kopf seiner Freundin gerade gedreht war. Auf dem Liegesack lag nur noch seine Kleidung, die von hunderten kleiner Brandlöcher durchsiebt war. Sonst blieb nichts von seinem Körper übrig.

Während Lilly die elektrischen Jalousien aktivierte, starrte sie immer noch ungläubig auf die lose Kleidung. Der Würfel auf dem Tisch war nun fast schwarz wie Obsidian. Das Arkum hatte nun nur noch einige silbrige Muster und Adern, als ob der Gegenstand nach mehreren Jahrhunderten unter der Erde wieder ausgegraben worden wäre.

Mark nahm den Gegenstand zögerlich in die Hand, um diesen zu begutachten und spürte nur noch ein leichtes Kribbeln an seiner Hand entlang laufen, das schnell verging. Er erinnerte sich an die Vergangenheit, als er mal ohne Antonys Erlaubnis versuchte es aufzuheben und einen heftigen Stromschlag erlitt.

Tränen liefen sein Gesicht herunter. Lilly umarmte ihn still, bevor auch sie anfing zu weinen. Mark legte seinen Kopf auf die Schulter seiner verständnisvollen Freundin. Kevin versuchte was aufmunternde zu sagen: „Auch wenn Antony oder wer auch immer er war, uns in vielen Dingen getäuscht hat… Sein Versprechen, alle sicher zurückzubringen, hat er jedenfalls eingehalten."

„Falscher Zeitpunkt, Kev", flüsterte Mark, sammelte sich und wischte sich die Tränen aus den Augen. „Wir dürfen nicht trauern! Wir wissen nicht mal, ob er wirklich tot ist."

„Aber…", entgegnete Kevin und stoppte wieder. Angesichts des offensichtlich aufgelösten Körpers, was ja nach Definition ‚Tod' bedeutet, wäre es eigentlich sinnlos etwas anderes zu behaupten. Kevin war jedoch noch mitfühlend genug, nicht darauf zu pochen. Stattdessen überlegte er kurz und sprach: „Naja… Es ist Antony, von dem wir hier reden. Bei der Menge an Überraschungen der letzten Zeit… Wahrscheinlich findet er noch einen Weg zurück."

„Ja…", stimmte Mark selbstsicher zu und klopfte seinem Kumpel auf die Schulter. „Danke Mann! Aus deinem Mund so was zu hören. Das weiß ich wirklich zu schätzen."

Lilly lächelte auch etwas, ließ Mark los und ging ins Bad. Mark entfernte sich zur Küche, um Frühstück für alle fertig zu machen und nach einer halben Stunde saßen alle drei versammelt am Tisch. Es war relativ still, aber auch wenn niemand wegen dem schlechten Gewissens essen wollte, übermannte der Hunger nach der anstrengenden Nacht. Es fühlte sich an, als ob sie den Geschmack des Essens bereits vergessen hätten. Brötchen, Wurst, Käse, Kaffee und selbst Gemüse. Alles schmeckte hart ‚verdient'.

Als die Freunde mit ihrem übermäßig genussvollen Frühstück fertig waren, traute sich Kevin zuerst die eine Frage zu stellen, die auch jedem anderen auf der Zunge brannte: „Was machen wir jetzt eigentlich, wenn Antony weg ist? Jemand wird ihn doch sicher vermissen."

„So wie ich meinen Partner kenne, wird er sicher zwei bis drei Notfallpläne entwickelt haben", entgegnete Mark nach kurzer Nachdenkpause.

„Der Umschlag!", rief Lilly sich erinnernd. „Er hat dir gestern irgendeinen Umschlag in die Hand gedrückt, bevor wir auf die andere Seite gingen."

Mark schaute ihr kurz tief in die Augen, stand auf und holte den Briefumschlag. Darauf stand ‚Nur für Mark bestimmt' geschrieben. Nervös öffnete er die Versiegelung, als es plötzlich an der Tür klingelte. Mark ging genervt hin, um nachzusehen.

Vor dem Wohnungseingang standen 3 Männer in schwarzen Anzügen und diese bemerkten natürlich, dass noch jemand in der Wohnung war. Mark legte die Türkette ein und öffnete leicht die Tür.

„Guten Morgen, die Herren! Sind sie etwa von den Zeugen Jehovas oder warum verkleiden sie sich an einem internationalen Feiertag so offiziell?", fragte Mark frech nach einer kurzen Inspektion durch den Türschlitz.

Der vorderste Mann schaute kurz hinter sich, lachte und sprach dann: „Auch wenn wir so aussehen, sind wir nicht von irgendwelchen religiösen

Vereinigungen und verkaufen... wollen wir Ihnen auch nichts. Sie scheinen nicht Mister Black zu sein."

„Mein ,Mitbewohner' ist momentan nicht im Haus und leider kann ich Ihnen auch nicht sagen, wann er wieder wiederkommt. Haben sie versucht, ihn telefonisch zu erreichen?", entgegnete Mark in etwas unterschwelligem Ton. Bei genaueren Betrachten stellte er fest, dass die Männer gut gebaut waren und von ihrer Art zu stehen, an Bodyguards erinnerten.

„Falls sie ihn noch sehen... sagen sie ihm, dass Master Q. dringend ein neues Angebot verlangt! Aber unter den gleichen Bedingungen soll der Vertrag zeitnah zustande kommen, sonst wird der finanzielle Schutz vor dem ,Weißen Orden' erlöschen", teilte der seltsame Mann mit. „Vergessen Sie es nicht und ich wünsche Ihnen einen schönen Tag!"

Mark lachte, als er das hörte. Der Anführer der Männer war von der Reaktion etwas verblüfft und hackte nach: „Was ist so witzig? Glauben Sie, diese Nachricht ist ein Scherz?"

„Oh nein, Mister Bodyguard... So wie ich meinen Freund jedoch kenne, würde er durchaus auch mit schlimmeren Leuten als Ihnen Geschäfte machen. Mich wundert nur, dass ihr Auftraggeber tatsächlich der Meinung ist, meinem Mitbewohner drohen zu können. Falls Mister Q. es aus Unwissenheit tut, bedauere ich Ihn sehr...", dann machte Mark einen kurze Pause und fügte abschließend hinzu: „Richten sie ihrem Arbeitgeber folgendes aus: Mister Black ist ein fairer Geschäftsmann, aber wenn Sie versuchen ihn zu erpressen, dann wird sie nicht mal der Teufel höchstpersönlich vor ihm beschützen können. Ansonsten gebe ich ihre Nachricht gern weiter. Guten Tag!"

Dann schlug Mark lachend den Kopf schüttelnd die Tür zu und ließ die drei Männer einfach stehen. Der Anführer war kurz verwirrt, dann aggressiv und griff schon nach der Waffe in seinem Sakko, aber sein Hintermann hielt ihn davon ab. Der Grund dafür war eine ältere Dame über 60, die gerade von oben die Treppe runter stieg. Es war wohl eine Nachbarin, die genau über der Beiden wohnte. Beim Anblick der drei Männer lachte die Oma.

„Oh jetzt kommen Jehovas Zeugen auch schon an Neujahr? Sie werden allerdings bei den zwei Schwukis keine neuen Anhänger finden", erzählte die alte Dame kichernd, während sie vorbeilief. „Solche wie Euch essen sie zum Frühstück! Ooh, wie ich die lauten Orgien mitten in der Nacht hasse. Besonders dieses Gepolter kurz vor Mitternacht!

„Was Sie nicht sagen, Mütterchen", entgegnete der Mann schmunzelnd die Kanone loslassend. „Ihr seid bestimmt eine brave Christin. Gottes Segen für Sie, Mütterchen!"

„Was auch immer Sie sagen, junger Mann", entgegnete die alte Dame mit leichtem, zynischem Unterton.

Der Mann drehte sich ab von der Tür und lief mit seinen Begleitern in zügigem Schritt, an der alten Frau vorbei, die Treppe herunter. Die Oma schaute hinterher, wie sie zügig das mehrstöckige Haus verließen und grummelte: „Aber einer alten, kranken Dame beim Treppenheruntersteigen zu helfen, fällt diesen Heuchlern nicht mal im Traum ein. So eine Schande."

Mark lief währenddessen zu den anderen zurück, um das weitere Vorgehen zu besprechen. Dabei stellte er sich ans Küchenfenster, das auf die Straße auf der Hauseingangsseite zeigte. Dort beobachtete er, wie die seltsamen Männer in einen dunklen Mercedes stiegen und wegfuhren. Für Trauer gab es keine Zeit.

„Wie erklären wir nun Antonys verschwinden?", fragte Kevin grübelnd. „Spätestens nach ein paar Wochen fangen die Leute an zu fragen. Die Uni fängt schließlich auch in sechs Tagen wieder an."

„Ich werde mir erstmal seinen Brief durchlesen", sagte Mark ruhig und vernünftig bleibend. „Wir werden heute Abend nochmals telefonieren und das weitere Vorgehen besprechen. Eine Leiche… gibt es ja offensichtlich nicht zu entsorgen."

Nach dem Frühstück begleitete er das Pärchen zur Tür. Danach lief Mark schnell ins Schlafzimmer und holte von dort, aus einer Kiste im Schrank, ein unscheinbares schwarzes Notizbuch, das voll mit Seitenmarkern war. Mark legte sich in halbliegender Position aufs Doppelbett und macht den Umschlag auf. Darin fand er einen langen Brief in der arkaner Sprache und diverse Bankunterlagen. Eigentlich wollte Mark zuerst den Brief lesen, aber beim Werfen aufs Bett, erblickte er diverse Kontoauszüge im sich gebildeten Papierfächer.

Er schob mit einem Finger die aufgefallenen Papiere heraus. Die drei Konten waren von verschiedenen Banken, aber das Auffällige daran waren jedoch die Guthaben von jeweils etwas über 170 Millionen Euro. Auf jedem davon stand neben Antonys Namen auch Mark als zweiter Kontoinhaber.

Kevin stand auf und holte das schwarze Arkum aus dem Meditationszimmer und legte es neben sich, während er nun endlich anfing den Brief zu lesen:

Hallo Mark,

Da Du diesen Brief nun liest, wurden wohl vorschnelle Entscheidungen getroffen und ich musste zurückbleiben. Ich bin mir nicht sicher, ob Du Dich über mein Verschwinden eher freuen oder mich vermissen wirst, denn ich weiß, wie forsch ich oft zu Dir war. Auch wenn es für Dich jetzt wie eine

Ausrede klingt, ist es eine Notwendigkeit, um für die Grausamkeit da draußen gewappnet zu sein. Ich musste es auf die härteste Art lernen.

„Du denkst doch nicht wirklich, dass ich das nicht verstanden hätte", sagte Kevin zum Würfel mit Tränen in den Augen. „Vielleicht liegt es daran, dass... du mich damals gerettet hast, aber ich habe mich wirklich in dich verliebt." Dann setzte er das Lesen fort:

Ich habe vor unserer Reise beschlossen, Dir die Möglichkeit der Wahl zu geben: Du kannst jetzt entweder das Geld nehmen, alles hinter Dir lassen und ein schönes, restliches Leben genießen oder Du bleibst weiter bei mir als welten-bereisender Vagabund.

„Als ob ich mich an diesem Punkt noch mal anders entscheiden würde", dachte sich Kevin.

Falls Du bleiben möchtest, kann ich Dich hoffentlich beruhigen: Solange mein Arkum nicht kollabiert ist, bin ich noch nicht ausradiert. Ich bin in einen Ruhezustand verfallen, dessen Dauer ich nicht abschätzen kann. Mein Arkum wird solange schwarz bleiben, bis ich wieder genug Aria regeneriert habe, um meinen Körper wieder zusammenzusetzen. Das merkst Du dann daran, dass der goldene Überzug zurückkehrt.
Ich habe vor meinem Schlaf meinen Körper aufgelöst, damit Ihr keine Leiche beseitigen müsst. Für den Fall, dass ich nicht mehr innerhalb der nächsten Monate aufwache, stehen Euch meine kleinen Reserven zur freien Verfügung. Damit solltet Du genug Mittel besitzen, dein Studium des arkanen Wissens fortzusetzen. Außerdem bitte ich Dich darauf aufzupassen, dass die Seelenzwillinge keine Dummheiten anstellen. Lilly ist besonders impulsiv und wird, besonders nach der Hölle, versuchen ihren Vater zu ‚überzeugen' oder eher ihre Mutter zu retten.
Falls sie es wirklich versucht: Rede auf sie ein, aber halte sie nicht zurück! Du würdest sie nur gegen uns aufbringen. Diese Erfahrung muss sie selbst machen.

„Das hast ja genau vorgeplant, du Arschloch...", sagte Kevin zum Würfel, der keinerlei Reaktion zeigte.

Ich habe auch ein schwarzes Notizbuch und 3 individualisierte Lehrbücher hinterlassen. Sobald die Beiden sich für unseren Weg entscheiden, bist Du

ohne mich wenigstens nicht aufgeschmissen. Im Notizbuch findest Du auch eine Wegbeschreibung zu einem sicheren Trainingshaus im Wald.
Außerdem möchte ich noch etwas anderes gestehen. Ich war nicht wirklich ehrlich zu Dir, als ich sagte Du seiest nur irgendein Selbstmörder damals. Deine Seele ist älter als Du glaubst, aber leider ist das Fehlen deiner Erinnerungen auch zum Teil meine Schuld. Ich konnte Dich nicht rechtzeitig retten. So sind die Erinnerungen deines früheren Ichs vollständig vernichtet worden. Ich konnte nur den Rest deiner Seele retten und habe Dich hierher gebracht, um Dir ein neues Leben zu ermöglichen. Also habe ich Dir die Möglichkeit gegeben, meine Welt neu zu entdecken und zu neuer Macht aufzusteigen.

„Hoffst du jetzt, dass es dich jetzt weniger pädophil macht?!", murmelte Mark böse grinsend zum Würfel. „Aber woher ich wohl stamme?"

Bitte achte auf die Seelenzwillinge! Sie sind der Schlüssel, um dem Massenmörder endlich das Handwerk zu legen.
Übrigens ist Umbriel Plutos nicht dein alter Name! Ich wollte Dich keineswegs an der Vergangenheit messen, falls Du es glaubst.

In aufrichtiger Zuneigung,
Antony

„Von Sex kann er reden, aber sobald es darum geht einmal Liebe zu gestehen, ist es plötzlich doch nur ‚Zuneigung'…", flüsterte Mark augenrollend und legte den Brief weg. Seine Trauer war jetzt vorbei, da er über Antonys Zustand jetzt Bescheid wusste. „Aber glaube nicht, dass ich auf den grünen Honig reinfalle. Dafür kenne ich dich schon zu gut."

Inzwischen waren Lilly und Kevin in der U-Bahn nach Hause. Lilly dachte über das Geschehene nach und welche Konsequenzen das Ganze jetzt eigentlich hatte.
„Mache dir keine Vorwürfe, Lilly", sagte Kevin, der seine Freundin jetzt genau beobachtete. „Wir haben getan, was wir in so einer Extremsituation für richtig hielten."
„Das ist es nicht", verneinte seine Freundin. „All das Geschehene fühlt sich einfach so surreal an."
„Aber wir haben es alle zusammen erlebt", entgegnete Kevin, als sie gerade ihre Station erreichten und ausstiegen. In dem Moment erhielten Kevin und Lilly eine Nachricht von Mark in ihrer Chatgruppe. ‚Er wird zurückkommen! Das Arkum ist noch intakt, also schläft er nur! ', hieß es in der Nachricht.

„Bist du sicher?", schrieb Kevin zurück.

„Der Brief hat es bestätigt. Sonst wäre der Würfel kollabiert", antwortete Mark mit einer Nachricht. Kevin und Lily atmeten entspannt auf.

Als das Paar nach Hause gekommen ist und Kevin gerade die Tür hinter sich schloss, warf sich Lilly auf ihn und küsste ihn. Er wirkte zuerst überrascht, aber ließ sich gern mitreißen. Als nach einem langen Zungenkuss sich ihre Lippen von seinem löste, fragte Kevin verblüfft: „Also nicht, dass ich mich über deine Zärtlichkeit nicht freuen würde, aber warum gerade jetzt?"

„Wir sind gerade aus der Hölle zurückgekehrt", sagte Lilly und küsste ihn erneut. Kevin zuckte kurz mit den Augenbrauen und begann seine Freundin energisch auszuziehen. Lilly machte das Gleiche. So taumelten die Beiden, ihre Kleidung überall auf dem Boden verteilend, ins Schlafzimmer. Sie warfen sich auf Kevins Doppelbett und liebten sich bis zum späten Nachmittag.

Als beide später nackt unter der Decke lagen und Kevin, hinter seiner Freundin liegend, ihr zart über die Armseite streichelte, dachte Lilly über das Leben neu nach.

„Glaubst du, was Antony vor unserer Einweihung gesagt hat?", fragte sie nachdenklich.

„Was genau meinst du?", hackte Kevin mit sanfter Stimme nach. „Er hat sehr viel gesagt."

„Dass wir nie mehr zu unserem alten Leben zurückkehren können, sobald wir die Wahrheit kennen", erklärte Lilly. „Mittlerweile glaube ich, dass er Recht hatte."

„Ist es wegen dem Weltenbaum?", fragte Kevin nach.

„Ja", entgegnete Lilly. „Ich fühle mich mehr wie ein Schlachtschwein, das wieder zur Farm zurückgekehrt ist, nachdem sie die Freiheit der Wildnis gekostet hat. Auch wenn diese Wildnis sprichwörtlich die Hölle war."

„So könnte man das ausdrücken", stimmte Kevin nachdenklich schmunzelnd zu und entgegnete dann: „Aber unsere vorherige Art zu leben hat auch einige Vorteile… wie jetzt… Würdest du denn wirklich alles aufgeben wollen? Dein Studium, die Familie? Ich könnte meine Eltern niemals im Stich lassen."

„Nein, aber so einfach so weiterleben kann ich auch nicht mehr", antwortete Lilly und richtete sich im Bett etwas auf. „Ich hatte einen echten Stern unter meinem Einfluss, als Teil meines Selbst. Du hast keinerlei Vorstellung, was das für ein Gefühl ist. Außerdem hat Mark diesen Weg auch eingeschlagen und studiert trotzdem mit uns zusammen."

„Weißt du, was für mich äußerst verdächtig erscheint? Warum haben Antony und Mark uns alles überhaupt offenbart? Warum sind sie überhaupt hier?", stellte Kevin fest. „Überlege doch mal: Mark hat genau mich auf einer Disko in einer Menge von Leuten gefunden und du? Wie hat Antony dich angesprochen?"

„An der Uni im ersten Semester. Auch wenn ich, zugegeben, die Einzige war, der er sich wirklich angenähert hat", entgegnete Lilly. „Willst du damit sagen, dass sie es von Anfang an auf uns Beide abgesehen haben? Aber welches Interesse hegt Antony an uns?"

„Das ist offensichtlich. Während unserer Rettungsaktion auf der anderen Seite hat mir Antony von einer einzigartigen Fähigkeit zwischen uns erzählt. Damit können wir eine geistige Verbindung zu einander aufzubauen", erzählte Kevin. „Er nannte sie: Synergie."

„Du hast sie auf mich gewirkt, als wir in der Hölle waren, oder?", fragte Lilly sich erinnernd. „Ich dachte zuerst es sei eine Illusion, als ich deine Präsenz spürte."

„Nein, ich war es wirklich!", erzählte Kevin. „Aber diese Fähigkeit ist angeblich zu weitaus mehr in der Lage. Die Frage ist nur: Was hat Antony mit uns vor und wie hat er uns Millionen anderer Menschen gefunden?"

„Du hast Recht. Außerdem bin ich mir mittlerweile ziemlich sicher, dass er selbst wesentlich stärker mit dem Weltenbaum verbunden ist, als er jetzt noch zugeben würde. Wir sind es offensichtlich auch", spekulierte Lilly. „Aber das werden wohl Antony selbst fragen müssen. Meine Hoffnung unseren geteilten Traum zu verstehen, hat mehr Fragen aufgeworfen, als beantwortet. Wenigstens weiß ich jetzt mit Sicherheit, dass es eine alte Erinnerung ist und kein Hirngespinst."

Am Abend rief Mark wie versprochen an und erzählte von einem abgeschiedenen Haus im Wald, wo Antony einige interessante Dinge versteckt hätte.

Am nächsten Tag traf sich die Gruppe wieder bei Mark zum gemeinsamen Mittagessen. Während die beiden Männer in der Küche das Essen zubereiteten, stoppte Kevin während des Schneidens einer Sellerieknolle auf und drehte sich zu seine Kumpel.

„Mark, ich kennen jetzt uns schon länger und weiß mittlerweile, wann du etwas verheimlichst. Es gibt seit unserer Silvesterreise einige aufgeworfene Fragen, die ich aus deinem Mund beantwortet haben möchte. Darauf haben wir ein Recht", erklärte Kevin mit einem sehr ernsten Ton. „Erkläre uns doch: Sind wir wirklich eingeweiht worden, nur weil wir Eure Freunde sind oder war es bereits vorher Antonys Plan?"

Mark hörte auf die Gemüsebrühe umzurühren und drehte sich schmunzelnd zu Kevin. „Gibt es einen bestimmten Grund, warum Ihr so etwas vermutet?", fragt er nachhackend.

„Du meinst, abgesehen von deinem hinterhältigen Schmunzeln in diesem Moment? Es gibt so einige!", antwortete Kevin ohne genauer zu darauf einzugehen.

Lilly wollte gerade reinkommen, aber hörte die Konversation und blieb im Korridor um die Ecke lauschend stehen.

„Komm ruhig rein, Lilly!", rief Mark weiterrührend. „Es ist nicht so, als ob es ein Geheimnis wäre. Gewisse Informationen müsst Ihr Euch eben selbst erschließen, sonst lernt Ihr nicht schnell genug dazu!"

„Also war Vieles doch ein abgekartetes Spiel für Antony? Auch die Rettungsaktion in der Hölle?", fragte Kevin kalkulierend. Früher wäre er richtig ausgerastet und würde schreien, aber die Nootropika ließen ihn einen kühlen Kopf behalten. „Wie viel von unseren bisherigen Aktivitäten gehörte zu seinem Plan?"

„Beruhige dich, Kev!", sprach Mark mit ruhiger Stimme. „Ich habe keine Ahnung, wie viel tatsächlich von Antony geplant war, aber die dämonische Entführung dazu zu zählen halte ich für übertrieben. Ihr hattet ja stets die Wahl aufzuhören oder zu gehen. IHR wart diejenigen mit dem Durst nach der Wahrheit!"

„Gut", sagte Lilly ihrem Geliebten die Hand auf die Schulter legend. „Aber welche Rolle spielen wir in seinem Plan?"

„Ich weiß nur, dass Ihr einen prominenten Familienstammbaum habt und früher oder später eine Rolle in einem alten Konflikt spielen werdet", gab Mark ehrlich zu. „Aber viel mehr weiß ich selbst nicht. Antony verrät immer nur so viel, wie er gerade für angemessen hält."

„Wieso hat er dann dich dann gewählt?", fragte Kevin. „Du bist doch auch erst hier auf ihn getroffen?"

„Er hat mich nach meinem Selbstmord wieder zurückgeholt und mich aus meiner homophoben Familie herausgeholt", entgegnete Mark sich abwendend. „Also sind meine Gefühle nicht das Einzige, was mich an ihn bindet."

„Und das ist alles?", hackte Lilly nach. „Es ist Antony, von dem wir hier sprechen!"

„Ich möchte nicht weiter über mich reden, Lilly", wich Mark aus. „Bitte grabt nicht weiter nach!"

„Hat es auch was mit uns zu tun?", fragte Kevin abschließend und sein Kumpel schüttelte verneinend den Kopf. „Ok, dann akzeptieren wir es, aber in Zukunft bitten wir dich keine Geheimnisse vor uns zu haben, die unser Schicksal betreffen könnten! Versprich es uns!"

„Du weißt, dass ich es nicht kann", entgegnete Mark. „Meine Treue gilt vor allem Antony, wie Deine zu Lilly und ich glaube ihn schon gut genug zu kennen, dass er dabei nur an unser aller Wohl denkt... Er wäre nicht so alt und mächtig geworden, wenn er nicht vorsichtig mit Informationen hantieren würde."

„Das ist weder beruhigend, noch wirklich hilfreich", kommentierte Lilly unzufrieden.

„Apropos! Weißt du eigentlich, wie alt er wirklich ist?", fragte Kevin neckend. „Ich denke, du hast dir da einen Greis im Jungfernhäutchen geangelt."

„Sagte der Kerl, der mit seiner seelischen Zwillingsschwester schläft", entgegnete Mark und schmunzelte hinterhältig.

Nach einer kurzen Pause fingen alle Drei an zu lachen.

Beim Mittagessen fragte Lilly, was es mit diesem Haus im Wald auf sich hatte. Mark unterbrach kurz sein Essen, holte Antonys großes schwarzes Notizbuch aus dem Schlafzimmer und entgegnete dann beim Reinkommen in die Küche: „Gemäß seinem Notizbuch lagert er dort die Werke über Magie, die auf keinem Fall in falsche Hände geraten dürfen. Aber ich kann Euch erst dahin mitnehmen, wenn Ihr Euch endgültig für den Weg der Aurelia entscheidet."

„Aurelia?", fragte Kevin. „Wie die Goldies etwa?"

„Der Name ist kitschig, oder?", entgegnete Mark rot werdend. „Aber wenn ihr die materiellen Utensilien eines Magus seht, werdet ihr mich verstehen."

„Was meinst du damit?", fragte Lilly.

„Es gibt nur wenige Elemente, die den Übergang von einer Dimension zur anderen überhaupt überstehen können. Sie müssen gut leitend, korrosionsbeständig und kernstabil sein", erklärte Mark. „Wie viele Elemente fallen Euch da ein?"

„Warte, du meinst doch nicht etwa wirklich... GOLD!?", rief Lilly laut.

„Warum glaubt ihr ist Antonys Arkum mit Goldlegierung beschichtet?", erklärte Mark. „Die Ägyptischen Könige haben sich nicht umsonst Edelmetallbeigaben ins Grab legen lassen. Sie haben es den ‚Göttern‘ abgeschaut. Diese Welt wurde von solchen wie Antony öfter besucht, als Ihr glaubt."

„Wie ist es eigentlich mit Geld?", fragte Lilly. „Diese Drogen, mit denen Antony uns gefüttert hat. Woher bezieht er sie?"

„Antony besitzt ein ‚kleines‘ Pharmaunternehmen, das diese Drogen in kleinen Mengen und teuren Preisen auf dem Schwarzmarkt an superreiche Abnehmer verkauft", erzählte Mark. „Falls Ihr also einsteigt, wird er Euch mitfinanzieren."

„Pff... wozu dann noch studieren?", fragte Kevin.

„Versteht mich nicht falsch", warf Mark ein. „Wenn Ihr unseren Pfad wählt, bedeutet das kein Leben in Luxus. Es ist nur als Start gedacht und Ihr werdet mit weitaus mehr Lernstoff zugeworfen, als es in einem Studium jemals möglich sein könnte. Es gibt viele mächtige Feinde, auf die Ihr gefasst sein müsst. Diese Existenz wird zu einer endlosen Odysee und Eure bisherigen Familienbindungen werden diesem Leben zum Opfer fallen. Ein richtiges Zuhause wird es in den nächsten 150 Jahren auch nicht mehr geben. Es wird auch primitivere Welten geben, wo es wie im Mittelalter oder sogar Antike zugeht. In anderen Welten gibt es hochtechnisierte, intergalaktische Zivilisationen, die Euch überfordern könnten."

„Hört sich fast nach dem Leben eines Zeitreisenden an...", sagte Kevin schmunzelnd.

„Also! Wie lautet Eure Antwort?", fragte Mark ernst.

„Diese Antwort kann ich erst geben, sobald ich Antonys Identität kenne", forderte Lilly entschieden. „Wie kann ich mich einer Person anvertrauen, dessen Hintergrund ich nicht mal wirklich kenne? Das wäre unverantwortlich."

„Nun Jahwe scheint ihm zu vertrauen", entgegnete Mark. „Warum sollten wir das dann nicht?"

„Weil wir ihm im Gegensatz zur Schöpferin, sprichwörtlich, unsere Leben anvertrauen", sagte Kevin.

Mark dachte kurz nach und entgegnete dann: „Antony erklärte mir mal, dass eine Seele nur auf zwei Arten Nachkommen zeugen kann: Durch Selbstopferung oder wenn man den Willenskern mit einer besonderen Waffe spaltet."

„Warte! Waaarte!", sprach Kevin plötzlich, wahnwitzig lachend. „Du willst damit sagen, wir sind ECHTE Geschwister?"

„Immer noch nicht ganz das, was du meinst!", entgegnete Mark. „Ihr versteht einander deshalb so gut, weil Eure Charaktere einander ergänzen. Es gibt unzählbar viele Menschen, die sich genau das wünschen. Ihr seid das Muster, nach dem sich Legenden und moralische Ideale richten. Wenn Ihr jedoch den Ursprung Eurer eigenen Existenz wirklich ergründen wollt, gibt es nur eine Entscheidungsmöglichkeit! Ich kenne die Antwort darauf jedenfalls nicht."

„Ich verstehe", entgegnete Lilly. „Ich will eine echte Aurelia werden. Ich habe nichts mehr zu verlieren."

Kevin schaute etwas verwirrt auf Lilly und fragte: „Lilly, verstehst du überhaupt die Tragweite deiner Entscheidung?", erkannte aber dann ihre Entschlossenheit und setzte fort: „Oh Mann! Diese Romantiker, die sich eine Seelenverwandte wünschen, haben keine Ahnung, worauf sie sich einlassen!" Lilly schmunzelte unschuldig. „Ich will meine Freundin schließlich nicht noch mal verlieren. Wir müssen aber dafür sorgen, dass meine Eltern versorgt sind!"

„Natürlich", entgegnete Mark zufrieden lächelnd. „Für deine Eltern hat Antony mehr als genug Mittel hinterlassen."

„Wann fahren wir denn zum dem Haus?", fragte Kevin neugierig.

„Heute Abend, wenn Ihr es wünscht", sagte Mark kurz schmunzelnd. „Wir wissen wegen der Dämonen nicht, was als nächstes passieren könnte und dem unvorbereitet entgegen zu treten... Ihr wisst, was ich meine."

Vor der Abreise kauften die Freunde noch mal im Supermarkt ein, holten Kleidung von Lilly und Kevin für eine Woche ab und fuhren schließlich aus der Stadt. Die Fahrt dauerte fast 2 Stunden wegen eines Staus. Irgendwann auf dem Weg fragte Lilly neugierig: „Kannst du eigentlich schon Magie in der lebenden Welt einsetzen?"

Mark entgegnete: „Nein, nicht wirklich. Man benötigt einen speziellen Zustand, um Magie in einer mana-armen Atmosphäre zu wirken. Ich habe lediglich im Meditationszimmer mal geübt, als Antony die dortige Atmosphäre ausreichend angereichert hat. Gemäß seiner Notizen ist die ganze Waldhütte ähnlich ausgestattet."

Auf Land angekommen, fuhr Mark auf einen abgelegenen Waldweg und parkte das Auto kurz vor einer Waldlichtung. Es führte ein Pfad weiter, aber die Straßenschranke versperrte den Traktorweg. Der ganze Wald schien außerdem von einem militärischen Zaun mit Stacheldraht umspannt zu sein. Es gab auch eine kleine Betongrube mit Stahltür und einem dicken Schloss dran. Man könnte meinen es sei der Eingang zu einem Bunker, aber als Mark mit einem Schlüssel an seinem Bund diese entsperrte und öffnete, stand nur ein kleiner halbelektrischer Ziehwagen mit Ladefläche darin. Darauf passten aber alle Einkäufe und Koffer. Es war schon fast dunkel.

„Warum fahren wir nicht direkt zur Hütte?", fragte Lilly.

„Antony wollte diesen Ort verstecken und ein Auto beherbergt zu viel Kommunikationstechnik", antwortete Mark. „Wir müssen jetzt noch einiges an Weg zurücklegen. Bitte schaltet Eure Handys aus und holte die Akkus heraus."

Nach dem Packen aller Gegenstände in die Zugwagen, öffnete Mark die Motorhaube und zog die Stecker aus der Autobatterie. Dann holte er ein ordentlich zusammengelegtes, militärisches Tarnnetz aus der Bunkergrube und bedeckte damit das Fahrzeug.

„Das nenne ich Gründlichkeit!", kommentierte Kevin. „Ich fühle mich jetzt wie ein Spion, aber was passiert, falls jemand das Gelände betritt und das Fahrzeug entdeckt?"

„Das ist ausgeschlossen!", sagte Mark entschlossen. „Das nächste bewohnte Gebiet ist fast 10 Kilometer entfernt und dieser ganze Forst ist in Antonys Privatbesitz. Er ist als privates Waffentestgebiet gemeldet und jeder Eintretende wird vor der Lebensgefahr als Kollateralschaden erschossen zu werden, gewarnt. Das schreckt die Meisten ab. Für den ‚Rest' hat Antony einige böse Überraschungen installiert. Also verlasst nicht den Weg."

„Und wie erreichen wir das Haus dann?", fragte Lilly.

„Im Zugwagen ist ein Sender installiert, der die nahen Fallen deaktiviert", entgegnete Mark die Schranke öffnend.

Nach circa einem Kilometer Wanderung erreichten die Drei ein gut ausgestattetes Jägerhaus auf einer kleinen Lichtung vor einem Felsen. Die Temperaturen fielen mittlerweile unter -10°C. Auf dem Felsvorsprung standen zwei künstliche Bäume mit vielen vertikalen Windmühlen auf ihren Ästen. Die Bäume waren ebenfalls in braune Tarnfarbe angestrichen. In der Dunkelheit erschien der Wald jedoch alles besonders gruselig. Ein Kabel verlief direkt ins Haus.

„Sind das als Bäume getarnte Windkraftwerke?", fragte Kevin, der sich gut genug mit Technik auskannte und davon mal in einer Zeitschrift gelesen hatte.

„Antony wollte eine alternative, leise Energieversorgung haben", entgegnete Mark. „Er hat alles inklusive Wald und Haus unter einem Decknamen gekauft."

„Dein Freund ist ganz schön verwegen, weißt du das?", sagte Lilly.

„Sein Notizbuch überrascht mich mit fast jeden neuen Satz", gab Mark zu. „An seine schroffe Art musste ich mich selbst erstmal gewöhnen. Der Schlüssel lag schon länger in unserem Versteck, aber erst durch die Notizen habe ich die genaue Adresse herausgefunden. Die Hütte war von Anfang an für unsere Ausbildung bestimmt... Verdammte Scheiße!", schrie er plötzlich. „Ich habe den Würfel zuhause vergessen. Ich sollte ihn hierher mitnehmen und verstecken."

„Keine Angst! Dann eben beim nächsten Mal! Wer würde schon einen alten rostigen Kubus stehlen wollen", sagte Kevin beruhigend. „Außerdem ist er doch in dieser Illusionskiste versteckt."

„Du hast Recht, aber gut fühle ich mich dabei trotzdem nicht", sagte Mark und entriegelte die Eingangstür.

Beim Betreten des Hauses sahen die Freunde, dass alles mit weißen Laken bedeckt war. Die frisch abgeschliffenen Holzwände waren von eingebrannten Glyphen übersät. Auch auf den Holzböden war alles voll. Teppiche fehlten völlig und in der Mitte des großen Raumes war ein 2 Meter großes Dekagramm im Boden eingeschliffen. Das Haus selbst war wie ein Designerloft geschnitten, also mit dem großen Raum unten, sowie den zwei Schlafzimmern und einem Bad oben. Diese waren die einzigen Räume mit einer Tür.

Trotz der Abgeschiedenheit gab es im Haus neben Strom und Wasser auch eine vollständig eingerichtete Küche. Diese war nur über eine Theke von restlichen großen Wohnzimmer getrennt. Es gab auch einen von vielen antiken Möbeln umringten Holzkamin. Jeder Stuhl, Sessel, Tisch und Bücherregal war mit Geschmack ausgesucht worden, jedoch ohne Prunk vorzugaukeln. Beim Umsehen auf dem Bücherregal fand Kevin diverse Bücher zum Überleben in der Wildnis, Kräuterheilkunde, Orientierung und drei selbst geschriebene Werke von Antony in arkaner Sprache. Auf jedem Umschlag dieser Werke stand jeweils eine Namensglyphe eingraviert. Die Bücher umfassten je 150 Seiten mit verschiedensten Informationen. Die Überlebensbücher nicht allein auf Wald beschränkt, sondern auch Sumpf, Wüste, offener Ozean, abgelegene Inseln und Regenwald. Auf dem hölzernen kunstvoll verzierten Tischchen am Kamin lag ein weiterer Briefumschlag mit Antonys Namenssiegel, dass Mark selbst nur einmal zuvor im Notizbuch gesehen hatte.

Mark öffnete den Umschlag und holte den Brief heraus. Es las ihn kurz selbst prüfend durch und beschloss diesen laut seinen Freunden vorzutragen: „Lilly, Kevin! Ich habe einen weiteren Brief von Antony gefunden. Ich möchte ihn Euch kurz vorlesen."

Das junge Pärchen hörte auf, die Bücherregale zu durchstöbern und beide drehten sich zu Mark, der die Nachricht laut vorlas:

Liebe Freunde,

wenn Ihr das lest, habt Ihr eine endgültige Entscheidung getroffen. Das Leben jenseits des Schleiers ist kein Leichtes, aber dafür ziemlich Aufregendes, zumindest die ersten 300 Jahre.

Bedenkt, dass es ab jetzt keinen Rückweg mehr geben wird. Ihr könnt zwar jetzt sehen, aber man wird Euch auch sehen. Lasst Eure vergangenen Konflikte hinter Euch und beginnt ein neues Kapitel.

In der Wand hinter dem Bücherregal befindet sich ein Safe. Darin befinden sich Gegenstände, die Euch beim Lernen unterstützen werden. Mark wird wissen was zu tun ist, sobald er sie sieht. Das Passwort ist „Merkabah".

Ihr seid jetzt auf Euch allein gestellt. Deswegen ist es umso wichtiger auf jede Situation gewappnet zu sein. Das Überleben ist das Wichtigste.

Sollte diese Welt für Euch zu eng werden, bringt mein Arkum zum Stonehenge in England.

Euer treuer Freund.
Antony

„Lasst Vergangenheit vergangen sein!", sprach Kevin künstlerisch ausschweifend. „Sein Brief reizt mich doch irgendwie. Wir sind wie Schachfigur in seinem Plan, auch wenn wir Spielraum haben!"

Mark lief währenddessen zum Schrank, schob ihn zur Seite und ein 1,50 Meter hoher Safe mit einem Zahlenfeld offenbarte sich darin. Er gab das Wort als Zahlen ein und öffnete die Verriegelung.

Lilly blätterte währenddessen neugierig durch die drei Bücher und stellte durch oberflächliche Vergleiche fest, dass nur ein Teil der Seiten identische Informationen beinhalteten. Dennoch waren Sie in der gleichen arkanen Sprache verfasst, die Lilly aus den Zauberformeln kannte.

„Diese Bücher sind stark individualisiert", sagte sie nachdenklich und blickte auf ihren Freunden. „Antony hat wohl beschlossen, dass wir unsere Fähigkeiten unterschiedlich entwickeln sollten."

„Was meinst du damit, Schatz?", fragte Kevin. „Kannst du etwa diese Sprache verstehen?"

„Nein, aber Einiges lässt sich anhand der Zeichnungen, Formen und Glyphen ableiten", antwortete Lilly mit dem Scharfsinn einer Detektivin. „Aber eines verstehe ich noch nicht: Wie sollen wir in der kurzen Zeit eine außerirdische Sprache lernen und dann auch noch die Programmierversion dazu?"

„Leute… Ihr werdet es nicht glauben, aber Euer Leben ist gerade um vielfaches einfacher geworden", rief plötzlich Mark euphorisch und drehte sich mit einer Art verziertem goldenes Buch in den Händen.

Kevin rannte herbei, streichelte über das kalte Metall und fragte: „Ist das etwa wirklich pures Gold?"

Mark hörte sofort auf zu schmunzeln und entgegnete kritisch: „Ist das alles, was dich interessiert? Es geht nicht drum, woraus es gemacht ist, sondern WAS das ist!"

„Und was genau sehen wir hier?", fragte Lilly, während das schwere Objekt auf das Tischchen vor dem Kamin abgelegt wurde.

„Ein Gral des Wissens", sagte Mark fast schon zittrig.

„Was?", hackte Kevin nach.

„Davon habe ich gelesen", erzählte Mark weiter. „Kennt Ihr die Legende vom heiligen Gral aus dem Christentum?"

„Der Becher aus der Arthus Sage, der alle Krankheiten heilen kann und einen unsterblich machen kann?", fragte Kevin zynisch. „Ist doch nur eine Legende."

„Eben nicht! Naja nicht ganz", widersprach Mark. „Es ist ein Gral des Wissens, der abgespeicherte Kenntnisse auf die Seele eines jeden Nutzer kopieren kann. Eine Art unbestimmter Seelenspeicher."

„Moment, dann können wir hiermit Heilen lernen?", fragte Lilly.

„Nein…", verneinte Mark augenrollend. „Diese Grale haben unterschiedliche Formen und Funktionen. Dieser hier bringt einem die arkane Sprache und die

Formelformen bei. Damit erspart man sich viel Mühe. Allerdings müsst Ihr leider erst das Aurelia-Siegel tragen, um empfänglich dafür zu sein."

„Dein unsichtbares Tattoo?", fragte Kevin.

„Nein... ach was solls. Ja, ein Seelen-Tattoo", stellte Mark augenrollend klar. „Ist nur leider viiiiel schmerzhafter."

Kevin kratzte sich hinter dem Ohr, atmete tief ein und sagte: „Dann lass es uns hinter sich bringen."

Mark ging erneut zum Safe und holte zwei weitere Gegenstände heraus. Das eine war ein Buch fast aus purem Gold. Es enthielt wohl nur 16 dünne Platten als Seiten. Das andere Objekt einer Art goldene Laterne, dessen Leuchtkern verdeckt war.

„Und was ist das?", fragte Lilly neugierig.

„Das Buch der überlegenen Magien mit den gefährlichsten Formeln des Universums. Die Formeln darin greifen derart dauerhaft in die Gesetze der Natur ein, dass sie niemals in falsche Hände geraten dürfen. Außerdem natürlich die Laterne des Äthersehers, die selbst in einer Welt mit wenig Essenz in einem begrenzten Raum Mana verdichten kann", erklärte Mark. „Ich kann ohne diesen Gegenstand leider auch keine Wunder vollbringen. Bitte setzt dahinten vor dem Kamin und zieht am besten Eure Kleidung so weit wie möglich aus."

„Ich bin einfach zu begehrenswert", witzelte Kevin schmunzelnd. „Willst du mich so sehr nackt sehen?"

„Das werde ich sowieso, da der Prozess Eure Kleidung pulverisieren wird", entgegnete der Kumpel schmunzelnd, stellte die Goldlaterne in die Mitte des Dekagramms und zog den Deckel ab.

Unterhalb war eine scheinbar leere Haltung. Doch dann begann etwas die Raumluft mit Schlieren zu fluten, wie sie oft von heißen Gegenständen produziert werden. Als Lilly und Kevin in das Phänomen eintauchten, wurde langsam ein schimmernder, vielfarbiger Kristall mit goldenen Einschlüssen sichtbar.

„Ist das etwa Ätherion?", fragte Lilly neugierig. „Hier in der materiellen Welt?"

„Yep, aber leider reicht er nicht für lange", bestätigte Mark und öffnete das goldene Buch auf dem Tisch auf der ersten Seite. Mit dem Wurf eines kleinen Feuerballs zündete er das Holz im Kamin an und testete damit gleichzeitig, ob es funktioniert. Mark legte dann nacheinander beide Hände auf die Formel darauf und stammelte irgendwas Unverständliches. Die Symbole leuchteten auf und dieses Licht floss dann in seine Marks Hände, wo es sich konzentrierte. Dann stellte er sich wieder vor das Pärchen und fragte: „Bereit?"

„Bereit!", bestätigten die Beiden fast gleichzeitig, Händchen haltend. Mark legte beiden jeweils eine Hand auf den Kopf und schloss seine Augen. Lilly und Kevin spürten zuerst ein leichtes Kribbeln im Körper. Ob es wegen der kühlen Brise aus dem Kamin war oder als Folge von Marks Einfluss verursacht wurde, konnten sie aus Nervosität nicht feststellen. Dann wurde ihnen warm, sogar sehr heiß. Die steigende Hitze breitete sich auf der Haut aus. Mark öffnete seine Augen und diese schimmerten golden. Licht aus seinen Händen strömte zu den beiden Knieenden und begann sich in ihre Haut zu brennen. Lilly und Kevin spürten jetzt die unglaublichen Höllenqualen. Sie schrien so laut, das man es sogar draußen im Wald hören konnte. Sie wollten abbrechen und einfach auf den Boden fallen, aber die Körper gehorchten ihnen nicht mehr. Weil sich der Schmerz bis in die Seele brannte, konnte Sie nicht mal das Bewusstsein verlieren.

Der Vorgang dauerte fast 15 Minuten und als Mark endlich fertig war, brach er schweißgebadet mit dem Pärchen zusammen auf den Boden. Lillys und Kevins frische Tattoos dampften noch und obwohl sie schon vom Schreien ihre Stimmen verloren hatten, hielten sie sich die Hände fest bis zum Schluss. Als Mark sein Werk noch mal betrachten wollte, merkte er etwas Seltsames. Neben der Anfangsstruktur besaßen Beide auf den zueinander zeigenden Schultern und Armen ein gespiegeltes Zusatzmuster, an dessen Design er sich nicht erinnern konnte. Mark erkannte diesen dann jedoch als Synergieverstärker, welcher in den Seelen seiner Freunde implantiert war und nun aktiviert wurde. Aber wer hat ihn implantiert und vor allem: Wann?

„Sch....eiße!", flüsterte Kevin hechelnd, stimmenlos. „Hast das auch so etwas durchstehen müssen?"

„Ja", entgegnete Mark die Lippen zusammenklemmend. „Antony war nur schneller fertig...", dann schmunzelte er und setzte scherzhaft fort: „He... aber Recht hat er behalten. Der Duft von gegrilltem Fleisch macht einen wirklich hungrig. Möchte sonst jemand schon essen?"

Das Pärchen lächelte. Mark richtete sich auf und verschloss die Kristalllaterne wieder, dessen Kristall mittlerweile über ein Drittel seines Durchmessers verloren hatte. Während Kevin und Lilly sich langsam wieder anzogen, warf Mark noch etwas Holz nach.

„Warum ist die Hütte eigentlich schon warm gewesen, als wir hierher kamen?", fragte Lilly.

„Die Heizung läuft hier auf Autobetrieb, da die beiden Bäume auf dem Felsen genug Energie produzieren, um zwei solche Hütten zu betreiben", erklärte Mark beim Gang Richtung Küche. „Antony sagt immer: Genieß den Komfort, solange du kannst! In der nächsten Welt könnte es schon ganz anders aussehen."

Während die Männer sich entspannt in der Küche unterhielten, untersuchte Lilly ihr neues Tattoo auf ihrem rechten Arm. Sie konnte das Tattoo mit nur einem Gedanken erscheinen oder verschwinden lassen. Sie ging zum Gral und betrachtete es der Nähe. Der quaderförmige Gegenstand sah aus, wie ein altes Buch ohne jegliche Bindung. Schätzungsweise tausend hauchdünne Goldschichten waren zwischen zwei Platten über einander gepresst. An den allen Rändern dieser Platten befanden sich eingeschweißte Klammern als Verbindungselemente. In der Mitte der oberen Platte war ein klarer blauer Edelstein eingearbeitet. Die Muster um den Edelstein enthielt neben hunderten winziger Glyphen auch eine Linie, die eine spiegelsymmetrische Hand mit sechs Fingern inklusive zweier Daumen umrandete. Lilly schaute auf ihre innere Handfläche auf ihrer Rechten und legte diese dann auf den Edelstein. Sie versuchte sich zu konzentrieren, aber es passierte zunächst nichts.

„Hm… Mark? Wie funktioniert dies…", sagte Lilly noch, bevor sie unterbrochen wurde. Die Zeit fror um sie herum förmlich ein, aber auch ihr Körper bewegte sich nicht mehr. Plötzlich durchbohrte sie das Wissen in einer gigantischen Informationsflut. Der Vorgang dauert nicht mal ein Dutzend Sekunden, bevor alles um Lilly herum schwarz wurde. Sie fiel in Ohnmacht.

Als sie fast ein Stunde später ihre Augen öffnete, lag sie auf dem Sofa und Kevin war neben ihr. Es roch lecker nach Essen und Lilly verspürte wirklich großen Hunger.

„Was ist passiert?", fragte sie noch halbverschlafen.

„Du hast den Gral benutzt", sagte Mark. „Du hättest damit wenigstens bis nach dem Essen warten können. Dann wäre es jetzt nicht kalt."

„Tut mir Leid", flüsterte Lilly sich etwas schämend, wurde dann kurz nachdenklich, als ob sie in der eigenen Erinnerung kramen würde. „(Ark.) Aber jetzt beherrsche ich die Sprache."

„(Ark.) Beeindruckend", entgegnete Mark schmunzelnd. „Beherrschst du sie jetzt vollständig?"

„Ja, Lesen und Schreiben ist jetzt kein Problem mehr?!", flüsterte Lilly selbst davon überrascht. „Aber es fühlt sich noch nicht ganz als mein eigenes Wissen an. Ja, sogar sehr fremdartig und etwas gruselig."

„Soweit ich weiß, muss das Wissenspaket erst mit deiner Seele verschmelzen", sagte Mark sich erinnernd. „Deswegen kann man eine längere Zeit nach der Verwendung eines Grals keinen weiteren benutzen."

„Also jetzt fühle ich mich ausgeschlossen", grummelte Kevin und ging selbst zum goldenen Gegenstand. Er legte genauso seine Hand auf den Gral und schaute zunächst kritisch, weil nichts passierte. Er wollte gerade nach der Funktionsweise fragen, als er plötzlich vor Augen der beiden Freunde kurz mit einem dümmlichen Gesichtsausdruck einer Statue gleich einfror. Lilly trank ein ganzes Glas Wasser, dass Mark gerade gereicht hat und fragte dann das Schmunzeln unterdrückend: „War das bei mir auch so? Sieht ja soooo sexy aus. Ich wünschte, ich hätte jetzt eine Kamera."

Mark lachte und in diesem Moment fiel auch Kevin bewusstlos auf den Boden. Beide packten ihn an gemeinsam und schleppten den Ohnmächtigen aufs Sofa.

„Mark, aber falls du das machst… setz dich vorher bitte in den Sessel", bat Lilly sich etwas Schweiß von der Stirn wischend, während Mark zum Artefakt reichte. Er wollte es zwar auch so machen, aber wurde kurz von Lilly abgelenkt und fasste aus Versehen den Stein an.

„Mir würde so was niemals pas…", antwortete er noch, bevor er auch einfror.

„Ach… sch…scheiß drauf! Ich gehe essen!", sagte Lilly genervt und ging in die Küche, um sich das kalt gewordene Geflügelfilet warm zu machen. „Uhm, aber das Fleisch schmeckt selbst kalt noch."

Als die beiden Männer aufwachten, war es bereits dunkle Nacht draußen. Lilly saß auf dem Einzelsessel vor dem brennenden Kamin und las sich in ihr Lehrbuch ein. Als sie das Rascheln der Männer bemerkte, sprach sie zu dem auf einer Decke auf dem Boden liegenden Mark: „Du warst zu schwer für mich!"

„Ist schon gut, Lilly", entgegnete er dankbar. „War ja mein Fehler. Wie viel Uhr ist es?"

„Etwa Mitternacht", antwortete Lilly, halb zuhörend. „Antony hat uns echt Unglaubliches hinterlassen. Das Siegel zwischen Seite 113 und 120 kann bei richtiger Ausführung tatsächlich alles in einem 20 km Umkreis um den Zaubernden herum in Atome zerlegen und auf Seite 125 sah ich sogar eine Anleitung für einen Regenerationszauber, der sogar ganze Glieder wieder nachwachsen lassen kann. Damit vermag man sogar Krebs im Endstadium innerhalb von Minuten heilen können!"

„Ja klar", entgegnete Mark. „Aber leider braucht man für Beides immense Aria-Reserven und übermenschliche Konzentrationsfähigkeit. Ich denke, Antony will damit eher demonstrieren, was mit der Zeit für uns möglich werden könnte."

„Warum bringt er dann so etwas bei?", fragte Kevin, der sich auch gerade aufrichtete.

„Es geht vor allem darum, einfachere Verletzungen schnell zu regenerieren wie einen abgetrennten Arm zum Beispiel", folgerte Mark.

„Aber Mark", unterbrach Lilly. „Das Wissen in diesen Büchern ist wesentlich mehr als nur das. Damit könnten wir in den richtigen Kreisen Millionen… Ach was sag ich… Milliarden verdienen. Wir müssen unsere Methoden nur gut tarnen."

„Ähm… Warte!", stoppte sie Mark an mit etwas genervter, nervöser Stimme. „Wenn Ihr so schon anfangt, könnt Ihr diese Hütte gleich verlassen."

„Warum genierst du dich plötzlich so, Schwuki?!", fragte Kevin misstrauisch. „Was wäre schlecht daran noch etwas mehr Taschengeld zu verdienen und dabei ein Paar Menschenleben zu retten?"

„Setz dein Verstand ein!", konterte Mark selbstbewusst. „Das würde sonst jeder mächtige Besucher machen. Magie hat in Jahwes Einflussgebiet nun mal negative Konsequenzen. Besonders Formeln, die sehr viel Zerstörungspotenzial besitzen oder sich in die Lebenszeit einer Person einmischen. Sowas lenkt außerdem gefährliche Aufmerksamkeit auf uns."

„Du denkst nicht, dass wir uns verstecken können?", entgegnete Kevin. „Aber wenn wir es nicht einsetzen dürfen, was nutzt es das alles jetzt zu lernen. Wenn man über das Wissen verfügt, sollte man es doch auch nutzen können!"

„Es gibt genug Welten mit weitaus weniger Restriktionen. Erinnert Ihr Euch an die spanische Inquisition aus dem Geschichtsunterricht?", fragte Mark.

„Klar, aber wir leben doch aber in der Moderne", antwortete Kevin. „Heute ist alles nicht mehr so barbarisch."

„Nein, da irrst du dich!", sagte Mark. „Die Inquisition existiert bis heute, nur wird sie von Medien, Politik und Weltunternehmen gedeckt. Unsere Zivilisation ist ja auch weder kriegsfrei noch gewaltfrei. Die Konflikte finden bloß nicht vor unserer Haustür statt."

„Also sollen wir uns und unsere Fähigkeiten ewig verstecken?", fragte Lilly.

„Die Welt gehörte stets geistlichen und weltlichen Herrschern", entgegnete der erfahrenere Student. „Das war immer so und wird immer so sein. Alles was sich ändert, ist wer am Ruder sitzt. Diese Menschen scheuen nicht davor, übernatürliche Herausforderer aus dem Weg zu räumen. WIR sind in ihren Augen nicht mal mehr Menschen. Also lern verdeckt zu koexistieren oder sei bereit ihren Platz einzunehmen mit allen erforderlichen Mitteln."

„Tut mir Leid, Mark. Du hast natürlich Recht!", akzeptierte Lilly. „Es klingt ja auch logisch."

Kevin setzte sein Stöbern in den Sachbüchern fort. Lilly schaute währenddessen weiter Antonys Lehrwerke durch und fand noch diverse andere interessante Dinge.

Zwischendrin erzählte Mark, dass dieses Haus bereits einen Abschirmungsschild besaß und alle magischen Verbindungen unterbrach. Allerdings nur so lange man sich darin aufhielt. Nach 3-stündigen Sortieren der zur Verfügung stehenden Mittel und 2-stündigen Aufstellung einer passenden Lernreihenfolge gingen die Freunde schließlich schlafen. Die nächtliche Lernrunde in der Schattenwelt wurde ausgesetzt, denn das Wissen des Grals schien sich nur in einer materiellen Hülle mit der Seele zu assimilieren. Solange durfte man den Geist nicht vom Körper trennen.

Am nächsten Morgen standen die Freunde etwa gegen 11 Uhr auf und begannen nach dem Frühstück mit dem Training. Kevin erklärte Lilly die Meditationsmethode um die Synergie zwischen den Beiden zu verstärken. Seine Freundin zweifelte zuerst, besonders als sie vom Gedankenaustausch hörte, doch schließlich haben auch sie die anderen, positiven Effekte überzeugt.

Während das Pärchen zusammen Gesicht zu Gesicht, einander die Hände haltend meditierte, studierte Mark das goldene Buch. Die meisten Formeln darin konnte er aber trotz seiner nun ausführlichen Sprachkenntnisse noch nicht verstehen. Sie waren einfach zu komplex, wobei nur die Titel auf Bedeutung hinwiesen. Doch eines von ihnen war besonders bekannt: ein parasitärer Vernichtungszauber, der das Opfer unter wahnsinnig Folter langsam oder schnell auslöschte. Das erinnerte Mark an den dunklen Dolch, mit dem Antony den Dämon Ghum vernichtet hatte. Wahrscheinlich war die Waffe mit dieser Formel imprägniert. Mark legte angewidert das Buch weg und konzentrierte sich auf sein persönliches Lehrbuch.

Lilly und Kevin gelang es inzwischen die Synergie aufzubauen und in diesem Moment wurden beide erstmal richtig rot. Mark bemerkte die Scham auf ihren Gesichtern und sagte lachend: „Pff... haha... Seid Ihr gerade in die dunkelsten Begierden eures Gegenübers eingetaucht?", daraufhin starrten beide beschämt auf den Boden und Mark setzte beruhigend fort: „Naja... Jetzt können Frauen wenigstens nicht mehr behaupten, nur Männer hätten zu viele schmutzige Gedanken. Entspannt Euch, das gehört zum Leben dazu. Also Antony und ich..."

„Rede bloß nicht weiter, Mann!", unterbrach ihn Kevin forsch. „Wir haben gerade schon mit dem Beruhigen unserer eigenen Fantasie zu kämpfen."

Die Beide schauten einander wieder an und lachten entspannt. Mark rollte schmunzelnd mit den Augen und entgegnete: „Wie Ihr meint!"

Wieder zurück im Ernst des Lernens einigten sich die Drei, dass es erstmal wichtig ist sich vor magischer Spionage abzuschirmen und die eigenen Fähigkeiten geheim zu halten. Gemäß Antonys Aufzeichnungen produziert jede gewirkte Magie eine Feldveränderung. Diese „Willenswelle" bleibt für bestimmten Individuen selbst über hunderte Kilometer hinweg entfernt noch spürbar. In einer Welt ohne Magie fällt dieser Effekt besonders auf. So wurde der restliche Tag damit verbracht Schutzkreise zu zeichnen, die solche Wellen brechen können. Die Erklärung dafür fanden sie ebenfalls in den Lehrbüchern, die Antony hinterließ. Kevin hätte damit normalerweise

Probleme gehabt, da er ein schlechter Zeichner mit wenig Geduld war. Jedoch die Verbindung zu Lilly hatte ihn ruhiger und geduldiger werden lassen. Mehrmals neckte Kevin seine Freundin mit schmutzigen Gedanken, woraufhin sie ihn rot werdend an der Schulter schubste mit den Worten: „Jetzt konzentriere dich wieder."

Mark fühlte sich durch die flirtvollen Zankereien zwar gestört, aber er gönnte es seinen Freunden. Schließlich vermisste er Antony auch und hatte gerade in dieser Phase Verständnis. Beim letzten Gedankenstreich erreichte Kevin schließlich sein Ziel, als ein „Warte wenigstens bis heute Abend!" per telepathische Brücke zurückkam.

Das hat ihn im Nu gezähmt und man müsste kein Telepath sein, um die Vorfreude auf seinem Gesicht zu erkennen. Besonders als er sich lüstern schmunzelnd auf die Lippen biss.

Während der Selbststudie fragten sich die Drei immer wieder, wie Antony überhaupt die Zeit hatte, so viele verschiedene Aufgaben nebeneinander zu machen. Schließlich hatte er Geld verdient, studiert, Bücher geschrieben und Pläne bis ins kleinste Detail durchdacht. Vielleicht wurde er deswegen so respektvoll von der Schöpferin behandelt. War er vielleicht jemand mit ansatzweise ähnlichen Fähigkeiten? Dieser Gedanke erschien allen Beteiligten trotzdem sehr verwegen und unwahrscheinlich, da besonders Lilly mit dem Glauben an die göttliche Unantastbarkeit aufgewachsen ist.

Als die Schutzkreisübungen endlich fertig waren, kochten Kevin, Mark und Lilly zusammen das Abendessen. Währenddessen tauschten sie sich über teilweise banale Themen von aktueller Politik über das neue Musikalbums bis hin zu neuen Fantasy-Büchern auf dem Markt und wie nahe an der Realität sein könnten. Auch wenn es scheinbar unwichtig erschien, stellte es jetzt eine willkommene Ablenkung dar. Die Geschehnisse der vergangenen paar Tage, inklusive der Reise ins Jenseits, hatten ihr Leben so stark verändert, dass sämtliche Zukunftspläne zerbrochen sind.

Besonders Lilly litt still darunter, da sie früher stets eine eigene Familie mit einem vernünftigen Ehemann anstrebte. Sobald das Studium zu Ende wäre, wollte sie eine Teilzeitstelle in der Apotheke finden und vielleicht sogar schwanger werden. Kevin konnte es aus ihren Gedanken hören und beruhigte seine Freundin mit den Worten: „Eine Familie können wir immer noch haben, wenn die Zeit kommt!"

Kevin wiederum dachte darüber nach, wie wohl seine teilweise sehr zynischen, Burger-essenden Kommilitonen beim Anblick der Wahrheit fühlen würden. Die Drei eröffneten sich zwar neue Horizonte, aber die Unfähigkeit diese Entdeckung mit jemandem aus ihrem früheren Leben zu teilen war erdrückend. Selbst Kevins Eltern, denen Antony ausnahmsweise etwas anvertraute, waren dennoch weit zurück. So war auch das Abendessen von Ablenkungen erfüllt.

Am Ende des zweiten Tages wurde beschlossen mit althergebrachtem Schlaf zu verbringen, wobei besonders Kevin sich auf die Chance für ‚erweiterte Zärtlichkeiten' freute. Er umarmte liebevoll seine Freundin von hinten und flüsterte ihr gedanklich: „Jetzt siehst du besonders schön aus!" Trotz der Kleidung spürte sie ‚ihn' und auch Lilly stieg Erregungsröte ins Gesicht. Sie drehte sich zu Kevin und küsste ihn, während er zärtlich die Seite ihrer Hüfte streichelte.

„Oooh... ich hab's ja verstanden... Geht endlich auf Euer Zimmer!", rief Mark genervt schnaufend und das Pärchen rannte euphorisch schmunzelnd auf ihr Zimmer, wobei erstaunlicherweise Lilly die Führung übernahm. Mark schüttelte den Kopf, schloss sein Buch und begab sich damit inklusive des schwarzen Notizbuches auch nach oben.

„Ich gehe mal auf mein Zimmer. Gute Naaaacht!", schrie Mark extra laut, bevor er in sein Schlafzimmer betrat.

Lilly nahm ihren Freund an der Hand und führte ihn zum gemeinsamen Schlafbett.

Dank des Bades zwischen den beiden Schlafzimmern konnte Mark in Ruhe aus dem Notizbuch weiterlesen, ohne durch die zahlreichen Geräusche gestört zu werden. Darin fand er ein Verfahren zum sogenannten Semiaufstieg, einem Zustand in dem die Seele gleichzeitig außerhalb und innerhalb des Körpers verweilen kann. Dieses ermögliche das Ausführen von komplexer Magie, aber macht den Wirker gegenüber direkten Angriffen auf die Seele verwundbarer. Allerdings war das Verfahren nicht vollständig erklärt, da die Notiz genau an der Stelle aufhörte, wo das Erreichen dieses Zustands erläutert werden sollte. Verzweifelt versuchte er in seinem Lehrbuch danach zu suchen, aber es war vergebens. Antony hatte es wohl nicht geschafft, es zu vervollständigen oder es war als eine weitere seiner ‚Prüfungen' konzipiert.

Unzufrieden und enttäuscht legte Mark sich auf Bett und schloss seine Augen. „Wo bist du? Wir vermissen dich! Ich brauche dich!", flüsterte er während Tränen sich in seinen Augen bildeten. Dann drückte Mark sein Gesicht ins Kissen und schlief seufzend ein.

Am nächsten Morgen war Mark als Erster wach. Er machte sich fertig, holte Holz von draußen und zündete den Kamin an. Er bereitete Frühstück für alle vor, deckte den Tisch und wartete. Es war schon fast 12 Uhr, aber von Lilly und Kevin hörte man immer noch nichts.

Mark wurde schließlich ungeduldig, ging hoch und klopfte an die Schlafzimmertür des Pärchens.

„Jaa?", hörte schmerzverzehrte Stimme Kevins aus dem Zimmer rufen.

„Morgen!", rief Mark durch die Tür. „Es ist fast Mittag, Leute, ich habe Frühstück gerichtet und wir haben einen engen Zeitplan. Ihr solltet Euch fertig machen."

„Ugh... lass uns noch etwas schlafen", rief Kevin.

„Nix gibt's!", antwortete Mark. „Die Dämonen warten auch nicht und bis zum Beginn der Univorlesungen ist nicht mal mehr eine halbe Woche übrig."

Mit diesen Worten ging er runter und setzte sich genervt zum Tisch. Lilly und Kevin richteten sich währenddessen völlig übermüdet auf, zogen sich an und schlenderten durch die offene Etage Richtung Bad. Beide sahen aus, als ob sie fast überhaupt nicht geschlafen hätten. Nach einer halben Stunde kam erstmal Kevin runter, der sich einem völlig ausgelaugten Zombie gleich an den Esstisch setzte. Lilly war noch mit dem Überschminken ihrer müden Augen beschäftigt.

„War wohl eine sehr ereignisreiche Nacht", kommentierte Mark neidisch, aber auch schadenfroh schmunzelnd.

„Si... sie... sieben Mal!", flüsterte Kevin entkräftet seinen Kopf auf die kühle, noch freie Fläche des Tisches fallen lassend. „Sie hat mich so sehr ausgelaugt, ich kann nicht mal richtig stehen."

„Abgesehen davon, dass ich mich gerade wie ein verdurstender Mann fühle, der einem anderen beim Ertrinken zusieht, ...", sagte Mark neidisch tief schnaufend. „...interessiert es mich doch etwas. Wie ist der Synergiesex denn so?"

„Antony hat nicht untertrieben", entgegnete Kevin. „Zuerst... fühlt sich das komisch an, weil man für Beide spürt, aber als wir den Dreh raus hatten... wurde es einfach unglaublich..."

„Exzellent... dass Ihr von eurem Studium des goldenen Pfades derart toll profitieren konntet", kommentierte Mark mit vollem Zynismus.

Gerade kam auch Lilly aus dem Bad heraus und latsche frisch gekämmt die Treppe herunter.

„Ich hoffe ihr Jungs habt nicht gelästert, während ich mich frisch gemacht habe", sagte Lilly warnend und machte kurz eine Pause. „Doch... habt Ihr!"

„Kannst du es deinem Geliebten etwa nicht aus den Gedanken lesen?", fragte Mark witzelnd.

„Kevin und seine Angeberei...", sagte sie kopfschüttelnd, setzte sich an die Seite ihres Freundes am Esstisch und blickte ihm tief in die Augen.

„Sorry Schatz, er hat mich mit Fragen gelocht", rechtfertigte sich Kevin sich etwas schämend.

„Ja genaaaau... Ich habe ihn förmlich gefoltert, um die Ereignisse der letzten Nacht detailgetreu zu rekonstruieren", sagte Mark mit einem völlig überzogenen Ton. „...Miss Sieben!"

„Du bist unmöglich, Kevin", sagte Lilly grienend und stupste Kevin leicht auf den Hinterkopf. Mark lachte.

Das Gespräch lockerte die Stimmung auf, denn sie alle standen nun vor einer Mammutaufgabe. Während des Lernens aus dem Buch, fiel Lilly die Ankunft der anderen Dämonen in der Welt der Lebenden wieder ein, die den Dreien eigentlich die meisten Sorgen bereitete. Sie hob ihr Haupt und sagte: „Hat Antony nicht gesagt, dass Magie in der Welt der Lebenden auf der Erde nicht mehr möglich ist? Wie konnte er trotzdem etwas in deiner Nähe wirken? Ist er nicht auch an die Gesetze gebunden und wie ist es mit den Dämonen?"

„Antony besitzt eine sehr große Aria-Reserve und tiefes Wissen, eher sogar Jahwes Erlaubnis", erklärte Mark. „Was Dämonen und Engel angeht, besitzen diese wahrscheinlich eine Form von Autorität hier, die sie zur Ausnahme macht... Ich vermute, weil Ihnen die Macht direkt von Gott verliehen wurde. Es würde mich nicht wundern, wenn dieser Orden aus Antonys Erwähnung auch irgendeine Form davon praktiziert. Ich meine unsere Talismane und Schutzkreise funktionieren ja auch irgendwie..."

„Antony hat doch mal diesen Vergleich mit Computerprogrammen genannt. Nehmen wir an, man benötigt drei Voraussetzungen für die Funktionalität einer Formel. Das sind eine Energiequelle, ein Aktivierungskriterium und ein Compiler. Dann können Magien in dieser Welt entweder nur von Autorisierten oder nur unter stark eingeschränkten Bedingungen verwendet werden", spekulierte Kevin.

„Das macht Sinn", fügte Mark hinzu. „Der Compiler wird wohl dann von der Schöpferin zur Verfügung gestellt und für den benötigt man die Autorisierung. Die Frage ist nur: Können wir diese Autorisierung erlangen? Ich denke, dass es zwar ein Unterschied zwischen Telekinese und Magie gibt, aber vielleicht ist es doch eine Sache von Gehirnleistungsfähigkeit. Immerhin sagte Antony mal, dass Mana mit Geist und Erinnerungen zusammenhängt. Wenn wir in Seelenform frei über diese Macht verfügen können, warum dann nicht auch in der Welt der Lebenden. Wir müssen bloß herausfinden, wie!"

„Vielleich hilft uns Antonys Würfel bei der Lösung des Rätsels", spekulierte Lilly. „Das Arkum dient nicht nur als Erinnerungsspeicher, sondern als magiewirkender Gegenstand und sein Seelenbehältnis. Vielleicht benutzt Antony diesen wie eine Ätherion-Laterne oder als eigenen ‚Compiler'?"

„Du hast Recht, Lilly", entgegnete Mark sich erinnernd. „Als er in der Wüste Afrikas seine Magie wirkte, hat er das Arkum mitgenutzt und es hat im Bereich der Wirkung eine Art Feld produziert. Bevor wir jedoch die genaue Wirkungsweise herausfinden, sollten wir erstmal das Zaubern an sich in der Horizontwelt üben."

Nach einigen Vorbereitungen wurde mitten im Wohnzimmer eine Meditationsecke eingerichtet. Beim Wechsel in die Horizontwelt erlebten die Freunde eine Überraschung. Ein großer Bereich um den Standort der Hütte war von massiven, runenbesetzten Steinen umringt. Im Inneren des Steinkreises wuchs nur Gras und bot viel freie Fläche zum üben. Die Steine schienen jeden Zauber, der innerhalb gewirkt wurde zu absorbieren.

Allerdings wurde jedem beim Verlassen dieses Schutzkreises extrem schlecht. Es war wohl als Warnung gedacht. Mark und Kevin trainierten weiter die Magie in ihren Waffen, die sich seit der letzten Rückkehr wohl mit ihren Seelen verbunden hatten. Lilly konzentrierte sich auf Kontrolle von Phänomenen und übte sich zunächst am Programm für einen einfachen Feuerball. Es war schwer, denn man musste sich die Formeln einprägen, bevor man in die Horizontwelt wechselte. Die Bücher konnten die Freunde ja nicht mitnehmen. So wurde in der Schattenwelt gelernt und in der Horizontwelt geübt.

Lilly verwendete ihr gesammeltes Wissen in der anorganischen Chemie für die Erschaffung des Feuerballs. Leider platzten die Hitzesphären immer wieder oder verpufften noch im Aufbau. In Antonys Anleitung stand, dass jeder Zauber eine allgemeine Basis besitzt. Damit das Aria den Anweisung entsprechend fließt und agiert, müssen die Antworten auf folgende Fragen in die Formel programmiert werden: Wo ist das Zentrum; Wie groß ist der Einfluss; Welche Affinitäten werden verwendet; Was soll passieren; Wohin ist der Zauber gerichtet; Welche Gesetze werden beeinflusst; Wie lange soll der Zauber wirken. In seinen Büchern nannte er diese: ‚die sieben Grundfragen'. Als Lilly zum ersten Mal las, errötete sie kurz und wurde still. Kevin schmunzelte plötzlich auch mitten beim Lesen. Es gab auch einen Unterschied zwischen zyklischen Formeln in Ringform und linearen Siegeln für kurz wirkende Zauber.

Nach dem 15ten Fehlversuch schaffte Lilly endlich ihren ersten, stabilen Feuerball. Sie rief ihre Freunde, um ihnen den Erfolg zu präsentieren. Doch als Lilly ihn gegen einen der Steinobelisken in 3 Meter Entfernung warf, landete er kurz vorher auf dem Boden und verpuffte. Es fehlte immer noch Explosions- und Antriebskraft.

„Ähm ja… damit kannst du die Bösen sicher kriegen, wenn sie regungslos, direkt vor dir auf dem Boden liegen und leicht brennbare Kleidung tragen", kommentierte Mark neckend.

„Mach dir nichts draus, Lilly!", ermutigte Kevin. „Wir haben gerade erst angefangen."

„Er hat Recht", fügte Mark ernst hinzu. „Das ist deine erste, selbstgewebte Formel. Wenn du so weiter machst, wirst du uns noch heute überraschen."

„Danke", sagte Lilly mit ungebrochener Motivation. „Aber solltet Ihr nicht auch langsam mit Magie anfangen? Diese Schwertmagie ist zwar toll, aber diese Waffen werdet ihr in der materiellen Welt nicht nutzen können, oder?"

„Das ist nicht ganz richtig!", entgegnete Mark. „Ein echter Meister des goldenen Pfads kann sein Seelenschwert auch in einer Dimension mit wenig Mana manifestieren. Er muss nur sein Einflussfeld expandieren…", dann machte kurz eine Denkpause und schrie plötzlich: „Heureka! Ich hab die Lösung!"

„Was meinst du, Mark?", fragte Kevin neugierig.

Mark präsentierte seine Hand vor die anderen und machte etwas Sonderbares. Er verwandelte seinen Astralkörper von den Fingern bist zum Unterarm in leuchtenden Nebel, wie etwa dem aus dem Arkum von Antony. Er präsentierte es dem Pärchen und setzte den Arm wieder zusammen.

„Unser Astralkörper besitzt keine feste Form!", erklärte Mark euphorisch. „Er manifestiert das, was man selbst vorstellt. Unser Körper hingegen, ist wie eine Schwertkraftquelle. Das heißt, wenn wir unseren Astralkörper so umformen, dass er eine Art Schale um den lebenden Körper bildet… wie ein Satellit in stationärer Laufbahn um einen Planeten… können wir Magie in der Welt der Lebenden wirken."

„Aber löst sich die Seele in der materiellen Welt nicht auf?", fragte Lilly verwirrt.

„Erinnert Euch an die Funktionsweise der Fusion in einem Stern. Die hohe Schwerkraft des Sterns verhindert, dass die durch die Kernfusion entstehende, explosive Energie alles auseinander reißt", entgegnete Kevin. „Wenn der Körper wie ein Magnet ist, muss die Seele nur im Einflussbereich des Körpers verweilen, um nicht zersetzt zu werden. Ist wie mit zwei entgegengesetzten Kräften, die sich gegenseitig ausgleichen müssen."

„Dann müssen wir es sofort versuchen", forderte Lilly.

Die Gruppe kehrte wieder ins Haus zurück. Sie entschieden sich für eine Reihfolge, damit immer jeweils einer in der Schattenwelt und einer in der materiellen Welt aufpassen kann. Mark fing als erster an, da er doch über das meiste Wissen verfügte.

Lilly und Kevin aktivierten ihre Synergie, um kommunizieren zu können. So wurde Kevin zuerst als Aufpasser für Körper zurückgelassen und Lilly ging mit Mark in die Schattenwelt. Allerdings stellte Lilly schnell fest, dass sie extrem langsam denken musste, damit Kevin sie überhaupt versteht.

„Ich fühle mich, als ob ich den Rhythmus eines Faultiers annehmen müsste", witzelte Lilly als sie mit Mark auf der anderen Seite stand. In Zeitlupe sah sie Kevin ein Lächeln aufsetzen. „Er sieht doch irgendwie süß aus, oder?", fragte sie dann Mark, während die Beiden Kevin beobachteten.

„Das ist ehrlich gesagt mein erstes Mal, beim Beobachten eines lebenden Menschen aus der Schattenwelt", gab Mark zu. „Aber lass uns jetzt lieber anfangen."

„Nur zu!", stimmte Lilly zu.

Mark stellte vor seinen in der Meditationsposition sitzenden Körper und begann seine Seele zu verformen und sagte noch: „Lilly, während des Vorgangs brauche ich meine volle Konzentration, also bitte stört mich nur, wenn etwas passiert!"

„Alles klar!", antwortete die Aufpasserin.

Mark schloss seine Augen und begann seine Transformation. Seine Hände verwandelten sich in eine weiß leuchtende Flüssigkeit, die in Richtung des Körpers floss. Er tastete sich zuerst vorsichtig vor, um den richtigen Abstand seinem Körper zu erfühlen. Dann verwandelte er sich vollständig in Nebel, welcher sich wie eine halbkugelförmige Kuppel um den Körper legte. Lilly sah auch zum ersten Mal den kirschgroßen schwarzen Seelenkern, der durch die Umwandlung freigelegt wurde. Marks astrale Form war nicht durchgehend und so konnte Lilly sehen, was er gerade machte. Im Inneren der Sphäre ließ er zu jeweils gegenüber liegenden Seiten tentakelartige Gebilde Richtung Körper ab. Diese spreizten sich dann etwa in ein paar Centimetern Abstand zur Haut und bauten einen Seelenfilm auf. Für Lilly geschah das alles sehr langsam. Auf der anderen Seite bemerkte Kevin an den Stellen wo Mark den Film bildete, eine Veränderung der Luft. Es sah aus, als ob sich dort ein kleiner Luftspiegelungsfilm bildete, aber wirklich nur in der Nähe des Körpers. Während der Film um den Körper immer weiter wuchs, schwand die Sphäre immer weiter. Weitere Tentakel sanken herab und bildeten neue Filmansätze. Schließlich verbanden sich alle Filme zu einer vollständigen Hülle. Marks Seelenkern wanderte zum Hinterkopf und versank als Einziger im Körper. Es sah kurz so aus, als ob die restliche Seele doch wieder eingesogen wird, aber dann streckte Mark weitere Astralanker in seinen Körper, wie eine Art Säulen. Darunter an Stirn, Augen, Brust, Ohren und jedem Mittelpunkt eines jeden Muskels seiner Hülle.

Der Vorgang dauerte fast eine Stunde in der Welt der Lebenden, aber als Mark endlich fertig war, verschwand das restliche Licht an seiner Hülle. Als ob es unsichtbar wurde. In der Welt der Lebenden beruhigte sich auch die Luftverzerrung wieder und Mark öffnete langsam seine Augen. Er schaute zuerst Lillys Geist direkt in die Augen und dann auf Kevin. Lilly kehrte in ihren Körper zurück und wachte sofort auf.

„Und?", fragte Kevin neugierig. „Du schaust gerade so, als wärst du unter Drogeneinfluss."

Mark schaute auf seine Hände und bewegte mit den Fingern, dann betrachtete er den umgebenden Raum, ohne etwas zu antworten. Das Pärchen schaute zuerst einander an, dann wieder zu ihm.

„Was ist los Mark?", fragte Lilly. „Kannst du in diesem Zustand nicht reden?"

„So nimmt Antony die Welt also wahr", entgegnete Mark etwas betrübt und einige Tränen liefen sein Gesicht herunter.

„Was meinst du damit?", hackte Kevin nach. „Deswegen musst du doch nicht gleich weinen, Mann!"

„Und ich sage dir: Du hast keine Ahnung", antwortete Mark. „Meine sterblichen Sinne sind wie taub. Fühlen und Riechen sind wie abgestumpft. Außerdem bewegt sich die Welt langsamer. Ich nehme zwar die Welt mit den Sinnen eines Geistes wahr, aber mein Körper ist nur noch wie eine Handpuppe."

„Wieso denkst du, dass Antony die ganze Zeit in diesem Zustand war?", frage Lilly kritisch. „Er kann es sicher einfach abschalten."

„Du wirst es erst begreifen, wenn du ihn besser kennst", sagte Mark. „Das Kribbeln, das ich durch die Anziehung des wenigen Mana aus der Umgebung fühle, macht süchtig nach mehr. Es ist, als ob ich die Welt sehen würde, wie sie wirklich ist. Ich kann alles im Umkreis von 500 Metern alles perfekt wahrnehmen, selbst Hohlräume in den Wänden. Jeder nicht beseelte Gegenstand."

„Oh ok", entgegnete Kevin zynisch. „Hört sich nach einem ganz besonders tollen Trip an."

„Ich kann auch eure Synergieverbindung teilweise wahrnehmen, aber nur ganz schwach", sagte Mark plötzlich. „Es ist wie eine Art Raumkrümmung zwischen Euch."

„Scheiße", rief Kevin euphorisch. „Wir haben bestimmt das legendäre, dritte Auge entdeckt."

„Was ist das?", fragte Lilly.

„In fernöstlichen Ländern gibt es Legenden über Menschen mit der Fähigkeit Verborgenes zu sehen, Krankheiten zu erkennen und manchmal auch zu heilen. Sie nennen es: Das dritte Auge", erzählte Kevin aufgeregt. „Das könnte genau das sein: Das Auge des Geistes!"

„Du hast Recht!", stimmte Mark zu. „Jetzt seid Ihr aber dran! Ich kann jetzt beide Seiten gleichzeitig wahrnehmen."

Das Pärchen setzte sich und meditierte für die Astralkörpertrennung. Mark nahm währenddessen sein Buch und setzte seine Studie fort. Dank seiner neuen Wahrnehmung konnte er nun sowohl das Buch lesen, als auch die Anderen beobachten.

Erstaunlicherweise ergaben viele Zeichnungen und Formeln in dem Buch plötzlich wesentlich mehr Sinn. Manche Formeln waren ja über bis zu zehn Seiten verteilt, aber durch die neue, durchleuchtende Betrachtungsweise konnte Mark sie jetzt als 3 dimensionale Gebilde wahrnehmen.

Für Lilly und Kevin schien der Aufstieg wesentlich schwerer zu fallen. Sie wurden immer wieder in ihre Körper zurückgeworfen.

Mark prägte sich inzwischen die Formel zur Kontrolle von flüssiger Materie und versuchte sich an einem kleinen Wasserglas, das er sich aus der Küche geholt hatte. Er versuchte, ob er etwas Ähnliches bewirken könnte, wie Belials Magie. Mark modifizierte die Formel so, dass sie die thermische Vibration der Moleküle der Flüssigkeit auf Befehl in Licht umwandeln konnte. Der Gedanke war jemanden mit Wasser zu umspülen und dann einzufrieren. Mark webte nach der Anleitung seines Freundes die Formelteile, setzte sie zusammen und begann zu wirken. Er konzentrierte gelbes und blaues Aria in seiner Hand, womit Mark das Wasser aus dem Glas lenkte. Dann formte er eine Art halbnackte Abbildung von Antony und schoss einen kleinen Energiestoß in Richtung des Wassers. Dieses leuchtete kurz blau auf und die gesamte Flüssigkeit erstarrte zu Eis.

Mark spürte sofort die Nachwirkung der Magie. Ihm wurde schwindlig. Außerdem schien die Anwendung viel Aria zu verschwenden. Dann erinnerte er sich an Antonys Kommentar mit der ‚Flusskontrolle'. Er holte ein weiteres Wasserglas und konzentrierte sich erneut auf den Zauber, aber leitete er das Mana in einem Bogen. Nach dem die Essenz das Wasser passierte, floss es in seinen Körper. Mark lächelte zufrieden, als er den Erfolg seiner Arbeit betrachtete. Er hat innerhalb von einer Stunde gleich zwei Zauber gemeistert, die er auch mit einander kombinieren konnte. Doch dann übermahnte ihn eine dumpfe Müdigkeit. Er fühlte keine Bedarf nach Schlaf, sondern eher Entkräftung, als ob der Lebenswille aus all seinen Gliedern gesaugt wurde.

„Das ist also der Preis", flüsterte Mark und wendete sich zu den Beiden.

Etwa drei Stunden verbrachte das Pärchen mit der Prozedur. Beide wurden immer wieder in ihre Körper gezogen, weil sie den sicheren Abstand nicht richtig abgeschätzt haben. Beim dritten Versuch waren sie schließlich erfolgreich, dennoch schien die Synergie eine Ursache zu sein. Sobald einer der Beiden versagte, verlor der Andere sofort auch die Konztration. Es dauerte danach noch etwas, bis Kevin und Lilly sich in ihrer neuen Wahrnehmung zurechtfanden. Danach erzählte Mark von seinem Erfolg und natürlich auch von der Nebenwirkung.

„Ich halte es für klüger, dass wir zunächst uns auf unterschiedliche Fähigkeiten konzentrieren", schlug Lilly vor noch etwas benommen vor.

„Damit sparen wir Zeit und können ein größeres Breitband von Notfällen abdecken."

„Gut! Dann entscheidet jetzt jeder von Euch, was er gerne machen will", sagte Mark. „Ich werde mich mit Flüssigkeiten und Vereisung beschäftigen." So hat jeder einen anderen Bereich bekommen, um diesen im geschützten Kreis der Horizontwelt zu üben. Aus den Aufzeichnungen hat Kevin unter anderem herausgelesen, dass Magie sehr viel schwerer und essenzverzehrender wird, sobald man versucht beseelte Gegenstände oder Körper zu beeinflussen versucht. Für die Freunde blieb somit erstmal nur das indirekte Wirken.

Kevin lernte die strukturellen Kräfte in festen Materialien zu kontrollieren, was ihm erlaubte die Form und Eigenschaften fester Gegenstände zu verändern. So konnte er nach viel Übung immer größere Steinmassen aus dem Boden heben oder sogar Wände aus Dreck hochziehen und zu steinharten Strukturen verfestigen.

Mark verbesserte währenddessen seine Kontrollfähigkeit über das Wässrige. Er lernte die Feuchtigkeit aus der Atmosphäre einzufangen und in Eiskristallen zu verfestigen, um diese als Dolche auf Ziele zu werfen. Es hat sich aber zuerst das Problem ergeben, dass diese außer oberflächlichen Verletzungen keinen weiteren Effekt vorwiesen. So entwickelte Mark seine Formel derart weiter, dass das Aria in Form kleiner Kapseln in den Kristallsplittern deponiert wurde. Bei einem stärkeren Stoß explodierten diese und das Ziel wurde vereist. Am Ende schaffte er es durch erhöhte Dichte einen ganzen Baum mit nur einem handgroßen Splitter zu vereisen.

Lilly lernte Hitze noch besser zu kontrollieren. Sie brachte sich bei, den Fluss der Verbrennung zu leiten. Am Anfang bestand diese Kontrolle aus der Bildung von Feuerwirbeln um sie herum durch besondere Hitzeflüsse. Dann erkannte Lilly jedoch, dass die Flammen theoretisch auch nur in eine Richtung gestrahlt werden können und so entwickelte sie schließlich eine Art Feuermantel, der alles um Umkreis von bis zu 3 Metern um sie verbrennen konnte.

Mark fand in Antonys Lehrbüchern eine Methode, wie man die weltliche Nebenwirkungen der Magie abmildern und abbauen kann. Es waren zwei Schritte notwendig: Langer Schlaf von 13 Stunden mit der doppelten Vitamindosis für den Körper und eine speziellen Meditation in der Horizontwelt. Die beiden Schritte konnten auch sehr gut miteinander kombiniert werden. Vier Tage nahm das gesamte Training ein und nach jedem Abschnitt, nutzte die Gruppe die Auflade-Pausen voll aus.

Beim Frühstück am Samstag fragte Lilly dann: „Mark? Glaubst du, das wir soweit sind?"

„Für ein potenzielles Armageddon kann man nie wirklich bereit sein", sagte Mark anspielend. „Aber jetzt können wir uns wenigstens wehren."

„Ich möchte aber noch etwas erledigen, bevor das Semester weitergeht", sagte Lilly mit einem ernsten Gesicht.

„Nein Lillien!", widersprach Kevin, ihre Gedanken lesend. „Das ist eine sehr schlechte Idee!"

Mark sah den tiefsitzenden Schmerz in ihrem Blick und verstand sofort, wovon die Rede ist.

„Ist dein Vater es wirklich wert, um ein solches Risiko für ihn einzugehen?", fragte er dann mit einem bemitleidenden Blick.

„Nein, aber meine Mutter", entgegnete Lilly. „Sie ist der wichtigere Grund dahin zurück zu kehren. Sie hat mich stets vor ihm beschützt, besonders...", dann fing sie an zu weinen.

„Besonders was?", fragte Kevin wütend werdend. Während Lillys schamerfülltem Schweigen entdeckte er plötzlich eine versteckte Erinnerung. Sie wurde von Lilly so sehr hinter Scham versteckt und verdrängt, dass Kevin trotz Synergie nicht erkannte, was es war. Doch jetzt strömte diese Erinnerung durch ihn hindurch, während Lilly begann zu reden.

„Es war eines Nachts, als meine Brüder nicht im Haus waren und meine Mutter wieder mal Opfer für die Gewalt meines betrunkenen Vaters geworden ist. Es war etwas ganz Banales: Sein Essen war nicht zufriedenstellend, nicht gut genug", beichtete Lilly mit wütenden Tränen in ihren Augen. „Ich wurde durch die Geräusche aufgeweckt und versteckte mich aus Verzweiflung in einem Schrank... Von dort beobachtete ich die Zimmertür und betete, sie möge sich nicht öffnen. Doch dann stand er vor der Tür und öffnete es langsam. Er schritt durch die Dunkelheit mit offen stehender Hose und schritt schwer atmend auf mein Bett zu. Ich war damals 15. Ein angesehener Mann der Gemeinde hat versucht seine eigene Tochter zu vergewaltigen. Meine Mutter schrie, während sie zum Zimmer kroch. Mein Vater fand mich schnell im Schrank, zerrte mich raus und warf mich auf Bett, während er seine Hose auszog. Dann sagte er flüsternd: ‚Zeid, mein neues Feld zu besdellen, wie es mirr gebührt! Sei jetzt ein braves Mädschen und es wird auch dir gefallen. ' Ich schrie und versuchte mich zu wehren, aber er war zu stark."

Mark konnte zwar nicht sehen, was gerade vor Kevins Auge ablief, aber die Vorstellung versetzte ihn trotzdem in einen tiefen Schock.

„Dann schrie meine Mutter drohend, die sich gerade schmerzerfüllt an der Tür aufrichtete, mit einem großen Küchenmesser in der Hand: ‚Falls du sie anfasst, schwöre ich bei Gott, dass ich dich umbringen werde!' Es war das einzige Mal, dass sie sich gegen meinen Vater aufgelehnt hatte. Damals hat er von mir abgelassen, aber sie hat er trotzdem vergewaltigt", erzählte Lilly weiter. „Es tut mir Leid, Kevin. Ich habe mich so sehr geschämt, dass ich es dir nicht sagen konnte."

Kevin ließ sogar das Frühstücksmesser aus der Hand fallen. Trotz seiner Synergie mit Lilly, konnte er auf diese Erinnerung früher nicht zugreifen. So stark hatte Lilly es verdrängt. Er hob das jedoch nicht auf, sondern umarmte Lilly.

„Schatz, du brauchst dich weder zu schämen noch zu entschuldigen", sagte Kevin tröstend. „Dieser Mistkerl soll bezahlen! Selbst wenn er dein Vater ist!"

„Das hat Antony also gemeint", flüsterte Mark und fasste sich an die Stirn. „Oh mein Gott!"

„Was war das?", hackte Kevin nach.

„Kev! Lilly! Ihr wisst selbst, dass Antony gut Menschen lesen kann, oder?", erinnerte Mark. „Er hat vorausgesagt, dass Lilly etwas Unüberlegtes als Nächstes tun könnte. Das wird unser Leben hier vielleicht zerstören."

Lilly drückte Kevin von sich, wischte sich die Tränen aus dem Gesicht und entgegnete mit drohendem Ton: „Na dann will ich seine Erwartungen mal nicht enttäuschen!"

Kapitel 10: „Maß des Stolzes"

„Je süßer die Rache, umso bitterer die Konsequenzen."

Lilly war derart entschlossen, dass die Männer sich nicht mal trauten, ihr zu widersprechen. Mark packte vorsichtshalber alle goldenen Artefakte mit, da er nicht mehr glaubte, in dieses Haus noch mal zurück zu kehren. Trotzdem wurde alles wieder ordentlich hinterlassen. Er wickelte sie in Tücher ein, um das weiche Gold nicht zu beschädigen. Nach der Kilometerwanderung hofften die Männer trotzdem, dass Lilly weich wird und abdreht von ihrem Himmelfahrtskommando. Die Männer wussten genau, dass sie nicht widerstehen kann, ihre Kräfte einzusetzen. Kevin brach sogar die Synergie ab, weil spürte, wie Lillys steigende Wut auch sein Urteilsvermögen zu trüben begann.

Zurück im Auto gab Lilly die Koordinaten ein. Es wartete eine vier Stunden lange Fahrt auf die Freunde.

„Lilly, bist du dessen wirklich sicher?", fragte Mark den Motor startend. „Wir können zwar nichts beweisen, aber Gewalt ist doch keine Lösung."

„Ich will ihn nicht verletzen, sondern seine Weltvorstellungen ruinieren", entgegnete Lilly entschlossen. „Er soll keine Macht mehr über meine Familie haben! Er hat genug Vermögen angehäuft."

Auf der Fahrt entwickelte Lilly einen Plan, mit dem sie ihren Vater am meisten bloßstellen könnte. Sie entschied sich, ihn während der Sonntagsmesse zu überraschen. Wie Mark und Kevin erfahren haben, war Lillys Vater nicht nur ein hoher Funktionär in der Gemeinde, sondern sogar ein berüchtigter, konservativer Prediger.

„Und ich dachte meine Familie wäre heuchlerisch...", kommentierte Mark, als er davon hörte.

Doch etwas in Kevin ließ ihn zweifeln. Er fühlte etwas in Ihr, dass fremdartig war wie ein Keim. Eine fremdartige, zornige Dunkelheit, die nun angefangen hat zu sprießen. Kevin konnte es jedoch nicht so richtig einordnen.

„Da ist nichts", sagte Lilly, die scheinbar immer noch Kevins Gedanken lesen konnte. „Ich habe mich unter Kontrolle."

Die kommende Nacht verbrachten sie in einem Hotel in der Nähe von Lillys Heimatstadt. Am nächsten Morgen fuhren die Drei direkt zur Sektenkapelle. Die anderen Gemeindemitglieder waren bereits bei der Messe als die drei Freunde ankamen. Kevin und Mark spürten eine starke Angst, aber andererseits hatten sie ja schon sogar die Hölle überlebt.

Als Lilly mit den beiden Männern den Korridor am Haupteingang betrat, erlebte sie erstmal eine Überraschung. Es war ihr Bruder, der sie damals gehen ließ und gerade von der Toilette zurückkehrte. Er hat es beim Anblick der Besucher gerade noch geschafft, seinen Hosenstall zuzumachen. Er war sichtlich überrascht.

„Lilly?", fragte er seinen Augen immer noch nicht ganz trauend. „Was tuest du hier?"

„Hallo Louis", entgegnete Lilly mit einem kaum gerührten, kurzen Lächeln.

Er lief zu ihr und umarmte sie. Lilly erwiderte seine Geste nur zögerlich.

„Ich habe dich zwar sehr vermisst, aber wieso bist du zurückgekehrt?", fragte Louis und schaute dann auf ihre Begleiter. „Wer von Euch ist ihr Freund?"

Kevin trat hervor und stellte sich vor: „Hallo, ich bin Kevin."

Louis begutachtete den Mann seiner Schwester und entgegnete: „Sieht für mich nicht aus, wie ein schlechter Mensch... Ist er dein Mitbewohner?"

„Du hast mich also nicht vergessen", sagte Lilly leicht emotional und setzt neckend fort. „Und du wächst wohl immer noch nicht deine Hände nach dem Toilettengang?"

Louis lachte seltsam vor Lillys kaltem Blick eingeschüchtert und entgegnete: „Doch natürlich! Ich bin jetzt ein verheirateter Mann. Sowas kann ich mir doch nicht mehr erlauben."

Auch Mark trat vor, um sich vorzustellen, aber Louis wusste da auch Bescheid: „Du musst wohl Lillys schwuler Kumpel sein."

„Sag mal Lilly, wie viel stellst du eigentlich auf deinem Facebook Profil ein?", beschwerte sich Mark. „Dein Leben ist wie ein offenes Buch."

„Ich nutze keine sozialen Netzwerke. Und davon habe nur meiner Mutter erzählt", rechtfertigte sich Lilly. „Wo ist mein Vater? Predigt er gerade?"

„Er wird gleich, nach dem Gebet, seine Predigt halten", antwortete Louis besorgt. „Wenn du aber seinen Segen erbitten willst, solltest du vielleicht bis nach der Messe warten."

Lilly lächelte kurz böse und antwortete: „Mhm… Nein… Ich denke: JETZT ist genau der richtige Moment, ihn zu sehen."

Das schüchterte selbst Louis kurz ein, doch dann sagte er: „Bitte warte, Lilly! Unabhängig von dem, was er in der Vergangenheit gemacht hat. Jetzt ist er nur noch ein alter Mann mit veralteten Weltvorstellungen."

„Ja, mit denen er in seinen Predigten nun auch die nächsten Generationen vergiftet", entgegnete Lillien sauer werdend.

Louis erkannte seine Schwester nicht mehr wieder. Als ob ihre weiche Natur restlos verschwunden war.

Dann lief sie zum Hauptraum und hörte schon die laute Stimme ihres Vaters bei der Predigt: „Und so wahr ich hier stehe, sage ich Euch: Der Herr, unser aller Vater, wird nur seine treuen Jünger in das Himmelreich lassen und alle Sünder verdammen, zu ewigen Qualen in der Hölle… Lasst Euch nicht von dieser sogenannten ‚modernen' Gesellschaft überrollen! Für uns gibt es nur einen Gott, eine Religion und eine wahre Schrift! Es ist Aufgabe der Eltern ihre Kinder vor Homos, Moslems und all den anderen Versuchungen des Teufels zu schützen, sie anzuleiten und sie auf den rechtem Pfad zu halten."

Mark blieb der Mund offen stehen, als er das hörte. Dann kommentierte er: „Dieser pädophile Mistkerl! Jetzt hast du meine volle Unterstützung."

Dann öffnete Lilly demonstrativ den großen zweitürigen Eingang und trat herein. Ihr Vater hörte auf zu reden, als er Lillys zorniges Gesicht sah. Alle Gemeindemitglieder drehten sich, um den Grund für die Unterbrechung zu sehen. Auf der vordersten Reihe saßen Lillys Mutter Maria, der älteste Bruder Julius mit seiner Frau und wohl auch die Frau von Louis neben einem freien Platz.

„Sieh an", rief der Prediger schmunzelnd. „Meine verlorene Tochter ist endlich zurückgekehrt. Seht Sie Euch an! Seht diese respektlosen Ausdruck in ihrem Gesicht. Bist du zurückgekehrt, um ihr Glaubensbekenntnis zu erneuern oder deiner Familie noch weitere Schande zu bereiten?"

„Eins hat mich immer gewundert… Vater", sprach Lilly laut. „Wie schafft es ein Mann mit einer solch schwarzen Seele wie der Deinen… sich jeden Sonntag vor die ebenso heuchlerische Gemeinde zu stellen und von Erlösung zu predigen… Bleiben dir die eigenen Lügen nicht im Halse stecken?"

Die Menge atmete vor Lillys Dreistigkeit tief ein und eine alte Frau stand auf, um den Prediger zu verteidigen: „Wie kann ein Mädchen, dass im Haus eines gottesfürchtigen Mannes aufgewachsen ist, so zur Hure des Satans herabfallen?"

Die Menschen haben angefangen lauter zu flüstern.

„Wie könnt ihr, Frau Zornig, Euch jeden Sonntag die Gedanken eines Frauenschänders mit einem Hang zur Pädophilie anhören?", entgegnete Lilly mit einem süßen Lächeln. „Dieser Mann hat jahrelang meine Mutter verprügelt, um dann versucht mich zu vergewaltigen, als ich 15 war. Zwei Mal hat ihn meine Mutter von mir runter gezerrt, während sich meine Brüder bei den Pfadfindern der Gemeinde vergnügten. Mein ganzes Leben wurde Ich zurück gelassen wurde, um das Haus zu putzen, während meine Brüder das Leben genossen."

Die Menschen öffneten zuerst die Münder und fingen dann an auf ihren Prediger blickend an zu tuscheln.

Lillys Vater Karl schaute schwitzend in die Menge, ließ sich aber nicht zurückdrängen. Maria schüttelte, auf Lilly schauend, den Kopf und flüsterte: „Bitte tue das nicht."

„Du hast wirklich Nerven, sich hier nach deiner Flucht blicken zu lassen, meine Predigt zu stören und auch noch Lügen über mich zu verbreiten", widersprach der alte Prediger, völlig frei von Reue. „Du versuchst mich... ohne jegliche Beweise hier vor dieser respektablen Gemeinde bloß zu stellen. WIR sind das letzte Bollwerk gegen den Gefallenen und du bist offensichtlich besessen."

Lilly floss ein einzelne Träne das Gesicht runter: „Früher tröstete ich mich mit den Gedanken, dass du dich irgendwann dazu aufraffst... sich bei mir und der einzigen Frau, die dich trotz all deiner Makel liebt zu entschuldigen... dass du deine Fehler einsehen würdest... Aber jetzt sehe ich, dass für dich jede Hilfe zu spät kommt."

„Was für ein Humbug redest du da, Hure Satans? Hinfort mit dir aus diesem Haus", schrie der Prediger Karl sie unterbrechend, aber sie störte das nicht länger. Sie schritt langsam und entschlossen, dem Hauptgang entlang, nach vorne. Die Menschen beobachteten sie ganz genau und einige glaubten ihr mittlerweile sogar. Dennoch rührte sich niemand vom Fleck und wartete ab. Einige Kinder und Jugendliche beobachteten begeistert das Schauspiel, das die sonst langweilige Predigt unterbrochen hatte.

„Wie oft hast du meine Mutter nach deinen abendlichen Pokerrunden im Suff vergewaltigt, meine Brüder gegen ihre einzige Schwester und ihre Mutter aufgehetzt", setzte Lilly weiter laut ernst fort. „Ich musste erst durch die Hölle gehen, um diese eine simple Wahrheit zu erkennen. Solange du deine Macht über uns behältst, ändert sich gar nichts... Deshalb werde ich sie dir hier und heute für immer nehmen!"

„Wie kannst du es wagen, einem alten Bauer zu predigen, wie er seine Felder zu bestellen und seine Früchte zu ernten hat", rief Karl wütend, schlug seine Bibel zu und lief damit auf Lilly zu, bereit sie damit zu schlagen. Kevin wollte eingreifen, aber dann blieb plötzlich wie angewurzelt stehen und hielt Mark ebenfalls zurück. Keiner sonst, außer den Beiden, schien diese schwarze Wolke zu sehen, die aus Lillys Körper emporstieg und zornig gewitterte.

Als Lillys Vater mit der Bibel ausholte, um ihr mit der Bibel ins Gesicht zu schlagen, hielt seine Hand unfreiwillig bei zehn Centimetern vor dem Gesicht seiner Tochter an. Es sah so aus, als ob er sich nicht mehr bewegen konnte.

„Seht Euren sogenannten guten Prediger, wie er sich eine Schlange gleich windet", schrie Lilly zornig weinend. „Wie leicht ihm seine Hand rutscht, um wehrlose Frauen zu schlagen."

Alle Menschen in der Kapelle staunten über seinen wütenden, aber terrorerfüllten Gesichtsausdruck. So haben sie ihren Pastor noch nie erlebt. Lillys restliche Familie war ebenfalls schockiert.

„Tötet Sie!", rief der Pastor verzweifelt. „Sie hat mich verhext! Ich kann mich nicht bewegen!"

Mark und Kevin sahen, wie sich um Lilly eine Formel aufbaute, dass für andere unsichtbar blieb. „Bedauerlicherweise für dich, Vater... kenne ich dich zu gut", sagte sie währenddessen ruhig und gefasst, ihm in die Augen blickend. „Ich bin ab heute nicht mehr deine Tochter. Und deine Wut hat dein Ansehen in der Gemeinde auch ruiniert", dann schaute Lilly kurz auf ihre verängstigte Mutter. „Und damit du nicht auf die Idee kommst, deinen Zorn auf der einzigen Frau auszulassen, die dich überhaupt noch liebt, werde ich dein Äußeres deiner innere Hässlichkeit anpassen."

Kevin spürte jetzt einen dämonischen Zorn in seiner Freundin aufsteigen. Jetzt verstand er, dass Satan tatsächlich etwas in sie gepflanzt hatte. Dann hörte selbst Kevin seine flüsternde, raue Stimme: „Ich weiß, dass du mich hören kannst, Kleiner. Siehst du, wie deine Geliebte ihrer wahren Natur freien Lauf lässt? Wahre Gerechtigkeit ist das Recht des Stärkeren. DAS ist Macht. DAS ist Freiheit! Koste jede Sekunde dieses Schauspiels aus! HEhehe!"

Lilly stieß ihren wütenden Vater Karl gegen das große Kreuz, dass ganz vorne stand.

„Hexe!", schrie er laut, packte einen langen Kerzenständer und rannte erneut ausholend auf Lilly zu. „Hure des Satans! Fahr zurück zur Hölle, du Ausgeburt des Teufels!"

Aus der Gemeinde reagierte aber sonst keiner. Alle saßen geschockt und starr vor Angst in ihren Bänken. Lilly schaute mit leuchtend roten Augen durch die Mitgliederreihen und sagte: „Typisch! Wenn es drauf ankommt, sind selbst die gläubigsten Menschen alle gleich schwach. Nur Gaffen könnt Ihr, statt ein Unrecht zu verhindern. Wenn er seine Hassbotschaften predigt, lasst ihr Euch mitreißen... Aber in Wahrheit, bleibt Ihr allesamt Feiglinge."

Es war als ob sie die Menge nur reizen wollte, um in jedem Moment ihren Zorn auf alle los zu lassen.

„Es reicht Lillien!", rief Kevin schließlich. „Dein Vater ist ein Monster, aber lass deine Wut nicht auf denen aus, die nur mitlaufen."

Er wusste, dass sie jetzt nicht mehr aufzuhalten war, aber versuchte zu mindestens ihre Wut auf eine Person zu beschränken.

Die wütende Freundin schaute kurz zu Kevin und streckte dann ihre Hand in Richtung ihres Vaters. Die Formel um Lilly begann sich mit Aria zu füllen.

Kevin schrie: „Neeeein, Lilly!", doch es war zu spät. Lilly aktivierte ihre Feueraura und Karl wurde, vor Augen aller, angezündet. Die Flammen brannte gegen Lillys Richtung, als ob sie selbst eine Jetturbine wäre. Im Nu brannte all seine Kleidung ab und seine Haut wurde den Flammen ausgesetzt. Schmerzverzerrt fiel er zu Boden und schrie vor Schmerz. Lilly brach den Zauber ab und blickte mitleidlos auf ihren Vater hernieder.

Einige Eltern hielten ihren Kindern die Augen zu und Lilly schwang mit ihrer Hand, dass die Flammen auf ihrem Vater sofort ausgingen. Lillys Mutter rannte zu Karl und schaute Lilly tief in die Augen.

„Warum hast du das gemacht, Lilly?", schrie Maria laut. „Jemand soll einen Krankenwagen rufen."

„Grausamkeit hat immer Konsequenzen, Mama", entgegnete Lilly von ihrer Mutter etwas enttäuscht. „Weil er mich berührt hat und dich jahrelang verprügelt hat. Jetzt wird er sein gesamtes restliches Leben mit den Folgen seiner Grausamkeit zu kämpfen haben. Du, Mutter kannst ihn ja pflegen, falls du seinen entstellten Anblick noch ertragen kannst. Schließlich passt sein Antlitz jetzt hervorragend zur Schwärze seiner Seele."

Dann drehte sie sich zur Tür und ging aufatmend weg. Die dämonische Aura begann abzuklingen. Kurz vor dem Ausgang blieb Lilly stehen, drehte sich um und sagte: „Und für die restlichen Leute hier, die jahrelang in die Kirche kamen... sowie die blauen Flecken von mir und meiner Mutter humorvoll ignorierten: Ich würde ja sagen, geht zur Hölle... aber leider habe ich sie ja vernichtet... und an alle eingebildeten Männer unter Euch: Gott ist eine Frau!"

Mit diesen Worten verließ Lilly den Raum und ihre Freunde rannten ihr zügig nach.

„Das war zu viel, Lilly", rief Mark ihr nachrennend. „Du hast uns alle gerade offenbart. Jetzt... werden SIE uns suchen."

Während sie zum Wagen vorlief, legte Kevin seinem Kumpel eine Hand auf die Schulter und sagte: „Sei vorsichtig! Sie ist noch nicht ganz sie selbst."

„Ich habe dieses Dämonische auch in Ihr gespürt", entgegnete Mark leise. „Ist es jetzt vorbei?"

„Scheint so", antwortete Kevin selbst zweifelnd, aber auch er spürte keinen fremden Einfluss mehr in ihr.

Die drei Freunde stiegen hastig ins Auto und fuhren hastig los.

„Das war verrückt. Lilly, was hast du dir dabei gedacht?", fragte Kevin völlig baff.

„Ich hatte gehofft, er würde sich entschuldigen... aber er weigerte sich nicht nur, sondern begann mich zu beschuldigen", rechtfertigte sich Lilly. „Ich habe überreagiert..."

„Das nennst du überreagiert?", fragte Kevin verwundert. „Du hast deinen Vater vor der gesamten Gemeinde knusprig gegrillt. Warum spürst du eigentlich keine Rückkopplung?"

„Weil er sie angegriffen hat oder weil sie unter dämonischem Einfluss stand", kommentierte Mark. „Es gibt eine Klausel in den Gesetzen dieser Welt. Falls dein Wohl in Gefahr ist, ist es erlaubt Magie zur Verteidigung einzusetzen und Dämonen besitzen hier sowieso eine gewisse Autorität."

„Aber vor all den Zeugen?", fragte Kevin völlig unverständlich.

„Der Vater hat Lilly mit dem Willen sie zu Tot zu prügeln angegriffen, während sie ihn nur verkrüppelt hat", entgegnete Mark. „Aber woher wusstest du das Lilly?"

„Ich habe es nicht gewusst", entgegnete sie. „Ich kenne sein Ego. Sein Blick hätte mich früher eingeschüchtert, aber vorhin hat mich das einfach nur rasend gemacht. Ich verabscheue Dämonen, aber dieses eine Mal fühle ich seltsamerweise Dankbarkeit und Erleichterung... Macht mich das zu einem schlechten Menschen?"

Die beiden Männer schauten sprachlos auf ihre Freundin, wobei Mark durch den mittleren Rückspiegel blickte.

„Na, da hast du dir ja eine temperamentvolle Freundin ausgesucht, Kev", kommentierte Mark zynisch lachend.

„Als ob deine ‚Freundin' da in irgendeiner Hinsicht besser wäre", konterte Kevin scharfzüngig und sprach dann zu ihr. „Nein, Lilly. Ich stehe hinter dir! Er hat dieses Schicksal verdient."

Die Männer lächelten leicht aufgesetzt, während Lilly ein letztes Mal zu der sich entfernenden Kirche schaute.

Auf dem Weg nach Hause schaltete Kevin das Radio ein, um mögliche Nachrichten zum Vorfall zu hören. Tatsächlich kam dann nach zwei Stunden auch etwas: „Achtung Sondermeldung: In einem kleinen Ort in Niedersachsen ereignete sich während einer radikal-christlichen Messe ein Familiendrama. Nach einer längeren Kontaktstille erschien die weggelaufene Tochter des Gemeindepredigers und beschuldigte ihn der versuchten Vergewaltigung, als sie 15 war. In Folge der Auseinandersetzung griff der dreifache Vater seine Tochter mit einem Kerzenständer an. Laut Zeugenaussagen fing er dabei durch die brennenden Kerzen Feuer und erlitt schwere Verbrennungen. Die Zeugen werden derzeit noch befragt."

„Das haben DIE aber wirklich schnell vertuscht", sagte Mark misstrauisch.

„Was denkst du?", fragte Kevin.

„Der ‚weiße Orden' ist uns wahrscheinlich schon auf den Fersen", erklärte Mark. „Wir müssen verschwinden und unsere Spuren verwischen."

„Ist diese Inquisition wirklich so schnell?", fragte Kevin.

„Ja", erörterte Mark. „Sobald wir ankommen, müsst Ihr sofort Eure Sachen packen."

Ein mulmiges Gefühl ereilte alle Insassen des Fahrzeugs und selbst die Musik im Radio konnte sie nicht beruhigen. Mark versank in Gedanken und dachte über seine eigene Familie nach.

Prolog 2: „Erinnerungen an einen Neuanfang"
„Schwer ist es das Alte aufzugeben, selbst wenn man darunter leidet."

Etwa 6 Jahre zuvor…

Es war ein stürmischer, schwüler Sommerabend knapp nach Sonnenuntergang. Der junge Mark saß allein am Rand einer Brücke, die sich über die verengte Stelle eines kleinen Sees, inmitten eines großen Stadtparks, spannte. Mit tränenunterlaufenen Augen starrte er in den Nachthimmel. Eine herannahende Gewitterfront erleuchtete den dämmernden Himmel in unregelmäßigen Abständen und ein donnerndes Grollen ertönte. Durch die noch warme Luft wurden im Wind einzelne mit Feuchtigkeit erfüllte, kühle Brisen mitgetragen. Der Regen ließ noch auf sich warten, doch die gelegentlichen, starken Böen streiften bereits unheilverkündend über die Bäume des fast menschenleeren Stadtparks. Selbst Hundehalter beeilten sich, um nicht vom vorhergesagten Sommersturm erwischt zu werden. Der Junge hielt einen kleinen Blister mit starker Schlaftabletten in einer Hand und einen sorgfältig in eine wasserdichte Tüte eingepackten Briefumschlag, sowie eine Schnapsflasche in seiner anderen. Er sammelte sich, um seinem Leben ein Ende zu setzen. Der Jugendliche stellte die Tüte ab und begann sich alle Pillen aus dem Blister in die Hand rauszudrücken.

„So Mark, ich hoffe dein nächstes Leben wird besser…", murmelte er zu sich selbst und schaute dann auf die Gewitterfront. Es schmunzelte weinend, da dieses Wetter doch so sehr seinen eigenen Gemütszustand wiederspiegelte.

Er nahm die Tabletten in seinen Mund und schluckte diese mit einem Zipp aus der Flasche, die er seinem Vater aus der persönlichen Spirituosensammlung erst ein paar Stunden zuvor entwendet hatte. Die bittere Medizin rutschte nur unwillig die Kehle herunter, während sie vom brennenden Alkohol hinuntergespült wurde. Noch ein letztes Mal grübelte er, was in seinem Leben schieflief. Warum seine Familie ihn so grausam behandelte. Er wollte nicht in eine dieser Gemeindeanstalten in Amerika kommen, die ihn gerade biegen sollte. Selbst seine 3 älteren Brüder, mit denen er sich sonst sehr gut verstanden hat, brachten ihm nach der Enddeckung nur noch Abscheu und Hass entgegen.

Die negativen Gedanken kreisten immer wieder durch seinen Kopf. Der Junge gab mal sich selbst, mal seinen Eltern die Schuld. Auch in seiner religiösen Gemeindeschule wurde er monatelang gehänselt und erniedrigt, um zu diese Kur gedrängt zu werden. Selbst die gemeindezugehörigen Lehrer schauten tatenlos zu. Aus Fernsehen wusste Mark, dass die restliche Gesellschaft schon viel toleranter geworden ist. Wer aber würde sich schon die Mühe machen einem fremden Problem-Jugendlichen zu helfen? Wie kann Gott alle seine Kinder lieben, aber einzelne bestrafen, nur weil sie anders sind. Er nahm sich vor, dem Allmächtigen diese Frage zu stellen, sobald er ihm begegnet.

Die Medikamente und der Alkohol begannen nach nun 10 Minuten, unter gleichzeitig stärker werdenden Magenschmerzen, ihre Wirkung zu entfalten. Marks Verstand versank in Betrunkenheit und einen tiefen Schlaf. Er drückte sich die Unterarme gegen den Bauch und legte sich weinend auf den noch etwas warmen Rand der Steinbrücke. Der Blick auf die kleinen Wellen und die Reflektionen der rot aufleuchtenden Gewitterfront im Wasser schenkten ein wenig Trost. Die ersten Regentropfen fielen und es schien, als ob der Himmel seinen Schmerz mitfühlen würde. Marks Zeitempfinden begann zu schwinden und seine Augen blickten auf die Wassertropfen, der zuerst immer schneller und dann plötzlich wieder langsamer zu fallen schienen. Das Leiden verblasste langsam und die Augenlieder wurden immer schwerer. Die Farbe des Himmels änderte sich von dunkelblau in rotviolett. Dunkelheit schien sich aus der Ferne immer weiter zu nähern.

Plötzlich schlug ein Blitz in seiner Nähe mitten in den Teich ein. In diesem Augenblick blieb alles stehen. Regentropfen hingen fast bewegungslos in der Luft. Mark richtete sich auf und schaute sich langsam um. Der Regen, der Blitz, ja sogar sein Körper verblassten nahezu stillstehend in einen dunkelgrauen Nebel, der in einem warmen Wind floss. Vor dem Jungen war anstatt des Teiches ein gewitternder Abgrund, an dessen Rand unnatürlich aussehende, grau-grüne Blitzfunken zuckten. Er schaute nach oben und sah den von einer dichten Wolkendecke verdeckten Himmel, durch den nur einzelne, konzentrierte Strahlen drangen. Keines davon schien ihn zu beachten. Der Park und die Stadt waren von einem dichten, finsteren Nebel verdeckt, der von nahen Gebilden nur noch dunkle Umrisse erkennen ließ. Die Ferne war überhaupt nicht mehr sichtbar.

Zu seiner Rechten erblickte Mark plötzlich einen vermummten Fremden, der urplötzlich aus dem Nichts erschienen ist. Der Unbekannte trug eine weiße Halbmaske mit seltsamen schwarz-goldenen Symbolen und eine sandfarbene Robe mit Kapuze. Darunter hatte er eine gleichfarbige, an Gelenken gepolsterte Kleidung aus Hose, Weste und dickem futuristisch aussehendem Hemd an. Selbst an den Händen trug er sandfarbene Handschuhe mit Gelenkpolstern. Sein Körper war nahezu vollständig verdeckt, wobei die Halbmaske als einzige sein Gesicht unterhalb der Nase offen ließ. Dadurch konnte Mark das kurze, grüßende Lächeln des Fremden sehen, bevor der Unbekannte anfing zu reden.

„Hallo Junge!", sagte der Fremde mit einer Stimme, die selbst von einem Jugendlichen gleichen Alters kommen könnte. „Scheint, als hättest du eine Reise in die Hölle geplant. Hast du dir das wirklich gut überlegt?"

Der Junge antwortete überrascht: „Nein, eigentlich nicht! Aber wer bist du denn? Wie Gott siehst du mir ja nicht aus. Bist du etwa ein Dämon?"

„Glaubst du wirklich, dass jede selbstmörderische Seele so ein Privileg genießen könnte, wenn nicht mal die meisten Gläubigen Gott zu sehen kriegen?", entgegnete der Verhüllte zynisch und schaute kurz zum Abgrund unter der Brücke. „Der Weg eines Selbstmörders ist stets gleich."

Der Jugendliche seufzte und entgegnete sich etwas unsicher rechtfertigend: „Ja, aber ich sah sonst keine Alternative mehr... Meine Familie und Freunde haben mich wegen meiner... Ho... meines Andersseins verstoßen. Ich hatte sonst niemanden."

„Oooh, war dir deine Ehrlichkeit denn so wichtig, dass du lieber stirbst als eine Lüge zu leben?", fragte der Unbekannte zynisch. „Deine Verwandtschaft konnte nur ein Trugbild von dir lieben und du opferst Dein Leben, um sie umzustimmen?"

„Verstehst du mich etwa nicht? Ich hatte nichts mehr!", rechtfertigte sich Mark weiter verzweifelnd. „Man wollte mich zu einer dieser Anstalten schicken, die einen wieder umdrehen. Ich habe furchtbare Dinge darüber gelesen. Außerdem will ich niemandem mehr zur Last werden. Wenn mich nicht mal gottesfürchtige Menschen wollen, was kann ich dann von fremden Ungläubigen erwarten."

„Wenn du dem Unbekannten unvoreingenommen aber vorsichtig gegenübertrittst, wirst du folgendes schnell feststellen: Die Menschen mit dem größten Herzen können auch die mit dem wenigsten Glauben sein", erklärte der Fremde. „Außerdem ist jedes Leben wertvoll, solange die Seele wachsen kann. Selbst in Armut oder Abgeschiedenheit! Man lernt im Gegensatz zu den verwöhnten Reichen zu überleben. Auf dieser Seite geht das Abenteuer nur für die Anpassungsfähigen weiter."

„Was weiß schon ein Dämon oder was auch immer du bist darüber, wie ein Mensch sich fühlt", konterte Mark. „Ich war mein Leben lang von liebenden Menschen umgeben und dann ist mir alles an einem Tag einfach genommen worden. Man könnte glauben, Gott treibt mit mir einen bösen Scherz. Oder bist du der Dämon der Offensichtlichkeiten, der sich mit solchen Bemerkungen über mich lustig machen will? Vielleicht als Vorbereitung auf die Tortur, die mich unten erwartet?"

„Pff… Hahaha!", lachte der Fremde laut. „Entschuldige… Da ich mich durch meine Äonen lange Existenz von einfachem, rein emotionalem Denken immer mehr distanzieren musste, vergesse ich manchmal wie sehr Menschen an ihren oberflächlichen Bindungen hängen. Besonders Kinder."

„Oberflächlich? Das war meine Familie! Was ist daran oberflächlich?", fragte der Junge wütend.

„Du hast dich einfach zu deinem Leben bekannt, das nicht mit den religiösen Vorstellungen deiner Eltern vereinbar war und sie haben dich verstoßen, richtig? Also haben sie bloß eine Maske von dir geliebt, die von ihrem scheinheiligen Glauben vorgeschrieben wird. Für mich klingt das sehr oberflächlich", erläuterte der Maskierte. „Siehst du den dunklen Abgrund unter der Brücke? Das ist die Konsequenz deines Nachgebens gegen die menschliche Oberflächlichkeit. Es wäre jetzt zu spät, sich da heraus reden zu wollen. Wäre ich nicht schneller gewesen, hätte ein Todesengel dich bereits in den Abgrund gestoßen… ohne langes Gericht. Erspart der Administrative viel Bürokratie…"

„Und da DU jetzt hier bist, bedeutet das jetzt, dass ich nicht mehr darein fallen muss? Erwartet mich jetzt irgendein unmoralisches Angebot?", fragte Mark spekulierend.

Der Fremde schmunzelte und antwortete: „Horche kurz in dich hinein! Biologische Angstgefühle, Nervosität und andere von Hormonen verursachte Denkbarrieren weichen im Tod dem reinen, klaren Verstand… Zumindest bis zur Hölle! Und du hast natürlich Recht… Ich habe ein Angebot für dich. Ob dieses unmoralisch ist, hängt vom Blickwinkel des Betrachters ab… Ich habe jedenfalls eine wichtige Aufgabe auf der Erde bezüglich zweier besonderer Seelen und brauche einen treuen, kreativen Handlanger. Und auch wenn du es jetzt noch nicht sehen kannst, besitzt du das Potenzial, ein passender Begleiter für mich zu werden. Also entweder versuchst du dein Glück als benebelter Verdammter in der Hölle und ich suche jemand anderen…"

Der Junge schüttelte den Kopf bereits in Erwartung des eigentlichen Angebotes und der Fremde lächelte mit dem Selbstbewusstsein eines erfahrenen Verkäufers kurz vor Abschluss seines Vertrages. Der Fremde setzte dann fort:

„...Oder du wirst in deine alte, wiederbelebte Hülle zurückkehren, aber musst mein Schüler und Untergebener werden, bis ich deine Seele selbst freilasse... Aus diesen Bund kannst du selbst weder folgenfrei aussteigen, noch von irgendeiner Gottheit befreit werden."

„Dein Diener also? Aber warum Schüler?", hackte der Junge nach.

„Selbst der talentierteste Mensch ist nutzlos, wenn er diese nicht zu echten Fähigkeiten weiterentwickelt", stellte der Fremdling fest. „Du wirst unter mir feststellen, wie begrenzt deine momentanen Möglichkeiten eigentlich sind. Aber unter meiner Anleitung werden sie schnell wachsen."

„Und wie lange dauert dieser ‚Dienst' bei dir?", fragte der Jugendliche überrascht.

„Je nach deinem Lernfleiß etwa 5. Nach etwa 2 bis 3 könntest selbst zwar dauerhaft überleben.... Davon rate ich aber natürlich aufgrund negativer Erfahrungen der Vergangenheit ab!", sagte der Fremde.

„5 Jahre ist schon ziemlich lang", rechnete sich der Junge vor, vergessend, dass er eigentlich keine wirkliche Alternative hat. „Das dauert ja länger als ein Studium..."

„Abgesehen von der Winzigkeit von Hölle als deine andere Option, habe ich in Menschenleben gesprochen", unterbrach der Maskierte freundlich lächelnd. „Bevor weitere Missverständnisse entstehen: Ich rede vom jetzigen und zukünftigen Leben in mehreren Welten. Der goldene Pfad ist nun mal sehr umfangreich und fordernd. Schließlich musst du die Natur erst mal verstanden haben, bevor du sie aktiv manipulieren kannst. Die Nebenfächer wie strategisches Planen, Überleben in fremder Wildnis und Kulturen gehören ebenfalls zum Lehrplan."

„5 Leben? Menschenleben? Also etwa 100 Jahre?", fragte der Junge völlig vor Emotionen überrumpelt, schaute dann aber in den Abgrund vor ihm und dachte die vielen Jahre wären vielleicht doch nicht so viel im Vergleich zur potentiellen Ewigkeit in der Hölle. „Ähm... und was ist der goldene Pfad?"

„Das Aurium, wie er auch noch genannt wird, könnte in deiner Welt als Magielehre verstanden werden", klärte der Kundige auf. „Vier wichtige Regeln wirst du dir jedenfalls unter mir zu Gemüte führen:

1: Ungehorsam mir gegenüber kann zur Auslöschung deiner Existenz führen und das nicht mal durch mich.

2: Hinterfrage niemals meine Entscheidungen, solange du jünger als zwei Lebensspannen bist.

3: Geniale Anregungen sind dann willkommen, wenn du im vollen Wissen über meine Pläne bist, aber das wird am Anfang eher nicht der Fall sein.

Und 4: Ich werde dich oft Prüfungen unterziehen, um das Erlernte, deinen Scharfsinn und deine Treue mir gegenüber zu testen. Versagen kann ebenfalls tödlich sein."

„Das nenne ich einen strengen Meister. Und du lässt ganz sicher keine Apokalypse auf die Welt los, wenn ich dich in die Welt der Lebenden mitnehme?", fragte Mark zweifelnd, aber auch etwas euphorisch.

„So viel Arroganz! Die Existenz einer Welt hängt nicht von dir und deiner Entscheidung ab, Kleiner. Noch nicht! Außerdem bin ich bereits unter den Lebenden", sagte der Fremde, seine Hand zu dem Jugendlichen reichend, um die Abmachung zu besiegeln. „Ich warte, aber nicht lange!"

„Ich fühle mich gerade etwas wie ein frisch aufgenommener Magielehrling eines dunklen Nekromanten", kommentierte Mark und schlug ein.

„Vielleicht wirst du dich an manchen Tagen sogar wie ein Gott fühlen, aber lass dein Ego dich nicht täuschen!", entgegnete der Maskierte schmunzelnd während er die Hand des Jungen schmerzhaft fest drückte. Als das Lächeln von seinen Mundwinkeln verschwand, warnte er: „Möchte-Gern-Götter fallen stets ihrer Arroganz zum Opfer! Bevor das passiert, verfüttere ich dich lieber selbst an ein schwarzes Loch."

Die Einschüchterung zeigte bei Mark sofort Wirkung und als ihn der Meister losließ, griff sich der Jugendliche an die Hand und begann sie zu massieren, um den Schmerz zu vertreiben. Der Vermummte nahm währenddessen einen verzierten goldenen Würfel aus seinem Umhang und stellte diesen zwischen sich und seinem neuen Schützling. Dann streckte er seine Mittel- und Zeigefinger der linken Hand zur Stirn von Mark. Der Fremde konzentrierte sich kurz und ein Licht erstrahlte aus dem Würfel zwischen den beiden und flüsterte mehreren wiederhallenden Stimmen: „Ich, Ainex Kronos, bin ab jetzt dein Meister, dein Lehrer und dein Schützer. Als Ausgleich für deine Weiterexistenz als auch für deine Dienste. Dein astraler Name wird ab jetzt ,Umbriel Plutos' sein. Du wirst ihn ab jetzt als deinen geheimen Namen tragen."

Der Mentor strahlte im Augenblick des Schwurs eine kalte Präsenz. Diese erfüllte Mark mit einer Emotion, die wohl nur ein durch das weite Weltall treibender Astronaut nachvollziehen könnte. Eine tiefe Einsamkeit, Kälte, aber auch die Möglichkeit das Universum in all seiner Pracht zu sehen.

„Jawohl, Meister… Ainex?", entgegnete Mark vor Unsicherheit pausierend. „War das aber jetzt der Vorname oder der Nachname?"

„Das war schon richtig so!", entgegnete der Maskierte schmunzelnd mit weicher Stimme. „So streng bin ich jetzt auch wieder nicht. Du kannst mich mit der Kurzform ‚Nex' ansprechen. Aber jetzt wird es Zeit wieder zu erwachen!"

Trotz der beruhigenden Worte seines Gegenübers fühlte sich Mark gerade wie ein Verräter die Menschheit. Dann wachte er schlagartig auf und starke Übelkeit übermannte den Jugendlichen. Mark übergab sich direkt auf den gepflasterten Brückenboden. Der nach Alkohol und saurem Magensaft stinkende Tablettenmatsch wurde scheinbar nicht vollständig absorbiert. Dann hätte das Geschehene vielleicht ja doch nur ein verrückter Traum gewesen sein können. Die Morgendämmerung erhellte bereits langsam die Umgebung. Nach dem intensiven, nächtlichen Sturm hingen nur noch wenige Wolken am Himmel. Mark schaute sich von starken Kopfschmerzen geplagt um und sah, dass zu seiner Rechten eine würfelförmige Holzschachtel stand. Alles war durch den nächtlichen Regen noch nass, aber in etwa 2 Metern Radius um Mark herum war der Boden völlig trocken und warm. Der leere Tablettenblister und die Flasche waren bereits weg.

Beim Öffnen der Schachtel fand er zuerst ungläubig den großen, goldenen Würfel und Mark verstand sofort, dass die erlebten Geschehnisse der letzten Nacht sehr wohl real waren.

„Das ist mein Arkum", sagte eine widerhallende Stimme direkt in Marks Kopf und ein Teenager von etwa gleichem Alter wanderte lässig mit Händen in den Taschen direkt auf ihn zu. Er trug beige Sommerhosen mit weißem Seidenhemd, einen gleichfarbigen Sweater mit Kapuze und Sandalen. Die morgendliche Kühle schien ihn nicht zu stören. Bei der Annäherung fielen Mark die blau-grün schimmernden Augen des fremden Jugendlichen auf. Das Leuchten war unnatürlich und auch etwas unheimlich. Der Junge übernahm weiter das Reden als seine Pupillen aufhörten zu leuchten: „Das ist ein mächtiges, multidimensionales Artefakt. Wenn ich gerade nicht in der Nähe bin, wird es deine Aufgabe sein, darauf aufzupassen. Aber wo bleiben meine Manieren? Guten Morgen, Mark! Willkommen zurück in der rauen Wirklichkeit!"

Dann streckte er seine Hand aus und half dem Zurückgekehrten beim Aufstehen. Der Erwachte erkannte sofort die Stimme seines neuen Meisters, aber er war wirklich genauso alt wie Mark selbst.

„Du bist ja wirklich kein Erwachsener. Der Stimme nach könntest du als mein Mitschüler durchgehen", bemängelte er.

„Du wirst unter meiner Obhut schnell feststellen, wie wenig das äußere Erscheinungsbild mit dem Alter zu tun hat. Für unsereins zu mindestens", antwortete der Begrüßende freundlich. „An deinen Manieren werden wir aber noch arbeiten müssen. Nimm die Schachtel und folge mir, mein Schüler! Wir müssen uns vor heute Abend für Einiges vorbereiten!"

„Worauf vorbereiten … Meister … N…Nex?", fragte Mark zögernd mit etwas zitternder Stimme. Ihm erschien die Anrede ‚Meister' zu einem Gleichaltrigen trotz dem Geschehenen immer noch sehr unwirklich. Der jung aussehende Mentor hatte ihm bereits den Rücken gedreht und lief gemächlichen Schrittes mit hinten ineinander liegen Händen zum Parkausgang.

Der beim Gehen leicht euphorisch tänzelnde Ainex drehte kurz sein Kopf zur Seite und entgegnete: „In dieser Welt lautet mein vollständiger Deckname übrigens Antony Black. Ich würde es in der Welt der Lebenden vorziehen, mit diesem in der jeweils passenden Form angesprochen zu werden. Heute Abend werden wir deiner alten Familie noch einen letzten Besuch abstatten, bevor ich zu deiner Neuen werde."

Zitternd fühlte Mark die morgendliche Kälte, die ihn samt der willensbrechenden Angst seiner Familie nach dem Vorfall stellen zu müssen, übermannte.

„Was hast du vor?", fragte er unsicher.

„Hab keine Furcht", beruhigte ihn Antony auf dem Weg durch die Parkallee. „Ich werde weder deiner Familie noch deinem Stolz Leid zufügen, aber ich muss dich rechtlich von ihnen trennen… Außerdem kannst du dich verabschieden, falls du willst."

Mark beruhigten diese Worte nur wenig, ganz im Gegenteil. Er dachte darüber nach, wieder zu seiner Familie zurück zu kehren und jegliche Strafe zu akzeptieren zu müssen. Denn einem seltsamen Fremden zu folgen, der ihn wie einen Diener behandeln wird, ist nicht wirklich besonders vernünftig. Aber würde Mark sich überhaupt noch aus seiner Abmachung noch lösen können?

„Vergiss es lieber gleich!", sagte Antony. „Abgesehen von deiner Verpflichtung, wäre es dumm etwas abzulehnen, dass du noch nicht einmal gesehen hast."

Mark war geschockt. Sein Meister konnte seine Gedanken lesen, wie in einem offenen Buch und musste sich dafür nicht mal umdrehen.

„Ich werde dir noch beibringen, wie du deine Gedanken maskieren kannst", beruhigte ihn Antony. „Ich stelle diese Fähigkeit einfach nicht mehr ab, weil es momentan ruhig ist."

„Wie viel Reichweite hat diese Fähigkeit bei dir?", fragte Mark neugierig.

„Im Moment nur 300 Meter", entgegnete der Vorausgehende. „Einen neuen Telepathen würde selbst das warnsinnig machen. Ist wie mehrere, hundert Radiosender gleichzeitig zu hören, von denen ein Fünftel pornografischer Natur sind. Aber diese Fähigkeit lässt sich mit viel Übung auch auf eine bestimmte Frequenz einstellen, damit du nur eine bestimmte Person hören kannst."

Als die Beiden den Park verlassen hatten, stand bereits ein wartender Mann in alltäglicher Kleidung vor einem kleinen, aber luxuriösen Fahrzeug. Das Auto war ein elektrischer Wagen der neuesten Generation und die seitliche Tür wurde vom Chauffeur sofort einladend geöffnet, als Antony mit Mark sich näherten. Nachdem die beiden Jugendlichen eingestiegen waren, lief der Fahrer zügig zur Lenkseite. Bereits beim Reinsetzen auf den Beifahrerplatz holte Antony ein Smartphone aus dem vorderen Ablegefach unter der mittleren Infokonsole und wählte eine Nummer aus dem Protokoll. „Zum Hotel, James!", befahl er dem Fahrer ruhig, während das Handy noch wählte. Der Fahrer nickte wortlos, startete das Fahrzeug und fuhr los. Der aufgeregte Mark saß auf dem Rücksitz mit der Holzschachtel auf dem Schoß. Die Situation erinnerte doch zu sehr an eine Szene eines Films.

„Guten Morgen, Dr. Weißmann. Bitte machen Sie alle notwendigen Unterlagen zur Adoption für einen Mark Schuster und ebenfalls eine nicht verfolgbare Nachnamensänderung auf O'Connor fertig...", sprach Antony ins Telefon und wartete, während der andere Teilnehmer unverständlich für andere etwas antwortete. „...Ja genau. Alles soll diskret und schnell von Statten gehen, so wie ich es von Ihnen gewohnt bin... Natürlich bekommen sie auch das entsprechende, üppige Honorar. Ich erwarte die Adoptionsdokumente pünktlich bis heute 17 Uhr auf mein Hotelzimmer geliefert... Den Rest können Sie morgen nachreichen ... Ja, ich schicke Ihnen gleich ein Foto des Ausweises... Vielen Dank ... Bis zum nächsten Mal!"

„Antony?", fragte Mark schüchtern. „Warum soll mein Nachname geändert werden?"

„Logik, Mark! Dein altes Leben lässt du unwiderruflich hinter dir. Nicht dass uns deine Eltern später aus reifender Sentimentalität zur Barriere werden... oder noch schlimmer zu einem fatalen Schwachpunkt", erklärte Antony ohne jegliches Zögern.

James verzog verwirrt sein Gesicht, aber sagte nichts weiter. Für ihn war sein Beifahrer bisher nur ein exzentrischer Jugendlicher, der nur hohe Anforderungen stellte und mit Geld um sich warf. Nun wurde dieser Eindruck vielleicht auf den Kopf gestellt. War er vielleicht der Sohn eines reichen Mafiosi oder eines skrupellosen Diktators? Antony bemerkte auch die Mimik-Änderung und sprach: „Denkt nicht zu viel nach und stellt keine Fragen, James! Sie bekommen schließlich auch einen stolzen Zuschlag für Ihre Dienste."

„Ich verstehe, Master Black", entgegnete der Fahrer ein wenig eingeschüchtert. „Ich werde mich zukünftig professioneller verhalten."

„Ich glaube nicht, dass Sie mich richtig verstanden haben, James. Die Organisation, die mich suchen, hinterlassen keine Zeugen!", warnte Antony drohend. „Kommen Sie also nicht in die Versuchung jemandem Informationen über mich zu verkaufen."

„Ich verstehe, Master Black", entgegnete James professionell.

Beim Ankommen erblickte Mark im Autofenster das luxuriöseste Businesshotel der Stadt. Schon an der Rezeption wurde Antony höflich begrüßt. Der Fahrer folgte den Beiden auf Schritt.

Mit dem Aufzug fuhren sie in das oberste Geschoss. Antony packte noch im Aufzug die Schlosskarte für die Präsidentensuite und gab diese Mark. Als die Tür aufging, stürmte der junge bereits Mark erwartungsvoll heraus.

Antony flüsterte seinem Chauffeur etwas ins Ohr und ließ ihn dann im Fahrstuhl zurück. Als Mark schließlich die gemieteten Räume betrat, stellte er staunend die Holzschachtel auf eine Kommode und verlor sich in der geräumigen Suite.

Er hatte schon oftmals in Hotels übernachtet, aber noch nie sah er derart großzügig ausgestattete Räume gesehen. Zwei Schlafzimmer mit je einem eigenem Bad und zwei große Vorräume mit Bar, Billardtisch und großen Fernsehern waren nur einige der Highlights.

Plötzlich stand Antony bereits oberkörperfrei hinter ihm und sprach ernst, sodass Mark erschrocken aufsprang: „Zieh dich jetzt bitte aus und geh Duschen!"

„Wie bitte?", entgegnete Mark und wurde bleich. „Was hast du mit mir vor?"

Antony drehte sich zu seinem Schlafzimmer und lief zum Bett, um seine Kleidung ordentlich gefaltet hinzulegen. Auf seinem jugendlich, athletischen Rücken erschien das riesige Tattoo eines zehnzackigen Sterns mit Kreisen an jeder Strahlspitze. Dieses Dekagramm war vollständig mit seltsamen Symbolen gefühlt, die etwas an Sternkonstellationen erinnerten. Der Tätowierte erklärte ruhig, ohne sich umzudrehen: „Auch wenn dein offener Mund gerade davon zeugt, dass deine Fantasie gerade mit dir durchbrennt... Du stinkst wie ein obdachloser Alkoholiker. Also geh und dusch dich, bevor wir mit der Prägung beginnen."

Mark wurde rot bis an die Ohrenspitzen, dass er den letzten Teil des Satzes gar nicht genau einordnete. Voller Scham huschte er ins Bad des zweiten Schlafzimmers. Auch Antony machte sich ruhig auf den Weg in das eigene Badezimmer.

Nach ungefähr zwanzig Minuten waren die Beiden mit dem Waschen fertig und kamen in Badetüchern eingewickelt fast simultan heraus. Mark riskierte einen erneuten kurzen Blick auf Antony, aber als dieser zurückschaute, wendete Mark sich schüchtern ab. Antony schmunzelte und lief zur

Eingangstür, wo bereits zwei große Einkaufstüten mit Marken-Kleidung standen. Er holte diese herein und stellte beide vor Marks Bett.

„Hier hast du was Anständiges zum Anziehen", klärte Antony auf.

Aufgeregt begann Mark in den Tüten zu graben und beim Durchschauen bemerkte Mark, dass die Sachen genau auf seinen Geschmack zugeschnitten waren.

„Danke. Aber wie… wie bist du so früh am Morgen und so schnell an diese Kleidung herangekommen… und vor allem: Woher kennst du meinen Stil so gut?", fragte Mark.

„Ich bin immer noch ein Telepath und habe sehr viel Geld übrig!", antwortete Antony zynisch. „Aber zuerst einmal die Zeremonie. Knie nieder!"

„Zeremonie? Sollte ich mich nicht zuerst anziehen?", fragte Mark eingeschüchtert.

Antony trat langsam an Mark und flüsterte ihm mit einer übertrieben erotischen Stimme direkt ins Ohr: „Ich will deine neue Kleidung nicht gleich ruinieren!"

Mark schreckte zunächst zurück, aber dann verneigte sich trotzdem zögerlich, einem Ritter gleich, vor seinem halbnackten Meister. Mark wurde rot bis an die Ohrenspitzen und irgendwie hatte er auch diese geheime Erwartung, dass gleich etwas Erotisches passieren könnte.

Aber Antony wurde ernst und sprach plötzlich vielstimmig: „Und jetzt spreche mir den Eid nach: ‚Vor dir lege ich meinen wahren Namen nieder und unterwerfe mich dir als Schüler, Diener und zukünftiger Weiser des goldenen Pfades. Ich schwöre dir, in dieser Welt und den Nachfolgenden zu Seite zu stehen, Gehorsam zu leisten bis du mich aus meiner Verpflichtung vollständig entlässt'."

Mark wiederholte die Worte, während Antony ihm die Hand auf den Kopf legte.

„Sei mir nicht nachtragend, Mark, aber das wird gleich höllisch wehtun", sagte Antony, als urplötzlich sich alle Vorhänge zuzogen, Türen abschlossen und die Holzschachtel wieder öffnete. Mark konnte sich nicht mehr bewegen und wurde von Angst erfüllt. Währenddessen schwebte das Arkum aus der Schachtel und positionierte ich über den beiden Jugendlichen. Auf Antonys Haut begann sich das sich Tattoo auszubreiten und weiß zu leuchten. Das Licht fiel aus, aber das sich öffnende Würfelpuzzle erhellte die gesamte Suite. Auch Antonys Pupillen begannen zu leuchten und zusammen mit seinem Tattoo einen hellen, weißen Rauch abzusondern, der zuerst zum Würfel und dann wieder zu Mark floss. Mark schrie, als der Nebel seine Haut berührte. Der Schmerz war absolut unerträglich und durchdrang alle Nervenbahnen bis in den Rücken und weiter zum Gehirn. Es fühlte sich sogar an, als ob die

Knochen mitbrennen würden. Sogar Mark Augen begannen leicht zu dampfen.

Als der Vorgang nach 2 Minuten fertig war und der schließende Würfel in Antonys freie Hand hinunterschwebte, brach Mark erschöpft zusammen. Immer noch schien Dampf aus seinen halb geschlossenen Augen, Ohren und den frischen Symbolen auf seinem Rücken zu kommen.

„Ich weiß, dass es ein schwacher Trost ist, aber bei mir hat es das erste Mal genauso wehgetan", flüsterte Antony bemitleidend und setzte dann aber lächelnd fort. „Aber ich muss schon sagen... der leckeren Duft von gegrilltem Fleisch macht hungrig. Du bist es bestimmt auch, oder? Ich bestell einfach was."

Dann drehte er sich um, stellte den Würfel auf das eigene Bett und ging zum Telefon, während Mark in der Embryostellung auf dem Boden kauerte. Während Antony die Bestellung für zwei komplette Frühstücks-Menüs aufs Zimmer aufgab, richtete Mark sich langsam auf und torkelte geschwächt zum Bett, wo er mit Händen anlehnend wieder zusammenbrach. Er betrachtete weinend das neue Tattoo, das bis an seine oberen Handflächen reichte und mit jeweils unterschiedlichen Pentagrammen an seinen beiden Handrücken aufhörte. Noch während er die Symbole auf den Händen genauer betrachtete, begann das gesamte Tattoo langsam zu verblassen bis es schließlich ohne jede Spur verschwand.

„Was hast du mit mir gemacht?", fragte Mark schwer atmend. Der Schmerz verblasste schließlich auch.

Antony hatte gerade sein Telefonat beendet und antwortete: „Ich habe deine Seele über deinen Körper als Medium mit einer mächtigen Formel geprägt. Einer Art komplexes Programm. Er wird deine Entwicklung erleichtern und dich beim Steuern des Essenzflusses unterstützen. Ich erkläre dir mit der Zeit, was die vielen Begriffe bedeuten."

„Werde ich öfter solche Schmerzen haben?", fragte Mark zögerlich.

„Nein, das war das einzige Mal", antwortete sein junger Meister beruhigend. „Wenn du erfahrener bist, wirst du höchstens selbst noch einige Zeilen dieser Prägung ändern oder nach eigenem Wunsch erweitern. Aber Schmerzen wirst du dabei nicht mehr fühlen. Sonst kann man ja auch Gegenstände beschreiben, wie mein Arkum zum Beispiel. Aber auch das erfährst du, wenn es soweit ist."

„Mir ist aufgefallen, dass du doch einen sehr schwarzen Humor besitzt, Meister", stellte Mark Augenbrauen hebend fest. „Diese Zeremonie könnte man auch gut als Folter eines Jugendlichen betrachten."

„Bei der Menge an Grauen, das ich in meiner langen Existenz gesehen habe, sind Zynismus und schwarzer Humor oft das letzte Mittel mit der Wirklichkeit fertig zu werden", entgegnete Antony schmunzelnd mit halbernstem Ton. „Was die Prägung angeht: In einer nicht allzu fernen Zukunft wirst du dafür dankbar sein."

Dann schwang er mit der Hand und die Fenstervorhänge schoben sich wieder auf und ließen die Morgensonne herein. Dann zogen sich beide in Ihre Zimmer zurück und machten sich fertig. Einige Zeit später brachte ein Page das Essen und deckte gleich den Tisch für zwei. Er war überrascht, dass offensichtlich nur zwei männliche Jugendliche die Suite bewohnten. Antony zog zwei 200 Euro Scheine aus der Tasche und drückte es dem jungen Mann als Trinkgeld.

„Vergesst bitte, wen Ihr hier gesehen habt", fügte er noch hinzu. Der Hotelangestellte nickte freundlich und verließ zügig die Suite.

Beim reich mit Essen gedeckten Tisch im Vorraum unterhielten sich Antony und Mark über verschiedene Themen. Darunter über den Glauben von Marks Eltern und sein bisheriges Leben.

Antony aber erzählte von den Wundern, die er in anderen Welten gesehen hatte. Wie zum Beispiel die Pyramidengärten von Allora, die mit 400 Metern Höhe zu den größten ihrer Art gehört und in einen Berg angelegt wurden. Kurz vor Ende des Frühstücks erinnerte sich Mark wieder an den kommenden Abend, wurde plötzlich still und hörte auf zu essen.

„Was bedrückt dich, mein Schüler?", fragte Antony mit aufgesetzter Ironie und trank seinen Fruchtsaft.

„Wie stellst du dich meiner Familie überhaupt vor?", erkundigte sich Mark beunruhigt.

„Nun ja... Eigentlich gibt es für mich persönlich nichts Amüsanteres als auf dem aufgeblähten Ego solcher religiöser Heuchler zu trampeln", entgegnete essende Antony böse grinsend. „Aaaaber ich bin gerade für interessante Anregungen offen."

„Nun meine Eltern halten Reiche für Satansanbeter und Ausbeuter, Homosexuelle für geisteskranke Sünder und Fremdgläubige für verirrte Heiden. Vielleicht kannst du sie irgendwie aufklären", bat Mark höflich.

„Ich weiß, dass du es gut meinst... Allerdings solltest du mir eins glauben, deine Verwandtschaft würden die Wahrheit gar nicht wissen wollen", entgegnete Antony ernsthaft. „Ich verspreche dir jedenfalls nichts zu tun, was nachweisbar mit dem Gesetz in Konflikt kommen könnte."

„Wie meinst du das mit der Wahrheit?", fragte der Schüler verstört nach.

Antony hörte kurz auf zu essen und entgegnete zynisch: „Gesegnet die Unwissenden mit der Gabe der Alltäglichkeit! Du aber erfährst die Realität früher oder später sowieso. Auch wenn es dich mit großer Sicherheit erschreckt, gibt es dir doch hoffentlich genug Motivation stärker zu werden..."

Der nebenbei essende, junge Meister schwang seine freie Hand und schon gingen die Vorhänge der Suite erneut zu und der Würfel schwebte zum Mittelpunkt des Essraums, wo dieser gut gesehen werden konnte. Das Arkum öffnete sich etwas und der leuchtende Nebel strömte oben heraus, um sich zu einer Art farbigem Hologramm zu bilden. Eine hierarchische Pyramide entstand, die zunächst nur Gott an der Spitze, Engel und Dämonen auf der Zweiten, Menschen auf der Dritten und Tiere auf der untersten Ebene zeigte. „Ist das die Hierarchie der Wesen? Ja, so habe ich mir das doch auch vorgestellt!", warf Mark ein.

„Tatsächlich gibt es in der Hierarchie noch zwei weitere Ebenen und Zweige!", sprach Antony und biss in eine Birne. Im selben Moment erschienen über der Hierarchie zwei weitere Ebenen in Form einer nach unten zeigenden Pyramide. In einer standen die Götter der Vernichtung und darüber der Weltenbaum. Auf der gleichen Ebene wie der Schöpfer erschien noch das Wort „Weltenwächter".

„...Nebenbei sind noch die ganzen intelligenteren, mythischen Kreaturen wie Einhörner, Drachen und so weiter immer noch nicht inbegriffen", erzählte Antony weiter.

„Warte mal!", unterbrach Mark fassungslos. „Wer sind all diese anderen Entitäten über und neben Gott?"

„Hier die Kurzfassung", sagte Antony. „Ganz oben steht der ewig nach Wissen und Macht hungernde Yggdrasil, ein intelligentes mehrdimensionales Monster, dessen Wurzelwerk mittlerweile das gesamte, bekannte Universum durchzieht. Um seinen gigantischen Bedarf an der besonderen Essenz zu decken, versklavte er andere zur Schöpfung fähige, astrale Entitäten. Diese wurden unter seiner Herrschaft in begrenzten Welten zu Farmern von intelligentem Futter verdammt. Die Schöpferwesen selbst entziehen einer dem Weltenbaum sonst unzugänglichen Paralleldimension Mana und strahlen diese als eine Art Nähratmosphäre in ihre begrenzten Reiche ab. Hier wird es gern der Atem Gottes genannt. In den jeweiligen Schöpferwelten werden dann schwache, aber intelligente Lebensformen aufgezüchtet, die dieses Mana in Seelen konzentrieren, mit Wissen füllen und verfestigen, die MENSCHEN. Ich denke, es ist jetzt klar, worauf ich eigentlich hinaus will."

Mark richtete sich langsam auf und lief während der Erklärung um das Hologram herum. Man müsste kein Telepath sein, um das tiefe Entsetzen in seinem Blick abzulesen. Nach einer kurzen Pause setzte sich Mark schließlich mit einem leeren Gesichtsausdruck wieder zum Tisch. Dann blickte er wieder auf den Erscheinung aus dem Würfel.

Antony setzte unbehelligt auf seinen Schüler schauend fort: „Sobald die fragilen Fleischgefäße der Seelen starben, wurden diese früher in der Horizontwelt von besonderen Sammlern gefangen und an den Baum verfüttert. Um die zahlreichen Schöpfer zu kontrollieren, erschuf Ygg aus seinem eigenen, astralen Fleisch zwei Arten von Individuen: Die Götter der Vernichtung und die Weltwächter. Von diesen dunklen Göttern gibt sieben. Jeder von Ihnen besitzt eine eigene einzigartige Kraft, die eine ganze Welt in wenigen Minuten sterilisieren kann. Der Weltwächter ist hingegen nur ein Aufseher der Sammler und existiert in jeder Schöpferwelt exakt ein Mal. Er ist zwar weniger intelligent als ein Schöpfer, aber dennoch eine sehr mächtige Kreatur, die einem Schöpfer fast ebenbürtig ist. Er residiert ausschließlich in der Horizontwelt und dient als direkter Draht zu Yggdrasil. Stirbt er, wird der Weltenbaum sofort alarmiert."

„Was ist dann der Sinn von Himmel und Hölle?", fragte Mark mit leicht zitternder Stimme. Er war wohl immer noch instabil und befand sich in diesem Moment nah an der Grenze zum Weinen. Antony schwang leicht mit der Hand und der Würfel zog all seinen Rauch wieder ins Innere. Auch die Pyramidenprojektion löste sich auf.

„Schutz der Seelen vor Existenzauslöschung", antwortete Antony mit gehobener rechter Augenbraue. „Walhalla, der Himmel sind nur einige Beispiele. Wenigstens einige schützenswerte Seelen sollten gerettet werden können. Die Idee ist simpel: Die Selbstsüchtigen werden in einer dunklen Unterwelt mit Folter ausgepresst, um den Unschuldigen im Himmel den Überfluss zu sichern."

Als Antony fertig war, saß Mark noch etwa 20 Sekunden regungslos auf seinem Stuhl, während sein Meister geduldig auf die Reaktion seines Schützlings wartete.

„Die Menschheit wird dann nur als Nahrung aufgezogen?!", fragte Mark vor Terror bleich werdend. Antony seufzte, da wohl die Reaktion doch weniger interessant war, als er sich gewünscht hatte. „Warum wissen es die Menschen nicht? Warum... steht es nirgendwo?"

„Oh ... Es steht in sehr vielen religiösen Büchern ... zwischen den Zeilen, selbst in der Bibel. Das Gewiefte an diesen Texten ist, dass man das Wissen des Autors besitzen muss, um sie richtig zu deuten. Und ganz ehrlich, wer außer vielleicht Theologen würde sich wirklich mit dem GESAMTEN Text ihres eigenen Glaubens auseinandersetzen", argumentierte Antony. „Seid fruchtbar und mehret Euch... Ihr seid meine Schafe und ich bin Euer Hirte... Dass Schafe für Wolle, Milch und Fleisch aufgezogen werden, vergessen die meisten Leser solcher Gleichnisse."

„Aber wenn die Menschen es erfahren...", rief Mark aufgeregt.

„Selbst wenn du es der Gesellschaft beweisen könntest, was würde daraus entstehen, außer Chaos?", unterbrach ihn Antony. „Was wird ein intelligentes Wesen, das sich selbst für die Krone der Schöpfung hält, nach solch einer Erkenntnis machen? Zwar würden die Menschen nicht mehr ihre Zeit mit Gebeten verschwenden, aber es würde auch zu Anarchie und Chaos führen."

„I...Ich w...weiß nicht", stotterte Mark. „Der Himmel... ist doch immer noch ein erstrebenswerter Ort u...und vielleicht würde die Gesellschaft dann mehr zu einem besseren miteinander streben. Schließlich will niemand nach seinem Tod nur als Teil einer weiteren Nahrungskette enden."

Antony machte eine kurze Pause und antwortete dann ernst: „Die letzte große Aufklärungswelle hat zum Zeitalter, dass Ihr als dunkles Mittelalter nennt, geführt. Was würde es wohl in der modernen Welt ausrichten? Würdest du das wirklich riskieren wollen?"

„Ja!", antwortete Mark ohne zu Zögern.

Antony dachte kurz nach und entgegnete: „Für einen, der viel weiß und mehr kann, gibt es immer eine größere Perspektive. Vielleicht kann sich wirklich etwas ändern, wenn wir einen ‚kleinen' Anstoß in die richtige Richtung geben..."

„Hast du schon einen Plan?", fragte Mark.

„Hm... Alles zu seiner Zeit!", entgegnete Antony hinterhältig schmunzelnd. „Aber sei gewarnt: Gravierende Veränderung verlangen meist größere Opfer. Konzentriere du dich erstmal auf deine eigene Entwicklung. Dein Geist ist dein Werkzeug und Waffe, gegossen aus Talent, geschmiedet mit Wissen, geschärft mit Fertigkeit, beherrscht mit Zielstrebigkeit, poliert von Verbindungen, gehärtet durch Moral und tödlich mit List. Um eine bessere Zukunft zu erschaffen, muss man ein gewiefter Künstler der Manipulation sein."

„Ich werde diese Lektion beherzigen... Meister", entgegnete Mark rebellisch die Augen verrollend. „Aber sei bitte nicht zu tyrannisch zu mir!"

Antony schmunzelte und antwortete: „Ich erwarte nicht wenig... Und denk bitte stets an absolute Geheimhaltung. Unsere Weiterexistenz hängt davon ab."

Nach dem Frühstück führte Antony diverse englischsprachige Telefonate. Mark wurde aufgetragen, an einem Notebook nach einer 4-Zimmer-Wohnung in Berlin zu suchen.

Eine Stunde vor dem Termin wurden die Adoptionsdokumente geliefert, damit Antony sie prüfen konnte. Als Mark diese danach ebenfalls durchging, erbleichte er im Angesicht der vielen Klauseln. Neben völligen Entrechtung seiner biologischen Eltern als Erziehungsberechtigte fand er heraus, dass seine Pflegefamilie irgendwo aus London stammte. Auf seine Nachfrage erklärte Antony, dass diese ‚neuen Eltern' nur als Deckung dienen. Mark werde sie niemals kennenlernen.

Pünktlich um 18 Uhr erschien James und klopfte an die Eingangstür zur Suite. Die Jungs waren zwar bereits für den abendlichen Besuch fertig, aber Mark konnte seine Aufregung nicht verstecken. Das Zittern hörte einfach nicht auf. Im Aufzug klopfte ihm Antony beruhigend auf die Schulter, als ob er ihn schon jahrelang kennen würde.

„Ich kann dir die Aufregung leider nicht nehmen", sagte Antony beruhigend. „Aber zumindest wird es mit jedem Mal einfacher."

Seltsamerweise wirkte es bei Mark sogar etwas. Der Assistent James fuhr den Wagen direkt vor den Hotelhaupteingang und öffnete Antony demonstrativ die Tür. Diesmal stieg Antony direkt zu Mark, statt nach vorne. Im Auto sprach Antony dann, während er sich gleichzeitig in ein digitales Buch über die moderne Kultur auf seinem Tablet vertiefte:

„Mark, betrachte dies als deine erste Lektion. Menschen sind selbstsüchtig. Sie verstecken ihre Ängste oft hinter Religion oder gesellschaftlicher Moral, aber es ändert nichts an ihrer Natur. Manche werden ihre eigenen Verwandten oder sogar Kinder opfern, um diese schützende Fassade zu bewahren. Lasse also deine emotionale Zuneigung niemals deine Sinne für die Wahrheit benebeln. Wenn es ums Überleben geht, musst du auch die rationalste Entscheidung für dein eigenes Wohl treffen..."

James hörte alles mit. Mark erwischte den Fahrer im Rückspiegel dabei, wie er seltsam beeindruckt auf Antony starrte.

„Ich verstehe, Antony. Aber warum erzählst du mir das jetzt?", fragte Mark nachdenkend.

„Damit dir das Loslassen deiner Familie leichter fällt. Du würdest sie sonst nur noch schlimmerer Gefahr aussetzen", gestand Antony. „Betrachte es als würdest du dir und deiner Familie einen Gefallen tun!"

Die Navigation führte zu unserem großen Einfamilienhaus in einem kleinen Vorort der Stadt. Als die Beiden zur Eingangstür gingen, versteckte sich Mark schüchtern hinter seinem neuen Freund. Antony hielt den Aktenkoffer mit den Papieren und er war es auch, der an die Tür klingelte.

Marks Mutter kam zur Öffnen heran und fragte aufgeregt: „Mark, bist du das?", überrascht wer zu solch später Stunde noch in die Tür klingelt.

„Ich bin es, Mama", rief Mark emotional zitternd. Es hörte sich an, als ob sie den ganzen Tag geweint hatte und der Klang in ihrer Stimme war viel rauer als sonst. Sie öffnete die Tür und sah zuerst nur auf ihren Sohn. Dann wurde sie plötzlich kreidebleich, als sie einen anderen, männlichen Jugendlichen neben ihm entdeckte.

„Guten Abend", sagte Antony ruhig mit einem starken, englischen Akzent.

„Wer ist das?", fragte sie mich mit unhöflich misstrauischen Ton, richtete dann ihren Blick auf Antony und befragte ihn weiter: „Ich habe dich noch nie gesehen. Bist du der Bekannte, der ihn so verdorben hat?"

Dann hörte man die sich nähernde Schritte von Marks Vaters aus dem Hintergrund. „Wer ist da, Schatz? Ist unser abtrünniger Sprössling endlich zur Vernunft gekommen?", dann bemerkte er Marks Begleiter und wurde auch grober. „Offensichtlich mit Anhängsel. Ist DAS der Grund für die Seuche, die dich erfasst hat. Dann verzieht Euch am besten gleich wieder. Das ist ein frommes Haus!"

Antony hob eine Augenbraue und entgegnete schmunzelnd: „Und das aus dem Mund eines heimlichen Alkoholikers, der seine Frau auch schon mindestens einmal geschlagen hat. Ich finde es ja amüsant hier zu reden, aber würde Sie es nicht vorziehen unsere Unterhaltung im Haus fortzusetzen... Es sei denn Sie möchten, dass die gesamte Nachbarschaft zuhört... natürlich."

Marks Vater wurde noch zorniger, aber auch er wollte den sowieso schon tratschenden Nachbarn keine weiteren Themen zum Lästern geben. Also ließ er die Jugendlichen widerwillig ins Haus herein, da fast die gesamte Viertel Mitgliedern der ‚Gemeinde' angehörte. Die unwillkommenen Gäste wurden ins Wohnzimmer zu einem großen Esstisch mit 6 Stühlen geleitet und der Hausherr rief Marks Brüder runter.

„Peter, Gregor bewegt Euch runter. Euer tuntiger Bruder ist mit einem Anhängsel zurückgekehrt", schrie er durch Haus.

Die beiden Brüder ließen nicht lange auf sich warten und rannten mit lautem Trapp herunter. Als sie Antony sahen, waren sie jedoch etwas enttäuscht, weil seine Kleidung wohl doch zu normal erschien.

Beide setzten sich auf die vorgeschriebenen Plätze am Tisch zur Rechten unseres Vaters und warfen Mark kalte, angewiderte Blicke zu. Dann sagte Gregor schmunzelnd: „Ooh... will unser kleiner Bruder etwa Daddys Segen für seine perverse Beziehung?"

Mark und Antony saßen nun auf der anderen Seite des Tisches. Mit gebieterischer Überlegenheit holte das Familienoberhaupt die große, verzierte Bibel der Familie von der Kommode hinter dem Tisch und legte dieses demonstrativ vor Mark, bevor er sich setzte. Seine Mutter platzierte sich auf den Stuhl zu seiner Linken, nachdem sie Wassergläser für alle hingestellt hatte und legte ihre Hand beruhigend auf den Oberarm ihres Mannes. Das familiäre Tribunal war eröffnet. Mark schaute auf Antony, den diese Situation leicht amüsierte.

„Gott ist barmherzig und vergebend, mein Sohn. Deswegen gebe ich dir in frommer Großzügigkeit noch eine letzte Chance, deine Seele zu retten", sagte er zu Mark mit einem drohenden Ton. „Ich hoffte eigentlich, dass du nicht dumm genug wärst, einen anderen Verirrten hierher mitzuschleppen. Entsage dem Bösen und du kannst noch gerettet werden."

Antony saß die ganze Zeit über still und wartete, bis der Familienoberhaupt zu Ende geredet hatte. Dann kicherte er kurz, während Mark eingeschüchtert auf dem Stuhl zusammenkauerte und entgegnete schließlich: „Auch wenn ich Ihren erbärmlichen Einschüchterungsversuch äußerst amüsant finde, ist meine Zeit zu kostbar, um Ihrer lückenhaften Weltvorstellungen zuzuhören. Ich würde es begrüßen, wenn wir lieber zum Rechtlichen kommen."

„Für wen hältst du dich eigentlich, in mein Haus einzudringen und meine Autorität, ja sogar Gott in Frage zu stellen?", fragte mein Vater gehässig.

„Wie es schon geschrieben steht, du sollst dich nicht..."

„Das weiß ich doch schon alles, frommer Mann. Ich habe das Zeugnis Eures Glaubens vollständig gelesen und könnte es Ihnen auswendig aufsagen. Aber Tatsache ist, dass Ihr Glaubensbekenntnis zum Zweck der religiösen Unterdrückung geschrieben wurde und mit dem tatsächlichen Schöpfer nur noch wenig zu tun hat."

„Und du, Junge, sprichst etwa aus persönlicher Erfahrung?", fragte der Hausherr höhnisch.

„Wenn zwei Menschen mit einander reden und einer von ihnen ist blind. Dennoch behaupten Beide zu sehen und Farben der Welt in all ihrer Pracht zu kennen. Die Vorstellungen sind jedoch fundamental unterschiedlich. Wie also überzeugt der Sehende einen Blinden von der Wahrheit?", fragte Antony freundlich. „Das ist gerade das Dilemma zwischen uns. Aus meine Perspektive würden Sie ihren Schöpfer nicht mal erkennen, wenn sie direkt vor Euch sitzen würde."

„Du ketzerischer Atheist. Wie kannst du es wagen?", schrie der Vater entsetzt und stand wütend auf.

Antony zuckte leicht und antwortete: „Bevor Sie etwas Unüberlegtes tun, sollten Sie folgendes bedenken: Ihr Sohn wurde durch Ihre Fahrlässigkeit und kontinuierliche, psychologische Nötigung zum Selbstmord getrieben. Sollte ich nicht gleich bekommen, was ich will, werde ich nicht davor zurückschrecken nicht nur ihren Ruf in der Gemeinde nachhaltig zu ruinieren, sondern werde auch das Sorgerecht für ihre anderen Kinder einklagen! Ich habe nämlich viel Geld und sehr viel politischen Einfluss."

„Ich lasse mich nicht erpressen oder belügen!", entgegnete der mehrfache Vater. „Die Seele meines Sohnes steht hier auf dem Spiel."

„Wie stur", entgegnete Antony und zuckte kurz mit seinem linken Auge. Der ältere Mann begann zu hecheln, nach Luft zu schnappen und alle Gläser auf dem Tisch erhielten Risse. Marks restliche Familie erschrak, aber konnte sich auch nicht mehr bewegen.

„Ich bin eigentlich ein ruhiger Mensch, aber ich habe ein kleines Problem damit von einem blinden, dummen Bengel von nicht mal 100 Jahren Alter behindert zu werden! Ich habe keine Zeit dafür", erläuterte Antony ruhig und nahm einen Schluck aus seinem Wasserglas, das sich noch während des Trinkens selbst reparierte. „Sich an den Barbarismus der Vergangenheit zu klammern, ist wie deinem eigenen Gott ins Gesicht zu spucken und seine Gabe des klaren Verstandes weg zu werfen."

„Aber Unzucht ist eine Sünde", sagte Mark Mutter verängstigt. „Das können wir doch nicht einfach übersehen. Es sind göttliche Gebote, die in sogar in Stein gemeißelt wurden. Und ein Dämon wird uns selbst mit dunkler Magie nicht einschüchtern können."

„Hören Sie! Eigentlich könnte man sagen, dass ich auf Ihrer Seite bin", entgegnete Antony einfühlsam und ließ alle los. Der schon blau anlaufende Vater konnte plötzlich wieder atmen und schnappte energisch nach Luft. „Ihren Sohn können Sie nicht ändern, aber ich bin großzügig bereit, Ihnen die Bürde seiner Erziehung abzunehmen. Dann können Sie Ihr erbärmliches, frommes Leben so weiter führen, wie Sie es für richtig halten... in allen ihren Eingeschränktheiten. Und wäre ich ein Dämon, hätte ich Ihrem lieben Ehegatten für seine Beleidigungen längst bei lebendigem Leibe die Haut abgezogen und Sie dazu gezwungen, ihm vor den Augen der Söhne seine Genitalien auszupeitschen. Aber da ich nicht an seltsamen Fetischen interessiert bin, belassen wir es dabei."

Marks Vater schnappte verzweifelt das große Kreuz von der Kommode und zeigte damit direkt auf Antony, als ob er einen Dämon bannen wollte und schrie immer noch schwer atmend: „Weiche Dämon! Verlasse sofort dieses Haus!"

„Das ist ein schönes Kruzifix, aber wie bereits gesagt: Es wirkt nur bei Dämonen und Wesen, die gegen Jahwes Naturgesetze verstoßen", entgegnete Antony kurz schmunzelnd. „Ich pflege aber ein neutrales, freundliches Verhältnis mit ihrem Schöpfer. Bitte beruhigen Sie sich also und lassen Sie uns, das Thema abschließen!"

„Was willst du, was auch immer du bist?", fragte Marks Vater den Kruzifix kurz anschauend, als ob dieser kaputt wäre. Dann kehrte langsam zu seinem Platz zurück. Marks Mutter streichelte ihm beruhigend am Oberarm.

„Hören Sie! Ich bin nicht hierhin gekommen, um mit Ihnen über die Inhalte der Bibel zu diskutieren oder sie zu beleidigen. Sie alle sind mir persönlich völlig gleichgültig. Aber aus rechtlicher Hinsicht benötige ich Ihre Unterschrift zur Aufgabe Ihrer Vormundschaft über Mark", erklärte Antony und holte Dokumente aus dem Koffer. Er legte diese auf den Tisch und setzte dann fort: „Sie haben mehrfach bewiesen, dass Mark Ihnen wirklich am Herzen liegt...

zu mindestens auf eine eigene verdrehte Weise. Für Mark wäre Ihre Erziehungsmethode jedoch tödlich, wenn ich ihn nicht gerettet hätte. Somit halte ich Sie für ungeeignet, weiter für ihn zu sorgen. Ich biete Ihnen diese Methode, um die Angelegenheit außergerichtlich beizulegen. Es sei denn, sie möchten neben dem Verlust ihres jüngsten Sohnes auch noch monatliche Alimente zahlen müssen."

Als Marks Familie erneut von seinem versuchten Selbstmord hörte, wurde plötzlich alle bleich. Mark dachte sogar, Sie hätten ein schlechtes Gewissen bekommen.

„Was soll das bedeuten?", fragte Marks Mutter an der Grenze zum Weinen. „Mark, hast du wirklich versucht, dein gottgegebenes Leben zu nehmen?"

„Ja Mama, aber er, ein Fremder, hat mich gerettet. ER hat mich so akzeptiert, wie ich bin… im Gegensatz zu meiner eigenen Familie", antwortete Mark vorwurfvoll mit Tränen in den Augen. „Ich schulde ihm mein Leben und meine Seele."

Das Familienoberhaupt bat inzwischen Mark Brüder, ihm die Dokumente zu reichen und überflog sie. Desto weiter er sich einlas, umso ernster wurde sein Gesicht.

„Wer hat das verfasst?", fragte er dann misstrauisch. „Ich gebe zwar zu, dass uns dieser Vertrag von jeglicher Verantwortung befreit… aber die Klausel, dass wir nie wieder nach ihm suchen dürfen… verstehe ich nicht. Sie könnten mich und meine Kinder offensichtlich mit einem Augenzwinkern töten, aber dennoch drohen Sie mir nur mit einer Klage?", fasste der Mann verblüfft zusammen. Er verhielt sich aber nun höflicher. „Warum tun Sie das für meinen Sohn? Er besitzt keine nennenswerten Talente."

„Eine enttäuschende Überzeugung! Sie kennen Ihren Sohn offensichtlich nicht. Sie sollten mit Ihrer Altersweisheit ein Vorbild für Ihre Söhne sein", unterbrach Antony augenrollend. „Aber real sind Sie nur ein weiteres Arschloch, dem das eigene Weltbild wichtiger ist, als das Glück der eigenen Kinder. Ich gebe Ihrem Sohn einfach eine Chance auf ein besseres Dasein."

„Was geschieht mit Mark, wenn wir das unterschreiben?", fragte die Mutter besorgt und wischte sich die Tränen ab.

„Hm… Auch wenn ich für Sie gerade nicht so aussehe, bin ich ein Humanist", erklärte Antony beruhigend. „Ihr Sohn besitzt ein Potenzial, dass Sie sich offensichtlich nicht einmal vorstellen können und seine sonstigen Neigungen sind für mich nebensächlich."

Die besorgte Frau schaute ihrem Mann tief in die Augen und sagte: „Unterschreib bitte, Schatz! Ich glaube diesem jungen Mann. Wir haben offensichtlich nicht die Macht, ihn aufzuhalten. Vielleicht kann er die Seele unseren Sohnes doch auf eine andere Weise retten."

Der Patriarch sah resignierend in ihre von Tränen geröteten Augen und unterschrieb widerwillig. Auch sie tat es.

Antony schmunzelte, nahm zufrieden die Dokumente und legte sie demonstrativ in die Aktentasche. In diesem Augenblick wünschte Mark sich einen Moment lang, dass seine Eltern wenigstens versuchen würden ihn noch aufzuhalten... Doch sie taten es nicht. Antony stand auf, nickte dankend und ging mit dem Aktenkoffer zum Ausgang. Mark folgte ihm enttäuscht. Mit aller Kraft unterdrückte er seine Tränen.

Seine Mutter begleitete die Jugendlichen in einigen Abstand zur Tür, um sich von Mark zum letzten Mal zu verabschieden. Seine Brüder und Vater stellten sich in der hinteren Teil, wo sie die Besucher noch sehen konnten. Marks Brüdern war schon lange nicht mehr nach Lachen zu Mute. Ihnen standen Zweifel im Gesicht geschrieben und auch für Mark erschien diese ganze Situation sehr unwirklich. Er verabschiedete sich nur mit einer leichten, halbherzigen Handgeste und drehte sich emotional nicht mehr unter Kontrolle weg.

„Darf ich dir noch eine letzte Frage stellen, junger Mann. Wie alt bist du?", fragte die Mutter dann noch unerwartet. „Ich kenne Anwälte, die nicht mal mit 40 Jahren Erfahrung so selbstbewusst meinem Ehemann entgegentreten können wie du."

Antony blieb wenige Schritte außerhalb des Hauses stehen, ohne sich umzudrehen. Auch Mark blieb stehen, genauso auf die Antwort gespannt.

„Ich zähle schon lange nicht mehr", sagte Antony seinen Kopf halb zu ihr gedreht. „Ein Rat für Sie: Erzählen Sie niemand, was sie heute erlebt haben! Ich wünsche Ihnen noch ein schönes Leben, Madam."

Dann lief er weiter. Als Mark sich kurz umdrehte, sah er ihr geschocktes Gesicht. Es schmerzte Mark sie zurück zu lassen, aber er ignorierte ihren Zustand und folgte seinem neuen Lehrmeister. Es war das letzte Mal, dass Mark sein früheres Haus betreten würde. Als er dann ins Auto stieg, begann er schließlich zu weinen. Antony klopfte ihm aufmunternd auf die Schulter und sprach:

„Sie haben dich schneller aufgegeben, als selbst ich vermutet hätte. Aber bei einem sei versichert: Ich werde eine bessere Familie für dich sein!"

„Was... passiert ab jetzt?", fragte Mark sich die Tränen wegwischend.

„Ich will, dass du deinen Schulabschluss machst und Physik studieren gehst. Weitere Details verrate ich, wenn es soweit ist", erklärte Antony ernst und holte die Dokumente heraus. „Ich werde mich weiter um die Wohnung kümmern, die du rausgesucht hast. Ich erwarte von dir gute Leistungen und schnelle Ergebnisse."

„Und was ist mit dir, Antony?", fragte Mark vorsichtig. „Wirst du an meiner Seite bleiben?"

„Ich muss die letzte Zielperson noch wiederfinden", erklärte er. „Sobald ich alles Nötige veranlasst habe, melde Ich mich. Jetzt möchte Ich aber wissen, was du aus deiner letzten Begegnung mit deiner Familie gelernt hast?"

„Ich weiß nicht…. Das ich ihnen doch irgendwie wichtig war", stellte Mark halbfragend fest.

„Behalte es so in Erinnerung. Ich möchte aber auch, dass du mir als Familienmitglied folgst und nicht weil du noch gebunden bist", sagte Antony. „Nur so werden wir ein gutes Team sein. In deinem Zimmer wartet schon dein Lernmaterial. Enttäusch mich bitte nicht."

„Ja… Antony", entgegnete Mark erleichtert. „Gehe ich dann auf eine Schule in Berlin?"

„Ja, aber eine Öffentliche", entgegnete Mark. „Ich möchte, dass du Kontakte knüpfst und Selbstbewusstsein erlernst. Wir führen zwar ein Schattendasein, aber das darf uns nicht vor dem öffentlichen Leben isolieren. Dafür reisen wir einfach zu viel."

Kapitel 11: „Dunkle Zeichen"

„Eine gute Lektion erlernt man stets durch persönliche Erfahrung."

Als das Auto endlich die Stadtgrenze erreichte, sagte Mark: „Wir trennen uns jetzt auf. Ihr holt Eure so schnell wie möglich die nötigsten Sachen und ich hole Antonys Arkum."

„Und was dann?", fragte Kevin. „Was ist mit der Uni."

„Das ist vorbei, Kev", entgegnete Mark. „Wir müssen definitiv untertauchen. Wir treffen uns heute Abend um 20 Uhr bei der Darts-Kneipe, wo ich mit dir gelegentlich zum Trinken gehe. Also in knapp 4 Stunden. Werft alles weg, womit man Euch verfolgen könnte."

„Ja", sagte Lilly sich schämend.

Er setzte das Pärchen zwei Blöcke von ihrer WG ab und fuhr weiter nach Hause. Als die Beiden in die WG kamen, schien noch alles in Ordnung zu sein. Kevin und Lilly liefen in ihre Zimmer, um alle ihre Ausweisdokumente und die nötigste Kleidung einzupacken.

Plötzlich klingelte es an der Tür. Kevin ging vorsichtig an die Tür ran, um nachzuschauen und blickte durch die Türlinse. Davor stand eine mehrfach gepiercte und am Hals tätowierte, schwarzhaarige, junge Frau. Sie war im Gotik Stil geschminkt und gekleidet, aber etwas an ihr schien anders. Sie strahlte ein bekanntes, unangenehmes Gefühl aus und Kevin öffnete etwas die Tür.

„Kann ich dir irgendwie behilflich sein?", fragte er, während seinen Hausschuh vor die Tür stellte, damit die Frau nicht einfach reinkommen kann.

„Hmm. Du bist als Lebender ja noch viel süßer, als ich dachte, Kleiner", entgegnete die Frau frech. „Du hast während Eurer kleinen Rettungsmission doch so gern auf meinen Busen gestarrt, dass ich beschlossen habe Euch Turteltäubchen mal einen Besuch abzustatten."

„Belial?!", rief Kevin erschrocken. „Das DU deinen verräterischen Arsch noch überhaupt hierher traust!"

Sie hielt ihn auf und legte sich kurz den Finger an den Mund und entgegnete: „Pssst! Soooo grob. Du willst doch kein Aufstand machen! Mach dir keine Sorgen. Ich bin nicht als ein Feind hier."

Dann drückte Belial mit nur einer Hand die Tür auf und Kevin konnte sie nicht mal aufhalten, als ob sie ein muskelbepackter Mann wäre. Lilly kam auch in diesem Moment aus ihrem Zimmer und sah die Unwillkommene beim Eindringen in die Wohnung. Belial fielen sofort die halbgepackten Taschen auf.

„Wer sind Sie denn?", fragte Lilly sichtbar von der Anwesenheit gestört und Belial lächelte. Kevins Freundin erkannte sie sofort an der Mimik.

„Belial", sagte sie nur kurz von Schrecken erfüllt und wurde dann entschlossener.

„Beruhige dich, Süße. Ich bin nicht hier, um Euch Beiden etwas anzutun. Ich suche eigentlich Euren Meister!", sprach Belial beruhigend.

Kevin wollte zuerst nach etwas greifen um sie zu schlagen, während sie in Lillys Richtung blickte, aber dann hielt er an.

„Wieso glaubt Ihr, dass er überhaupt lebt... ich meine existiert?", hackte Kevin nach.

„Weil ich kein dummes Bauernmädchen bin", flüsterte Belial erotisch. „Bevor er kam, waren alle Dämonen dieser Welt der Meinung ein Weltwächter sei eine unbesiegbare Barriere, die nicht mal Jahwe anrührt. Deshalb schenkten wir den Prophezeiungen des nun toten Orakels keine große Aufmerksamkeit. Doch jetzt stehen wir alle hier, nicht wahr? Der Weltwächter ausgelöscht, die Hölle zerstört und WIR fast befreit. Euer Meister ist verschwunden und wir wissen nicht wohin... nur, dass er Jahwes Einflussgebiet nicht verlassen hat... Apropos, will mir denn keiner von Euch ein Getränk anbieten?"

„Nur wenn du danach gehst! Wir sind in Eile", entgegnete Kevin in einen äußerst unfreundlichen Ton. „Du hast uns mehrmals hintergangen. Ich traue dir nie wieder!"

„Dann hast du ja definitiv etwas dazugelernt, Kleiner. Aber ich kann Euch etwas bieten, im Austausch gegen nützliche Information", entgegnete Belial flirtend.

„Wie hast du uns überhaupt gefunden?", fragte Lilly.

„Dank dir, Süße und eines kleinen Spions vom Kollegen Beelze", entgegnete Belial. „Dieser Spion ist jetzt auch Teil unseres Geschäftes: Ich ersetze diese Spur gegen meine Eigene und Ihr informiert mich, sobald Euer Meister auftaucht."

„Wieso sollten wir dir glauben oder gar einen Spion gegen einen anderen tauschen? Ich sehe darin keinen Vorteil!", entgegnete Kevin feilschend.

„3 Gründe!", antwortete Belial verhandelnd. „Erstens: Ihr kennt mich bereits! Zweitens: Beelzebubs Fliegen greifen den Verstand des Trägers an oder habt Ihr das kleine Geschenk von Satan für deine Freundin bereits vergessen? Drittens habe ich mit Euren Meister noch einen Pakt, der mich dazu zwingt Euch zu schützen. Ich bin daran gebunden, bis er seinen Teil der Abmachung erfüllt."

„Was bekommst du dafür? Deine Freiheit hast du doch schon!", fragte Kevin misstrauisch und Lilly hinter sich versteckend.

„Oh ist das süß…", entgegnete Belial. „Freiheit? Die Hölle existiert zwar nicht mehr, aber frei sind wir trotzdem noch lange nicht."

„Einverstanden!", sagte Lilly. „Aber ich warne dich. Versuchst du uns aufs Kreuz zu legen, vernichten wir dich gleich hier."

Belial lehnte sich an sie heran, streichelte ihr über zärtlich übers Gesicht und gab der Unwilligen ein tiefen französischen Zungenkuss auf den Mund. Lilly erstarrte vor Schock und Kevin war irgendwie ‚positiv' überrascht. Doch dann merkte er, wie eine seltsame Kraft die Luft dicht um Lilly verwirbelte und aus ihrem Körper seltsame durchsichtige Fliegen emporstiegen. Diese flohen vom Körper weg, aber verbrannten nach kurzer Flugzeit wie Wunderkerzen. Lilly errötete zuerst wie in Trance, aber dann stieß sie sich von Belial ab.

„Braves Mädchen!", sagte Belial schmunzelnd, drehte sich zwinkernd zum etwas erregten Kevin, der mit offenen Mund gaffend dastand und eine Augenbraue leicht hochgezogen hatte. „Es ist vollbracht! Wir sehen uns bald wieder, kleine Aureli."

Belial öffnete die Eingangstür und ging, als ob nichts gewesen wäre. Als die Tür zufiel, drehte Kevin seinen Blick wieder zu Lilly.

„Antony hatte Recht!", sagte er ernüchtert. „Wir können nicht mehr zu unserem alten Leben zurück."

Lilly schaute ihm direkt auf den Schritt und sprach dann: „Dir scheint das neue Leben ja dennoch zu munden", drehte sich dann eifersüchtig um und ging zügig weiter packen.

„Sei mir nicht böse, Schatz", bat Kevin unterwürfig. „Du bist die Einzige für mich, aber auch du musst zugeben, dass es von außen betrachtet ziemlich sexy aussah."

„Sei bloß still jetzt, bevor ich dich auch anzünde!", rief Lilly gereizt.

Plötzlich piepte bei den Beiden das Handy. Eine neue Nachricht von Mark erschien im Gruppenchat: „Das Kästchen ist weg! Jemand kam uns zuvor!"
Kevin schrieb sofort zurück: „Was machen wir jetzt?"

„Wir treffen uns eine Stunde früher", kam zurück. „Selber Ort. Handys vorher abschalten!"

Kevin und Lilly nahmen nur so viele Sachen mit, dass alles in je 1 Koffer pro Person reinpasste. Doch dann bemerkte Kevin, wie draußen zwei weiße Autos vorfuhren und aus denen muskulöse Männer ausstiegen. Das Pärchen schlich nach unten zum Fahrradkeller, während die Männer zuerst bei ihnen, dann bei den Nachbarn klingelten. Kaum war der Haushaupteingang geöffnet, stürmten mehrere Sakkoträger nach oben. Kevin aktivierte kurz seinen neuen Sinn und erblickte das Umfeld. Zwei weitere Männer standen noch als Wachposten vor dem Haupteingang.

„Was machen wir jetzt?", sendete Lilly per Telepathie an ihren Freund. „Sie werden sicher auch hier nach uns schauen."

„Tja, kaum benimmt man sich daneben, kommt das Karma, das alte Miststück und beißt einen in den Arsch", entgegnete Kevin telepathisch. „Halt mich kurz fest!"

Kevin konzentrierte sich und drückte seine Hände vor sich zu. Die Männer vor dem Haus fielen bewusstlos zusammen. Schnell schlichen sich die beiden heraus und liefen Richtung Kneipe.

„Was hast du da gerade gemacht?", fragte Lilly flüsternd, als sie um die Blockecke verschwanden.

„Antony hat in meinem Buch einen telekinetischen Trick beschrieben, der allerdings nur auf unvorbereiteten, ruhig stehenden Menschen funktioniert", antwortete er. „Man erzeugt regionale Vibrationen im Gehirn und Innenohr, die den Gleichgewichtssinn ins Chaos stürzen. Die meisten Menschen verlieren dabei dann das Bewusstsein. Ich hätte ehrlich gesagt nicht gedacht, dass es so einfach funktionieren würde."

Das Pärchen vermischte sich mit der Menge und lief geradewegs zur Kneipe. Als sie dort ankamen, sahen sie schon Antonys Auto davor stehen, aber mit Überführungskennzeichen.

„Was zum Geier?", sagte Kevin, dem das als erstes aufgefallen ist.

Dann betraten sie die Kneipe und sahen Mark mit einem älteren Mann zusammen an einem Ecktisch sitzen. Das Pärchen näherte sich zum Tisch und wurde sofort bemerkt.

„Guten Abend, Mister Quant! Miss Decker!", sagte der Mann mit einem starken, britischen Akzent. „Mein Name ist John Harley."

„Wer sind Sie?", fragte Lilly völlig verwundert.

„Das ist der Familienbutler von Antonys Adoptiveltern", erklärte Mark.

„Die Familie Black gibt es wirklich?", fragte Kevin sich setzend. Lilly gesellte sich zu Mark.

„Nein, Sir", antwortete der Butler. „Master Antony wollte nicht mit seiner Ziehfamilie in Verbindung gebracht werden, deswegen hat er seinen Nachnamen geändert. Eigentlich gehört er zu den Quinns."

„Quinn? Wie von iQ - Manufacturing Corp.?", fragte Kevin.

„Was für eine Firma ist das?", fragte Lilly.

„Ach nur der derzeit technologisch am weitesten entwickelte Werkzeugmaschinenhersteller der Welt", erklärte Kevin. „Sie haben in den letzten 2 Jahren auch in Deutschland diverse renommierte Unternehmen übernommen. Und Antony war Teil davon?"

„Können wir bitte los", sagte der Butler ohne auf die Frage näher einzugehen. „Unsere Zeit ist knapp. Master Quinn ist sehr krank und Sie sind möglicher die Einzigen, die ihm helfen können."

„Was ist jetzt mit dem Würfel?", fragte Kevin aufstehend.

„Er ist weg! Der Würfel ist gestohlen worden", antwortete Mark voller Gewissensbisse. „Aber wir können an ihn wieder heran kommen, wenn wir Mister Harley folgen."

„Werden wir dann Antonys Familie kennenlernen?", fragte Lilly neugierig, da Antony nie wirklich von seiner eigenen Familie gesprochen hat. „Wie ist sie so?"

„Wenn ich das wüsste", antwortete Mark seltsam schmunzelnd.

„Wie konnte dieser Mann seine Behauptung dann überhaupt beweisen?", fragte Kevin mistrauend. Mister Harley holte ein Zettel aus dem Sakko, auf dem 3 Nummern mit Bankennamen dabei standen.

„Master Antony besitzt insgesamt 3 geheime Konten auf diesen Banken", sagte der Butler und drückte diesen Zettel Kevin in die Hand. „Ihr Freund hat die Echtheit bereits bestätigt."

Es war schon kalt und sehr dunkel draußen, als die Gruppe das Lokal verlies.

„Beeilen Sie sich bitte! Es ist durchaus möglich, dass wir bereits lokalisiert wurden", sagte der Butler höflich. „Darf ich Sie begleiten? Sie können fahren und ich zeige Ihnen, wohin."

„Das hört sich vernünftig an. Aber was ist mit Ihrem Fahrzeug?", fragte Mark.

„Sie haben Recht! Sie fahren unser Auto", stellte Mister Harley überraschend fest. „Mein Chauffeur wird in Ihrem Fahrzeug die Verfolger ablenken."

„Gut, rufen Sie ihn hierher", sagte Mark. Er hatte eigentlich nicht daran gedacht die Autos auszutauschen, aber diese Täuschung war dennoch eine gute Idee. „Wir haben einige wertvolle Gegenstände im Auto, die wir nicht zurücklassen können."

Das andere Fahrzeug fuhr heran. Es war eine Maybach Limousine.

„WoooW", kommentierte Kevin zynisch. „Das ist natürlich viel unauffälliger."

Die Männer verstauten schnell die Koffer und nahmen die drei schweren, eingewickelten Artefakte mit in den Passagierraum. Lilly nahm das Buch auf ihren Schoß, Kevin die Laterne und den Gral. Nach kurzer Absprache mit dem anderen Fahrer und Übergabe sämtlicher Papiere fuhr die Gruppe los. Mister Harley saß dabei auf dem Beifahrersitz und navigierte den Fahrer zur Autobahn in Richtung des City-Flughafens.

„Darf ich fragen, wie gut Sie Antony schon kennen, Mister Harley", fragte Lilly neugierig.

„Ich arbeite seit 30 Jahren im Haus von Mister Q. und kenne Master Antony seit über 10 Jahren", erzählte der ältere Mann. „Er war seit Anfang an kein normales Kind, aber er hat sich für die Aufnahme ins Haus mehr als revanchiert. Nicht nur, dass er auf wundersame Weise die im Endstadium krebskranke Hausherrin heilte... Er hat die Firma zur heutigen Stellung auf dem Weltmarkt gebracht."

„Warum erzählen Sie uns das alles so ausführlich?", unterbrach Kevin.

„Das liegt auf der Hand, Mister Quant", erzählte Harley weiter. „Ich habe tiefen Respekt für Master Antony. Seit seiner Aufnahme in die Familie hat sich der Reichtum von Master Q. mehr als vertausendfacht und es wurden weltweit über 12.000 neue Arbeitsplätze geschaffen. Ich habe mich freiwillig für dieses Treffen gemeldet, um es zu verstehen...",

„Was verstehen?", fragte Mark nach.

„...warum er so viel in Sie investiert. Es mag unhöflich sein das zu sagen, aber leider habe auf diese Frage bisher noch keine angemessene Antwort gefunden", sagte der Butler mit einem etwas überheblichen Ton. „Er hat nicht mal seine Geschwister mit Interesse gewürdigt, obwohl diese auch ausgesprochen intelligent und zielstrebig sind..."

„Vielleicht gab es Rivalitäten wegen dem späteren Erbe oder wer das Lieblingskind sei", spekulierte Lilly.

„Das dachte ich früher auch, aber sie werden diese Theorie schnell verwerfen, sobald sie Antonys Privatzimmer sehen", erzählte Mister Harley. „Darf ich fragen, was Sie da auf dem Schoß halten? Es sieht ziemlich schwer aus."

„Es tut mir Leid", sagte Lilly. „Das ist Antonys Privatbesitz!"

„Oh", entgegnete er seltsam schnell nachgebend. „Ich dachte er hat nur einen Würfel."

Am Flughafen angelangt, lenkte John Harley den fahrenden Mark direkt zur gegenüberliegenden Seite auf den Privatjet-Flugplatz. Davor jedoch musste die Gruppe erst an einer Schrankenkontrolle vorbei. Ein Wachmann kam aus dem kleinen Wachhäuschen heraus und trat an die Fahrerfenster. Mister Harley reichte in seine Jackettasche und holte die Zugangspapiere heraus. Als

Mark das Fenster herunter schob, reichte der Butler diese bereits freundlich lächelnd an den Pförtner. Mark wurde des etwas verwunderten Blicks des Wachmanns etwas nervös.

„Ich wünsche Ihnen einen schönen Abend und einen guten Flug", sagte der Mann, während er die Papiere zurückgab und den Öffnungsknopf an der Schranke betätigte.

„Vielen Dank!", entgegnete Mister Harley freundlich und das Auto fuhr weiter.

An einer großen Flugzeuggarage wartete bereits ein futuristischer Privatjet. Zwei Piloten und eine Flugbegleiterin standen vor dem Jeteingang und unterhielten sich. Als sie das anfahrende Auto bemerkten, stellten sie sich in Reihe und setzten ein freundliches Gesicht auf.

„Ich würde jetzt lügen, wenn ich sagen würde: Ich sei unbeeindruckt", sagte Kevin begeistert beim Aussteigen aus dem Fahrzeug und fragte dann laut: „Darf ich fragen, wo der Flug hingeht?"

Der Butler schaute auf den Fragenden und antwortete ernst: „Nach London."

„Wären sie so freundlich mir zu sagen, wie weit Stonehenge vom familiären Anwesen befindet?", fragte Mark.

„Falls Sie eine Besichtigung dahin unternehmen möchten, ist nur noch eine Strecke von 35 Meilen notwendig", antwortete Mister Harley sich wundernd. „Darf ich fragen, warum sie so an diesem Bauwerk interessiert sind? Master Antony wollte das Anwesen auch so nah wie möglich an diesem Monument bauen."

„Nun", wich Mark etwas besorgt aus. „Es hat für Antony eine besondere Bedeutung."

„Sie möchten es wohl nicht verraten. Ich habe verstanden. Bitte folgen mir jetzt", entgegnete der Butler und gab der Crew das Zeichen zum Bereitmachen des Flugzeugs.

Lilly und Kevin nahmen die eingewickelten Artefakte mit ins Flugzeugcockpit, während die Helfer drei Koffer verstauten.

„Das ist ein Service, an den ich mich glatt gewöhnen könnte", sagte Kevin lächelnd. „Oder Lilly?"

Für Lilly hingegen war die Situation sehr eigenartig und sie war auch misstrauisch.

Beim Eintreten ins Innere fiel bereits die teure Ausstattung des Privatflugzeugs auf. Mit lackiertem Edelholz verkleidete Wände, 6 große bequeme Sessel, eine Minibar und diverse andere luxuriöse Kleinigkeiten verliehen dem ganzen Innenbereich die Atmosphäre von Gemütlichkeit und einer Menge Prunk. Die Triebwerke wurden gestartet und erhöhten etwas den Geräuschpegel. Als die Flugbegleitung die Treppe hochzog und Tür schloss, fuhr der Jet zur Startbahn. Über Funk erteilten Fluglotsen die

Starterlaubnis an die Piloten. Währenddessen sah Kevin aus dem Fenster und bemerkte die weißen Oberklassen-Fahrzeuge, die in Richtung der Startrampe fuhren. Plötzlich stürmte der Copilot in den Passagierbereich.

„(Eng.) Unser Start wurde soeben abgebrochen! Eine öffentliche Behörde hat uns angewiesen, die Passagiere an ein Team von Beamten zu übergeben!", sagte der Mann in englischer Sprache.

„Wir wurden zu schnell entdeckt", entgegnete Mister Harley. „(Eng.) Setzen sie den Start fort!"

„(Eng.) Aber wir können dadurch unsere Fluglizenz verlieren und ins Gefängnis gehen.", widersprach der Copilot.

„(Eng.) Besser als von falschen Agenten getötet zu werden, oder? Für diese Menschen stellt die Flugzeit-Crew nur unbequeme Zeugen dar!", schüchterte ihn Mister Harley ein.

Der nervöse Copilot gab die Anweisung an seinen Kollegen weiter und dieser drückte den Gashebel. Gleichzeitig hielten draußen mehrere weiße Fahrzeuge an und es stiegen diverse in weißen Anzügen gekleidete Menschen aus. Durch das Fenster und die Dunkelheit waren sie zwar nicht erkennbar, aber nichtsdestotrotz spürten die Drei eine Gefahr von ihnen ausgehen. Das Zeichen zum Anschnallen erschien und das Flugzeug beschleunigte stark.

„Sie wissen über diese Leute gut Bescheid, oder?", fragte Lilly. „Aber wie haben Sie uns so schnell gefunden?"

„Sie nennen sich der ‚Weiße Orden'…", entgegnete Harley. „Diese geheime Gruppe fanatisch-religiöser Assassine verfügt über ein sehr großes Informationsnetzwerk. Sie jagen alle übernatürlich Begabte, die sie als eine Gefahr für die Menschheit betrachten. Sehr subtil, wenn sie mich fragen. Mich würde nicht wundern, wenn so nicht auch politische Feinde ausgeschaltet werden würden."

„Wenn das ein geheimer Bund ist, warum wissen Sie davon?", fragte Kevin misstrauisch.

„Diese Fanatiker finanzieren sich mitunter aus den Taschen diverser Superreicher", erklärte Harley. „Als ein persönlicher Sekretär und der Vertraute von Mister Q. bin so auch in Kontakt mit diesen Leuten gekommen."

„Warum sollten einflussreiche Menschen sich überhaupt darauf einlassen?", fragte Lilly neugierig. In diesem Moment hob das Flugzeug ab.

Der Butler lachte: „Wegen der Vorteile natürlich. Egal ob Einfluss, Heilsversprechen nach dem Tod, der Wunsch nach religiöser Bestätigung, Ego oder die zahlreichen Kontakte zu Politik und Klerik. Die Mitgliedschaft in diesem ‚Club' eröffnet nahezu grenzenlose Möglichkeiten. Auch viele

Diktatoren sind Mitglieder. Wer nicht mitspielt, wird zu Rebellen, Verrätern oder Terroristen erklärt und was mit solchen geschieht, sehen die Menschen ja täglich in den Nachrichten."

„Warum erzählen Sie uns dann davon?", fragte Kevin nervös, während das Flugzeug durch die nächtliche Wolkendecke flog. „Ist das nicht Geheimnisverrat?",

„Zwei Gründe: Sie sind möglicherweise die einzige Hoffnung für den Hausherren und zweitens finde ich Sie mittlerweile interessant. Schließlich würden normale Menschen keine Aufmerksamkeit des Ordens auf sich ziehen", entgegnete Harley. „Sie haben ein Recht darauf, ihren Feind zu kennen. Darf ich fragen, was den Orden auf Sie aufmerksam gemacht hat?"

„Wir hatten einen kleinen Zwischenfall in einer Gemeindekirche", gab Mark widerwillig zu. „Aber warum wurde das Flugzeug nicht abgeschossen?"

„Der Orden ist wahrscheinlich an der Entschlüsselung des Arkums interessiert", sagte der Butler. Die Gruppe war überrascht, dass er Antonys Seelenspeicher sogar richtig benennen konnte. „Wieso sind Sie so überrascht? Es ist meine Arbeit die Augen, Ohren und Arme von Mister Q. zu sein. Master Antony hat mich bereits vor langer Zeit ins Vertrauen gezogen."

„Wie kommt es eigentlich, dass Sie die deutsche Sprache so gut beherrschen?", fragte Kevin.

„Ich bin nicht in England geboren", antwortete Harley. „Meine Mutter stammt aus Deutschland. Ich hätte nicht gedacht, dass ich meine Muttersprache oft benutzen würde als Butler, aber Master Antony wollte sie unbedingt auch von mir lernen. Er hatte mich innerhalb von nur einem Monat überholt."

„Gute Stichwort... Ich glaube, wir sollten jetzt lieber etwas lernen!", warf Lilly ein und holte das Buch aus ihrer Umwicklung.

„Gute Idee!", sagte Mark schmunzelnd. „Bevor wir jedoch anfangen, Mister Harley. Welche Erkrankung hat Mister Quinn?"

Harley schaute verblüfft auf das goldene Buch, welches Lilly gerade auspackte und sagte: „Oh... ja... entschuldigen Sie mich bitte. Master Quinn leidet unter einer aggressiven Form von Knochenkrebs. Ist dieses Buch etwa aus Gold?"

„Es ist eins von Antonys Artefakten", entgegnete Lilly das Buch misstrauisch stärker an sich pressend. Dann schlug sie es auf und blätterte durch die schweren Seitenplatten.

„Dann müssen wir rausfinden, ob wir etwas Hilfreiches tun können", entgegnete Mark den Butler auf sich lenkend. „Aber versprechen können wir nichts. Aber Sie muss ich jetzt bitten, uns Freiraum zu gehen. Wir müssen eine private Diskussion und Recherche führen."

Als Harley das hörte, stand er auf, nickte und ging ins Pilotencockpit, um mit den Flugzeugfliegern eine Ausweichroute einzuplanen.

„Was ist mit diesem Zauber?", fragte Lilly auf eine Seite des goldenen Buches zeigend. „Er ist scheinbar nicht so komplex, wie der Heilungszauber. Wenn man ihn etwas abwandelt."

„Vergiss es, Lilly! Es ist eine verbotene Formel!", flüsterte Mark verneinend. „Um sie zu verändern, reicht deine Fachkenntnis noch nicht aus. Er bindet die Seele an einen Körper und macht einen zwar fleischlich unsterblich, aber auch wahnsinnig mit der Zeit."

„Wahnsinnig?", fragte Kevin.

„Ein Verstand mit gebundener Seele kann nichts vergessen und erreicht mit der Zeit seine maximale, biologische Kapazität", erzählte Mark. „Dann beginnt die Überlagerung des Wissens, Delirium und Wahnsinn. Die Seele wird immer weiter verkrüppelt, bis der Verfluchte wandert der Verfluchte auf ewig ohne Gedächtnis umher."

Die beiden Männer holten inzwischen auch ihre personalisierten Lehrbücher heraus und begannen diese nach Nützlichem zu durchsuchen.

„Dieses Buch ist tatsächlich voll von solchen Flüchen, nicht wahr?", fragte Lilly enttäuscht auf das goldene Buch schauend. „Warum hat Antony uns sowas hinterlassen?"

„Bedauerlicherweise müssen diese Formeln mit der Zeit auch auswendig lernen", entgegnete Mark.

„Warum?", fragte Kevin.

„Es sind Methoden, die Antony entwickelt hat, um die Götter der Zerstörung zu bannen", entgegnete Mark. „man sollte sie nicht auf Menschen einsetzen."

„Moment… Götter der Zerstörung?", fragte Lilly nach. „Also im Sinne von noch mächtigere Wesen als die Erddämonen?"

„Nein, wesentlich schlimmer… Sadistischste Abkömmlinge des Weltenbaums. So grausam, dass es trotz über 22 Millionen verwalteter Schöpferwelten nur 7 von Ihnen gibt. Jeder einzelne kann mit einem Fingerschnipp eine ganze Welt sterilisieren. Sie sind die herzlosen Henker derjenigen Schöpfer, die ihre Quote nicht erfüllen. Außerdem sind diese Entitäten mit dem interdimensionalen Wurzelwerk verbunden und können so jede Welt schnell erreichen."

Lilly und Kevin liefen bleich an.

„Dann haben wir mit der Zerstörung der Hölle vielleicht einen hergelockt?", fragte Lilly leicht verzweifelnd.

„Ich weiß es nicht", antwortete Mark unsicher. „Hoffentlich nicht! Aber eins ist klar: Antony darf nicht auf dieser Welt wandeln, wenn einer eintreffen sollte!"

Der Flug sollte noch etwas über eine Stunde dauern, aber die Freunde verloren keine weitere Zeit. Sie versetzten sich in den erwachten Zustand, den sie seit dem ersten Mal nun immer schneller aktivieren konnten und setzten so die Recherchen fort. Inzwischen war der Butler mit einem Satellitentelefon bei den Piloten. Nach reiflicher Besprechung aller möglichen kleineren Ausweichflughäfen, an denen der Jet landen könnte, wurde der ‚Southhampton Airport' ausgewählt.

Harley sprach dabei direkt mit einem geheimen Sicherheitsbüro der Quinns in London. Dieses konnte in Notfällen eine neue Identität fürs Flugzeug parat halten und eine Abholung organisieren. So könnte man eventuelle Verfolger zu mindestens kurzzeitig verwirren.

Die nervösen Piloten waren mit der Situation überfordert, aber Harley ließ nicht locker und gab genaue Anweisungen, die er über sein Satellitentelefon direkt aus der Sicherheitszentrale erhielt. Während des Überfluges über den Ärmelkanal wurde der Jet abgesenkt, um kurzzeitig vom Radar zu verschwinden. Dadurch hatte das Flugzeug mit den starken Winden und Turbulenzen der Nordsee zu kämpfen. Dabei änderte es die Flugrichtung und Identität. Das Sicherheitsbüro hackte sich währenddessen ins Flugsicherheitsnetzwerk ein und schaltete es für 5 Sekunden aus. In dieser Zeit änderte der Copilot den Identitätscode, der an die Flugsicherungszentrale übermittelt wird.

Lilly, Mark und Kevin wurden in ihrem Zustand nicht mal aufgeschreckt, weil sie auch sehr in ihre Recherche versunken waren. Die Flugbegleiterin wollte gerade kurz nach den Passagieren schauen, als sie die ungewöhnlichen Luftspiegelungen um die drei Passagiere sah. Sie erschrak und zog sich wieder zurück. Sie redete sich ein, nichts gesehen zu haben. Lilly behielt weiter das dicke Goldbuch auf ihrem Schoß und blätterte vorsichtig durch die massiven Seiten.

„Du solltest das Buch weglegen, Lilly", sagte Mark besorgt. „Es nutzt nichts, sich jetzt darin zu verlieren."

„Aber, was wenn morgen ein solcher Zerstörer auftaucht?", widersprach Lilly. „Was machen wir dann?"

„Dann werden wir uns verstecken oder fliehen", entgegnete Mark. „Gegen einen solchen Gegner können wir jetzt nichts ausrichten."

„Aber würde er nicht diese Welt auch zerstören?", fragte Kevin.

„Die Zerstörer sind grausam, aber nicht verschwenderisch", versuchte Mark zu beruhigen. „Sie werden keine Welt mit über 7 Milliarden Seelen grundlos zerstören!"

Inzwischen hatte der Privatjet wieder genug Höhe. Lilly nahm ihr eigenes Lehrbuch und blätterten nervös darin. Sie erinnerte sich wieder an den Heilungszauber, den sie vor einiger Zeit darin gefunden hatte. Sie öffnete die Seite mit der Überschrift und las sich noch mal in die Materie. Der Formel war nun wesentlich verständlicher, aber sie erforderte viel Konzentration, sehr viel. Gemäß der Schrift bestand dieses Magiesiegel aus zwei zusammengesetzten Hauptkomponenten. Diese waren „Einsicht" und „Veränderung". Die erste Komponente erlaubte den Zielkörper bis auf das Molekularlevel herunter zu erfassen und zu verstehen. Der zweite Teil hingegen war schwierig, da man während des Wirkens des vorherigen Zaubers sich auch auf die Rekonstruktion der Moleküle und Zellen konzentrieren müsste. Das Problem bestand darin, dass Lilly erstmal mit den Grenzen des menschlichen Verstandes zu kämpfen hätte. Sie dachte zurück an die selbst gemachte Minisonne in der Hölle. Damals konnte sie sich auf 7 Aufgaben gleichzeitig konzentrieren. Das Problem war aber, dass das innere Mana zu schnell verbraucht wurde. Außerdem hat sie da kein Rückzirkulation des Arias betrieben, was die Konzentrationslast verdoppelte. Mit diesem Heilungszauber müsste sie sich also theoretisch auf 28 Aufgaben gleichzeitig konzentrieren, um den horrenden Aria-Verbrauch zu reduzieren. Wäre so etwas überhaupt möglich?

„Schatz, Mark! Ich glaube ich habe eine Idee!", sagte Lilly aufgeregt und die beiden Freunde richteten ihren Blick auf. „Der Heilungszauber aus meinem Lehrbuch überfordert meine Konzentration um ganze 18 Aufgaben. Mit meinen momentanen Fähigkeiten könnte ich maximal 10 packen... Denke ich."

„Ja, nicht zu vergessen: Die immenses Mengen an Aria und Verständnis von menschlichem Körper", fügte Mark hinzu. „Worauf willst du hinaus?"

„Nehmen wir an: Ich und Kevin würden uns durch die Synergie die Last für den Zauber teilen...", sagte Lilly. „Könnte unser bisheriges Wissen ausreichen, um diesen Zauber trotzdem zu vollbringen."

„Aber Lilly!", entgegnete Kevin. „Meine Anatomiekenntnisse sind begrenzt. Selbst wenn ich den Teil mit der Einsicht für dich übernehme... Wie soll ich dich durch einen Körper navigieren, den ich nicht begreife?"

„Mit Synergie teilen wir unsere Fähigkeiten und Kenntnisse. Das wird schon!", spekulierte die Freundin motiviert. „Mark? Du könntest den Aria Rückfluss übernehmen. Wir müssen nur die Krebszellen vernichten und der Mann wird wieder gesund."

„Ich kann Euren Rückfluss nicht kontrollieren", sagte Mark. „Das unter dem Willen eines mächtigeren Wesens stehende Aria kann nicht durch die Macht eines schwächeren Magiers beeinflusst werden. Macht es erstmal zu zweit! Mal sehen, ob Ihr die Aufgaben dieser Formel überhaupt separieren könnt."

Lilly nickte, legte das Buch weg und setzte sich zu Kevin. Beide schlossen ihre Augen und begannen ihre Synergiebrücke zu verstärken.

„OK, wir sind soweit!", entgegnete sie dann.

Kevin nahm das Buch auf der Seite mit dem Heilzauber. Lilly legte ihre Hand auf seine Brust und begann in Kevins Körper einzutauchen. Er schaute automatisch auch mit und lernte wie diese Magie funktioniert, aber noch erhielt Lilly den Zauber allein aufrecht. Dann legte Kevin seine Hand auf Lilly und tauchte in ihren Körper ein. Diesmal wirkte er den Zauber, aber überließ Lilly die Kontrolle.

Die Pharmazeutin verstand die chemischen Prozesse des Körpers ausgiebig genug, um eventuelle Probleme zu erkennen. Logischerweise stieg der Essenzverbrauch umso höher, desto stärker vergrößert wurde. Doch plötzlich spürte Lilly etwas anderes in sich. In ihrem Unterleib war ein Fremdkörper.

Schlagartig öffnete Lilly die Augen und schaute auf Kevin, der es auch gesehen hat.

„Ich bin schwanger…", sagte Lilly ihm tief in die Augen blickend.

„Was?", fragte Mark schockiert. „Habt Ihr etwa nicht verhütet?"

„Ähm nur bis zum dritten Mal", sagte Kevin kurz seltsam schmunzelnd, weil er selbst gerade nicht wusste, ob er sich freuen oder panisch werden sollte. „Uns sind die Verhütungsmittel ausgegangen."

„Du Trottel!", rief Mark. „Jetzt müssen wir mit einer schwangeren Frau von Dämonen weglaufen."

„Aber ich verstehe das nicht", sagte Lilly. „Ich habe die Pille danach direkt am nächsten Tag genommen und die Übelkeit hatte ich auch nicht!"

„Liegt wahrscheinlich an Antonys ‚Vitamin'-Mix", kommentierte Mark. „Sie verbessern den Stoffwechsel und beschleunigen erheblich die Anpassung an neue Ereignisse."

„Soll das heißen, Antonys Pillen haben mich superfruchtbar gemacht, dass nicht mal mehr Hormone wirken?", fragte Lilly.

„Jep", entgegnete Mark schmunzelnd. „Erstmal Glückwunsch! Jetzt werde ich bald ein Onkel."

„Das ist nicht lustig, Mann", beschwerte sich Kevin. „Ich wollte wenigstens bis 26 damit warten."

„Oh… buuhuu! Du armer, kleiner Junge", neckte Mark weiter. „Mister Sieben hat vergessen, dass Sex Babys macht."

Lilly lachte und fragte halbverzweifelt: „Was machen wir jetzt? Hätte ich nicht nachgeschaut, würde ich es nicht mal wissen. Ich freue mich natürlich, aber mit Kevin Reaktion fühle ich mich plötzlich auch sehr überrumpelt."

„Lilly, die Drogen von Antony enthalten Unmengen verschiedener Wirkstoffe", erklärte Mark nochmals. „Du darfst bei deinem Körper nicht mehr von Standardbedingungen ausgehen."

Plötzlich fühlten beide eine leichte Rückkopplung. Lilly und Kevin wurden von schlimmen Kopfschmerzen erfasst und verloren im selben Augenblick ihren erweckten Zustand. Auch Mark kehrte vollständig in den Körper zurück.

Mister Harley hatte heimlich das Gespräch belauscht und kommentiert gelassen beim Eintreten: „Jetzt verstehe ich, warum Master Antony sich so sehr für Sie interessiert. Herzlichen Glückwunsch zum Baby."

Die Männer erschraken von seiner Stimme überrascht.

„Mister Harley! Sie scheinen gegenüber dem Übernatürlichen extrem gelassen entgegen zu treten?", bemerkte Mark einem ziemlich zweifelnden Unterton.

Harley setzte sich wieder ruhig auf sein Platz und entgegnete: „Ich glaube nicht an Übernatürliches."

„Sie glauben nicht daran, selbst nach allem was Sie mitbekommen haben?", fragte Lilly ernst.

„Lassen Sie mich kurz erklären", sprach der Buttler. „Als Master Antony damals schon 1 Jahr bei uns war, konnte ich an einer Nacht nicht schlafen. Ich nahm mir also die Zeit, um nach den Kindern zu schauen. Allerdings war Antonys Schlafzimmer leer. Nach einiger Suche im Anwesen fand ich vor, dass das Licht in der Büro-Bibliothek noch brannte und ging dorthin. Aber etwas hielt mich dieses Mal davon ab, einfach die Tür aufzumachen. Eine Art kalter Schauer lief mir den Rücken runter. Ich blickte durch die fast verschlossene Schiebetür und erblickte etwas jenseits meiner Vorstellung."

„Sie sahen Antony beim Lesen, oder?", sagte Mark mit sanftem, nostalgischem Gesichtsausdruck.

„Ja! Sie kennen es gut", bestätigte Harley. „Am Lesetisch in der Mitte des Raumes saß der Junge und aus ihm, um ihn herum und über ihm strömte lautlos weißer, leuchtender Nebel. Beim genauen Hinsehen erblickte ich auch den mir damals noch wenig bekannten, goldenen Würfel… im offenen Zustand. Die Einzelteile schwebten um einen winzigen, weißen Stern. Ich öffnete leicht die Tür und sah, dass der Nebel eine Art Glieder bildete, die Bücher aus den Regalen der Bibliothek holten und durchblätterten. Durch Nachzählen stellte ich fest, dass er 10 Bücher gleichzeitig gelesen hat."

„Und er hat Sie nicht bemerkt?", fragte Mark verwundert.

„Ich kann mich daran erinnern, als ob es gestern gewesen ist", erzählte der Buttler weiter. „Ich war zuerst schockiert und schlich mich wieder zurück auf mein Zimmer, in der Hoffnung es wäre ein Traum. Desto mehr ich aber darüber nachdachte, umso weniger unwahrscheinlich erschien mir das

Gesehene. Am nächsten Tag suchte er mich selbst auf, nachdem ich eine Nacht drüber geschlafen habe. Ich räumte gerade im Büro auf, als der Junge wortlos durch die Tür kam und sich still auf ein Wartestuhl an der Gegenwand zum Büro meines Chefs setzte. Ich sah auf ihn und fühlte sofort diesen intensiven Gegenblick. Er schaute nicht wie ein Kind, sondern wie ein weiser Mann, der schon alles gesehen hatte und von nichts mehr überrascht werden konnte."

„Haben Sie denn keine Angst gehabt, dass er aus dem Blickwinkel eines Menschen ein Monster sei? Das wäre eine normale Reaktion", fragte Lilly.

„Zuerst ja!", gab Harley ehrlich zu. „Aber ich bin ein aufmerksamer, offener Mensch und habe in der Familie der Quinns schon viele Dinge miterlebt, die auf den ersten Blick unmoralisch und böswillig erscheinen. Also fragte ich Master Antony, ob er der Familie oder mir schaden will... Er hat es verneint und ich habe ihm vertraut."

„Und das war alles? Einfach so?", hackte Kevin ungläubig nach.

„Ah ja, da war noch etwas...", erinnerte sich der Butler. „Ich fragte ihn, was für ein übernatürliches Wesen er sei und er antwortete: ‚Gar keins! Im Universum existiert nichts Übernatürliches. Nur Dinge, die wir begreifen oder solche, die wir nicht verstehen.' Das hat all meine Bedenken ausgemerzt."

„Klingt einleuchtend!", kommentierte Mark. „Aber war diese Antwort für Sie wirklich ausreichend?"

„Es war etwas zum Nachdenken", gab Harley zu und setzte nach einer kurzen Pause fort. „Ein Anführer ist oft gezwungen, trotz unvollständigen Wissen, auch nun mal unangenehme Entscheidungen treffen zu müssen. Meine war: abzuwarten. Ich weiß vielleicht nicht Alles. Dennoch glaube ich nicht, dass ein Dämon oder Monster sich die Mühe machen würde, künstlerische Literatur und Kunstgeschichtsbücher durchzulesen. Ach, wie sehr ich manchmal meine abendlichen Gespräche mit Master Antony vermisse. Jetzt müssen Sie sich aber auf Ihre Aufgabe konzentrieren, damit Sie Ihre Schuld unserer Familie gegenüber begleichen können."

Überrascht verzogen die beiden Männer das Gesicht.

„Moment, von welcher Art Schuld sprechen wir hier?", fragte Kevin unzufrieden nach.

Harley lächelte freundlich und entgegnete: „Sie dachten wohl nicht, dass ich Ihnen nur aus gutem Willen helfe, dem ‚Weißen Orden' zu entkommen. Mein Herr ist schwerkrank und sie sollen genügend Zeit bekommen, um ihn zu heilen. Das ist der Preis, keine Gefälligkeit!"

Die beiden Männer wurden bleich im Gesicht. Dann blickte Kevin auf Mark, der sich denkend den kratzte.

„Was passiert, wenn wir es nicht schaffen?", hackte Kevin nach.

„Wir liefern Sie dem Orden aus!", entgegnete Harley ruhig. „Nehmen Sie es bitte nicht persönlich, aber diesen Leuten widersetzt man sich nicht ohne lebensbedrohenden Grund und zu Ihrem Glück ist das momentan der Fall."

„Lilly ist momentan die Einzige, die über ausreichende Kenntnis verfügt. Außerdem müssen wir das Arkum wieder finden, falls es noch nicht zerstört ist", entgegnete Mark.

„Da müssen Sie sich keine Sorgen machen!", entgegnete Harley.

„Warum?", hackte Mark nach.

„Der Würfel ist indirekt auch eine Massenvernichtungswaffe", antwortete der Butler. „Master Antony erzählte mir, darin sei eine große Raumblase. Falls er destabilisiert werden sollte, würde diese in die Dimension kollabieren, in der sich der Würfel befindet. Es würde ein kurzlebiges weißes Loch von der Größe eines Gasriesen wie Jupiter erschaffen, welches die Erde förmlich verdampfen würde."

Lilly und Kevin wurden zuerst von dieser Aussage überrascht, aber dann beruhigten sie sich wieder. Es war sicher nur eine Vorsichtsmaßnahme von Antony, oder?

Der Jet begann währenddessen langsam zu senken. Über den Lautsprecher teilte der Pilot mit, dass das Flugzeug nun zur Landung ansetzte und bat die Passagiere sich anzuschnallen. Es wurde holprig, aber es wurde versichert, dass sich dabei nur um eine Windturbulenz über dem Meer handelt.

Der Copilot meldete sich über die Lautsprecher und teilte mit, dass ein Einsatzteam des Ordens bereits unterwegs zum Flughafen sei. Die Flugbegleiterin reicht Harley sein Satellitentelefon. Er erfuhr so, dass die Gruppe nach der Landung gerade mal ein Zeitfenster von maximal 5 Minuten hatte. Zum Glück nutzte der Sicherheitschef in London seine Beziehungen und hat dafür gesorgt, dass die Gruppe nicht aufgehalten wird. Allerdings nur solange der Orden noch nicht am Flughafen ist. Der Jet begann die Rädergestelle auszufahren und erhielt die offizielle Landeerlaubnis.

Hastig packten die beiden Männer alles zusammen. Lilly nahm wieder das goldene Buch in die Arme und fragte nach: „Wie viel hat Antony Ihnen eigentlich erzählt?"

„Genug, um zu wissen, dass ich gewisse Dinge nicht wissen sollte", entgegnete der alte Mann. „Bitte nehmen Sie wirklich nur das Nötigste mit."

Durch die Fenster waren schon die Küste Großbritanniens und die nächtlich erleuchtete Bucht der Stadt Southampton sichtbar.

Das Flugzeug landete sicher und fuhr gleich zu einer Flugzeuggarage, vor dem bereits drei verschiedene Fahrzeuge warteten. Alle waren Mittelklasseautos in verschiedenen Farben und Marken, um möglichst kein Aufsehen zu erregen. Als der Jet endlich stehen blieb, öffnete die verängstigte Flugbegleiterin die Tür mit der Treppe. Die Piloten schalteten das Flugzeug ab, nahmen Ihre Sachen und flohen hastig aus dem Flugzeug.

Mark nahm die Taschen mit den Büchern mit und die Insassen verließen zügig den Privatjet. Eilig liefen Sie zu den Autos und packten ihre Sachen in den Kofferraum. Mark stieg vorne ein und Mister Harley setzte sich ans Steuer. Beim hastigen Drücken auf Gaspedal, ließen die Autos sogar Reifenspuren auf dem Boden und wurden ohne kontrolliert zu werden direkt durch das Geländetor durchgelassen. Die Fahrzeuge trennten sich, um keine Aufmerksamkeit auf sich zu ziehen. Doch 5 weiße Autos des Ordens waren bereits in Sichtweite. Die Verfolger sahen natürlich die herausfahrenden Fahrzeuge und während die anderen Pkws zum Fahrzeugtor fuhren, nahmen drei die Verfolgung auf. Harley blickte beobachtend auf das weiße Fahrzeug im Rückspiegel. Auch Kevin drehte kurz nach hinten.

„Was machen wir jetzt? Sie werden die Kennzeichen unseres Fahrzeugs sicher prüfen", spekulierte Kevin.

„Haben Sie keine Angst, Mister Quant. Diese Fahrzeuge stammen von einer Schattenfirma aus London und sind nicht verfolgbar, da der Verleiher kein Buch darüber führt", entgegnete Mr. Harley.

„Und wie verhindert die Firma Fahrzeugklau?", fragte Kevin.

„Durch Kaution in Höhe des Neupreises des Fahrzeugs und einer beträchtlichen Mietgebühr", erklärte Harley. „Unser Problem ist allerdings, dass wir unser Anhängsel mit dem schwachen Motor nicht loswerden können."

Das weiße Fahrzeug folgte in einem Abstand von etwa 20 Metern hinter dem Auto der Gruppe und schien auf einen günstigen Moment zu warten, um zu überholen. Harley fuhr auf die Autobahn M3 Richtung Winchester und versuchte vorsichtig eine Überholung zu verhindern, ohne sich zu auffällig zu verhalten. Danach fuhr das Auto wieder auf eine Bundesstraße Richtung Newbury herunter und dann auf eine kleine Landstraße nach Osten.

In diesem Moment wurde Lilly ungeduldig: „Wir können sie nicht einfach so uns folgen lassen!"

„Was schlägst du vor?", fragte Mark. „Möchtest du dich ans Steuer setzen?"

Lillys Aura wurde aktiv und begann zu pulsieren. Sie drehte sich wortlos um und im Stirnmittelpunkt zwischen ihren Augenbrauen setzte sie einen hellen, gelben Lichtblitz in Richtung der Verfolger frei. Das Licht strahlte so stark in die Dunkelheit, dass es die Insassen des Ordensfahrzeugs völlig blendete, worauf dieses in Wanken geriet.

Eine Welle wie von einem Tropfen auf Wasseroberfläche breitete sich entlang der luftverzerrenden Hülle über Lillys ganzem Körper aus. Ihre Augen füllten plötzlich mit gelbem Licht.

„Ist alles ok?", fragte Kevin besorgt, während er seine Hand auf die Schulter seiner zornig werdenden Freundin legte. Er erschrak kurz als sie sich zu ihm drehte. „Was machst du da?"

Lilly konzentrierte sich und entgegnete ohne sich von Kevin wegzudrehen: „Ich bin blind... Aber jetzt kann ich ihre Gedanken hören. Sie haben unsere Position bereits weitergegeben und den Befehl erhalten, uns mit allen Mittel aufzuhalten. Sie brauchen uns zwar lebendig, aber nicht unversehrt."

„Wie hast du plötzlich gelernt Gedanken zu lesen?", fragte Mark überrascht.

„Habe es im Buch gefunden, während wir geflogen sind", sagte Lilly. „Der Lichtblitz sollte sie eigentlich nur blenden, aber ich war wohl nicht erfolgreich genug. Langsam kommt meine Sicht wieder."

In diesem Moment stieg aus dem linken Fenster des weißen Autos ein wie ein Agent gekleideter Mann mit einem Gewehr und begann auf die Räder des Fahrzeugs zu zielen. Lilly Gesichtsmimik wurde wütender. Sie richtete ohne die Würdigung eines Blicks ihre Handunterfläche in Richtung des verfolgenden Fahrzeugs und konzentrierte sich für einen kurzen Moment. Der Mann war gerade dabei den Maschinengewehrabzug zu betätigen, als das Innere des Wagens explosionsartig in Flammen aufging. Der Agent mit dem Gewehr verlor die Kontrolle, als er von der Feuerwalze überrascht wurde und verschoss gleich mehrere Kugeln in ein entgegen kommendes Fahrzeug. Dabei wurde ein unbeteiligter Fahrer getötet und das Auto fuhr in den Seitengraben. Die brennenden Männer schrien und drehten bremsend auf die Straßenseite ab. Dann stürmten Sie noch in Sichtbereich der Verfolgten brennend aus dem Auto heraus und begannen sich am Boden zu wälzen.

Kevin, Mark und sogar Harley blickten sehr überrascht auf das immer kleiner werdende Schauspiel.

„Lilly, die Pyromanin...", kommentierte Mark auf dem Vordersitz verstört lächelnd. „Jetzt wurden aber auch Unbeteiligte erwischt."

„Das war nicht geplant, aber diese Männer sind Folterer und Mörder. Sie verstecken ihre Freude an Gewalt hinter einer heiligen Mission", antwortete sie sich ruhig rechtfertigend. „Ich wollte sie zuerst nur erschrecken, aber beim Blick in ihre sadistischen Gedanken habe ich wieder überreagiert."

Kevin spürte jedoch ihre Befriedigung, als sie diese Fanatiker bestrafte und entgegnete sarkastisch: „Ich hoffe nur, du entzündest mich nicht beim nächsten deiner hormonellen Anfälle."

„Bei solchen Bemerkungen bin ich gerade dazu geneigt, noch einen zu bekommen", drohte Lilly sich zu Kevin drehend, der prompt aufhörte zu schmunzeln. Lilly schmunzelte, packte ihren leicht verängstigten Freund und küsste ihn auf den Mund. Erst dann verstand er, entgegenlächelnd, den

Humor. Doch dann fiel ihr noch etwas auf. Sie konnte jeden denken hören, aber Marks innere Stimme war ihr seltsamerweise immer noch verschlossen. Sie wurde etwas misstrauisch, aber ließ sich nichts anmerken.

„Harley, nehmen sie den geheimen Weg zum Haus. Es gibt momentan keine Verfolger", sagte Lilly berechnend und zog ihre Seele wieder vollständig in den eigenen Körper zurück. Plötzlich wurde ihr wieder schlecht. „Uns läuft die Zeit davon", sagte sie noch und lehnte sich auf den Rücksitz.

„Darf ich höflich bemerken, dass ich es nicht gutheiße… wenn Sie meine Gedanken lesen, Miss Decker", entgegnete der Butler etwas beleidigt.

„Wir sind schon zu oft hintergangen worden, Mister Harley", entgegnete Lilly selbstbewusst. „Ich werde mir alle Mühe geben das zukünftig zu verhindern, selbst wenn es in Ihre sogenannte Privatsphäre eingreift."

„Ich wundere mich nur… Ich dachte eigentlich, dass mein Verstand nicht so leicht zugänglich wäre", entgegnete Harley resignierend.

„Ich kann meine neuen Fähigkeiten noch sehr schlecht kontrollieren… andererseits erpressen Sie uns ja auch und ich musste erst wissen, ob Sie uns alles erzählt haben", rechtfertigte sich Lilly mit einer aufgesetzten Höflichkeit.

Wie festgestellt, drehte Harley von der Straße ab und fuhr Richtung eines angrenzenden Waldstücks. Er hielt kurz an und öffnete eine alt aussehende Absperrung, die einen gekiesten Waldweg als privat kennzeichnete und Zutritt für Fremde untersagte. Die Schranke wurde nach Durchfahrt durch Mark schnell wieder geschlossen. Dann ging es weiter durch den Wald.

„Kommt irgendwie bekannt vor, oder?", sagte Mark schmunzelnd. „Ist bestimmt auch Antonys Idee gewesen."

Unterwegs zum Anwesen wurde Lilly nervös und begann telepatische Nachrichten zu den beiden Jungs zu senden: „Ich glaube nicht, dass ich in der Lage sein werde, Antonys Ziehvater zu heilen. Der Heilungszauber überforderte Kevin und mich bereits in seiner ersten Phase."

„Was also schlägst du vor, Lilly?", fragte Mark telepathisch zurück, ohne sich umzudrehen. Kevin hörte alles mit.

„Ich möchte es doch mit dem Unsterblichkeitsfluch versuchen", schlug Lilly unbeholfen vor. „Antony kann den Fluch ja später wieder aufheben."

Mark dachte kurz nach und antwortete dann: „Aber bist du auch bereit, die Konsequenzen des Fluches zu tragen?"

„Welche sind das?", fragte Lilly.

„Ich habe keine Ahnung", entgegnete Mark. „Im Buch stehen nur die Flüche, nicht ihre Nebenwirkungen auf den Wirkenden, was eigentlich ziemlich seltsam ist."

„Wir haben keine Wahl", sagte Lilly noch.

„Es gibt immer eine Wahl", widersprach Kevin. „Du musst jetzt auch an das Baby denken."

Nach ca. 5 Minuten Fahrt auf einer nur mit Kies belegten Waldstraße fuhr das Auto plötzlich wieder auf dem, von toten Blättern bedeckten, Asphalt, der mitten durch einen Wald führte. Der Besitzer der Straße schien nicht zu wollen, dass dieser Weg entdeckt wird. Es fehlten sämtliche Markierungen und die Straße war nur so breit, dass ein einzelnes Auto draufpassen konnte. Die Äste verdeckten zusätzlich vor Beobachtung aus der Luft.

„Gehört der gesamte Wald zu Antonys Familie?", fragte Kevin interessiert, obwohl er die Antwort eigentlich nur noch bestätigt haben wollte.

„So ist es", entgegnete Mister Harley. „Aber wie Sie bereits annehmen, war es der ausdrückliche Wunsch von Master Antony. Diese abgelegene Villa darauf wurde damals in nur einem Jahr errichtet und hat samt Grundstück über 100 Millionen Pfund verschlungen."

„Was für eine unglaubliche Summe. Aber warum hier?", fragte Kevin weiter.

„Das Stonehenge hat für ihn eine besondere Bedeutung und er wollte unbedingt eine Residenz in erreichbarer Nähe", antwortete der ältere Mann. „Meine und Master Quinn's Fragen nach dem Warum blieben unbeantwortet."

In der Ferne wurde eine Lichtung sichtbar und die Umrisse einer schlossähnlichen Villa, die hinter einem hohen Zaum emporstieg. Das geheime Tor zum Gelände war unter einer begrünten Decke versteckt, welche sich bis zum Hinterhof hinzog und einen Blick in den Himmel trotz Winterzeit völlig verdeckte. Das Tor wurde mit einer Fernbedienung automatisch geöffnet und als das Auto der Gruppe durch die geheime Einfahrt hindurchfuhr, eröffnete sich der Blick auf den riesigen Zierpflanzenpark. Einem langen Brunnen, der in vielen einzelnen Treppen, Wasserfällen und künstlichen Läufen fast 200 Meter in die Länge zog, aber jetzt trotz Beleuchtung im Winternebel verschwand.

Das Anwesen selbst ähnelte einem adeligen Palast, aber war gleichzeitig seltsamer Weise in unauffälliges Grün gefärbt und mit grauen Stein ornamentiert, als ob der Architekt sein Werk als einen bemoosten Fels tarnen wollte. Die prunkvollen, hohen Fenster waren in tiefe Furchen eingelassen, um den Blick von oben so weit wie möglich zu behindern. Das wurde aber prunkvoll mit Statuen und Verzierungen kaschiert. Die Villa war hauptsächlich zweistöckig, abgesehen vom Zentrum, wo ein weiteres Stockwerk emporstieg. Das Anwesen hatte wohl einen U-förmigen Grundriss. An den beiden Enden der Hausflügel befanden sich Räume mit über zwei Stockwerke ragenden Fenstern, was wohl auf prächtige Säle hindeutete.

„Das ist ein schönes, großes Haus", sagte Kevin etwas neidisch beim Ausstieg aus dem gerade vor dem Hintereingang geparkten Auto. Er nahm Lilly das eingewickelte goldene Buch ab. „Es sieh jedoch beinahe so aus, als ob es eher versteckt werden soll. Naja, zu mindestens solange man den prächtigen Garten übersieht."

Mark nahm inzwischen seinen Koffer und die eingewickelte Laterne.

„Es ist eines der Wünsche von Master Antony beim Bau des Anwesens. Der Park wurde hingegen auf Anweisung von Mistress Emilia angelegt, als Master Antony uns für sein Studium in Deutschland verlassen hat", erzählte Harley.

„Wie viele Geschwister hat Antony eigentlich?", fragte Mark, was den Butler sichtbar überraschte.

„Sie scheinen Ihren Partner kaum zu kennen, obwohl sie schon 5 Jahre zusammen sind", bemerkte Harley taktlos.

„Master Antony…", entgegnete Mark mit einem Spritzer Sarkasmus. „…hielt es wohl nicht für wichtig genug, mich in dieses Leben einzuweihen… Oder haben Sie etwa keine Vorstellung, wie beklemmend er sein kann? Andererseits… kann Nichtwissen auch ein Segen sein. Meine Familie ist auch nicht gerade ein Paradebeispiel für Liebe und Verständnis."

„Da haben Sie wohl leider Recht", gab Harley unwillig zu. „Es sind Drei. Sie werden aber schnell feststellen, dass sich in der Familie Quinn viel Konkurrenzdenken entwickelt hat und das trotz der scheinbar warmen Atmosphäre. Besonders gegenüber Master Antony, als dem einzigem Adoptivkind. Erwarten Sie bitte keinen allzu warmen Empfang von seinen Geschwistern. Besonders Master Roman, als Jüngster, ist seinem Adoptivbruder gegenüber sehr feindselig eingestellt. Master Jack und Miss Elisabeth sind da etwas reifer."

„Wir werden versuchen, uns zurück zu halten", entgegnete Lilly, die mit ernstem Blick das gut bewachte Gelände betrachtete. „Bitte führen Sie uns zu Walter Quinn. Ich möchte gern einen Blick auf seine Verfassung werfen."

„Sehr wohl", entgegnete Harley freundlich und öffnete die große Tür des Seiteneingangs ins Haus. Beim Betreten des großen Hauses fielen sofort die teuer restaurierten, antiken Möbel des Hauses auf. An den Wänden hingen viele wertvolle Bilder in verschiedensten Stilen, die für den jeweiligen Raum exakt ausgewählt wurden. Drei Bedienstete standen bereits an der Seite des breiten Korridors und erstatteten Butler Harley Bericht. Offensichtlich sind vor kurzem alle Geschwister von Antony angereist und befanden sich bereits im Schlafzimmer ihres Vaters. Harley führte die drei Gäste über eine gewundene Marmortreppe, über kurzen aber prächtigen Korridor bis zu einem Vorraum im dritten Stockwerk. Es war ein Büro mit einem antiken Arbeitstisch, hinter dem selbst ein reicher Diktator sitzen könnte, ohne sich schämen zu müssen. An der Seite des Arbeitszimmers war der große Eingang zum Schlafzimmer mit zwei prächtigen Schiebetüren und als Harley leicht an die Tür klopfte, kam kurz darauf ein im schwarzen Maßanzug gekleideter etwa 30-jähriger Mann heraus. Er hatte einen trauernden Gesichtsausdruck. Er schloss wieder die Tür hinter sich und betrachtete überheblich die unbekannten Besucher.

„(Eng.) Guten Abend, Master Jack. Ich freue mich, Sie trotz der momentan schwierigen Umstände wieder zu sehen", sagte der alte Butler höflich auf Englisch.

„(Eng.) Es ist kein guter Abend, Harley. Mein Vater leidet und bereitet sich schon aufs Sterben vor. Darf ich fragen, wer diese Witzfiguren sein sollen und wo eigentlich Antony verbleibt. ER sollte eigentlich noch vor uns allen hier sein", entgegnete der Mann überheblich zurück.

„(Eng.) Master Antony ist bedauerlicherweise verschwunden. Miss Decker ist eine sehr fähige Kommilitonin Ihres Bruders und würde gerne zum Familienoberhaupt, um ihn zu untersuchen", entgegnete Harley.

„(Eng.) Was kann schon eine armselige Pharmazie-Studentin schon ausrichten, wo selbst die besten Ärzte scheitern", sagte Jack arrogant und blickte auf die ihn ignorierende Frau. Als Lilly auf ihn jedoch zurückschaute, wich er instinktiv zurück und ihm lief ein kalter Schauer über den Rücken. Jack kannte diesen Blick aus der Vergangenheit.

Roman hatte vor 9 Jahren durch sein kindisch-aggressives Verhalten eine solche Reaktion von Antony provoziert. Damals verstand der Junge die Warnung nicht und griff seinen Adoptivbruder schließlich an. Er wurde mit wenigen Handgriffen niedergeworfen. Antony verprügelte Roman soweit, dass es bei allen Zeugen eine festsitzende Angst vor ihm verursachte. Später wurde Roman vom Vater persönlich auch noch bestraft. Selbst Jacks verteidigende Aussage hatte nichts gebracht.

Lilly lief wortlos an Jack vorbei, der ihr jetzt still auswich. Sie öffnete die Tür und sah am Ende des leicht verdunkelten Schlafzimmers ein großes Doppelbett mit dem kranken, alten Mann darin. Zahlreiche medizinische Geräte für Beatmung, Lebenserhaltung, Messung und Infusion waren angeschlossen. Es roch nach Medikamenten und Desinfektionsmitteln. Sein äußerlicher Zustand verriet bereits, dass er im Sterben lag.

Auf der einen Seite saß seine mindestens 10 Jahre jünger aussehende Frau und auf der anderen seine Tochter. Beide hielten ihn, die eigene Trauer unterdrückend, an den Händen. Rechts neben dem Bett saß still in einem Sessel der 23-jährige Roman. Alle richteten ihren Blick auf die eintretende Lilly und Harley direkt hinter ihr.

„(Eng.) Wer ist das?", fragte Walter angestrengt, weil seine Sicht zu verschwommen war. „(Eng.) Ist das ... die begabte junge Lady, der unser Antony ... seine besondere Aufmerksamkeit geschenkt hat."

„(Eng.) Es scheint Euch trotz der Situation nicht an Charme zu mangeln, Mister Quinn", antwortete Lilly auf Englisch und zeigte auf Mark. „(Eng.) Aber die junge ‚Lady' auf die sie anspielen, steht eher rechts hinter mir."

Walter lachte angespannt, hustete und antwortete dann: „(Eng.) Haltung, Humor u...und Respekt gehören zu den direkten Pflichten ... eines englischen Gentlemans in führender Position. Harley hat ... meine Hoffnungen erneut entfacht, als er ... von Antonys vielversprechenden Schülern berichtete."

„(Eng.) Ich bitte Sie nicht zu viel zu erwarten", entgegnete Lilly gefasst. „(Eng.) Ich werde jedoch tun, was mir möglich ist."

„(Eng.) Vater, willst du das wirklich tun? Sie ist ein niemand", warf Roman ein. „(Eng.) Es könnte deine Schmerzen nur noch verschlimmern. Sie selbst ist nicht von ihren eigenen Fähigkeiten überzeugt."

Das Familienoberhaupt holte tief Luft und hustete. Dann sagte er: „(Eng.) Mein naiver Sohn, schlimmer als jetzt... kann selbst der Tod nicht werden. Ich habe... das Testament... bereits verfasst und mich vorsichtshalber von Euch... allen verabschiedet. Ich bin bereit... dieses Risiko zu tragen. Miss Decker... gibt es noch etwas... was Sie benötigen?"

„(Eng.) Möglichst viel Nährflüssigkeit... Ansonsten nur mein Buch und meine beiden Begleiter", entgegnete Lilly ernst. Mark und Kevin betraten gleichzeitig das triste Schlafzimmer.

„(Eng.) So ... soll es sein", sagte der kranke Mann. Nachdem die gewünschte Nährflüssigkeit gebracht und angeschlossen wurde, sammelte sich der Hausherr und sagte: „(Eng.) Ich bitte ... alle Unbeteiligten mein Zimmer... zu verlassen und nicht einzutreten, selbst... wenn ich schreien sollte. Nur die 3 Gäste und meine Frau... dürfen bleiben."

Unzufrieden stand Roman augenrollend auf, nahm seine trauernde Schwester zärtlich am Arm und ging mit ihr heraus. Harley verließ als letzter ebenfalls das Zimmer und schloss hinter sich die Schiebetüren.

„(Eng.) Bitte ziehen Sie die Vorhänge fest zu und schalten Sie das Licht an", sagte Lilly zur Frau Quinn. „(Eng.) Außerdem brauche ich Hautkontakt zum Bauchbereich von Mister Quinn."

„(Eng.) Nennen Sie mich Walter... Normalerweise entkleidet sich ... ein Gentleman nicht gleich beim ersten Date, aber ... für Sie mache ich diese Ausnahme", sprach Walter flirtend in angestrengtem Ton. Emilia Quinn lächelte mit Tränen in ihren Augen. Man merkte, wie sehr sie ihn liebte und ihm sogar im Totenbett diesen einen Flirt mit einer fremden, jungen Frau verzieh.

Vorsichtig zog seine Gattin die Decke bis kurz unter dem Bauch runter und knöpfte Walters Nachthemd auf. Er war bereits abgemagert, aber sein Bauch vom eingelagerten Wasser aufgebläht. Der Anblick der bleichen mit Schweiß bedeckten Haut brachte sogar Mark und Kevin Mitleid hervor, obwohl die Beiden diesen Mann noch nie vorher gesehen haben. Emilia nahm ein feuchtes Tuch von der Seite und wischte damit die Hautoberfläche ab. Währenddessen nahm und öffnete Lilly etwas nervös das goldene Buch. Dieses legte sie vor sich aufs Bett. Es war nun auf der Seite mit dem Unsterblichkeitsfluch aufgeschlagen. Es zeigte ein auf beide Seiten gestrecktes Siegel, das wie zwei um einander kreisende Sonnensysteme mit je 7 Planetenbahnen aussah. Jede Zeile, Linie darin bestand eigentlich aus aneinander gereihten Zeichen der antiken Sprache. Anstelle der Planeten waren einige eingekreiste große Zeichen eingetragen.

Lilly bat Mark, die Schutzbarriere um das Bett aufzubauen. Während er dann mit dem Kleben der in der Waldhütte beschrifteten Bänder beschäftigt war, setzte Lilly sich an das Bett und legte je eine Hand auf eine Seite des Buches. Kevin schob einen Stuhl heran, setzte sich darauf und legte eine Hand auf Lillys Rücken. Dann wartete sie mit den beiden Büchern ausgebreitet darauf, dass Mark fertig war.

„(Eng.) Was machen Sie da?", fragte Emilia etwas misstrauisch auf das goldene Objekt blickend.

Lilly sammelte sich und begann zu erklären: „(Eng.) Ich möchte, dass Sie beide sich zwei Dinge klar machen: Alles, was innerhalb dieses Zimmers gleich geschehen wird, widerspricht den Naturgesetzen. Das bedeutet, dass sie es niemandem, auch Ihren Kindern jemals erzählen dürfen ... unabhängig davon, ob es gelingt oder nicht. Zweitens wird ein hoher Preis verlangt, um von dieser Macht zu profitieren. Meine Fähigkeiten reichen nicht aus, um die Konsequenzen zu kontrollieren."

„(Eng.) Für meinen Mann würde ich selbst in die Hölle gehen, wenn es sein muss!", sagte die Gattin souverän, während sie die Hand ihres Mannes streichelte. „(Eng.) Machen Sie, was auch immer notwendig ist."

Lilly entgegnete jedoch die Augen schließend: „(Eng.) In der Hölle, Madam, würden Sie ihren Mann unter Wahn und Qualen nicht mal mehr wiedererkennen. Aber leider wird nur ihr Mann die Konsequenzen tragen müssen."

Als das Kleben fertig war, gab Mark seinen Freunden ein Wortzeichen. Kevin und Lilly konzentrierten sich. Zuerst entfachten ihre Auren kurz auf und aktivierten die Synergie. Mark holte währenddessen die goldene Laterne und stellte sie innerhalb des Schutzkreises aus Papierklebeband. Er öffnete die Laternenabdeckung und dieses flutete alles innerhalb der

Papierbandabgrenzung mit Mana. Der Schutzkreis begann zu leuchten und baute eine seifenblasenähnliche Sphäre um das Bett auf, welche die weitere Ausbreitung der Essenz verhinderte. Lilly begann ihre Hände langsam vom Buch zu heben und Aria in die kopierten, schwebenden Symbole unter ihren Handflächen zu leiten. Nur die drei Freunde konnten das Mana sehen. Emilia und Walter beobachteten bloß Luftverzerrungen an den Stellen. Natürlich fielen dann auch die medizinischen Geräte um den Kranken aus und das Licht flackerte.

„Übernimm jetzt die Kontrolle über den Manafluss", sagte Lilly ihrem Freund telepathisch.

„Ja", entgegnete er per Synergie und Lilly aktivierte dann den zweiten Teil der magischen Formel. Die Auren des Pärchens begannen wild zu pulsieren und Ströme aus Wellen in Richtung des Siegels zu senden. Das Siegel begann in verschiedenen Farben zu leuchten und die Innenringe sich ineinander zu kippen, was dem Gebilden noch mehr die Form eines von Planetensystemen verlieh. Lilly tauchte die magische nun dreidimensionale Formel direkt in Walters Bauch und ihr Geist versank im Körper des Kranken. Mark beobachtete die Beiden konzentriert. Unmengen Informationen strömten durch Lilly hindurch. Von vielen Wissen übermannt, rollten Lillys Augen nach oben und schlossen sich, während der ganze Körper des Kranken von leuchtenden Texten überzogen wurde. Sogar seine Gattin konnte sie nun sehen. Sowohl Walter, als auch seine Frau waren von diesem Ereignis überrascht. Es war ganz anders als damals mit ihrem Adoptivsohn. Walter spürte seltsame Schmerzen, als ob jemand kochendes Wasser direkt auf seine Eingeweide schütten würde.

Das schlagende Herz, die Organe, Muskeln, Sehnen und Knochen. Alles war für Lilly auf einmal sichtbar und es wurde immer mehr. Einzelne Zellen mit ihren Organellen begannen sich wie unter einem Mikroskop zu offenbaren. Sie spürte alle Zellen des Körpers, die wie Stimmen in einer Menge mit einander kommunizierten. Unter ihnen waren aber auch stille Zellen, die sich im ganzen Körper verteilt hatten und sich noch bloß vermehrten. Es war der Krebs, der alle Gewebe durchdrungen, den Körper seiner Nährstoffen und wertvollem Platz beraubte. Kevin konnte das alles auch sehen. Ihm wäre normalerweise bei Anblick schlecht geworden und er hätte sich übergeben, aber jetzt reagierte sein Körper nicht mehr. Es war, als ob sich alle anderen Sinne von Lilly und Kevin abgeschaltet hätten. Sie konnten nichts sehen, hören, riechen oder spüren. Das Wirken nahm ihre vollständige Aufmerksamkeit in Anspruch.

„Es wird ... kochend heiß", flüsterte Walter schweratmend.

Lilly analysierte weiter den ganzen Körper. Erstaunlicherweise war es für die angehende Pharmazeutin jetzt viel einfacher die komplexen Vorgänge des

Körpers zu begreifen. Als ob sich eine ganz neue Welt für sie eröffnet hat. Lilly konnte die Gene jetzt förmlich auslesen, die Proteine vergleichen und deren Funktion erschließen. Währenddessen begann der Fluch zu wirken und die Krebszellen zu zerstören. Walter begann vor den unerträglichen Schmerzen zu schreien.

„(Eng.) Aaaah… Mein Körper brennt! Diese Schmerzen …Tötet mich… bitte tötet mich… ich kann das nicht!", schrie er wie aus letzter Kraft. Seine Frau hielt verzweifelt seine Hand immer fester. Walter konnte sich aber nicht bewegen, als ob er halsabwärts paralysiert wäre und sein Bewusstsein konnte er auch nicht verlieren, weil es vom Fluch nun blockiert wurde. Dann verlor er sogar ganz kurz seine Stimme.

„(Eng.) Das kann alles nicht wahr sein", rief Emilia weinend. „(Eng.) Was tun Sie da?"

Mark antwortete neben Lilly stehend: „(Eng.) Es ist die Nebenwirkung der Behandlung. Meine Freunde müssen, um ihrem Mann zu helfen die eigenen Seelen in seinen Körper ausstrecken. Da sein Körper durch den invasiven Besuch an allen Schmerzrezeptoren stark gereizt wird … fühlt es sich für ihren Mann, als ob er innerlich verbrennt."

Draußen stand Butler Hurley an den verschlossenen Schiebetüren und hielt die beiden Söhne davon ab, ins Zimmer rein zu stürmen. Alle im Büro konnten die dumpfen Schreie des Hausherrn hören, aber Harley blieb trotz aller Argumente stur.

„(Eng.) Ich bin der Haupterbe", schrie Jack wütend. „(Eng.) Wie können Sie es wagen, den Weg zum meinem Vater zu versperren!"

„(Eng.) Ich darf nicht!", entgegnete Harley kurz.

„(Eng.) Wie können Sie sich diesen Schreien gegenüber taub stellen? Jetzt lassen uns sofort durch!", schrie Roman.

„(Eng.) Die Befehle des Hausherrn gehen über die Wünsche der Haupterben, Master Roman", entgegnete Harley. „(Eng.) Er hat es mir ausdrücklich befohlen, als seine letzte Anweisung. Jetzt zu stören, könnte jegliche Hoffnung aufs Überleben Ihres Vaters zunichtemachen und Sie würden in diesem Fall nicht viel ausrichten können."

Wütend ließ Jack ab, drehte sich zu seiner auf einem Stuhl trauernde Schwester und entgegnete: „(Eng.) Falls mein Vater stirbt, werde ich Sie mit diesen drei Scharlatanen zusammen in die Verantwortung ziehen."

Butler Harley nahm es wortlos an und hielt weiter standhaft Wache an der Tür.

Lilly bemerkte inzwischen, dass es nicht mehr ausreichte nur den Krebs zu besiegen. Die betroffenen Organe wurden schon zu sehr von den schädlichen Substanzen der Chemotherapie zerstört, ausgehungert und von

Krebsknötchen durchsiebt. In diesem Moment begannen die Organe plötzlich sich wie von selbst vor ihren Augen zu regenerieren. Währenddessen erschütterte ein starkes Beben plötzlich das ganze Haus, dass Mark im Stehen kurz das Gleichgewicht verlor und alle draußen erschraken.

Lillys Aura im pulsierte inzwischen so stark, dass es nun fast an Feuer erinnerte und Mark begann sich Sorgen zu machen. Das Aria wurde aus ihrem Körper förmlich ausgesaugt. Walters Schmerzen schienen langsam nachzulassen, da sein Atem ruhiger wurde. Lillys Seele und die Aura wurde stufenweise kleiner, als ob sie wie Flammen ausbrennen würden. Die angeschlossenen Nährlösungsbehälter leerten sich vollständig.

„Lilly, hör jetzt auf!", schrie Kevin innerlich. „Ich kann deine Seele schwinden fühlen und ich kann auch nicht mehr."

„Ich....bin... fast fertig", entgegnete Lilly telepatisch.

Vor Augen von allen beobachtenden veränderte sich der Kranke. Farbe kehrte wieder in auf seiner Haut zurück. Die tiefen Augenringe und Falten verschwanden. Plötzlich flackerte Licht zwischen Lillys Händen und Walter bis es ganz verschwand. Die junge Heilerin brach bewusstlos an der Seite des Bettes zusammen. Kevin ließ sie auch erschöpft los.

Mark drehte sich plötzlich zum Ausgang. Er spürte etwas und hörte die immer lauter werdende, widerhallende Stimme von Antony aus der Leere: „Nein... NEIN.. was habt Ihr getan... sie... Sie... SIE darf nicht sterben... SIE DARF NICHT STERBEN!"

Das goldene Buch blätterte sich wie durch einen Geist auf eine andere Seite um. Mark näherte sich erschrocken an das Werk und sah dort einen anderen, hochkomplexen Zauber auf zwei Seiten verteilt, der bereits am Leuchten war. Die hatte Zauber hatte ganze 5 Ringsysteme innerhalb eines Großen. Als Mark herantrat um es sich genauer anzuschauen, begann aus der Mitte des Buches ein Riss mitten durch die Luft zu wachsen. Als ob die Raumzeit selbst zersplittern würde und setzte eine kleine Druckwelle frei, die alle leicht zurückstieß. Die Druckwelle schien sich überall hin auszubreiten, selbst durch Wände. Dann schloss sich das Buch wieder von und wickelte sich von selbst wieder ein.

Walter öffnete inzwischen wieder seine Augen und holte erleichtert Luft. Er zog sich selbst die Schläuche aus seiner Nase, als die medizinischen Geräte plötzlich wieder anfingen zu arbeiten, als wär nichts gewesen.

Kevin rief erschöpft nach Hilfe. Erst dann entriegelte Harley das Zimmer und öffnete vollständig die Schiebetüren. Antonys Geschwister standen alle staunend hinter ihm. Den Eintretenden eröffnete sich eine merkwürdige Szene.

Die Wände und Boden um das Krankenbett herum waren mit beschriebenen Klebeband beklebt, das gerade restlos abbrannte. Das noch vor einiger Zeit todkranke Familienoberhaupt richtete sich schweißgebadet auf. Er sah gesund aus und war mindestens 10 Jahre jünger. Kevin hielt weinend seine bewusstlose noch leicht dampfende Freundin in den Armen und Mark stand da wie eine Säule auf ein eingewickeltes Päckchen starrend. Eine leere Laterne aus puren Gold stand offen auf dem Boden. Es sah für einen Außenstehenden fast so aus, als hätte Lilly ihr eigenes Leben in einem heidnischen Ritual für Walter geopfert.

„Schatz, kannst du mich hören?", fragte Kevin besorgt, während er seine Hand auf ihre Schulter legte und leicht rüttelte. Er konnte ihre Gedanken nicht mehr hören und die Synergie wurde von selbst unterbrochen.

„So...schwach", antwortete sie flüsternd und verlor wieder das Bewusstsein.

„(Eng.) Wir müssen uns sofort ausruhen!", sagte Kevin fordernd.

„(Eng.) Wie zum...", wollte gerade Roman sagen, als er plötzlich unterbrochen wurde.

„(Eng.) Harley, bitte machen Sie sofort ein Doppelzimmer für unsere drei Ehrengäste fertig", sagte Walter mit Freude in den Augen auf seinen Körper blickend. Elisabeth lief weinend zum Bett ihres Vaters und setzte sich glücklich an seine Seite. Die beiden Söhne begannen verwirrt ihre Eltern auszufragen, was da passiert ist.

Harley führte inzwischen die drei Gäste sofort zu einem Zimmer im zweiten Geschoss des Ostflügels. Mark trug dabei Lilly huckepack und Kevin wurde von einem weiteren Bediensteten beim Gehen unterstützt. Zwei weitere weibliche Bedienstete schleppten alle weiteren Besitzgegenstände hinterher. Im gut ausgestatteten Schlafzimmer wurden dann Kevin und Lilly auf Marks Anweisung nebeneinander gelegt. Kevin rief Mark kurz zu sich und sagte ihm:

„So tief will ich nie wieder in einen anderen Mann eindringen", drehte sich zu Lilly, bevor auch er einschlief. Mark lächelte nicht mal, da er gerade andere Sorgen hatte. Die Bediensteten stellten alle Gegenstände ab und verließen das Zimmer.

Inzwischen entbrannte im Schlafzimmer eine heiße Diskussion, um die übernatürliche Heilung von Mister Quinn.

„(Eng.) Ihr braucht das nicht zu wissen, Kinder", antwortete Walter befehlend. „(Eng.) Vergesst, was Ihr gesehen habt! Um unser aller Willen!"

Zurück im Ostflügel betrat Mark das benachbarte Schlafzimmer, das für ihn hergerichtet wurde. Es war schon sehr spät und er spürte plötzlich die aufgestaute Müdigkeit des stressvollen Tages. Er ging noch kurz in zum

Schlafzimmer gehörende Bad, putzte sich die Zähne und fiel dann ohne sich auszuziehen auf sein Bett.

Als Mark ebenfalls ziemlich erschöpft hingelegt hatte, fand er sich plötzlich in einem völlig weißen Raum wieder, scheinbar ohne Anfang und ohne Ende.

„(Ark.) Oh.. das kommt mir bekannt vor", sagte Mark sarkastisch in antiker Sprache. „(Ark.) Wo ist mein Morpheus?"

„(Ark.) Du hast versagt, Umbriel Plutos", sprach Antony plötzlich direkt hinter Mark auftauchend. Seine Stimme klang enttäuscht. „(Ark.) Du solltest auf sie aufpassen."

„(Ark.) Wie hätte ich sie aufhalten sollen?", antwortete Mark sich verteidigend und drehte sich um. „(Ark.) Es war schließlich deine Ziehfamilie… außerdem wurden wir ziemlich bedrängt und vom weißen Orden verfolgt!"

„(Ark.) Ich habe mit Walter bereits einen Pakt gehabt…", erklärte Antony vor seinem Freund in seiner astralen Gestalt stehend. „(Ark.) Durch mein Verscheiden wurde die letzte Klausel aktiviert, welche die Erkrankung von Emilia bei Walter auslöste. Es sollte ihre Heilung naturgesetzlich ausgleichen. Ein Leben für ein Leben."

„(Ark.) Aber was bedeutet das jetzt genau?", hackte Mark nach. „(Ark.) Und was für ein Zauber hast du da im goldenen Buch aktiviert?"

„(Ark.) Dieser Fluch wird Realitätsbrecher genannt", erklärte Antony nach einer kurzen Pause. „(Ark.) Er bildet fortschreitende Risse in den dimensionalen Membranen, die eine Welt von seinen Subdimensionen trennen. Hätte ich es nicht aktiviert, wäre Lilly jetzt endgültig ausgelöscht. Sie hat einen Fluch benutzt, der ein großes Seelenopfer erfordert. Das wird sie vorerst davor bewahren."

„(Ark.) Hast du dich schon weit genug erholt, um wieder zu uns zu stoßen?", fragte Mark.

Antony trat an ihn heran, reichte ihm seine Hand auf die Schulter und entgegnete: „(Ark.) Der Einsatz der verbotenen Formel hat an meinen Kräften gezerrt und meine Rückkehr verzögert. Findet mein Arkum und bringt es schnellstmöglich zum Stonehenge… Ihr Kommen ist jetzt unausweichlich."

Plötzlich wurde Antonies Stimme leiser, als ob er sich weiter entfernen würde.

„(Ark.) Wo ist dein Arkum?", rief Mark noch mal laut.

„Waverley Abb…", entgegnete Antony bevor seine Stimme in der Ferne verstummte und Mark wieder alleine in der weißen Leere stand. Es war für ihn jedoch ausgereicht, um den Zusammenhang zu begreifen. Der Orden hatte das Arkum in einer Basis in der Nähe von Waverley versteckt.

Am nächsten Morgen wurde das Frühstück direkt auf die Zimmer der Freunde gebracht. Kevin und Mark sind aufgestanden, während sich Lilly weiter im Tiefschlaf befand aus dem sie nicht mal Kevin erwecken konnte.

Nach dem Frühstück klopfte Mark an die Tür zum Schlafzimmer seiner Freunde. Kevin öffnete, sich mit einer Hand am Kopf haltend, die Tür.

„Hey Mann!", begrüßte Kevin mit einem Brummschädel. „Hast du zufällig eine Kopfschmerztablette dabei?"

Mark holte 6 Plastikfläschchen mit rötlichem Saft aus seinen Westentaschen und drückte sie Kevin in die Hand.

„Nimm drei davon über den Tag verteilt ein", erklärte Mark zusätzlich. „Lilly soll auch davon trinken. Selbst wenn du es ihr einflößen oder ihren Körper dafür steuern musst."

Kevin schaute zwar etwas verwirrt, aber nahm gleich eine davon ein und entgegnete mit von der merkwürdig schmeckenden Medizin das Gesicht: „Du siehst besorgt aus? Was ist los?"

„Wie geht's ihr?", fragte Mark.

„Sie schläft, sehr fest… Aber mittlerweile empfange ich wieder einige Gedanken von ihr, auch wenn diese seltsam chaotisch erscheinen. Es ist als ob ihre Seele durch den Fleischwolf gedreht wurde", erzählte Kevin langsam zu einem Sessel in der Ecke des Zimmers torkelnd.

„Sie hat es übertrieben", stellte Mark ruhig auf sie schauend fest.

„Hey, ich habe versucht sie aufzuhalten…", rechtfertigte sich Kevin. „…aber du weißt ja jetzt wie sie ist, wenn sie sich was vornimmt."

„Kevin…", sprach Mark mit sehr ernsteren Ton. „Du bist jetzt ihr Lebenspartner, der Vater ihres ungeborenen Kindes… So eine Einstellung kannst du einfach nicht mehr fahren. Sie hat für einen fremden Mann beinahe ihre Seele abgefackelt."

„Ähm.. Sie lebt doch noch, oder?!", sagte Kevin. „Ich spüre, dass es ihr besser wird."

„Ja denkst du?", fragte Mark sarkastisch. „Ist dir eigentlich etwas in der Umgebung aufgefallen?"

„Was meinst du?", hackte Kevin und spürte bereits wie seine Kopfschmerzen langsam schwächer wurden.

„Versuche doch einfach mal, Mana in der Umgebung zu spüren", forderte Mark.

„Unabhängig davon gefällt mir dein Ton nicht, Mark!", entgegnete Kevin warnend, schloss seine Augen und konzentrierte sich. Es spürte eine stark erhöhte Mana-Dichte, fast wie in der Horizontwelt. „Hast du etwa die Ätherion-Laterne offen stehen lassen?"

Mark rollte mit den Augen und zeigte mit seinem Finger auf den goldenen Gegenstand der eingewickelt in der Ecke stand.

„Was geht hier vor?", fragte Kevin, der die momentane Situation nicht genau verstanden hat.

„Deine Freundin stand in ihrem Eifer kurz vor der Auslöschung, ...", erklärte Mark warnend. „Also hat Antony eingegriffen und in der Not die ‚Realitätsbrecher' aus dem goldenen Buch aktiviert."

„Das hört sich zu sehr nach Weltuntergang an...", kommentierte Kevin nervös werdend. „Was macht dieser Zauber genau?"

Mark schaute mit fragendem Blick auf seinen Freund und entgegnete: „Ich weiß es nicht, aber keine Formel aus diesem Werk ist harmlos."

„Wiiiie... du weißt es nicht?", hackte Kevin nach. „Was hat Antony über die Jahre überhaupt beigebracht?"

„So eben", entgegnete Mark resignierend. „Ich beobachtete bloß, was er macht. Diese Flüche sind nur für absolute Notfälle vorgesehen."

„Und was außer Erhöhung der Mana-Konzentration in der Umgebung hast du denn noch beobachtet?", fragte Kevin etwas satirisch.

„Noch nichts", antwortete Mark sarkastisch, aber wurde dann ernster. „Aber es wird alles schlimmer, viel schlimmer. Nehmen wir an, diese Veränderung verbreitet sich über die ganze Welt. Denkst du die Dämonenfürsten werden davon nicht profitieren?"

„Sch...", entgegnete Kevin anhaltend, dachte kurz noch mal nach und setzte dann wieder fort. „Scheiße!"

„Weltuntergang!", präzisierte Mark noch Salz in die Wunde reibend.

„Was machen wir jetzt und was war das mit Antony? Ist er etwa wieder da?", fragte Kevin seinen Ärger herunterschluckend.

„Nein, sein Arkum wurde wahrscheinlich in irgendeinen abgeschotteten Raum gebracht, sodass meine Kommunikation mit ihm im Traum plötzlich abbrach...", erzählte Mark.

„Warte, warte, warte!", hielt Kevin seinen Kumpel an. „Du konntest also doch mit Antony sprechen?!"

„Ah...", seufzte Mark. „Wieso wusste ich, dass du das wieder missverstehst! Nein, es war nur letzte Nacht und nur weil Ihr beide eine absolute Notsituation fabriziert habt. Er ist jedenfalls auch hier in England!"

„Und wo?", fragte Kevin nach.

„Waverley Abb... irgendwas. Vermutlich eine geheime Basis in einem verlassenen Kloster, wie in den ganzen Filmen", spekulierte Mark.

„Aber wir können dort nicht einfach einbrechen, vermute ich mal", nahm Kevin an.

„Oh wie schlau du doch bist!", kommentiert Mark in einem sarkastischen Hochton. „Wir müssen uns natürlich einen Plan ausdenken, wie wir an den

Würfel gelangen. Viel Zeit bleibt uns aber nicht mehr, wenn wir den Untergang noch verhindern wollen."

So setzten sich die Männer an einen Tisch und begangen sich zusammen was zu überlegen. Mark erinnerte sich an all die Informationen, die er von Antony während der letzten Jahre über den Orden gehört hat. Offensichtlich besitzt dieser in jeder Nation eine Zentrale und diese ist meistens nah an der jeweiligen Hauptstadt. Mark bat eine Bedienstete ihnen das Passwort vom WLAN zu geben, um mit einem Tablet ins Internet zuzugreifen. Beim Durchsuchen fand er tatsächlich das zerstörte Kloster ‚Waterley Abbey', aber nichts dort in der Nähe deutete auch nur ansatzweise auf eine geheime Basis. Natürlich hat auch keiner erwartet, dass eine normale Suchmaschine dort etwas finden würde. Also wurde ein Plan ohne die Standortkenntnisse überlegt.

Zwischendrin wurde die komatöse Lilly zwei Mal kurz aufgeweckt, um sie mit dem Inhalt der Fläschchen zu füttern. Sie trank und schlief gleich wieder ein, als ob die Schlafkrankheit sie erwischt hätte. Bis die Männer schließlich mit den Überlegungen fertig waren, war es schon wieder dunkel draußen.

An einem Moment klopfe Butler Harley an die Tür. Er brachte Abendessen und ein paar zusätzliche Tücher für Lilly. Mark ließ ihn herein, worauf er sich nostalgisch im Zimmer umschaute.

„Wie ich sehe haben Sie es sich im Zimmer gut eingerichtet", sagte der Butler. „Wie geht es Ihrer Partnerin? Sie wird hoffentlich wieder genesen."

„Das wollen wir selbst so bald wie möglich rausfinden", entgegnete Mark, der gerade von einen Stuhl am Tisch aufstand. „Bitte stellen sie für uns das Essen ab und geben Sie weiter, dass wir nicht gestört werden dürfen bis wir selbst rauskommen. Können Sie das für uns tun?"

„Für Ihre Leistungen für diese Familie ist es das Mindeste, was wir für Sie tun können", entgegnete Harley freundlich. „Aber bedenken Sie, dass der weiße Orden nicht ewig warten wird. Übrigens falls Sie es wünschen, würde ich Ihnen gerne Master Antonys Bibliothek zeigen. Ich bin mir sicher, dass sie dort einiges von Interesse finden können."

„Wir danken Ihnen, Mister Harley", sagte Mark, setzte sich wieder und schloss seine Augen. Kevin bat Harley heraus und brachte die Handtücher zum Bad. Lilly wurde fiebrig und musste mit feuchten Tüchern am Körper gekühlt werden.

Nach etwa ein paar Minuten wachte Mark wieder auf.

„Was hast du gesehen?", fragte Kevin besorgt.

„Ihre Seele ist definitiv noch im Körper, aber so etwas habe ich noch nicht gesehen. Lillys Astralkörper steht förmlich unter Strom. Ihre Aura pulsiert wie bei einem epileptischen Anfall. Der Körper saugt außerdem das ganze Mana im Umfeld von 2 Metern wie ein schwarzes Loch", erzählte Mark. „Ich glaube, wir können Ihr nur helfen, wenn wir ihr viel Mana spenden."

„Dann fängst du zuerst an", entgegnete Kevin. „Jemand muss auf Lillys Zustand ein Auge werfen."

Die nächsten zwei Tage verbrachten die beiden Männer im Zimmer mit der schlafenden Schönheit, ohne sie zu verlassen. Lediglich frisch vorbeigebrachtes Essen wurde regelmäßig ausgetauscht. Harley besorgte außerdem frische Kleidung in einer abgeschätzten Größe für die Gäste.

Die Erben des Hauses tobten teilweise bereits und verlangten Zutritt zu Antonys Flügel, aber Harley und Walter untersagten es strikt. Sie ließen den ganzen Flügel versiegeln. Nur der alte Butler durfte es noch betreten. Mark nutzte die Nacht um Lilly mit Aria zu versorgen, während Kevin sich tagsüber einsetzte.

Der Prozess forderte viel Kraft von den beiden Männern, aber sie merkten wie Lillys Zustand schnell besser wurde. Sie nutzten die Zeit auch, um die arkane Formeln aus den mitgenommenen Werken zu studieren. Am dritten Tag war es schließlich so weit. Lilly öffnete wieder ihre Augen. Ihre ersten Worte waren: „Nein, mein Baby?!"

„Hallo, Schatz! Wie fühlst du dich?", fragte Kevin besorgt. „Was ist deinem Baby?"

„Ich dachte gerade, ich hätte es verloren", entgegnete Lilly weinend. „Wie lange war ich weg?"

„Drei Tage, Lilly!", sagte Mark, der sich gerade auf die andere Seite des Bettes setzte. „Und ich glaube, dass das Kind noch okay ist. Wir hätten es sonst bemerkt."

Lilly bemerkte, dass ihre beiden Männer ziemlich erschöpft waren. Sie schaute seltsam zerstreut in die Augen ihres Geliebten, dessen Gedanken sie jetzt aus Erschöpfung nicht mehr lesen konnte und sprach dann: „Es war seltsam. Ich war irgendwie zwischen den Dimensionen gefangen."

„Wie meinst du das, Lilly?", fragte Mark.

Die Erwachte begann ihre Geschichte zu erzählen.

Kapitel 12: „Überall und Nirgendwo"

„Selbst wenn man ein Vermögen im Glückspiel gewinnt, verliert man etwas.
Um es zu behalten, muss man schließlich sein Mitgefühl wegwerfen."

Als ich meine ganze Essenz für die Heilung verbraucht hatte, hing ich irgendwo zwischen Leben und Tod. Ich konnte mich weder von meinem Körper lösen, noch nach Hilfe schreien. Ich war wie blind, taub und stumm.

Ich fühlte mich so hilflos, dass ich herausschreien wollte. Ich war der Finsternis und Einsamkeit schutzlos ausgeliefert.

Plötzlich spürte ich etwas. Eine frische Brise strömte durch die Finsternis. Ich begann nach Luft zu schnappen und mein Drang einzuatmen konnte nicht mehr gestillt werden.

Langsam konnte ich wieder etwas sehen und hören. Dann sah ich sie persönlich vor mir erschienen.

„Jetzt hast du es wirklich geschafft, Kleine", sagte die Schöpferin in einem strengen Ton. „Du hast, um deinem Ego nach der Vorfall in der Kirche Befriedigung zu verschaffen, einen faktischen Toten mit einem verbotenen Fluch zurückgebracht."

„Wie meinen Sie das?", fragte ich entgegen.

„Ainex hat mit diesem Mann einen Pakt geschlossen, um seine Frau zu retten. Heute war der Tag gekommen, um den Preis zur Erhaltung der Balance einzufordern", erklärte Jahwe. „Du hast faktisch deine Seelen geopfert, um einen reichen Fleischsack zu retten. Ich hätte Dich für klüger gehalten."

In meinem schläfrigen Zustand entgegnete ich: „Ich lebe aber doch noch?"

„Hör zu, Mädchen", forderte Jahwe. „Als Mutter hat man stets nur seine Kinder im Sinn und man kann bestimmte Dinge einfach nicht mehr erlauben. Du müsstest es eigentlich begreifen."

„Ist etwa mein Baby auch in Gefahr?", rief ich verzweifelt. „Oh nein."

„Dein Handeln hat mir einige Dinge über dich offenbart, die ich früher nicht sehen konnte. Etwas Altes, tief in deiner Seele vergraben. Ich habe ihn gesehen… deinen Alptraum… deine Erinnerung."

„Wisst Ihr etwas darüber?", fragte ich.

„IOuroboros", entgegnete sie atmend. „Suche nach dem zweiten Planeten in einem 12 Planetensystem aus der toten Galaxie Eos. Der Planet hatte zwei Monde, von denen einer bei Yggdrassils Ausbreitung zerstört wurde. Falls er nach der langen Zeit noch existiert, wirst du dort deine Antworten finden."

„Wo finden wir diese Galaxie und wie?", fragte ich.

„ER wird Euch wahrscheinlich sowieso hinführen", entgegnete Jahwe. „Ich habe aber auch schlechte Nachrichten für dich, Mädchen. Durch Eure Aktivitäten habt Ihr meine ganze Schöpfung beschädigt. Ich muss fast meine gesamte Macht aufwenden, um die Hölle am Kollabieren zu hindern. Die Dämonen sind auch noch in die Menschenwelt entkommen. Nun hat Ainex noch irgendwas in der Welt der Sterblichen gewirkt, sodass sie unkontrolliert mit Mana aus den anderen Dimensionen geflutet wird. Ich habe die Kontrolle über meine eigene Welt verloren. Damit habt Ihr Eure Möglichkeit auf der Erde zu bleiben verwirkt."

„Wartet!", sagte Lilly. „Vielleicht können wir unsere Probleme noch beheben."

„Kind!", entgegnete sie dann. „Ich habe nicht umsonst den Einsatz von solch überlegener Magie auf der Erde verboten. Dein Patient hat jetzt von den Möglichkeiten gekostet und wird sicher nicht lange zufrieden bleiben. Der Wunsch nach Unsterblichkeit ist seit langer Zeit ein unerfüllter Traum jedes reichen Menschen."

„Ich... verstehe", entgegnete ich. „Aber was ist mit meinem Baby? Ich kann es nicht einfach mitnehmen."

„Dann bringt absolut Alles wieder in Ordnung", antwortete sie. „Ich gebe Euch 5 Erdentage Zeit. NICHT MEHR! Dann überlege ich mir, ob Ihr bleiben dürft. Schafft ihr es nicht, melde ich Euch an den Zerstörer."

„Kannst du wenigstens bei der Suche nach Antony, ich meine Ainex, helfen?", fragte ich.

Jahwe schmunzelte: „Sein Würfel kann ich zwar nicht zu orten, aber diesen zu finden ist dennoch einfach. Lasst von den richtigen Personen fangen! Ich selbst muss mich mit der Lokalisierung der entkommenen Dämonen beschäftigen."

Dann löste sich in Luft auf. Ich spürte wieder die Verbindung zu meinem Körper und verschmolz nach einigen Stunden wieder mit ihm. Wie ich in dieses Zimmer gelangte, weiß ich auch nicht mehr.

Kapitel 13: „Mit Wolfspelzen in die Höhle des Löwen"

„Auch der Teufel liebt ein gutes Geschäft."

„Ouroboros-System in der Eos Galaxie, sagtest du?", hackte Mark interessiert nach.

„Ja, kommt dir irgendwas davon bekannt vor?", fragte Lilly.

„Falls du etwas weißt, sag es jetzt, Mark!", forderte Kevin gespannt.

„Wenn man eine für einen überlegene Magie einsetzt, zerfrisst sie die Seele", entgegnete Mark. „Auch ich habe es einst tun müssen, aber im Gegensatz zu Euch habe ich alles verloren. Alles was ich noch weiß, habe ich durch Antony erfahren. Ich bin zwar mittlerweile sicher, dass wir Drei eine Vergangenheit jenseits dieses Lebens haben, aber mehr weiß ich selbst noch nicht."

„Ist das wirklich die ganze Wahrheit?", fragte Kevin misstrauisch nach.

„Ja. Aber aus dem Gespräch zwischen Jahwe und Antony glaube ich mittlerweile, dass er und Yggdrasil echte Brüder sind oder waren", erzählte Mark aufgeregt. „Und zwar so richtig alte Brüder, im Sinne von vielen

Milliarden Erdenjahre. Wenn das wahr ist, könnte unser Schicksal viel stärker mit diesem ganzen System verwoben sein, als wir uns vorstellen können."

„Aber er hat uns stets feindselig auf dieses Monster eingestimmt. Wieso?", fragte Kevin. „Ich fühle mich wie in einer griechischen Sage."

„Ich vermute, dass die Beiden im moralischen Streit sind", entgegnete Mark spekulierend. „Betrachte ich meinen Freund im positiven Licht, rebelliert er gegen die Grausamkeit seines Bruders. Im pessimistischen Szenario ist er jedoch Teil des Systems und soll gefährliche Individuen davon abhalten, an zu viel Macht zu gelangen."

„Wie kannst du ihn dann noch lieben?", fragte Kevin völlig baff.

„Ich liebe ihn für all das Gute, dass er mir gezeigt hat", entgegnete Mark. „Außerdem möchte ich meinem Partner vertrauen, aber dennoch halte ich mich auch für die anderen Optionen offen. Das hat ER mich schließlich gelehrt."

Es war schwer zu entscheiden, welche Vorstellung schlimmer war: Das man selbst nur noch ein winziges Fragment einer uralten nahezu alles wissenden Persönlichkeit war oder die Tatsache, dass es offensichtlich auch für solche Individuen genug Gefahren im Universum gibt. Und vor allem, wie hat Antony die Drei wiedergefunden und was hatte er noch vor? Es gab keine Antwort darauf, noch nicht.

Plötzlich klopfte Harley an die Tür. Er hatte das Frühstück dabei. Lilly bemerkte, wie hungrig und durstig sie eigentlich war. Als Harley herein kam, sah er die Erwachte und freute sich aufrichtig.

„Ich denke, ich bringe mal eine extra Portion für die junge Dame mit", sagte der Mann höflich. Lilly nickte lächelnd entgegen. „Haben Sie irgendeinen bestimmten Wunsch?"

„Mir wäre jetzt alles nahrhafte Recht, Mister Harley. Aber vielen Dank für Ihre Nachfrage", antwortete Lilly.

In der Tat war sie sehr hungrig. Am Ende des Frühstücks vertilgte sie mehr als das Vierfache ihrer normalen Portionen. Der sonstige Figur-Wahn war völlig vergessen und angesichts des etwas abgemagerten Aussehens völlig überflüssig. Außerdem musste Sie ja eigentlich auch für Zwei sorgen. Kevin war angesichts seiner sich mit Nahrung stopfenden Freundin etwas schockiert.

Nach einem Spaziergang im privaten Park unter der kühlen Winterluft und der Planbesprechung mit den beiden Männern, wurden die drei Freunde zu einem gemeinsamen Abendessen der Familie Quinn eingeladen. Auch Walter saß an dem riesigen Tisch, was umso erstaunlicher war und sogar Lilly selbst überraschte. Er sah aus wie maximal 35, hatte keinen unter dem Anzug sichtbaren Bauch mehr, sogar eine leicht athletische Statur. Er war jetzt in der Jugendlichkeit seiner Frau ebenbürtig.

Seine Kinder saßen in chronologischer Reihenfolge zu seiner Linken und seine Frau zur Rechten. Der Tisch selbst war groß genug, um weitere 25 Menschen zu beköstigen, aber jetzt standen genau 3 weitere Stühle direkt neben Emilia. Der Saal selbst war großzügig nach altenglischer Art eingerichtet. Viele großer Bilder hingen an den Wänden und über dem Sims des großen offenen Kamins hinter Walter befand sich ein großes von einem professionellen Künstler gemaltes Familienbild der Quinns. Alle Sprösslinge der Familie waren darauf, sogar die wohl mittlerweile verstorbenen Eltern von Walter. Nur Antony schien nicht dabei zu sein. Den Dreien fiel es sofort auf, aber noch trauten sie sich nicht zu fragen. Die dunkelgrünen Wände unterstrichen alle im Raum hängenden und in prachtvolle goldene Rahmen gefassten Kunstwerke.

Walter bemerkte natürlich, dass die Ausstrahlung der beiden, jungen Männer etwas an die seines Adoptivsohnes erinnerte. Er konnte es sich nicht genau erklären, aber jetzt fielen ihm diese selbst kleinen Details wieder auf. Er war schließlich ein Geschäftsmann mit vielen Jahrzehnten Erfahrung und da war es wichtig, Menschen richtig einzuschätzen. Alle drei Gäste waren irgendwie anders, selbst die Art wie sie sich die Umgebung im Saal betrachteten.

„(Eng.) Ich weiß nicht, wie viel Sie alle so von den gewöhnlichen Menschen unterscheidet…", sagte Walter selbstbewusst, während die Bediensteten einen kleinen Salat als Vorspeise servierten. Auf dem Tisch lagen 5 Besteckpaare und quer ein Dessertlöffel. „(Eng.) …oder woher Sie Ihre Fähigkeiten haben, aber dieses Mysterium hat mich damals auch schon bei Antony fasziniert. Deswegen bin ich seinem Wunsch nach einer Familie ohne Zögern entgegengekommen."

Mark und Lilly schauten etwas verwirrt auf das viele Besteck, aber Emilie klärte sie freundlich lächelnd auf: „(Eng.) Arbeiten Sie sich einfach von außen nach innen."

„(Eng.) Bin ich denn der Einzige, dem dieses ganze Szenario seltsam erscheint?", sagte Roman sehr unzufrieden.

„(Eng.) Sei ruhig, Rommi. Bist du etwa nicht glücklich, dass dein Vater noch gesund neben uns sitzt und mit uns speisen kann?", unterbrach ihn Jack und schaute auf Vater, der diese Szene streng beobachtete.

„(Eng.) Ich bitte unsere Gäste um Entschuldigung für dieses Fehlverhalten. Es wird nicht wieder vorkommen", sagte Walter in einem warnenden Unterton. Emilia streichelte ihn am Arm, um ihn zu beruhigen. „(Eng.) Roman, falls du meine Gäste in meinem Haus noch mal beleidigst, enterbe ich dich. Ich habe deine fehlenden Manieren und deine Ungeduld langsam satt, selbst wenn du mein leiblicher Sohn bist."

Lilly versuchte die Situation zu entspannen: „(Eng.) Glauben Sie mir. Ich bin an Schlimmeres gewöhnt", dann drehte sie sich zu Roman und den anderen Erben des Hauses. „(Eng.) Vertrauen Sie mir, dass ich Ihnen gerne Ihre Fragen beantworten möchte, aber es geht zu Ihrer eigenen Sicherheit nicht. Wir zweifeln momentan selbst, ob wir überhaupt noch hier bleiben können."

„(Eng.) Zweifeln Sie nicht. Ihre Zeit hier ist tatsächlich begrenzt", unterbrach Walter. „(Eng.) Ich kann selbst mit meinem Einfluss, den Orden nicht lange zurückhalten. Auch darf Antonys Vermächtnis an diese Welt nicht gefährdet werden, wenn Sie verstehen... Ich denke aber dennoch, dass Sie zurechtkommen werden. Sie besitzen Fähigkeiten und Talente, zu denen ich trotz meines ganzen Reichtums keinen Zugang habe. Wäre nicht Antony, würden meine Frau mit mir jetzt wahrscheinlich im Grab liegen und meine Kinder mit einem Schuldenberg auf der Straße sitzen."

„(Eng.) Was meinst du damit, Vater?", fragte Elisabeth.

„(Eng.) Antony wollte es eigentlich bis zu Ende dieses Geheimnis bewahren, aber ich verrate es euch jetzt. Nur Ich, Eure Mutter und Harley wissen davon. Antony hat unsere Firma durch seine Ideen aus dem drohenden Bankrott gezogen und nicht ich. Dass er auch Emilia geheilt hat, müsstet Ihr spätestens nach meiner Heilung wohl begriffen haben, oder?", erklärte Walter, als er sich zu seinen Abkömmlingen drehte. Der stolze Familienvater glaubte früher den Respekt seiner Kinder zu verlieren, falls sie jemals davon erfahren und schämte sich dafür. Man musste kein Gedankenleser sein, um das auf seinem Gesicht jetzt zu erkennen. Dann drehte er sich wieder zu Lilly und sagte höflich: „(Eng.) Glauben Sie mir, junge Dame: Wenn ich eins in meinem Leben als Unternehmer gelernt habe, dann ist es die mir vorgelegten Chancen zum Wachsen stets zu nutzen... unabhängig von Risiken und moralischen Bedenken. Das ist die Essenz, die einen Anführer von einem Gefolgsmann unterscheidet. Betrachten Sie diesen Tipp als ultimativen Respekt von mir."

„(Eng.) Ich danke Ihnen, Mister Quinn", antwortete Lilly mit gemischten Gefühlen. Auch wenn diese Worte von jemandem ohne Kenntnis der jenseitigen Welt stammten, hatten sie eine seltsame Wirkung auf alle drei Freunde. „(Eng.) Würden Sie uns noch Antonys Zimmer zeigen, bevor wir abreisen?"

Der Hausherr nickte und gab ein Zeichen an Harley. Die Erben des Hauses blieben stumm und hörten zu. Das festsitzende Mistrauen blieb in ihren Gesichtern fest verankert und wurde sogar noch größer. Sie dachten sogar, dass die Gäste früher oder später versuchen, Antonys Reichtum einzufordern.

Nach dem optisch und geschmacklich sehr exquisitem 4-Gänge-Menü und einem leichten Dessert, führte Harley die Drei zum letzten Raum des Ostflügels. Der Butler holte einen Schlüssel aus seiner Tasche und öffnete den offensichtlich seit Jahren geschlossenen Raum.

Der Saal war dunkel und als Harley den Schalter auf der Seite betätigte, ging die prächtige Beleuchtung an und offenbarte eine beeindruckende Privatbibliothek auf zwei Ebenen. Der Saal selbst war so groß, dass er die Hälfte des Ostflügels einnahm.

„Unglaublich!", bemerkte Lilly sehr von der Menge an Werken beeindruckt.

Das Ausmaß konnten sie nicht einschätzen. In der Mitte des Raumes standen ein leicht angewinkelter Schreibtisch mit ergonomisch geformten Stuhl, daneben eine Tafel mit arkanen Formeln und ein Schubwagen mit Büchern.

„Das ist doch eher die Familienbibliothek", sagte Mark sichtbar beeindruckt.

„Nein", widersprach Harley. „Das war Antonys Jugendzimmer. Die anderen Kinder der Familie haben elektronische Medien stets vorgezogen."

Beim Gang durch die Bibliothek entdeckten die Freunde Bücher aus vollkommen unterschiedlichen Bereichen. Von fachgleichen Werken über Medizin und Heilkräuterkunde, bis hin zu Elektrotechnik, Informatik, Maschinenbau oder Physik. Internationales Recht, Politik und Wirtschaftswissenschaften waren genauso vertreten. Auch bedeutende Werke von Schriftstellern wie Goethe und von Philosophen wie Aristoteles gehörten zur Sammlung. Kevin fiel auf, dass dieser Raum Runen an den Wänden trug, die wohl den Fluss von Mana nach außen minimierten.

„Sagen sie mal, wie viel dieser Bücher glauben Sie hat Antony gelesen", fragte Kevin nachdenklich.

„Ich habe bereits erklärt, dass er nachts zehn Bücher gleichzeitig gelesen hat", erzählte Harley. „Es ist zwar nur eine Vermutung, aber ich glaube… Er war fertig, als er diesen Raum das letzte Mal verließ."

Dann verabschiedete sich der Butler und ging hinaus.

„Was meint Ihr dazu?", fragte Kevin fast schon vor dem schieren Ausmaß kapitulierend.

„Ich bezweifele, dass wir momentan selbst erwacht in der Lage sind auch nur die ein Hundertstel dieser Bücher zu beherzigen", schätzte Lilly realistisch ein. „Außerdem läuft uns die Zeit davon. Jahwe hat nur wenig Zeit eingeräumt, um Antony zu finden und das Chaos wieder in Ordnung zu bringen."

„Was passiert dann?", hackte Kevin nach.

„Entweder wird sie uns rausschmeißen oder an den Weltenbaum ausliefern!", antwortete Lilly.

„Wie rausschmeißen?", fragte Mark.

„Wir vier werden verbannt, weil ich zwei Menschen mit meinen Kräften getötet, sowie einen sterbenden Mann zurück ins Leben geholt und verjüngt habe. Magie darf hier nur so genutzt werden, dass auch natürliche Methoden logisch erscheinen oder zu mindestens ein gleichwertiges Opfer gebracht wird", erklärte Lilly. „Dies war bei mir in beiden Fällen unmöglich."

„Toll!", kommentierte Kevin bemängelnd. „Jetzt habe ich fast eine Woche Uni verpasst und das Weiterstudieren kann ich jetzt auch vergessen..."

„Wie kannst du jetzt an die Uni denken, Mann?", beschwerte sich Mark. „Lilly hat gerade offenbart, dass es für Euch gar keine Zukunft hier gibt!"

„Im Angesicht der Vertreibung von der Erde halte ich verpasste Univorlesungen für unser geringstes Problem", schätzte Lilly.

„Also ICH wollte eigentlich Lehrer werden", erklärte Kevin entschieden. „Diese ganze Scheiße machen wir eigentlich nur, weil Lilly ihre Nase unbedingt über den Horizont strecken wollte..."

„Also ist es jetzt meine Schuld?", fragte Lilly äußerst gereizt. „Niemand hat dich gezwungen da mitzumachen. Was kann ich dafür, wenn du deinen Penis für dich entscheiden lässt."

„Ich bin ernsthaft in dich verliebt... Das solltest du eigentlich mittlerweile wissen!", rief Kevin empört. „Ich habe schließlich sogar mein Verstand mit dir geteilt und wir müssen jetzt an unser Kind denken..."

„Ja, ein Verstand voller schmutziger Gedanken", brüllte Lilly entgegen. „Geh doch zurück zu deiner Uni und werde Lehrer!"

„Ja werde ich!", schrie Kevin. „Sucht Euren dunklen Messias doch selbst!"

Mark fasste sich genervt an den Nasenknochen und unterbrach dann beide plötzlich mit einer mörderischen Aura. Lilly und Kevin froren plötzlich vor Angst ein.

„Es bringt Euch NICHTS, einander mit Schuldzuweisungen zu bewerfen, da Ihr damit unser aller Situation nur schlimmer macht", rief Mark laut, während Lilly und Kevin sich zu ihm drehten. „Du und Lilly wolltet das Wunderland sehen...", setzte er sarkastisch fort. „...und jetzt zickt Ihr wie kleine Kinder, weil es nicht voller Schätze, Blümchen und Einhörner ist. Eure eigenen Entscheidungen haben Euch zu diesem Punkt geführt, nicht von jemand anderem. Sich mitziehen zu lassen, habt Ihr auch selbst entschieden."

„Und was ist mit dir?", fragte Kevin vorwerfend. „Mir ist nie klar, wie viel du wirklich weißt und was du vor uns verbirgst. Du bist kein Dolch besser als Antony."

„Ganz ehrlich?", hackte Mark ernst nach. „Lieber bin ich wie er als wie Ihr. Ich übernehme Verantwortung für meine Taten und werde jetzt alles tun, um meinen Existenzpartner zu finden. Ihr macht, was Ihr wollt. Meinetwegen verrottet hier bis zu Eurer Abschiebung, aber erwartet nichts mehr von uns!"

„Warte! Tut mir Leid", sagte Lilly sich plötzlich schämend. „Du hast Recht, Mark."

„Gibst du ihm jetzt etwa Recht?", fragte Kevin rebellisch. „Denkst du überhaupt nicht an dein Baby?"

„Es ist unser Baby!", entgegnete Lilly mit tränenden Augen auf Kevin schauend. „...und ich will es nicht in eine apokalyptische Welt gebären müssen. Vielleicht können wir mit Jahwe etwas aushandeln, wenn wir dieses ganze Chaos korrigiert haben."

„Sei doch mal realistisch, Lilly", argumentierte Kevin. „Wir sind überhaupt nicht bereit dafür. Wir wissen nicht mal, was morgen geschehen könnte und ob dieses Kind überhaupt normal wird, wenn es zur Welt kommt."

„Das ist mir egal. Es ist unschuldig", antwortete die Schwangere. „So etwas wie Sicherheit gibt es auf dieser Welt nicht. Ich werde es bekommen, selbst wenn es in einer zerstörten Welt sein wird."

Kevin grummelte unzufrieden, denn er konnte sich aus seiner Verantwortung nicht mehr rauswinden.

„Ich denke, wir werden 2 Tage lang so viel wie möglich lernen und dann lassen wir uns vom Orden fangen, wie besprochen", plante Mark. „Lilly soll nach Möglichkeit keine Magie mehr einsetzen, die sie oder das Kind in Gefahr bringen könnte. Ich hoffe der Orden lässt Sie in Ruhe, solange sie schwanger ist."

„So machen wir es!", entgegnete Lilly entschieden. „Kevin, bist du dabei oder nicht?"

„Verdammt", fluchte der zukünftige Vater. „Ich kann ja jetzt nicht einfach aussteigen... Ich mach ja schon mit!"

Die nächsten Tage verbrachte das Trio damit, Antonys hinterlassene Lehrbücher weiter zu studieren. Die darin enthaltenen Formeln und Zauber ermöglichten Dinge, die mit konventionellen wissenschaftlichen Methoden unmöglich erschienen. Dabei waren sogar Transmutation von Materie wie z.B. Blei in Gold oder Gravieren eines Materials von innen. Auffällig war, dass das Meiste für handwerkliche Zwecke, statt für Angriff oder Verteidigung zu gebrauchen war. Aber das interessanteste Kapitel im ganzen Buch war die Anleitung zur Infusion von Materie mit Aria oder sogar Teilen der eigenen Seele. Es hörte sich zuerst seltsam an, aber desto weiter die Freunde hineinlasen, umso mehr Möglichkeiten offenbarten sich. Auf Befehl verflüssigende und sich nach Wunsch verformende Materie waren nur die Spitze des Eisbergs. Zu den interessanteren Zaubern gehörten auch die realitätsverzerrende Illusionsformel, ein fast unsichtbarer Reflektionsschild sowie ein Pulverisierungszauber, der Atomverbindungen in einem gewissen Umkreis einfach auflöste, solange das Material nicht mit einer Seele verflochten war. Eine Entgiftungsformel war ebenfalls im Buch.

Zum ersten Mal hat besonders das Pärchen ansatzweise verstanden, was Antonys Arkum eigentlich war. Die wenigen Tage vergingen wie Flug.

Auch die schwierigeren Mitglieder der Familie Quinn haben sich mit dem Trio versöhnt. Sogar die Söhne haben sich bei den gemeinsamen Mahlzeiten wesentlich warmherziger verhalten, wenn man das von verwöhnten Erben eines internationalen Konzerns überhaupt so sagen darf.

Lilly hat sich in der wenigen, freien Zeit mit Elisabeth angefreundet, die trotz ihres unterwürfigen Verhaltens gegenüber ihrem Vater viel Persönlichkeit offenbarte. Sie studierte Rechtswissenschaften in Oxford und sollte später die Führung über die gesamte Rechtsabteilung des internationalen Familienunternehmens übernehmen. Jack war studierter Manager und hielt bereits stellvertretend die Führung im Unternehmen. Roman war Designer und Werkstoffwissenschaftler, weswegen sein Ego sogar größer war, als das seiner anderen Geschwister. Er studierte zwar noch, aber dank Vaters Einfluss führte er bereits in Teilzeit die Innovationsabteilung mit einigen fachkundigen Experten zusammen.

Jack schlug bei einem Mittagsessen vor, Walter könne jetzt wieder im Unternehmen einsteigen, aber dieser lehnte ohne lange nachzudenken ab.

„(Eng.) Die Krankheit und der nahe Tod haben mir klar gemacht, dass ich meine wertvolle Lebenszeit zu viel mit Arbeit verschwendet habe", sagte er souverän. „(Eng.) Ihr seid an der Reihe. Die Firma gehört jetzt Euch. Ich werde mit meiner Frau lieber noch die Welt genießen. Vielleicht machen wir noch eine lange Reise! Was meinst du, Schatz?"

„(Eng.) Natürlich, meine Geliebter!", entgegnete sie voller Vorfreude.

Seine Kinder schienen sowohl überrascht, als auch erfreut zu sein über die Entscheidung ihres Vaters. Im Geschäft war er stets streng und erdrückend gebieterisch, was nur noch mehr unnötigen Stress verbreitete.

Am späten Abend des dritten Tages kam Lilly, Mark und Kevin in Walters Büro in der dritten Etage. Lilly klopfte höflich an die Tür, während Walter noch arbeitete.

„(Eng.) Ja, kommt nur herein", sagte Mister Quinn und schaute auf die eintretenden Gäste. „(Eng.) Wie kann ich meinen Lebensrettern helfen?"

„(Eng.) Sie haben sicher noch Kontakt zum ‚Weißen Orden', oder?", fragte Kevin ohne lange um den Brei zu reden.

Walter Laune verschlechterte sich schlagartig und er schob seinen Brief zur Seite. „(Eng.) Bedauerlicherweise ja. Dieses erpresserische, raffgierige Pack religiöser Fanatiker knöpft mehrere Dutzende Millionen Pfund jährlich aus unserer Tasche, um ihren geheimen, heiligen Krieg zu finanzieren. Ich mache es auch nur wegen des Zugangs zu den Kontakten", erzählte Walter. „(Eng.)

Falls sie die Hoffnung haben, ich könnte etwas an der Meinung Ihrer Verfolger ändern, überschätzen Sie selbst meinen Einfluss."

„(Eng.) Nein, Mister Quinn. Das ist es nicht", entgegnete Lilly. „(Eng.) Erinnern Sie sich an den Grund, warum Antony damals nicht auf das Familienporträt wollte?"

„(Eng.) Natürlich. Er wollte in Zukunft, falls er verfolgt werden sollte, nicht mit mir oder meinen Kindern in Verbindung gebracht werden. Das verstand ich damals zwar nicht, aber heute ist so Einiges anders", antwortete Walter.

„(Eng.) Also wollen Sie auch verschwinden?"

„(Eng.) Nein, wir wollen gefasst werden und der Orden soll glauben, Sie wären nur Opfer einer Erpressung als Preis für Ihre Heilung", entgegnete Mark.

„(Eng.) Hm... hört sich nach einem halbwegs glaubwürdigen Alibi an. Aber wie argumentiere ich, warum ich solange gebraucht habe, um mich zu melden?", fragte der Hausherr sein Rechtfertigung weiter ausfeilend. „(Eng.) Ich habe mich schließlich bisher geweigert, eine Durchsuchung zuzulassen."

„(Eng.) Wir werden etwas inszenieren, aber einen Teil Ihrer Villa müssen Sie leider dafür opfern. Beim Versuch uns zu überwältigen, wird Ihr Ostflügel zufällig fast vollständig ausbrennen und alle Beweise über Antonys Zugehörigkeit zu Ihrer Familie vernichten", sagte Mark vorplanend.

Walter lehnte sich zurück in den Sessel: „(Eng.) Sie verlangen von mir mein 100 Millionen Pfund-Anwesen für ein Alibi und eine Ablenkung zu verunstalten? Ist Ihnen das bewusst? Außerdem glaube ich nicht, dass ich Euch überwältigen könnte. Selbst mit meinen besten Sicherheitsleuten."

„Wenn wir von der Heilung geschwächt wären, dann schon. Oder haben Sie einen besseren Vorschlag? Ich meine Sie könnten im Orden viel Ansehen gewinnen und für Ihre Kinder eine noch hellere Zukunft sichern", argumentierte Mark feilschend.

„(Eng.) Sie haben mich schon überzeugt", antwortete Walter ohne zu zögern.

„(Eng.) Wir wissen übrigens, dass Sie bereits mit dem Gedanken gespielt haben, uns auszuliefern", bemerkte Lilly scharfsinnig am Rande.

„(Eng.) Welcher Geschäftsmann würde nicht versuchen, maximalen Profit aus einer Situation zu erzielen, Miss Decker", antwortete der gewiefte Hausherr. „(Eng.) Aber meinen Adoptivsohn halte ich durchaus für eine größere Gefahr, als den Orden. Ich denke Sie wissen, was ich meine."

„(Eng.) Da haben Sie durchaus Recht. Sie sollten stolz sein, dass sie sich dagegen entschieden haben", kommentierte Lilly.

„(Eng.) Ich verstehe nicht ganz", entgegnete Walter etwas verwirrt.

„(Eng.) Sonst könnten wir den drohenden Weltuntergang nicht mehr verhindern", sprach Lilly sich umdrehend und verließ das Büro.

Mark und Kevin folgten ihr schmunzelnd. Walter saß bleich angelaufen in seinem Sessel und rätselte, was damit genau gemeint worden ist. Kaum war Lilly aus dem Sichtfeld aller Bediensteten, zeigte sie ihre Schwäche. Es schien, als würde Walters Nähe ihre Essenz entziehen.

Noch am gleichen Abend wurde die Bibliothek gemäß der Anweisungen des Trios angezündet und alle Bediensteten evakuiert. Nur der Sicherheitschef, einige Sicherheitsleute und Harley blieben. Mark und Kevin ließen sich oberflächlich verprügeln und Lilly wurden oberflächliche Kratzer hinzugefügt, um den Schein zu wahren ohne das Kind nicht zu gefährden. Der Butler rief den Orden an und meldete den Überfall. Die Erben bekamen genaue Anweisungen, um sich später bei eventuellen Untersuchungen nicht in Widersprüchen zu verwickeln.

Als vor dem Haupteingang die weißen Fahrzeuge des Ordens vorfuhren, lagen Lilly, Kevin und Mark von Betäubungspfeilen angeschossen bereits am Boden. Und der Hof wurde vom ausbrennenden Ostflügel des Hauses heller illuminiert, als von der Hofbeleuchtung. Ein hoher Geistlicher von wahrscheinlich anglikanischer Zugehörigkeit stieg aus dem Fahrzeug. Er kannte Walter offensichtlich schon länger und war sichtbar von seiner wundersamen Verjüngung überrascht.

„(Eng.) Guten Abend, mein alter oder sollte ich sagen junger Freund? Wie ich sehe, habt Ihr die Anwesenheit der Eindringlinge gut genutzt", sagte der Mann schmunzelnd.

„(Eng.) Wenn meine schöne Bibliothek mit einem Drittel meines Anwesens nicht dabei abgebrannt wäre, würde es mich noch mehr freuen, Kardinal Arnolds!", entgegnete Walter.

„(Eng.) Das Geld wirst du in wenigen Monaten wieder verdient haben. Mach dir nichts draus", sagte der glückliche Kardinal, während die anderen Ordensmitglieder den komatösen Studenten vergoldete und mit Runen versetzte Säcke über die Köpfe stülpten. „(Eng.) Du hast dem Orden einen legendären Dienst erwiesen und wirst davon noch früh genug profitieren. Aber erzähl mir lieber, wozu diese Hexen fähig sind."

Das Trio wurde inzwischen in getrennten Fahrzeugen eingeladen.

„(Eng.) Ich kann nicht viel erzählen, nur das die Frau selbst schwersten Knochenkrebs im Endstadium heilen und einen verjüngen kann. Außerdem hat sie den Ostflügel mit ihrem Feuer angezündet. Wozu die beiden Männer fähig sind, weiß ich nicht", erzählte Walter. „(Eng.) Ihr solltet sie sicherheitshalber sediert lassen."

„(Eng.) Mit was hast du sie denn betäubt?", fragte Arnolds flüsternd nach.

„(Eng.) Mit einer höheren Dosis meines Morphiums natürlich", antwortete Walter kalt schmunzelnd. „(Eng.) Ich brauche es ja zum Glück nicht mehr."

Der Kardinal und einige mithörenden Ordensbrüder lachten mit.

„(Eng.) Ich muss sagen, ich habe dich falsch eingeschätzt, Walter. Wir dachten fast schon, du würdest den Feind decken, als das Auto mit der Hexe in deiner Region verschwand", erörterte der Arnolds, während er freundlich auf Walters Schulter klopfte. „(Eng.) Warum hast du dich so lange gegen die Durchsuchung gewehrt? Du weißt doch, dass wir schnell handeln müssen."

„(Eng.) Ich musste auf den richtigen Moment warten, schließlich konnte die Hexe mit einer Berührung auch meine Gedanken lesen", rechtfertigte sich Walter. „(Eng.) Das habe ich übrigens vergessen zu erwähnen."

„(Eng.) Ooh, das ist in der Tat eine wichtige Information. Dann werden wir darauf aufpassen", sagte der ältere Geistliche, verabschiedete sich freundlich und setzt sich ins vorderste Fahrzeug. „(Eng.) Wir werden uns bald wieder melden. Freue dich schon mal auf den neuen Rang im Orden."

„(Eng.) Ich erwarte nicht weniger", rief Walter schmunzelnd zurück, während seine Frau sich ihm gerade näherte. Der Kardinal nickte grüßend, schloss sein Fenster und die Autos fuhren los.

Es war das letzte Mal, dass das Trio das prächtige Anwesen sehen würde.

Als die Fahrzeuge wegfuhren, das Feuer gelöscht und die Aufregung sich gelegt hatte, ging Walter in sein Büro. In seinem Eifer über das neu gewonnene Leben suchte er nach schönen Urlaubszielen und wollte seine Frau damit überraschen.

Plötzlich lief ihm ein kalter Schauer über den Rücken. Er fühlte sich beobachtet und hob sein Haupt, um sich im Büro umzusehen. Da erblickte er eine stehende Gestalt aus dunkelgrauem Rauch unter einem Kapuzenmantel vor ihm. Der Mann erschrak und wollte eigentlich schreien, aber kein Ton kam aus seinem Mund. Walter konnte sich weder bewegen, noch nach Hilfe rufen. Die Gestalt schaute ihn an mit strahlenden Augen an, die eher an Sterne in einem kosmischen Nebel erinnerten und sprach dann: „(Eng.) Du hast unsere Vereinbarung gebrochen und meine Schüler ausgenutzt, Walter!"

„Antony?", fragte der Hausherr plötzlich wieder. Er konnte wieder reden, aber nur mit der Gestalt. Nach Hilfe zu rufen war immer noch unmöglich.

„(Eng.) Ich habe einen neuen Handel mit deiner Schülerin abgeschlossen. Du kannst mir nichts mehr anhaben!"

„(Eng.) Oh, Walter. Das war kein Handel, sondern Ausbeutung", entgegnete Ainex wütend werdend. Der Rauch wurde gleichzeitig von einem Gewitter durchdrungen. „(Eng.) Kein noch so wohlgeformter Fleischsack ist die grausame Auslöschung einer jungen Seele wert. Du hast dein Leben eingetauscht. Deine Zeit ist vorbei!"

„(Eng.) Sie lebt aber noch!", sagte Walter sich rechtfertigend.

„(Eng.) Ja, aber ihre Seele wird durch diesen Fluch konstant angegriffen. Du hast ein gutes Leben geführt, aber jetzt wird die nächste Generation übernehmen", entgegnete die Gestalt. „(Eng.) Deine Liebsten werden dich in guter Erinnerung behalten, aber das Vermächtnis wird auch ohne dich weiterexistieren. Sei dankbar! Der Fluch hätte dich sonst langfristig vernichtet."

Dann löste sich der Geist auf und Walter spürte wie Blut aus seiner Nase kam. Er fasste sich an die Oberlippe und schaute auf den blutigen Abdruck auf seinen Fingern. Dann setzte er sich geschwächt auf den Stuhl und starb schließlich. Sein Körper alterte zurück zum entsprechenden Aussehen eines 57-Jährigen.

Kapitel 14: „Im Netz der Spinnen"

„Fanatismus entsteht bereits aus dem Wunsch etwas Besseres zu sein als ein Anderer."

Nach einer 40 minutiger Autofahrt in völliger Dunkelheit wurden die Gefangenen wohl in ein umgebautes, altes Lagerhaus im Wald gebracht. Das verrieten aber auch nur die quietschenden Holztore, Gerüche und der starke Luftzug im Inneren. Dieses befand sich im Wald nahe der alten Klosterruine, Waterley Abbey.

Im Lager befand sich ein als Abstellkammer getarnten Fahrstuhl, der in eine geheime, unterirdische Anlage führte und über ein eigenes Verließ verfügte. Mark trennte sich periodisch von seinem Körper, um unbemerkt zu spionieren, aber andere Aktivitäten waren ihm nicht möglich. Alles schien mit Runen versetzt zu sein, um Magie und Flucht zu verhindern. Dieses versteckte, unterirdische, hochmoderne Gefängnis wurde stärker bewacht als ein Hochsicherheitsgefängnis. Außer feuerfesten tresorähnlichen Panzertüren, einer abstellbaren Lüftung und ein Paar kleineren Sicherheitsmaßnahmen konnte Lilly jedoch nichts weiter aus den Gedanken des Kardinals extrahieren. Mark stieg gerade noch rechtzeitig wieder in seinen Körper ein, als die ihn tragenden Bodyguards das Haupttor zum Gefängnisblock passierten. Alle dortigen Gitterstäbe waren mit Symbolen verziert.

Während Lilly, Kevin und Mark in getrennte Zellen gebracht wurden, spürten sie etwas unangenehm Bekanntes in der Luft. Zwei Präsenzen von zweifelfrei dämonischer Natur. Plötzlich wurde es schwieriger Gedanken zu hören bis letztendlich alles verstummte. Es schien etwas in den Wänden zu sein, dass sämtliche freigesetzte Gedankenwelle schluckte.

Lilly wurde auf Anweisung des Kardinals direkt in ein Verhörsaal gebracht. Ein Arzt injizierte ihr etwas mit einer Spritzpistole direkt in die Halsader und nahm kurz danach den Sack vom Kopf ab. Ein starkes Licht strahlte ihr direkt ins Gesicht und starke Kopfschmerzen mit Benommenheit setzten ein. Ihre Hände wurden mit langkettigen Handschellen angebunden. In der Dunkelheit hinter der Lampe saß der alte Mann, dessen Gesichtskonturen von der Dunkelheit völlig eingehüllt waren. Nur die traditionellen lila Roben waren noch zu sehen.

„(Eng.) Guten Abend, Miss Decker", sagte der Kardinal in starken, englischen Dialekt, als Lilly versuchte ihn in der Dunkelheit zu erkennen, aber ihre Sicht wurde schnell verschwommener.

„(Eng.) Mmm… w..s habn si mr da gegebn? Diese … Kpfschmerzn snd frchtbar", fragte Lilly benommen.

„(Eng.) Es tut mir Leid, Miss Decker. Aber wir können nicht zulassen, dass sie noch am ersten Tag ihres Dauerurlaubs in England Ihr schönes, neues Zimmer zerstören", entgegnete Arnolds höhnisch. „(Eng.) Ich will sie nicht zu sehr überanstrengen, da ich genau weiß… wie schwierig es für sie jetzt sein muss, auch nur einen klaren Gedanken zu fassen. Deswegen gestalten wir unser Gespräch als ein Ja-Nein-Fragespiel. Ich stelle eine spekulative Frage und sie stimmen zu oder lehnen ab. Haben Sie mich verstanden?"

„(Eng.) J-ja", antwortete Lilly nickend.

„(Eng.) Guuut. Also zu meiner ersten Frage aus der Liste", entgegnete Arnolds selbstzufrieden. „(Eng.) Wir haben ein würfelförmiges Artefakt in der Wohnung Ihres Freundes Mark O'Connor gefunden. Handelt es dabei um einen nicht von der Erde stammenden Gegenstand?"

„(Eng.) J-ja", entgegnete Lilly, ohne sich wehren zu können. Die Droge schien eine Art Wahrheitsserum zu enthalten.

„(Eng.) Gut. Wir haben beim Durchsuchen der Mülltonnen einige mit Brandlöchern durchsiebte Kleidungsstücke gefunden. Diese scheint Ihrem verschwundenen Freund Antony Black zu gehören. Also zu meiner nächsten Frage: Ist Mister Black tot?"

„(Eng.) N-n. Ja", sagte Lilly gespalten. Technisch gesehen war Antony ja tot, aber er könnte vielleicht zurückkehren.

„(Eng.) Das ist ja interessant. Ich habe noch nie eine so undeutliche Antwort erhalten. Vielleicht wissen Sie es nicht genau", bemerkte der Kardinal. „Na gut zur nächsten Frage: Hat das Artefakt mit seinem Verschwinden zu tun?"

„(Eng.) J-ja", entgegnete Lilly.

„(Eng.) Hat er mit Ihnen zusammen mit dem Gegenstand interagiert?", fragte Arnolds immer interessierter.

„(Eng.) J-ja", antwortete die Verhörte schwer atmend. „(Eng.) Ich bekmme ... Bauchschmerzen und ... mir wird schlecht..."

„(Eng.) Bald sind wir fertig, Miss Decker", kommentierte der Kardinal beruhigend, doch Lillys Schmerzen wurden immer größer. „(Eng.) Haben Sie durch die Interaktion mit dem Würfel, Ihre Kräfte erhalten?"

„(Eng.) Nn-ja", rief Lilly immer angestrengter.

„(Eng.) Was war das eben?", hackte Arnolds nach.

„(Eng.) Ja", antwortete Lilly schweratmend und versuchte Ihren Kopf zu halten, was immer schwieriger wurde. „(Eng.) Es... wird... schlimmer."

„(Eng.) Exzellent", kommentierte der Kardinal. „(Eng.) Wenn sie die Kräfte beschreiben: Würden sie sagen ihre Macht wächst mit der Zeit?"

„(Eng.) J-ja", antwortete Lilly und versuchte sich an den Bauch zu fassen. „(Eng.) Bitte... mein ... Ba...by."

„(Eng.) Stammt diese Macht von Dämonen?", fragte der Kardinal ihre Worte ignorierend.

„(Eng.) N-nein", schrie Lilly schneller atmend, als ob ihre Wehen einsetzen würden.

„(Eng.) Dann von Engeln oder Gott?", hackte der Kardinal ungeduldig werdend nach. „(Eng.) Sagen Sie es mir, was ich wissen will! Helfen Sie mir, Miss Decker. Dann lasse ich Sie unbeschadet in Ihre Zelle zurückkehren."

„Ainex Kronos", schrie Lilly hechelnd.

„(Eng.) Was meint Sie damit? Hast du das verstanden?", fragte Arnolds den Mann hinter Lillys Rücken.

„(Eng.) En Wesn mt großr Mcht aus alter Zeit", entgegnete Lilly.

„(Eng.) Hmm, das hilft mir weiter, Miss Decker. Sie sind so klug, wie Sie schön sind", flirtete der Kardinal. „(Eng.) Wäre ich 30 Jahre jünger, würde für sie sogar mein Gelübde brechen wollen. Aber wie ich lese, wohnen Sie mit Mister Quant zusammen... Ich bin untröstlich... Vergessen sie, was ich eben sagte. Zurück zu unserem Fragespiel: Wenn Sie dieses Wesen einschätzen würden, wie mächtig ist es? Ist es stärker als ein Dämon?"

„(Eng.) Sie ... haben es mir doch versprochen", flehte Lilly sich in Ihrem Stuhl vor Schmerzen krümmend. Die Handschellen verhinderten, dass sie sich an den Bauch fassen konnte, obwohl sie es so sehr wollte. „(Eng.) J-ja."

„(Eng.) Stärker als ein Erzengel oder gar ein Erzdämon?", hackte der Kardinal ihre Bitten ignorierend.

„(Eng.) Ja", sagte Lilly flüsternd. Langsam wurde sie wütend.

„(Eng.) Hmm... mit wessen Macht würden sie es vergleichen? Ein Name reicht völlig aus", fragte Arnolds gespannt.

„J.W.", sagte Lilly ihm leicht seitlich in die Augen blickend.

„(Eng.) Wie bitte?", fragte der Kardinal nach.

„(Eng.) Jahwe", schrie Lilly wütend. „(Eng.) Gott, Allah, die Schöpferin, die Frau im Himmel!"

„(Eng.) Das ist schwerer Frevel, Miss Decker. So etwas zu behaupten, hätte Sie vor 200 Jahren ohne ein Prozess auf ein Scheiterhaufen gebracht", sagte der Kardinal erzürnt. „(Eng.) Worauf stützen Sie ihre kühne Behauptung? Ist das eine Tatsache oder Ihre Einschätzung?"

„(Eng.) Ich habe Gott mit ihm auf gleicher Ebene sprechen sehen. IST DAS FÜR SIE BEWEIS GENUG?", schrie Lilly ihre ganze Kraft zusammen nehmend.

„(Eng.) Miss Decker, wir halten hier zwei Besessene, die behaupten Dämonenfürsten zu sein", entgegnete der Geistliche offen. „(Eng.) Sie haben mir ebenfalls einiges erzählt. Auch wenn ich ihrer Behauptung nicht glaube, scheinen Sie davon überzeugt zu sein. Also bin gerade offen für Neues!"

Lilly lachte wie betrunken, dann lehnte sie sich leicht vor und legte Ihren Kopf auf den Tisch, drehte Ihre Augen erneut zu Arnolds und fragte: „(Eng.) Haben di Euch uch erzhlt, ds die Hölle zerstrt is."

„(Eng.) Wie kommen Sie darauf?", fragte Arnolds.

Die schweißgebadete Lilly streckte ihre Hand soweit wie möglich und wies den Kardinal mit Fingergestik an, näher zu kommen. Nach etwas Zögern und einem warnenden Blick auf den Wächter machte er es trotzdem.

Dann flüsterte Lilly, wie betrunken, zu ihm: „(Eng.) Ich war's!", und schob lachend nach: „(Eng.) Aber es war ein Versehen!"

Der bewachende Ordensbruder hinter Lilly bekreuzigte sich völlig schockiert. Auch der Kardinal lehnte sich zurück und küsste das an einer Kette hängende silberne Jesuskreuz um seinen Hals. Dann fragte er: „(Eng.) Und haben Sie die Dämonenfürsten befreit?"

„(Eng.) N-nein. Ainex war es. Er hat mich gerettet, als ich entführt wurde", antwortete Lilly nüchterner werdend und schob fast unscheinbar eine Frage hinterher: „(Eng.) Wo ist das Artefakt?"

„(Eng.) Was meinen Sie?", fragte Kardinal Arnolds entgegen.

„(Eng.) Na der Würfel. Ich habe schließlich all Ihre Fragen beantwortet. Jetzt sind Sie dran!", entgegnete Lilly äußerst unfreundlich. Tränen flossen ihr Gesicht herunter. Sie spürte Spasmen in ihrem Unterleib, es wurde warm und feucht auf ihrem Stuhl. Es war Blut.

„(Eng.) Wofür brauchen Sie diesen Würfel noch, Miss Decker", entgegnete Arnolds und stand auf. „Sie haben doch schon Ihre Macht. Wenn Sie sich vernünftig verhalten, werden Sie vielleicht noch in den Dienst der Kirche treten können. Sonst bleiben Sie in diesem ‚Hotel' bis zum Ende Ihrer Tage, betäubt und täglich gefoltert."

„(Eng.) Wissen Sie! Abgesehen von der Tatsache, dass ich gerade mein erstes Baby verloren habe…", sagte Lilly zornig weinend. „(Eng.) Glauben Sie etwa wirklich, dass ich Ihnen nach solcher Behandlung noch gehorchen würde... Sie machthungriger Abschaum!"

Der Wächter hinter Lill schaute unter den Stuhl und bemerkte, dass dort tatsächlich dickflüssiges Blut heruntertopfte. Er gab dem Kardinal ein Handzeichen und dieser entgegnete kalt: „(Eng.) Ich bedauere Ihren Verlust, Miss Decker! Andererseits im Angesicht des Pfades, den sie eingeschlagen haben... würde es mich nicht wundern, wenn sie ein Monster auf die Welt bringen würden. Ich denke es ist besser so!"

Lilly sprang auf von Ihrem Stuhl und versuchte den Kardinal zu attackieren, wurde dann aber von den Handschellen und dem Schockstab des Wärters aufgehalten. „(Eng.) Ich verrat Ihnen was an, KARDINAL!", flüsterte Lilly ruhig mit hasserfüllten Gesicht. „(Eng.) Mein Kind war ein ganz normales Baby und Sie sind für seinen Tod verantwortlich, weil Sie mich ohne vorherige Untersuchung mit einer starken Droge betäubt haben. Für dieses unschuldige Leben werde ich Sie brennen lassen, auf mehr als eine Weise."

„(Eng.) Sie sind nicht in der Position, mir zu drohen, Miss Decker", entgegnete Arnolds sich selbstbewusst der wütenden Frau nähernd.

„(Eng.) Das werden wir noch früh genug sehen", entgegnete sie überzeugt entgegen. „(Eng.) Sie haben das Arkum eingesperrt, obwohl es diese Welt bald verlassen muss... Dann werden Sie auch in der ersten Reihe sitzen, wenn das große BOOOM kommt. "

„(Eng.) Ach, dann müssen Sie sich keine Sorgen machen, Miss Decker", entgegnete der Kardinal sich entspannend. „(Eng.) Der Tresor, in dem sich der Würfel befindet, kann sogar eine Nuklearexplosion im Inneren überstehen."

Lilly kicherte verrückt mit Ferkelgeräuschen: „(Eng.) Diese Explosion wird die Erde zerstören... Bleibt nicht mal Staub und Gas übrig. Ich wette, die Fälle von Hexerei haben weltweit zugenommen. Das ist der Anfang vom Ende!"

Dann verlor Lilly das Bewusstsein, fiel auf den Tisch und begann sabbernd zu schnarchen.

„(Eng.) Nanu, das sollte aber nicht passieren", sagte der Ordensbruder mit der Infusionspistole. „(Eng.) Diese Wahrheitsdroge sollte normalerweise nur Konzentrationsschwierigkeiten und Kopfschmerzen verursachen. Hat sie vorher Morphium oder sowas bekommen?"

„(Eng.) Ja natürlich", entgegnete Kardinal Arnolds. „(Eng.) Ich dachte, sie wurden informiert?"

„(Eng.) Nein, niemand hat mir was gesagt", antwortete der Ordensanästhesist.

„(Eng.) Und das soll eine Sondereinheit des Ordens sein", bemängelte Arnolds unzufrieden. „(Eng.) Bringen Sie die Gute in ihre Zelle. Wir werden die anderen Beiden befragen und wählen sie diesmal ein passendes Serum aus."

„(Eng.) Ja, Pater", entgegnete der Helfer.

Die parallel verlaufenden Verhöre von Kevin und Mark verliefen mit ähnlichen Ergebnissen. Die Aussagen waren nahezu identisch. Wegen des Einsatzes von widerstandshemmenden Drogen in allen Fällen zweifelte auch niemand mehr an den Behauptungen.

Die Nacht verging und Lilly wachte am nächsten Morgen in ihrer Zelle auf. Der Tag ließ sich nur durch langsam heller werdenden Lampen im Gang und den Zellen erahnen. Lilly fasste sich an den Unterleib und beweinte den Verlust ihres Kindes. Sie bemerkte auf der Stelle wankend, dass die kalten Zellenwände aus massiven Stahlplatten bestanden. Diese waren wiederum mit hebräische Sprüchen und Siegeln graviert. Selbst die Stäbe der Gittertür waren aufwendig graviert. Auch auf dem Boden waren diverse Zeichnungen um einen riesigen Davidstern. Als Lilly wütend einen kleinen Feuerball über ihrer Hand schwebend anzündete und in die Nähe der gravierten Interieurs brachte, wurden die Flammen abgestrahlt, als ob das Feuer weggeweht werden würde.

Plötzlich drang ein kalter Schauer aus der gegenüber liegenden Zelle zu Lilly. Das Licht schien dort nur leicht zu flackern und war zu schwach als das es die Zelle erhellen könnte. Außerdem schien der Dunkelheit dort die Form eines schwarzen Nebels anzunehmen. Diese Finsternis strömte aus der Zelle und steckte mit ihren tentakelähnlichen Greifern die Kabel aus den Kameras. Lilly beobachtete das seltsame Spektakel. Dann lösten sich die Tentakel in Luft auf.

„Die Menschheit hat sich stark weiterentwickelt seit unserer Herrschaft", sagte eine zischende, wiederhallende Stimme aus der Dunkelheit. Lilly erschrak zuerst etwas, aber fing sich dann wieder, als sie die Stimme wiedererkannte.

„Es überrascht mich von allen Erzdämonen ausgerechnet, Asmodan, den listigsten Pläne-Schmieder der Hölle in diesem Gefängnis zu treffen", sagte Lilly in die Dunkelheit der anderen Zelle blickend. Zwei glühend rote Pupillen öffneten sich in der Finsternis. Als die Gestalt langsam ans Gitter heran trat, erblickte Lilly einen feinen, englischen Herrn in seinen 40ern. Er trug einen maßgeschneiderten, vertikal linierten Anzug aus Samt. Sein Haar war zerzaust und verklebt, was darauf deutete, dass er sich schon länger nicht gewaschen hatte. Ein schwerer, süßlicher und leicht schwefliger Geruch durchdrang jetzt Lillys Nase.

„Oh süßer Schreck... Wer sagt denn, dass das hier nicht alles Teil meines Plans ist, Milady?", entgegnete Asmodan überheblich grinsend.

Lilly lachte und antwortete: „Bei jemanden wie Ihnen würde es mich nicht wundern, wenn Sie einfach nur im Rotlichtmilieu fürs Töten einer Prostituierten gefasst wurden."

Der Mann rollte die Augen und sagte zynisch schmunzelnd: „Eigentlich… waren es mehrere auf einmal, aber wer hätte gedacht, dass der Orden mir schon nach dem fünften Mal auf die Schliche kommen würde."

Lilly war sichtlich angewidert und als Asmodan das gesehen hat, begann er voller Begierde schneller zu atmen. „Oh dieser Blick der Abscheu in den Augen einer Frau macht mich so… geil. Mein Schwanz wird schon ganz steif, Milady. Alle haben ihre kleinen, dunklen Begierden. Wir, Dämonen, sind einfach ehrlich genug sie vollends auszukosten."

„Sind Sie der Schmetterlingsmörder von London? Der mehrere Prostituierte zerlegt, gehäutet und zu einem Schmetterling geformt hat?", fragte Lilly sich an einige Nachrichten auf ihrem Handy erinnernd.

„Oh, ich war also in den Nachrichten? Die größte Anerkennung für einen wahren Künstler ist schließlich die Publicity", entgegnete der wahnsinnige Besessene. „Dafür liebe ich die Englische Kultur. Multikulti erreicht dann seinen Höhepunkt, wenn die Flügel des Schmetterlings mindestens 5 verschiedene Haut-Töne haben, finden Sie nicht auch? Ich erschaffe Kunst und mache all diese Frauen unsterblich…"

„Sie sind widerlich. Ich würde Sie jetzt töten, wenn ich könnte", sagte Lilly sich gegen das Gitter pressend.

„Ooh das glaube ich dir, Schätzchen… Ich rieche Blut an dir … Oh wie geil… von einem Fötus… Du hast also dein Kind vor kurzem verloren, oder?", schrie Asmodan in sexueller Ektase.

Lilly schlug wütend mit Tränen in den Augen gegen die Gitterstange.

„Beruhige dich, Süße! Ich habe dein Kind nicht umgebracht… Es waren die Menschen!", sprach Asmodan weiter. „Immerhin sind meine Frauen im Moment der höchsten sexuellen Befriedigung gestorben… Astaroth, das alte Kunstbanausenschwein, schlachtet seine Opfer hingegen nur fürs Vergnügen. Er findet mehr Gefallen an der Folter. Nicht wahr, Asti?"

„Du sagst es, Asmo!", erklang plötzlich eine euphorische junge Stimme aus einer der anderen Zellen. Es schien ein Jugendlicher von maximal 20 Jahren zu sein.

„Astaroth ist auch hier? Warum überrascht mich das nicht. Wie seid Ihr überhaupt, an diese Körper heran gekommen?", fragte Lilly Geduld sammelnd. Sie konnte in diesem Moment eh nichts ausrichten.

„Meine Liebe. Sünder gibt es so viele auf dieser Welt. Besonders viele sind dumm, unvorsichtig oder einfach lebensmüde", erzählte Asmodan begeistert. „Meiner hat die Mid-Life-Krisis nicht überstanden und Astis hat sich mit seiner Freundin eine Heroinreise ins Jenseits gebucht. Wir mussten nicht mal lange suchen. Eure Gesellschaft ist heute sogar noch viel dekadenter und verdorbener als zu Zeiten der Römer."

„Wie meinst du das?", fragte Lilly.

„Glaubst du wirklich, wir würden nicht genau wissen was wir tun? Während ich und Asti hier nach unserer Art den Feind erkunden, unterwandern unsere Verbündeten längst Euer korruptes System. Memme kennt sich mit Finanzen aus, Sasa mit Waffen, Belle mit Politik und Beelze mit menschlichen Bedürfnissen. Es wird weniger als 1 Jahr dauern, da gehört uns die ganze Welt. Und das Alles nur dank Euch!", erklärte der vornehme Dämon selbstzufrieden und zwinkert Lilly flirtend zu.

„Und Ihr denkt nicht, dass Gott Euch aufhalten wird?", fragte Lilly.

„Wieso sollte das persönlichkeitsgespaltene Weib dafür ihren fetten Arsch überhaupt bewegen. Ob lügende, grausame Menschen, die sich für Götter halten oder Dämonen die Welt in den Händen halten ist der mittlerweile doch völlig egal. Sie ist zu sehr mit ihrer Trennung von gutem vom schlechten Fleisch beschäftigt, als dem Wohl ihrer noch nicht geschlachteten Schäfchen. Solange es immer genug leckeres, frisches Lammfleisch gibt, ist es doch egal in welchem Dreckloch es aufgezogen und geschlachtet wurde. Das nenne ich echte Marktwirtschaft auf höchsten Niveau", entgegnete Asmodan sehr zynisch. Astaroth lachte hämisch.

Lilly wollte diese Unterhaltung eigentlich nicht weiterführen, aber dann rutschte es ihr heraus: „Na dann werdet Ihr das mit ihr selbst ausdiskutieren können, wenn sie in einigen Tagen auf die Erde kommt."

Fast sofort verstummte Astaroths Lachen und Asmodan trat einen Schritt zurück: „Wieso sollte ausgerechnet Sie auf die Erde kommen?"

„Wegen unseres Meisters", entgegnete Lilly frech werdend. „und des drohenden Weltuntergangs nicht zu vergessen. Sicher habt Ihr den Manafluss bemerkt."

„Oooh.. ich will nicht wieder an die Kette", schrie der Jugendliche in rebellischem Ton. „Die wird uns sicher sofort finden. Was machen wir jetzt, Asmo?"

„Ich danke dir für diese wertvolle Information, Süße", sagte Asmodan in einem leicht ungehaltenen Unterton. „Dann müssen wir nur dafür sorgen, dass Ihr vorher unter die Erde kommt."

„Das stelle ich mir schwierig vor, solange unser Meister sich in einem nahezu unzerstörbarem Gegenstand befindet", entgegnete Lilly.

„Ah, der legendäre Würfel von dem der Orden so viel schwärmt", folgerte Asmodan schnell. „Wir finden da sicher einen Weg!"

„Woher wisst Ihr davon?", fragte Lilly. „Das Gedankenlesen wird doch von den Gravuren verhindert."

„Gedanken sind eine Sache, aber Verlangen, tiefe Wünsche und Gelüste eine ganz andere. Für Dämonen ist DAS die Quintessenz allen Seins und lässt sich nur schwer verdecken", verriet Asmodan grinsend und Astaroth lachte lüstern. „Genauso wie deren Wunsch nach Unsterblichkeit, Macht oder dein tiefes Verlangen nach deinem geliebten Kevin, dem du seit einigen stressigen Tagen keine Gesellschaft mehr leisten konntest, du… aaarmes Ding. Dein Rachedurst für dein totes Baby nicht zu vergessen. Also… Wie wäre es mit einem Handel, Süße?"

„Ein Handel mit Dämonen. Hört sich für mich nach einem Totalverlust an", entgegnete Lilly mit vollem Ernst.

„Das kommt ganz darauf, ob du gut handeln kannst!", entgegnete Astaroth. „Ich und Asmo sorgen für Eure Flucht mit dem Würfel. Ihr verschwindet im Gegenzug aus dieser Welt, BEVOR die Zeit abläuft und lasst uns in Ruhe."

„Wie wäre es mit einer Wette?", ertönte aus weiterer Zelle. Es war Kevin, der auch aus seinem Rausch erwachte. „Wenn wir zuerst rauskommen, helft Ihr uns den Orden vom Hals zu halten und wenn Ihr uns zuerst rausholt, verschwinden wir noch vor Jahwes Ankunft."

„Du bist wach, Schatz? Wie fühlst du dich?", rief Lilly rüber.

„Ja, wie fühlst du dich?", unterbrach Astaroth mit weiblicher Stimme und antwortete gleich darauf wieder in männlichem Ton. „Mir ist furchtbar langweilig, denn ich habe seit 48 Stunden niemanden mehr getötet."

„Außer leichten Kopfschmerzen. Ist das wahr mit dem Bab…?", wollte Kevin noch fragen, aber plötzlich öffnete sich die zentrale Zugangstür zum Zellenblock und eine Trupp von Spezialeinheiten mit feuerfester Kleidung stürmte herein. Sie hatten Sturmgewehre dabei und richteten diese direkt auf alle Insassen. Laut wies ein einer der Soldaten alle Gefangenen an, ihre Hände an die Wände zu platzieren und warnten, dass sie bei kleinster verdächtiger Bewegung schießen würden.

Auch Kardinal Arnolds kam rein und ließ Mark hineinschleppen. Er wurde die ganze Nacht besonders hart gefoltert. Seine Nägel waren rausgerissen, Gesicht mit zertrümmerter Nase von den vielen Schlägen und beide Beine gebrochen. Er wurde demonstrativ vor Augen aller anderen Gefangenen langsam in die hinterste Zelle geschleift. Sein mit Blut und Urin triefender Körper hinterließ eine rötliche Spur. Lilly brach in Tränen aus und schloss vor Schock ihren Mund. Kevin übergab sich beim Anblick. Astaroth jubelte, warf sich betend auf den Boden und breitete seine Arme betend vor Pater Arnolds aus. Als ob der wahnsinnige Dämon einen Gott anbeten würde und sagte zärtlich, während dieser auf ihn herunter blickte: „(Eng.) Ja! JA! Genau davon spreche ich… Das ist grausame Leidenschaft. Ich hätte es selbst nur ein weeenig besser machen können."

„(Eng.) Sei still, unwürdiger Dämon. Wage es nicht unsere edlen Absichten mit deiner blinden Mordlust zu vergleichen", entgegnete Arnolds und lies einen der Soldaten dem Dämon ins Bein schießen, worauf Astaroth schreiend zusammenknüllte, doch kurz danach lachte.

„(Eng.) Wie können Sie anderen Menschen gegenüber nur so grausam sein?", schrie Lilly mit Tränen in den Augen. „(Eng.) Sie sind doch ein Mann Gottes."

„(Eng.) Falsch, Schätzchen", entgegnete Arnolds. „(Eng.) Ich und meine Ordensbrüder sind Schwerter, Hammer und Bögen Gottes. Unser Zweck ist sich mit dem Blut der Ungeheuer zu besudeln und nicht ihnen zu vergeben."

„(Eng.) Aber Mark ist doch ein Mensch!", schrie Kevin verzweifelt.

„(Eng.) Seid still! IHR seid keine Menschen mehr! Ihr habt aufgehört welche zu sein, als Ihr diese unheilige Macht akzeptiert habt und die Dämonen auf diese Welt losgelassen habt", schrie Arnold empört, das die Spucke in Lillys Gesicht flog und seine Kardinalskappe auf den Boden fiel. „(Eng.) Wenn dieser Würfel fort ist, werdet Ihr und die Dämonen vernichtet. Das ist Euer Schicksal und diese sündige Schwuchtel wird jetzt jeden Tag so gefoltert, solange bis Ihr Erfolg einbringt."

Der Kardinal beruhigte sich, nahm ein weißes Stofftaschentuch aus der Tasche und wischte den Wutspeichel von seinen Lippen. Dann hob er die verdreckte Kappe wieder auf und drückte diese einem Bodyguard angewidert in die Hand.

„(Eng.) Glaubt Ihr, ich habe die Lügen nicht durchschaut?", setzte der Geistliche fort. „(Eng.) Ich arbeite länger mit Hexen und Besessenen als jeder andere. Ich erkenne eine Lüge, selbst wenn ein Mensch unter Drogen oder Alkohol aussagt. Und durch fehlende Kooperation werden Eure Familien jetzt auch miteinbezogen. Wir holen sie bereits! Also entscheidet Euch schnell! Ihr habt eine Nacht Zeit, dann will ich die Wahrheit hören."

Dann drehte sich Kardinal Arnolds um und verlies erhaben, mit Händen hinterm Rücken, den Zellenblock. Auch die Spezialeinheiten zogen ab. Asmodan näherte sich ruhig an die Zellentür und schaute zuerst auf Kevin, danach auf Lilly.

„Ihr seid an den Anblick menschlicher Gewalt wohl noch nicht genügend gewohnt", sagte er scheinbar mitfühlend. „Seid Ihr immer noch der Meinung, dass Dämonen schlimmer sind? Im Mittelalter wurden Himmel und Hölle mit Kriegsopfern, Gefolterten, Misshandelten und Kranken förmlich geflutet. Als wir genug hatten, löste es den zweiten, großen Krieg aus."

„Wieso versucht Ihr uns davon zu überzeugen, Gott und die Menschen seien schlecht?", fragte Kevin fast gleichgültig. „Ja klar gibt es schlechte unter den Menschen, aber es gibt auch sehr viele Gute. Wir werden uns Euch nicht anschließen."

„Überzeugen? Nein! Wir kämpfen nicht für Gerechtigkeit oder Frieden oder Liebe. Das sind alles wertlose Ziele, die den Menschen eingepflanzt werden, um sie besser zu beherrschen", erklärte Asmodan begeistert. „Diese Fanatiker haben dein erstes Kind getötet, noch bevor es geboren wurde. Willst du dich nicht an Ihnen rächen? Oder willst du die Scheiße weiter ertragen, wie eine brave Christin!"

„Lilly, es ist also wahr?", rief Kevin emotional.

„Ja", entgegnete Lilly wieder anfangend zu weinen.

„Genau das ist es. Wir verachten nur diese abscheuliche Scheinheiligkeit", brachte Astaroth euphorisch ein. „Was ist falsch daran, einen Menschen abzuschlachten, der die eigene Familie bedroht?"

Kevin schrie wütend auf und schlug gegen die Wände. Lilly hängte sich an die silbernen Gitterstäbe Ihrer Zellentür und rief: „Mark! MAARK! Lebst du noch?"

Ein schweres Stöhnen ertönte aus der hintersten Zelle, eine lispelnde, weinende Stimme antwortete: „Si aben ich nach de Befagun one Gund wei.erge.folerth." (Sie haben mich nach der Befragung ohne Grund weitergefoltert.)

„Kannst du den Schmerz ertragen oder kannst du dich heilen?", hackte Lilly nach.

„De Shmez is su sark, ich ann mi ni konzenrienen (Der Schmerz ist zu stark, ich kann mich nicht konzentrieren)", entgegnete Mark fast mit flüsternder Stimme und man hörte, wie er auf dem kalten Boden weiterstöhnend drehte.

Lilly sammelte all ihren Mut zusammen. Sie hatte an diesem Punkt nichts mehr zu verlieren. Sie setzte sich in die Meditationsstellung und setzte die Entgiftungsformel ein, um sich von der Droge zu befreien, die sie dank ihrer Pharmaziekenntnisse schnell identifizieren konnte. Der Vorgang dauerte nicht mal 10 Minuten bis alles rausgeschwitzt wurde. Lilly lief zu Ihren Zellenwaschbecken und wischte sich ab, um keinen Verdacht zu erregen. Als nächstes bat sie Asmodan wieder das Kabel für die Mikrophone wieder in die Kameras zu stecken. Plötzlich schrie Sie so laut in die von oben gegenüber auf Sie starrende Kamera, dass die Männer im Überwachungszentrum ein Schock bekamen: „(Eng.) HEY, IHR! Ich bin EINVERSTANDEN! Wir werden Euch helfen, aber wir wollen Sicherheiten!"

Gleichzeitig flüsterte Lilly zu Asmodan: „Bringt Euer gesamtes Arsenal auf! Sie wollen Krieg, dann werden sie ihn bekommen!"

„Hehehe… Seehr wooohl!", flüsterte Asmodan langsam und zog sich in die dunkle Ecke der Zelle zurück.

5 Soldaten kamen nach ca. 2 Minuten in den Zellblock und richteten ihre Gewehre auf die Gefangene. Lilly streckte ihre Hände für die Handschellen

aus. Einer der Soldaten trat heran und legte der weiblichen Gefangenen silberne Hals-Hand-Fuß Schellen mit hebräischen Runen an. Dann blickte sie nochmal in die Kamera und sagte: „Aber es gibt kein Deal, wenn Ihr noch einmal meine Kameraden verletzt."

Die Eskorte brachte Lilly zum Fahrstuhl, bog dann aber nach rechts ab. Es folgte ein langer Katakomben-Tunnel, aus dem die Eskorte in Weinkeller gelangte. Dort betrat über eine gewundene Treppe in eine kleine Villa mit Tennisplatz, einem Schwimmbad und sogar einem kleinen Kräutergarten draußen. Lilly verließ das Haus jedoch zu keinem Zeitpunkt. Als sie das große Zimmer des Anwesens betrat, saßen an einem großen Tisch drei hohe Geistliche verschiedener christlicher Kirchen gelassen miteinander redend. Unter ihnen war auch Kardinal Arnolds.

„(Eng.) Das ist also die berühmte, heilende Hexe, von der man so viel hört", sagte der ganz rechte Geistliche mit italienischem Akzent, der selbst etwa 45 Jahre alt war. „(Eng.) Ich bin Pater Lucius. Es heißt, ihr könnt echte Wunder vollbringen? Fast wie Jesus."

„(Eng.) Ich weiß nicht, wie Jesus Kranke geheilt hat, aber mir hat es fast das Leben gekostet, Pater... Ich werde es nicht so schnell wieder versuchen", antwortete Lilly.

„(Eng.) Eine diplomatische Antwort", fügte der mittlere Geistliche von etwa 80 Jahren hinzu. „(Eng.) Fast dachte ich, Gott hat uns einen Jungbrunnen geschenkt, um seine Welt länger vor den Mächten der Dunkelheit verteidigen zu können. Leider hat dieses Wunder nach Ihrer Festnahme nicht lange gehalten. Mister Quinn hat wohl für seinen Verrat bezahlen müssen. Zu Schade. Also, junge Dame, Ihr würdet uns unterstützen? Was habt Ihr damit genau gemeint?"

„(Eng.) Den Sieg über die Erzdämonen, die sich gegenwärtig auf der Erde befinden!", entgegnete Lilly. „(Eng.) Und was meinen Sie mit: Wunder hat nicht gehalten?"

„(Eng.) Oh das wussten Sie nicht? Walter Quinn ist vor kurzem tot in seinem Büro aufgefunden worden. Tja, Gott lässt sich nun mal nicht austricksen", erzählte Lucius. „Zurück zu Ihrem Vorschlag. Wieso glauben Sie dazu in der Lage zu sein?"

„(Eng.) Mit Hilfe des Würfels und einem alten, heiligen Schrein können wir jemand rufen, der es kann", erklärte Lilly.

„(Eng.) Diesen Ainex etwa?", fragte der älteste Mann schmunzelnd. „(Eng.) Nicht interessiert."

„(Eng.) Neeein, viel besser!", entgegnete Lilly. Sie nahm ihre Finger und zeigte nach oben. Die Geistlichen reagierten kurz verblüfft und lachten dann.

„(Eng.) Eine fantastische Lüge, junge Dame. Wieso sollten wir dir jetzt so etwas glauben?", bemängelte Arnolds.

„(Eng.) Ihr erpresst, foltert und zieht sogar unsere Familien hinein. Also muss auch ich wohl auch etwas Unverzeihliches tun. Ich schwöre beim Leben all unserer Verwandten. Bringt uns zum Stonehenge und Ihr bekommt Eure Chance, den einen Gott persönlich zu sehen", erklärte Lilly. „(Eng.) Aber keine Folter mehr, sonst ist der Handel hin und ich werde mich an die Dämonen wenden... SIE sind wenigstens nicht von einer heiligen Mission geblendet."

Es dauerte fast 15 Minuten bis Lilly mit den Geistlichen endlich eine zeitlich begrenzte Kooperation ausgehandelt hatte.

Plötzlich stürmte ein Ordensbruder ins Zimmer und rief aufgeregt: „(Eng.) Die...die Dämonen sind ausgebrochen!"

Etwa zehn Minuten zuvor in der Zelle:

Gleichzeitig als Lilly aus dem Zellenblock herausgebracht wurde, trat Astaroth vors Gitter und schaute auf die schräg gegenüber liegende Zelle von Kevin rüber. Dieser war vom mörderischen, aber seltsam leidenschaftlichen Blick des besessenen Jugendlichen sehr gereizt und wurde ungeduldig. Asmodan zog heimlich wieder die Kabel aus den Kameras.

„WAS?", rief Kevin dem Dämon entgegen. „Fantasierst du etwa wie du mich töten kannst?"

„Mhmm... Ich möchte dich sooo gern vor deiner Freundin vögeln, während ich deine Gedärme ausweide!", entgegnete Astaroth mit einer erotischen, weiblichen Stimme.

Kevin war so überrascht von der weiblichen Stimme aus dem eindeutig männlichen Körper hörte, dass er einen Schritt vom Gitter zurück wich. „Was bist du eigentlich, außer völlig wahnsinnig? Ein Mann oder eine Frau?"

Astaroth lachte: „Was auch immer du willst, Opfer!"

Asmodan meldete sich aus dem Schatten mit einer widerhallenden Stimme: „Nimm es meinem Bruder nicht übel, junger Mann. Wahnsinn ist eine milde Umschreibung für jemand mit so viel Tatendrang. Nicht wahr, Asti?"

„Nicht wahr, Asti? Wir langweilen uns ... Bruder ... Wann gibt's endlich wieder was zum Töten?", entgegnete der Blonde diesmal als Doppelstimme von Mann und Frau.

„Gleich, Asti! Sagt mir, junger Schüler, glaubt Ihr an die Verschmelzung von Seelen?", fragte Asmodan neugierig.

„Ich habe von unserem Meister gehört, es sei sehr schwer eine Seele zu spalten, aber von Verschmelzung habe ich nie was gehört", erinnerte sich Kevin.

„Richtig, eine Verschmelzung ist eigentlich auch fast unmöglich und macht selbst im Erfolgsfall die neu entstandene Seele wahnsinnig", erzählte der listige Dämonenfürst aus dem Schatten. „Die verschiedenen Willen überlagern sich und stören jegliche, individuelle Persönlichkeit. Er hat die meiste Zeit keine Ahnung, was er macht... nur solange die verschiedenen Kerne eingestimmt sind."

„Wollt Ihr damit sagen, dass Astaroth so jemand sei?", hackte Kevin nach. „Wer ist wahnsinnig genug so etwas grausames zu tun? Bestimmt Ihr Dämonen..."

„Es gibt nur eine in dieser Welt, die dazu in der Lage wäre", entgegnete Asmodan. „Sie wollte ein hochwertigeres Produkt für einen gefräßigen Baum formen, also klebte sie die Seelen hunderter Mörder zusammen und erschuf ein ultimatives Opfer. Nur vermischten sich die Persönlichkeiten zu einer derart unkontrollierbaren Kreatur, dass nicht mal die Kreaturen des Weltenbaums es haben wollten. Sich ihrer Tat schämend, erschuf Gott ein Siegel, um die auf einige Instinkte reduzierte Bestie zu bändigen. Dieses pflanzte sie in das Ungeheuer, sodass die Vernunft teilweise in der kreativen Form vor Astaroth zurückkehrte. Aus hunderten gequälten Seelen formten sich so zwei Persönlichkeiten, wie siamesische Zwillinge in einem astralen Körper. Das war die Geburt von Astaroth, dem wahnsinnigen Schlächter. Der einzige Dämonenfürst, dessen Macht nicht von Gott, sondern aus dem eigenen Blutdurst und Wahnsinn schöpft."

„Ich dachte Ihr strebt nach Freiheit von Gottes Einfluss? Würde Astaroth nicht dann zu einem hirnlosen Ungetüm degenerieren?", fragte Kevin völlig unverstanden.

„Nein, seine Mordlust entspricht seiner Sehnsucht für sich selbst. ‚SIE' wünschen sich das Ende Ihrer Qualen mehr als alles andere... Nur gibt es momentan niemand, der sie im Kampf der Stärke besiegen könnte", beantwortete der vornehme Mann. Im Hintergrund wurden Schüsse und Soldatenschreie hörbar. „So, das ist das Stichwort für den Beginn unseres glorreichen Spiels."

Zehn Minuten später in der Ordensvilla:

Die Nachricht über den Ausbruch schreckte die Ordensanführer auf. Sie dachten zuerst Lilly sei eine Ablenkung gewesen. Zornig standen sie auf und zerrten sie, von bewaffneten Männern begleitet, zum Tataort. Lilly sollte im Notfall auch als Schild verwenden werden können.

„(Eng.) Falls Sie uns reingelegt haben, junge Frau, erschieße ich Sie auf der Stelle", schrie Arnolds wütend.

Als Lilly durch den Tunnel gebracht wurde, offenbarte sich ein Massaker. Die Wärter und Soldaten des Ordens lagen leblos vor dem Aufzug. Ihre Kehlen wurden professionell durchgeschnitten und das Blut war bereits überall auf dem Bodenverteilt.

Pater Arnolds trat heran, um sich selbst mit diversen Soldaten den Tatort anzusehen. Wütend forderte er die sofortige Aufklärung. Ein erfahrener Ordensbruder schaute sich die Wunden an. Dann öffnete sich der Fahrstuhl. Das Innere war auch mit Blut bespritzt, die Innenbeleuchtung flackerte. Ein weiterer Mann lag zerlegt auf dem Fahrstuhlboden.

„(Eng.) Ruft sofort Verstärkung!", schrie Arnolds wütend, drehte sich zu Lilly und sagte ihr im gebieterischen Ton: „(Eng.) So Hexe! Wenn deine Freunde nicht mehr da sind, wirst du das Ende des heutigen Tages nicht mehr erleben."

Ein weiterer Bruder kam angerannt und berichtete, dass im oberen Kontrollraum zwei Männer getötet und einer tödlich verwundet wurde. Eine Verstärkungseinheit sei bereits unterwegs. Kardinal Arnolds und Lilly gingen mit fünf Begleitern weiter in die Tiefe zum Zellenblock. Als sich die Tür öffnete, offenbarte sich das wahre Massaker im flackernden Licht. Die Wände waren mit Blut, Eingeweiden und Einschusslöchern in Richtung des Zellenblocks übersät. Der gleiche, kluge Mann wohl mit kriminaltechnischer Erfahrung beugte sich vor die Toten und sagte dann: „(Eng.) Einige dieser Männer wurde von hinten getötet und völlig vom Angriff überrascht worden. Die zwei Unglücklich dort sind sogar bei lebendigem Leibe ausgeweidet worden. Es entsteht der Eindruck, als ob wir mehrere Maulwürfe in den eigenen Reihen hatten."

„(Eng.) Das kann unmöglich sein. Alle Männer sind hier vom Orden ausgebildet und mindestens 10 Jahre im Dienst bei uns. Ihr selbst seid ein Ausbilder", erklärte Arnolds.

Beim Weitergehen wurde offenkundig, dass bis auf die verschwundenen Männer des Ordens das gesamte Personal des unterirdischen Gefängnisses abgeschlachtet wurde. Alles stand offen. Lediglich eine große Safetür und die Zellen von Lillys Freunden waren geschlossen. Kevin saß auf seinem Zellenbett und Mark lag regungslos auf dem Zellenboden.

Arnolds lief vor Kevins Zellentür und schrie wütend: „(Eng.) Was ist das? Wo sind die anderen Gefangenen? Was ist hier passiert?"

„(Eng.) Pff... Entkommen natürlich", erzählte Kevin voller Schadenfreude.

„(Eng.) Die Dämonen wurden von Euren eigenen Leuten befreit und einige schienen sogar sich freiwillig für ihren neuen Herren zu opfern."

„(Eng.) Das ist unmöglich. Diese Männer sind alle Krieger Gottes!", schrie Arnolds aufgebracht.

Kevin stand lachend auf und entgegnete sich gegen die blutbespritzen Gitter lehnend: „(Eng.) Krieger Gottes? Also für mich sahen Sie, wie gewöhnlich mordlüsternen Verbrecher aus. Es scheint mir, dass von Natur aus gewalttätige und machthungrige Menschen für die Korrumpierung durch die Erzdämonen besonders zugänglich sind. Ihre dunkle Natur hinter einem heiligen Zweck zu maskieren hat offensichtlich auch nichts genutzt. Da... hilft auch kein gesegnetes Kreuz."

„(Eng.) Was meinst du damit?", fragte Arnolds.

„(Eng.) Ich kann zwar wegen der besonderen Wände hier die Gedanken von Menschen nicht mehr hören, aber die Verräter habe ich trotzdem vernommen. Knabenliebhaber, Frauenschänder, Sadisten, Mörder, Folterer. Alles war dabei! Unterdrückte Fantasien eines kranken dem normalen Leben entrissenen Verstandes. Das habt Ihr, religiösen Fanatiker, in Euren eigenen Reihen fabriziert. All diese Begierden brodelten förmlich in den Gehirnen der Verräter. Asmodan hat ganze Arbeit geleistet."

„(Eng.) Wie viele waren betroffen?", fragte der Geistliche.

„(Eng.) Vielleicht ein Drittel oder etwas mehr", erzählte Kevin. „(Eng.) Die 5 Schlimmsten haben die Dämonen sogar mitgenommen, der Rest wurde von Astaroth abgeschlachtet. Zu mindestens, was ich den Gesprächen entnehmen konnte."

„(Eng.) Warum haben die Dämonen Euch eigentlich zurückgelassen? Seid Ihr nicht ihre Befreier?", fragte der detektivische Ordensbruder.

„(Eng.) Pff... Dämonen sind verräterisch", unterbrach Arnolds, ohne die Antwort abzuwarten. „(Eng.) Denen kann man nicht trauen. Aber ich glaube, unsere Abmachung ist somit hinüber, Miss Decker."

„(Eng.) Oh... das glaube ich weniger!", versicherte Lilly selbstbewusst. „(Eng.) Die Dämonen werden sowieso zurückkehren. Wenn ihr aber uns nicht unterstützt, wird die dämonische Korruption die kleinste Eurer Sorgen sein."

Arnolds dachte drüber kurz nach und entgegnete: „(Eng.) Solch satanischer Plot ... und alles nur wegen einem verfluchten Würfel? Ihr habt wahrlich gelernt, die Situation zu Euren Gunsten zu drehen", drehte sich dann zum Ordensoffizier und befahl: „(Eng.) Öffnet die Zellen und packte das halbtote Homo-Prinzesschen ein. Aber legt allen ja die Fesseln an."

Zwei Soldaten packten den gebrochenen Mark in eine Zwangsjacke und fesselten den Stöhnenden an eine tragbare Liege mit ausklappbaren Rollen. Dann brachten sie den Verletzten Richtung Fahrstuhl, während Pater Arnolds mit Eskorte und dem gefesselten Pärchen über die Leichen hinweg zum verschlossenen großen Safe wanderte. Er legte seine Hand auf ein daneben in die Wand eingebrachte Handscanfläche. Ein Piepsen ertönte und die Safetür begann sich zu entriegeln. Doch dabei ertönten viele quietschende Geräusche aus der Tür, als ob das Verriegelungssystem nicht geschmiert worden sei und heißer Dampf strömte aus den Hohlräumen. Dieses stank nach verdampften Schmierfett, der sich an der Luft sogar anzündete. Heiße

Fackeln strömten aus der Tür, während sie sich langsam öffnete und ein heißer Dunst drang in den Safe-Vorraum.

„(Eng.) Was ist das denn?", schrie Arnolds aufgeregt und fasste sich an den Kopf. Im Inneren des Safes war wohl früher ein Lager für Reliquien und die konfiszierten Gegenstände, aber jetzt waren nur noch verkohlte Gegenstände oder Pfützen aus geschmolzenen Gold auf den rotglühenden verformten Metallregalen. Im Inneren glühten die metallischen Wände und der Würfel war als einziges noch intaktes Artefakt bereits fast vollständig wieder mit Gold überzogen. Er war auch leicht offen und durch die Ritzen strahlte gelbes Licht, das zwischen den metallisch-keramischen Teilen zu wandern schien. An der Stelle des früheren, metallischen Podestes war nur noch eine Pfütze aus sich verfestigendem Metall und das Arkum stand darauf, als ob es leicht wie Luft wäre.

„(Eng.) Das ist unerwartet", sagte der detektivische Ordensbruder.

Lilly und Kevin näherten sich dem Würfel ohne ein Wort zu sagen. Die Soldaten versuchten sie aufzuhalten, aber als sie die Waffen auf die Gefangenen richteten, hielt Arnolds sie auf.

„(Eng.) Beruhigt Euch! Wir haben noch den Dritten und die Verwandtschaft in unserer Gewalt", sagte er ruhig.

Beim Nähern des Duos an den Würfel konzentrierte sich das Licht auf die Beiden und bildete eine Art Augenlinse, dass durch die feinen Ritzen abwechseln auf Kevin und Lilly schaute. Dann kühlten die Wände schlagartig ab und die Fesseln der Gefangenen begannen stattdessen zu glühen. Sie verhärteten und fielen dann auseinander, als ob sie aus zerbrochenem Ton wären. Das Licht schaute dann auf Arnolds und verengte sich vertikal, was dem Betrachter als böser Blick erschien. Der Geistliche und seine Eskorte wurden spürbar eingeschüchtert. Doch dann verschwand das Licht und die Würfelschlitze schlossen sich.

Lilly nahm vorsichtig den Würfel, drehte sich zum Kardinal und sagte: „(Eng.) Wir müssen jetzt gehen... Padre... Sperrt das Stonehenge für Besucher. Das wird doch in Eurer Macht liegen?"

„(Eng.) Haltet Ihr nur Euren Part der Abmachung, Hexe, wir kümmern uns um den unsrigen", entgegnete Arnolds und führte die Gruppe aus dem Verlies.

Kapitel 15: „Equilibrium"

„Überwinde deine Furcht, erst dann kannst du erfolgreich sein."

Draußen verschlechterte sich zunehmend das Wetter. Neben einem eiskalten Nieselregen, wehte der Wind immer böiger. Im Himmel verdichteten sich die Wolken, als ob ein Schneesturm anstehen würde. Auf dem Villenparkplatz fuhren mehrere, gepanzerte Kleinbusse vor, die von je einem Militärfahrzeug vorne und hinten begleitet wurden. Mark wurde provisorisch versorgt und an eine Trage gefesselt im hintersten Van verladen, dessen Tür vor dem eskortierten Pärchen demonstrativ geschlossen wurde. Marks schmerzverzerrter Blick prägte sich Lilly besonders ein und bestärkte ihre Entschlossenheit. Die drei Geistlichen setzten sich in eine Limousine auf dem festen Parkplatz direkt rechts vom Haupteingang und warteten bis alle anderen eingeladen wurden. Lilly und Kevin wurden in den vordersten Kleinbus gesetzt, der offensichtlich wie die Anderen von innen vergittert war. Auch der gewiefte Offizier setzte sich auf den Beifahrersitz desselben Fahrzeugs. Die restlichen Truppen verteilten sich auf die restlichen Autos und der Zug setzt sich in Bewegung. Direkt hinter Lilly und Kevins Transport ordnete sich die Limousine ein. Die Straßen schienen wie leergefegt. Der Offizier, der sich als Harry Smith vorstellte, erzählte von einem merkwürdigen neu entstandenen Sturm. Die Bevölkerung in der Region wurde angewiesen, zuhause zu bleiben. Die Bewohner in der Nähe des Stonehenge wurden sogar ganz evakuiert und das Gebiet weiträumig abgesperrt.

Kevin bemerkte abwertend, wie schnell sie die Öffentlichkeit aus dem Weg schieben konnten, wenn es gerade passte. Der Ordensbruder Smith lachte nur und erklärte: „(Eng.) Wissen und Selbstbestimmung können für manche Menschen eine schwere Belastung werden. In ihrer Sehnsucht nach Anleitung folgen sie jeder göttlichen und weltlichen Institution, selbst wenn die damit verbundenen Hoffnungen niemals erfüllt werden können. Dennoch schützen wir sie."

„(Eng.) Und ich dachte, dass das Gebot ‚Du sollst nicht lügen' für Euch genauso bindend ist", kommentierte Kevin zynisch. „(Eng.) Aber Ihr seid genau die gleichen Heuchler wie die Politiker, die Euch decken."

„(Eng.) Wir dienen nur dem Schutz der bestehenden, göttlichen Ordnung", sprach Smith.

„(Eng.) Auch die schwarzen Schafe, die sich für Wölfe halten, enden letztlich auf der Schlachtbank", sagte Kevin anspielend, aber Smith schien die Anspielung nicht zu verstehen.

Lilly schaute währenddessen auf den dunkler werdenden Himmel und machte auch Kevin darauf aufmerksam. Ein leicht grün-rot leuchtender Dunst schien den Himmel zu überziehen, den niemand sonst bemerkte.

„(Eng.) Sagen Sie mal!", sprach Lilly plötzlich, ins Fenster starrend. „(Eng.) Welches Wetter wurde vor einigen Tagen eigentlich für heute vorhergesagt?"

„(Eng.) Eigentlich sollte es nur wieder schneien. Warum?", antwortete Smith.

„(Eng.) Dieses Wetter scheint nicht natürlich erzeugt zu werden. Die Wolken sind voller Essenzströme, die aus unserer Fahrtrichtung zu fließen scheinen", entgegnete Lilly.

„(Eng.) Essenz? Sie meinen so etwas wie eine magische Energie?", fragte Arnolds plötzlich laut durch den Funk nach, da er das Gespräch abhörte.

Lilly drehte sich nach vorne und sagte: „(Eng.) So etwas in der Art... Beunruhigender Weise erinnert mich der Strom doch zu sehr an die korrosiven Winde der Hölle."

„(Eng.) Und was ist Ihre Vermutung?", fragte Arnolds durch das Radio.

„(Eng.) Entweder kollabiert der Rest der Hölle irgendwie in diese Welt oder gar alle Welten verschmelzen gerade mit einander", spekulierte Lilly nachdenklich. Kevin zuckte zusammen.

Der Himmel wurde stürmischer und es begann was Seltsames zu regnen. Das Wasser war rot, fast wie Blut und schien warm zu sein, da es sofort zu dampfen begann, als es auf den Boden fiel. Die Außentemperatur stieg als ob schon später Mai wäre und das noch mitten im Winter. Die Fenster begannen zu beschlagen.

Dann erhielt der Beifahrer eine Nachricht per Rundfunk und leitete diese direkt den Beiden weiter in Erwartung, sie würden das Geschehende erklären können. Es schienen sich auf jedem Kontinent Stürme zu bilden, die ähnliche Phänomene hervorbrachten. Die Augen der Stürme befanden sich stets an bedeutenden Stätten wie das Stonehenge, die ägyptischen Pyramiden, diversen antiken Tempeln und anderen weit entfernten Wundern. Vor allem würden der rote Regen und die Dämpfe Menschen krank zu machen, die es einatmeten oder mit der Haut berührten.

„(Eng.) Das ist wie die verdammte Apokalypse", schrie der fahrende Ordensbruder aufgeregt und verängstigt. Sein Beifahrer wies ihn jedoch an, Ruhe bewahren. Vielleicht könne die Situation noch wieder in Ordnung gebracht werden.

Desto weiter die Fahrzeugkarawane Richtung der alten Stätte fuhr, umso heftiger wurde der Sturm. Langsam verwandelten sie die roten Tropfen wieder in Schnee, der bei Berührung der Scheibe in Dunst umwandelte. Der Nebel verdichtete sich immer weiter. Die Karawane konnte sich nicht mehr orientieren und bremste ab. Seltsame Schreie waren zu hören und Tiere flohen auf die Straße. Plötzlich erkannte das Pärchen diese Umgebung. Es war, als ob die Horizontwelt und die Schattenwelt langsam in die physische Realität einfließen würden. Seltsam Energiestrudel tanzten in der Luft. Als ein vorlaufendes Reh jedoch von einem davon erfasst wurde, explodierte es und hinterließ nach einem kurzen Schrei nicht mal Asche.

Plötzlich war die Nebelbank zu Ende und ein seltsames Bild eröffnete sich vor allen Insassen. 100 Meter hohe Kreaturen mit langen Hälsen und 6 Beinen wanderten über die weiten Wiesen und Wälder. Sie erinnerten etwas an große Dinosaurier. Die immensen Tiere waren zwar stark durchsichtig, aber ihre Schritte ließen den Boden erbeben. Sie hatten viele Augen, aber schienen das Gewusel der winzigen Fahrzeuge nicht zu beachten. Die Wesen waren nur in einem bestimmten Bereich um die Stätte sichtbar. Beim Verlassen dieses Umfeld lösten sich diese Wesen einfach auf, als ob sie in eine andere Dimension übertreten würden. Kevin und Lilly bemerkten auch, dass ihr erleuchteter Zustandes keinerlei Konzentrationsaufwand mehr erforderte. Sie konnten ihn jetzt wieder problemlos aktivieren.

Als das Stonehenge bereits sichtbar wurde, erschienen viele kleine Lichtpunkte auf den großen Felsen und wie tausende Glühwürmchen tanzten diese um die Stätte. Ein großer Reisebus stand abseits des Monuments und lud, von einigen Soldaten begleitet, Zivilisten aus. Lilly und Kevin waren zuerst verwirrt, aber als die Karawane am Bus vorbei auf den Feldweg abbog, erkannte Lilly einige von Ihnen und erschrak. Es waren Eltern und Geschwister des Pärchens dabei, als auch noch eine weitere Familie. Die Soldaten führten die Familienmitglieder zu einem Sammelort knapp 25 Meter vor dem Stonehenge. Diese schienen verängstigt zu sein und klammerten sich eingeschüchtert an einander.

„(Eng.) Was hat das zu bedeuten?", schrie Lilly noch im Wagen. „(Eng.) Ich weiß, dass Ihr sie als Geiseln genommen habt, aber warum hierher bringen?"

„(Eng.) Als Erinnerung und persönliche Lebensversicherung, Miss Decker", entgegnete Arnolds durch den Lautsprecher.

Als Lilly mit Kevin ausstieg und Mark gefesselt aus dem Fahrzeug ausgeladen wurde, richteten die Soldaten ihre Gewehre auf die Familien des Trios. Sie wiesen diese an, ihre Hände hinter den Kopf zu legen, mit dem Gesicht zum Stonehenge. Die drei Geistlichten stiegen aus der Limousine und wanderten gelassen zum würfeltragenden Pärchen. Lilly und Kevin schauten beschämt in die Richtung ihrer Eltern.

„(Eng.) Was ist hier eigentlich los?", fragte Kevins Vater Kurt in gutem Englisch. „(Eng.) Was haben diese Wetterphänomene und unsere Geiselnahme zu bedeuten?"

Kardinal Arnolds näherte sich ruhigen Schrittes an die mutige Geisel, schmunzelte kurz und sprach laut, dass es alle vernehmen konnten: „(Eng.) Liebe ‚Gäste'! All Ihre Fragen sind zweifellos berechtigt, aber leider kann ich Ihnen nur folgendes sagen: Ihre Kinder haben mit ihrem böswillig, terroristischen Fehlverhalten die Apokalypse ausgelöst und sie sind jetzt die letzte Versicherung der Menschheit, um das noch zu verhindern. Falls jemand von Ihnen jetzt noch Zweifel hegt, können wir sämtliche Bedenken gern mit einer Kugel in Ihren Kopf sofort ausräumen."

Alle Geiseln verstummten eingeschüchtert. Dann drehte sich der Pater selbstzufrieden um und ging zum Pärchen: „(Eng.) Seid mir nicht böse! Ihr würdet an meiner Stelle genauso handeln! Los, beendet dieses Chaos!"

Dann gesellte er sich zu den anderen Geistlichen, die sich jeweils auf einem eigenen, ausklappbaren Stuhl gesetzt hatten.

„Wie konntest du uns das antun?", schrie Lillys fanatischer Vater, der noch ganz in Bandagen eingewickelt im Rollstuhl saß. „Zur Hure des Satans bist du geworden." Seine Gemahlin und die Söhne weinten nebendran. Einer nässte sich sogar die Hose ein.

Marks Familie blieb stumm. Sie sahen ihren Sohn schwer verletzt auf ein Fahrgestell für psychisch Kranke gefesselt. Dennoch waren diese Blicke kalt wie Eis. Selbst seine Mutter würdigte ihren Sohn mit keinerlei Mitleid mehr. Für sie war er jetzt zweifelsfrei ein Verräter der Menschheit, Feind des einzigen wahren Gottes. Seine beiden Brüder schauten sogar hasserfüllt.

„(Eng.) Ich sehe, dass die christlichen Werte in unserer dekadenten Gesellschaft doch noch nicht ganz untergegangen sind", sagte Lucius schmunzelnd zu den anderen Geistlichen, als er kurz die Blicke von Marks Verwandtschaft betrachtete. Dann schauten alle erwartungsvoll wieder zum Pärchen.

Lilly lief inzwischen mit dem Würfel zur Mitte des Stonehenge und flüsterte auf dem Weg dorthin in der arkanen Sprache: „(Ark.) Antony... Ainex! Ich weiß, dass du mich hören kannst. Wir haben uns in etwas rein geritten, woraus wir uns nicht mehr selbst befreien können. Bitte, wenn du uns schon helfen kannst, komm heraus und hilf uns!"

Noch im selben Augenblick öffneten sich Schlitze im Würfel und das lebende Licht in Form einer Pupille formte sich erneut. Dieses schaute kurz auf Lilly und änderte dann seine Form zu einem weißen Strahl, der auf die Mitte der Ruine zeigte. Lilly verstand und trug den Würfel dorthin. Kaum erreichte sie das Zentrum von Stonehenge, hob das Arkum sofort mit steigender Intensität leuchtend ab. Es zerlegte sich in seine solare Form mit umkreisenden Teilen und schwebte hoch auf etwa 10 Meter über den Boden. An den Seiten des Sturmauges begannen sich plötzlich windhosenartige horizontale Wirbel zu bilden, die frei strömendes Mana aus der Umgebung konzentrierten und in Richtung des Arkums transportierten. Der kleine, weiße Kern saugte alles, was die Strudel mit sich brachten einfach hinein, ohne auch nur ein Millimeter zu wachsen.

„(Eng.) Was hat das zu bedeuten?", schrie Kardinal Arnolds durch einen Lautsprecher zu Lilly in einem sonst windstillen Gelände. „(Eng.) Antworte, sonst fangen wir an die ersten Geiseln zu erschießen."

„(Eng.) Der Würfel benötigt die Essenz, um sich zu stabilisieren und die Beschwörung durchzuführen!", schrie Lilly zurück, obwohl sie es selbst eigentlich nicht genau wusste.

Sie trat immer weiter zurück und sah, wie plötzlich Mana in blitzähnlichen Entladungen aus dem Würfel in Richtung der Steine strömte. Lichtwellen durchfluteten die immensen Felsen. Arkane Zeichen leuchteten in einer Schicht über den Felsen auf, als ob diese mit der Zeit abgeschliffen wurden und nun wieder erscheinen. Dann strömte wie mit einem Haubitzenschuss gleich eine Lichtkugel aus dem Kern in den Himmel und erschuf beim Versinken in die obere Atmosphärenschicht eine wachsende, dichte Gewitterwolke mit einen Blitzsturm.

Die Söldner des Ordens wurden zunehmend nervöser. Besonders das Grollen im Himmel bereitete ihnen Angst. Lilly und Kevin traten aus dem äußeren Kreis des Stonehenge. Sogar die Geiseln schauten jetzt beeindruckt nach oben und vergasen kurzzeitige ihre prekäre Lage. Das alte Monument begann sich plötzlich zu seinen ursprünglichen Zustand zu rekonstruieren. Steine stellten sich erneut auf und zerborstene Materie setzte sich wieder zusammen. Die fehlenden Bauelemente erschienen plötzlich aus einer anderen Dimension. Am Schluss befanden sich wieder die kreisförmige Steinarche und fünf innere, größere Tore aus je drei großen Felsen. Auf jedem Stein leuchtete nun eine große, silberne Rune.

Dann sammelten sich die Blitze direkt über der mysteriösen Stätte und schossen einen geballten Blitzstrahl direkt durch den Würfelkern. Der Blitz erhellte das Gelände und begann sich, unter dem Arkum, zu einem sphärenförmigen Portal auszuweiten, das sich mit dem Wachstum zunehmend abflachte. Als es fertig war, streckte sich zuerst eine Hand in einem Handschuh und verschwand kurz wieder. Dann stieg der maskierte Antony als Astralgestalt in seinem beigen Roben-Set bekleidet aus dem Portal. Sein ganzer Körper strahlte ein weißes Licht aus. Er war als Geist zurückgekehrt, aber seine Präsenz war derart konzentriert, dass er nicht mal durchsichtig erschien. Die meisten, aber ganz besonders Lilly und Kevin, spürten diesen erdrückende Präsenz von Antony ausgehen.

„(Eng.) Wer ist das?", fragte Arnolds seinen Kopf bewegend, um die Gestalt zwischen den Felsen zu erkennen. Er schien einen bärtigen, alten Mann erwartet zu haben. „(Eng.) Das kann doch nicht etwa unser Gott sein, oder?" Trotz der Entfernung reagierte Antony auf den Satz des Kardinals und entgegnete in einem grollenden, vielstimmigen Ton, dass alle in 200 Metern

Umkreis erschraken: „(Eng.) Denkst du, es wäre so einfach einen Schöpfer zu rufen, arroganter Sterblicher? Sie muss sich schon selbst dazu entscheiden." Kardinal Arnolds stand wütend auf, während Antony seine Kapuze abzog und langsam aus der Ruine heraustrat. Seine gesamte Gestalt dampfte auch weiterhin mit dem weißen Nebel.

„(Eng.) Es ist nicht an dir das zu beurteilen, Kreatur. Du und deine... ,Schützlinge' haben die Apokalypse herbeigeführt und die Dämonenfürsten in unsere Welt gebracht", entgegnete der älteste Geistliche. „(Eng.) Erschießt die ersten Geiseln!"

Antony schmunzelte, dann leuchteten seine Augen kurz auf und eine rot-braune Druckwelle breitete sich in alle Richtungen aus. Alle nicht veredelten, metallischen Gegenstände, die von der Welle berührt wurden, zerfielen zu Staub direkt in den Händen der Söldner und Ordenbrüder. Diese erschraken und einige griffen aus Reaktion nach ihren Messern, doch diese waren auch nicht mehr da. Auch Marks Karre zerfiel zu Staub und er fiel zu Boden. Alle Panzerfahrzeuge und Rüstungen waren nun nicht mehr als feines Metallpulver.

„(Eng.) Ihr, religiösen Fanatiker, sehnt euch doch so sehr nach dem Weltuntergang, um die Ungerechten zu bestrafen. Sobald aber so ein Zeitpunkt da ist, verkriecht Ihr Euch. Und das... weil Ihr doch tief im Herzen spürt, dass Ihr selbst kein Stück besser seid, als von Euch heimlich beneideten Heiden", sprach Antony herablassend. „(Eng.) Heute... seid Ihr nichts weiter als Zuschauer."

Dann drehte sich Antony zu Mark und verzog bemitleidend sein Gesicht, während er nun langsam, unter Augen aller, in Richtung seines Partners lief. Die entwaffneten Männer, die den Misshandelten bewachten, versuchten mit auf Mark gerichteten Fäusten dem Herannahenden zu drohen. Einer nahm den Gefangenen sogar in den Würgegriff, aber mit nur einem leichten Fingerwisch von Antony wurden diese Ordenseinheiten über 5 Meter nach hinten weggeschleudert. Lilly schaute währenddessen kurz zurück auf den Würfel, denn das Portal und der Blitz waren jetzt zwar verschwunden, aber das Arkum flutete auch weiterhin die Säulen mit Mana.

„(Eng.) Wir erwarten noch weitere Parteien, liebe Zuschauer!", sagte Antony vielstimmig für jeden hörbar. „(Eng.) Ich würde also ein friedliches Verhalten begrüßen!"

Er streckte hinkniend seine Hand an Marks rechte Wange, der sich aus letzter Kraft schmerzvoll aufzurichten versuchte und leicht beschämt auf seinen Freund blickte. Noch während der Robenträger seine Hand über die Wange seines Schülers streichelte, heilten Marks Verletzungen und seine Unterschenkel nahmen wieder normale Form an. Das Einrichten der Knochen und das damit verbundene Knacken waren selbst für die Zuhörer schmerzhaft, aber Mark ließ keinen einzigen Ton heraus. Dann küsste Antony demonstrativ seinen Freund leidenschaftlich auf den Mund. Allen religiösen Anwesenden gingen die Münder auf. Als Antony danach aufstand, richtete auch Mark sich auf, flüsterte seinem Freund etwas ins Ohr und ging zu seinen Freunden im Hintergrund.

„(Eng.) Nicht zu fassen! Welches Interesse hegt Ihr an der Apokalypse, wenn Ihr kein Dämon seid?", fragte Pater Lucius laut, mit einem leicht angewiderten Unterton.

Antony drehte sich zum Fragenden, erschien von einem Augenblick zum anderen plötzlich direkt vor ihm stehend und antwortete mit seinen überwältigenden Stimmen: „(Eng.) Eure Welt ist mir eigentlich vollkommen gleichgültig. Weder die völlig ungerechte und selbstzentrierte Gesellschaft, korrupte Politik, scheinheilige Religionen noch die umweltzerstörerische Kultur machen Euch in irgendeiner Weise schützenswerter als eine der Millionen anderer Zivilisationen im Universum."

„(Eng.) Aber selbst wir haben Dinge, die es zu schützen gilt", sagte Arnolds.

„(Eng.) Zweifelfrei... Um auch zu dieser Einschätzung zu gelangen, habe ich die Entwicklung dieser Welt über Jahre ausgiebig studiert... Dennoch verblasst all das Gute, was ihr bisher erreicht habt... solange nur die Selbstsüchtigen das Geschick der Welt lenken", stellte Antony fest. „(Eng.) Ihr stellt Profitgier über Eure Verpflichtung die Natur zu erhalten... Ihr dezimiert ganze Völker, um an Ihre Ressourcen heran zu kommen, statt sich um die Erneuerung alter Rohstoffe zu kümmern. Die durch Abschmelzung der Pole verursachtes Absenken der Meeresböden wird in den nächsten 50 Jahren mindestens einen Supervulkan erwecken und nach gravierender Klimaveränderung einen Weltkrieg auslösen. Eure Zivilisation ist in ihrer momentanen Form dem Untergang geweiht. Selbst die Erschließung des Weltraums wird Euch bei diesem Verhalten nicht mehr retten."

„(Eng.) Wirst du uns also vernichten?", fragte Arnolds enttäuscht.

„(Eng.) Nein", verneinte Ainex Kronos. „ICH mache mir nie die Hände schmutzig. Es gibt eigentlich nur 5 Gründe, warum ich Eure Erde nicht dem Untergang überlassen will und Drei davon habt Ihr aus vorwitzigen Gründen gefoltert. TROTZ ungerechter Behandlung durch die eigenen Eltern, ob wegen falschem Geschlecht oder einer nicht religionskonformer, sexueller Orientierung, TROTZ Folter und Misshandlung, TROTZ aller Vorurteile."

„(Eng.) Unsere Gesellschaft mag nicht perfekt sein, aber es ist unser gottgegebenes Recht über die Erde zu wachen, wie WIR es für richtig halten", erklärte Pater Arnolds rechtfertigend.

„(Eng.) Es ist das Recht, dass Eure Vorfahren für Euch erkämpft haben, aber ein göttliches Mandat steht entgegen Eurer Behauptung nicht dahinter...", sprach Antony weiter. „(Eng.) Wie könnte ein menschliebender Schöpfer Gier, Mord und Gewalt in irgendeiner Form jemals gut heißen, Heuchler!"

„Deine Worte sind edel, Antony Black", rief Kevins Vater, seine Arme runternehmend und nun scheinbar eher von seltsamer Neugier erfasst war. „Ich erkenne dennoch bereits, dass du helfen willst… unsere Welt zu retten… Aber mich erfüllt der Eindruck, du willst uns unsere Kinder wegnehmen. Das kann ich nicht gut heißen."

„Meine Tochter kann der weiße Teufel ruhig haben", fügte laut Lillys Vater schmerzverzerrt hinzu. Ihre Mutter weinte machtlos nebendran. „MEINE Familie will nichts mehr mit dieser Hexe zu tun haben."

„Unser Sohn ist bereits seit Jahren tot für uns, seit er die Behandlung abgelehnt hat", sagte Marks Vater. Mutter und Brüder schienen sich hingegen nicht mehr so sicher zu sein.

„(Eng.) Wahrlich ein Drama", sprach Antony in einer künstlerischen Ausschweife. „(Eng.) Ich nehme niemandem etwas weg. Eure Kinder entschieden sich aus freien Stück für diesen Weg."

Hubschaubergeräusche begannen aus allen Richtungen zu ertönen und wurden immer lauter. Auch Panzerfahrzeuge mit Maschinengewehren und kleinkalibrigen Haubitzen bewegten sich entlang der vier Zufahrtsstraßen zum Stonehenge mit schnellem Tempo. Die Panzer schossen auf die durchsichtigen Riesenkreaturen, aber schienen diese bloß aufzuschrecken. Am Turm des am besten ausgerüsteten Panzers öffnete sich schlagartig die Lucke. Ein scheinbar wahnsinniger, junger Soldat stieg bis zur Mitte seines Torsos aus dem noch mit Rauch gefüllten Inneren und schrie: „(Eng.) Yeeeeeah! Es gibt doch nichts Geileres als ein tiefer Zug von Schießpulverluft nach einem Mord am Morge….ich meine Nachmittag… ich meine Abend… ah Scheißdreck! Hahaha!"

Es war die jugendliche Stimme von Astaroth, der aus Spaß an der Freude seine Kanone nun auf Antony richtete, ein breites Grinsen aufsetzte und abschoss. Nahezu in Zeitlupe hob Antony seine linke Hand und stoppte die 100 mm Kugel knapp vor seinem Astralkörper. Diese wurde von der schier momentanen Abbremsung aus hohen Geschwindigkeit gestaucht und explodierte ungleichmäßig. Die nahen Zuschauer erschraken und hielten sich reflexartig die Arme vors Gesicht. Als sie jedoch bemerkten, dass nichts passiert, schauten sie wieder. Das Explosionsfeuer verhielt sich wie Plasma auf der Sonnenoberfläche und bildete Bögen, die zurück zum Geschosszentrum geleitet wurden. Die metallische Masse schmolz zu einer Kugel zusammen, kühlte sich ab und fiel auf den Boden.

„(Eng.) Spielverderber!", grummelte Astaroth vor sich hin und verschränkte meckernd die Arme. Inzwischen sind einige Hubschrauber gelandet und dutzende Militärfahrzeuge haben das Feld umkreist.

Diverse von schwer bewaffnete Einheiten begleitete Personen stiegen aus den Hubschaubern und Militärfahrzeugen aus. Für Lilly, Kevin und Mark verströmten diese VIPs eine sehr dunkle Präsenz. Eine davon war Belial, die ihren neuen Körper inzwischen von alle Piercings und die Tattoos bis auf einen neuen roten Drachen entlang ihres Halses befreit hatte. Ihre Haare färbte sie blond mit leichtem rötlichem Schimmer und sah nun aus, wie eine langhaarige Diva.

Auch Asmodan war dabei und hatte diesmal zum gewohnten nun gepflegtem Anzug diverse goldene Accessoires angehängt. Astaroth stieg in seiner in grüner Tarnfarbe gehaltenem Rekrutenanzug und einem schräg sitzendem Helm aus seinem Panzer und lief hüpfend ohne Begleitung Richtung seines neuen besten Freundes Asmodan. Direkt hinter den Geistlichen stieg ein dünner Mann aus, der dem Aussehen nach kürzlich eine starke Chemotherapie durchgestanden und überlebt hätte. Seine Augen hatten tiefe dunkle Ringe und er hatte keinerlei Haare auf dem Körper. Fliegen schienen sich um ihn zu scharren und kleine Käfer krabbelten entlang seiner Schulter. Eine davon nahm er sogar und verspeiste sie vor Augen seiner eigenen hinter ihm Abstand haltenden Eskorte. Hinter den Ordensfahrzeugen hielt ein Panzertransporter, aus dem ein schwer rauchender General ausstieg. Er trug einen wütenden Gesichtsausdruck und hatte zwei Elitesoldaten als Begleitung. Es war wohl Satan persönlich.

Der letzte im Bund war ein etwa 35 Jahre alter, gut aussehender Mann, welcher den typischen Investmentbanker Maßanzug mit weißem Hemd und Schlips trug. Statt Soldaten hatte er jedoch zwei Rechtanwälte mit Koffern dabei, die selbst offensichtlich von niederem, dämonischem Ursprung waren.

Die Dämonen gingen an Ordensmitgliedern und Geiseln vorbei direkt zu Antony. Lediglich Astaroth blieb direkt hinter Arnolds stehen. Als die Bodyguards versuchten einzugreifen, wurden sie von Astaroths Soldaten überwältigt und auf der Stelle getötet.

Die drei Geistlichen saßen erstarrt vor Angst und blickten auf Antony in der Hoffnung, er würde ihnen vielleicht doch noch Schutz gewähren.

Langsam schob Astaroth seinen Kopf über Arnolds linke Schulter und ihre zu einander gerollten Augen trafen sich. In selben Moment sagte Asti langsam: „(Eng.) Kuckuck… Habt ihr mich schon vermisst, Padre?"

Kardinal Arnolds versuchte aufzustehen, aber der junge Dämon zog schnell zwei lange Dolche mit Widderhacken auf den Klingen aus seiner Militärhose und rammte diese dem Geistlichen blitzschnell in die Oberschenkelmuskeln.

Der Kardinal schrie vor Schmerz und versuchte die Dolche selbst rauszuziehen, aber die Wiederhacken verursachten bei kleinster Bewegung noch mehr höllische Schmerzen, dass sogar Schwindel einsetzte. Die anderen Dämonen macht die Sicht für Lilly, Kevin, Mark und Antony extra frei.

Lilly verzog herablassend das Gesicht, gespalten zwischen Rachsucht und Bedauern. Antony schaute kurz auf die Gesichtsausdrücke seiner Schüler und dann wieder auf das grausame Folterspiel.

Astaroth grinste lippenleckend zur Lilly und zwinkerte ihr zu. Dann schaute er zurück auf den Kardinal und flüsterte zu ihm: „(Eng.) Sehen Sie diese Frau vor Ihnen, die innerlich zerrissen auf Sie blickt. Im Zwiespalt zwischen Rache und Mitleid. Wissen Sie, was für mich das Süßeste am ersten Mord ist, besonders aus Rache?"

Der Kardinal schwieg, den Monolog über sich ergehen lassend.

„(Eng.) Das Gefühl der Unbefriedigung, die Leichtigkeit einem anderen das Leben nehmen. Das schlechte Gewissen wird zur Fassade, wenn immer neue Leichen sich dazu stapeln, um das Geheimnis aufrecht zu erhalten", erzählte Astaroth weiter. „(Eng.) Dieser Frau habt Ihr in Eurem scheinheiligen Krieg das erste Kind genommen... Es war nicht mal zwei Wochen alt, während Ihr in der restlichen Welt vom Verbot der Abtreibung predigt."

„(Eng.) Was soll das?", fragte Lilly Asmodan direkt.

„(Eng.) Ein Geschenk des Wohlwollens!", entgegnete Asmo flirtend. Auf dieses Zeichen hat Astaroth gewartet, als er noch im selben Augenblick die Dolche aus dem Geistlichen zog und ihm diese, auf Lilly blickend, langsam in die Brust einführte.

Während der Sterbende seine letzten Atemzüge machte, flüsterte Astaroth zu ihm: „(Eng.) So holen einen seine Sünden schneller ein, als einem lieb ist...", und küsste den Mann demonstrativ vor Lillys enttäuschtem Gesicht sanft auf die Stirnseite. Dann verstarb der Kardinal.

„(Eng.) Wir sind gekommen, um das Versprechen einzufordern", entgegnete Belial. „(Eng.) Ich spüre, dass du gewachsen bist... Mädchen. Sogar mein Verfolgungszauber konntest du selbst abschütteln. Er hatte wohl Recht."

„Von welchem Versprechen reden diese Dämonen?", hackte Lilly misstrauend nach.

Antony drehte sich zu Lilly und sprach in Arkana: „(Ark.) Wer die verbotene Tür einmal öffnet, muss auch mit den Konsequenzen leben. Eure Situation und Euer Umfeld sind die Folge Eurer getroffenen Entscheidungen, ohne Rückkehrmöglichkeit. Das waren doch meine Worte!"

Der Wind begann stärker zu wehen und Lilly brach am Boden zusammen. Kevin umarmte Sie und rief vorwurfsvoll auf Antony schauend: „Schon wieder diese künstlerische Ausschweifung. Also ist das jetzt alles unsere Schuld?"

„(Ark.) Das habe ich so nicht gesagt", sagte Antony ruhig. „(Ark.) Ihr habt lediglich die Konsequenzen maßlos unterschätzt."

„(Ark.) Aber Verantwortung müssen wir dafür trotzdem tragen...", entgegnete Mark. „(Ark.) Was für ein Unterschied macht es dann?"

„Ganz einfach, die Einstellung!", erklärte Antony sich zu Lilly beugend. „(Ark.) Wo der Schämende trauert und beklagt, lernt der Opportunist, erkennt neue Chancen und Blickwinkel."

„Und du spielst bei dem Ganzen nur eine Nebenrolle?", fragte Lilly bedauernd. Der Wind nahm inzwischen noch weiter zu.

„Ich bedauere wirklich den Verlust deines Kindes, Lilly", erklärte Antony mitfühlend, aber selbstbewusst. „Und ja natürlich wollte ich Euch von Anfang an zu meinen Schülern machen, aber gezwungen habe ich Euch zu keinem Zeitpunkt. Ich habe Euch stets die größtmögliche Freiheit eingeräumt und davor gewarnt, die Kräfte in der lebenden Welt einzusetzen. Ich habe es sogar in Eure Lehrbücher ganz vorne rein geschrieben. Sogar einige Steine in den Weg gelegt, damit Ihr stolpern, anders entscheiden und aufgeben könnt, aber das tatet Ihr nicht. Mark hat den Weg zum Erwachen selbst herausgekriegt. Lilly, du hast mit der neu erlangten Macht deinen stolzen Vater bestraft und später eine absolut gefährliche Formel genutzt, die normalerweise erst mit mindestens 200 Jahren Erfahrung ausgeführt werden kann. Hätte ich nicht das Mana in diese Welt geflutet, wäre deine Seele in der dünnen Atmosphäre der realen Welt ausgehungert und ausgelöscht worden. Ich habe, trotz meines Zustandes, immer über Euch gewacht!"

„Natürlich hast du uns die ganze Zeit beobachtet...", bestätigte Lilly vorwerfend. „Und den Zauber sollten wir wohl gar nicht einsetzen. Alles war nur als Köder gedacht, um uns zu gewinnen... Aber es macht es in meinem Inneren trotzdem nicht leichter, dir zu vertrauen. Was also wollen die Dämonen von Dir?"

„Lillien, blindes Vertrauen ist für Schwache! Ihr müsst aber schnell schlauer, weiser und mächtiger werden. Ich habe Euch von Anfang an gesagt, dass Ihr niemandem vertrauen dürft. Das war auch eine wertvolle Lektion", erläuterte Antony, dessen Robe sich langsam rot färbte. „Ihr habt jedenfalls alle meine Prüfungen glänzend bestanden, sogar übertroffen. Im Eifer der Machttrunkenheit einen Totkranken zu heilen ist trotz der Gefahr wirklich eine Leistung."

„Ich war nicht machttrunken!", verteidigte sich Lilly. „Ich wollte ihm wirklich helfen."

Antony aber entgegnete: „Ach Lilly, vergiss bitte nicht, dass Ihr nicht die ersten Menschen noch die Letzten seid, die so handeln. Aber du solltest aufhören Dich selbst zu belügen. Das endet nie gut."

Die Dämonen, besonders Belial und Asmodan beobachteten amüsiert die ganze Entwicklung, als plötzlich Satan im Körper des Generals ungeduldig wurde: „Was ist mit unserer Abmachung, Ainex... Kronos. Du hast uns die Freiheit von Gottes Ketten zugesichert, als Preis für die wertvolle Information und das Mädchen."

„(Ark.) Wovon spricht er?", fragte Mark empört. Antony wollte ihn zuerst ignorieren, aber Mark ließ nicht locker und stellte sich vor Antony. „(Ark.) WAS geht hier vor?", fragte er erneut.

„(Ark.) Ah... Hast du wirklich geglaubt, wir könnten Lilly so einfach befreien, weil die Dämonen in ihrem eigenen Territorium Angst vor mir hatten?", erzählte Antony einen Schritt voranschreitend. Mark weichte einen Schritt zurück.

„(Ark.) Aber was ist mit deinem Kampf?", fragte Mark verzweifelt. „(Ark.) Du warst stärker als sie!"

„(Ark.) Ich war in ihrem Reich, geschwächt und zahlenmäßig unterlegen", setzt Antony weiter fort. „(Ark.) Ich sah Euren Fortschritt und habe schnell festgestellt, dass wir in einer direkten Konfrontation garantiert verlieren würden. Die Dämonenherrscher verfügen über die einzigartige Telepathie der Begierden und ohne ein Verhandlungsangebot würde ich uns nicht befreien können. Also habe ich den Dämonen das Einzige versprochen, dass sie interessieren würde: Freiheit! Alles andere war eine notwendige Ablenkung."

„(Ark.) Aber jetzt brauchst du sie nicht mehr. Es sind Dämonen!", flüsterte Mark verzweifelt.

„(Ark.) Sie sind das Problem der Schöpferin, nicht meins...", entgegnete Antony kalt. „(Ark.) Euch Dreien galt schon immer mein primäres Interesse, aber dennoch halte ich stets mein Wort. Ich habe meinen guten Ruf zu verteidigen", schob dann seinen Freund zur Seite und sprach weiter zu den Dämonen. „(Eng.) Entschuldigt die Unterbrechung. Mein Schüler ist noch von Naivität und Emotionen benebelt."

Plötzlich schoss ein blau-grüner Lichtstrahl aus dem Kern des Arkums in den Himmel. Das Mana begann wieder aus allen Himmelrichtungen in den Strahl und in den Würfelkern zu fließen. Gewaltige Blitze zuckten über den Stonehenge Felsen.

Das Mana dicht unter der Wolkendecke floss immer schneller, bis in weniger als 1 Minute die gesamte in die Welt geflossene Essenz wieder aufgesaugt war und die Wetterphänomene schlagartig beruhigten.

„(Eng.) So liebe Zuschauer! Die Zeit ist gekommen", rief Antony vielstimmig in die Menge, als alle Steine plötzlich hell leuchteten. Aus allen vertikalen

Steinen schossen weitere Lichtsäulen gegen Himmel, wo sie sich mit dem Zentralen kreuzten.

Die Wolkendecke begann sich wild um Stonehenge zu drehen und öffnete dann von Strahl ausgehend ein Orkanauge von über 10 km Durchmesser. An den Rändern des Auges ragten schwebende Kontinente in sieben Ebenen aus den Wolken. Statt des blauen Himmels sahen die Betrachter den Weltraum, als ob es keine Atmosphäre mehr stören würde. Eine gigantische Wurzel von Yggdrasil mit vielen kleinen Ranken bohrte sich in der Atmosphäre direkt über dem Stonehenge, wurde zum Monument hin durchsichtiger und verblasste schließlich.

Der dickste Zweig der Wurzel richtete sich direkt auf das Monument und schien das Licht der Strahlen zu absorbieren und weg zu leiten. Lilly, Kevin und Mark weichen instinktiv zurück, weil sie einen leichten Sog ins Stonehenge spürten.

Antony breitete währenddessen seine beiden Hände aus und rief: „(Eng.) Dann stoßen wir das Weltentor der Seelen mal auf."

Die Geiseln schauten, teilweise ihre Augen reibend, auf sieben Ebenen zwischen den Wolken, die etwa 2 km Abstand über einander ragten. Auf der untersten Ebene waren Teile von fruchtbaren Feldern und weiten Wäldern zu erkennen. Auf der Zweiten breitete sich eine große Stadt mit großzügigen Alleen aus. Die dritte Ebene beherbergte viele Familienhäuser mit großzügigen Gärten. Auf Ebene vier befanden sich riesige Einkaufs- und Freizeitparks. Auf dem fünften Plateau erstreckte sich eine weite fantastische Felsen- und Berglandschaft mit schneebedeckten Kuppen. Die sechste Platte durchzogen flache Flüsse und wunderschöne Wasserfälle neben felsigen Wäldern. Auf der höchsten Ebene ragten tropische Inseln und ein Meer an den Abgrund, dessen Wassermassen in prächtigen Kaskaden über den Rand flossen. Diese gigantischen Wasserfälle erfasste ein starker Aufwind, der sie als feinsten Nebel zurückgedrängte.

Sogar die Dämonen schienen überrascht. Satan hackte jedoch, eine Zigarre anzündend, trotzdem nochmal nach: „(Eng.) Du willst uns doch nicht etwa verlassen, ohne dein Versprechen einzulösen? Das ist nicht das, was abgemacht war."

„(Ark.) Du hast echt Nerven, AINEX!", sagte plötzlich eine bekannte, rauchige, weibliche Stimme von überall aus dem Hintergrund. „(Ark.) Habe ich dich nicht gebeten, sich diskret um meine Bitte zu kümmern?"

Jahwe kam mit einer langer weißen Stielpfeife und einem weißen Kittel wie aus dem Nichts hinter einem der Steine heraus. Sie war von einem warmen Licht umgeben, die jedem Betrachter ein warmes Gefühl der Geborgenheit vermittelte. Die Dämonen fielen auf die Knie, als ob sie an den Boden gefesselt wurden.

„(Ark.) Du solltest mich mittlerweile gut genug kennen, Jiwi", entgegnete Antony schmunzelnd. „(Ark.) Ich bin schon immer ein Opportunist gewesen. Ich verfolge stets mehrere Alternativen und schaue, was sich letztendlich ergibt. Und wenn du etwas so machen möchtest, wie es DIR passt, so MACH ES ZUKÜNFTIG SELBST!"

„(Eng.) Das nennst du Opportunismus? Erst verwüstest du die Hölle, lässt die Erddämonen auf die Lebenden los und jetzt bohrst du mir, unschuldig schmunzelnd, ein breites Loch durch alle sieben Himmelsebenen", entgegnete die Frau wütend mit einer stark wiederhallenden Stimme.

Die restlichen Geistlichen und die Geiseln im Hintergrund erkannten zuerst nicht die Identität der Frau, die da erschien. Jedoch als sie von ‚ihren' Himmeln sprach, fielen alle sofort auf die Knie.

„(Eng.) Seid Ihr der …. Ich meine die Allmächtige?", fragte Pater Lucius wie ein neugieriges Kind schauend.

„(Eng.) Enttäuscht, dass ich kein alter Mann mit weißem Bart bin?", entgegnete Jahwe herablassend. „(Eng.) Denke das nächste Mal gut darüber nach, wenn du deine Frau züchtigst … Lucius?"

„(Eng.) Aber hätten wir auch nur ein Zeichen oder ein Wort von Euch bekommen, hätten wir uns sofort geändert", entgegnete der Geistliche unterwürfig sich verteidigend.

„(Eng.) Warum muss ich eigentlich immer eingreifen, wenn Ihr Euch nicht einigen könnt?", kritisierte die Göttin. „(Eng.) Und wenn ich eingreife, halten sich die Nachfahren der Geretteten für etwas Besseres als alle anderen. Ihr seid wie 8 Milliarden kleine Kinder."

Einige Zuschauer wurden nachdenklich. Dann traute sich einer der Soldaten sogar selbst die Schöpferin zu fragen: „(Eng.) Kommt jetzt die Apokalypse, Allmächtige? Werden wir die Erlösung erfahren?"

„(Eng.) Apokalypse?", entgegnete Jahwe und schaute sich um: „(Eng.) Ich sehe nur ein Loch in der Weltendecke! Die Offenbarung des Johannes ist auch keine Zukunftsvision, sondern eine Chronik des sich wiederholenden, menschlichen Versagens als Zivilisation!", dann drehte sie sich zu Ainex und hob erwartungsvoll ihre Augenbraue. „(Ark.) Und wie soll dein Theater jetzt weitergehen?"

„(Ark.) Naja, 3 Punkte stehen noch auf meinem Plan. Unter anderem sind Versprechen einzulösen und Entscheidungen zu treffen", entgegnete der Robenträger die Arme ausbreitend auf die Dämonen und seine Freunde.

„(Ark.) Fangen wir doch mit Versprechen an: Dir habe ich versprochen, die entflohenen Erddämonen zu fangen und denen habe ich die Freiheit versprochen. Wie lösen wir dieses Dilemma? Ich bin ja bekanntlich Herr meines Wortes und wette, du erahnst bereits die richtige Antwort, oder?"

„(Ark.) Du, Skrotum von einem Weltraumtentakel", sagte Jahwe streng, ihre Zigarettenpfeife aus dem Mund nehmend. „(Ark.) Soll ich etwa in Arbeit ersticken? Und wie soll ich die Verdammten zukünftig behandeln?"
Dämonen begannen sich plötzlich zu fürchten, weil sie die Sprache zwar kannten, aber diese noch nicht verstehen konnten.
„(Ark.) Du hast 65 Millionen Jahre Zeit gehabt, um sich eine passende Strategie für den Umgang mit schlechten Menschen überlegen zu können", erinnerte Ainex seine alte Freundin und drehte sich dann in die Menge.
Kardinal Arnolds Geist erschien plötzlich neben seinem verbluteten Körper. Das hohe Mana im Bereich um Stonehenge und die verschmelzenden Welten machten es möglich. Im Anblick der Schöpferin fiel er aber sofort auf die Knie.
Die Dämonen begannen sich gegen die Macht, die sie auf den Boden drückte, zu kämpfen und versuchten dabei keine Aufmerksamkeit zu erregen. Nur Astaroth versuchte nicht mal seinen Widerstand zu verstecken und schrie beim Aufstehen wie ein Wilder. Gott schaute nur kurz auf ihn und ein erhöhter Druck presste den Dämon erneut auf den Boden.
„(Ark.) Was schlägst du vor, Nex? Was soll ich mit diesen Dämonen machen?", fragte Jahwe.
„(Ark.) Wenn ein System nicht mehr funktioniert, empfiehlt ich die Trennung von belastenden Elementen", sagte Ainex.
Plötzlich trat eine weitere Person zwischen den Steinen heraus. Der südländische Mann mit blaugrünen Augen und Narben erschien. Es war Lucifer Jeshua. Die Temperaturen erreichten mittlerweile eine sommerliche Angenehme, trotz tiefsten Winters.
„(Eng.) Gib Ihnen bitte eine Chance, diesmal ihr restlichen Leben besser zu gestalten", sagte er mitfühlend. Sein freundliches Gesicht verriet, dass er es ernst meinte. Lilly, Kevin und Mark sahen ihn jetzt zum zweiten Mal, aber seine Gesichtszüge waren nicht mehr so verbittert, wütend oder enttäuscht wie zuletzt in der Hölle. Er hatte sich wohl mit der Welt wieder versöhnt.
„(Eng.) Wenn sogar mein eigener Sohn mich so lieb darum bittet, kann ich nicht widersprechen", entgegnete Jahwe.
Die Dämonen begannen zu dampfen. Ein Geruch von Schwefel entwich in alle Richtungen und die Zuschauer hielten sich die Nasen zu. Aus allen Anwesenden Dämonen wurden gewöhnliche Menschen. Die einzige Ausnahme war der zitternde Astaroth. Ihm quollen hunderte Seelen aus allen Poren des Körpers. Sie konnten jedoch nicht fliehen, da sie an einander hingen.
„(Ark.) Da holen einen die vergangenen Sünden wieder ein!", sagte Jahwe seufzend.

„(Eng.) Sieht so aus, als wollten die nicht mehr wirklich zusammen bleiben", bemerkte Ainex, richtete seiner Hand auf den anschwellenden, grotesken Seelenklumpen und sagte ruhig: „(Ark.) Wind des Vergessens."

Ein seltsamer Wind mit rotem Mana wehte auf das astrale Ungetüm, während es sich immer schneller zersetzte. Am Ende flogen hunderte astrale Kerne auseinander und wurde ins Stonehenge gezogen. Der leere Körper fiel leblos auf den Boden. Die Magie schwächte Ainex jedoch auch etwas.

Plötzlich erstarrte Antony kurz und schaute dann nach oben. Im selben Moment verdunkelten sich die Sterne und so etwas wie schwerer, schwarzer Staub regnete lawinenartig vom Himmel herunter. Alles tauchte in tiefe Dunkelheit. Gerade noch schnell genug konnte er seine drei Schüler einsammeln und unter einem umfassenden Energieschild am Stonehenge verstecken. Der Staub schien sogar die astrale Gestalt anzufressen, wie ein Säureregen.

Auch Jahwe spürte es und versuchte instinktiv einen großen Energieschild um die anderen Anwesenden aufzubauen. Jeshua unterstützte sie. Dennoch waren die Beiden nicht schnell genug. Die schiere Gewalt der Lawine drückte die sich ausbreitenden Kraftfelder auf die Größe einer Person herunter.

Die Studenten waren völlig verwirrt, als sie die ungewöhnliche Angst bei Antony bemerkten. Dass selbst ihm solch Schrecken im Gesicht erfüllen konnte, erlebten die Freunde zum ersten Mal. Dutzende Schreie hörte man im Gepolter der Finsternis, bevor auch die letzte Stimme verstummte. Die sich wie Millionen Schlangen windende Schwärze verzog sich auf den Boden und die Geschützten konnten wieder etwas sehen. Die dunkel-violette schimmernde Asche, die jede ungeschützte Oberfläche bis zum Horizont bedeckte, begann zu einem Punkt in der Nähe zu kriechen und dort die Gestalt einer Frau zu formen.

„(Ark.) Wenn das nicht der Verräter Ainex Kronos ist. Wie klein das Universum doch manchmal ist", hallte eine junge, weibliche Stimme von überall aus der Umgebung. Es war als ob die Asche selbst vibrierte. „(Ark.) Wie wir uns darauf gefreut haben."

Lilly, Mark und Kevin schauten hoffnungsvoll nach ihren alten Familien. Vielleicht konnten sie sich ja noch retten. Sie erlitten jedoch einen Schock, als nicht an den Stellen der Familien nur noch in Agonie verkohlte Mumien vorfanden. Das galt auch für allen anderen in der Umgebung. Außer den Dreien, Antony, der Schöpferin und Jeshua war nichts mehr am Leben, nicht mal die Dämonen.

Inzwischen formte sich der schwarze Aschefluss zu einer wunderschönen, jungen Frau zusammen und versickerte darin fast vollständig. Lediglich ein kleiner Teil blieb in Form von, mit rot-violetter Aura schimmernden, schwarzen Tentakeln auf ihrem Rücken. Diese dunklen, sich lebendig bewegenden Bänder erinnerten, außer ihrer dunklen Farbe, an Antonys astrale Glieder und ergänzte wie lange Seidenschale ihr langes, schwarzes Abendkleid. In ihren schwarzen Augenhöhlen spiegelten Galaxien und Sterne wieder. Augenäpfel fehlten ihr hingegen gänzlich. Sie trug außerdem vergoldete Sandalen und hatte violett schimmerndes schwarzes, langes Haar. Ihr Auftreten zeugte von bodenloser Arroganz einer jungen Diva.

„(Ark.) Ein Ärgernis kommt selten allein", kommentierte Jahwe zynisch. Die massenmordende Frau ignorierte die Schöpferin jedoch.

„(Ark.) Als wir von unserem Vater von deinem Erscheinen erfahren haben, hätten wir nicht erwartet, dich tatsächlich hier vorzufinden. Doch nun stehen wir hier und sind sehr erfreut!", sprach die Frau weiter auf Ainex blickend.

„(Ark.) Und nun entlarven Wir sogar Jahwe als eine Kollaboratorin!"

„Hallo.. Noxia", antwortete Antony mit aufgesetzter Begeisterung und verbeugte sich respektvoll.

Mark erbleichte noch weiter.

„Wer ist diese Massenmörderin?", flüsterte Lilly weinend zu Mark.

„Noxia, die Finstere... eine Göttin der Auslöschung und jüngste Tochter des Weltenbaums", flüsterte Mark zitternd. Kevin und Lilly erblassten ebenfalls. Die Umgebungstemperatur fiel immer weiter ab. „Sie ist die Hitzköpfigste und Arroganteste von all ihren Geschwistern."

„(Ark.) Wie wir sehen, hast du neue Schüler?", beobachtete Noxia schmunzelnd. Es schien, als würde sie durch die Erinnerungen der Verschlungen graben. „(Ark.) Sogar 3 und zwei davon sind... Seelenzwillinge? Uuuh, die kleine Mahlzeit bei unserer Ankunft hat sich wirklich ausgezahlt... All diese amüsanten Erinnerungen... Mhm... Du spielst immer noch den Moralapostel und Weltverbesserer für diese Amöben... So viel Mühe... umsonst!"

„(Ark.) Was willst du, Noxi?", fragte Ainex gereizt. „(Ark.) Ich suche mit dir keinen Streit!"

„(Ark.) Du sollst uns NICHT... SO... NENNEN... Verräter! Heute werden wir dich vernichten und alle, die deine närrische Rebellion unterstützen. Wir werden dich und diese Welt ohne Zögern verschlingen", kündigte Noxia vorfreudig an und hob ihre Arme lachend gegen den wolkenlosen Sternenhimmel.

„(Ark.) Seht, wie schön die Sterne scheinen! Weite Obstbaumfelder voller Köstlichkeiten. Ein Beerenstrauch mehr oder weniger spielt auch keine Rolle!"

„(Ark.) Habe ich da nicht auch ein Wörtchen mitzureden?", fragte Jahwe vorwurfsvoll. „(Ark.) Ich habe nichts Falsches getan!"

„(Ark.) Du hast ihn nicht sofort gemeldet und somit gedeckt!", antwortete Noxia schmunzelnd. „(Ark.) Das ist Hochverrat!"

In diesem Moment begann Noxia samt ihrer dunklen Schwingen mit einer dunkelroten Flamme zu brennen, die eine schnell wachsende Wolke aus schwarzer Asche produzierte. Die Schwade schoss gegen den Himmel breitete sich, als dunkler Gewittersturm, in alle Richtungen aus. Es begann wieder Asche zu regnen, die am Boden langsam wieder zur dunklen Göttin kroch. Der schwarze Regen verdorrte und mumifizierte alles Lebendige, womit es auf seinem Weg in Berührung kam. Pflanzen und Tiere ebenfalls. Auch die Himmelsebenen wurden wohl angegriffen. Die Seelen dort wurden direkt verschlungen. Allein über dem Stonehenge blieb der Himmel frei von dieser Macht. Das Arkum strahlte weiterhin ein Licht in die Wurzel und schien dieses mit Macht zu nähren. Die böse lachende Noxia lenkte ihre schwarzen Tentakel direkt auf das Arkum, aber diese wurden von einem starken Kraftfeld aufgehalten. Sie wurde wütend und schrie hysterisch: „(Ark.) Denkst du wirklich, du kannst uns entkommen? Wir werden dich verschlingen, deine Macht wird unser sein!"

Mit hunderten krallenbesetzten Klauen kratzten die Tentakel aus schwarzer Asche am Kraftfeld und verursachten ein ohrenbetäubendes, schrilles Geräusch. Den Energieschildern von Jahwe ging es nicht anders. Angestrengt hielt Antony seinen Schild Kuppel aufrecht.

„(Ark.) Wie ich deinen Anblick verabscheue!", kommentierte Noxia aus dem Hintergrund. „(Ark.) Der feige Rebell, der seine eigene Art für Amöben verraten hat, ständig auf der Flucht ist und trotz all seiner angehäuften Macht nichts ausrichtet... Wie fühlt es sich an, wenn jede deiner Spuren zur Auslöschung einer Welt führt? Schmerzt es? Leidest du darunter? Du jämmerlicher Schwächling!"

Plötzlich schob sich die leuchtende Klinge von Michaels Flammenschwert durch ihr Torso und eine Stimme sprach gleichzeitig hinter ihr: „Wenigstens ist er vorsichtiger als du!"

Es war Jeshua, dessen astraler Körper nun von tiefen schwarzen Wunden übersät war. Er hatte sein Kraftfeld verdichtet und schlich heimlich hinter die Auslöschungsgöttin, während sie von Ainex abgelenkt war. Als er sie mit dem Schwert durchbohrte, ließ er das Schwert los und fiel geschwächt zu Boden.

„(Ark.) Du dummer Narr! UNS... kann man nicht zerstören", schrie Noxia empört und hustete plötzlich Aria heraus. Die Klinge begann mit der Intensität von Plasma zu leuchten und direkt mit ihrer Macht zu kämpfen.

„(Ark.) Ein gewöhnliches Magieschwert könnte das vielleicht nicht", sagte Ainex bemitleidend. „(Ark.) Aber dieser Götterschlächter ist keine gewöhnliche Waffe, sondern DEIN persönlicher Untergang."

Die Vernichtung der Welt hörte plötzlich auf. Die Wolken lösten sich in Nichts auf und die schreiende Noxia wurde vom Plasma der Klinge erfasst, umhüllt und schließlich in einem Lichtblitz verschlungen. Antony löste sein Kraftfeld auf und ging zur kristallinen Klinge, die nun erloschen auf dem verkohlten Boden lag. Nur noch ein leichter Dampf stieg aus dem Schwert. Antony nahm die Klinge, worauf sich diese in seiner Hand in einen glänzendgelben, stiftgroßen Kristall zusammenschrumpfte. Dann schaute er auf den Verletzten.

„Das hast du hervorragend gemacht, Jeshua", lobte Ainex. Joshua erholte sich schnell und stand wieder auf. „Aber jetzt werde ich die Klinge wieder an mich nehmen. Ihr dürft nicht mit dem Mord in Verbindung gebracht werden."

„Ist sie etwa wirklich tot?", fragte Lilly verblüfft mit Hoffnung im Gesicht. „Sind dann die Seelen unserer Eltern wieder in Sicherheit?"

„Ich bedauere Lilly!", bekundete Jahwe. „Aber was ein Gott der Auslöschung einmal verschlingt, kann nie wieder wiederhergestellt werden... genau wie beim Weltenbaum!"

„Wa... was?", schrie Lilly. Kevin fiel auf die Knie. Beide schrien vor Trauer. Es war das allerschlimmste Szenario, dass sie sich nur vorstellen konnten. Mark wusste das bereits, aber dennoch torkelte er weinend zu den verkohlten Leichen seiner Familie und verabschiedete sich weinend. Er kannte ihre Fehler, aber dennoch hat er sie geliebt trotz allem.

„Wir müssen sofort los", sagte Antony zu den Dreien. „Ich leide mit Euch und jedes Mal, wenn ich so etwas erleben muss... Aber wir dürfen hier nicht länger verweilen! Sonst bringen wir die ganze, restliche Welt erneut in Gefahr!"

„Wie meinst du das?", rief Lilly weinend.

„Weitere von Noxias Geschwistern sind sicher bereits unterwegs", erklärte Antony. „Wir müssen sofort los!", dann drehte er sich kurz zur Schöpferin und fragte: „Wirst du zurechtkommen, Jiwi? Beseitige so viele Beweise für ihr Wirken wie möglich! Es tut mir wirklich leid!"

„Ja... ich weiß", entgegnete die Schöpferin sich mitfühlend umschauend. Noch während sie die Landschaft betrachtete, wuchsen neue Pflanzen und Bäume wohin sie blickte. „Gepflastert ist dein goldener Pfad mit Leichnamen der Zurückgelassenen. Jetzt geht aber endlich, Alle! Und du, Ainex, komm bitte in den kommenden 4000 Jahren nicht mehr zurück!"

„So soll es sein", entgegnete Antony und ging Richtung Arkum. „Pass auf Dich auf. Deine Welt wird nach unserem Verschwinden zu einer freien Welt. Nutze es gut!"

„Warte, Antony!", schrie Lilly. „Wie viel hiervon war die ganze Zeit Teil deines Plans? Warum hast du unsere Familien nicht beschützt?"

„Ich kann nur das planen, was sich innerhalb meines Einflusses befindet, Lilly", entgegnete Antony. „Noxia war definitiv nicht geplant und ich beweine innerlich alle Verluste."

„Was?", schrie Kevin bestürzt. „Du konntest sie doch sicher schützen, aber wolltest es nicht, oder?"

„Was glaubt Ihr, wie viele nahe Geliebten ich bereits verloren habe?", entgegnete Antony mit astralen Tränen in den Augen. „Ich müsste blind sein von all den Schrecken, die ich gesehen habe... taub werden von all den Schreien, die mich verfolgen... stumm sein von all den Worten der Warnung, die ich ausgesprochen habe... dennoch sehe, höre und spreche ich. Ich habe Euch gewarnt, aber manchmal können nur schwerwiegende Konsequenzen das Verstehen erzwingen."

„In dem du unsere Familien opferst?", schrie Lilly.

„NEIN", widersprach Antony. „Deine Eltern sind als Folge von Ereignissen gestorben, die IHR drei in Gang gesetzt habt... ob bewusst oder unbewusst... Wie die Zerstörung der Hölle, meine Konfrontation mit dem Weltwächter, der Vorfall in Lillys Gemeinde und die Heilung von Krebs entgegen der Naturgesetze. Alles scheinbar kleine Ereignisse, die zusammengesetzt zu einer Katastrophe geführt haben. Aber ich werfe Euch nichts vor. Kurzsichtigkeit ist eine zu typisch menschliche Eigenschaft."

„Aber du hast gewusst, wie wir uns verhalten würden und hast uns dennoch alles tun lassen", schrie Kevin.

„Ich lege nur einige Pfade vor, aber entscheiden tut jeder selbst, welchen davon er beschreitet", entgegnete Antony. „Willkommen in meiner Welt der Begebenheiten. Jetzt könnt Ihr aber nicht mehr zurück, sondern nur vorwärts. Abseits aller Magie, Schöpfern oder ungewöhnlichen Ereignissen der letzten Zeit. Euer Leben zuvor war, abgesehen von Kevin, einfach mitleidserregend und Ihr hattet keine Schuld daran. Wohin die Reise geht, wird Euer zukünftiges Handeln entscheiden! Ohne meine Hilfe wäre Mark tot und Lilly wäre zum Opfer ihres Vaters geworden und du, Kevin, du hättest nichts aus deinem Leben gemacht."

„Was?", fragte Kevin empört. „Ein Lehrer ist deiner Meinung nach ‚Nichts'?"

„Nein, aber in deinem Fall wäre es das", entgegnete Antony. „Du bist ein Einzelkind, Kevin. Verwöhnt, geliebt, aber du hast keine Erfahrung mit Kindern. Du hast lediglich tief im Herzen deine Scham für deine Eltern bedauert und deswegen einen Beruf gewählt, der sie stolz machen würde. Aber deine Berufung war es nie und so jemand kann kein guter Lehrer werden. Ich biete Euch allen jetzt eine bessere Alternative."

Dann streckte Antony seine Hand nach seinen Freunden und zeigte Ihnen den Weg ins Stonehenge.

„(Ark.) Du bist wahrlich auch ein emotionsloses Monster geworden", kommentierte Jahwe telepathisch zu Ainex. „(Ark.) Vielleicht ein anderer Typ als dein Bruder aber eins bist definitiv."

Ainex blickte zurück zu Ihr und entgegnete: „(Ark.) Zweifelsfrei ist mir das bewusst, aber ohne etwas von meinem Selbst zu opfern, werde ich das Monster nicht aufhalten können, zu dem er geworden ist."

Mühsam und deprimiert schleppten sich währenddessen die weinenden Schüler zum Stonehenge. Ihre gesamten Familien wurden in Sekunden ausgelöscht und sie gaben sich nun selbst die Schuld. Hätten sie doch bloß ihre Macht nicht eingesetzt, wären Ihre Eltern vielleicht noch am Leben.

„Ich weiß, dass es gerade der falsche Zeitpunkt ist... aber ein physischer Körper kann eine Reise zwischen Welten leider nicht überstehen. Er zerfällt auf die energetische Ebene... Es wird jetzt also kurz piksen, wenn ich sie gleich zersetze", sagte Antony noch. In dem Moment drehten sich Lilly, Kevin und Mark zu ihm. Antony schmunzelte kurz und das Trio drehte sich, um mit aller Kraft wegzurennen. Der Meister rief jedoch: „Also dafür ist jetzt nun wirklich zu spät!"

Der Würfelkern feuerte drei Strahlen ab, die alle Schüler zu Staub verwandelte. Der Kern saugte die Überreste dann spiralförmig vollständig ein. Die Seelen der Drei hingegen wurden in Kraftfeldsphären eingeschlossen und zu faustgroßen Sternen verkleinert. Die 3 kleinen Lichter ordneten sich in einer engen Bahn um den offenen Arkumkern.

„Also wenn ich zwischen dir und deinem Bruder entscheiden müsste", sagte Jahwe. „...wüsste ich nicht, wer der schlimmere Kindersadist ist."

„Ich halte meine wenigstens nicht für ersetzlich", entgegnete Ainex schmunzelnd, bevor auch sein Astralkörper sich in Flüssigkeit verwandelte und in die innere Sphäre des Arkums floss. Die losen Teile des Würfels formten sich zu einem losem Ellipsoid, der an ein winziges, futuristisches Raumschiff erinnerte. Alle Lichter wurden in einem weiteren Kraftfeld eingeschlossen und schließlich schoss das Arkum ins Innere der großen Weltenbaumwurzel. Das Loch im Himmel schloss sich rapide bis am Ende nichts mehr vom phänomenalen Ereignis zeugte. Die Wurzeln um den Planeten begannen zu bersten und lösten Jahwes Welt schließlich vom Netzwerk.

Was auf der Erde danach geschah:

Noxia großer Angriff löschte fast 3 Milliarden Menschen weltweit aus. Der schwarze Regen griff von allen großen spirituellen Zentren der Welt und verschlang viele Städte. Die Katastrophe würde als die große Ausdünnung in die Geschichte eingehen. Die Tatsache, dass die eindeutig nicht wissenschaftlich erklärbare Zerstörung nicht zwischen Religion, Rasse, Alter oder Nationalität zu unterscheiden schien, wurde als Warnung für die gesamte Menschheit interpretiert.

Antonys Fonds, die von dem Chaos auf den Märkten stark profitierten, übernahmen die Kontrolle über viele Bereiche der Wirtschaft. Mit dem Kapital wurden mehrere Großprojekte und Lobbyarbeiten finanziert, die die Menschheit vor zukünftigen Katastrophen absichern sollten.

Die Familie Quinn wurde bei der Ausbreitung der Katastrophe in ihrem Anwesen getötet und das gesamte Vermögen wanderte in den Besitz des Fonds.

Unter anderem, wurde ein von Antony vorgegebenes Projekt in Form einer gigantischen Weltraumstation begonnen. Damit wurde ein Teil der landwirtschaftlichen Produktion und Wohnraum in den Weltraum verlegt werden. Außerdem wurde es als der erste echte Schritt in Richtung Weltraumexpansion betrachtet. Die Station würde als „Der Friedensring" in die Geschichte eingehen, da er alle Nationen in ihrem Griff nach der Unendlichkeit vereinen sollte.

Fortsetzung folgt...

Kurzes Nachwort:

Lieber Leser/Leserin,

falls Dir dieses Buch trotz manch einen Fehlers gefallen hat und Du die Fortsetzung der Geschichte lesen möchtest, würde ich mich über eine positive Bewertung Deinerseits freuen. Es sorgt sowohl für Bekanntheit meines Buches und bestärkt mich als Autor, meine Fans mit weiteren Teilen aus meinem Fantasy-Universum zu erfreuen.

Es zählt jede Stimme!

Vielleicht bis zum nächsten Mal!

Andy

Verstecktes Kapitel 8.5: „Die alten Brüder"

Zum Zeitpunkt kurz nach der Vernichtung des Weltenwächters auf der Erde.

An einem Ort am Rand von Zeit und Raum, einer Halle scheinbar mitten im Weltraum steht auf einer Hochglanzspiegelfläche ein riesiger Thron aus Kristallen. Über dem prächtigen Sitz schwebt eine ganze Galaxie und zu den Füßen des Throns breitet sich ein durchsichtiges Wurzelwerk in das Universum. Eine Gestalt aus rötlich, donnernden Weltraumnebel sitzt darauf. Statt Augen hat die Gestalt vier schwarze Löcher, die nur durch die Korona aus rotem Licht sichtbar sind.

„Meine Kinder", ruft die Gestalt und prompt erscheinen 6 menschenähnliche Wesen von ihm und knien sich ritterlich nieder vor ihrem Vater. Jedes der Kinder scheint sich fundamental von den anderen zu unterscheiden. Noxia ist ebenfalls unter den Anwesenden.

Der nächste Anwesende ist Wahar, dessen Körper an brodelndes Lava und pyroklastische Ströme erinnert. Der Älteste unter den Geschwistern.

Daneben ist Zebro, dessen Gestalt von sich überlagernden Wellen und magnetischen Entladungen begrenzt wird. Der Zweitälteste.

Hinter den Beiden kniet Urgon. Sein Körper erinnert an einen Schwarm von Naniten.

Direkt daneben ist Geneva. Ihr dürrer, ausgetrockneter Körper glitzert mit einigen Eiskristallen.

Ganz hinten knien zwei blendend schöne Zwillinge und halten einander bei der Hand. Ihre Gestalt ist mit Sternen gefüllt und von einer Korona umrandet. Trotz ihrer Schönheit sind ihre Blicke kalt und unbarmherzig.

Die Gestalt auf dem Thron schaut die Kinder kurz an und sagt dann: „Es ist lange her, dass ich Euch zusammengerufen habe... meine Sprösslinge... Aber wo ist Pestintus?"

„Wir haben da Gerüchte gehört", entgegnen die Zwillinge lästernd im Duett. „Das er in Freyas abtrünniger Welt festsitzt", sagt dann einer von Ihnen höhnisch mit einer jungen, männlichen Stimme.

„Dass er von Eurem Bruder verflucht und an eine sterbliche Hülle gebunden wurde", fügt der weibliche Zwilling hinzu.

„Hm...", grummelt Yggdrasil auf dem Thron. Sein Zorn entlädt sich als ein Gewitter durch seinen Nebel. „Kronos kann sehr stur sein, aber ich brauche ihn unversehrt. Er muss sich unserer Sache wieder anschließen."

„Wie könnt Ihr ihn überhaupt noch beschützen, Vater", ruft Noxia ungeduldig und lenkt den konzentrierten, einschüchternden Blick des

Thronenden auf sich. „Bitte schickt mich! Ich werde Ihn vernichten und Euch seine Macht schenken, Vater."

„Ha… ha… hmhmhmhm", lacht Ygg, dass der Boden bebt. „Meine junge, naive Noxia. Dein Eifer gefällt mir, aber er kann auch dein Untergang werden."

„Bitte… Gebt mir eine Chance", ruft Noxia unterwürfig voller Hingabe.

„Also gut", entgegnet der Herrscher. „Aber sei gewarnt. Auch du bist leicht ersetzbar im Fall eines Versagens. Für die Anderen: Ich brauche Eure Unterstützung in dem sich ausbreitenden Krebsgeschwür. Findet einen Weg hinein und sucht den Schöpferschlüssel!"

„Ja, zu Befehl!", rufen die Gestalten im Chor und lösen sich ins Nichts auf.

Plötzlich bemerkt die Gestalt eine weitere Präsenz im unendlichen Raum. Eine Gestalt aus grauem Nebel tritt aus der Finsternis.

„Hallo… Bruder", spricht Yggdrasil leicht schmunzelnd.

„Ich grüße dich … mächtiger Göttervater", entgegnet Ainex aus dem Nebel tretend in einem ironischen Unterton.

„Wie lange ist es her, dass ich dich das letzte Mal gespürt und gesprochen habe. Du hast unseren alten Kommunikationskanal doch noch nicht aufgegeben", schwärmt Ygg. „Aber wie ich wahrnehme, kommt dein Signal wie ein Echo aus tausenden Welten. Ist das die Methode, mit der du Wissen effektiv anhäufst, um mir irgendwann ebenbürtig zu werden? Kreativ, aber leider auch jämmerlich."

„Möchtest du nun reden oder mich kritisieren?", fragt Ainex unbeeindruckt.

„Das wachsende Krebsgeschwür in meinem kunstvollen Wurzelgeflecht ist doch sicher dein Werk, oder?", fragt der Weltenherrscher gebieterisch. „Glaubst du wirklich, dass du damit Erfolg haben wirst?"

„Da du es ansprichst, scheint es dich ausreichend zu beschäftigen, Bruder", entgegnet Ainex. „Ich wollte dich nur bitten, deine Sprösslinge von mir weg zu halten. Sie sind schließlich die Zukunft."

„Und warum sollte ich das tun?", fragt Yggdrasil kritisch blickend.

„Weil ich möglicherweise einen Weg gefunden habe, dich zu retten!", antwortet Ainex konzentriert und beginnt sich aufzulösen.

„Gewiss, mein naiver Bruder", sagt der Weltenherrscher schmunzelnd, bevor er sich wieder allein im ewigen Raum befindet. „Deine Bemühungen werden stets eine willkommene Abwechslung sein, um meine Langweile zu vertreiben… Mehr wird es jedoch niemals erreichen."